SOME TELL OF STORMS AND SHOWERS
I TELL OF SUNNY HOURS
ADD MINUTES
SUBTRACT MINUTES
SEA
Gorgona I.
Cesena
M. Nerone
Orbetello
Toscanella
Viterbo
Bolsena
Montefiascone
Pitigliano
Talamone
Argentaro
Giglio I.
Formica

La
CASA
del
Viento

La
CASA
del
Viento

TITANIA HARDIE

S

Título original: *The House of the Wind*

© Titania Hardie, 2011

© De la traducción: 2011, Eva Carballeira

© De esta edición: Santillana Ediciones Generales, SA de CV

Av. Río Mixcoac 274, Col. Acacias

CP. 03240, teléfono 54 20 75 30

www.sumadeletras.com/mx

Diseño de cubierta: Ed Bettison

Imágenes de cubierta: AKG-Images (retrato) y Civici Musei di Udine (Gabinetto Numismatico) (moneda de oro)

Primera edición: octubre de 2011

ISBN: 978-607-11-1717-5

Impreso en México

PRISA EDICIONES

Para Samantha y Zephyrine y para Amanda y Jane.
Con todo mi amor y mi más profundo respeto.

«¿No entendéis cuán necesario es un mundo
de sufrimientos y tribulaciones para ilustrarse,
cultivar la inteligencia y forjarse un alma?».

John Keats, 1819

PRÓLOGO

El sendero que desciende por la colina desde la majestuosa Volterra hacia la diminuta aldea de La Chiostra se aleja serpenteante en el horizonte toscano como una sombra magenta al final del día, a lo largo de un suave y antiguo afloramiento de un río de lava. La vista a ambos lados del estrecho camino resulta sobrecogedora a cualquier hora y en cualquier estación: en una dirección, la belleza de los indómitos colores y campos y en la otra, un paisaje lunar atemporal de extraña geología, donde las sensuales ondulaciones de las colinas son bruscamente reemplazadas por peñascos o *balze*, resultado de mil años de corrimientos de tierra. Si tiene intereses clásicos o históricos, tal vez busque el sitio donde la más antigua de las necrópolis etruscas fue destruida por la erosión, o quizá sienta curiosidad por la abadía o *badia* en ruinas del siglo XI o por las iglesias cristianas, aún más antiguas, todas ellas engullidas por el paisaje hace siglos. Pero si posee un alma romántica o le interesan los enigmas, puede que el camino lo lleve hasta una oscura construcción situada un par de kilómetros más lejos por la misma carretera, entre la moderna caseta de unos perros que no dejan de ladrar y la vieja granja de las hileras de vides y girasoles. Aunque, como no hay ninguna señal, es muy probable que el caminante despistado pase de largo, ignorante del misterio.

Allí, si las busca, encontrará las ruinas de una casa situada en la cresta de la loma, con un emplazamiento perfecto para mirar hacia atrás y contemplar el imponente pueblo de los etruscos que se alza en lo alto de la colina, azotado por el viento. Cuenta la leyenda que aquello es todo lo que queda de una pequeña mansión de finales del siglo XIII o principios del XIV que, en su día, fue el hogar de una elegante familia acomodada y de su cautivadora y encantadora hija. Sería recomendable —incluso necesario— dejar a un lado su nombre, ya que alrededor de ella se ha tejido todo un tapiz de leyendas y la verdad sobre su nombre forma parte del enigma. Baste decir que, en la era cristiana, ella era discípula de la Naturaleza. Prefería la compañía de los animales y los pájaros y adoraba a Diana, señora de la Luna y gran patrona de uno de los antiguos templos que dominaban Velathri, como se llamaba entonces la ciudad.

Antes de convertirse en unas ruinas desiertas, aquella casa albergaba ciertos secretos. Una vez fue el hogar de su infancia y allí fue confinada por el consejo del obispo de Volterra con el consentimiento absoluto de sus padres, probablemente no tanto por su punto de vista religioso como por haber desobedecido el firme deseo de sus progenitores de que entrara en el convento y sirviera a Dios con castidad. Sin embargo, ella permaneció fiel a su diosa, mucho más antigua, y quiso casarse con el hombre que amaba. Por su rebeldía e impiedad fue encerrada y castigada y, a pesar de su juventud y encanto, su inteligencia y su belleza, iba a ser juzgada y torturada.

Sin embargo, en la víspera de que su terrible destino se cumpliera, sucedió algo extraordinario. Le habían permitido dar un paseo por el jardín, bajo estrecha vigilancia, para ofrecer una última oración a su propia deidad cuando, de pronto, se desató una tormenta que asoló la cresta de la colina, arrasó el paisaje y echó la casa abajo. Quizá fuera esa misma tormenta la que se tragó una de las diminutas capillas que había a uno o dos kilómetros de allí.

Resguardada bajo la luz de la luna a la entrada de un cobertizo, la muchacha fue la única que se salvó. De este modo pudo escapar libremente en plena noche de tormenta para reunirse con su amante. La antigua casa y las tierras, así como la nueva construcción adyacente que reposa sobre las ruinas medievales, son conocidas desde entonces como la Casa al Vento: la casa del viento.

LA CASA DEL VIENTO

PARTE

1

San Francisco, 20 de enero de 2007

En el calendario de estaciones y temporadas, enero debe su nombre al dios Jano. Es el mes de las entradas y las salidas, del porvenir y del pasado. Atrás queda lo que ya ha sucedido, lo que nos ha llevado hasta el presente, y delante aguarda lo que puede suceder, anticipando los sueños de días venideros.

Puede que aquel día Madeline Moretti, mientras rodeaba sonriente la fecha en el calendario con un marcador fluorescente, hubiera reflexionado sobre ello, al menos de forma inconsciente. Lo que estaba claro era que había estado repasando mentalmente cuáles eran los platos preferidos de Christopher: su afición a las ensaladas y al marisco, su gusto por los vinos tintos con cuerpo más que por el champán, aquella inclinación tan británica por los *crumpets** (¡acompañados de dulce de membrillo!) en lugar de por los cruasanes y aquella divertida predilección por las delicias turcas de rosas y por los dátiles recubiertos de chocolate negro fundido para que, cuando al día siguiente él abriera la alacena en su primera mañana en San Francisco, pudiera satisfacer fácilmente sus más excéntricos de-

---

* Bollos de harina y levadura típicos del Reino Unido, que suelen servirse tostados. *[N. de la T.]*

17

seos con delicadas exquisiteces traídas de todos los rincones del mundo, desde Maine al valle de Napa, desde Londres a Provenza, «desde Samarcanda, la ciudad de la seda, hasta el Líbano, el país del cedro».

Había pasado mucho tiempo dándole vueltas al tema de las sábanas, recordando lo mucho que le habían dado que hablar las sábanas de color verde pálido de la habitación de un lujoso hotel de Venecia el pasado septiembre y su preferencia por las telas lisas en lugar de estampadas. Aquello le había hecho salir corriendo hacia el tranvía al final de la jornada laboral del día anterior para atravesar el Distrito Financiero desde la oficina, ubicada cerca del edificio Ferry, y dirigirse a Union Square —con el frío que hacía y la cantidad de gente que había en busca de gangas en las rebajas— a comprar algo nuevo y suntuoso. Scheuer había satisfecho con creces sus expectativas con un género sencillo y con gran cantidad de hilos, que le había costado el sueldo de una semana, pero ¿qué importaba el gasto? Hacía cuatro meses que no lo veía y todo debía ser —o más bien iba a ser— perfecto.

Aparte de aquellos pensamientos retrospectivos, aquel día Madeline no había tenido tiempo de echar la vista atrás. Con su buen humor característico, se había despertado de un salto de un ligero sueño a las siete y no había parado en todo el día. Era un sábado normal en el que tenía unas tareas más que ordinarias por delante: recoger la ropa de la tintorería, plegar y guardar la bicicleta estática, recoger las partituras que había sobre el piano y ponerlas en el banco, arreglar la cinta de sujeción de las cortinas del baño, ir a echar gasolina y comprar unos tulipanes blancos en la tienda de Jimena para la mesa. La asistenta había estado allí el día anterior, había barrido, aspirado y limpiado cada centímetro del diminuto apartamento, así que no había que hacer nada más. Sin embargo, Madeline volvió a limpiarlo casi todo. Cuando el teléfono sonaba dejaba que el buzón de voz se encargara de sus amigas, mientras encendía velas aromáticas en la sala, ahuecaba los cojines del sofá y guardaba el último de los trajes para ir a trabajar en el armario.

La hora del almuerzo llegó y pasó, pero Maddie estaba inapetente. Debía hacer un papeleo para el despacho de abogados que le llevaría una hora y sabía que no sería capaz de relajarse los días de vacaciones que se avecinaban hasta que no se lo remitiera a su jefa, la benévola pero puntillosa Samantha. Su madre y su hermana pasarían por allí hasta las tres y antes quería lavarse el pelo.

Madeline consideraba que tenía una cara de lo más normal y una constitución alta y delgada bastante poco atractiva, pero la densa melena de rizos oscuros hacía las delicias de Christopher. Pensó que nadie se imaginaba el esfuerzo que le costaba desenredarla: le llevaba una hora asegurarse de que cada uno de los mechones en espiral estuviera brillante y perfecto. Aquella sería la última oportunidad que tendría para dedicarles tan espléndidos cuidados, ya que el avión procedente de Londres aterrizaba esa misma noche.

Faltaban todavía cinco minutos para cumplirse una hora cuando oprimió el icono de «enviar» en la computadora Vaio; se levantó del escritorio ultraordenado que estaba en una esquina de la sala y fue hacia la ventana que daba a la calle. Miró por si veía algún rastro del coche de su madre en la avenida arbolada. Se sentía un poco mareada por haberse saltado el desayuno y el almuerzo y estaba nerviosa porque aún no se había duchado. De todos modos, notaba aquel sereno placer que producía ver que todo estaba casi en orden, que las molestias que se había tomado para que otra persona disfrutase eran casi invisibles y que era posible dejar el trabajo a un lado para disfrutar de la emoción que producía el hecho de estar a punto de encontrarse con alguien a quien casi literalmente adoraba durante un número cuantificable de horas.

Aquel apartamento desproporcionadamente caro de Broadway, en la zona baja de Pacific Heights, era diminuto y, en teoría, estaba orientado casi en dirección contraria a la correcta, es decir, hacia el lado donde no estaba el agua. Aun así, le parecía que merecía la pena invertir en él tal cantidad del sueldo porque, gracias a un edificio más bajo que había enfrente, disfrutaba de una inesperada y maravillosa vista lateral de la bahía de San Francisco, que le ofrecía un balconcito. Desde allí había disfrutado hacía una o dos semanas, en una noche sin bruma, de la lluvia de estrellas que solo se divisaba sobre la oscura vastedad del océano hacia el noroeste, en el despejado cielo de California.

Se acababa de dar cuenta de que estaba inusualmente oscuro para ser las tres. En el horizonte se distinguían varios colores: los diferentes tonos de gris humo que salpicaban las nubes, el gris pizarra de las colinas de enfrente y el tenue amarillo limón de la luz que se filtraba entre ellas, y todos ellos se disolvían en la silenciosa extensión de acero que era en aquel momento el mar. La ciudad estaba atrapada entre dos frentes meteorológicos. La mañana había continuado en la línea de la semana anterior, con sol prácticamente ininterrumpido —el típico invierno californiano suave, fresco y luminoso—, pero Madeline era consciente de la inminencia de un cambio. Entraría la niebla y comenzaría otro ciclo. Qué pena, y Chris a punto de llegar en unas horas. Sonrió al pensar en lo irónico que sería que, al llegar a California, se encontrase con un clima inglés.

Llegaban tarde. Qué raro. Sería culpa de Barbara. Su hermana mayor era muy lista, habitualmente muy organizada y sagazmente intuitiva en relación con las personas. Maddie estaba deseando oírle contar las primeras impresiones sobre su futuro cuñado con aquel característico sentido del humor. Pero Barbara no dudaba en reclamar el derecho a tener una vida y unas necesidades propias cuando la ocasión así lo requería. No sería raro que hubiera perdido la noción del tiempo disfrutando del sábado, que hubiera aprovechado para fumarse un cigarro a escondidas de su madre o que estuviera compartiendo algún chisme sobre los últimos escándalos en el Castro con Drew, su vecina lesbiana y su mejor amiga. La cena de la noche siguiente en casa de sus padres podía pasar, pero a Madeline le molestaba un poco que se dejaran caer por allí ese día y rompieran aquella atmósfera de santidad que quería crear durante la cuenta atrás de la llegada de Christopher. No le apetecía hablar con nadie, le habría gustado poder centrarse única y exclusivamente en él. Pero su lado más ecuánime sabía que era normal que su madre estuviera deseando conocer al inglés que había cambiado radicalmente la vida de su hija en un solo año de postgrado en el extranjero.

«O más bien en una corta noche», pensó. Una noche le había bastado para darse cuenta de cuál era su forma de pensar y de que poseía un carácter sensible y alegre. El resto del tiempo se había limitado a corroborarlo.

Ingenua de ella, había ido a cenar al Oxford Union el pasado mes de enero (¿había transcurrido solo un año?) con un moderno vestido negro, cubierta con un simple chal y con sus mejores zapatos negros de tacón, a pesar del aire congelado y de que los adoquines estaban ligeramente helados. ¿A quién se le ocurriría ponerse unos Louboutin para caminar por los suelos medievales de Oxford? «El orgullo precede a la caída», le habría advertido su madre. Y, cómo no, cuando salió unas horas después, unos imprevistos y hermosos copos de nieve dibujaron un paisaje de cuento de hadas, dejando el suelo blanco y helado. Su educación de la costa este no le había permitido acostumbrarse ni de lejos al sorprendente placer de la nieve y la chica de California se había echado a reír a carcajadas, encantada con las formas y los remolinos. Lo malo era que ya no podía volver andando a casa. Era demasiado tarde para encontrar un taxi sin problemas y estaba demasiado lejos para ir a recogerlo a la parada de Gloucester Green en aquellas condiciones. Le había gritado a un amigo que iba en un grupo detrás de ella que llamara a uno y a punto había estado de perder el equilibrio. Justo entonces apareció a su lado un hombre con una corbata blanca y una bufanda de etiqueta. Sonreía, al parecer divertido por su reacción de asombro ante aquel clima. Con las palabras justas y necesarias para presentarse, el estudiante de último año de medicina Christopher Taylor se echó elegantemente a la dama al hombro y la volvió a depositar sobre los adoquines después de dejar atrás a unos porteros perplejos, justo delante de las escaleras del New College.

Más tarde pensó que, aunque desde luego aquél no había sido su viaje más largo, sin duda se encontraba entre los más importantes de su vida.

Aún se estaba riendo y sacudiéndose la nieve de los zapatos mentalmente cuando una molesta vuelta al presente llevó hasta ella los gritos de las gaviotas, que revoloteaban y se refugiaban bajo los aleros de algunos edificios que se encontraban en los alrededores. El viento debía de estar arreciando poco a poco sobre la bahía. Miró hacia el reloj de la pared y, aunque las manecillas apenas se habían movido, se sintió molesta. Solía tener buen carácter, pero se le echaba el tiempo encima y aún no se había lavado el pelo. Todo quedaría en suspenso hasta que su madre y su hermana llegaran y aprobaran el orden decorativo del apartamento, tomaran un café con *cantuccini*[*] y la dejaran de nuevo con sus silenciosos rituales de preparación.

El zumbido del interfón interrumpió sus pensamientos. No las había visto llegar ni estacionarse. Oprimió un botón para que subieran, descorrió el cerrojo y fue hacia la cocina para encender la cafetera Gaggia. El saludo que gritó por encima del hombro a las invitadas de la puerta se fundió sin cortes con

---

[*] Dulces secos de almendra, típicos de la Toscana. *[N. de la T.]*

uno dirigido a la voz que estaba al otro lado del teléfono, que había sonado simultáneamente en la cocina. Empezó a hablar con naturalidad —la única media frase que había salido de sus labios aquel día, que ella recordara—, sin volverse siquiera para recibir el beso de su madre.

Entonces se cerró una puerta.

Un frío glacial procedente de la bahía acompañó a Madeline Moretti a la cama, que había cambiado aquel mismo día para poner las mejores sábanas. No cruzaron ni una palabra mientras Barbara le desabrochaba el botón del cuello a su hermana para liberarla del sencillo vestido de lana de color crema, que cayó a sus pies, y le soltaba el pelo. Madeline probablemente no se dio cuenta de que, misteriosa e irónicamente, estaba siendo la sombra de las circunstancias de numerosas jóvenes en aquella misma fecha, a lo largo de los siglos. Pero no podía volverse, no podía hablar ni mirar hacia ningún lado —mantenía la vista clavada al frente, sin ver nada— hasta que posó la cabeza sobre la almohada y cerró los párpados hinchados, un preludio de una siesta narcótica de sueños embrujados. Para todo lo demás del mundo que la rodeaba, estaba muerta.

La llamada telefónica de las tres de la tarde, las once de la noche en Inglaterra, había cerrado con llave la puerta de su futuro y la había convertido en prisionera del pasado. Le había cambiado la vida de forma indescriptible. No habría ningún vuelo al que esperar por la noche, ningún desayuno abundante del que disfrutar con la despreocupación del domingo, ninguna alacena llena de manjares deliciosos que abrir, ninguna velada en las bodegas, ninguna semana de vacaciones que empezar. Ningún Christopher al que recoger.

Su cama era una mortaja y su mente permanecía aletargada en un estado de duermevela. Todavía podía oír la suave voz con acento inglés de la madre de Chris, un sonido sordo y discordante, una campana rota, palabras enlazadas sin sentido. Palabras sobre su último turno de noche como el más joven de los doctores del hospital John Radcliffe de Oxford, antes de iniciar el viaje que lo llevaría hasta ella y durante el que conocería a su familia; sobre un coche lleno de adolescentes que volvían de pasar toda la noche de fiesta en la ciudad, sobre un conductor borracho que había adelantado a otro coche en la carretera de circunvalación y, tras saltarse la mediana, había chocado de frente contra Chris, que regresaba a su casa del campus a primera hora de la mañana para dormir unas horitas antes de hacer la maleta y volar hasta Maddie. Aunque se trataba de una serie de oraciones, para ella no eran más que palabras sin sonido ni sentido en el mundo racional, palabras que nunca se habría imaginado que pudieran estar relacionadas con ella pero que, aun así, nunca podría borrar de su mente.

La luna de Santa Inés se había ocultado.

2

Santo Pietro in Cellole, alrededores de Chiusdino
(la Toscana), 20 de enero de 1347

A aquellas horas, pasadas las tres, el aire tenía un regusto a nieve. Mia regresaba presurosa de la abadía por el sendero que discurría junto al río y se topó de bruces con una liebre muerta de frío que daba saltos por el suelo helado, antes de alejarse hacia el exiguo refugio de los sauces desnudos y los perales de hoja de sauce. Aunque si el viento persistía y la nieve continuaba cayendo, la criatura pronto acabaría bien camuflada.

Aquello no era normal, ni siquiera para un día de enero. Su hogar estaba emplazado en un valle tan bello y acogedor que era conocido como *valle Serena:* el valle de la serenidad. Mientras que el orgulloso pueblo de Chiusdino, situado en lo alto de una colina a dos o tres kilómetros hacia el oeste, solía estar cubierto de nieve que dibujaba acolchados diseños sobre las tejas toscanas, en su mundo del valle todo era suavidad. El invierno era mucho menos crudo y el bullicio diario, pausadamente acallado. Aunque no aquel día en que el tiempo se había rebelado y la villa estaba rebosante de peregrinos y caminantes que esperaban una mejora del clima para poder circular sin problemas por el camino del sur.

El aire helado hizo estremecerse a la muchacha. Se preguntó si en un día como aquel sería posible ver un unicornio o alguna otra criatura salvaje y mística en los bosques mágicos lindantes con su casa. La tía Jacquetta creía que en la arboleda solo habitaban jabalíes y ciervos y, en ocasiones, algunos lobos, pero la tía Jacquetta no tenía todas las respuestas.

Mia ocultó su negra trenza bajo la capucha y se arrebujó bien con el manto para proteger los delicados esquejes de los plátanos, que eran el objetivo de aquel recado. Unos días antes, había llegado un peregrino pidiendo posada, ya que no se sentía capaz de recorrer los kilómetros que le faltaban para llegar a la famosa abadía cisterciense y de allí ascender por la colina de Montesiepi hasta el pozo sagrado de Galgano Guitotti, un caballero del lugar convertido en hombre santo. El peregrino tenía los pies malheridos y deformes. Había venido por la Vía Francigena, como muchos otros antes que él. Se trataba de un hombre de ojos y piel pálidos, cabello de color pajizo y ricos ropajes confeccionados en alguna región del norte. Aunque era obvio que el dolor invadía a aquel hombre que debía de ir en busca de la redención y de la purificación de su alma, nunca había llegado a abandonar sus exquisitos modales. La tía Jacquetta se percató de que necesitaba la rara variedad de plátano que cultivaban los monjes para contener la inflamación y tratar los cardenales que le habían cambiado el color de la piel hasta resultar irreconocible. Aquello le había proporcionado a Mia la oportunidad de respirar un poco de aire fresco en soledad mientras cumplía la misión de ir a ver a fray Silvestro al monasterio para pedirle un poco de aquella hierba de extrañas hojas filiformes que guardaba en la bodega. Aunque los hermanos estarían ocupados con los preparativos de la festividad de Santa Inés, que tenía lugar al día siguiente, y no les haría gracia que los molestaran, nadie cosechaba mejores ejemplares que fray Silvestro en su jardín de *simples*.

Le había confiado a Mia el secreto, que consistía en plantar el jardín siguiendo el calendario lunar. «El primer cuarto creciente, niña, para las hierbas aromáticas y las plantas de frutos sin semilla». Y lo cierto era que aquello parecía funcionar, ya que siempre tenía un abundante excedente de la cosecha de los meses cálidos, que secaba cuidadosamente para usar durante el invierno. La potencia de unas cuantas hojas secas era tal que, en un día o dos, todo se solucionaría y el camino se llevaría de nuevo al peregrino.

Los zuecos de Mia empezaban a resbalar sobre la senda helada cuando divisó la villa Santo Pietro, una morada de sencilla hermosura y pureza que guardaba su tía. Algunas veces, las habladurías entre los sirvientes le hacían creer que la casa había pertenecido a su padre, un hombre al que no recordaba haber conocido, mientras que otras le parecía inferir que la casa pertenecía a la iglesia y que su tía era simplemente la albacea. Fuera como fuese, había sido el hogar de Maria Maddalena desde que era una niña de seis años y no recordaba ningún otro. Llevaba más de siete años creciendo bajo el influjo de la cadencia y el espíritu de aquella casa que olía, fuera verano o invierno, a los hermosos lirios que cuajaban en las colinas de la campiña toscana, cuyo delicado aroma emanaba del armario de la ropa blanca y de la lavandería, de la cocina, de los arcones de la ropa, de las tinajas de jabón que fabricaban en el exterior de la casa a base de polvo machacado de sus rizomas y de pura leche de vaca, e incluso de su propia bodega cuando lo usaban para preparar la receta de su tía de *aqua vitae*. Además, Mia lo usaba muy a menudo como medicina, para que le ayudara a respirar cuando le faltaba el aire.

La joven cruzó el umbral de la habitación contigua a la cocina y se topó con la dulce Alba, la más hermosa y joven de las sirvientas, que estaba hirviendo agua para que se aseara uno de los huéspedes. Le hizo un gesto para pedirle una poca y le enseñó la rama de plátano a modo de explicación. Alba y su tía eran las dos personas que mejor entendían a Mia y nunca hacían que se sintiera torpe o simple. Y es que Mia nunca hablaba. No lo había hecho desde que había llegado por primera vez a Santo Pietro. Oía bien y nadie sabía si su mudez se debía a un castigo divino o a una elección propia de la niña, pero el caso era que había desarrollado un sistema excelente de comunicación con sus dos personas preferidas, y en la abadía principalmente con fray Silvestro.

—¿Cómo quieres que lo prepare, Maria? —preguntó Alba pacientemente.

Mia le indicó que utilizara solo tres hojas en una cantidad mínima de agua, luego señaló el trapo y le hizo una demostración enrollándoselo entre las manos.

—¿Hay que hacer una infusión concentrada para elaborar un emplasto con un paño y ponérselo al *signor* alrededor del pie? —preguntó—. ¿Con poca agua?

Mia asintió vigorosamente y le dio un golpecito en la muñeca para enseñarle de nuevo las hojas. Mediante mímica, hizo que cogía las hojas del cuenco y las ponía de nuevo sobre el vendaje de trapo antes de enroscarlo.

—Tengo que coger las hojas y meterlas dentro del emplasto húmedo para que estén en contacto con la hinchazón —dijo Alba—. Eso es lo que aconseja el de la tonsura. —Sonrió tras interpretar a la perfección el gesto de Mia, que se había dado una palmada en la coronilla para representar a fray Silvestro.

Mia se rio en silencio y la abrazó.

—No olvides la vigilia de Santa Inés, Maria Maddalena —oyó que decía la voz de Alba, que la persiguió mientras salía por la puerta del cuarto para entrar en la cocina—. Esta noche a meterse en la cama sin cenar y nada de darse la vuelta para mirar atrás.

Mia le sonrió y se pellizcó los labios con los dedos.

—Eso es, y nada de hablar —corroboró. Ambas se echaron a reír, la una con efusividad y la otra en silencio.

Alba le había hablado a Mia por primera vez del ritual de Santa Inés aquel mismo año, dado que ya tenía casi catorce años y era posible que estuviera preparada para pensar en maridos. Todas las sirvientas sabían que si una muchacha soltera hacía vigilia en silencio durante todo el día y se iba a la cama sin cenar y sin mirar atrás, la honesta santa Inés la haría soñar con toda certeza con el hombre con el que se iba a casar. Decían que se le aparecería en sueños y le ofrecería un festín junto con una promesa de amor eterno. Pero si se le escapaba una sola palabra o si olvidaba el ritual y miraba atrás, el encantamiento se echaría a perder y la santa no atendería sus súplicas. No habría ninguna visión. Mia dudaba que existiera un hombre así para ella. ¿Quién iba a querer unirse a una mujer muda que ignoraba quién era su padre? Pero, aun así, seguiría el ritual, aunque solo fuera para complacer a Alba.

El aire helado trajo el sonido de las campanas de la abadía. Esto, junto con la luz, que se estaba extinguiendo, hizo saber a Mia que eran casi las cuatro. Tenía que encender las velas y buscar a la tía Jacquetta para que se sentara con ella a leer la lección. Aquel día le tocaba ábaco, que no era lo que más le gustaba, la verdad. Prefería leer o traducir latín. Aunque como en la villa tenían exceso de huéspedes y hasta había un par de ellos que habían decidido quedarse en las habitaciones del jardín que se usaban únicamente en los meses de verano, con un poco de suerte podría ser que le tocara ayudar a hacer la cena y algunas tareas domésticas en lugar de estudiar.

Iba por el pasillo para buscar a su tía cuando oyó que gritaban su nombre desde la puerta de la buhardilla, en dirección contraria.

—¡Maria Maddalena! Espero que vengas de la cocina de Loredana y que la hayas ayudado a limpiar los capones. Y Giulietta te estaba buscando también para que la ayudaras en la lavandería. Has tardado tanto en ir al monasterio a hacer el recado que no has llegado para hacer el pan. ¿Has estado toda la tarde en las nubes, *madonna mia?*

La voz de su tía estaba teñida de humor, a pesar de simular estar enfadada. Mia supo que podía reírse en cuanto su tía mencionó lo de los capones. Aquel listado de tareas domésticas más largo que un día sin pan era una de las bromas preferidas que la tía le gastaba a su sobrina. Venía en la contraportada de un libro de consejos del *signor* Certaldo que hablaba de cómo tratar a las esposas y a las hijas. Debía saber desde tejer bolsos y bordar seda hasta cernir, cocinar y zurcir calcetines. Además, aseguraba que una joven debía ser tan dulce en el piso de arriba como voluntariosa a la hora de remangarse. Y aunque los jóvenes debían estar bien alimentados, la alimentación de las muchachas no era un asunto primordial, bastaba con que tuvieran suficiente pero no engordaran. La joven tía de Mia, sin embargo, era extremadamente independiente y criaba a su sobrina del mismo modo. Libre de artificios y sin la presión de unos padres empeñados en conseguirle un buen matrimonio, ni se preocupaba en seguir el libro de consejos. Ella y su tía se querían mucho y llevaban una vida sencilla y agradable ofreciendo su amabilidad a los demás. Aquellos eran los únicos consejos que a la tía Jacquetta le interesaba darle a Mia. Se acercó para abrazar a la niña.

—¿Has traído *plantago* de los monjes?

Las manos de Mia le dijeron a la tía que la hierba la tenía Alba, que la estaba preparando para llevarla arriba, a la habitación del huésped.

—Entonces iré junto a él ahora mismo. Pero sube algunas sábanas limpias y tu ropa de la lavandería para aligerar la carga de Giulietta, ahora que está la casa tan llena. —Le sonrió, a sabiendas del ritual que su sobrina se había comprometido a seguir medio en secreto la víspera de Santa Inés—. Le diré a Chiara que te lleve agua caliente para asearte, y luego debemos echar una mano todos en la cocina para la cena. ¡No todos están ayunando como tú!

Era tarde y la brillante luna llena emitía una misteriosa luz cuando la pobre niña, desfallecida por tantas horas de trabajo inesperadas y el estruendo del exceso de gente, finalmente encendió una vela y se encaminó escaleras arriba, hacia su habitación del ático, desde la que veía el camino de los peregrinos, que estaba allá abajo. La luz se colaba a chorros por el cristal de color gules e incidía de lleno sobre el medio descansillo. Mia, con la mente navegando entre imágenes de la dulce santa Inés y sus corderos, y promesas de hechicería benigna, olvidó el hambre y el gélido viento de fuera. Agarró el dobladillo del camisón y llegó al último escalón moviendo los labios en silencio mientras le rezaba a la santa. Ya tenía la mano sobre el pomo de la puerta mientras respiraba en silencio, en respeto a santa Inés, cuando oyó unos caballos allá abajo, sobre los adoquines. «... O el encantamiento se echaría a perder». Recordó las palabras de Alba pero, mientras dudaba, alguien llamó a la puerta. ¿Qué podía hacer? Los pocos sirvientes que había estaban enfrascados en sus tareas y su tía estaba atendiendo al peregrino. Negándose a girarse, bajó poco a poco de espaldas la escalera, agarrándose al pasamanos y con paso sorprendentemente seguro.

Llegó abajo antes del segundo golpe vacilante de la aldaba. Retiró el cerrojo del picaporte y rápidamente se le unió el mayordomo, Cesaré, que la ayudó a abrir la pesada puerta. Protegió la llama del viento nocturno con la mano libre y entornó los ojos ante el sorprendente exceso de luz. Ante ella se hallaba la silueta de una pareja: un joven con ropas a la moda, sucias del viaje, y una muchacha cuyo rostro se le presentó a Mia como un misterio, pues se encontraba iluminada a contraluz por la inmensa luna y las antorchas que estaban a sus espaldas y que marcaban el sendero hasta el portal exterior de la villa.

Mia se preguntó fugazmente quién se lo habría abierto. Todos sus sentidos estaban cautivados por la muchacha, enmarcada a contraluz. En la fría oscuridad de aquella hora, parecía beberse aquel brillo: *Una raggia,* pensó Mia, una dama esculpida de un rayo de luz. Fue así como, sin temor alguno y sin consultar siquiera a Cesaré, apartó la vela para dejarlos pasar.

3

San Francisco, finales de enero de 2007

I nmaculadamente vestida de negro con un abrigo y un traje hecho a medida del mismo color por deferencia a la pérdida de una persona a la que no había llegado a conocer, pero que lo era todo para alguien a quien ella adoraba, Isabella Moretti iba y venía del apartamento de Madeline. Ella se hacía cargo de las invisibles tareas de hacer café para una marea de visitas impactadas, poner las flores que traían de regalo en los jarrones y meter la comida en un refrigerador atestado. En medio del incoherente aroma de un paraíso de lirios, jacintos y narcisos blancos que usurpaban el aire de cualquier espacio cerrado, observaba a su nieta, que permanecía inquietantemente callada. A veces intercambiaban unas cuantas palabras, pero la mayoría del tiempo simplemente permanecían allí sentadas.

Durante una semana, el tiempo había sido tan cambiante como los mares: fuertes tormentas con lluvia que duraban uno o dos días, interrumpidas por jornadas de tiempo soleado y fresco y atardeceres que ofrecían la belleza etérea de un penacho blanco de niebla iluminado por una impresionante puesta de sol, antes de empezar de nuevo con las tormentas. El clima parecía capaz de expresar la intensidad y la emoción que su nieta no conseguía exteriorizar e Isabella no podía evitar que sus pensamientos se remontaran a casi 25 años atrás.

Al nacer Madeline, Isabella había encargado una carta astral para su nueva nieta. No era algo que tuviera pensado hacer, pero todo había surgido a raíz de una discusión sobre si la niña había nacido bajo el signo de Tauro o de Géminis. La mayoría de los periódicos se decantaban por el primero, pero al menos uno o dos se inclinaban por el último. Al parecer, el 21 de mayo estaba a caballo entre dos signos, e Isabella pensó que un profesional debería aclararlo. Así que le habían recomendado que acudiera a la anciana *signora* Angela, una respetable sombrerera de señoras cuyos sombreros adornaban innumerables cabezas adineradas en las fiestas de guardar, comuniones y bodas. Pluriempleada en el ámbito del espiritismo, la *signora* tenía talento para las cartas astrales, algo que había heredado, como le gustaba contar, de sus antepasados etruscos. Muchos la consideraban una excéntrica, otros un ángel bondadoso, otros más lista que el hambre y al menos unos cuantos, una *strega* o bruja. Algunos escépticos incluso habían llegado a calificarla de débil de cuerpo y mente. Pero ella era una anciana fuerte con una elegancia y una energía poco habituales. Vivía en uno de los caminos de la zona de North Beach y era inmigrante italiana de hacía generaciones, como la propia Isabella, así que esta había acudido a la *signora* con los datos de nacimiento de Madeline, incluidos el peso y la longitud, y el extraño pero interesante detalle de que había nacido «con un auténtico nudo en el cordón umbilical». La *signora* le aseguró que con la fecha y la hora sería suficiente.

Siete días más tarde, cuando volvió a recoger la carta, la anciana la miró tan seria que a Isabella casi le entraron ganas de reír.

—La niña ha nacido en las Pléyades —la informó mientras la invitaba a sentarse en una silla al lado de una mesa llena de fieltro, alfileres, tejidos y entretelas—. Habitan en el último grado de Tauro, aunque ella está más bajo la influencia de la dulce Maia, creo yo, que bajo la de la ambiciosa Alcíone. Su luna también está en Tauro. Es una luna vieja, la última antes de que Géminis renazca aproximadamente un día después.

La curiosidad de Isabella quedó satisfecha. Se levantó para irse, sonriendo amablemente y con la sensación de que aquello saciaba el interés que tenía en el tema. Pero el dedo de la *signora*, manchado de tiza de sastre, vaciló en el aire mientras su cara cobraba vida con una expresión tal que intrigó a Isabella. Era como si dudara si mantener cerrado un maravilloso libro de enigmas. Al cabo de un rato, añadió algo más:

—Una luna vieja es un alma vieja con promesas que cumplir, pero por suerte su luna no está en Caput Algol, la cabeza de Medusa. Todos sus planetas bajo el fiero Marte están viajando de forma regresiva, es decir, hacia atrás. Toda su carta se remonta en el tiempo, ¿me explico?

Isabella no entendía una palabra y la mención de Medusa no le hacía pensar en nada bueno, pero la mujer seguía hablando sin explicar cada uno de los puntos:

—Las Pléyades son un grupo de estrellas muy importante, *signora* Moretti. Las llaman «las navegantes», «las palomas» o «las guardianas de la cosecha». Pero también son conocidas como «las lloronas». La pequeña será progresista, tendrá una brillante personalidad, sin duda será la más lista de la clase, será obstinada aunque también femenina. La verá avanzar en la vida sin problemas ni preocupaciones, sin detenerse casi nunca a profundizar en las cosas y sin volver jamás la vista atrás, hasta que llegue un día precoz en su joven vida en que sufrirá una terrible pérdida y no hará más que mirar al pasado. Durante algún tiempo será como una mujer encerrada en una piedra. Solo en ese momento emprenderá el viaje para entender el misterio de quién es. Será precisamente entonces cuando deberá remontarse en el tiempo y convertirse en peregrina, y para ello tendrá que ir muy lejos.

A continuación, la *signora* Angela le había dado a Isabella la carta astral de la niña, envuelta en un papel marrón antiguo y lacrada. Le había advertido que se la guardara para ella y que nunca se la entregara, a no ser que fuera el momento adecuado.

Isabella Moretti se había quedado de pie delante de la puerta de la mujer, confusa e incluso un poco preocupada. No era especialmente supersticiosa. Cumplía los preceptos que su fe católica le exigía por respeto y, sobre todo, por tradición, y conocía los días de los santos importantes, pero no era una devota. Aun así, a pesar de su lado más racional, nunca había conseguido librarse del recuerdo de aquella extraña información, en parte por el tono tan serio con que se la había confiado. No sabría decir si aquel suceso había influido en algún momento de forma inconsciente en la relación especial que mantenía con Maddie o en el hecho de que la considerara su preferida. De todos modos, aquello se debía a la vitalidad absoluta de la pequeña, a su curiosidad por todo y a su entusiasmo por la vida. Madeline era una niña que nunca caminaba si podía correr y que jamás había necesitado que le enseñaran que unas palabras bien elegidas tenían el poder de decidir el futuro. Irradiaba entusiasmo y animaba a los demás. Incluso en los momentos en los que era más resuelta e imprudente, en los que quedaba claro que era aún joven y que necesitaba cierta orientación, Maddie era un alma brillante y se hacía querer.

Pero, de repente, Isabella había vuelto a recordar aquel día con descarnada claridad. Aquello le hizo acercarse más aún a Madeline, lo que también ayudó a mantener alejada la verborrea sin fin de la madre de la muchacha. La nuera de Isabella era buena persona, pero era totalmente incapaz de interpretar las señales o de entender las necesidades de cada uno. Sus mimos excesivos y su trajín no ayudaban a su hija a superar el silencioso duelo. Quizá por primera vez en su vida, Maddie necesitaba un poco de silencio para digerir lo sucedido. La pobre niña se había quedado sin habla. Como una «llorona», efectivamente. «Aunque si fuera capaz de derramar algunas lágrimas reales se sentiría aliviada», pensó Isabella con ironía.

Aquella primera semana —los días que Maddie había cogido de vacaciones— llegó a su fin. Completamente aturdida, solo salió del apartamento para hacer una escapada de 72 horas a Londres —en contra de lo que todos menos la *nonna* Isabella le habían recomendado—, para ir a un funeral al que no tuvo las agallas de asistir. Había decidido ir por los padres de Chris, que estaban destrozados, pero declinó su invitación a quedarse con ellos unos días más. Madeline entendía que la necesitaran como extensión de su hijo desaparecido, pero no podía ayudarles. Ya nunca sería como aquellos contados y maravillosos fines de semana en que había viajado en tren con Chris desde Oxford el año anterior, en primavera y a principios del verano, cuando sus padres le habían abierto las elegantes puertas de su casa del suroeste de Londres, y la habían hecho sentirse bienvenida y a gusto. Hacía solo unos meses habían comido todos los días sobre la hierba, pero cada hora de aquella semana le recordaba lo que nunca más volvería a repetirse. El invierno se había apoderado del jardín y Chris había desaparecido. Le parecía increíble que se hubiera ido. La carga que llevaba encima era insoportable y la pena hacía que tuviera la sensación de que unos dedos helados le apretaban la garganta, haciéndole reprimir tanto las lágrimas como las palabras. Tuvo que alejarse de Londres.

Aun así, no se sentía a gusto en ningún sitio. Mientras otros dormían durante el vuelo nocturno de regreso a San Francisco, su mente exudaba un torrente de recuerdos. Intentó recordar cada uno de los rasgos del rostro de Christopher. Aquel indomable cabello negro que juraba que habían diseñado con ingeniería genética para que siempre estuviera revuelto, pero también para que se mantuviera siempre fuerte, el hoyuelo de su mandíbula cuadrada, aquellas pestañas tan inusitadamente largas sobre las que ella bromeaba diciéndole que serían la envidia de cualquier chica, y, por supuesto, la cicatriz del labio inferior, donde se había mordido cuando era niño. Pudo ver aquellos hombros tan fuertes y el cuello vigoroso de tanto remar en el equipo de la universidad y las traviesas cejas de color castaño que revelaban su sentido del humor. Podía ver los detalles, pero no sabía por qué no conseguía reunirlos para dibujar el rostro completo. Se había enamorado de su inteligencia, no de su cara. Lo que caracterizaba a Chris era la sensación visceral que producía su presencia como un todo, más que cualquier rasgo por separado. Podía oírlo y probablemente hasta olerlo. Recordaba su olor, pero no el aspecto que tenía las últimas veces que se habían visto. Su expresión la rehuía. Por alguna razón, no era capaz de evocarlo. Además, por alguna perversa casualidad, las fotos que tenía tampoco eran demasiado claras: o estaban desenfocadas o se habían tomado desde demasiado lejos. Él tenía la manía de poner la mano delante de la cámara para tapar el objetivo en las fotos. Así que durante la mayor parte de la semana se había sentido ciega o, al menos, incapaz de ver lo que quería ver. Tuvo que vivir con la mente en un estado de dolor agudo, aunque toda ella estaba sumida en un mundo gris.

El sábado, una semana después de recibir la noticia y al día siguiente de su vuelta de Londres, Maddie entró en un estado de soledad paralizadora que parecía agudizarse en medio de una marea de visitantes a los que una vez más les había dado por recuperar la tradicional moda italiana de expresar sus condolencias a familiares y amigos. Dejando a un lado los dulces cuidados de la *nonna* Isabella y el firme respaldo de Barbara, que hacía cada día una breve visita a su hermana para abrazarla en silencio, Maddie sabía que necesitaba recuperar al menos la apariencia de normalidad si pretendía sobrevivir a aquella extraña y traumática experiencia. Era una viudez prematura, una sensación discordante de esterilidad que sentía al estar en una habitación adornada a imagen y semejanza de una recepción nupcial por la gente que acudía a darle el pésame. Necesitaba escapar para poder respirar.

Se le metió en la cabeza que trabajar duro sería un consuelo que la ayudaría a superar los días que tenía por delante, uno por uno. Maddie creyó que Samantha estaría en la oficina, a pesar de ser fin de semana, y llamó para exigir, con toda la fuerza que fue capaz de reunir, que le permitiera reincorporarse el lunes por la mañana a la semana normal de trabajo.

—Mmm. Creo que podrías tomarte otra semana —dijo Samantha eligiendo cuidadosamente la palabra «podrías» en lugar de «deberías», ya que, por muy poco que su empleada estuviera mostrando a los demás sus sentimientos, Samantha era consciente de que había sufrido demasiados golpes en los últimos siete días como para poder estar al cien por cien. El trabajo podía llegar a ser agotador y estresante incluso para una persona fuerte.

Pero Maddie tenía sus propias necesidades y rehuyó la respuesta. Percibió el tono de buena voluntad en la voz de Samantha, pero se negó a acceder. Samantha imaginó lo que sucedía y la presionó un poco:

—Estás en una especie de campo de batalla, Maddie. ¿Cómo estás? En serio. ¿Comes algo?

Maddie esbozó una sonrisa triste a través del teléfono, pero se dio cuenta de que tenía que usar palabras.

—No, no mucho. Pero respiro —repuso en voz baja—. Me concentro únicamente en respirar. Agradecería tener la mente ocupada.

Samantha entendía aquel dolor. Respetaba la determinación de Maddie y solo dudó un instante más.

—Hay una importante sesión informativa en el ruedo el lunes a primera hora de la mañana. Estamos en un punto interesante y me alegraría que asistieras.

—Allí estaré —respondió Madeline con seguridad.

4

M adeline Moretti recordaba perfectamente el día de la entrevista en Harden Hammond Cohen. Llevaba en casa de su hermana una semana buscando trabajo y aquel día de finales de septiembre había salido del apartamento arreglada impecablemente y con tiempo de sobra para encontrar la dirección sin prisas. La fina llovizna del principio había ido a más y cuando llegó al Embarcadero la brisa otoñal se convertía en un auténtico vendaval cuando soplaba desde el mar sobre el muelle. Recordó que había sentido cada vez más miedo mientras el paraguas se le daba la vuelta y el cabello se escapaba de las horquillas. Aquella no era la imagen de serenidad profesional que pretendía transmitir. Fuera del edificio, un taxi que había pasado sobre un charco al lado de la acera la había empapado y había tenido la sensación de que la suerte estaba en su contra. Pero le había caído bien Samantha desde el principio y pronto se había metido en la reunión abriéndose camino entre difíciles preguntas morales con la destreza de un ágil boxeador, emocionada con cada prueba mental y cautivando a su futura jefa hasta hacerla sonreír. Maddie no era arrogante pero a los diez minutos, como mucho, de enérgica discusión sobre sus puntos de vista acerca de justicia retributiva supo que el puesto era suyo. Parecía encajar a la perfección.

Tres semanas después, había ido a trabajar el primer día con resaca debido a las margaritas de más que se había tomado con Barbara para celebrar la noche anterior. Tras haber estado media noche en el baño, se había pasado la mitad de la mañana vomitando en los confortables sanitarios de Harden Hammond Cohen. Aun así, había conseguido cautivar a su nuevo y exigente compañero, David Cohen, con un inteligente comentario sobre las obras de arte de la oficina, y su ayuda había resultado inestimable para Charles Hammond, el abogado litigante de Nueva Inglaterra chapado a la antigua. Lo habían llamado inesperadamente para que se presentara en los tribunales y ella había terminado un artículo que él estaba escribiendo para *The New York Times*. Un número de victorias considerable a pesar del dolor de cabeza y, a partir de entonces, todo había sido coser y cantar.

Hasta aquel día. Aquel día se sentía vacía. Había alejado a todo el mundo y se había negado a compartir sus sentimientos íntimos con sus amigos y a llorar con nadie. Tal vez ni siquiera había empezado a llorar la pérdida. Aquel día estaba agotada. Y necesitaba centrarse y demostrar que aún podía seguir haciendo el trabajo de forma tan implacable como Samantha hacía el suyo.

En aquel despacho de abogados nadie se iba antes de las seis, como muy pronto; nadie quería. Aunque los socios no eran precisamente poco generosos, pagar sueldos excesivamente elevados allí habría sido una especie de pecado. La empresa de Samantha era un despacho especializado en derechos humanos, sin duda uno de los mejores de la costa oeste, que era admirado muy a su pesar hasta por sus adversarios más acérrimos. Todas las víctimas de un sexismo evidente, de maltrato laboral o de negligencia corporativa seria, o que merecían cobrar una indemnización laboral, llamaban a su puerta. Samantha se había criado en Nueva Jersey, había sido educada por unos padres concienciados con el sentido de comunidad y había estudiado en Harvard. Aunque parecía hecha de mantequilla, era una terrier capaz de luchar hasta la muerte si se encontraba espiritualmente comprometida y se había apelado a su sentido de la justicia. Su reputación había llegado hasta Washington y dependía de un equipo de jóvenes sobresalientes a los que a menudo tenía que dejar al mando, mientras estaba fuera en comisiones de asesoramiento o ejerciendo presión política para conseguir reformas legales en el lugar de trabajo.

Cualquier persona que tuviera como objetivo aprovechar las oportunidades de desarrollo laboral estaría dispuesta a trabajar allí prácticamente gratis, sin fines lucrativos y sin más incentivos que los de ver y aprender. Aquel era un lugar de trabajo que te cambiaba la vida, una firma que se había hecho con un nombre extraordinario al volcarse en cambiar la vida de personas aparentemente normales y corrientes. Chris le había dicho a Madeline que aquello sonaba a «izquierdistas peligrosos» de la ciudad que le había dado al mundo la ONU. Pero la fe en sus valores se había restablecido cuando este le había asegurado que estaba listo para soltar amarras e irse a vivir allí con ella, a aquella ciudad, a su ciudad, con sus peligrosos compañeros de izquierdas. A Chris parecía intrigarle la vista del océano que había desde su casa, su vida y su empleo de abogada, así que ella había empezado a trabajar fuerte y había continuado en la misma línea todos los días desde aquella primera ocasión en que Samantha le había dado el visto bueno.

Menos aquel día. Las nubes no estaban revestidas de plata y solo prometían lluvia.

Mientras abandonaba las exquisitas sábanas a primera hora del lunes, Maddie se puso enferma nada más pensar en tener que enfrentarse a nadie. No entendía demasiado bien aquella especie de semilocura que se había apoderado de ella durante su duelo silencioso, pero lo único que podía hacer era prometerse a sí misma que intentaría evitar que el mundo exterior le hiciera más daño del que ya le había hecho. Se concentraría en sobrevivir, en seguir sus propios pasos y en ver adónde la llevaban. No tenía ningún otro proyecto ni plan de futuro.

Una apremiante Samantha, rebosante de una emoción que Maddie envidiaba, la llamó a primera hora de la mañana e interrumpió su duermevela.

—Los documentos que esperábamos de Stormtree están de camino hacia nuestras oficinas de San José. Los tendremos mañana por la mañana. Hoy a las nueve hay una reunión para poner a todo el mundo al corriente y hacer una lluvia de ideas sobre algunos aspectos del caso, así que me tomaré al pie de la letra eso de que estás lista para involucrarte de lleno.

Ni siquiera se detuvo para tomar aire. Maddie sabía que Samantha la llamaba y le contaba todo aquello para intentar infundirle entusiasmo y, si hubiera sido hacía más de una semana, lo habría conseguido. Pero aquel día tenía que esforzarse muchísimo más para que algo le importara.

Consciente de que el «claro» que había respondido carecía de fuerza, esperó que Samantha lo interpretara como fruto del cansancio. Colgó el teléfono y se embarcó en los rituales sin sentido de preparar el café, ducharse, hacer la cama y vestirse para ir a la oficina en medio de una especie de bruma. Por la ventana vio que caía una llovizna en forma de niebla y se puso a buscar unos zapatos apropiados mientras intentaba no derrumbarse al ver los Louboutin negros en la primera fila del armario. Los dejó a un lado, cogió las zapatillas de deporte y metió unos zapatos de tacón más elegantes de color chocolate en la mochila, cogió una maleta para documentos enorme, el paraguas y el bolso y cerró la puerta de aquel invernadero lleno de flores.

Todavía era lo bastante temprano como para que el color grisáceo de la bruma de la ciudad cubriera la calle, y pareció seguirla mientras giraba la esquina y bajaba la colina hacia Union Street, incapaz de ver el mar tras aquel muro de niebla. Corrió para coger el autobús de Cow Hollow que la llevaría hasta Union Square, y cuando el viaje terminó de repente y le tocó cambiar al tranvía para ir a la oficina, se preguntó en qué habría estado pensando. Si hacía buen día iba caminando, pero aquella mañana apenas era capaz de reunir las fuerzas necesarias para mantenerse de pie en el abarrotado transporte público.

Intentó aprovechar el pequeño paseo por el Embarcadero para hacerse cargo de las implicaciones de las noticias que Samantha le había comunicado. Finalmente el Tribunal Superior de Justicia de California debía de haber obligado a Stormtree Components Inc. a desclasificar casi diez años de documentos, incluidos los cruciales informes internos, que habían reclamado hacía varios meses. Consciente de la amenaza que supondría revelar dichos documentos, Stormtree llevaba dilatando el proceso desde que Maddie había llegado a la empresa. Samantha probablemente estaría exultante porque, después de tantos meses de gimnasia legal por parte de los abogados de Stormtree, el juzgado había acabado perdiendo la paciencia y les había ordenado entregar el material si no querían ser acusados de desacato.

Pero ¿encontrarían la pista que buscaban con un minucioso análisis de aquellas toneladas de papeles? ¿Habría algo que pudiera demostrar, sin dejar lugar a dudas, que Stormtree era consciente de la toxicidad de los materiales que utilizaba, pero que se había negado a tomar medidas para proteger a los trabajadores? Suponiendo que dicha prueba escrita hubiera existido alguna vez, ¿habría podido escapar algo tan comprometido a una trituradora de papel? La convicción de que la empresa tenía que estar al menos parcialmente al corriente de su negligencia había sido lo que había hecho que Samantha decidiera enfrentarse a ellos, años antes de que Maddie hubiera entrado a formar parte del equipo. Samantha y David no albergaban duda alguna de que las diferentes enfermedades graves y el fallecimiento de unos doscientos empleados que habían trabajado para Stormtree en todo Estados Unidos montando componentes electrónicos y placas base de computadoras eran algo más que una vergüenza para la empresa. Desde su punto de vista, ellos merecían mucho más que una disculpa con las manos alzadas y una excusa de que ignoraban los venenos químicos utilizados durante el proceso de fabricación. Samantha tenía la certeza de que Stormtree lo sabía. Era literalmente inconcebible que pudieran haber ignorado el creciente número de enfermos entre sus filas y aquello no hubiera suscitado su interés. Pero ahora los resultados de las pruebas y las recomendaciones de los científicos que Stormtree tenía en plantilla serían puestos sobre la mesa y comenzaría un largo camino para demostrar o desmentir la corazonada de Samantha. ¿Adónde llegaría todo aquello?

Maddie caminaba bajo la sombra de los hermosos edificios de cristal que albergaban la casa de sus jefes desde que estos se habían mudado de una clásica oficina de principios de siglo situada en Bay Area, tras el terremoto de 1989. Samantha bromeaba diciendo que modernizarse y estar a prueba de terremotos era una bendición, dada la naturaleza explosiva de los casos a los que solían enfrentarse. Sin embargo, a pesar del lujoso aspecto de las nuevas instalaciones, el espíritu de la vieja empresa seguía en pie contra viento y marea —casi literalmente, ya que se encontraban en la última planta—, y continuaban aceptando casos poco usuales de forma desinteresada. Y precisamente aquello había sido lo que le había llamado tanto la atención a la idealista que Maddie llevaba dentro.

Notó que la bruma se le había pegado a la ropa y que la seguía al entrar en el vestíbulo e incluso hasta el ascensor, donde se cambió los tenis por los tacones, y luego, mientras ascendía por la torre de marfil, se preparó para recibir la sonrisa de labios inmaculadamente pintados de Jacinta Collins, un carmín que estaba aplicado con tal perfección que Maddie la había visto sorber innumerables almuerzos a base de *linguini* de trufa o de *spaghetti marinara* sin que en ellos se apreciara alteración alguna. Jacinta, una de las pocas chicas rubias en una oficina llena de mujeres morenas de diversos grados de atractivo, había sido contratada como asistente personal de los dos socios mayoritarios, aunque cada uno de ellos contaba también con una secretaria. Sin embargo, Maddie siempre había tenido la sensación de que Jacinta tenía más influencia de lo que ella se imaginaba y que le gustaba ejercer un firme control sobre todo lo que sucedía en Harden Hammond Cohen. Era una persona a la que había que respetar más de lo deseado.

En aquel momento, sus labios perfectos se habían fruncido mientras miraba a Maddie con exagerada compasión.

—Lamento tu pérdida, Madeline. No esperaba verte por aquí hasta dentro de algún tiempo. —Su expresión de desagrado por la elección por parte de Maddie de un discreto traje de color marrón no fue lo suficientemente disimulada—. Pobrecilla, imagino lo mucho que has sufrido. Eres muy valiente al volver.

Maddie se tambaleó un poco mientras los brazos extendidos se movían hacia ella en posición de abrazo.

—Gracias —respondió, confundida y con un tono que no invitaba a seguir charlando.

Maddie fue rescatada del contacto físico gracias a la aparición de su compañera de igual categoría, Yamuna Choudhury, que había entrado a formar parte del equipo de Charles Hammond como empleada en prácticas solo unas semanas antes que Maddie. Había sido la número uno de su promoción en Stanford y rezumaba la sofisticación de una chica bastante segura de su inusual belleza. Criada entre California y Jaipur —donde, al parecer, su padre poseía algunos barrios—, suscitaba la ad-

miración de Maddie porque tenía la costumbre de pensar concienzudamente, pero hablaba solo si tenía algo importante que
decir. Su sonrisa le transmitió sus condolencias mejor que cualquier palabra, al tiempo que le tendía una fina carpeta llena de
papeles exactamente igual a la suya.

—Las últimas declaraciones y algunos otros documentos
para que te pongas al día, Maddie. Me alegro de verte. Me temo
que la cuadrilla ya está en el ruedo, deseando empezar a las nueve
en punto. —La eficiencia de Yamuna no estaba exenta de humor
y empatía por la titánica tarea a la que sabía que su compañera se
enfrentaba, al acabar de despertarse de un impacto para, acto seguido, tener que estar preparada para lo que pudiera pasar.

—En punto —asintió Maddie, de forma no demasiado
convincente.

Teresa Suárez, la recepcionista con ojos de cordero dego-
llado que tenía veintitantos años pero que aparentaba diecisiete,
saludó silenciosamente con la mano a Maddie antes de coger
una bandeja de café. Pronunció sin emitir sonido alguno la palabra «hola» para presentarle sus respetos por su pérdida sin
invadir sus pensamientos privados. Maddie le devolvió la sonrisa y reanudó bruscamente su camino para abrir las grandes
puertas de cristal y acceder al sanctasanctórum que se abría
ante ella. La enorme sala de reuniones contigua era vulgarmente
conocida como «el ruedo», más por las tácticas urdidas en su
interior para enfrentarse a sus adversarios, más propias de los
toreros, que por su forma o tamaño.

Mientras la adelantaba, Teresa se disculpó:

—Te he dejado un montoncito de cartas en la oficina,
Maddie. Y siento decirte que tu planta no tiene muy buen aspecto. La he regado mientras no estabas, pero ha debido de ser peor
el remedio que la enfermedad.

—No te preocupes, Teresa —respondió Maddie—. Eres
un encanto. Iré a echar un vistazo.

Dobló la esquina para entrar en su diminuto despacho. Maddie se fijó en el pequeño grabado enmarcado de Oxford que había colgado en la pared, en los archivos de tonos pastel pulcramente ordenados que ella misma había elegido y en el marco que había en la estantería, detrás de la mesa. Se preguntó qué tipo de persona habitaba aquel espacio. Alguien que ahora apenas recordaba: una pariente lejana, una prima. Iba a coger la foto de Christopher para verlo antes de la reunión, aunque, al mismo tiempo, no quería pensar en él en aquel momento. Abandonó la idea y miró hacia la mesa, donde, a pesar de la advertencia, la sorprendió al lado del gran montón de cartas la versión reseca de la que, en su día, había sido una hermosa orquídea blanca. Tenía las cerosas hojas necróticas por el agua que le había encharcado las raíces. No culpaba a Teresa. Muy poca gente sabe que las orquídeas necesitan muy poca agua y parecía que la suya había perecido ahogada en un inconfundible gesto de buena voluntad. Sin embargo, era realmente triste ver mustia aquella orgullosa *phalaenopsis* que Chris le había enviado en su primer día de trabajo, hacía cuatro meses, y que había florecido sin cesar desde entonces con un aluvión de flores distribuidas en dos espigas. Posó el maletín y se planteó la posibilidad de echarse a llorar, pero tragó saliva, lanzó el abrigo sobre una silla y tiró la orquídea al bote de basura. Luego se giró lentamente sobre los talones con los papeles que le acababan de dar, unos lápices recién afilados y un cuaderno amarillo, y deshizo el camino hacia la sala de reuniones.

Cuando Maddie entró en la habitación circular, que tenía una maravillosa vista sobre las plazas ajardinadas y los pasos elevados para peatones que había allá abajo, se dio cuenta de que la animada charla de sus compañeros se interrumpía. Se instaló en una silla vacía al lado del sitio de Samantha, bajo la ventana, y fingió que nadie intentaba evitar su mirada.

—Buenos días —saludó de la forma más inexpresiva posible. Luego reflexionó sobre cómo había que responder a la compasión silenciosa de los extraños, sobre qué se esperaba de ella. No había ningún manual de comportamiento para las víctimas de cuentos de hadas malogrados, por las que todo el mundo parecía sentir pena pero a las que nadie sabía cómo tratar.

El silencio fue quebrado por la entrada de Samantha a través de las puertas de cristal. Con cara de conocer el mejor chiste del mundo, lanzó un ejemplar de la revista *San Francisco* al centro de la mesa. Apoyó una mano fugazmente sobre el hombro de Maddie mientras hablaba, antes de sentarse en su sitio.

—Por si alguno de los que están aquí no tiene demasiado claro el tipo de personaje al que nos enfrentamos en Stormtree, aquí lo tienen. Librando su personal guerra de desgaste desde el refugio de la preciada imagen que nuestra ciudad tiene de sí misma. Contemplen la magnífica y respetable figura del señor Pierce Gray, benefactor de la reciente reconstrucción de un ala del museo de arte y, por supuesto, nada más y nada menos que presidente de su empresa familiar: ¡Stormtree Components!

—Sociedad Anónima —se burló el atractivo Tyler Washington, principal asistente legal de la empresa. Era alto como un Harlem Globetrotter y su presencia física dominaba la mesa—. Ese Gray es todo un experto en prensa y relaciones públicas. Ningún jurado dudaría nunca de que se trata de la personificación del sueño americano con un corazón de oro y una cartera abierta a todo tipo de obras de caridad.

—Sí, menos a las que tienen que ver con sus empleados —replicó Samantha, frunciendo el ceño.

Charles Hammond sonrió en silencio para sus adentros desde el extremo opuesto del círculo. Con su impoluto estilo Brooks Brothers y sus anticuados modales, giró hacia sí la foto del susodicho hombre trajeado —al que tal vez le estuvieran saliendo canas demasiado pronto, con unos treinta y nueve o cuarenta años— y le preguntó a su socia:

—¿Pero no te ha invitado a su maravillosa «casita de campo», como él la llama, en el corazón de la región vinícola de California para saborear la nueva cosecha de Sauvignon de la que se vanagloria? Porque he de confesar que yo sí he tenido ese honor.

Samantha se quedó con la boca abierta.

—Vaya, Charles, ¿así que cenando con el diablo en Château Pierce?

—Creo que el nuevo vino se llama Gray Lady*, en honor al fantasma de cierto Château Cabernet Sauvignon francés, al parecer brillante, de antes de la guerra —respondió Charles—. Un recordatorio para sus contactos de Burdeos de que deben parte de su propia uva a la habilidad viticultora que su abuelo poseía hace tantos años, cuando las vides francesas casi desaparecieron por culpa de los hongos. De hecho, hasta han llegado al punto de cederle parte de sus sagradas tierras francesas para sus cepas.

Tyler se rio.

—Toda la industria vinícola francesa debe de estar al corriente de los méritos del señor Pierce Gray del valle de Napa. ¡No tiene suciedad bajo las uñas!

—Pues busquemos una poca, ¿quieren? —Samantha se dirigió a ellos con seriedad—. Tyler, si no me equivoco, Charlotte y tú tienen ciertas novedades que comunicarnos sobre los informes médicos.

La esbelta rubia sentada al lado de Tyler Washington era una belleza de Indiana con los ojos violetas y era también su pareja sentimental. Charlotte Baxter y su atractivo compañero

---

* «La mujer de gris». Nombre que se les daba a las voluntarias de la Cruz Roja en Estados Unidos, porque vestían de ese color. [N. de la T.]

de trabajo habían empezado a estar juntos a la semana de que ella entrara a trabajar en Harden Hammond Cohen, hacía ya algunos años, y se esforzaban para que sus vidas privadas fueran sagradas. Fue Charlotte, que tenía un aire moderno con su blusa de encaje y el cabello pulcramente recogido en un moño, la que se hizo cargo de resumir la investigación.

—En absoluto, Samantha. Hasta ahora tenemos casi cuatrocientas solicitudes, tanto de empleados de Stormtree que aún trabajan allí como de jubilados, que padecen graves enfermedades y que consideran que su jefe podría ser el culpable. Todos creen tener derecho a poner una demanda, aunque algunos de los casos que hemos analizado más a fondo no tienen nada que ver con esto. Uno de ellos, por ejemplo, tuvo un accidente de tráfico de camino a casa…

Maddie levantó la vista de la portada de la revista para observar la belleza clásica del rostro de Charlotte y su seriedad mientras transmitía los datos de las personas que habían sufrido la negligencia de Stormtree. ¿O había sido su ignorancia? Parecía muy vehemente. ¿Cómo podía alguien implicarse tanto y, aun así, actuar de una forma tan analítica? Maddie escuchó mientras Charlotte contaba la historia de alguien que estaba mareado, desubicado y con migrañas, que había chocado contra la parte de atrás de un camión y que le echaba la culpa a las condiciones de la «sala blanca». Maddie se preguntó si sería una excusa.

—Y supongo que quiere que Stormtree se haga cargo de los daños. Para ser sincera, no vamos a meternos ahí —dijo Samantha, sacudiendo la cabeza—. En cierto modo puede que hasta sea cierto, pero necesitamos casos sólidos. ¿Cuáles son nuestros platos fuertes, Charlotte?

Maddie intentó concentrarse y se quedó con más datos de los que creía posible mientras Charlotte presentaba un resumen repleto de números de casos y estadísticas. Había alrededor de ciento cincuenta personas afectadas, algunas de otros estados además de California. Unos cuantos eran de la costa este, de cerca de Boston y de Maine, en el norte, y sus casos presentaban grandes similitudes con los de allí. Charlotte le preguntó a Samantha si pretendía centrarse solo en los que estaban más cerca.

—Yo los metería a todos en el bombo, Charlotte —sugirió Charles—. Nunca se sabe cómo ni cuándo pueden evolucionar las cosas con el tiempo. Podrían resultar útiles más adelante, si nos encontramos con alguna reticencia por parte de los jueces de California…

Los ojos de Maddie revolotearon ciegos por la sala y se volvieron a posar sobre el rostro de Stormtree que estaba en medio de la mesa. Oyó a Samantha darle la razón a Charles y luego la voz de Tyler. De nuevo Charlotte. Samantha. Ahora Tyler parecía alterado y Maddie le prestó atención.

—También tenemos veinticinco casos «probables» aquí, en el *Golden State*. Apostaría el cuello a que han sido envenenados por Stormtree Inc. Me refiero a que, si bien es cierto que podemos demostrar la toxicidad de los componentes porque el informe que nosotros mismos hemos encargado dice claramente que es necesario manejarlos con extremo cuidado, tenemos la responsabilidad crucial de probar que Stormtree sabía exactamente lo que se traía entre manos. Hay que demostrar que si no hacía nada al respecto era para abaratar costos.

Maddie pensó si sería posible demostrar que habían puesto en riesgo a conciencia la vida de otras personas, que no se habían parado a pensar que sus acciones podían acabar con los sueños de la gente, sesgar esperanzas y alegrías, romper familias y causarles un sufrimiento diario. Quería decir algo, pero entonces Yamuna dejó caer ruidosamente sobre la mesa el lápiz con el que había estado jugueteando, lo que sobresaltó a Maddie. Fue ella quien habló:

—Tyler, seré clara. Estoy segura de que debería saber la respuesta, pero si la toxicidad de los metales pesados usados en la construcción de las placas base y de los chips no se pone en duda y si esas personas están enfermas, obviamente, por haber trabajado allí, aunque trabajaran en salas blancas, entonces ¿por qué es tan importante demostrar que Stormtree lo sabía de antemano? ¿No serían igualmente culpables aunque no supieran que los materiales estaban matando a los empleados? ¿Lo único importante no debería ser demostrar el hecho indiscutible de que las enfermedades han tenido su origen en el lugar de trabajo?

Samantha levantó la mano con serena autoridad.

—Aclaremos ese punto. Los demonios no son los propios metales.

Miró sucesivamente todas las caras y Maddie se vio atrapada en la corriente. Le devolvió la mirada directamente, pensando que la estaban interrogando, y le respondió a su jefa:

—El veneno procede del glicol éter de etileno, de los bencenos, de las resinas epóxicas y todo eso, que son el tipo de disolventes que pueden resultar cancerígenos.

Maddie aún se estaba preguntando de dónde había salido todo aquello, cuando se dio cuenta de que Samantha asentía mientras la miraba.

—Correcto. Todos ellos han sido los pilares de la fabricación de alta tecnología durante décadas. Aunque tú también tienes razón —dijo volviéndose hacia Yamuna—. Una parte del rompecabezas para nosotros, una gran parte, de hecho, es demostrar más allá de cualquier duda razonable que el cáncer y otras enfermedades graves se deben al ambiente de trabajo, lo cual no es tan sencillo. Puedes estar segura de que el equipo de Stormtree alegará que las enfermedades que sus trabajadores sufren son absolutamente naturales dentro de los parámetros demográficos.

—Alegarán que los empleados mexicanos e hispanos, o cualquier otro grupo al que representemos, tienen más posibilidades que los blancos ricos de padecer cáncer de hígado y complicaciones respiratorias, de sufrir abortos espontáneos, de tener hijos con leucemia, etcétera —dijo Charlotte, frustrada.

—Pero el hecho de que lo supieran de antemano es crucial, Yamuna —continuó Samantha—. Un acuerdo por un simple delito menor del tipo: «Vaya, cuánto lo sentimos, disculpen, no teníamos ni idea de que esas sustancias tóxicas utilizadas en el proceso de fabricación podrían causar serios daños a nuestros trabajadores» sería notablemente menor y prácticamente sería considerado un gesto de buena voluntad por parte de Stormtree hacia sus empleados. Le recordarían al tribunal que pagan seguros médicos a los trabajadores como parte del contrato y algunos hasta los considerarían buenos chicos. Pero si lo han hecho para abaratar costos, si han sido negligentes o simplemente descuidados con los controles hasta el punto de jugar a ser dioses con la vida y la salud de sus trabajadores y de sus familias, entonces estamos hablando de cargos graves.

—Por no hablar del punto de vista moral —añadió Maddie en voz baja, con los ojos fijos en la foto del hombre que honraba con su imagen la portada de la revista *San Francisco*. Cuando levantó la vista, vio que todos la estaban mirando.

—Eso también es verdad —repuso Samantha dándole la razón a Maddie—, y es justamente la razón por la que debemos esforzarnos al máximo para conseguir declaraciones lo más exactas posible por parte de nuestros clientes. Tenemos que estar seguros de que lo que nos cuentan sobre su entrada en la empresa, sobre las condiciones que tenían, sobre la naturaleza de sus enfermedades y sobre cualquier otra cosa que puedan recordar de su trabajo allí sea claro y preciso y sin un solo adorno. Ha de caer por su propio peso en el tribunal y, además, suscitar la compasión del jurado.

—No es necesario adornar nada. Normalmente, en cuestión de jurados, menos es más —comentó Charles.

Tyler cogió la primera hoja del montón que tenía y se la pasó a Samantha.

—Le hemos pedido a nuestra gente que revise de nuevo todos los informes médicos, pero hilando fino y, al parecer, hay alrededor de ciento cincuenta casos más de diversos tipos por cada mil empleados de Stormtree de lo que suele ser habitual en la población normal. Los informes toxicológicos son...

Samantha miró a Tyler.

—¿Podemos demostrar eso último?

—Aún hay que investigar más a fondo. Estoy intentando contar con la ayuda de un reputado epidemiólogo de Princeton. Según Stormtree, muchos de los empleados que han muerto de cáncer han sido víctimas de su «mala suerte» y lo achaca a su origen humilde. Les hemos pedido que comprueben las salas blancas para eliminar cualquier duda, pero dicen que no hay pruebas científicas de que las salas blancas no estuvieran esterilizadas, así que su respuesta a nuestra petición ha sido que no es necesario hacer ninguna prueba.

Charles estaba totalmente al corriente de la demanda de Samantha, pero no entraría más a fondo en el caso hasta que fueran a juicio, en el que actuaría como abogado defensor, así que hizo una pregunta con fines aclaratorios:

—El término «sala blanca» significa que están trabajando en un ambiente estéril, ¿no?

Charlotte negó con la cabeza.

—Lo único que tienen de «blancas» es que los empleados tienen que usar guantes, gorros protectores para el pelo y trajes esterilizados para proteger los circuitos integrados que fabrican. Por ejemplo, si se mete una mota de polvo en el chip de una computadora, éste no funcionará. Son medidas para proteger el proceso de fabricación, no a los trabajadores.

—El problema es lo que respiran, Charles —añadió Samantha.

—Pero si sus salas blancas estuvieran impolutas —insistió Yamuna—, ¿no sería mejor que lo demostraran? Enfrentarse a nosotros en un tribunal les saldrá mucho más caro.

—Y así podrían hacer sus propios descubrimientos y tendrían la posibilidad de llevar a cabo una conciliación extrajudicial —dijo Charles, casi pensando en voz alta.

—Pierce Gray es exactamente el tipo de hombre que no se enfrentaría a sus puntos débiles ni admitiría ningún error —dijo una silenciosa joven de unos treinta años que estaba sentada a la derecha de Maddie. Daisy Chang, cuyo tatarabuelo había llegado a California con los bolsillos vacíos durante la fiebre del oro, era una brillante y joven abogada litigante que ahora trabajaba para David Cohen. Como él estaba fuera esa semana, le tocaba escuchar por los dos.

—Seguro que tiene su lado tierno —dijo Marni van Roon con tal inexpresividad que nadie supo a ciencia cierta si lo decía con ironía. Era estudiante de último año de Derecho Internacional en Róterdam, pero estaba de intercambio en Berkeley. Llevaba unas semanas de prácticas en Harden Hammond Cohen, pero no pertenecía a nadie. Había compartido algunos almuerzos con Jacinta, a la que parecía impresionarle bastante el elegante señor Gray, y habló por boca de esta cuando añadió—: Lo cierto es que quizá no sea posible demostrar que supieran que los productos químicos eran cancerígenos.

Maddie se quedó mirándola, pero se abstuvo de hacer ningún comentario.

Samantha sonrió con tristeza.

—Cierto —reconoció—. Pero esperemos poder descubrir la verdad por el bien de tantas personas que se encuentran en fase terminal en el hospital, prácticamente sin esperanza y con el reloj corriendo en su contra. Para lo cual, Maddie —dijo, mirando a su vecina—, me gustaría que visitaras a un par de nuestros posibles mejores casos por mí y que volvieras a tomarles declaración. ¿Tyler?

Él le informó, como le pedían:

—Sí, aquella señora tan agradable de sesentaitantos años, Maddie. Ya la conoces: Marilú Moreno. Está en San José y le caíste muy bien cuando fuiste sola a verla hace un mes, más o menos. El suyo es un caso de cáncer de mama, ¿te acuerdas?

Maddie asintió con expresión lúgubre. Sí, recordaba a aquella mujer tan extraordinaria y valiente. Pero tener que ir a verla justo en aquel momento... ¿Por qué precisamente ella?

Samantha le respondió sin querer:

—A ti se te da genial la gente, Maddie, y Marilú necesita que la traten con cariño. Es brillante y fuerte, y está asustada por los retrasos y los trucos de los abogados de Stormtree. También hay una chica nueva, ¿no, Tyler?

—Una indígena americana de unos treinta y cinco años. Su padre está en Nevada y ella colabora en su manutención porque él se hace cargo de su hijo. Ha recibido una buena educación y tiene un niño de diez años. Al parecer está muy grave: tiene un tumor cerebral inoperable, entre otras cosas. Pero es de carácter muy dulce y se niega a perder la esperanza. También está en San José. Tal vez puedas visitarlas a las dos juntas, Maddie. Yo estaré encantado de acompañarte.

Le puso otra hoja delante y le dedicó una sonrisa alentadora. Personalmente, no envidiaba al que tuviera que ir a hablar con aquella pobre chica. Casi con total certeza, no duraría demasiado en este mundo.

Maddie, cuyos ojos continuaban luchando por despegarse de la cara que estaba sobre la mesa, apenas era consciente de la actividad de los que la rodeaban. Samantha estaba finalizando la reunión, adjudicando tareas y volviéndolos a convocar para dentro de una semana. Maddie estaba perdida en sus propios pensamientos, haciéndose preguntas sobre Pierce Gray y sobre cómo era posible que ella pudiera servir de ayuda a nadie. Se sentía vacía por dentro, como si de alguna manera hubiera perdido las ganas de vivir. Aunque tal vez esa fuera la cuestión. Pensó que ella sería capaz de caminar entre los desahuciados y continuar sintiendo la misma inmunidad, la misma insensibilidad que sentía en aquel momento.

De forma casi involuntaria, cogió la revista con la foto sonriente en la portada, deshizo el camino por el pasillo hasta la oficina después de que el resto de la gente hubiera abandonado la sala y se sorprendió al encontrarse allí a Samantha, esperando para hablar tranquilamente con ella. Estaba mirando la orquídea en el bote de basura, pero se volvió hacia Maddie en cuanto la oyó entrar.

—Cielo, te compadezco más de lo que te imaginas, pero ¿recuerdas por qué te contraté?

Maddie desvió un poco la vista de ella, no demasiado segura de a qué parte se refería.

Samantha observó la sombra de aquella chica que parecía un soplo de aire fresco cuando la había conocido en la entrevista. Había eclipsado a cualquier otro candidato.

—Te dije: «Te voy a contratar, Madeline. No por tu experiencia (todo llegará) sino porque he visto algo en ti: energía y habilidad para pensar en los aspectos colaterales y entender la complejidad de la gente. Creo que la gente te verá como alguien con quien se puede hablar». ¿Te acuerdas?

Maddie asintió, con el fichero, el cuaderno legal amarillo y la revista pegados al pecho.

—Sé que en este momento estás destrozada y dolida —continuó Samantha—. Sé que ahora mismo la vida puede ofrecerte pocas alegrías. Pero necesito tus cualidades especiales, Maddie. Sin duda, posees la oportunidad de cambiar la vida de esas dos mujeres que tienen el tiempo en contra. Debes encontrar alguna manera para volver a creer en la causa y prepararte para mirar directamente a los ojos a los Pierces Gray de nuestra historia. Por favor, no pierdas la confianza en todos nosotros —pidió con una dulce sonrisa.

Luego se agachó hacia el bote, cogió la orquídea, se la pasó a la turbada abogada en ciernes y se fue.

Maddie tomó la orquídea y la volvió a poner sobre la mesa mientras intentaba reflexionar. Pero su mente continuaba centrada en el hombre de la foto: el rostro del dueño de Stormtree Components Inc.

Sí, lo había visto antes de cerca y en un entorno muy íntimo en una o dos ocasiones. Habían compartido una historia que Maddie había intentado olvidar con todas sus fuerzas.

5

Santo Pietro in Cellole, Chiusdino (la Toscana),
finales de enero de 1347

Las horas de silencio le habían negado el descanso. Los ojos de Maria Maddalena se abrieron temprano, aún pesados. Al final, cuando ya iba a irse a la cama la noche anterior, había tenido que llevarse sus cosas de su propio cuarto para poder acomodar a los últimos huéspedes que habían llegado. Obligada a compartir cama con su tía y todavía rebosante de curiosidad, había sido incapaz de apaciguar la mente durante horas. Con el viento en la dirección correcta, había oído el toque de completas de las campanas de la abadía, pero ya hacía tiempo que estas habían sonado cuando finalmente consiguió sumirse en cierto estado de sopor.

Ahora estaba completamente despierta y sentía el dulce aroma del laurel que perfumaba el humo de la lumbre matinal, como si de incienso se tratara. Solo entonces recordó que era la festividad de Santa Inés. Sí, ¡la patrona de las parejas prometidas!

Se aseó, se vistió con rapidez y recorrió presurosa el pasillo del piso de abajo para ir a buscar a la tía Jacquetta. Aunque esperaba hallarla en la biblioteca, aprovechando las primeras horas del día para trabajar, Mia la encontró en la amplitud de la cocina, escribiendo las instrucciones e indicaciones del día para las comidas y para que todo fuera bien en la casa. Aunque era un día festivo, la dulce Inés no era lo suficientemente exigente ni tan importante en la región como para interrumpir el ritmo de trabajo ni las tareas diarias de la gente en aquella zona de la Toscana. Los tribunales no cerraban por ella, ni se esperaba que los artesanos dejaran de trabajar en su honor. De cualquier modo, nadie en Santo Pietro tenía que temer la multa de cien *soldi* por atreverse a trabajar durante una fiesta de guardar; los carniceros, los herbolarios, los panaderos y los posaderos estaban autorizados a continuar con sus actividades y a proporcionar los servicios necesarios para la vida diaria hasta en los festivos más importantes, a excepción de la fiesta navideña de San Esteban, día santo en el que nadie en absoluto podía trabajar, de modo que podían garantizar sustento y cobijo.

Mia posó una mano apremiante sobre el brazo de su tía y extendió dos dedos hacia ella mientras señalaba la puerta principal con aire inquisitivo.

—La pareja de anoche aún está durmiendo, Mia —respondió Jacquetta—. En breve tendremos que salir hacia el pueblo para ir a la iglesia, así que coge la capa y la bolsa y arréglate.

Mia pareció desilusionarse y su tía sonrió.

—Seguirán aquí cuando volvamos y puede que hasta se hayan levantado. El viaje de ayer fue largo y conviene que descansen más antes de que los acosemos con preguntas. Y si prefieren guardar silencio y no contarnos nada sobre la razón de tan tardía llegada ni sobre su procedencia, están en su derecho —añadió a modo de respuesta a la expresión de frustración de Mia.

La tía Jacquetta permaneció tercamente reacia a responder a ninguna otra pregunta por el momento, a pesar de la presión de la cocinera, cuyas cejas levantadas indicaban que ella también estaba interesada y tenía curiosidad por los caminantes que, deliberadamente, no habían dado nombre alguno, a pesar de haber despertado a la mayoría de los huéspedes y alborotado la casa entera a aquellas altas horas de la noche.

—Ni nos contarán ninguna historia ni nos darán un solo florín por las molestias causadas —aseguró la cocinera con rotundidad.

Sus labios y su expresión facial hicieron ver a Mia que estaba convencida de que se levantarían y se irían tan misteriosamente como habían llegado, probablemente sin agradecer pecuniariamente la cama y la comida. Los peregrinos solían ir y venir de aquel modo y a menudo utilizaban las historias del viaje y las noticias de lugares lejanos como pago. Y es que, después de peregrinar, lo segundo mejor que se podía hacer era ser caritativo y hospitalario con aquellos que lo hacían. Pero los más pudientes siempre dejaban algo para la casa y los sirvientes y muchos de ellos eran generosos en su agradecimiento. La villa de Jacquetta ofrecía a los caminantes un alojamiento mucho más confortable que las austeras habitaciones reservadas para los peregrinos en el monasterio. Su casa era cálida, las habitaciones estaban limpias y bien amuebladas —algunas de ellas eran casi dignas de un palacio, como si esperaran una visita imprevista de los *signori*— y la mesa era más abundante (hasta había huevos para el desayuno) que las simples viandas que recibirían de los monjes. En una casa de aquel tamaño, el pago de los caminantes servía de complemento a los ingresos de las tierras. De hecho, dado que estaba situada cerca del pozo de Galgano y de la abadía que habían erigido en su honor, se suponía que dar posada a los peregrinos o a los caminantes que acudían a hacer negocios a la propia abadía debía proporcionarles gran parte del sustento. Pero si alguien llegaba y se iba sin pagar y sin contar nada, a la tía Jacquetta le traía sin cuidado: ella tenía claras sus obligaciones fuera quien fuera el caminante, viniera de donde viniera y tuviera los negocios que tuviera con Dios.

Aun así, para regocijo de Mia y haciendo honor a su casi inalterable fe en la gente, cuando ella y su tía regresaron de misa se toparon con la misteriosa pareja en el vestíbulo, delante del cuarto que hacía las veces de despensa, con la única compañía del peregrino de cabellos rubios y el hijo menor de la sirvienta encargada de la colada. La joven llevaba puesto un sencillo vestido de color crema con un elegante tabardo de seda verde encima que, si bien demostraba que era de alta cuna, no resultaba demasiado recargado. Mia concluyó que era la misma ropa que llevaba la noche anterior, pero sin la capa de viaje encima. No había podido meter en el equipaje otro atuendo para mudarse. Pero lo que a Mia le llamó la atención fue que las delicadas mangas estaban cuidadosamente dobladas hacia atrás, que llevaba un mandil sobre el vestido y que había instrumentos a su alrededor sobre la mesita de madera de roble. Toda la atención de la visitante estaba centrada en el pie del peregrino, así que fue su joven esposo el que se dirigió a ellas.

Mia oyó cómo sus educadas palabras componían una excusa por haber importunado a toda la casa tan tarde la noche anterior. Con una voz apenas acentuada por un deje toscano, explicó que su marcha por los caminos más altos se había ralentizado debido a la nieve. Se habían visto obligados a guiar con cuidado a los caballos a través de Casole d'Elsa y no habían sido capaces de llegar a Chiusdino para procurarse alojamiento, ya que los caminos estaban intransitables y había oscurecido pronto. Sin ninguna posibilidad de llegar a Siena, se habían visto obligados a tomar el camino del valle, donde el tiempo era más apacible.

Mia llegó a la conclusión de que estaban recién casados y se preguntó, por la entonación del hombre al hablar, si habrían partido de Lucca. La ruta de los peregrinos pasaba por allí siguiendo la Vía Francigena, que llegaba hasta Francia y seguía hacia Roma y Tierra Santa. Aunque de ser así, no habían tomado la mejor ruta ni la más directa para llegar a Siena. Desde San Gimignano, el camino de los peregrinos pasaba por Colle di Val d'Elsa, no por Casole y, desde luego, ni se acercaba a Chiusdino. En Siena, los caminantes elegían si incluir el sagrado pozo de Galgano, con la espada clavada en el suelo de la capilla, en la peregrinación hacia Roma. Aunque no se encontraba en el camino principal, muchos se desviaban para ver tanto el pozo en honor al santo como la exquisita abadía, donde se decía que se producían milagros. ¿Aquella pareja estaba completamente perdida o, simplemente, habían errado el destino?

Sin embargo, durante toda la conversación entre su tía, que se limitó a escuchar educadamente sin hacer demasiadas preguntas, y el joven, que aún no había revelado su nombre, los ojos de Mia no dejaron de observar fijamente a la muchacha. Su rostro y lo que estaba haciendo la cautivaron. Tenía la frente inusitadamente ancha y, a diferencia del de Mia, su cabello era rubio, del color claro que los pintores habían elegido para representar el de las santas y el de la Virgen María en el Duomo de Siena. Además, estaba ligeramente rizado, aunque no tanto como el de Mia. La expresión de su rostro no era dócil ni mostraba el gesto forzado de humildad que muchas esposas jóvenes lucían en público. Aunque aquella joven esposa apenas era una niña, Mia llegó a la conclusión de que tenía los ojos llenos de vida.

Había que tener estómago para quedarse allí mirando lo que hacía, que tanto fascinaba a Mia. Mientras su marido hablaba, ella había mojado una de las agujas más largas de zurcir de Chiara en el *aqua vitae* que tenían almacenado, para luego sujetarla durante un rato sobre la llama de una vela hasta que el alfiler candente debió de quemarle los dedos. Luego la acercó al pie del peregrino, en el que Mia observó que la enorme inflamación había dado paso a una herida ulcerosa, probablemente provocada por el roce durante demasiados días contra la raída bota. Estaba en carne viva y tenía muy mal aspecto. Mia habría apartado la vista si no hubiera sido por la fascinación que le producía ver cómo la visitante le hacía las curas.

—Ánimo —le dijo al peregrino con voz clara y suave, antes de dedicarle una sonrisa.

Entonces la aguja caliente se hundió en la piel inflamada y un mucílago blanco brotó de ella. El peregrino hizo una mueca, pero no dijo ni palabra, y al instante la muchacha ya lo estaba lavando para aplicarle un ungüento y envolverlo de nuevo en las telas manchadas de raíz de lirio, después de añadir algunas de las hojas de plátano que Mia había traído el día anterior. Nadie despegó los labios, pero todos se quedaron mirando. Sus movimientos eran seguros.

—El ungüento lleva lirio blanco de la región y flores de tomillo silvestre para matar los venenos que te infectaban la sangre —le explicó al paciente una vez hubo terminado—. Además, he continuado con el sabio uso que de las hojas de plátano ha hecho la *signora* —dijo mientras asentía con respeto mirando a Jacquetta—. No mucha gente es consciente de que se pueden aplicar como tratamiento en este tipo de heridas. Ha sido lo mejor que te podían haber suministrado. Ahora debes descansar y beber la tisana de tomillo silvestre que he hecho para bajarte la fiebre. Mañana tendré que repetir el proceso. ¿La *signora* nos permitiría quedarnos uno o dos días más? —inquirió mirando a la anfitriona.

—Por supuesto que deben quedarse —respondió Jacquetta—. Viéndolos deduzco que debes de ser hija de un cirujano o de un doctor de un buen hospital. Desde luego, eres algo más que una simple curandera.

—Me ha enseñado la hija de uno… —contestó.

Eso fue todo lo que les contaron durante varios días.

Mia cavilaba sobre el extraño camino que habían tomado, sobre el timbre de su voz, semejante al canturreo del agua al fluir, y sobre el hecho de que su acento era, ciertamente, toscano. ¿Habrían salido de San Gimignano? También se fijó en los modestos cambios que el guardarropa de la bella joven sufría con el paso de los días. Percibió que su marido rara vez iba al pueblo a oír misa, y la joven esposa nunca. Otros visitantes se fueron, llegaron nuevos huéspedes con la mejoría del tiempo y la pareja se quedó hasta finalizar la semana. La joven esposa estaba siempre presente, sin embargo, para continuar vigilando la herida del peregrino, que, como más tarde descubrieron, había empezado el viaje en el sur de Inglaterra y se quedaría con ellas hasta que se curara. La muchacha —aún sin nombre— ayudaba todo lo que podía en la villa, recogía las escasas flores que había en invierno y adornaba con ellas y con ramas verdes las habitaciones y remendaba ropa y sábanas, sin perder la dulce actitud para con su joven marido. Mia se preguntaba si la vida de casados podría durar así mucho tiempo.

Mientras se planteaba todas aquellas preguntas, Mia ignoraba que ella también había suscitado la curiosidad de la joven huésped, a quien, a falta de un nombre que otorgarle, llamaba para sus adentros *la bella pellegrina*. También escribió el nombre para mostrárselo a su tía: «La bella peregrina».

El tema de Mia surgió por primera vez al final de la semana, cuando ambas mujeres estaban sentadas en el secadero. El marido de la joven se había ido con el mayordomo al bosque para comprobar las trampas y cazar algunos conejos. La muchacha estaba secando con un paño de lino las semillas de una granada que había comido para volver a plantarlas en primavera. Jacquetta, que estaba haciendo bolsitas de popurrí, se sintió lo suficientemente a gusto como para hacerle algunas preguntas.

—Tengo la sensación de que no son peregrinos normales y corrientes.

—Todos lo somos: viajamos por la vida en pos de la belleza y la verdad —replicó ella. Aunque no levantó la cabeza mientras jugueteaba con las semillas, esbozó una sonrisa casi imperceptible.

—No creo que pretendan reincorporarse a la Vía Francigena ni que se hayan equivocado de camino para ir a Siena. —No había nada alarmante en la voz de Jacquetta, que ladeó ligeramente la cabeza para observar a su huésped. Esta asintió.

—Lo cierto es que no somos forasteros —le respondió con sinceridad la muchacha a Jacquetta.

De forma tácita se estaba refiriendo a los peregrinos, ya que dicha palabra significa literalmente «forastero».

—¿Tal vez tú y tu esposo se dirigen a Bagni di Petriolo, que está unos kilómetros al sur?

Jacquetta había visto llegar allí a muchas parejas que habían elegido aquel camino hacia ese lugar alternativo de peregrinación. De todos modos, la mayoría de las que viajaban hacia aquel lugar eran bastante mayores que esta. Si el matrimonio aún no había sido bendecido con hijos, la estancia en un balneario era recomendada por igual por la iglesia y por los médicos, y las deliciosas aguas termales de Bagni di Petriolo gozaban de una fama bien merecida por sus poderes curativos en general y por su capacidad de ayudar a las parejas infecundas a tener hijos. Sin embargo, Jacquetta sabía que esto era extraño en una pareja que llevaba tan poco tiempo casada.

Aun así, la mención del lugar hizo levantar la vista a la muchacha.

—¿Bagni di Petriolo? ¿Está cerca de aquí? —preguntó—. Mi madre visitó esos *bagni* antes de mi propio nacimiento. —Pareció perderse en un largo tren de pensamientos antes de añadir—: Estuvieron esperándome mucho tiempo y no hay más herederos para la casa de mi padre.

Jacquetta reflexionó profundamente y luego, con voz seria, preguntó:

—¿Acaso tus padres no aprueban la elección de marido que has hecho, *signora?*

Conocía demasiado bien el dolor que podía ser infligido a los jóvenes enamorados, dado que la legislación civil de muchas ciudades italianas protegía el exceso de celo y el derecho de los padres —e incluso de hermanos mayores o parientes— a decidir quién se casaría con quién. Los matrimonios clandestinos estaban expresamente prohibidos aun cuando el derecho canónico exigía únicamente el consentimiento de la pareja interesada. Por supuesto, debían hacer los votos en un lugar público, pero, según rezaba el derecho canónico, no se les podía impedir. Jacquetta consideraba un ultraje a Dios y sus leyes que la exigencia legal del consentimiento por parte de los padres permitiera frustrar la felicidad de dos personas. Cualquier testigo legal de un matrimonio de dicha naturaleza, es decir, que no contara con la aprobación paterna, cualquier testigo presencial e incluso el notario, además de los propios contrayentes, podía ser multado y obligado a pagar una suma de dinero considerable que a veces ascendía hasta a cien liras. Por ello, Jacquetta se preguntaba con compasión si esta sería la razón de su silencio y de su viaje. Sin duda, ella era hija de padres gibelinos, antiguos aristócratas terratenientes aún leales a la figura del emperador que no confiaban ni estaban de acuerdo políticamente con el hijo de una familia de mercaderes recién llegada a la ciudad que se ganaba la vida con el comercio y apoyaba al partido del papa.

Jacquetta sabía demasiado bien que dichas facciones habían causado un terrible sufrimiento y derramamiento de sangre en todas las ciudades de la Toscana y más hacia el norte. ¿Se habrían casado y huido sin que los padres de la chica lo supieran y dieran su consentimiento?

—No lo aprueban… —dijo la chica en un tono difícil de interpretar.

Jacquetta aún se estaba preguntando si aquello era una reiteración de la pregunta o si se trataba de una respuesta a medias, cuando la joven continuó hablando:

—A ninguno de nosotros se nos permite ser individuos, *signora*. Todas y cada una de las elecciones que hacemos son por el bien de la iglesia, de la ciudad o de la familia. Tenemos pocas expectativas de que nuestras habilidades o nuestros derechos cambien los destinos de los seres humanos.

Aquella aseveración tan repentina y franca sorprendió a Jacquetta. Ella también tenía pensamientos profundos y complicados sobre aquella cuestión, dada la historia de su propia familia.

—Pero si pudiéramos… —dijo la muchacha, prácticamente pensando en voz alta. A continuación, miró a Jacquetta con compasión—: ¿Por qué su hija no habla, *signora,* si oye perfectamente?

Jacquetta observó con seriedad a su joven huésped. La pregunta le sorprendió, aunque no la ofendió. Tardó unos instantes en responder.

—Aunque la quiero tanto como a una hija, Maria Maddalena es mi sobrina —explicó—. Y me resulta imposible responder a la pregunta de por qué no habla. Tiene algo que ver con su infancia y con el triste momento en que se vio obligada a abandonar a su madre.

Las dos mujeres se miraron. Ambas parecían estar sopesando si añadir algo y cómo hacerlo.

—A falta de voz, creo que Dios ha considerado apropiado potenciar en ella otros dones —dijo Jacquetta.

—Sí, lo he visto, pero ¿lloraba de bebé? —preguntó la muchacha amablemente.

Jacquetta asintió.

—Sí, claro. Cuando era muy niña, hablaba.

—Me gustaría intentar sacar su voz de la oscuridad. Es más, creo que sería capaz de lograrlo —le dijo la visitante a Jacquetta.

6

San Francisco, 29 de enero de 2007

C uando la jornada de trabajo finalizó, Maddie se quitó los zapatos de estar en la oficina y se marchó.

No le apetecía acudir al habitual homenaje póstumo que sus compañeros celebraban en honor al día en uno de los abrevaderos que había a lo largo del Embarcadero. En lugar de ello, se fue caminando con la orquídea sobresaliendo de su gran bolso de lona. Tenía pensado dirigirse hacia el punto donde el tranvía daba la vuelta en Montgomery, pero sus pasos la llevaron hasta Third Street. Apenas se había dado cuenta de que había llegado a la puerta de la floristería de Jimena. Ese día, el aroma de los lirios, dulce como el de las violetas, que le dio la bienvenida al abrir la puerta la transportó a un lugar lejano donde todavía existía la felicidad.

Una voz procedente del otro lado de la hilera de enormes tiestos rebosantes de flores la saludó:

—Hola, chica, ¿qué tal? En un momentito* estoy contigo.

La voz de Jimena tenía el habitual tono cantarín lleno de alegría. A Maddie le maravillaban su entusiasmo por la vida y su esperanza.

Jimena emergió tras el expositor floral con una serie de ramos pomposamente envueltos.

---

* En español en el original. [N. de la T.]

—*Madre de Dios, señorita* Maddie —dijo Jimena esbozando una triste sonrisa—. No sé cuál tener peor aspecto, la orquídea o tú. Arreglar corazones rotos no, pero me parece que podré resucitar a la orquídea. Creo que unos buenos vecinos la ayudarán, pobrecita mía.

Sacó la orquídea del bolso de Maddie y la puso sobre el mostrador como si perteneciera a los ángeles, luego fue rápidamente hacia la puerta, echó el pestillo, colgó el cartel de «cerrado» y bajó la persiana.

—*Carita,* ya iba a cerrar. Espero tener un momento juntas antes de que me recojan. ¿Tú sentar un segundo mientras termino de empaquetar las entregas y luego hablaremos?

Desapareció otra vez, pero su voz le llegó de nuevo de entre las flores.

—Tu admirador rico, el de la portada de la revista que enviar el mayor ramo de flores por tu pérdida, ¿el señor Gray? —le alegró recordar su nombre—, ha estado hoy aquí.

—¿Ah, sí? —dijo Maddie intentando disimular su curiosidad. Había estado allí el hombre en el que había estado pensando la mayor parte del día. Se dejó caer en el taburete que había al lado del mostrador y echó un vistazo alrededor—. Hace mucho que dejó de ser mi admirador, Jimena —aseguró educadamente, pero con firmeza.

—¿Sí? —comentó Jimena en tono despreocupado sin tomar en cuenta su afirmación. Sabía de buena tinta que nadie le había enviado nunca ramos de flores tan grandes a Maddie por sus cumpleaños ni estaba tan al tanto de lo que sucedía en su vida. Aun así, era asunto suyo y estaba claro que, en aquel momento, prefería no hablar del tema—. Ya, bueno. Me preguntó si recibido las flores que él encargar el otro día. Le dije: «*Sí, seguro,* porque las entregué yo misma».

Aunque el tema de Pierce Gray podría haber hecho que se sintiera incómoda, Maddie estaba más embelesada por el encanto de aquella muchacha que por lo que decía. Incluso en aquellos momentos en los que tenía una actitud tan apática ante la vida, el pequeño rincón de Jimena era capaz de levantarle el ánimo como por arte de magia. Le había encantado aquella tienda desde que la había descubierto un soleado día mientras paseaba tranquilamente de vuelta a casa al salir del trabajo. En ella siempre había productos frescos y, normalmente, diferentes. Además de los típicos ramos, plantas y las extrañas flores poco comunes que solía tener expuestas, Jimena poseía el arte de convertir las cosas bonitas en otras aún más hermosas: carritos llenos de lavanda en tiestos esmaltados de color crema que conseguían que te sintieras como si estuvieras en el campo en los alrededores de París, informales piezas de cerámica rebosantes de sonrosadas rosas y guisantes de olor en todas las estaciones que te harían sentirte como dentro de cualquier residencia campestre de Inglaterra y tarros de cerámica de Delft abarrotados de junquillos, margaritas azules y tallos de verónica, como si se tratara de un cuadro de una naturaleza muerta holandesa de un tiempo pasado. De dónde venían o cómo llegaban allí era un misterio para Maddie.

La primera vez que le habló a la *nonna* Isabella de la tienda, su abuela le dijo que la familia de Jimena llevaba cultivando y vendiendo flores en San Francisco «desde siempre». Recordaba al abuelo de Jimena, Gonzalo, vendiendo flores y plantas en North Beach en un carro tirado por un caballo antes de la guerra. Además le había contado que, según el padre de Maddie, aquella familia descendía de los jardineros que cultivaban hierbas aromáticas en la primera Misión de San José, de finales del siglo XVIII. Y, después, en Misión Dolores. «Antes de la fiebre del oro —le había aclarado Isabella a Maddie—, antes de que llegaran los "gringos", cuando el pueblo se llamaba Yerba Buena».

«Hierbas buenas», pensó Maddie. Aquello ya había pasado a la historia. Ahora las hierbas se cultivaban en invernaderos y se vendían en modernos y relucientes quioscos situados en las aceras delante de relucientes y modernos edificios.

De pronto, Jimena apareció ante ella. Tomó las manos de Maddie entre las suyas y sus vivos ojos castaños penetraron en lo más profundo de su alma. Ambas estaban emocionadas y casi al borde de las lágrimas.

—Salvaré la orquídea de tu Chris, Maddie, y tú serás entonces una persona nueva. Pero ahora no pensar en eso.

Una rápida sucesión de bocinazos rompió el silencio.

—*¡Dios, Enrique! Mi hermano.* ¿Ya tan tarde? Viene a recoger los encargos, pero si para demasiado tiempo la policía lo pone *muy feo,* señorita Maddie. Feísimo.

Aquella prisa era tan tranquila y dulce que hechizó a Maddie.

—Tú sacar esto, por favor, y yo llevaré el resto —dijo Jimena mientras abría la puerta y empujaba a Maddie hacia la calle con los brazos llenos de flores—. ¡Venga, vete! La policía llegar en un minuto.

Maddie salió peleándose con los regalos florales. Sorteó la marea de trabajadores que iban en una y otra dirección, de regreso a casa, hasta llegar a la furgoneta de Enrique. Se sintió como si se la fuera a tragar la corriente humana, pero Enrique la vio y se bajó para abrir la puerta delantera, coger las flores y ponerlas en el asiento.

—Gracias —dijo Maddie, sofocada—. Jimena viene ahora. Dile que la quiero mucho y que he tenido que irme corriendo. Y que me pasaré a finales de semana.

Luego Maddie dejó que la corriente de la anónima marea humana se la llevara, mientras pensaba que ojalá Jimena pudiera salvar el último vestigio viviente de Chris.

7

San Francisco, 1 de febrero de 2007

Durante los primeros días de vuelta a la oficina, y a su vida en general tras el trauma de la pérdida de Chris, la vida de Maddie parecía surrealista. Flotaba entre ciclos de nubarrones y sol en el plano físico y entre la melancolía de los *Nocturnos* de Chopin y el *Réquiem* de Mozart en el psicológico. Evitaba a todo el mundo y rechazaba invitaciones a cenas que darían pie a que sus amigos se sintieran tristes y conmovidos por ella o, Dios no lo quisiera, a que la exhortaran a ser fuerte y a mirar hacia delante. Porque, como decían los correos electrónicos y las tarjetas de condolencia, ella era una persona positiva por naturaleza «con toda la vida por delante».

¿En serio?

¿Y ellos qué sabían? Tenía una amiga a quien su novio había dejado a las pocas semanas porque, según él, aquello «se estaba convirtiendo en algo demasiado serio» y otra que había roto con un tipo porque «no parecía tener madera de padre». Les preocupaba lo que podría llegar a ser. Pero con Christopher, Maddie sabía lo que era y lo que debería haber sido. No tenía tiempo para tópicos. Le salieron ampollas en los talones de caminar durante kilómetros con el iPod hacia ningún lugar, sin rumbo, para caer agotada y ahogar las emociones. No tenía ningún interés en que llegara «toda la vida» que tenía por delante.

Durante dos días, mantuvo la cabeza a raya con tareas que cualquier secretaria en prácticas podría haber llevado a cabo: solicitar información a especialistas, clasificar expedientes por casos en función de sus similitudes y poner al día todo el papeleo. Temía el viaje a San José del jueves. ¿Cómo afrontaría la presión? Hablar con personas aquejadas de enfermedades terminales no era la idea que nadie tenía de una excursión. Cuando todo había empezado, hacía semanas, la sortija de medio quilate de oro blanco que llevaba en el dedo se había convertido en una especie de metáfora de su fe indestructible en las cosas alegres y bonitas que había en el mundo, en su talismán contra la oscuridad. Había hablado con muchas personas que no tenían esperanza ni sentían rabia, algunos llorosos, otros resignados, pero Maddie tenía energía para todos ellos y les había prometido ser la voz que les faltaba, evitar que los trataran como objetos de usar y tirar. Sabía cómo elegir los detalles que se ganarían el corazón del solemne jurado. Había que lograr que la confianza con las víctimas llegara a un punto entre la objetividad y la empatía, aunque había que evitar perder el norte y no permitir que los sentimientos empañaran el sentido común. Pero aquello requería resistencia y una confianza ciega en la capacidad de hacer que las cosas fueran diferentes, y ahora no tenía ni la fortaleza ni la confianza necesarias. En diez días, había cambiado radicalmente su visión del mundo.

El martes por la tarde se planteó hablar con Samantha para que le ahorrara el viaje, pero al final decidió no hacerlo. El miércoles a la hora de comer, se dio cuenta de que dicha petición la haría parecer débil. Y entonces, de repente, llegó el jueves por la mañana, el primer día de un nuevo mes, y Tyler la recogió en su casa con un café para salir de la ciudad con una niebla baja aún pegada al suelo, lo que hacía que el tráfico se ralentizara, hasta que finalmente empezó a levantarse y los kilómetros comenzaron a pasar un poco más rápido.

Cuando dejaron atrás el centro, su compañero empezó a hablar en un tono que disfrazaba la seriedad de lo que le estaba contando. Maddie se preguntó si estaría nervioso por no saber qué decirle, algo que en aquellos días le pasaba a todo el mundo, evitando de forma premeditada el tema de la muerte de Chris y limitándose a decir cosas sin sentido que la hacían sentirse aún más aislada. Tyler estaba haciendo lo mismo y le comentaba cosas que ambos sabían de sobra: Stormtree tenía su propio sistema de seguros de salud interno para los trabajadores, alardeaba de él porque cubría los gastos de hospitalización en un país en el que el tema de la sanidad siempre garantizaba la controversia y solía utilizarse para hacer campaña. Tyler estaba diciendo que, de no ser por la empresa, la mayoría de los trabajadores no podrían permitirse tener un seguro médico.

—Puede que también nos interese el hecho de que Stormtree sea uno de los principales patrocinadores del grupo de hospitales Saint Catherine, incluidos los dos hospitales asociados que hay aquí, en San José. La empresa hace donativos y evita sumas considerables de impuestos por ello.

—No sé por qué, deduzco que el punto al que quieres llegar no es su altruismo, ¿me equivoco, Tyler?

Maddie se retorció el pelo en un moño alto que sujetó con un mechón rizado, mientras le invitaba a aclarar aquel argumento. Tyler, sin embargo, tenía su propio estilo y se tomó su tiempo.

—También hay un magnífico «retiro», así lo llaman, del que los directores de los hospitales pueden disfrutar al lado del lago en Gray Pines, cerca de Tahoe. Alojamientos al estilo de Nueva Inglaterra, ya sabes, Maddie: contraventanas y tejados de pizarra picudos, que en su momento formaron parte de un centro de rehabilitación del hospital. Gray los compró y mejoró las instalaciones para que el hospital les sacara provecho —dijo Tyler con una sonrisa burlona.

Maddie no podía evitar que Tyler le cayera bien. Era un hombre tan reflexivo que parecía que cada respiración significaba algo más para él que para el resto del mundo. No soportaba que Pierce Gray intentara importar cierto lustre de Nueva Inglaterra y que se inventara una ascendencia familiar un poco retocada. Aquello la hizo sonreír.

—Puede que sea un poco rebuscado, Tyler —repuso Maddie con ironía—, pero ¿me equivoco o estás sugiriendo que Stormtree y esos hospitales están tan estrechamente relacionados, o que el hospital depende hasta tal punto de su ayuda económica, que cualquier crítica hacia Stormtree por parte del personal implicaría pagar un precio demasiado alto?

Tyler se encogió de hombros.

—Llámame cínico si quieres, pero sí, podría ser. —Entonces miró a Maddie—. Pero, nena, este es el mundo de las grandes empresas, de los entresijos, y Pierce es un genio en lo que se refiere a invertir para conseguir futuras retribuciones. ¿Cómo es posible que ese sujeto haya engañado a tantas personas inteligentes?

Maddie reflexionó sobre aquella pregunta hasta que el dédalo de calles que constituían el núcleo urbano del condado de Santa Clara, en Silicon Valley, empezó a engullirlos.

Marilú se llamaba María Luisa Moreno y, en su día, había sido muy guapa. Todavía tenía el rostro en forma de corazón y el talle estilizado de una mujer más joven.

Les había abierto las dos hojas del portal de hierro pintadas de blanco y ahora observaba cómo Tyler estacionaba el Chevrolet en el camino de cemento, bajo los brazos de una palmera de pata de elefante, desde el porche de su casa de madera y estuco de los años cincuenta de South White Road. La lluvia había cesado hacía más o menos una hora y ella estaba pendiente de su llegada.

Marilú asintió con respeto hacia Tyler y le dio un abrazo a Maddie, pero le sorprendió el silencio de la joven. Aquello era muy raro. Cuando se habían conocido, le había sorprendido lo encantadora que era y, sobre todo, que no la tratara con la típica condescendencia inherente a su condición. Marilú había sido consciente toda su vida de que la mayoría de la población blanca trataba a su familia y a ella misma como si fueran ciudadanos de segunda; muchos de ellos ni siquiera se daban cuenta. Pero con Maddie había sido muy diferente. Se había comportado de forma enérgica y cordial, algo a lo que Marilú no estaba acostumbrada, y ella había recompensado aquella naturalidad depositando en ella una confianza fuera de lo habitual. Ese día, sin embargo, las reglas parecían haber cambiado y Maddie se comportaba de una manera distante que contrastaba con la forma en que se había desenvuelto anteriormente.

Marilú la miró y contuvo su propia emoción, pero Tyler se dio cuenta de lo que sucedía y le comentó pausadamente a la anciana:

—Acaba de sufrir una gran pérdida, señora Moreno, una persona joven muy cercana a ella.

Marilú los invitó a entrar por la puerta principal.

—Eso me entristece mucho, señorita Maddie —dijo con suavidad—. No parece usted la misma. ¿Ha sido muy grave?

—Hace poco mataron a mi prometido en Inglaterra. Un conductor borracho chocó contra su coche.

Marilú pensó que Maddie parecía más cansada que destrozada. Ahora se percataba de que había adelgazado, de que tenía la piel transparente como el papel y percibía el estrés tangible que sufría, todo ello fruto de la negación y la incapacidad de enfrentarse al dolor. Ella misma había hecho lo mismo una vez.

Acomodó a los invitados en la brillante sala de estar, que estaba adornada con una profusión de objetos de cerámica y de telas de mil colores y con una pintura de la virgen, mientras iba por café.

Maddie se había dado cuenta la primera vez que había estado allí de lo orgullosa que estaba Marilú de su casa. La anciana le había hablado del enorme avance que había significado para ella y su esposo mudarse de la caravana en la que vivían hacía veinte años a aquella sólida casa de tres habitaciones y un baño de buen tamaño, algo que trabajar en Stormtree les había permitido. Entonces Maddie había pensado que con una hora en aquella casa bastaba para que quedaran claras las paradojas.

Tyler estaba sacando el equipo de grabación y colocándolo en la mesa, cuando llegaron las tazas de café de color rojo cereza y las galletas.

—Sé que tendrá la sensación de que ya hemos hablado de todo esto antes, señora Moreno, pero nos gustaría repetirlo todo de nuevo por si hubiera algún detalle que se le hubiera olvidado, o por si le viene algo más a la cabeza.

Maddie intentó sonreír.

—¿Podría empezar diciéndonos su nombre, la fecha de nacimiento y el lugar donde trabaja? Luego le haremos algunas preguntas.

Maddie oyó a Marilú repetir aquellos datos y luego le hizo algunas preguntas que sabía que la ayudarían a soltarse. Recordaba perfectamente la historia de Marilú Moreno.

Era hija de unos jornaleros mexicanos que no tenían prácticamente nada. Habían renunciado a lo poco que poseían para que Marilú tuviera una educación. Ella era una niña inteligente y tenaz, tenía fe en las virtudes del trabajo duro y pretendía ir a la universidad, donde deseaba estudiar Periodismo. Pero su vida cambió para siempre en el último año de instituto. Su padre contrajo una afección pulmonar debido a la inhalación continuada de los organofosfatos que, durante años, se habían utilizado como pesticidas en los cultivos de fruta. Sus padres querían que continuara yendo al instituto, pero ella sabía que la familia no lograría sobrevivir sin los ingresos del padre, así que a los diecisiete años ocupó su lugar en los campos.

El melocotón era más duro que la uva y la almendra menos que ambos, pero ella trabajaba mucho y veía la vida con tal optimismo que esta parecía sonreírles. La industria agrícola estaba en decadencia en San José, pero había sido reemplazada por las principales empresas informáticas. Y Marilú, siempre voluntariosa y dispuesta por naturaleza, estuvo de suerte: tenía los estudios suficientes —y un deseo desmedido de tener una vida mejor— para conseguir un trabajo en una cadena de montaje de la floreciente industria manufacturera de la mano de Stormtree Components, en la nueva fábrica que habían levantado en un terreno donde un día habían crecido limoneros.

Dios los había bendecido, o eso creía ella, y al parecer así había sido. Como aprendía rápido y tenía las manos entrenadas para realizar trabajos delicados, ascendió a jefa de sección, se casó, y ella y su marido consiguieron comprar una casita. No era gran cosa, pero al menos era suya. Suya y de la empresa que les había dado el crédito hipotecario. Con el tiempo construyeron una habitación más para la madre de Marilú, ya viuda.

Tuvieron tres hijos. El mayor de ellos finalmente consiguió vivir el sueño de su madre y fue a la Universidad Estatal de San José, donde estudió Ingeniería. El menor, por desgracia, no fue tan afortunado. El pequeño Jorge nació con un defecto cardiaco congénito y murió antes de llegar a segundo de primaria. Al relatar estos hechos, la voz de Marilú todavía revelaba el vacío que había sentido en aquella época. Pero la parte triste de la historia no acabó ahí. Dos años después de la muerte de su hijo, contrajo cáncer de mama. La empresa se había portado muy bien, o al menos eso le había parecido a ella: le había mantenido el puesto de trabajo, el seguro se había hecho cargo de los gastos médicos y la familia había sobrevivido. Nada que ver con lo que había soportado su pobre padre.

Cuando volvió a su trabajo de supervisora, empezó a ser consciente de que un número cada vez más llamativo de compañeros de las salas blancas contraía enfermedades graves, muchos más que en otros departamentos. La situación se hizo más evidente al hablar sobre el tema con ellos en el comedor de la empresa, a la hora de la comida. Durante un chequeo rutinario, le preguntó a uno de los médicos de la empresa por aquello. Él le aseguró que se debía a los antecedentes que tenía y al historial de exposición de gente como ella a productos agrícolas que ahora se sabía que eran cancerígenos. Le dijo que era muy triste, pero que era de esperar y que era afortunada por contar con el apoyo de la empresa.

Pero otro día se lo había cruzado por el pasillo y su actitud había sido diferente. Le había dicho que había estado investigando sobre lo que le había preguntado de su enfermedad y le había confirmado, nervioso, que podía haber algo raro. Sin embargo, al cabo de una semana, más o menos, antes de que pudiera hacerle más preguntas, se enteró de que lo habían trasladado a otras instalaciones en la costa este. Había dejado las dudas a un lado y había decidido aceptar la explicación original, que achacaba su enfermedad a sus antecedentes. No recordaba en absoluto el nombre del médico.

Diez años después, sin embargo, el cáncer había vuelto. No estaba enfadada. Estaba disgustada por la injusticia. Cuando la segunda encargada contrajo también cáncer de mama y el número de empleados enfermos en su departamento volvió a aumentar, decidió averiguar por qué y hacer un poco de ruido.

—Después de todo, alguien tenía que hacerlo —les dijo con rotundidad a Maddie y Tyler.

Maddie alargó el brazo y apagó la grabadora. Tyler Washington le sonrió. Estaba claro que había encontrado algún dato en lo que se había dicho que podría hacerlos avanzar un poco más, aunque ella aún no lo tenía claro. Solo veía a una mujer enferma alimentada por una rabia de tal calibre que sería capaz de enfrentarse al demonio. Maddie casi sentía que haber perdido a Chris no era nada comparado con el continuo sufrimiento de aquella mujer. Le parecía milagrosa la capacidad de Marilú de apartarse de la vida de la persona que estaba describiendo en la cinta. ¿Cómo era posible que un individuo diera un paso atrás para alejarse de su propia realidad y analizarla de una forma tan objetiva? Parecía una situación tan desesperada…

Mientras Marilú sujetaba la puerta de seguridad para que salieran, les preguntó cómo iba el caso. Maddie sabía que todo parecía interminablemente lento, pero Tyler fue más positivo:

—Hoy nos ha proporcionado unos datos que podrían ser de muchísima ayuda. Ha sido muy útil. —Le estrechó la mano en un gesto pensado para darle ánimos.

—Gracias por su tiempo, señora Moreno. La ayudaremos a hacer un poco de ruido.

Ella asintió mirándolo a él, pero sus palabras estaban dirigidas exclusivamente a Maddie:

—Tenga paciencia consigo misma. La pena es una terrible compañera. Si se apodera de usted, la devorará desde dentro y se comerá todas sus esperanzas y alegrías, señorita Madeline. Y eso es peor que el cáncer —le dijo con firmeza mientras le cogía ambas manos. A continuación les dijo adiós.

—Santo cielo, no hay manera contigo, Maddie. ¿Dónde está tu verdadero yo? —se quejó Tyler mientras volvían a entrar en el coche. Le dijo adiós a Marilú mientras se alejaban.

—¿Cómo? —preguntó Maddie.

—¿No te has dado cuenta? —casi le espetó Tyler, pero se contuvo un poco al recordar que la «verdadera» Maddie estaba perdida en las ropas de una viuda—. Escucha, entre todo el papeleo que tenemos, hay copias de los informes médicos. Puede que entre ellos encontremos el nombre del médico. Si lo logramos, podremos preguntarle qué quería decir con lo de Marilú. Ya es algo por donde empezar, ¿no te das cuenta?

«Si...», pensó Maddie. El condicional «si» estaba abocado al fracaso de los años perdidos. Pero dijo:

—Puede que con eso solo me hayas convencido de que nunca se posicionaría en contra de la empresa, si es que logramos encontrarlo.

Tyler esperaba instintivamente una respuesta aguda, alguna concisa puntualización de la impresionante joven a la que Samantha había contratado, pero el cambio que se había producido en ella hizo que su voz sonara plana y resignada. Estaba a años luz de la brillante chica que él había conocido. Lo entendía, pero aquello no podía seguir así. Mientras se alejaban en coche de la casa de Marilú, intentó algo diferente:

—¿Conoces a Henry Ford, Maddie? Mi madre me inculcó su filosofía cuando era niño. «Lo mismo si piensas que eres capaz de hacer algo como si no, siempre tendrás razón». Y siempre ha sido verdad —dijo, y volvió a centrar su atención en la carretera.

Continuaron en silencio, perdidos en sus propios pensamientos, mientras dejaban atrás las zonas verdes situadas alrededor de la fábrica ultramoderna de Stormtree en San José, que subyugaba al campo. Esta parecía anunciar su presencia durante manzanas y manzanas, como si de una especie de dominio feudal sobre los puntos humanos del paisaje se tratara. Entonces, un cuarto de hora en coche después, el hospital afiliado de Saint Catherine, el Mater Misericordiae, surgió imponente ante ellos. Era, en cierto modo, demasiado limpio y aséptico, aunque se encontraba a la sombra de un grupo de pinos piñoneros inusitadamente hermosos que cogieron a Maddie por sorpresa.

Tyler estacionó el coche en el estacionamiento de visitantes y se dirigieron en silencio al mostrador de recepción, donde les señalaron con el dedo el camino para llegar hasta una joven que ninguno de los dos conocía. Al final de un pasillo, en una sala que daba a un patio interior en el que había un enorme ciprés, encontraron a Neva Walker, serena y ecuánime, a pesar de estar tumbada.

Neva tenía el oscuro y sedoso cabello retirado de la cara con un recogido flojo y les sonrió al entrar. Les ordenó de forma silenciosa que dejaran las tensiones y el ruido, las penas y todo lo mundano en la puerta: aquellos eran sus dominios. Maddie se dio cuenta inmediatamente de que la muchacha no estaba en absoluto indignada o, al menos, no como lo estaba Marilú. El espíritu de lucha de Marilú era lo que la hacía seguir adelante, pero Neva parecía un ser humano totalmente distinto.

—Muchas gracias a los dos por venir a verme —se limitó a decir.

Maddie percibió la musicalidad de la voz de Neva y le sorprendió su sonoridad por provenir de un cuerpo tan aparentemente frágil, pero Neva no era frágil en absoluto, como pronto vería Maddie.

—¿Quieren sentarse? —les pidió—. Les contaré mi historia.

Incluso a Tyler le cogió tan por sorpresa aquella bella y dulce mujer que aparentaba menos años de los treinta que tenía que olvidó encender la grabadora. En lugar de ello, ambos visitantes se sentaron, dispuestos a escuchar un cuento.

—La nieve caía sobre San Francisco el día 5 de febrero del año en que nací. Mi padre lo interpretó como un presagio y bautizó a su primera hija con el nombre de aquel sorprendente fenómeno meteorológico, que coincidía con el nombre del estado del que era oriundo: Nevada, la tierra de la nieve.

»Mi madre, que era de la tribu miwok ohlone, le contó que su abuela había nacido precisamente el mismo día. Recordaba haber oído a su familia contar la historia de que el 5 de febrero de 1887 la madre de su padre había nacido, un día en que había tanta nieve que se te enterraban los pies. Era una mujer inteligente, conocida por tener la mente fría y el corazón cálido. Le habían dado el nombre de «Nieve», que es español, pero como hay tantas lenguas y nombres costanos que se han perdido, los tomamos prestados. Pero deben entender, señorita Moretti y señor Washington, que aquello para mi padre fuera como un pequeño milagro. Dos mujeres, dos copos de nieve en una tierra calurosa y la misma fecha. Para él fue una bendición.

Maddie se sentó con las manos juntas sobre el regazo y dejó que la voz de Neva se derramara sobre ella como un bálsamo. Los detalles la hacían estremecerse con un extraño placer. Neva les contó que el pueblo de su padre llevaba miles de años utilizando aquel sistema para dar nombre a la gente, con el fin de marcar los nacimientos y ligarlos a algo que iba más allá de la propia persona, al conectarlos con un momento en el tiempo.

Los integrantes de su pueblo habían sido los primeros estadounidenses. Aunque aún se seguía debatiendo sobre la línea de tiempo exacta, según los cálculos más conservadores habían llegado a Norteamérica al menos veinte mil años antes de que la Biblia fuera concebida. Menos de una de cada diez personas de su pueblo había sobrevivido a la colonización, iniciada por los españoles en el siglo XVIII y continuada por otros hombres blancos procedentes de otros lugares de Europa en el XIX. Pero tanto si creías que el mundo había sido creado por Dios hacía seis mil años como si pensabas que la creación había tenido lugar bastante antes de que los antepasados de Neva por parte de madre cultivaran las zonas costeras y pescaran en el gran océano, el hecho era que ella había sido tratada de un tumor cerebral y estaba luchando con un cáncer de colon con metástasis en el hígado. Era joven, dulce y muy hermosa, y Maddie pensaba que, junto con la muerte de Chris, podía ser que aquello fuera lo más injusto que uno se podía imaginar.

¿Cómo era posible que la adorable criatura que estaba en la cama rodeada por aparatos médicos y tubos aceptase aquellas circunstancias con tal serenidad? Maddie percibió que Tyler estaba atrapado en el mismo asombro silencioso. La sonrisa de Neva era tan cálida y acogedora que la enfermera tuvo que acudir a echar a los visitantes al cabo de media hora, recordándoles que habían prometido no quedarse demasiado tiempo. Se pusieron en pie avergonzados, pero Neva agarró la delgada mano de Maddie para retenerlos. Maddie sintió una fuerza inesperada en el apretón de Neva.

—Gracias. Me alegro de que hayan venido a verme —dijo con una sonrisa—. A veces, señorita Moretti, no se puede hacer nada para evitar lo inevitable. Pero no me considere una víctima, aún tengo el tiempo que me queda en esta tierra. Encontraré la forma de disfrutar del sol en las montañas, de las idas y venidas de la luna y de ver crecer a mi hijo mientras aprende cosas nuevas. Serán días de dolor, pero también de placer. ¿Para qué sirve la rabia? Me robaría todo lo que valoro. Aunque claro que estoy preocupada.

Los ojos de Neva se veían tan enormes en aquella pequeña cara que Maddie no fue capaz de apartar la vista ni de añadir una sola palabra. Neva siguió hablando como si le estuviera haciendo una confidencia a una vieja amiga:

—¿Qué será de mi padre y mi hijo cuando me llegue el momento de partir a la tierra de los ancestros? Mi madre ya está allí, así que el viaje no me da miedo. En cuanto a mi padre, aunque dice que lleva en el mundo mucho tiempo, todavía es capaz de transportar madera más allá de las fronteras estatales, conoce las tradiciones y puede cuidar de ambos. Está convencido de que saldrán adelante y yo la mayoría del tiempo también, pero…

Neva le apretó con más suavidad la mano a Maddie y su mirada se hizo más intensa, como si necesitara transmitirle algo urgentemente que no era posible expresar con palabras.

—Sí, claro que estoy preocupada. Creo que hay algo que usted puede hacer. Usted, señorita Moretti. Usted ha estado en una tormenta en medio del mar, ¿no es así? Pero ha sobrevivido. Usted se asegurará de que, cuando se llegue a un acuerdo, no se olviden de mi familia porque uno sea viejo y el otro solo un niño.

Maddie se sintió un poco incómoda, pero profundamente conmovida, y se dio cuenta de que su cabeza asentía sin que ella le hubiera dado permiso, al menos voluntariamente.

Neva sonrió, tal vez consciente de los sentimientos encontrados de Maddie.

—Si me hace esa promesa, yo también prometo seguir lejos de mis ancestros el mayor tiempo posible. Quiero ver llegar ese día antes de irme.

Maddie no podía articular palabra y las bromas y la charla habituales de Tyler llevaban ausentes tres cuartos de hora. Entonces la enfermera volvió junto a ellos y cogió suavemente a Maddie por el brazo haciéndole una señal con la cabeza para que se fueran.

—Tiene la paciencia de santa Fina —les dijo, mientras se iban, con un dulce acento irlandés. Luego los llevó hasta el pasillo y cerró con firmeza la puerta. Neva y el ciprés se quedaron solos de nuevo.

Cuando llegaron a la puerta del hospital, Tyler se detuvo y miró a Maddie sin saber qué camino habían seguido sus pies para llegar hasta allí. Cada uno de ellos parecía más abatido que el otro, y él la tomó de la mano para llevarla hasta la pequeña cafetería del hospital. Le puso una bebida caliente delante como si fuera un autómata y luego se sentó inusualmente cerca de ella. Maddie suspiró y él asintió. Ninguno dijo nada, pero dejaron transcurrir otra media hora antes de regresar al coche para emprender el viaje de vuelta a casa.

8

Santo Pietro in Cellole, Chiusdino (la Toscana),
febrero de 1347

¡Cuán alterado estaba aquella mañana su querido paisaje de misterio y extraño poder! Mia exhaló el cálido aliento sobre el vidrio emplomado de la ventana, lo limpió con la manga y escudriñó las heladas extensiones de tierra, allá abajo: un manto de color blanco se extendía hasta donde alcanzaba la vista. Solo las huellas de algún animal interrumpían la sedosa perfección de la nieve, probablemente de un ciervo, pensó desde la incertidumbre de aquella altura. La cellisca había caído sobre ellos durante días, un hecho inesperado allí, al lado del río, en el valle. Era normal que los pueblos de las montañas estuvieran cubiertos de nieve, pero en raras ocasiones hacía el frío suficiente para que nevara abajo, en Santo Pietro, durante tanto tiempo. No lejos de allí, en Chiusdino, o incluso más allá, en la noble Siena, el ajetreo diario sería el habitual: al panadero le regañarían cuando se quedara sin pan caliente por no poder hornearlo a tiempo, los banqueros y los jueces lucharían contra las carreteras heladas y pendientes para llegar a sus despachos desde sus casas del pueblo, los dirigentes irían y vendrían a través del Campo Santo al Palazzo Pubblico, donde gobernaban, o más bien desgobernaban, a la gente del pueblo y de los distritos periféricos para bien o para mal, a pesar de la famosa exhortación de la pintura del maestro Lorenzetti para esforzarse en llevar a cabo un buen gobierno.

Allí, en el *contado* rural de Siena, los copos de nieve impedían mucho el movimiento. Nadie había llegado o partido de la villa desde hacía varios días. El joven noble de cabellos rubios que cojeaba de un pie había sido el último en irse hacía al menos una semana, caminando erguido y con seguridad tras días de cuidados administrados por la *bella pellegrina*.

Ahora la nieve los cubría por completo, como si alguien los hubiera tapado con un manto de clima impenetrable para conseguir que dejaran de importunarles. Aquello también suponía dejar de ir a Palazzetto, que estaba a un kilómetro de distancia, a oír misa. Hubo un tiempo en que tenían una hermosa capilla en la villa que atendía las necesidades de los habitantes de la casa grande y de las pequeñas viviendas de los empleados, pero hacía casi cien años que había sido derribada: supeditada a las necesidades de los monjes de ampliar la abadía de Galgano, prescindieron de ella por orden del obispo Ranieri de Volterra instados por Rinaldo, un rector demasiado emprendedor de la ya desaparecida iglesia de Sorciano. Rinaldo era un poderoso y ambicioso clérigo de la zona que siempre buscaba la manera de conseguir la bendición de la jerarquía clerical y social a base de halagos. ¿Y qué eran las necesidades de los aldeanos comparadas con la oportunidad de ampliar la abadía y atraer visitantes y donaciones en metálico de aquellos que iban y venían de Roma? ¿Cómo iban a tener en cuenta sus voces? Aquella era una oportunidad de salvación para los ricos, cada vez más nerviosos, y de aumentar las ganancias de la iglesia. Hacer una donación a una abadía garantizaba un lugar en el cielo y los hermanos cistercienses eran los guardianes de un santo muy popular. Todos los caballeros que volvían de las cruzadas conocían a Galgano: el hombre que había renunciado a su noble cuna y a una vida de privilegios para seguir a la cruz.

Con el fin de que Galgano cumpliera su promesa de dejar de combatir y seguir al Señor, el arcángel Miguel le había ordenado clavar la espada en el suelo de piedra de Montesiepi y dejar solo la empuñadura cruciforme a la vista, sobresaliendo del suelo, para que esta fuera idolatrada desplazando a la terrenal vida material.

Y allí permanecía hasta hoy en día, custodiada por los monjes. Era un milagro a la vista de todos: una espada que afloraba con benevolencia en la imponente roca original y que obraba maravillas sobre la imaginación de quienes estaban ávidos de milagros.

La tía Jacquetta había llevado a Mia al lugar en el que el caballo de Galgano se había arrodillado cuando se había aparecido el arcángel. Estaba cerca, en la carretera de Ciciano. Las huellas del caballo aún seguían allí suavemente marcadas, como si la piedra fuera arena y el hecho hubiera tenido lugar el día anterior. El ángel vengador había estado solo a un kilómetro y medio de la villa, entre ellos, en la bendita campiña del valle de Merse. Por eso Mia sabía que podía haber unicornios en el bosque próximo a casa. Aquel paisaje había sido testigo de una presencia santa tocada profundamente por el espíritu. Mia suponía que el simple hecho de estar allí daba pie a un universo de posibilidades y que por eso acudían los peregrinos.

En la villa estaban bien preparados para las inclemencias meteorológicas. Tenían las suficientes provisiones invernales como para sobrevivir un mes, si era preciso, a pesar de la reducida cosecha de grano del otoño anterior, que había generado escasez en Siena. Mia pudo concentrarse en sus unicornios y en la dama con luz en los ojos y en el cabello. Durante casi tres semanas la había estado observando, intentando desentrañar su historia.

Había muchas cosas que le parecían extrañas. Aunque lo acostumbrado era que las jóvenes esposas no eligieran por sí mismas a sus maridos, eran maravillosos el cariño y la empatía obvios que había entre la joven y su marido, cuyo nombre Mia al fin conocía, y este era otra de las cosas fuera de lo normal. Aquella misma semana había oído que le llamaban «Porphyrius» —un nombre latino en honor al santo griego— en lugar de «Porfirio», como se decía en la Toscana. Quizá procediera de una familia antigua, ya que a veces las clases más altas tenían ese tipo de excentricidades. Mia se dio cuenta de que su nombre significaba «púrpura», lo cual hacía referencia a las vestiduras nobles y al linaje de su familia. Sin embargo, aunque eran de una calidad considerable, sus ropas estaban raídas y sucias por causa del viaje. O puede que sus padres le hubieran dado aquel nombre por el distinguido filósofo cuyo texto sobre lógica había tenido que estudiar Mia obligada por su tía, aunque no solía recomendarse en la educación de una niña. ¿O sería la forma particular en que ella le llamaba? La tía Jacquetta a ella la llamaba «Mia», que, más que una contracción de su verdadero nombre, era la forma en que su tía le decía que la reclamaba como suya, como si fuera su propia hija. Pero fuera cual fuera la razón del nombre del peregrino llamaba la atención.

Había algo más que picaba la curiosidad de Mia: la hermosa peregrina aún no había contado nada sobre sí misma.

La luz del sol invernal le aureolaba la cabellera dorada durante el día y por la noche todo su ser irradiaba una misteriosa aura luminosa, casi como si fuera hija del sol y de la luna y no de unos padres mortales. Era tan etérea que Mia se preguntaba si sería una «santa» o una «bendita». La Toscana, con su paisaje de sulfurosas colinas y espectaculares simas, parecía una tierra propicia para los santos. Sin embargo, el rasgo más notable de su carácter era que no parecía en absoluto pía. No había ido a la iglesia local ni una sola vez, ni había visitado el pozo de Galgano ni la abadía. Solía salir de casa, incluso cuando hacía el frío más espantoso, y se pasaba media hora completamente sola en el jardín. Cuando volvía al cálido interior, parecía tocada por algo especial, por el Divino. Tenía el aura de una santa o, al menos, la que una santa debería tener según Mia. Probablemente, como Chiara in Assisi, tendría su propia y sencilla manera de orar.

Luego estaba la cuestión del anillo. No llevaba nada que revelara que estaba casada, aunque aquello no era tan poco frecuente. El anillo se estaba convirtiendo en algo tradicional en los compromisos de matrimonio y en las bodas, pero no era totalmente imprescindible. El hecho de que el marido se llevara a la joven esposa públicamente a la casa de sus padres para vivir con ellos aún seguía siendo la señal más clara de matrimonio. Tampoco tenía una muda de ropa propiamente dicha ni ningún fardo ligero de viaje. Él llevaba los pocos enseres que reunían entre los dos y Mia pensaba que ella y su marido debían de haber partido de forma apresurada, sin demasiada preparación previa. Seguro que habían contraído matrimonio por amor, cavilaba Mia, en lugar de honrar los deseos del páter familias. Aquello era peor que la herejía.

Mia bajó a la cocina y se topó con Loredana, que la esperaba con un panecillo caliente, recién salido del horno, y un huevo cocido.

—Cómete esto rápido, Maria —la instó—. Tu tía lleva un rato esperándote en el secadero.

Mia se lanzó el bollo caliente de una mano a otra repetidamente para enfriarlo y luego se lo comió lo más rápido que pudo. Dejó el huevo y se limpió las manos y la boca antes de salir corriendo de la cocina para ir junto a su tía, a la que encontró sentada no en el secadero, sino en la gran habitación destinada a la música y la lectura. No mostraba en absoluto ningún signo de impaciencia. El fuego estaba encendido y acababan de esparcir en él virutas frescas de ciprés y menta para disuadir a las alimañas que podrían aventurarse a entrar debido al frío clima reinante. Mia sonrió al ver que la huésped estaba allí. Tenía los rubios cabellos enroscados alrededor de la cabeza con un cordón, como si fuera una niña pequeña, y llevaba puesta una fresca túnica de seda de color pastel. Mia pensó que la aparición de aquella prenda podría explicar la misión del *signor* Porphyrius, que se había ido con un clima terrible a Siena hacía unos días, tal vez para ir a buscar algo de ropa. Aquel fino damasco debía de haber costado unos cuantos florines.

—Has dormido mucho, Mia —dijo la tía Jacquetta con una sonrisa irónica—. ¿Te quedaste leyendo hasta tarde?

Mia no sabía si debía adoptar una actitud de disculpa, pero la salvó de la turbación la joven *signora*.

—Es el silencio de la nevada y la sensación de paz que hay en esta casa. —Se levantó del banco bajo en el que estaba sentada al lado del fuego y le tendió una mano a Mia—. Yo misma hacía mucho que no dormía tan bien. Esta casa ejerce cierto poder sobre el alma.

Mia aceptó la mano y se sentó al lado de ella, enfrente de la tía Jacquetta. Le pareció percibir una leve sonrisa de conspiración entre ellas.

—La familia del marido de la *signora*, Mia, lleva cera y especias exóticas a Francia a cambio de paños de Flandes. Hemos sido muy afortunadas y nos han regalado algunas que nunca habíamos probado. —La voz de Jacquetta rebosaba calidez y entusiasmo, como era habitual.

La joven tomó un platito que había en el suelo al lado de ella y se dirigió a Mia con la voz más suave del mundo:

—He combinado algunas de esas especias para la *signora* Jacquetta, Maria, para que se las eche a la gallina que va a cocinar esta noche. Pero dice que tienes unos gustos muy especiales y teme que no te gusten. El clavo, la canela y el jengibre ya los conocerás. Y seguro que has probado el azafrán en alguna ocasión especial. Pero aquí tengo algo llamado «granos del paraíso», un poco de nuez moscada y cubeba, que es una especia a la que algunos atribuyen propiedades mágicas. ¿Me harías el favor de probar la mezcla?

Mia miró a su tía y luego otra vez a su vecina. Creía que se trataba de una prueba de madurez, para ver si había superado los gustos infantiles. Posó el dedo con cautela sobre el plato de coloridos granos y presionó hasta que varios de ellos se le quedaron pegados a la yema. Parecían inofensivos, así que puso la punta del dedo sobre la lengua.

¡Qué sensación! Qué calidez y qué riqueza. Aquello era mucho más que simplemente dulce y salado. Los granitos se llevaron a su lengua de viaje a un lugar donde nunca había estado y no fue capaz de encontrar palabras para describirse a sí misma los nuevos senderos. Repitió el movimiento dejando que la lengua tuviera tiempo para jugar con las sensaciones antes de tragar. Pero algo se le quedó atorado en la garganta: algo mucho más picante. A Mia la cogió totalmente por sorpresa y tosió violentamente, tragó saliva y volvió a toser.

La joven le dio unas palmaditas en la espalda y se puso de pie para llevarle un vaso de agua que había en una mesa al lado de Jacquetta. Pero Mia vio por el rabillo del ojo que ella y su tía se sonreían la una a la otra.

—La *signora* Toscano me estaba preguntando por tu voz, Mia —dijo la tía Jacquetta con dulzura. Nunca antes habían hablado de aquello y sabía que su sobrina podría ser sensible al tema.

A Mia aquello la cogió desprevenida, sobre todo el hecho de que su tía hubiera llamado a la huésped por un nombre: «*Signora* Toscano». Ya fuera o no la nueva joven esposa de un comerciante de especias, aquel era ciertamente un nombre general, no un verdadero apellido. Ya les había contado que era «*di* la Toscana», de la región, así que aquel nombre no hacía más que ponerlo de relieve. Era el apellido de alguien que no quería contar nada sobre sí mismo, que prefería permanecer en el anonimato. Pero la dama en cuestión volvió a poner una mano reconfortante sobre el hombro de Mia y se dirigió a ella directamente, como si no tuviera nada en absoluto que esconder.

—Has tosido en voz alta —observó—. Creo que eso significa que tus cuerdas vocales aún funcionan y que casi con total certeza podrías ser capaz de hablar, si así lo desearas, si hubiera algo que quisieras decir. Tal vez —dijo con dulzura— simplemente hayas perdido la costumbre. También sé que a menudo hay cosas sobre las que no queremos hablar y que hacen que guardemos silencio durante cierto tiempo.

Mia parecía realmente sorprendida. Se quedó un rato cavilando. El hecho de usar la voz no era algo que se hubiera planteado, al menos no en los últimos años. ¿Por qué era necesaria? La gente que le importaba la entendía, y con eso bastaba, pues no estaba previsto que hubiera de expresar de forma sonora sus pensamientos a otras personas. ¿Por qué iba a querer empezar a hablar ahora?

Se encogió de hombros varias veces y, con cara de desconcierto, le explicó aquello a su tía. Pero la joven *signora* insistió.

—Llegará un momento —dijo con amabilidad pero con énfasis— en el que querrás encontrar las palabras adecuadas para expresar lo que tienes en el corazón. Estoy segura de ello.

Los ojos castaños de Mia miraron fijamente a la *signora.* Sí, se sentía un poco incómoda con el tema, aunque aquella muchacha le infundía respeto. Mia tenía la sensación de que había algo absolutamente insondable en ella. Era perturbador no saber más cosas de su vida, de quién era y qué pensaba. Pero, precisamente por eso, Mia también confiaba en ella.

—¿Me dejarías trabajar contigo, Maria Maddalena, para fortalecerte la garganta y ejercitar tus cuerdas vocales para el día que quieras usarlas? Para mí sería un honor.

—¿Te gustaría intentarlo, Mia? —La voz de Jacquetta era casi un susurro. No quería presionar más a la niña, a la que ya habían engañado un poco, para evitar que se asustara si estaba pensando en aceptar.

A Mia se le fue un poco la cabeza y su respiración se ralentizó. Quería huir de la sensación de que esperaran de ella una respuesta inminente. Miró hacia la ventana y clavó la mirada en el hermoso *monacordo*, un maravilloso instrumento nuevo que rasgaba las cuerdas con unos martillitos de latón para emitir unos dulces sonidos que le habían regalado hacía algunas semanas en la estación santa, un exquisito regalo de su benefactor. Aquel hombre al que nunca había conocido, al que no recordaba haber visto nunca pero que, según los rumores de algunas de las sirvientas, era su padre. Venía acompañado de una nota en la que ponía que era un instrumento delicado para hacer música «y acompañar a la voz». Se había percatado entonces de que el caballero no debía de estar al corriente de su mal, del hecho de que no hablaba y, mucho menos, cantaba. Se había sentido triste por ello. Había pasado horas sentada ante aquellas hermosas teclas, aprendiendo a tocarlas, llegando a dominarlo en muy poco tiempo. Era muy diferente al *organetto* con el que le había estado enseñando un hermano laico en la abadía. Ya había aprendido a crear agradables piezas con él haciendo saltar con destreza los dedos sobre las teclas, pero ¿se decepcionaría porque no podía cantar, si llegaban a conocerse?

A veces, en momentos de profunda contemplación, pensaba que poco importaba lo que desearas hacer si sabías que no podías fallar. Lo importante era mirar de frente a los miedos, fueran los que fueran. Sin coraje para hacerlo, las buenas ideas e intenciones eran solo la mitad del carácter.

Se quedó mirando a su tía, agarró las pequeñas manos de la *signora* Toscano y asintió con firmeza.

Así fue como Mia pasó muchos días en compañía de la joven mujer. Durante los días más fríos, la tía Jacquetta les ofrecía intimidad en la calidez de la sala de música. A final de la semana, cuando la nevada estaba empezando a remitir y el sol a reaparecer, se instalaron en el luminoso secadero mientras Jacquetta trabajaba en la pequeña habitación que daba al jardín, a la que ella llamaba su «oficina». El joven marido las dejó de nuevo, aquella vez durante tres días, y su mujer, a quien Mia aún llamaba *un raggio di sola*, «un rayo de sol», centró toda su atención en Mia.

El primer día que se embarcaron en la empresa, entraron juntas en la bodega para coger algunas hierbas. La joven *signora* se desenvolvía en aquella habitación mejor que Alba, que Mia y que la propia tía Jacquetta. Mia se quedó asombrada por su conocimiento de las hierbas y los ungüentos y pensó que hasta era probable que le pudiera enseñar a fray Silvestro algo nuevo. Cogió tallos y flores de agrimonia y un poco de hierba de santa María de los tarros y ralló un poco de raíz de jengibre que su marido les había regalado. Pero quería algo más que no encontraba, una hierba de la que Mia y su tía no habían oído hablar nunca y que ella decía que tenía una flor alargada y puntiaguda de color púrpura y un aroma característico. Como todos la miraron sin comprender, la *signora* Toscano envió a su marido con los monjes antes de irse de viaje. Volvió, como era de esperar, con algo que hizo que su mujer lo besara tiernamente delante de todo el mundo.

—¡Salicaria! —gritó entusiasmada.

A continuación, echó aquella hierbecita con todas las demás en un cazo que estaba hirviendo a fuego lento. Tenía unas cuantas bayas de invierno que dejó para el final, después puso la mezcla a enfriar durante más o menos una hora antes de colar aquella mezcla de extraño color con una fina tela de algodón y guardarla en una pequeña cuba «para uso exclusivo de Mia», como hizo saber a todos.

Aquel primer día, le pidió a Mia que mantuviera el líquido en la garganta unos instantes antes de tragarlo. Lo hizo sin rechistar, ya que aquello tenía un sabor sorprendentemente agradable. Al día siguiente calentó un poco hasta que estuvo tibio y le pidió a Mia que hiciera gárgaras con él durante el tiempo que se sintiera cómoda. En los días posteriores invirtieron una cantidad de tiempo considerable en continuar haciendo aquello y la *signora* le pidió también a Mia que hiciera gárgaras de agua tibia con sal, entre los enjuagues con tintura de salicaria. Al cabo de cinco días, Mia entró en el secadero y vio que la *signora* Toscano la esperaba con un brillante cristalito plateado en la mano.

—Ven y siéntate de cara a la luz —le pidió a Mia—. Me gustaría mirarte la garganta y ver su color.

Mia obedeció al instante. La *signora* inclinó el brillante cristal para atrapar la luz del sol y reflejarla en la boca de Mia, abierta de par en par. Se quedó sentada muy quieta durante un rato y la *signora* emitió unos cuantos sonidos inquisitivos. Mia no podía mover la cabeza, pero oyó el frufrú del vestido de la tía Jacquetta y el característico sonido de sus pisadas al entrar en la habitación para reunirse con ellas.

—¿Está inflamada y roja? —preguntó su tía.

—Un poco —fue la respuesta—. Pero en absoluto tanto como temía.

La *signora* retiró el cristal y dejó que Mia se relajara. Luego las miró de nuevo, alternativamente.

—Sí, está rosada más que roja y mucho más sana de lo que esperaba. Hoy podremos divertirnos con algunos ejercicios nuevos.

Hizo una demostración de una serie de formas muy exageradas con los labios, pronunciando las vocales de una manera tan cómica que hizo que sus dos espectadoras se echaran a reír, una en silencio y la otra en voz alta. Ella se unió a las risas.

—Y después de eso, *signora* Jacquetta, me pregunto si Maria Maddalena y yo podríamos conseguir un poco de papel y pintura, además de su bendición, para dibujar un tranquilo jardín terapéutico para que continúe buscando en él su voz durante la primavera.

Mia miró a su tía con asombro, asumiendo que aquello era algo de lo que ya habían hablado en privado, pero la expresión de Jacquetta denotaba tanta sorpresa como la suya.

—He visto sus dibujitos —continuó— y son preciosos. Podríamos pintar algo juntas para crear un lugar encantado, propicio para los milagros.

—¿Te refieres a un jardín sagrado, *signora* Toscano? —preguntó Jacquetta—. Ya hemos empezado a hacer algo semejante, donde estaba la capilla de San Pedro.

Pero la joven mujer miró a Mia con una luz diferente en los ojos y negó con la cabeza cómicamente.

—Estaba pensando que, dadas las cualidades especiales de su sobrina —se aventuró—, tal vez podríamos hacer un jardín de unicornios.

9

Martes por la mañana. La alarma del despertador sonó a las siete, como siempre, y Maddie abrió un ojo con pereza para encontrarse con un día aparentemente gris. Luego se sentó lentamente en la cama, incapaz de comprender por qué la habitación parecía tan sombría. Era como si en el exterior todavía fuera de noche y la alarma del reloj se hubiera equivocado de hora. Se estremeció ligeramente, buscó el suelo con el pie y recorrió la pequeña distancia que separaba la cama de las cortinas, parcialmente cerradas. Las dejaba así cuando se quedaba trabajando por la noche para que le resultara más fácil levantarse a la mañana siguiente. Estaba todo oscuro y no conseguía encontrarle sentido a lo que veía por la rendija de separación. Abrió las cortinas, desconcertada, y salió corriendo del dormitorio para dirigirse a la sala de estar; una vez allí, directamente hacia la puerta del balconcito.

¡Increíble!

El mundo que tenía delante parecía una sábana gris y brumosa que se extendía desde el balcón hacia lo que debería haber sido la bahía, donde únicamente se distinguía un engañoso velo de neblina óptica. Entreabrió la puerta y sacó fuera uno de los dedos del pie. Definitivamente hacía mucho frío, pero lo que la dejó helada no fue la baja temperatura. Parecía como si hubieran encendido una máquina gigante de hacer hielo y la hubieran dejado enchufada para que esparciera su contenido sobre el paisaje de San Francisco. Abrió la puerta de par en par y extendió suavemente la mano hacia el mundo surrealista que había más allá. La recompensa fueron algunos cristales de nieve, o más bien de aguanieve, pero casi helados, suaves como el aliento de un bebé.

—Neva —susurró Maddie para sí misma.

Se miró la mano. El pensamiento de que aquello no podía estar sucediendo en San Francisco se enfrentaba a la certeza de que realmente estaba despierta, así que encendió la televisión para ver las noticias matinales. Allí estaba: una rápida sucesión de imágenes de niños lanzándose bolas de nieve que parecían hechas de helados Slush Puppie, la escena de un accidente de automóvil sin importancia, alguien retirando del parabrisas del coche una sustancia con aspecto de granizo pastoso y algunos autobuses incapaces de circular que resbalaban sobre superficies heladas. El tiempo era la noticia y la reportera les contaba a los telespectadores con regocijo infantil que, al parecer, aquello había sucedido en una zona «bastante localizada». Maddie no daba crédito, pero no pudo evitar esbozar una sonrisa. Hasta que se dio cuenta de las repercusiones que aquello tendría para ella durante el día.

Con un clic encendió la máquina de café y puso la mente en funcionamiento para hacer un repaso de la jornada. Por la noche tenía cena familiar al otro lado de la bahía y había pensado llevar el coche al trabajo para ir directamente desde allí a Bay Bridge, al salir de trabajar. Le había prometido a su madre que recogería a su padre de camino, en el campus de la Universidad de Berkeley, donde era profesor en el Departamento de Biología Microbiana Vegetal.

—Vaya —dijo, suspirando en voz alta.

Obviamente no podía ir a trabajar en coche en aquellas condiciones. Llegó a la conclusión de que, si intentaba conducir, acabaría derrapando colina abajo directamente hacia la bahía. El mero hecho de pensarlo casi le hizo volver a sonreír.

—Muy graciosa, Neva —se dijo a sí misma.

Pero ¿tenía que haber sido precisamente aquella mañana? Decidió pasar al plan B. Sin embargo, mientras les echaba otra ojeada a las noticias al tiempo que se tomaba el café, se dio cuenta de que el transporte de superficie también estaba prácticamente paralizado.

Ya había acabado de ducharse y vestirse, pero aún no había resuelto el problema. Miró por la ventana y vio que el extraño hielo machacado cubría todavía el suelo, aunque ahora caía a cántaros una lluvia helada. Llegó a la conclusión de que aquello también causaría problemas, así que ideó atropelladamente el plan C. Al parecer, caminar iba a ser la mejor solución. Volvería a buscar el coche al final de la jornada laboral. Para eso tendría que salir antes del trabajo pero, como la noche pasada había vuelto bastante tarde de San José, no creía que a Samantha le importara.

Extendió el brazo para coger el control remoto de la televisión y alcanzó a oír el comentario de que aquel clima era «un misterio» causado por dos frentes que se habían encontrado, dando lugar a aquella locura de tiempo.

—Era imposible de prever —dijo con voz cantarina una meteoróloga de hermosura casi inverosímil con un traje ajustado de cachemira. Maddie pulsó el botón de apagado.

Para poner el plan C en acción, cogió la única prenda que tenía que podría salvarla de morir congelada de camino a la oficina: un enorme y peludo abrigo de piel sintética que su madre le había regalado para el invierno de Oxford. Se las había arreglado para dejarlo en casa en aquel viaje y hacía meses que pensaba donarlo a la beneficencia. Aunque lo odiaba, cuando embutió sus huesos en él no le quedó más remedio que admitir que, dadas las extrañas circunstancias, la cubría eficazmente de la cabeza a los pies. De hecho, le tapaba todo por completo. Menos los pies, que sobresalían en la parte de abajo como los de los pingüinos. Con la certeza de que aquella mañana no iba a ganar ningún premio de elegancia, abordó el problema del calzado. Al cabo de unos minutos, se había enfundado unas enormes katiuskas, otro de los regalos que su madre le había hecho para que se llevara a Inglaterra. Esta, como muchas otras madres de su generación, creía que Gran Bretaña estaba permanentemente sumida en un bucle de la posguerra. No tenía ni idea de que la gente de la edad de Maddie ni siquiera era capaz de deletrear la palabra «katiuskas», ¡como para encima ponérselas! Maddie ni siquiera las había sacado de la caja y no entendía por qué las había traído de vuelta en lugar de dejarlas en Inglaterra. Le parecían tan feas como el abrigo, pero ese día parecía que su madre había reído la última. «Aunque no es la única que se ha reído», pensó Maddie para sus adentros mientras observaba su silueta en el espejo de cuerpo entero del pasillo.

Maddie llegó tarde a la oficina, pero no se mojó demasiado ni pasó mucho frío. Jacinta le dedicó su mejor arqueamiento de cejas y se rio con mala intención.

—Pareces un yeti —dijo con una sonrisita sarcástica—. Aunque para los yetis eso sería un insulto, seguramente tendrán más estilo.

Maddie fastidió a Jacinta encajando bien la broma, aunque en su fuero interno comprendía el verdadero alcance de la pulla. ¿Qué más daba? Al menos ella había llegado ya y otros no. Sabía que tenía un aspecto ridículo y no necesitaba que se lo recordara alguien como Jacinta, que debía de haber llegado levitando a la oficina subida a sus Jimmy Choo como si se tratara de la versión modernizada de la estatua de la Venus alada, sin rozar siquiera el granizo helado que había formado una gruesa capa en tantos puntos de las calles. Maddie se sacudió el hielo del gorro y se fue hacia el ropero para despojarse del abrigo, mientras pensaba que había algo sobrenatural en aquella mujer.

Lo primero que vio al entrar en su despacho fue un post-it pegado a la pantalla de la computadora. Se acercó para leer aquella letra elegante y delicada:

Lo siento, no encuentro al doctor E. (¿de Elroy?) Macfadden.
T. de Tyler

Maddie sintió la tentación de asomarse a la puerta de su despacho para decirle que ella había llegado a esa misma conclusión ya el primer día, pero no sería justo. Desde las últimas entrevistas, toda la oficina estaba segura de que lograrían identificar al médico mencionado por Marilú. Aunque Maddie era la menos optimista, se había leído un montón de notas médicas y había encontrado el nombre de alguien en uno de los informes clínicos del material que les había facilitado recientemente Stormtree, pero aquello parecía un jeroglífico.

Le había enseñado el documento a Marilú el día anterior en San José, y aquellos garabatos ilegibles fueron suficientes para refrescarle la memoria.

—¿Podría ser «doctor E. *Macfadden*»? —le había sugerido Maddie. La cara de Marilú se había iluminado y lo había confirmado; pensaba además que la «E» podía ser de «Elroy». Por eso Maddie había llamado a Tyler de inmediato para que levantara el teléfono y se lanzara a la caza del doctor. Pero al parecer, en menos de veinticuatro horas, habían llegado a otro callejón sin salida.

«Demasiado bueno para ser cierto», pensó Maddie mientras arrugaba el papel amarillo y lo tiraba a la basura. De pronto se sintió dolorosamente vacía y deprimida. ¿Por qué tenía que sufrir la gente por la negligencia de otras personas? ¿Es que en el mundo no había nada justo? ¿Qué había hecho Marilú aparte de ser una buena madre, trabajar duro para sacar adelante a su familia y demostrar la cantidad justa de ambición como para tener un valor inestimable para sus jefes? ¿Por qué no podían estos a cambio jugar limpio y proporcionarle un lugar seguro donde poder trabajar duro?

Aquel pensamiento fue barrido por otro al que llevaba semanas dándole vueltas.

«¿Qué tipo de Dios está ahí fuera? ¿Cómo es posible que la gente cante sus plegarias?». Recordó que había sido su padre el que, a pesar de su educación católica —o precisamente por ella—, le había explicado, cuando había sido lo suficientemente mayor para pensar, la pregunta que Epicuro había planteado hacía dos mil años. Aquella pregunta le resonaba ahora a todo volumen en el cerebro; era una pregunta sobre Dios a la que parecía que nadie era capaz de responder.

«¿Quiere impedir el mal, pero no es capaz?». Oyó aquellas palabras claramente en su cabeza. «Entonces no es omnipotente. ¿Es capaz pero no quiere impedirlo? Entonces es malvado. ¿Quiere y puede hacerlo? Entonces ¿cuál es el origen del demonio?».

Maddie suspiró.

—Pero el demonio existe —dijo en voz baja.

Observó el montón de papeles que había sobre la mesa y empezó a ver las tareas del día. Entre ellas destacaba una nota de Samantha escrita en rojo que acompañaba a una copia de un informe del Departamento Médico de Stormtree en la que le preguntaba qué creía que significaba lo que estaba al final de la página. Se trataba de unas letras mecanografiadas marcadas con un asterisco a lápiz: «Véase también STC/CIR/425.272».

Samantha había puesto su propio Post-it justo sobre el asterisco: «¿Puedes localizar esta referencia cruzada?».

Maddie sabía que aquello era lo primero que debía hacer. Samantha querría una respuesta antes de irse y a ella le vendría bien para dejar de darle vueltas a la cabeza, que en aquel momento tenía saturada, y pasar una hora buscando agujas en un pajar. Debía de haber una buena razón, aunque ella no veía el interés de la nota al pie. Samantha era conocida en el mundo legal por su prodigiosa memoria para los detalles. Era capaz de ver algo en una hoja y días después recordar dónde estaba y qué ponía. Aquellos eran los pormenores que les proporcionaban a los abogados litigantes el tipo de material que hacía temblar a sus oponentes. Por ello, sus contrincantes insistían en que cualquier informe previo se mantuviera en secreto antes de acercarse a un tribunal. Tenían pánico al dato asesino que Harden Hammond Cohen podía encontrar a última hora para destruir el caso. La físicamente diminuta Samantha superaba en altura a sus semejantes en aquellas lides.

Eran alrededor de las tres de la tarde cuando Maddie empujó la puerta de Samantha. Su jefa, que llevaba ropa de abrigo en lugar de traje, levantó la vista y la miró inquisitiva.

—No he podido encontrar nada sobre la referencia que te interesaba, Samantha —dijo Maddie con un tono de disculpa—. Pero he llamado al departamento que hizo el informe en el Centro Médico de Stormtree, por si acaso.

—¿Y?

—Y uno de los médicos me ha dicho que, aunque probablemente no debería contármelo, y me pidió que aquello no saliera de allí, existía un completo registro de todos los fallecimientos conocidos de los empleados de Stormtree casi desde la creación de la empresa, pero que no me podía decir nada más.

—¿En serio? —dijo Samantha en tono pensativo y discretamente entusiasta—. ¿Es como una especie de registro de mortalidad?

—Supongo. Lo he añadido a la lista de cuestiones que hay que investigar en el material adicional de Stormtree que estamos reclamando en los tribunales —informó Maddie.

—Bien hecho —la felicitó Samantha mientras empezaba a escribir una nota.

—Samantha, en teoría hoy debería ir a Orinda a cenar con mi familia —dijo Maddie sin mucha convicción—. ¿Podría salir un poco antes? Es que con este tiempo tan raro que hemos tenido por la noche…

Samantha hizo un gesto de consentimiento. Ambas sabían que, incluso en un buen día, el viaje podía llevarle más de una hora debido al tráfico que habría en el puente y para cruzar Berkeley.

—Claro, buena suerte —le dijo—. Espero que lo consigas. De todos modos, parece que casi todo el hielo se ha derretido ya. —Volvió a levantar la vista hacia Maddie, esbozando una sonrisilla infantil—. Sí que fue raro, ¿verdad? Hacía tanto ruido que me desperté de madrugada. Dicen que ha sido un frente que se volvió loco y estalló después de haber salido de la nada en la zona de las Sierras.

Continuó buscando algo entre algunos documentos de Stormtree, pero Maddie siguió en la puerta. Dudó un segundo.

—Ayer tuve una conversación con Neva… Bueno, fue extraordinaria —dijo Maddie un poco vacilante.

—La chica indígena norteamericana. —Samantha asintió, pero apenas alzó la vista—. ¿Extraordinaria?

—Cuando le dije que su testimonio era imprescindible en los tribunales, me dijo por segunda vez que sobreviviría todo el tiempo que fuera necesario. Estaba convencida de que podría hacerlo.

—¿Es la chica que está en estado terminal? —preguntó Samantha.

Maddie asintió y Samantha se quitó las gafas para prestarle a su discípula toda su atención.

—Entiendo que te impresionara. Pero ¿alguna vez has oído a alguien decir que tiene demasiadas cosas que hacer como para ponerse enfermo? —le preguntó en tono vivo.

—Sí, a ti —dijo Maddie. Ambas sonrieron—. Pero me contó que… Samantha, no tenía ni idea de que menos del diez por ciento de su pueblo había sobrevivido hasta el día de hoy. La llegada de los europeos con sus enfermedades acabó casi con ochenta por ciento de algunas tribus. Muchos de los que quedaron fueron convertidos en esclavos, asesinados a tiros o expulsados de sus tierras.

—¡Caray! —Samantha le hizo un gesto con la mano para que tomara asiento—. Había más posibilidades de sobrevivir a la peste en 1348. Esta no hizo más que reducir la población de Europa a la mitad.

Maddie se sentó.

—Sin embargo, es consciente de que ella, su hijo y su padre representan a una estirpe que se remonta a los inicios de su pueblo, contra todo pronóstico —dijo con una voz más fuerte—. Su estirpe sigue viva y está decidida a que así siga siendo. El pueblo de Neva ha sufrido todas las penurias e injusticias imaginables que el resto del mundo les podía echar encima, así que ya nada le da miedo. Me ha asegurado que permanecerá aquí para ayudarnos a luchar por el caso hasta el final. Está convencida de que su hijo crecerá y llegará a ser padre, y cree que incluso yo tengo que estar preparada para cuando me tope con mi adversario. ¿Mi adversario? No entiendo nada.

Samantha la miró fijamente.

—La conversación que has tenido con ella ha sido un privilegio, Maddie. La historia de Neva es única para ella, pero hay historias similares que han sido contadas en todo el mundo por personas de diferentes razas a través de los tiempos. Ninguno de nosotros está al margen, en realidad. La historia nos muestra los ciclos sin fin de la constante falta de corazón de los hombres y estoy segura de que nuestros antepasados blandieron palos o cosas peores en su momento. Solo necesitaban la excusa de la supuesta superioridad religiosa o cultural. Puede que sea por eso por lo que ahora deberíamos hacer mejor las cosas siempre que podamos. David Cohen perdió a la mayoría de su familia. No se sabe cómo, su abuelo logró escapar con vida de Dachau y él está convencido de que tiene la responsabilidad de mejorar la existencia, de hacer algo para colaborar. Siempre dice que no podemos cambiar el pasado, pero sí el futuro. Al fin y al cabo, no tenemos por qué amargarnos o renunciar a la raza humana, ¿no te parece? —le preguntó Samantha.

Maddie se tomó su tiempo y apartó la vista para evitar lo que parecía ser una pregunta demasiado directa.

—Lo más raro de la tarde —continuó volviendo a mirar a Samantha, sin saber cómo reaccionaría su superracional jefa ante lo que estaba a punto de decirle— fue cuando le pregunté cómo hacía para estar tan centrada y ser tan positiva, después de que la vida hubiera sido tan injusta con ella. Y cómo podía encontrar yo esa confianza. Ella me miró de una forma bastante desconcertante, aunque no desagradable, me cogió la mano y dijo: «Yo te ayudaré».

Maddie se sentía cohibida, pero quería hablar sobre aquello y Samantha debió de intuirlo. Bastó que su jefa asintiera una vez animándola a seguir para que Maddie añadiera:

—Neva me dijo: «Mi cuerpo está aquí en el hospital y dicen que me estoy muriendo. No puedo hacer nada para cambiar eso. Sin embargo, puedo transportarme en cuerpo y mente a otro lugar en el que me gustaría estar, a algún sitio en el que haya sido realmente feliz, para reunir fuerzas. La mente siempre es libre, Maddie. Nunca está prisionera, a menos que se lo permitas. Así que mi mente y yo viajamos a los lugares bonitos que recuerdo y tengo la sensación de que realmente estoy allí. Eso me llena de unas extraordinarias ganas de vivir y me permite también hacer milagros. Puedo escuchar a mi hijo estudiando matemáticas y oír los sonidos de la casa de mi padre. Eso hace que todo sea posible. Puedo seguir viva un montón de tiempo por mi hijo».

Maddie hizo una pausa y Samantha esperó a que continuara.

—Neva me dijo que cerrara los ojos y pensara yo también en un sitio así. «No pienses en ir allí», me dijo con firmeza. «Piensa en estar en ese lugar, formando parte de su geografía, oliendo el aire y sintiendo el aliento de ese sitio en la cara. Maddie, observa cómo tus pies están sobre el suelo de ese lugar.» Entonces me agarró con fuerza la mano y nos quedamos un rato sentadas. Y lo hice, Samantha, hice lo que me pidió. Viajé con la mente al lugar cuyo recuerdo está más vivo en mi corazón, un sitio en el que he sido profundamente feliz y al que me gustaría volver aunque solo fuera cinco minutos.

»Curiosamente, cuando abrí los ojos, Neva estaba durmiendo en una paz absoluta, a pesar del dolor que sé que está padeciendo. La verdad es que no sé cómo debo prepararme exactamente para lo que ella dice ver —concluyó Maddie—, pero seguí las instrucciones que me dio y viajé hasta mi lugar especial, hasta sentí fríos de verdad los pies y la cara. Y luego ha sucedido lo de la nevada, o lo que fuera, durante la noche. ¿Quién podría siquiera imaginarse que eso pasaría?

Samantha sonrió y la observó detenidamente.

—Algunos dicen que el mundo acabará consumido por las llamas y otros dicen que por el hielo. Tal vez existan los milagros para alguna gente.

Aquellas no eran las palabras que Maddie esperaba. Se puso en pie y se giró hacia la puerta. Luego se fue mientras dejaba atrás la voz de Samantha:

—Pásatelo bien esta noche.

Hasta en el piso inferior para salir de la ciudad hacia el este, el sonido del viento agitando los cables del Bay Bridge en el vacío resonaba sobre ella con una melodía etérea. Era como si el sonido del viento estuviera jugando con el mástil y los estays de un velero.

Allá lejos, en las aguas de la bahía de San Francisco, Maddie pudo ver un solitario yate blanco en el mar picado. El barco parecía estar en apuros: de repente se escoró peligrosamente por el temporal y luego empezó a surcar a toda velocidad la superficie azul y gris de la bahía antes de verse obligado a virar violentamente mientras el viento cambiaba sin piedad de dirección. Finalmente, logró escapar de las garras de las corrientes de aire y huyó por delante del temporal, dejando una estela de espuma tras él. Maddie se imaginó a la tripulación luchando asustada para evitar que el barco volcara. Se estremeció al visualizarlo y aquello le hizo recordar un incidente que había tenido lugar hacía tiempo y que intentaba borrar de la mente porque le hacía sentirse incómoda.

Cambió de carril bruscamente y pisó el acelerador. Sabía que tenía que ser más rápida para evitar la multitud de coches que la ciudad empezaría a expulsar en cualquier momento. Una vez en el lado del puente en el que estaba Oakland, condujo el Mercury Cougar por la avenida Eastshore hacia Berkeley. Su mente llevaba puesto el piloto automático. ¿Cuántas decenas de veces habría hecho aquella ruta? Su padre raras veces iba en coche a trabajar. No veía la necesidad de llevárselo para tenerlo parado durante todo el día. En verano normalmente iba en bici, y si era necesario que alguien de la familia pasara a recogerlo, estaba a tiro de piedra. Cuando obtuvo la licencia para conducir, solía ofrecerse para ir a buscarlo y pasarse así una hora al volante, pero ahora el viaje no era ni por asomo igual de placentero que en el pasado.

El Departamento de Biología Microbiana Vegetal de la Universidad de California en Berkeley tenía su sede en Koshland Hall, cuya parte trasera daba a la avenida Hearst. Maddie se metió en aquella calle tan familiar situada a las afueras de los verdes prados del campus universitario, que estaba bañada por un extraño sol vespertino. Se hizo a un lado y se detuvo en una zona de carga y descarga.

Había un hombre alto y elegante de pie bajo el brillante sol con una gruesa chamarra deportiva de color chocolate y una bufanda. Tenía una abundante mata de pelo canoso y llevaba un viejo maletín de piel de color rojo que Maddie le había traído de Florencia hacía años, un verano que había ido allí de vacaciones. Sonrió mientras ella le abría la puerta del copiloto.

—Hola, *papa*. Me alegro de que ya estés aquí.

—Hacía una tarde tan bonita que me pareció una buena idea estar un rato al sol y pensar un poco mientras te esperaba. Según las noticias de internet, parece que esto es un contraste bastante fuerte con lo que has tenido al otro lado de la bahía, ¿me equivoco? Hasta he oído comentar algo sobre algunos desprendimientos de tierra.

Todo ello fue dicho en ese tono despreocupado que caracterizaba a Enzo Moretti o «Laurie» o «Lorenzo», como aún lo llamaba su madre. Pero nunca «Larry», pensó Maddie. Solo había conocido a una persona que llamara así a su padre: Pierce Gray.

—Nada que ver con nuestro lado —confirmó.

Enzo dobló el largo esqueleto para introducirse en el Cougar a su lado y se inclinó hacia ella para darle un fugaz beso en la mejilla.

—¿Cómo te va, Madeline? —le preguntó. El hecho de que usara la forma no abreviada de su nombre era más una cuestión de afecto que un formalismo, cuando era él quien lo hacía.

—Pues la verdad es que no lo sé, *papa*. Voy a trabajar y hago bien mi trabajo, o eso creo. Aun así, la cuestión se limita a «hacer». No sé lo que siento ni lo que pienso.

Y olvidó las estrellas, la luna y el sol
y olvidó el azul sobre los árboles
y olvidó las hondonadas donde las aguas corrían...

Enzo pronunció estos versos y le sonrió con tristeza.

—Algo así —dijo ella rodeándolo con los brazos y dándole un segundo beso. Luego arrancó y se incorporó al tráfico—. Es real y duele cada segundo —añadió mientras miraba por el retrovisor y se cambiaba de carril.

Enzo asintió y miró a su hija.

—Estoy seguro, por eso no pienso decirte eso de que el tiempo lo cura todo. Aunque sí creo que te ayudará.

Ella asintió no muy convencida a modo de respuesta y ambos guardaron un silencio ensimismado durante los quince minutos que quedaban para llegar a Wild Cat Canyon Drive, al hogar de la infancia de Maddie.

Cuando entraron en el patio eran las seis pasadas y la luz estaba empezando a desvanecerse, pero la serena madera de la construcción de tablas de cedro resultaba acogedora. La casa, que tenía una sola planta y un porche cerrado de verano en un extremo que daba al jardín, al huerto y a varios cobertizos, estaba en lo alto de un montículo cubierto únicamente de hierba. Los árboles autóctonos, casi azulados bajo la luz vespertina, estaban podados al máximo dibujando un amplio perímetro alrededor de las construcciones como precaución en caso de incendio. Maddie se estacionó al lado del nuevo Nissan de Barbara en la enorme y sucia cochera ribeteada de fragantes arbustos, justo a la izquierda de la casa.

Todo tenía el mismo aspecto de siempre. Aunque no era aún de noche, la luz del porche estaba encendida para recibirlos y las ventanas de la casa brillaban como balizas de bienvenida a lo largo de la fachada. El cuarto de Maddie estaba al fondo, al lado del de Barbara, y solían hablar entre ellas a través de las ventanas, en las que había mosquiteras metálicas, hasta altas horas de la madrugada. La siguiente estancia era la sala de estar, donde se encontraba el viejo piano de cola de la familia, después estaban el comedor, el dormitorio de sus padres y una habitación de invitados. Cada una de ellas tenía dos ventanas que daban a un agreste bosque lleno de montículos, rebosante de pinos ponderosa y encinillos. En medio había un largo pasillo y una amplia cocina —que era el centro de la casa—, en la que había una puerta que daba al otro lado, a un patio en forma de ele, donde se encontraba un cobertizo cerrado con una chimenea abierta, que era principalmente territorio paterno. En la parte de atrás había dos baños con unos ventanucos con vistas a los campos del otro lado.

En aquel momento, las sensaciones de seguridad y protección con las que asociaba su infancia competían para darle la bienvenida a Maddie. El jardín estaba tan escrupulosamente cuidado como siempre gracias tanto a su padre como a su madre y pensó en las barbacoas que pronto harían en el patio, en los baños en el lago Anza, en el parque regional de Tilden, situado solo a unos cuantos minutos en coche, y en los días en la playa. Los días de buen tiempo —que siempre invitaban a reírse del pasado y traían consigo la promesa de días idénticos en el futuro— hicieron que Maddie se sintiera profundamente triste y sola. En aquel momento no pertenecía al grupo de la gente feliz.

Se quedó de pie bajo la tenue luz mientras observaba cómo su progenitor se desenrollaba para salir del coche. Se dio cuenta de que no había vuelto a la casa de sus padres desde la muerte de Chris.

—Entra y dile hola a tu madre. Se alegrará de verte. Por supuesto, quiere hablar contigo —dijo con una expresión de cierta compasión hacia Maddie—. Pero Barbara ya ha llegado, así que no podrá incordiarte durante demasiado tiempo.

Maddie esbozó una sonrisa.

—Diles que estoy en el cobertizo. Tengo que trabajar un poco, pero iré en un rato. —Enzo miró a Maddie, consciente de que sería mejor que entrara con ella y la salvara del cariño asfixiante de su madre, pero entonces tendría que enfrentarse a la ira de su esposa—. Tengo un vino buenísimo —le dijo para animarla—, un blanco italiano. Es tan bueno como el que tu abuelo hacía en casa. Nos tomaremos una copa antes de cenar, ¿vale? —Y, dicho eso, desapareció doblando la esquina de la casa.

Maddie asintió mientras él se iba. Sabía que aquella era y siempre había sido la forma de vida de su padre, menos cuando estaba de vacaciones o raras veces los fines de semana. Siempre había estado completamente volcado en su trabajo. Su dedicación lo había convertido en una figura mundial del estudio de las enfermedades vegetales, pero también es posible que lo hubiera arrancado de las garras de su dulce pero sobreprotectora madre, que, ahora que sus hijas se habían ido de casa, era probablemente un personaje más solitario.

Maddie inspiró hondo mientras recorría el sendero. Aunque quería muchísimo a su madre, tenía claro por qué había tardado tanto en volver a pasarse por su casa. Una sombra cruzó por delante de la luz de la ventana de la sala de estar, cayó sobre ella y captó su atención. Era su madre, Carol, y afortunadamente también Barbara, cuyo rostro permanentemente alegre le sonreía desde la ventana, haciéndole señas insistentemente con la mano para hacerla entrar.

Todos sabían que la *nonna* Isabella se había asegurado, casi como si formara parte del contrato matrimonial con su nueva nuera, de que Carol cocinara bien. A su querido Lorenzo no le podía faltar ninguna noche un buen plato casero italiano. Carol se había aplicado y había aprendido, pero Isabella jugaba con ventaja porque, aunque Carol no lo sabía, su hijo era también un excelente cocinero, ya que se había pasado la mayor parte de la infancia observando y ayudando en la cocina familiar. Así que la cena, ocurriera lo que ocurriera, siempre estaba buena y era copiosa, y a menudo estaba acompañada de productos caseros e incluso, cuando era temporada, de vino hecho en casa, que, sorprendentemente, era de una calidad excelente.

Barbara acababa de salvar a su hermana de las impúdicas preguntas de su madre y llamó a su padre para que se reuniera con ellas tras lo que pareció ser, afortunadamente, un paréntesis lo suficientemente corto. La familia se reunió alrededor de la antigua mesa oval de arce, con las copas en la mano.

—He recibido una llamada rarísima de la *nonna* Isabella —dijo Carol mientras brindaban unos con otros—. Me ha dicho que no podría venir esta noche porque tenía que buscar a una anciana que hacía sombreros, o algo así.

—¿A quién, si no, va a acudir, si necesita un sombrero? —preguntó Enzo, divertido, antes de empezar a servir la *crema di fagioli* que tenía delante en un enorme cuenco, un plato a base de alubias que era el favorito tanto de él como de Maddie para las reuniones informales.

Pero su mujer ignoró la pregunta y empezó a plantear las suyas propias, algo que Barbara había logrado evitar que hiciera con Maddie antes de cenar.

—Maddie, ¿tienes noticias de Inglaterra? ¿Ya han metido en la cárcel al hombre que mató a Christopher? —Su madre siguió disparando preguntas sin detenerse ni a respirar—: Digo yo que a estas alturas ya habrá habido un juicio y habrán dictado sentencia, ¿no?

Tanto Barbara como su padre miraron hacia el otro lado de la mesa, a Maddie, que había bajado la cabeza, para apoyarla. Consiguió emitir una respuesta en voz baja:

—No, mamá, aún no sé nada. Ya sabes que los procesos judiciales son muy lentos.

—Por favor, mamá —dijo Barbara con firmeza—, estoy segura de que Maddie nos informará cuando se sepa algo o si quiere que estemos al corriente de cualquier cosa. —El intento de Barbara de advertir a su madre pareció pasar de largo volando sobre su cabeza, así que esta cambió de táctica y se dirigió a Enzo.

—¿Papá?

Barbara siempre le llamaba así a su padre. Sin embargo, desde que a los doce años se habían ido todos de viaje a Italia, Maddie prefería llamarle *papa* o *pa*.

—Papá —repitió Barbara—, he leído en el periódico que la universidad forma parte del nuevo grupo de trabajo estatal de la enfermedad de Pierce.

Lo cierto era que aquello era un intento desesperado de cambiar de rumbo la conversación. No tenía ni idea de qué decir después de aquello. Su padre, sin embargo, entendió la señal y acudió en su ayuda:

—Así es, Barbara. Al parecer, la máquina publicitaria está bien engrasada. Sí, el departamento está bastante involucrado —respondió Enzo.

Maddie se sobresaltó y miró a su padre.

—¿De verdad se llama así? ¿Qué es la enfermedad de Pierce? —le preguntó, mientras consideraba si Barbara y él estarían bromeando.

—Si lo preguntas porque realmente te interesa —dijo Enzo sonriendo—, te lo explicaré de la forma más sencilla posible.

—Contigo nada es sencillo nunca, papá. —Barbara sabía que su padre raras veces hablaba de trabajo durante la cena, pero, una vez que empezaba, se sumergía en su ciencia y dejaba al resto atrás.

—Sencillamente —dijo mirándola primero a ella con una sonrisa y luego a Maddie—, la enfermedad de Pierce es un trastorno letal bacteriológico de las uvas. Se identificó por primera vez en Californa a finales del siglo XIX y ha causado pérdidas de millones de dólares en los viñedos del estado. Los científicos de Berkeley confirmaron hace veinte años que la causa de la enfermedad es la bacteria *Xylella fastidiosa*. La contagia cierto tipo de cigarras denominadas «tiradores certeros». Se trata de un problema no solo de ámbito estatal, sino también nacional. ¿Le ha parecido lo suficientemente sencillo, señorita? —dijo, dirigiéndole a Barbara una mirada divertida.

—Sí, papá. Déjalo ahí —dijo Barbara, riéndose.

—Yo los asesoro, pero no formo parte del equipo. Estoy haciendo otra cosa.

—¿Quién es ese tal Pierce? —Carol encontró algo que le interesaba y se unió a la conversación fuera de contexto—. ¿Tiene algo que ver con tu amigo y compañero Pierce Gray?

—No, cielo, en absoluto —respondió Enzo a punto de echarse a reír—. En este caso se trata de un apellido, no de un nombre, y se debe a un investigador de finales del siglo XIX. Se llamaba N. B. Pierce, y fue el que descubrió la enfermedad. Aunque lo cierto —continuó— es que el señor Pierce Gray nos ha facilitado fondos para pagar a parte del equipo que trabaja en lo de Pierce y también ha colaborado en la investigación que yo estoy llevando a cabo. Es importante para los viticultores de Napa. Gray es uno de los principales financiadores, junto con el resto de productores. Por supuesto, lo hace por su propio interés.

—Siempre me ha parecido un hombre tan interesante, tan guapo y poderoso… —dijo Carol con entusiasmo, casi como si hablara consigo misma—. ¿Ustedes no han estado en su yate una o dos veces? Creo recordar que sí. Todo el mundo dice que da unas fiestas maravillosas. Tu padre ha ido a algunas, aunque a mí nunca me invitan.

—Siempre lo hace por cuestiones de trabajo, Carol —le respondió Enzo evitando morder el anzuelo. También habían sido invitados más de una vez por razones puramente sociales, pero Enzo nunca había tenido demasiado interés en acudir y siempre rechazaba la invitación sin siquiera preguntar a su esposa.

—No te preocupes, mamá —intervino Barbara, que sabía por dónde iban los tiros—. No te has perdido nada. Por lo que he visto, las «fiestas Gray» suelen ser o demasiado grandes y bulliciosas o demasiado privadas e íntimas.

—Hace muchas aportaciones a la comunidad, por si no lo sabías —replicó Carol—. Mira lo que ha hecho hace poco por el museo de arte. Y eso afecta a tu trabajo, Barbara. Para que tú estés ocupada en buscar obras de arte, tiene que haber algún mecenas que las pague.

Maddie posó el tenedor con el que había estado jugando con las alubias y pensó en lo que Pierce Gray les había aportado a sus empleados durante los últimos veinte años. Por supuesto, lo último que haría sería comentar el caso fuera de la oficina, pero de repente, sin embargo, le entraron ganas de hablar, a pesar de la política de guardar silencio. Quería contar lo que sabía sobre Stormtree, conocer el punto de vista de su familia y ver cómo su siempre sensato padre reaccionaría. Se preguntaba lo que pensaba realmente de Pierce Gray. Justo en ese momento, su voz la despistó:

—Siempre que lo he tratado me ha parecido un hombre interesante. Me cae bastante bien. —Ni que la hubiera oído—. En sus acuerdos conmigo y la universidad, siempre ha sido más que generoso. Recuerdo que lo entrevistaste para el periódico universitario hace años, cuando aún no te habías graduado, Maddie, y te impresionó mucho.

—Era una niña, *papa* —dijo casi en tono de protesta—. No era lo suficientemente madura como para evaluar al hombre con objetividad.

Enzo sonrió.

—Bueno, produce uno de los mejores vinos de Napa y tiene una reputación que mantener. Es sorprendente que alguien que considera las uvas una simple afición se involucre tanto. Siempre que he hablado con él me ha parecido una persona muy versada en viticultura y vinos. Le apasiona tanto el tema que parece que está hablando de mujeres.

A Barbara le pareció que ya estaba bien de elogios.

—En ese tema creo que es más que un experto —comentó con una sonrisa irónica—. Ha tenido un montón de mujeres de las que alardear y sigue cambiando de concubina como si fuera un potentado medieval italiano.

—Una sucesión de mujeres trofeo, querrás decir —la provocó Maddie.

—De mujeres «catas-tróficas», de hecho —dijo Barbara riéndose de su propia ocurrencia.

—No estaría tan mal ser una de ellas, boba —dijo su madre—. En su momento desperdiciaste la oportunidad. Estoy segura de que cuida muy bien de ellas —añadió—. No hay nada de malo en un generoso acuerdo de divorcio.

—Lo hay si es prenupcial —bromeó Maddie con cara seria.

Enzo se preguntó en voz alta si Pierce Gray podría haber encajado en la piel de un duque italiano.

—Tiene estilo y es apasionado. Recuerden que, cuando los banqueros se quedaron con la colección de arte de los Medici en Florencia, Lorenzo les dijo que el mundo siempre recordaría a su familia por el arte y no por el dinero que habían perdido.

—Yo estaba pensando más en el poema de Browning, *Mi última duquesa*, cuando el duque mata a la duquesa —precisó Barbara riendo—. Creo que hacía referencia al duque de Ferrara, al de los matrimonios en serie, cuya última duquesa fue Lucrezia Borgia. Un gigante de los mecenas donde los haya, sin duda, pero un poderoso monstruo que controlaba la ley y que era capaz de llevarse por delante a cualquiera. Pierce haría lo mismo si pudiera.

—«Es excelente tener la fuerza de un gigante, pero es de tiranos usarla como un gigante» —citó Enzo.

Maddie, cada vez más enfadada, pensó que aquello era algo que Pierce Gray debería tener en cuenta. Pensó en la paciente cara de Neva y en las fotos de los hijos de Marilú, pero estrujó la servilleta sin que la vieran y no dijo nada.

Una puerta se batió de pronto al fondo de la casa y le hizo dar un salto.

Enzo se levantó.

—Debo de haber dejado la ventana abierta de nuevo, por eso hay corriente. Iré a cerrarla.

Barbara se levantó.

—No te preocupes, papá, yo la cerraré. Y de paso llevaré esto a la cocina —dijo mientras empezaba a retirar el primer plato. Maddie se levantó para ayudarla, pero Barbara se lo impidió—. Yo traeré el pollo y los *contorni*. Siéntate.

Maddie se volvió hacia Enzo:

—*Papa*, ¿qué estás haciendo para Pierce Gray?

—Estoy buscando el ADN de una planta y sus alelópatas —dijo, consciente de que no entendería aquel término. Como respuesta a su cara de desconcierto, intentó explicárselo sin usar palabras técnicas—: Es un estudio de las relaciones que tienen las plantas entre ellas para ver si existe alguna correlación a largo plazo entre el efecto alelopático y la planta de una especie anterior que podría haber sido introducida en la biología de la vid. La alelopatía es…

—¡Necesito ayuda! Maddie, ven a echarme una mano. —La voz de Barbara llegó desde el otro lado de la puerta batiente de la cocina.

—Ya voy. —Maddie se levantó—. ¿Me lo contarás cuando vuelva? —preguntó mientras iba hacia la cocina con algunos platos. Cuando llegó junto a Barbara, le dijo en voz baja—: Menudo descaro, Bee. ¿Te preocupa que sea de las largas?

Barbara le tendió un plato de servir para que se lo llevara.

—Lo es. Yo no me metería en ese tema, a no ser que quieras quedarte a dormir y volver mañana. Yo me tengo que ir pronto, tengo que abrir el museo para recibir una entrega a primera hora de la mañana.

—Va, me iré contigo, entonces —accedió Maddie. Luego se quedó callada unos instantes. Había un dibujo infantil en la pared de la cocina. Aunque llevaba allí años, aquella noche captó su atención. Era ambicioso y estaba bien hecho para ser de una niña pequeña. Observó de cerca la acuarela enmarcada de una mujer con el pelo ondeando al viento en un paisaje agreste, que intentaba tender la ropa mojada luchando contra el vendaval. En primer plano se veían la cabeza y los hombros de una niña que, guareciéndose del clima en el portal, observaba a su madre. El cabello rizado de la pequeña volaba hacia un lado de la pintura y, a modo de ilusión óptica, se extendía por el marco. Aquello hacía que el observador se convirtiera en la chiquilla.

Barbara se acercó a ella.

—Es bueno. Refleja muy bien a mamá y a ella le pareció que capturaba el momento con tal sentimiento que le puso un marco de verdad. ¿Te acuerdas? Lo hiciste cuando tenías ocho años, más o menos, y estabas enferma en casa con una fiebre altísima. Creo que tenías varicela. Eras una chica con talento. Ahora yo soy la que trabaja en el mundo del arte y tú eres abogada.

—Es curioso, no recuerdo haberlo pintado, pero aún me acuerdo del sonido del viento —repuso Maddie en un tono casi imperceptible—. Por cierto, Bee —susurró sin poder evitar contárselo a su hermana—, mi despacho está involucrado en un caso gravísimo contra la empresa de Gray. Será mejor que *pa* no se entere.

—Vaya. —Las cejas de Barbara se arquearon—. No le diré nada, por supuesto. No es asunto mío. La relación que yo tengo con él no es como la de papá. Cada vez que le vendemos un cuadro intenta renegociar el precio, justo antes de cerrar el trato. Nos hace quedar mal con los vendedores, que creen que están siendo manipulados. Y así es. Hemos perdido un par de prestigiosas ventas por eso. Y sé lo que me digo cuando hablo de su actitud hacia las mujeres.

Maddie señaló el plato humeante que llevaba en la mano.

—Será mejor que lleve esto a la mesa —dijo mientras empujaba con el hombro la puerta batiente de la cocina—. Qué buena pinta tiene, mamá —comentó mientras volvía a entrar en el comedor.

Durante media hora, su padre le explicó sus ideas. Lo último que le contó fue que las plantas son capaces de emitir señales químicas muy complejas que repelen o atraen a otras según sus intereses particulares.

—Las algas pueden influir en la formación de nubes y, por lo tanto, en el tiempo —dijo para acabar, mientras se servía las últimas gotas de vino en la copa—. Pero eso es una historia para una noche que te puedas quedar —dijo, consciente de que ella nunca antes había mostrado tanto interés por su trabajo a la hora de la cena.

—Me temo que yo no puedo, papá —se excusó Barbara—. Recogeré la cocina, mamá, pero luego tengo que regresar.

—Y yo —dijo Maddie, sonriendo con dulzura—. Tenemos mucho trabajo y no quiero llegar tarde a casa.

Maddie ayudó a Barbara a recoger y, en cuanto la puerta se cerró, aprovechó para hacerle una pregunta que se le había ocurrido durante la cena:

—¿Qué tiene que ver en realidad *pa* con Pierce Gray? Sé que siempre han tenido cierta relación, pero ahora parece más encantado que nunca con él.

Barbara tenía sus propias opiniones. Empezó a hablar en voz baja mientras llenaban el lavaplatos:

—Puede que me equivoque, pero creo que Pierce ve el símbolo del dólar y ve gloria en lo que papá está haciendo, así que ha creado lo que él cree que será una fuente de ingresos extra aprovechándose de la reputación de papá y de su experiencia. Está subvencionando un proyecto de investigación privado y ha convencido a papá de que es por el bien de Estados Unidos, de California y de la industria de la uva.

—Al menos papá es consciente de que a todos los viticultores de Napa les interesa, lo que por supuesto incluye a Pierce Gray.

Barbara asintió.

—Además, esa investigación le asegurará una plaza en el panteón de botánicos ilustres. ¡Ni que no la tuviera ya!

—Creo que Pierce es muy astuto con los negocios y realmente egoísta —dijo Maddie—, pero también que *pa* puede cuidar de sí mismo, ¿no te parece?

—El hecho de que no sea mujer ayuda —ironizó Barbara—. Al parecer cree que puede comprar a su antojo a cualquier fémina que se cruce en su camino. Otra más para la colección. Y si se trata de una pieza exótica, mejor que mejor. Se cree con derecho a todo.

—Bee, ¿estás hablando a título personal? —preguntó Maddie—. Recuerdo que intentó invitarte a cenar a un restaurante caro antes de lo de su mujer número dos, pero creía que eso había sido hacía mucho tiempo y que no te interesaba, ni siquiera entonces. —Enjuagó el último plato y se lo pasó a su hermana.

—Puedo cuidarme sola, cielo. Nunca le he visto el atractivo. Pero se ha portado como un auténtico cabrón con una amiga mía.

Maddie no quiso saber más del tema, por ese día ya había tenido suficiente de Pierce Gray. Abrazó a su hermana y cogió el bolso y el abrigo para ir a despedirse de sus padres a la sala contigua.

—No comes nada —le espetó Barbara con rotundidad antes de que a Maddie le diera tiempo a abrir la puerta—. Te he visto jugar con la comida esta noche, Maddie. Sé que en estos momentos el mero hecho de tener que sobrevivir cada maldito día es una putada para ti, pero tienes que comer. Morirte de hambre no hará que vuelva.

Maddie asintió.

—Simplemente no tengo hambre. Ya nunca tengo hambre.

Barbara rodeó con los brazos a su hermana pequeña.

—Ya —se limitó a decir.

Enzo salió de casa y acompañó a sus hijas bajo la oscuridad de la noche. Les dio un beso, les cerró la puerta del coche, les dijo adiós con la mano y se quedó mirando mientras abandonaban el patio para ir hacia el Bay Bridge, absolutamente consciente del sufrimiento de su hija menor. Maddie siempre había sido diferente. Había nacido con un nudo en el cordón umbilical y había tenido la suerte de vivir. Siempre había pensado que aquello demostraba su instinto de supervivencia, pero su destino no era el mismo que el de los hijos de otras personas. No sabía muy bien qué hacer por ella, pero sintió que la esperanza lo invadía mientras veía cómo se desvanecían las luces traseras de su coche.

El cielo estaba despejado y lleno de millones de estrellas. Justo sobre la colina que había detrás de la casa, hacia el noreste, había un grupo especialmente brillante. Enzo lo observó sonriendo.

Muchas noches he visto las Pléyades saliendo entre la suave sombra, brillando como un enjambre de luciérnagas enredadas en una trenza de plata.

Pensó que eso era aquello: un enredo. Luego apagó las luces de fuera y se metió las manos en los bolsillos.

10

San Francisco, 28 de febrero de 2007

La *nonna* Isabella nunca se había considerado en absoluto supersticiosa. Aunque tampoco «tentaba a la suerte», como se suele decir: no le gustaba pasar por debajo de una escalera, por ejemplo, ni poner los zapatos sobre la mesa, ni abrir un paraguas dentro de casa, aunque eso parecía tratarse más de una cuestión de sensatez que de evitar el mal agüero: las escaleras eran objetos inestables, un paraguas abierto dentro de una casa podía darle a alguien en un ojo y los zapatos... Bueno, puede que lo de los zapatos fuera simplemente por no tentar a la suerte. El viernes 13, sin embargo, era para ella un día normal y corriente, y si se topaba con un alfiler en la acera, era capaz de dejarlo allí a pesar de que decían que si querías ser feliz aquello era lo último que debías hacer. Al igual que Neva, procedía de un extenso linaje de mujeres y era muy consciente de su herencia, remontándose en el tiempo; en su caso, a la gente que habitaba la Toscana al menos desde la época de los romanos, o incluso antes, cuando el mundo era aún el centro del universo. Sin embargo, la *nonna* Isabella se congratulaba de ser una mujer muy moderna, aun a pesar de todo su linaje.

La noche de la tormenta de hielo, Isabella había salido en busca de la mujer que hacía sombreros y, no sabía cómo, la había encontrado. Hacía veinticinco años ya era vieja e Isabella pensaba que, a aquellas alturas, o bien sería nonagenaria o se la habría llevado Dios. Sin embargo, cuando Isabella le contó a la *signora* Angela por teléfono lo que le había pasado a Maddie, le pareció que estaba llena de vida, interesada en el tema y con ganas de ver a su antigua clienta. La señora le sugirió varias cosas antes de que fuera a visitarla a la noche siguiente.

Isabella tuvo que rebuscar en los cajones de la vieja mesa familiar, adquirida por su abuelo con mucho orgullo para la primera casa que habían conseguido comprar en San Francisco. Encontró una serie de papeles de la familia de finales del siglo XIX y unas cuantas viejas fotos familiares. Finalmente, dio con la carta astral de Maddie, que estaba envuelta en el papel marrón original y aún tenía los lacres intactos.

Se lo llevó todo a la venerada sombrerería y las dos damas se reunieron en la misma casita que la *signora* tenía en North Beach con un café, una porción de *torta caprese* y una copa de Strega helado delante.

—Extraño clima el de ayer por la mañana —le dijo la anciana a Isabella con los ojos brillantes—. Algunos lo calificarían de apocalíptico. —Su voz era suave y clara, especialmente teniendo en cuenta la edad que tenía.

Isabella no estaba del todo de acuerdo, aunque coincidía con ella en que aquel clima no era nada habitual en una ciudad en la que solía hacer buen tiempo, pero educadamente se centró en la razón por la que había llamado y puso los objetos que la *signora* le había pedido sobre la mesa, en la que, sorprendentemente, todavía había restos de confección de sombreros, seguramente para clientes ocasionales.

La *signora* Angela posó primero la mano sobre el paquete envuelto en papel marrón que sus propias manos habían atado con una cuerda hacía tantos años y luego habló. Ahora su invitada escuchó lo que la *signora* Angela tenía que decir con más atención que veinticinco años antes.

—No necesito abrirlo —aseguró, mirando fijamente a Isabella—. Conozco bien el contenido.

Isabella la contempló, incrédula.

—Compréndelo, *signora* Moretti —añadió Angela en respuesta a aquella mirada—. He hecho cartas astrales para cientos de personas, tal vez para miles o más, a lo largo de mis noventa y un años de existencia y sigo usando mis propias ecuaciones matemáticas y el libro de tablas con los movimientos de los planetas. No tomo atajos en el trabajo por medio de computadoras y sigo tan ocupada actualmente como siempre. Las nuevas generaciones son respetuosas y vuelven a mostrar interés por la sabiduría de nuestros ancestros etruscos. Los etruscos, por supuesto, solían ejercer de adivinos para sus conquistadores romanos y eran sumamente respetados por su conocimiento de los misterios.

La voz de Angela resonó en la pequeña estancia y a Isabella aquel efecto le habría parecido teatral si no estuviera absolutamente hipnotizada por lo que esta le estaba diciendo.

—En todo este tiempo solo he visto tres que nunca olvidaré. Normalmente, las cartas natales contienen lo que todos esperamos: amor, contratos, nacimientos, viajes y penas. Están escritas sobre un palimpsesto: uno viene y los escribe, los borra y escribe otro sobre las viejas impresiones de cera. Están escritas en la arena.

»¿De cuáles me acuerdo? —prosiguió con suavidad—. Una era de un hombre que llegó a obispo, y de los buenos. Que descanse en paz. —Le dio un sorbito a la bebida y sirvió más de la botella en cada vaso antes de continuar—. Otra era de una dama con dones poco comunes y sensibilidades humanas que, por desgracia, se quitó la vida cuando al parecer lo divino le empezó a exigir más fuerza de la que disponía. Su mundo habría cambiado si hubiera sido capaz de esperar un poco más. Creo que perdió la esperanza. Su codicioso hijo se benefició de lo que tendría que haber sido para ella. Demasiado a menudo la vida no es justa.

En ese punto, la anciana hizo una pausa. Isabella se preguntó si se suponía que debía hacer algún comentario filosófico. Sin embargo, se percató de que la *signora* Angela parecía estar encerrada en sí misma, en un territorio exclusivo para ella, no en este mundo. Luego sus ojos volvieron a centrarse en Isabella.

—Y luego está su nieta. Madeline Moretti, 21 de mayo, hija de las Pléyades. Posee la tercera natividad, algo que se me ha quedado grabado para siempre en la memoria. Aún recuerdo los principales detalles de la carta y me preguntaba cómo le habría ido la vida. Las cartas son solo guías celestiales, ¿sabe, *signora* Moretti? Son como un mapa del tiempo que nos ofrece alguna forma de navegar por nuestras vidas. Indican el camino, pero no son el viaje en sí mismo. Eso está en manos del caminante. A todo el mundo se le presentan desafíos en la vida, lo importante es la manera de afrontarlos; eso es lo que marca la diferencia, es lo que cuenta. —Se recostó en el sillón bajo—. Y bien, ¿cómo lleva Madeline lo de su pérdida?

Isabella estaba muy impresionada por lo que la *signora* Angela le había revelado sobre la naturaleza especial del horóscopo de Maddie. Había dado por hecho que la anciana estaba siendo educada o que estaba fingiendo un interés que en realidad no tenía cuando había hablado con ella por teléfono y le había dicho que «recordaba» a su nieta. Ahora, al oírla hablar, se daba cuenta de que había sido sincera.

—Yo diría que Madeline —respondió— está *meno male*. No demasiado mal, me parece a mí. Sin embargo, ha perdido todo el entusiasmo. Come, pero está delgada; habla, pero nada le sale del corazón. Era una niña tan apasionada y resplandeciente... Destacaba entre todas las chiquillas de su edad, por muy guapas que fueran, porque transmitía puro fuego. Ahora parece que ese enorme espíritu la ha abandonado.

La *signora* Angela asintió.

—No estaba segura de cómo iba a suceder. Como si de un eclipse de sol se tratase, de repente su vida se ha enfriado y se ha vuelto realmente triste. Debemos tener cuidado, o se convertirá en la *ombra della sera*, «la sombra vespertina».

La *signora* retomó el hilo y le pidió a Isabella las fotos de su abuela, que había llegado con su joven marido a San Francisco hacía tantísimos años, y los papeles del embarque. Cuando esta se los tendió, la *signora* Angela los observó durante un rato, aunque Isabella no sabría decir qué estaba buscando. La cara de la mujer, con sus sencillas ropas victorianas y un alfiler en lo alto de la blusa de encaje, captó la atención de la anciana durante un buen rato.

—Esta era Mimi, la hechicera —dijo la *signora* Angela, asintiendo. Aquello no era ninguna pregunta—. Siempre había pensado que su famosa abuela era de Lucca, como mi familia, *signora* Moretti, pero ahora veo que estaba equivocada —dijo de una forma un tanto hosca—. Pero ¿cómo podría su nieta superar ese pesar? Ahora creo saberlo. Ya conoce el dicho de que un buen padre ha de darle a su hijo dos cosas: raíces para crecer y alas para volar. Madeline Moretti debe buscar por fin sus raíces, para volver a encontrar sus alas. Puede que ya le haya comentado antes que tiene promesas que cumplir —añadió al cabo de unos segundos.

—¿Quiere decir que deberíamos hacer que se fuera de viaje? ¿Como si la enviáramos de vacaciones? —preguntó Isabella.

—El ardid utilizado es lo de menos, en realidad. Da igual adónde piensen enviarla, acabará en el sitio en el que debe estar, lo planee o no. —La *signora* Angela le devolvió la foto a Isabella y añadió con firmeza—: Debe regresar al otro lado del estrecho puente, de vuelta a la época de los ancestros. Allí las Pléyades estarán esperándola.

11

Santo Pietro in Cellole (la Toscana),
28 de febrero de 1347

En las cinco semanas transcurridas desde la llegada del *signor* Toscano y su mujer, Jacquetta había descubierto más cosas sobre ellos. A diferencia de su sobrina, que había rechazado de plano el apellido por considerarlo una improbable ficción, ella tenía mayores conocimientos y, aunque nadie se lo había dicho, suponía que el joven esposo podía estar relacionado con la familia de Giovanni Toscano, que había construido una de las más hermosas casas-torre del pueblo: una casa unifamiliar con una maravillosa torre que se había ganado la fama a pulso, una construcción elegante y sólida que era la comidilla de la ciudad en la época de su tatarabuela, hacía casi un siglo. Por ello también sabía que su linaje, prácticamente noble, no procedía de Siena ni de Florencia, como en un principio había supuesto, sino de Volterra, una ciudad que conocía bien.

Lo había felicitado por su antepasado, un hombre conocido por su gusto e inteligencia, además de por su poco usual empleo. Giovanni había trabajado muchos años como tesorero del hijo ilegítimo de Federico II, el emperador del Sacro Imperio Romano. Se decía que el rey Enzo de Cerdeña era el hijo preferido de Federico, a pesar de su ilegitimidad. Era poeta y cetrero, como su padre. Pero el pobre y joven monarca llevaba

133

más de veinte años prisionero en la Bolonia de los güelfos, recordó Jacquetta. El tesorero, incapaz de cambiar el destino de su señor, regresó a su ciudad natal, donde formó su propia familia y construyó con sus propias manos un hogar magnífico haciendo hincapié en su seguridad, como requerían aquellos tiempos de disputas.

Ya fuera por modestia o por una demanda tácita de guardar la intimidad, el joven se había limitado a inclinar la cabeza para reconocer la identificación de Jacquetta y no había dicho nada más, lo cual no le había sorprendido en absoluto. Aunque Giovanni Toscano había sido un hombre celebrado en Volterra y había dejado un legado en forma de donaciones para la iglesia y construcciones que emocionaban a mucha gente, uno de sus hijos había caído en desgracia hacía unos treinta años. Al igual que su astuto padre, Fortino Toscano también había sido un importante ciudadano, había formado parte del consejo y, además, había servido como *podestà*. Había recibido el reconocimiento público y había sido ensalzado por su caridad, su sabiduría y su dedicación en beneficio del pueblo. Años después, sin embargo, por alguna razón que no lograba recordar, debía de haber incomodado a sus coetáneos y había perdido el puesto y, por consiguiente, se le había retirado el derecho a ejercer cargos públicos, tanto a él como a sus herederos. Jacquetta sabía que el clima político en Volterra hacía una generación había dado un giro, pasando de ser progibelino, partidario del emperador, a güelfo, del partido papal. Dicho cambio había sido propiciado por la llegada de la ávida y ambiciosa familia Belforte a la élite política. Jacquetta tenía demasiada experiencia con aquella familia. Estaba segura de que la enemistad con los güelfos Belforte había sido la razón principal de los infortunios de la familia gibelina de los Toscano. Aquellas disputas familiares eran malévolas y despiadadas, y tenían consecuencias de carácter perenne, pero en aquellos momentos, tras numerosos cambios de destino y varios años de penurias económicas, la fortuna les sonreía a los Belforte de nuevo y se habían hecho con todos los cargos públicos clave de la ciudad. Para Jacquetta era un alivio poder criar a Mia lejos de los azares de la vida en Volterra, ya que la situación no cambiaría mientras la familia de Ottaviano Belforte permaneciera en el poder.

No recordaba las razones, pero sabía que a otro de los hijos de Giovanni le había ido mejor. También tenían una hija que había sido amiga íntima de la abuela de Jacquetta, que se llamaba Finapietra. Había hecho un buen matrimonio y se había emparentado con la familia de los condes de Pannocchieschi, unos terratenientes toscanos que tenían propiedades desde Siena hasta Pisa que se extendían por todo el *contado* hasta llegar de nuevo a Volterra. Cuál de los hermanos había sido el antepasado de su huésped era algo que no pensaba preguntar. Y si la familia del *signor* Porphyrius había decidido cambiar y dedicarse al comercio, como muchos nobles y miembros de la clase media alta, era asunto suyo y de nadie más. A Jacquetta le daba igual que estuviera ascendiendo o descendiendo en la escala social, si ahora era güelfo o gibelino o si tenía primos condes desde allí hasta Jerusalén. Lo único que sabía era que le caía bien —le gustaban su paciencia y sus amables ojos, su delicada forma de hablar y su evidente educación—, al igual que su esposa. Que ella recordara, nadie le había echado nunca una mano a Mia de forma tan eficiente. Serían bienvenidos durante todo el tiempo que necesitaran posada, algo por lo que el joven hombre pagaba religiosamente cada semana.

Aquel día, Jacquetta debía elegir un cerdo para sacrificarlo e hizo que Mia se quitara de en medio, secuestrada por la brillante presencia de su nueva compañera en el secadero. No es que a Mia le impresionara la realidad de tener que matar animales cuando era necesario. Aunque era una persona sensible, sabía que mataban a los hermosos gamos de los bosques para ponerlos en su mesa. Hasta era capaz de desplumar un ave ella sola, si no le quedaba más remedio. Pero la noche anterior, Mia había entrado de repente en el cuarto de Jacquetta con el corazón acelerado y sumamente angustiada. Sus manos le habían explicado, no sin cierta dificultad en medio de una oscuridad casi absoluta, que había oído el terrible aullido de un búho. Había dicho por señas «aullido», como si se tratase de un perro, y aquello había aterrorizado a la niña. Todo el mundo a lo largo y ancho de la Toscana sabía que el aullido de un búho en plena noche era un terrible augurio. Por eso, aquella mañana Jacquetta prefirió elegir el cerdo sin que Mia presenciara el acontecimiento.

Las cercanas campanas de la abadía habían dado las diez hacía algún tiempo y Jacquetta pasó en silencio por el secadero, pero no localizó ni a la una ni a la otra. Se deslizó escaleras arriba para ver si estaban en la pequeña biblioteca del rellano, pero tampoco allí encontró a nadie. Un tramo más allá, sin embargo, vio la imagen de ambas muchachas a través de la puerta abierta de la habitación de Mia. Trabajaban juntas mezclando pigmentos con pintura para realizar el dibujo de un jardín de curación. Oyó hablar a la *signora* y vio que Mia practicaba las formas de las vocales sonriendo como siempre, así que las saludó con la mano y dejó que prosiguieran. Porphyrius y Cesaré se habían ido en carro a Chiusdino a buscar sal y algunas provisiones, así que era el momento de que Jacquetta bajara rápidamente las escaleras y saliera hacia el establo con la resuelta Alba para elegir el cerdo.

Pero cuando giraba sobre los talones en el rellano, de pronto oyó el sonido de unos cascos sobre los adoquines. El hierro resonaba sobre las frías piedras. Hacía muchos días que no llegaban peregrinos ni visitantes, dado que el tiempo los había mantenido alejados durante semanas. Aun así, había algo en aquellos sonidos, una especie de urgencia y un estruendo más fuerte de lo normal que, sumado a los gritos de unos hombres, llamó la atención de Jacquetta. Miró escaleras arriba como por instinto, vaciló y volvió de nuevo abajo para ver quién había llegado.

Como Cesaré no estaba, abrió ella misma la pesada puerta delantera y la sobresaltó tanto movimiento y el repiqueteo de los cascos y de las botas. Cuatro hombres con gruesos abrigos de piel —o mejor dicho cinco, según veía ahora— y el aliento congelado por el aire todavía cortante estaban reunidos en el patio. Dos de ellos ya habían desmontado. Se movían con premura y brusquedad y el fuerte olor que su piel despedía indicaba que habían tenido un viaje duro o largo. El hijo de Loredana llegó corriendo desde los establos para ocuparse de los caballos, pero eran tantos que se dio cuenta de que necesitaría ayuda.

—¿Está el jefe de la casa, *monna*? —inquirió el robusto jinete que estaba al frente, lo que irritó a Jacquetta. La pregunta era completamente razonable y la palabra *monna* una contracción perfectamente cortés del tratamiento que se les daba habitualmente a las madres de familia: *madonna*. Pero, por alguna razón, en aquel momento hizo que se filtrara cierta descortesía en la respuesta.

—Yo soy la jefa de esta casa, *signor* —respondió fríamente—. Puede que esa no sea la tradición en todos los rincones del país, pero lo es aquí, conmigo.

El hombre llevaba una pesada espada y unos gruesos guanteletes de cuero. A Jacquetta le pareció más un presuntuoso miembro de la ciudadanía que un noble, pero este alteró el tono con que le había hablado para ser ligeramente más civilizado.

—Muy bien, *madonna* —dijo. Le pasó las riendas del caballo al niño sin mirar hacia él—. Venimos por negocios de parte del obispo de Volterra. ¿Podemos entrar?

Jacquetta sabía que esa era una pregunta que no quedaría satisfecha con una negativa por su parte. Se volvió a enfadar y el frío hizo que se pusiera inopinadamente nerviosa.

—Estoy un poco desconcertada —le respondió—. ¿De qué obispo me habla, señor? ¿Del que continúa legítimamente en el cargo pero que ha sido depuesto temporalmente? ¿O del candidato que estaba a la espera para hacerse con el poder pero que, sin embargo, ya ha empezado a desempeñar el papel del obispo estos últimos años?

El hombre miró en su dirección y se le curvó el labio de forma involuntaria. Sus ideas políticas le quedaron claras tras aquellos comentarios, pero quería conseguir algo, así que se esforzó para mostrar sus mejores modales:

—Vengo de parte del obispo Filippo, que está en la ciudad, *monna*, no del exiliado Ranuccio, que está en el puesto fronterizo. Y lo que tal vez es más importante aún: del confaloniero de justicia y del gobernador del pueblo de Volterra.

—Los dos últimos cargos pertenecen a un único hombre, *signor*. —Jacquetta mantuvo el tono de voz—. Pero, por supuesto, si hay algo que pueda hacer por usted... —Se movió del lugar que ocupaba en medio del umbral y se echó a un lado para dejarlos entrar. Le pareció que lo más inteligente sería ser pragmática—. Pueden entrar y tomar algo caliente, tanto usted como sus hombres. Los conduciré hasta la lumbre de la cocina, si les parece bien. Así no tendrán que quitarse las botas.

Mantuvo una cordial sonrisa a pesar del olor a caballo, sudor, piel y orina que pasó a su lado mientras todos entraban en el edificio.

Dos pisos más arriba, Mia observaba desde los ventanales sin mover ni un músculo. Siguió los movimientos de los hombres y se esforzó en escuchar sus palabras. Muerta de curiosidad, finalmente se vio obligada a retirar el pestillo con suavidad, casi conteniendo la respiración, para abrir una de las ventanas. Solo una rendija. Aquello le permitió oír las voces ahogadas de un hombre y de su tía, aunque no lograba entender nada con claridad. Sus ojos revoloteaban furtivamente del uno al otro mientras intentaba descifrar quiénes eran y cuál era el propósito de su visita. Fue entonces cuando vio a un hombre que llamaba la atención por su escasa altura. Tenía barba y una expresión hosca, y se mantenía un poco alejado del grupo. Mia empalideció de repente.

Comunicándole su ansiedad, le hizo un gesto a la *signora* Toscano para que se reuniera con ella. Pero, aunque la propia Mia estaba muy intranquila, la reacción de su amiga al sentarse a su lado la cogió completamente por sorpresa. Fue como si la muchacha hubiera visto algo que le produjera pánico y se inclinó hacia atrás para evitar ser vista. Se había llevado la mano al pecho y estaba aún más pálida que Mia.

—Vienen por mí —susurró—. Siento haberlos traído hasta aquí.

Mia la miró sin saber cómo reaccionar. Habría querido expresar sus propios motivos de angustia, que eran desesperados, pero los dejó a un lado un segundo para intentar confortar a su compañera. Tomó las dos manos de la *signora* y las apretó con fuerza para mostrarle su solidaridad. Al mismo tiempo, sin embargo, su expresión ansiaba una explicación.

—Nos escapamos —le dijo directamente a Mia con voz ahogada, al tiempo que la atraía hacia ella—. Fue exactamente como dijo tu tía. Contrarié los deseos de mis padres, me rebelé contra su autoridad. —Hizo que Mia retrocediera para alejarse de la ventana, y añadió—: Es demasiado largo para explicártelo ahora, Mia, pero si me encuentran aquí las consecuencias serán terribles. Me llevarán de vuelta a Volterra.

Mia le agarró la mano con firmeza y alejó sus palabras sacudiendo la cabeza, como diciéndole que no se le ocurriera siquiera pensar en ello. Aquella situación, la necesidad de la *signora* Toscano, le infundió una extraña fuerza. Le hizo bajar rauda las empinadas escaleras hasta llegar al rellano que había más abajo y que cruzaron para meterse en un escondrijo que había en un hueco detrás de la librería que los sirvientes utilizaban para acceder a las habitaciones desde la bodega de abajo. Mia esperaba que aquello fuera más una cuestión de precaución que de necesidad.

Jacquetta acomodó a los hombres en la cocina, tomó un atizador de hierro del fuego y lo fue sumergiendo en las tazas de cerveza que estaban alineadas y preparadas sobre la mesa del refectorio. Estas inmediatamente despidieron un exótico aroma de especias que diluyó el hedor de aquellos visitantes no deseados. Hubiera querido no tener que recibirlos ni siquiera cinco minutos, tal era el rechazo que le producía el hombre que los había enviado. Sin embargo, era lo bastante inteligente como para mostrarse cauta hasta averiguar cuál era su encomienda.

—¿Qué asunto puede haberlos hecho salir tal día como hoy en que, con certeza, el tiempo cambiará en cualquier momento? —preguntó alegremente.

Se dirigió únicamente al hombre que había hablado con ella, que debía de ser el capitán de la guardia. Ningún otro mereció ni una mirada por su parte.

—De hecho ha sido el tiempo, *monna*, lo que nos ha retenido durante semanas. Tenemos un misterio que resolver: una desaparición.

—¿Qué me dice? —respondió Jacquetta. Siguió mirándolo fijamente sin dejar entrever ni un atisbo de lo que sentía, aun cuando estaba empezando a hilar ideas mentalmente, a la velocidad de la luz.

—Es una historia extraña —replicó él mientras bebía el tibio líquido entre frase y frase—. Una joven que se ha resistido obstinadamente a cumplir los deseos de sus padres...

—Aquí damos posada a peregrinos, *signor* —lo interrumpió Jacquetta con tranquilidad—. Se dirigen a Roma o a Jerusalén y paran de paso para ver el sepulcro de Galgano. No nos dedicamos al negocio de esconder a niños ni a fugitivos.

—Me has malinterpretado, *monna* —dijo observándola—. Por supuesto, doy por hecho que no prestarías auxilio a sabiendas a una malhechora semejante. Simplemente estamos yendo posada por posada en la carretera de Volterra para ver si alguien puede haber sido embaucado por el aspecto inocente de la doncella que estamos buscando.

—¡Si es que sigue siendo doncella! —soltó uno de los hombres del grupo, para deleite del resto, mientras emitía una carcajada.

—¿Malhechora? —Jacquetta arqueó las cejas—. ¿Insinúas que la joven a la que buscas ha cometido un hurto? ¿Ha robado pan para sobrevivir, tal vez? ¿O dinero a su familia?

—Tome asiento, *monna*, si me lo toma a bien —insistió el cabecilla—. Se trata de una historia que hará bien en escuchar. —Su corpulencia dominó el espacio mientras levantó un pie para apoyarlo sobre un banco, aunque permaneció de pie.

—Por favor, tome asiento usted. Está cansado, yo estoy bien. —Jacquetta se negó a que le dijeran lo que tenía que hacer y continuó de pie—. Pero su historia me fascina. ¿Cómo es posible que una niña, una «doncella», como la ha llamado, tenga el poder de hacer que cinco fornidos hombres dejen su hogar pertrechados con espadas? ¿Qué puede haber hecho? —Reflexionó una décima de segundo y añadió—: ¿Sobre quién vienen a alertarnos? ¿Por quién les gustaría que me mantuviera vigilante, observando el camino?

—Estamos hablando de algo más que del poder de una niña, *signora* —terció el hombre bajo de la barba.

—Disculpe a mis hombres, *monna* —dijo el capitán lanzándole una mirada fulminante al individuo que había osado interrumpir su artificiosa explicación—. Ildebrando ha perdido el control. Son muchas las horas que llevamos sobre nuestras monturas e infinitas las rutas que parten de la ciudad que hemos batido.

—¿Traen por lo tanto noticias que puedan alarmarme, señor? —preguntó Jacquetta.

—La joven a la que buscamos podría estar sola o podría estar con alguien: un joven de muy buena familia.

—¿Se han casado en contra de la voluntad paterna? —Jacquetta moderó el tono para conseguir que los matices de su voz fueran más difíciles de percibir.

—Ha desobedecido a lo único verdadero, divino y justo que hay en el mundo. Se negó a entrar en un convento, tal y como sus padres habían dispuesto. ¿Y cuál dirá que fue la razón, *monna*?

—¿Tal vez estaba enamorada, *signor*? —La voz de Jacquetta seguía siendo amable, ya que era consciente de que cualquier atisbo de rebeldía se volvería en su contra—. ¿No debe orar cada uno de acuerdo con sus capacidades? No es posible que todo el mundo haga voto de castidad: la raza humana desaparecería.

—¡La joven se negó a unirse a las santas hermanas, *monna*, porque es una hereje!

—¿Es valdensiana? ¿O tal vez cátara? —inquirió Jacquetta. Aquello le pareció un comienzo interesante. Aún había un puñado de cátaros que vivían en las ciudades italianas y que habían tenido la precaución de mantener sus creencias religiosas lo suficientemente en secreto como para evitar una confrontación. Hasta donde Jacquetta sabía, algunos de los últimos miembros de esta fe se habían refugiado allí, procedentes de Francia. ¿Sería ese el secreto de la *signora* Toscano? ¿Formaría parte de una fe condenada por su santidad?

—Es una bruja, *monna*. —En el rostro del capitán se dibujó una expresión de ira, pero también de temor—. Está confabulada con el Maligno, créame. En una noche de luna, hace algunas semanas, una fuerza maléfica (una especie de ventisca que asoló una sola casa en la colina hacia el oeste de las *balze*, aunque el hecho fue presenciado por los hombres que estaban a las puertas de la ciudad) destruyó por completo el hogar de sus padres y a todos quienes estaban dentro.

—Mi hermano era uno de ellos —añadió Ildebrando hoscamente—. Lo habían enviado allí para vigilar a la chica la noche antes del juicio y de la ejecución a la que con certeza la condenarían.

Al oír aquellas palabras Jacquetta se sentó, abrumada por una serie de sentimientos inesperados.

El capitán continuó con el discurso apresuradamente:

—Creímos que la chica había muerto aplastada con sus padres y los guardias por la mampostería que se había venido abajo. Pero —dijo antes de respirar hondo— cuando el mal tiempo remitió, empezamos a retirar los escombros. Los otros cuerpos aparecieron, pero ella parecía haberse desvanecido. No había ni rastro de ella. ¡Es cosa de brujería!

—Y el joven con el que se prometió en matrimonio hace más o menos un año, en contra de la voluntad expresa de sus padres, ha desaparecido también —apostilló otro de los hombres ásperamente—. Aunque sus padres insisten en que simplemente no está en casa por cuestiones de negocios.

—Estamos convencidos, *monna*, de que esa chica tiene el diablo dentro y ha utilizado dichos espíritus contra sus propios padres para robar su libertad aun a costa de vidas humanas. Debe ser rechazada, como encarnación del mal y el pecado...

—... En el cuerpo de una santa —apostilló el enano Ildebrando acabando la frase de su capitán.

Los hombres creyeron sin problemas lo que los ojos como platos y la mirada de asombro de Jacquetta transmitían, ya que su sorpresa era sincera. Se levantó para rellenar las tazas vacías con la cerveza tibia y especiada. Al cabo de un rato, empezó a hablar lenta y pausadamente.

—Me han asustado —dijo— y entiendo la importancia de su viaje. Dejen esa información en mis manos. Si hay algo de lo que les pueda informar para ayudarlos, o en caso de que me entere de algo, se los haré saber.

Jacquetta envió un mensaje a los establos para que llevaran los caballos y nadie habló más del tema hasta que condujo de nuevo a los hombres al patio. Se había levantado un viento gélido y, por primera vez en varios días, las nubes tenían de nuevo aspecto de traer nieve. Jacquetta sonrió.

—Creo que retoman su camino en buena hora, caballeros —dijo—. Yo diría que disponen de una hora o dos para llegar a Siena antes de que el tiempo se convierta en una verdadera amenaza. Les ahorraré el viaje por la carretera de San Galgano y yo misma iré a la abadía. Aunque imagino que, por lo que han dicho, ese sería el último sitio al que acudiría.

Hombres y caballos se alejaron trotando por el camino hacia la carretera de Maremma. Jacquetta levantó la vista hacia la ventana del cuarto de su sobrina. No se veía a nadie y se planteó subir para hablar con la huésped. Sin embargo, en lugar de eso, extendió el brazo más allá del umbral de la puerta para coger la capa, se alejó del portal bajo el viento helado y se dirigió en persona al establo.

Minutos después, a lomos de su yegua, recorría con decisión a medio galope el sendero paralelo al río, atravesando sus propios bosques para llegar a la vecina abadía.

12

San Francisco, mayo de 2007

E l ángulo del sol de primera hora de la mañana hacía que
los laterales amarillos del tranvía se reflejaran sobre el
ramo de flores envuelto en celofán que llevaba Maddie. Aquello
bañaba todo su cuerpo en un resplandor amarillo y, con el cabello negro flotando encima, parecía una abeja malhumorada. Se
bajó del tranvía en el cambio de sentido de la calle Powell y se
dirigió hacia la tienda de Jimena. La noche anterior había estado
a punto de echarse a llorar, pero aquella mañana estaba enojadí-
sima. Era la cuarta vez en otros tantos meses que recibía un enorme ramo de Las Floritas. Las flores siempre llegaban sin tarjeta,
y cuando Maddie llamaba a Jimena para preguntarle de quién
eran, ella le respondía educadamente pero con evasivas.

Lo único que le faltaba a Maddie era que se entrometieran
hasta tal punto en su vida personal. Ya estaba bien. Le bastaba
con lo agotador que le resultaba enfrentarse a las presiones del
trabajo y de la casi sofocante interiorización de su constante
pena. No le quedaba espacio para ningún admirador secreto,
fuera quien fuera: príncipe o mendigo, fan incondicional o aco-
sador. Y, sobre todo, no eran obsequios apropiados para una
mujer que aún tenía el corazón completamente destrozado. Esa
mañana estaba decidida a acabar con aquello.

El sol empezaba a iluminar la fachada de la tienda, cuando Maddie se aproximó bajando la colina como un huracán. Jimena, que llevaba puestos un brillante mandil plastificado con amapolas impresionistas estampadas y unos largos guantes de goma, estaba sacando los expositores de plantas a la acera para comenzar el día.

—Jimena, ¿qué intentas hacerme? —dijo Maddie a modo de saludo, mientras su ira vencía a la simpatía con la que habitualmente trataba a aquella persona que tan bien le caía—. ¿De quién son? —preguntó impaciente, moviendo el ramo hacia Jimena—. Tienes que decírmelo. Es una falta de tacto, e incluso cruel, enviar regalos románticos no solicitados a una mujer que aún está hundida en la desdicha y que se siente completamente aislada del mundo. Además, me sorprende sobremanera que te prestes a formar parte de algo así.

Cualquier otro ser humano se habría sentido ofendido. Jimena, sin embargo, desconocedora de cualquier palabra de amargura o resentimiento, miró al torbellino que había irrumpido allí para enfrentarse a ella y se limitó a reírse.

—*No mates al mensajero*[*] —le dijo—. No soy yo que tiene admirador que no quiere dejar nombre, señorita Maddie. Yo solo vendo las flores. ¿Por qué te enfadas tanto? ¿Las flores no bonitas?

Los sentimientos de Maddie habían estado reprimidos durante tanto tiempo que era raro estar sintiendo tanta carga emocional. Por otra parte, la dulzura característica de Jimena, que no parecía conocer la manera de ponerse de mal humor, le hizo sentirse culpable, aunque seguía dolida por la situación.

—No, Jimena, claro que tus flores son preciosas, pero cada vez que las recibo me hacen recordar de quién no son, de quién no volverán a ser. Ya me entiendes.

---

[*] En español en el original. *[N. de la T.]*

Jimena se dio cuenta de que Maddie estaba realmente disgustada y le rodeó la cintura con el brazo.

—*Sí*, claro que entiendo. Pero ¿qué iba a hacer yo? Es tu señor Gray, el mismo que envía rosas preciosas muchas veces antes y que dar a mí seiscientos dólares en efectivo. Dijo que debo guardar secreto porque solo quiere subirte el ánimo y no sabe qué decirte. Pero mando mis mejores flores a ti cada mes, durante seis meses. Yo también tenía la esperanza de que te alegraran, porque eres una persona a la que se le conmueve mucho el alma con las flores, así que acepté. Siento que te pongas tan triste.

Maddie observó la lágrima que se estaba formando en uno de los preciosos ojos castaños de Jimena mientras se retractaba.

—Ya sé: ¿puedes enviárselo a otra persona?

Maddie buceó en el bolso y sacó un pequeño bolígrafo y la agenda. Empezó a escribir el nombre de Neva y la dirección del hospital.

—¿Me equivoco o aún faltan dos meses hasta que esto se acabe? —preguntó Maddie.

Jimena asintió.

—Te pagaré los gastos de envío —continuó Maddie—. Será mucho más dinero, porque hay que llevarlas a San José. ¿De acuerdo? —Maddie escribió otro nombre sin mirar a Jimena y añadió—: Por favor, ¿puedes mandarle el ramo del mes que viene a Marilú Moreno, a esta dirección, y el de julio a Samantha, mi jefa, a mi oficina? Ha tenido mucha paciencia conmigo desde que he perdido a Chris.

Jimena no las tenía todas consigo.

—Señorita Maddie, eso puede conseguir a mí grandes problemas con un cliente tan importante como el señor Gray.

—Jimena, por favor, entiende el dolor que me causa. Te estoy pidiendo que hagas esto para ahorrarme ese sufrimiento. No tenemos por qué contárselo a nadie. Puedes poner mi nombre en ellas, si quieres, para que las interesadas sepan exactamente quién les envía las flores. Ellas se merecen mucho más que esto si supieras hasta qué punto Pierce Gray está relacionado con sus tensiones y su angustia...—Maddie pensó que sería mejor no meterle nada más en la cabeza.

La cara de Jimena se iluminó, consciente de que aquello complacería a una de sus clientas favoritas.

—*Sí, claro.* Y no te preocupes para entrega. Enrique puede dejarlas de camino a nuestra granja, tiene que ir dos veces por semana.

Mientras Maddie acababa de escribir una nota para acompañar el envío, Jimena se entretuvo colocando unos *delphinium* en los expositores exteriores y girando a sus vecinas hacia el frente y hacia el centro para que las flores mostraran su mejor cara a los transeúntes. Árboles de camelias veteadas en fucsia y blanco se mezclaban con aparente descuido con rosas granates, dando lugar a una hábil perfección. Jimena se irguió y se quedó mirando a Maddie. Sacó una exótica flor de color crema de un profundo jarrón situado junto a la puerta. Tenía un aroma irresistible que atraía a los clientes que pasaban por la acera, pero aquella se la regaló a la primera clienta del día.

—Esta flor muy especial, Maddie. ¿La aceparías de mi parte?

Maddie olió la flor y cerró los ojos.

—Es como si viniera del paraíso, Jimena. ¿Qué es y de dónde sacas estas flores maravillosas?

—*Es bonita, ¿verdad?* —dijo Jimena—. Esta es una tuberosa. Proceden del Lejano Oriente, pero nosotros las cultivamos en nuestra granja a fin de primavera. ¿Por qué no vienes a verla algún día? Y puedo invitar a ti a alguna comida estupenda y a una copa de vino. Allí podemos cultivar casi de todo si bien planeado. San Agrícola de Avignon nos protege. Me trae la lluvia justo cuando la pido. Aunque a veces no cuando está calor, claro, así que cogemos sus bendiciones y guardamos la lluvia de más que envía en las grandes cisternas que construimos y que mi abuelo dice que son como los antiguos pozos romanos de las plazas de las ciudades de España e Italia. Tenemos mucha suerte porque negocio ser pequeño y familiar. Cuando los tiempos son duros trabajamos más y cobramos menos, y para delante. Los grandes cultivadores no más remedio que despedir a empleados.

Maddie sonrió al pensar en el santo de la lluvia de Jimena. No sabía por qué no le sorprendía. Sin embargo, en aquel momento prefería no enredarse en una larga charla sobre el cultivo de las flores, así que le dijo:

—Me encantaría ir a visitarla algún día, gracias. Pero ahora debo irme a trabajar o llegaré tarde.

Con el maletín y la tuberosa en la mano, ya estaba llegando a la puerta cuando Jimena la llamó.

—*Ah, una cosa más.* Me he olvidado de decirte, señorita Maddie, que tu preciosa orquídea Paloma, la llamo así porque color de paloma, está ahora muy feliz. La he puesto con otras plantas que son simpáticas con ella y cuidaré durante un tiempo más, ¿sí? Empieza a revivir de nuevo, pero ella aún necesita estar con amigos… *un poco más de tiempo,* algún tiempo más. Pero volverá a casa con tú un día pronto.

Maddie fue incapaz de articular palabra. Simplemente se mordió el labio y abrazó a Jimena. Intentó en vano pronunciar un «gracias» y, a continuación, se marchó corriendo.

—*Adiós, señorita Maddie* —dijo Jimena sonriendo y haciendo un pequeño gesto con la mano para despedirse. Luego dio media vuelta lentamente de puntillas y se dirigió a un cliente que había entrado en la tienda.

La imagen de la orquídea acompañó a Maddie durante todo el camino hasta la oficina, lo que hizo que se abriera un pequeño hueco que tenía en el corazón, vacío desde hacía meses. A las nueve en punto estaba sentada mirando la exótica flor, que había encontrado un hogar en una botellita de Perrier, y el vaso de poliestireno de café con leche frío que estaba a su lado, sobre la mesa. Lo había comprado mientras recorría Market Street con la mente y las manos demasiado ocupadas para beber. Pensó que tal vez debería tirarlo a la basura y ponerse en marcha, pero no le apetecía demasiado.

Cogió el café para removerlo y sonó el teléfono celular. Maddie miró la pantalla: «Número desconocido». Descolgó con recelo.

—¿Sí?

Al final reconoció la voz que estaba al otro lado del hilo telefónico, aunque le llevó unos instantes. No era una voz que se esperara. Solo alrededor de una docena de personas ajenas a la oficina la llamaban al celular, y todas ellas eran familiares o amigos íntimos. ¿Cómo había conseguido el número aquella persona?

La voz del teléfono era autoritaria: un tenor claro, masculino y californiano.

—Tengo dos entradas para ir a la ópera el domingo. He pensado que podríamos ir a cenar después.

—La temporada de ópera no empieza hasta junio —respondió Maddie con cautela—. Eres muy amable, pero, de todos modos, estoy ocupada. —Dudó unos instantes y añadió—: Tengo mucho trabajo.

La voz insistió:

—Ya sé que Opera House está cerrado, pero hay otros sitios donde se puede disfrutar del espectáculo. Sé que estás viviendo una etapa defícil y me han dicho que te encanta la ópera, así que me ha parecido la única opción apropiada como regalo de cumpleaños ligeramente adelantado.

Maddie estaba enfadada, pero también sentía cierta curiosidad por saber cómo el gran hombre manipularía el calendario. «La fuerza de un gigante», pensó. Pero el enfado ganó y puso una nueva excusa más sólida:

—Suena intrigante, pero ya he hecho otros planes y no puedo cancelarlos.

—Ya, lo del trabajo. Me lo acabas de decir. Pero supongo que no tendrás que hacer horas extra todos los domingos, ¿verdad?

Maddie hizo una mueca. La había descubierto por culpa de la diferencia que había entre la primera excusa y la segunda.

—Ya he quedado con un compañero y sería una descortesía… —dijo para intentar arreglarlo.

—¡Tonterías! —la interrumpió el hombre.

Su tono delataba que no estaba acostumbrado a que le dieran largas. Muy a su pesar, Maddie estaba bastante fascinada con su forma de manejar la situación.

—Ambos sabemos que media hora constructiva conmigo sería o podría ser beneficiosa para tu trabajo. Además, hay algo que he decidido compartir contigo. A todo el mundo le viene bien que quedes conmigo y la naturaleza social de la ocasión no te resultará ingrata, te lo prometo.

Aquello era una bomba. ¿Qué estaba planteando? ¿Era posible que de verdad estuviera pensando en tantearla para hacer algún tipo de propuesta *ex iudice*?

La voz adquirió un frío tono de tenor:

—Madeline, dentro de una semana es tu cumpleaños. Esto será una aventura. Últimamente la vida ha sido dura para ti. Para los dos, en realidad, y creo que deberíamos disfrutarla. Quiero comentar una cosa contigo porque creo que eres lo suficientemente inteligente para entender el sentido de lo que he estado pensando. Por cierto, una tentación final: tu ópera favorita era *La Bohème*, ¿no? Pues es precisamente para esa para la que tengo entradas. ¿Sigues sin estar siquiera un poquito interesada en venir conmigo?

Maddie no era capaz de articular palabra. Estaba atrapada en corrientes enfrentadas de rabia, fascinación, sorpresa e incluso de una cierta sensación de que la estaban adulando. Pero fue la curiosidad de saber qué había estado pensando sobre el «trabajo» que ella estaba haciendo la que se llevó el gato al agua.

—Bueno, está bien —accedió, intentando no transmitir ninguna emoción.

—Excelente. Enviaré un coche a recogerte a tu casa a las nueve de la mañana del domingo. El día 13.

Maddie se sorprendió.

—¿No es demasiado temprano?

—No es una función nocturna. ¿No te lo había dicho? A las nueve. Que tengas una buena semana.

Su interlocutor colgó. Se había sorprendido a sí misma. ¿A qué había accedido? ¿Era aquello un conflicto de intereses?

Hacía falta ser idiota para rechazar las flores de ese hombre y luego aceptar unas entradas para la ópera. ¿Cómo era posible que hubiera accedido a tener una cita con Pierce Gray? ¿Debería llamar a Samantha?

Estos pensamientos resonaron en su cabeza cada día de la semana que iba pasando sin que se decidiera a cancelar el plan, a hablar con su jefa ni a plantearse siquiera si estaba loca, y cuando el timbre sonó el domingo por la mañana, muy a su pesar, estaba lista. Llevaba puesto un sencillo vestido de encaje de color crema que resaltaba una cintura demasiado delgada y lo había combinado con unos zapatos planos, un bolso y una *pashmina*, todo ello en un día en el que aún no se sabía si iba a hacer frío o calor. Llevaba el pelo recogido de manera informal para que resultara a la vez discreto y apropiado para una ópera y, casi le dio la risa con su reflexión, con la sensación de que estaría perfecta para un té victoriano a las cinco. No tenía ni idea de si aquel era el atuendo correcto, pero se consoló con la sensación de que en realidad daba igual.

—Ya voy —dijo por el interfón.

Maddie abrió el portal de cristal que daba a la calle y una exhalación perfecta de aire de finales de primavera la saludó: el sol todavía tenía que calentar el suelo. Oyó el canto de los pájaros y por el rabillo del ojo vio que los marineros madrugadores ya estaban allá fuera, en la bahía. Pensó que era una pena que no pudiera sentirse más entusiasmada por el día que hacía. Miró hacia la calle esperando ver a Pierce Gray en un convertible o algo así, pero, estacionado un par de lugares más allá del portal del edificio donde estaba su casa, había un pulcro Mercedes de cuatro puertas en el que había un chofer con chaqueta aunque sin corbata. La estaba esperando al lado de la puerta trasera.

—Señorita Moretti —dijo educadamente, y Maddie se dio cuenta de que no era una pregunta.

Asintió y se dirigió hacia la puerta abierta que él sujetaba para que entrara.

—Va a ser otro hermoso día —anunció alegremente.

—Eso parece —convino ella. Se hundió en el asiento y buceó en el bolso en busca de las gafas de sol—. Esta última semana ha hecho demasiado calor, pero creo que se aproxima un cambio —añadió, sin saber lo que decía.

—Ojalá. —El conductor se aseguró de no atorarle el vestido con la puerta antes de cerrarla suavemente. Se subió al asiento delantero y añadió—: Un poco de brisa vendría bien.

Maddie se acomodó en el coche, que tenía el aire acondicionado puesto.

—¿A dónde vamos? —preguntó.

—Lo siento, señorita. El señor Gray me ha pedido expresamente que no le diga nada. Desea darle una sorpresa, así que, por favor, usted póngase cómoda y disfrute del paisaje. En media hora lo descubrirá.

El coche se dirigió hacia el sur de la bahía por la corta autopista 101 hacia San José, lo que significaba que era errónea su primera suposición, la de que había organizado una pequeña función privada en su propiedad de Napa. Pensó que, por supuesto, él no tenía tanto estilo. Estaba claro que iban a San José. Pero, para confundir aún más a Maddie, tomaron la ruta 380 y luego la circunvalación del aeropuerto, siguiendo la carretera de acceso norte mientras lo bordeaban. El coche se detuvo en la terminal de vuelos privados.

Mientras el chofer le abría la puerta, le dijo:

—¿Sería tan amable de dirigirse a recepción, señorita Moretti, y decirles que está buscando al señor Gray? Le mostrarán el camino. Yo volveré a verla esta noche. Que tenga muy buen día.

Maddie respiró hondo mientras salía del coche y fue hacia el edificio de cristal. Se volvió a preguntar, no por última vez, qué estaba haciendo. ¿Necesitaría una de las largas cucharas de Charles para cenar con el diablo? ¿O estaba demostrando su madurez e independencia laboral al tratar de averiguar lo que pensaba el adversario?

Se puso las gafas de sol sobre la cabeza y giró la manilla de la puerta. En la mesa de recepción, Pierce Gray estaba charlando con otro hombre, que llevaba un traje claro de tejido primaveral de color crema. Pierce llevaba puesta una ligera chaqueta azul marino y unos pantalones de vestir y Maddie tuvo que admitir que era el vivo retrato de la elegancia informal. Alrededor del cuello llevaba una corbata de seda de un extraño color verde claro, casi azul, y calzaba unos zapatos de dos colores. Una flor en el ojal era el interesante toque final y el modelo, en conjunto, le sentaba como un guante a su complexión de tamaño medio.

Pierce le estrechó la mano.

—Estás preciosa, Madeline. Muchas gracias por venir. No habría disfrutado de la ópera yo solo.

Lo escuchó con atención y, aunque estaba decidida a encontrarle cualquier «pero», por pequeño que fuera, hubo de reconocer que parecía sincero.

—Este es nuestro abogado, Gordon Hugo. ¿Ya lo conocías? Ella negó con la cabeza.

—Gordon ha sido tan amable de traerme unos papeles, pero no va a venir con nosotros —explicó Pierce.

Maddie estrechó suavemente la mano que le tendía el abogado.

—Lo cierto es que creo que ya nos hemos visto antes, señorita Moretti.

—No lo recuerdo —respondió ella.

Maddie se preguntó si estaría mintiendo. Gordon Hugo tenía una de esas caras que le resultaría imposible olvidar, con una mandíbula fuerte y con algunas marcas de viruela. Era un hombre fornido con una mata de pelo rizado y canoso. Alrededor de los ojos tenía unas oscuras ojeras, como si de un viejo púgil se tratara. Maddie lo conocía perfectamente de oídas: había llamado al despacho varias veces para intentar negociar con varios miembros de la empresa. Lo respetaban por su inteligencia, pero era un depredador.

—En otro momento le recordaré la ocasión, ahora no quiero entretenerla —le dijo dirigiéndose exclusivamente a ella, lo que a Maddie le pareció más que desagradable. Luego añadió—: Tengo que irme, Pierce. Un placer volver a verla, Madeline. —Después se dirigió de nuevo a su jefe—: ¿Entonces te veo el martes en Napa a mediodía?

—Claro —replicó Pierce.

Se quedaron mirando mientras se alejaba y Maddie empezó a hablar. Pierce, sin embargo, levantó la mano de una forma bastante misteriosa.

—Sígueme. Es el momento de revelar la sorpresa.

La recepcionista los llevó al otro extremo del edificio, hasta un control de seguridad y luego al pie del carril taxi. En la acera había un Mercedes clase M con las puertas abiertas y el chofer esperaba con el piloto uniformado y la azafata, que estaban hablando entre ellos. A Maddie y Pierce Gray les hicieron entrar por la puerta trasera, mientras que el piloto, la azafata y el conductor lo hacían por las delanteras. Arrancaron y se dirigieron hacia una larga hilera de relucientes aviones privados.

—Buenos días, señor Gray. Ha elegido un día maravilloso. Parece que va a estar despejado todo el camino —dijo el piloto—. Mi copiloto, Richie Mayes, está ya en la cabina preparándose para el viaje. Señorita Moretti, estamos encantados de tenerla hoy aquí con nosotros. La duración del vuelo debería ser de una hora y cuarenta minutos, aproximadamente, si cumplimos el horario previsto.

—Gracias, Jeff —dijo Pierce entre ambos asientos—. Madeline, me gustaría que saludaras al capitán Jefferson Sands. Creo que es licenciado en astrofísica, pero ahora trabaja para mí en esto.

«Oído cocina», pensó Maddie.

—¿Cómo está? —dijo Maddie, y la amplia sonrisa del piloto la iluminó por encima del asiento—. Ha renunciado a su domingo por nosotros —añadió.

—Eso no es ningún problema —dijo amablemente—. Esta es la tripulación de cabina y también mi mujer, Cat.

—Buenos días, señor. Señorita Moretti… —Ella tampoco parecía tener nada mejor que hacer un domingo que aquello—. Creo que tenemos todo lo que nos ha pedido. Prepararé el desayuno una vez hayamos despegado. ¿Hoy volamos para presenciar algún acontecimiento especial?

—La señorita Moretti y yo vamos de peregrinación, Cat. —Pierce miró a Maddie y añadió—: *Hic locus est*.

A Maddie le sorprendió la referencia en latín: «Este es el lugar». Recordó que «el lugar» era un lugar especial donde se guardaba algo simbólico, de lo que uno quería formar parte. Lo sabía por lo que había estudiado sobre desarrollo de la ley en el mundo medieval. Dentro de contexto se refería a un santuario donde guardaban una determinada reliquia. Pero era rarísimo que alguien utilizara esa frase en la actualidad.

Pierce iba hablando con Cat mientras pasaban al lado de una segunda flota de pequeños aviones privados.

—Hoy nuestra peregrinación nos proporcionará la terapia de la distancia —le aseguró con una sonrisa.

Maddie se estaba divirtiendo y pensó que tal vez el día acabara siendo más interesante de lo que había creído en un principio.

El vehículo giró a la izquierda y se detuvo al lado de un radiante avión de dos motores pintado con los colores de Stormtree Components.

—Este es uno de nuestros Gulf Stream Five —le informó Pierce mientras salían del coche.

La tripulación de tierra había bajado la escalerilla del avión y había abierto la puerta, y Jeff fue el primero en embarcar. Cat ayudó a Maddie y Pierce y a continuación cerró la puerta tras ellos mientras los motores empezaban a girar cobrando vida.

Los ojos de Maddie se fijaron en el elegante interior, impecablemente arreglado, donde había una cocina en la parte trasera y tres zonas diferenciadas de asientos. Los asientos de una de las secciones tenían aspecto de convertirse en camas y las otras dos parecían zonas de reunión y de descanso. En cada una de ellas había una mesa y cuatro sillones de piel y felpa en tonos marfil.

Pierce le indicó a Maddie que tomara asiento donde quisiera.

—Somos los únicos pasajeros, así que tú eliges.

Escogió un asiento al lado de la ventanilla y, para su sorpresa, su acompañante eligió otro sitio también al lado de la ventanilla pero en el lateral opuesto. Si pretendía ser considerado y no presionarla conscientemente, era una buena e inesperada noticia.

—No importa cuánto viaje, continúo observando el despegue. Es algo irracional, pero me hace sentir que nada puede fallar. —Le sonrió desde el otro lado y luego se volvió hacia la ventanilla al tiempo que el avión maniobraba sobre la pista.

Maddie sonrió para sus adentros mientras pensaba que parecía un niño entusiasmado, con sus miedos y sus enormes juguetes. Luego se acordó de cuando Marni van Roon había sugerido que Pierce debía de tener un lado entrañable y se preguntó si estaba a punto de echarle un vistazo.

Maddie se relajó mientras el avión se mecía sobre la pista. Cerró los ojos y notó cómo el aparato despegaba con gracilidad entre la niebla baja que tan a menudo rodeaba San Francisco y bajo la nube dorada de allá arriba. Mientras el aparato ascendía en el cielo, pudo ver la nítida línea de la falla de San Andrés; «una línea divisoria entre dos mundos», pensó. Su padre solía decir, sonriendo de manera incongruente, que antes o después la costa se separaría y se deslizaría en el mar. «Vivimos como nuestros ancestros, acurrucados contra el Vesubio», decía filosóficamente.

Deseó poder disfrutar de aquel maravilloso día con un hombre diferente al que estaba sentado en aquel asiento, al otro lado de la cabina. Aunque, como los habitantes de San Francisco sabían, quizá se gozara más de la vida cuando se estaba al borde del abismo y había sensación de peligro. O tal vez ese día aprendiera algo inesperado. Sentía que no tenía nada que perder. Ya estuviera a punto de producirse un terremoto, una erupción volcánica o se encontrara con los ojos abiertos en los Campos Flégreos, no podía haber nadie más dispuesto a sacrificar su propia comodidad. ¿Qué riesgo podía correr alguien cuyo sendero de la vida había sido interrumpido de forma tan repentina? Decidió que dejaría que el viento la despeinara un poco para ver si cambiaba algo para alguien.

El avión regresó al aeropuerto del condado de Napa en lugar de al de San Francisco y, una vez hubieron aterrizado, Pierce ayudó a Maddie a entrar en el mismo coche que la había llevado por la mañana.

—Te llamaré en una semana, más o menos, para darte tiempo. Gracias por tu compañía, ha sido un día memorable.

Maddie le dio las gracias sin vacilar, diciéndole que el placer había sido suyo y, sin ofrecerle siquiera una mejilla para que la besara, le tendió la mano. Dios santo, o aquello se le daba muy bien o en realidad era un hombre más complicado de lo que creían.

Mientras la puerta del coche se cerraba, se preguntó qué habría hecho cambiar a Pierce Gray. Recordó su primer encuentro hacía unos cuantos años —antes de empezar el posgrado—, cuando él había ganado un premio en Berkeley, donde ella había estudiado la carrera, y la había conocido trabajando para el periódico de la universidad. La había relacionado a la primera con su padre y su bella hermana y había flirteado con ella de una forma encantadora. Había sido muy descarado por su parte invitarla a una fiesta vespertina en su yate, cuando todo el mundo sabía que estaba entre dos matrimonios. En aquella época era muy diferente, arrogante y con demasiada confianza en sus encantos, pero el hecho de recordarlo —la extraordinaria avalancha de sucesos que en realidad los había unido— aún conseguía ponerla nerviosa.

Mientras el vehículo se alejaba, lo vio saltar sobre una barandilla como si tuviera veinte primaveras y dirigirse hacia un coche deportivo que lo esperaba en el estacionamiento. El coche en el que ella iba se paró en un semáforo, así que pudo ver cómo se levantaban las luces del coche de Pierce antes de que el vehículo partiera en dirección opuesta a la suya. Antes de las diez estaba delante de su apartamento, como le había prometido.

Se había pasado todo el camino de regreso sin hablar y el chofer había respetado su silencio.

—¿Ha pasado un buen día, señorita Moretti? —preguntó mientras le abría la puerta.

—Sí, gracias. Ha sido estupendo —respondió, suponiendo que informaría a su jefe, aunque también era la verdad.

Giró la llave en la cerradura, tiró el chal y el bolso sobre el banco de piano que había a la izquierda de la puerta y se dirigió con presteza a la alacena de la cocina, donde había guardado el festín nunca consumido que se había quedado esperando la llegada de Chris. Sacó una botella sin abrir de whisky escocés de malta que había comprado para él hacía meses y no le llevó ni un segundo romper el precinto. Cogió un vaso y se sirvió una generosa copa.

A Maddie no le gustaba demasiado el whisky. Era la bebida preferida de Christopher y, aunque ella prefería el vino, aquella noche tenía la cabeza hecha un lío. Le dio un trago al licor y dejó que liberara su fuego en la garganta. Fue hacia la mesita de centro de cristal, se llevó con ella la botella y se dejó caer sobre un gran sillón. Echaba en falta a alguien con quien hablar. Fue entonces cuando notó el dolor casi físico que le producía la ausencia de Christopher; le habría gustado poder contar con su fría mente para analizar las implicaciones del día. Había perdido a su amante, pero también a su mejor amigo y al más sabio consejero. El whisky no podría reemplazarlo, pero era suyo y le proporcionaba la sensación más cercana posible al espejismo de un consuelo.

La opinión que Barbara tenía de Pierce era clara y probablemente se la merecía, aunque era unidimensional. Maddie bebió otro trago y enunció mentalmente el punto de vista de su hermana, a modo de ejercicio. Ella diría que Pierce tenía un objetivo: utilizar a Maddie como pudiera para descubrir lo que el despacho de ella sabía sobre su empresa y, a continuación, convencer a sus jefes de que nunca conseguirían ganar para hacer que aceptaran un acuerdo. Si era así, Maddie sería la perfecta correveidile del experto Pierce, que la confundiría para ponerla a su favor. Además, probablemente Barbara añadiría que si de paso podía seducir a Maddie, ¿por qué no?

Isabella era el ancla de Maddie y entendía cada una de las silenciosas sílabas que pronunciaba el sufrimiento de su nieta, pero, aunque Maddie confiaba plenamente en ella, sencillamente no entendería las implicaciones que rodeaban su discusión con Pierce, así que no podría darle ningún consejo. Y su padre, un ser inteligentísimo y un sensato filósofo, sin duda, tenía demasiada relación con Gray como para mostrarse objetivo. Aunque este se declararía imparcial en cualquier discusión, no pensaba mencionarle la demanda que Harden Hammond Cohen había interpuesto contra Stormtree, ya que no sería justo ni profesional hacerlo. Por lo tanto, cualquier discusión con su progenitor implicaría verdades a medias y sería imposible que la aconsejara.

Por supuesto, también estaba Samantha. Maddie respetaba a poca gente tanto como a su jefa, pero le ponía un poco nerviosa no haberle contado aún abiertamente que conocía a Pierce ni la relación que su familia tenía con él, y sabía que tenía que darles muchas vueltas a ambos temas.

Con el whisky en la mano, se puso en pie, atravesó la sala hasta la puerta del balcón y salió a disfrutar de aquella agradable noche. Ya se notaba que el tiempo iba a cambiar, tal vez porque los perros ladraban a lo lejos de forma extraña, o simplemente porque empezaba a levantarse brisa, pero aún hacía el calor suficiente como para que aquella pudiera pasar por una noche de principios de verano, con casi un mes de anticipo en el calendario. Se quitó el prendedor del pelo y agitó el cabello, lo que produjo el suficiente movimiento de aire como para que se le alborotaran uno o dos mechones. Se inclinó sobre la barandilla y observó el cielo, ausente, mientras repasaba el día.

¿Aún seguía creyendo que tenía sentido lo primero que se le había pasado por la cabeza, que todo aquello formaba parte de un elaborado plan de Pierce para seducirla? Siempre le habían gustado mucho las mujeres difíciles y sí, aunque no fuera de forma intencionada, ella había sido una de ellas. Pero con tantos peces tan atractivos que había en el vasto mar de California, ¿para qué iba a tomarse todas aquellas molestias por ella?

Debía admitir que su poder para conseguir cosas era impresionante, aunque a ella no le impresionaban los detalles espectaculares. Sin embargo, era difícil no sentirse un poco deslumbrada. Los coches y la gente que la esperaba con su nombre en los labios se habían sucedido incesantemente desde que la habían recogido por la mañana hasta que habían llegado a Seattle. A una maravillosa, aunque con mínimos fallos, puesta en escena de *La Bohème* de Puccini le había seguido una cena temprana en Volterra, un auténtico restaurante de estilo toscano que, según Pierce, era el mejor italiano de la costa oeste. Luego habían regresado al aeropuerto y de allí a casa: ¡a tiempo para la ópera!

Mientras se dirigían al teatro, Pierce se disculpó por no tener ni idea de cómo sería la puesta en escena, pero entre risas comentó:

—Lo bueno es que la Ópera de Seattle tiene un nuevo emplazamiento maravilloso, así que al menos podremos disfrutar del elegante recinto y de una joven compañía de la que todo el mundo habla.

Maddie le había asegurado que le daba igual porque le encantaba Puccini y conocía la música y el libreto de la mayoría de sus óperas, pero le encantó y le sorprendió cuánto sabía Pierce sobre ellas, también. No se lo esperaba, no tenía ni idea de que a él también le gustara tanto.

La brisa volvió a levantarse mientras pensaba en la ópera propiamente dicha. Le había encantado la música y se había quedado embelesada con la puesta en escena. Como siempre, el solo de «Sì, mi chiamano Mimì» le había puesto la piel de gallina y casi le había hecho llorar. Si se hubiera dejado llevar, con gusto habría permitido que fluyeran las lágrimas. Se dio cuenta de que Pierce se alegraba de que le hubiera gustado, pero criticó más abiertamente la puesta en escena en general que ella. Durante la pausa, mientras bebían champán, le explicó que en la mayoría de las óperas de Seattle había doble reparto para que pudieran ser representadas durante catorce días seguidos y se excusó porque los cantantes del reparto alternativo no fueran tan buenos como esperaba.

Durante la cena estuvo muy divertido. Dijo que creía que la soprano no había interpretado nada mal a Mimì, pero insistió en que durante la mayor parte del primer acto parecía que tenía la voz ronca y desafinada.

—Deambulaba entre los arpegios, intentando cazar la melodía sin demasiado éxito —había dicho riéndose.

La verdad es que era cierto y se había notado principalmente cuando había cantado con Rodolfo, cuya actuación ambos consideraban que había estado muy inspirada. Disfrutando una copa de Vernaccia y sintiéndose sorprendentemente en su tema, Maddie había hecho una vigorosa defensa de la actuación, señalando que Mimì había cantado de una forma muy musical en el tercer acto y que todo el mundo tenía momentos malos. Pierce rebatió aquello sugiriendo que la mujer había cantado demasiado alto hasta entonces:

—Que no debería haberse puesto a competir abiertamente con la orquesta, vaya.

Ambos se rieron. Era la primera vez desde hacía mucho, mucho tiempo, que Maddie se daba cuenta de que aún podía emitir aquel sonido. Para ella fue una sorpresa.

—La próxima vez que vayamos a ver a Puccini —añadió Pierce—, te llevaré a Lucca, la auténtica cuna de su música.

Maddie lo miró, desconcertada.

—Qué surrealista. ¿Sabes que a mi tatarabuela la llamaban Mimi y que llegó a San Francisco procedente de Lucca?

Maddie se quedó atónita con la respuesta.

—Sí, ya lo sabía. Tu padre me contó que ella y su marido llegaron a finales del siglo XIX y que ella era una soprano muy famosa y querida. Él la acompañaba, ¿no?

Maddie asintió lentamente, sin saber cómo encajar aquello.

—Ambos estaban relacionados con la ópera desde muy jóvenes y continuaron dedicándose a ello. Él, más que actuar, daba clases. Pero nunca he estado en Lucca, el lugar de donde proceden.

—Entonces tendremos que ir allí un día, desde luego —repuso él. Y cambió de conversación para tratar un tema menos personal antes de que ella se sintiera incómoda.

Maddie se sentía tan relajada y estaba disfrutando tanto que casi se olvidó de la curiosidad inicial que la había llevado a pasar el día con Pierce. Pero de repente, en los postres, él sacó el tema que le había comentado por teléfono. Maddie tuvo que abrirse paso entre la relajante bruma del vino para escuchar con suma atención. No hizo ningún comentario, se limitó a escuchar sus ideas y le dijo que pensaría en sus propuestas cuando terminaron de cenar. No era el momento adecuado para discutir seriamente ningún tema de negocios ni de decirle a Pierce lo que le habría dicho en otro momento, que habría sido descortés e inapropiado dado el carácter social del día.

El viento arreció y la refrescó. La corriente le alborotó el cabello, le enfrió el cuello y le aclaró la mente. Sacó la cabeza por el balcón para observar el cielo del noroeste y vio el grupo compuesto por siete estrellas que tanto le gustaba a su padre, las Siete Hermanas. Tal vez animada por un exceso de whisky, Maddie se dio cuenta de que ya había decidido qué hacer y entró rápidamente en casa.

13

San Francisco, 21 de mayo de 2007

M inutos antes de las nueve, Maddie vio su propio reflejo en las puertas dobles de cristal que tenían impreso el nombre de la empresa. Entonces miró más allá de su fantasmal yo hacia el vestíbulo de la zona principal de recepción, donde vio a una Teresa Suárez bastante desconcertada en la mesa. La recepcionista, normalmente desenvuelta, tenía un aspecto inusitadamente furtivo. Tenía la boca abierta e intentaba no mirar a la izquierda, donde debía de haber algo que la irritaba. Los ojos de Maddie investigaron y, cómo no, en la esquina del vestíbulo, al lado de una zona de descanso, Jacinta estaba atendiendo a un hombre de cuarenta y tantos años que llevaba un abrigo puesto. Por el lenguaje corporal, Maddie se dio cuenta de que estaba tonteando con la visita.

Teresa vio entrar a Maddie y le hizo un gesto para que se acercara rápido e hiciera algo. Le ardieron las orejas mientras se cerraban las puertas tras ella y escuchaba la babeante voz de Jacinta:

—Siento que la señorita Harden no haya podido recibirle. Hablaré con ella más tarde y, cuando esté libre, yo misma lo llamaré. ¿Puede decirle al señor Gray que me encanta lo que ha hecho en el museo de arte? —continuó, cambiando de tema, pero sin abandonar aquel tono zalamero—. La semana pasada fui a una recepción allí. Es increíble el concepto de la nueva ala y cómo han usado el espacio —comentó efusivamente.

—Dígaselo usted misma, si es que quiere conocerle, claro. Le encantará oírlo. Vaya a comer con nosotros un día y él le hará una visita guiada. Yo lo arreglaré.

Aunque estaba hablando con Jacinta, la presencia de la recién llegada, que acababa de entrar por las puertas de cristal, atrajo su atención.

—¡Hola, Madeline! Qué alegría volver a verte tan pronto. —Gordon Hugo cogió el maletín de los documentos y fue hacia ella—. He venido a ver si podía reunirme con Samantha, pero la encantadora Jacinta me ha dicho que aún no ha llegado. Nos pondremos al día cuando vuelva, ahora tengo prisa. ¡Buen día a todas! —les gritó antes de empujar las puertas de cristal y atravesar el umbral.

Jacinta y Teresa le respondieron cuando ya estaba de espaldas, la una con excesivo entusiasmo y la otra amablemente.

—¡Adiós, que tenga un buen día!

Pero mientras la puerta se volvía a cerrar, Maddie dijo en voz baja:

—No, gracias, tengo otros planes. —Se preguntaba qué diablos habría ido a buscar allí y su mirada la delató.

—Yo puedo decirte a qué ha venido. —Charles, inusualmente nervioso, entró en el vestíbulo por una puerta que no era la principal y avanzó hacia ellas. Tenía una expresión entre divertida e irritada, aunque más lo segundo que lo primero—. Gracias por echarlo, chicas. El señor Hugo solo quería coger por sorpresa a Samantha. Por suerte, ha tenido que ir al este por una cuestión de trabajo el fin de semana y hoy no va a venir. Habrían llegado a las manos. ¡Qué hombre tan arrogante!

A Maddie le impresionó su expresión. Era como si le hubieran puesto algo ligeramente maloliente delante de la nariz. Decidió aprovechar la oportunidad:

—Charles, mi intención era hablar con Samantha, pero ¿te importaría que te robase media hora de tu tiempo?

—¿Cómo va a importarme? —Señaló hacia la puerta mientras se dirigía al despacho y, con su actitud más paternalista, bajó la voz y dijo—: Salgamos de este circo.

El gran despacho cuadrado de Charles tenía una impronta característica. A Maddie le recordaba a una versión más opulenta del despacho de un catedrático de Oxford, lleno de primeras ediciones de libros y de elegantes grabados que revelaban una sofisticada e intelectual dejadez, en absoluto fingida. Podría haberse perdido allí durante horas, entre las paredes con paneles de madera de roble, los confortables sillones y el escritorio de cubierta enrollable con silla de capitán. Había unas cuantas fotografías en una mesita auxiliar de familiares y amigos mezcladas con otras en las que aparecía estrechándoles la mano a algunos personajes ricos y famosos. Maddie tenía la impresión de que aquellas últimas eran para impresionar a sus clientes. Le daba la sensación de que, en realidad, le parecían ostentosas, aunque estaba orgulloso de las personas a las que podía considerar amigos suyos en ambas costas. Se percató, aunque no por primera vez, de que Pierce Gray no aparecía en ninguna, aunque pertenecían al mismo club de yate y habían salido en una foto juntos en la prensa hacía unas semanas.

Charles separó una silla para su invitada y se sentó enfrente de ella.

—¡Menudo escándalo el de esta mañana! —le confesó—. Al padre de Samantha lo han hospitalizado en Nueva Jersey el fin de semana y ha tenido que volar al este. Me encontré con Hugo en el vestíbulo y no me cae demasiado bien. Quería hablar sobre un tema nuevo, pero le gusta el misterio y no ha querido abordarlo conmigo. Ni reuniones formales ni debates alrededor de una mesa, todo muy clandestino. Lo eché con cajas destempladas y le dije que plasmara sus ideas en papel.

Maddie estaba sorprendida y un tanto molesta. Durante aquella última semana, había considerado diferentes opciones en relación con la charla que Pierce había tenido con ella el domingo anterior, pero ahora se preguntaba si los acontecimientos de esa mañana lo cambiaban todo. ¿Sabría él que el jefe de sus abogados los iba a ir a visitar esa mañana? Seguro que sí. ¿Se habría cansado de esperar a que Maddie lo llamara?

—Precisamente de eso quería hablar con Samantha esta mañana. Hace dos fines de semana conocí por casualidad a Gordon Hugo, estaba con Pierce Gray. Opino de él lo mismo que tú: me parece un hombre que nada más ver a una persona cree que lo sabe todo de ella.

—¿No es una cita un poco extraña para ti, Madeline? —le preguntó Charles en tono jocoso—. ¿Gordon Hugo y Pierce Gray? —Se acercó rápidamente a la puerta y le pidió a Yamuna que preparara té, suponiendo que aquello se alargaría más de lo previsto.

—Pierce me llevó a la ópera a Seattle. Pero estoy empezando a pensar que me engatusó para que fuera como parte de una elaborada treta. Puede que para convencerme de lo mismo que Gordon Hugo le quiere plantear directamente a Samantha. Pensé que Pierce me estaba consultando de verdad sobre las posibilidades de negociar, tanteando el terreno conmigo, por así decirlo, pero creo que no tenía ni la menor intención de escuchar lo que yo le tuviera que decir. Y su abogado tiene aún menos paciencia y menos tacto que su jefe.

Todavía preguntándose si su «cita» habría infringido las normas del buen hacer o del sentido común, Maddie repitió con cautela las palabras que había pronunciado Pierce el domingo por la noche. La llegada del té fue la única interrupción y las cejas de Charles se arquearon solo ligeramente mientras escuchaba atentamente su análisis del hombre al que se enfrentaban. Sonrió comprensivo cuando ella expresó su preocupación respecto a si la habían tomado por tonta, aunque le habló claramente de la decisión adoptada de escuchar sin prejuicios lo que le tenía que decir con la esperanza de oír algo que pudiera servir de ayuda a los demandantes. Luego fue al grano, a la conversación que mantuvieron después de cenar.

—Pierce se encontraba en disposición de razonar, creo yo —le dijo a Charles—. Aunque habíamos bebido un poco de vino, estaba centrada y tenía la mente clara cuando él reconoció que los costos de defensa de la demanda serían astronómicos. Stormtree ha reservado una considerable suma para la defensa pero, Charles, casi le creí cuando dijo que sería mejor dárselo directamente a los empleados. Por supuesto, dijo que su equipo legal no consideraba la posibilidad de que ganáramos el juicio, lo que hizo que me lo tomara como el típico bravucón. Pero también hizo que me preguntara si no sería él quien dudaba poder ganarnos.

—Es un estratega —dijo Charles, asintiendo—. Y, de hecho, la idea de que enfrentarse a nosotros le iba a costar un dinero que estaría mejor empleado en las víctimas estaba en parte diseñada para hacer que te sintieras culpable. Ahora bien, Pierce es perfectamente capaz de parecer un alma misericordiosa, como tú misma has descrito, cuando se encuentra entre la espada y la pared. ¡Quién sabe lo confiados que están! ¿Cuál era el *quid* de su propuesta?

Maddie sonrió.

—Le dije que no era el momento de entrar en detalles ni de hablar de dinero, pero básicamente propone que su empresa destine el dinero que ha reservado para el caso a aumentar los subsidios de los trabajadores y de las personas que dependen de ellos. Dejó bien claro que hay una larga lista de empleados dispuestos a ocupar sus puestos y que Stormtree Components no tiene ninguna obligación de hacer tal oferta, pero alega, no sin cierta razón, que aliviaría inmediatamente su sufrimiento y que acabaría con el paréntesis en el que todos se encuentran atrapados.

—Sí, claro. —Charles entrelazó los dedos sobre la mesa—. Pierce no quiere que sus trabajadores sufran por las demoras en los tribunales. Y sabemos que está seguro de que no hay nada anormal en las condiciones de trabajo en Stormtree, en comparación con otras empresas similares.

—Capto la ironía, Charles —repuso Maddie—. Me estás sugiriendo amablemente que ha conseguido que yo cambie de opinión y que defienda su propuesta ante mis propios jefes. Tal vez debería sentirme un poco inocente, pero, aun así, realmente pensé que quería presionar para buscar una solución sin que sus abogados le dijeran lo que tenía que hacer, y yo lo interpreté como una posibilidad real. El hecho de llegar a un acuerdo directamente reduciría los gastos de la empresa. Pero sé que es con Samantha con quien debería hablar.

—Tal vez —repuso Charles, pensativo—. Pero la conversación que tendría con ella sería muy diferente.

Maddie sonrió.

—Charles, lo único que le dije fue que pensaría en lo que me había dicho, que hablaría con Samantha y que, de paso, le explicaría la relación personal de mi familia con él. Llevo tiempo buscando el momento apropiado para hacerlo, pero la semana pasada ella estaba demasiado ocupada. ¿Qué opinas? Si Hugo tenía el mismo guión, ¿para qué querían quitarme de en medio?

—Bueno, el argumento de Gray es convincente, Maddie, y tú no eres en absoluto una ingenua. —Charles se sirvió más té de la tetera de plata—. En mi libro se habla mucho de la negociación, en particular del tiempo que ahorra. Depende del tamaño del acuerdo que tenga en mente. Si se limita a la suma que tiene reservada para la vía legal, no querremos ni oír hablar del tema. Ha de ser mucho más. Pero, en principio, yo lo escucharía. Samantha, sin embargo, tiene necesidades diferentes.

—¿Crees que de verdad quiere llevarlo ante los tribunales, aunque podamos perder?

—Es brillante y entusiasta, y quiere ganar. Para ella se trata de sentar un precedente. No solo lucha por la gente involucrada en este caso, sino que quiere allanar el camino del cambio para todos los trabajadores del campo de las nuevas tecnologías en general y en la legislación gubernamental. Solo un proceso judicial de alto nivel podría conseguirlo.

—Y veo que dicho precedente es exactamente lo que Pierce quiere evitar. —Maddie miró a Charles y sonrió—. Llevarme en avión a Seattle para ir a la ópera merecía la pena si conseguía hacerme dudar de la causa de la lucha, ¿no te parece?

—Maddie, algunos podrían tacharme de pragmático y otros me han acusado directamente de no tener principios, pero, al igual que tú, he disfrutado de la hospitalidad de Gray en más de una ocasión. Hay facetas de su personalidad que me fascinan. ¿Te has dado cuenta de que podría ser el perfecto príncipe Maquiavelo de hoy en día? Hasta me atrevería a decir que tiene una mente medieval. Es supersticioso, poderoso, feudal y, aun así, generoso, erudito y educado. Pero ni entiende ni quiere entender otra forma de ver la vida que no encaje con la suya.

Maddie estuvo a punto de echarse a reír.

—Mi hermana estaría de acuerdo contigo; opinaría que el espectáculo del domingo tenía como finalidad cambiar mi actitud hacia el propio Pierce y hacia Stormtree Components Inc.

—Mucho más que eso —replicó Charles—. Estoy seguro de que se divirtió muchísimo con la compañía de una jovencita brillante y enormemente atractiva. Le encanta la ópera y, al parecer, a ti también. Así que no lo consideres un día perdido. La mayoría de la gente daría cualquier cosa por tener la oportunidad que tú has tenido, aunque no lograra convencerte. Dale una oportunidad, ha sido una tentativa elegante y no será su último movimiento. Además, deja entrever la forma en que se está planteando las cosas. Quizá no confíe plenamente en sus abogados. O tal vez sea incapaz de delegar.

Maddie negó con la cabeza.

—Entonces sería como un príncipe medieval. Dios mío, Charles, en la Facultad de Derecho no enseñan estas cosas.

—No —respondió él riéndose—. Pero piensa como una abogada. En estos momentos, ¿a nuestros clientes les interesaría capitular? No deberíamos pretender guiarlos, sino aconsejarlos. La flexibilidad es esencial para sobrevivir. Dame tu opinión pensando como una abogada y no con el corazón.

—No sabría decirlo —respondió Maddie—. He visto tanto sufrimiento… Son personas sin voz ni poder, y les queda poco tiempo. ¿Deberían abandonar para sacar algo en limpio de inmediato? Si se tratase de una buena suma de dinero podrían pagar sus deudas y dejar de preocuparse tanto por sus familias. —Maddie levantó la cabeza y decidió añadir algo más—: Según mi abuela, hay un viejo refrán italiano que dice que es mejor doblarse como la hierba que romperse como un roble cuando sopla el viento.

—Una mujer inteligente, lo que dice es una gran verdad. En primer lugar, permíteme que te recuerde que tu vida personal es tuya y de nadie más. Una relación estrecha con Gray podría provocar un conflicto de intereses, pero, si nos mantuvieras al tanto de la situación y te comprometieras a guardar discreción absoluta sobre los detalles del caso, no veo por qué no iba a ser factible. Podría servir de ayuda, de hecho, que tuvieras un nivel de acceso muy diferente al del resto de nosotros.

Maddie se preguntó si Charles estaba pensando en voz alta, hasta que le hizo otra pregunta:

—Pues bien, ahora que has pensado en ello, ¿qué crees que sería lo correcto?

—En primer lugar, mi prioridad es contarle a Samantha lo de la cita. No quiero ser hipócrita. Pero también me pregunto si realmente podemos ganar y si, por las razones que has comentado de que Samantha quiere sentar un precedente, deberíamos seguir adelante y luchar. Siempre y cuando no estemos dándonos cabezazos contra una pared —añadió.

—¿Qué oportunidades crees que tenemos? —preguntó Charles inclinándose hacia delante en la silla.

—A decir verdad, en este momento no lo sé. Depende mucho de lo que saquemos en limpio del siguiente lote de informes que nos ha facilitado Stormtree. Entonces tendremos una idea más clara. Pero me consuela el hecho de que Pierce se esté planteando pactar. Es posible que no tenga tanta confianza como pretende hacernos creer.

—Creo que ya has encontrado la respuesta —dijo Charles, sonriéndole.

—Podrían pasar meses, o incluso un año. —Maddie estaba preocupada.

—Sí, y podría morir más gente. La empresa lleva en esto casi cinco años y estamos aquí para ganar, pero no somos tontos.

Maddie le dio las gracias y se fue, cerrando la puerta tras de sí. De acuerdo, era posible que tuviera algo parecido a una respuesta, pero sabía que Pierce Gray estaba tramando algo.

Había sido un día sereno pero triste. Maddie había vuelto a declinar sin excusa alguna la invitación de sus compañeros para ir a tomar unas copas al final de la jornada laboral. Ni siquiera Teresa, que siempre encontraba algo que celebrar, se había dado cuenta de qué día era, así que Maddie no se sintió en absoluto culpable por no quedarse. Ahora que el clima templado de finales de primavera se había ido, se alegraba de llevar puesta la gabardina mientras caminaba proyectando una extraña sombra alargada a última hora de la tarde. Llevaba en la mano el maletín y un hermoso ramo de la tienda de Jimena y se dirigía hacia Beach Street en la Marina, donde vivía la *nonna* Isabella.

El último terremoto, acaecido hacía veinte años, había afectado seriamente a la zona de la Marina pero, por alguna razón, la casa de su abuela había salido indemne. El jardín delantero estaba lleno de campanillas y lavanda, de áster y magnolias, de rosas llenas de brotes, de hierbas de diferentes alturas y de diversas flores de finales de primavera que se desparramaban en cascada de los tiestos en aquella época del año, bien entrada la estación. La verja negra adornada con una flor de lis en dorado le daba aspecto de casa victoriana a la construcción. La razón era que había sido hecha a imagen y semejanza de la primera casa que había tenido la familia en North Beach, construida por el abuelo junto al mar para su querida Isabella en la época en que este había hecho fortuna gracias al negocio inmobiliario de la zona. Entre las plantas había una pila para los pájaros que casi parecía haber brotado allí y las quejumbrosas palomas la usaban para refrescarse prácticamente a diario con el primer y el último rayo de sol. Maddie recordó que solían despertarla cuando de niña se quedaba a dormir en casa de la abuela. Permanecía tumbada escuchando las palomas y los gritos superpuestos de las gaviotas, que graznaban al viento desde el agua, hasta que el resto de la casa empezaba a desperezarse. Solo entonces se levantaba.

Cuando Maddie era pequeña, la *nonna* Isabella le parecía una vieja. Siempre maravillosamente vestida, eso sí, pero con una edad que, para un niño, resultaba inconmensurable. Aquel día, sin embargo, cumplía veinticinco años e Isabella era para ella como una antigua amiga. Mientras que sus abuelos por parte de su madre se hacían cada vez mayores, Isabella había evolucionado al revés. Maddie pensó que la casa de Isabella nunca había olido a «anciano», como decía que cuando era niña olía en casa de su familia por parte de madre. Allí los muebles, la cocina y la ropa blanca olían a viejo. Pero la casa de Beach Street olía a aire salado, a sol, a limpio y a flores. Aquello se debía en parte al inconfundible jabón de lirio que la *nonna* Isabella había usado siempre, importado a un precio astronómico de la botica de Santa Maria Novella de Florencia. Puede que se tratase de una curiosa extravagancia, pero su abuela insistía en que le dejaba la piel perfecta y lo cierto era que, a sus setenta y tantos años, la *nonna* Isabella aún conservaba el cutis de una mujer treinta años más joven. A Maddie le gustaba aquello, al igual que la energía y la elegancia de su abuela.

Maddie abrió la verja para entrar en el jardín delantero. Esta chirrió, pero ella sabía que aquella era la señal para que Isabella abriera la puerta principal. Y como siempre, aún no le había dado tiempo a tocar el timbre cuando la puerta se abrió y apareció su anfitriona, que dio un paso hacia atrás con los brazos abiertos para dejarla entrar en el vestíbulo, cogerle el abrigo y recibir la ofrenda floral, todo ello sin atolondrarse lo más mínimo.

—¡Son preciosas! ¡Pasa, *bella faccia!* Qué sorpresa. Mira quién ha venido. ¿No es maravilloso?

—Feliz cumpleaños, peque —dijo Barbara, abrazando a su hermana.

—Qué bien. Pensé que tendrías mucho trabajo, por eso no te llamé para comer juntas —le dijo Maddie a su hermana.

—Sí, ha sido un poco problemático —dijo Barbara en voz baja—. Un montón de horas desperdiciadas buscando una aguja en un pajar. Pero al final lo dejé todo plantado y decidí venir a verte.

Le tendió a Maddie una copa de vino mientras la abuela buscaba un jarrón. Luego se fueron las tres a la sala de la *nonna* Isabella.

El eje central de la casa, aquella aireada habitación, era una mezcla de antigüedad y modernidad. Los maravillosos y enormes sofás y las cómodas sillas situadas estratégicamente para potenciar la vista del océano hacían destacar el espléndido espacio. Sendos jarrones de impresionante cristal de Murano adornaban dos de las mesas y había una estatua de mármol blanco finamente tallada de Diana, la diosa romana, que siempre había estado en una esquina al lado de una lámpara antigua. Había venido del Viejo Continente con los tatarabuelos de Maddie. Todos creían que estaba bendecida y aquellos que lo dudaban se burlaban del peligro en que se encontraban. Había sobrevivido al terremoto y a los incendios que habían asolado North Beach en el cambio de siglo y, aunque otras casas se habían venido abajo o habían acabado por agrietarse, allí estaba aquella, como la propia Isabella, sin una grieta ni una arruga, en el lugar que debía de haber sido el ojo del huracán durante el último desastre. Lorenzo podría burlarse, pero Isabella nunca diría nada en contra de su diosa tutelar, aunque no era supersticiosa.

Maddie fue hasta el centro de la sala y observó la gran mesa redonda de nogal, festoneada de luces. Su abuela había colocado veinticinco velas en unos exquisitos candelabros de cristal en forma de amplio semicírculo, que proporcionaban a la habitación una luz difusa en aquellas primeras horas de la noche.

—*Nonna*, qué bonito. Gracias —dijo Maddie mientras se volvía para abrazar a la abuela. Pero frunció el entrecejo al darse la vuelta. En medio del círculo, rodeados por las velas, había varios objetos extraños. Entre ellos, un enorme paquete envuelto en papel de estraza atado con cuerdas, con unos nudos que a Maddie le parecieron marineros. El paquete estaba lacrado con cera roja. ¿Qué tendría dentro? Al lado, había una serie de cosas que parecían fotografías viejas y cartas escritas a mano sobre papel desgastado. El hatillo estaba sujeto con una preciosa cinta de color rosa, y finalmente había un sobre con el nombre de Maddie metido dentro de la lazada.

Maddie se llevó las manos a las ruborizadas mejillas.

—¿Qué es todo esto? —preguntó.

Isabella nunca dejaba de sorprender a Maddie con la originalidad de sus regalos, pero aquello parecía una pequeña instalación de una galería.

Isabella pareció complacida con la reacción de su nieta.

—*Mia* Maddalena —dijo—, has vivido muchas cosas estos últimos meses. Me gustaría poder sufrir ese dolor por ti y liberarte para que volvieras a ser joven. Pues bien, he estado hablando con mi amiga, la *signora* Angela...

—La mujer que hace sombreros... —interrumpió Barbara con una expresión indescifrable para su hermana.

—Y dice —continuó Isabella— que tienes un largo camino que recorrer para volver a encontrarte a ti misma y recuperar el sentido de la vida. Insiste en que tienes promesas que cumplir.

Las dos chicas se miraron. Maddie no entendía muy bien qué significaba todo aquello, pero estaba emocionada por los sentimientos de su abuela. Barbara tenía ganas de echarse a reír, pero consideró que sería muy descortés por su parte e interrumpiría un gesto tan especial, aunque bastante opaco, de la *nonna* Isabella.

—En fin —dijo la anciana—, esto es para ti. Te deseo *buon compleanno*.

Isabella extendió el brazo hacia la mesa y cogió el sobre. Pero en lugar de dárselo a Maddie, se lo guardó en el bolsillo de la chaqueta.

—Podrás abrirlo dentro de un minuto. Pero antes, por favor, deja que te diga una cosa. La tristeza nos convierte en personas que no somos. Nos transforma en seres oscuros y solitarios, nos roba la alegría y el buen humor que teníamos antes. Nos deprimimos y eso se convierte en un hábito. Perdemos el rumbo. La gente dice que hay que pasar página, pero eso no es lo que nosotros queremos. Queremos dejar la puerta abierta, mantener viva a nuestro lado a la persona amada. Lo sé muy bien, Maddie. He tenido que enterrar a varios seres queridos, incluido tu abuelo hace no muchos años. Ahora soy la última de mi generación, pero no todos mis recuerdos han quedado atrás. Algunos todavía están por venir y quiero que encuentres una manera en el futuro para compartirlos.

Al oír a su abuela expresar de tal forma su preocupación, Maddie se sintió la persona más triste del mundo. Aun así, incluso con esa claridad de pensamiento, se sentía incapaz de alejar su terrible malestar. Era su vigésimo quinto cumpleaños y, aunque no estaba echando la vista atrás, tampoco estaba mirando hacia el futuro.

Observó con cariño cómo Isabella cogía el resto de las cosas que estaban sujetas con el lazo sobre la mesa, antes de sentarse en el sofá y dar unos golpecitos en el espacio que quedaba libre a su lado para invitar a las chicas a que se acercaran a ver las fotos. Maddie estaba muy emocionada por la tentativa que estaba haciendo su abuela y se sentó junto a ella y a su hermana.

—Las dos saben cómo soy —dijo Isabella, riéndose—. Su madre cree que tengo ideas raras. No he consultado a nadie lo de tu regalo, no lo entenderían. Yo tampoco estoy muy segura de entenderlo, pero creo que te vendrá bien. En primer lugar... —hizo una pausa de efecto dramático y sujetó una vieja fotografía en sepia con el marco original delante de las dos hermanas— esta es su tatarabuela, chicas; Mimi, ya me han oído hablar de ella antes. Maria Maddalena, mi abuela. Era cantante y tenía una voz que habría hecho que Ulises se desatara del mástil, según me han dicho. Era una verdadera sirena.

—Es la primera vez que veo esa foto —comentó Barbara—. Tiene la fecha en la parte de atrás, debieron de hacerla en Lucca antes de irse.

—Sí, mira en el reverso —dijo Maddie—. «*Signor* Giuseppe Chiarella. Lucca, 1877».

—Justo antes de casarse, antes de que ella y mi abuelo se vinieran a Estados Unidos —explicó Isabella—. Aquí debía de tener diecisiete o dieciocho años. Conocía a Puccini, por supuesto. Cantó en la Ópera de Oakland antes de que hubiera un teatro de la ópera aquí, en San Francisco. Y en el Tivoli y en el Hotel Palace para el presidente Woodrow Wilson. No construyeron un teatro de la ópera propiamente dicho hasta 1924, poco antes de que yo naciera.

—¡Dios mío! ¡Algo que sucedió antes de que tú nacieras, *nonna!* —se mofó Barbara.

Isabella le gruñó en broma a Barbara y Maddie le arrebató la fotografía. Observó la imagen, examinando minuciosamente a la joven que le sonreía con complicidad desde el marco. Maddie pensó que era extraño tener delante a la mujer que no se había podido sacar de la cabeza desde que había ido a la ópera con Pierce Gray hacía una semana. Se fijó en los detalles de su falda plisada de seda, de la clásica blusa con botonadura alta y de los largos rizos cuidadosamente recogidos y elaboradamente peinados para resaltar su elegante cuello. Maddie vio que llevaba un ancho lazo negro alrededor de este. Enganchado al lazo, había un camafeo delicadamente tallado con un par de palomas que sujetaban dos guirnaldas de flores que las unían. Le resultaba familiar.

—Qué mujer tan hermosa —dijo Maddie como si le sorprendiera—. ¿Por qué no nos has enseñado esto antes?

Isabella asintió y se puso las gafas de leer para ver de cerca la foto.

—Tengo recuerdos de ella, de cuando era niña. La perdimos más o menos cuando yo tenía diez años. Ella tenía setenta y pico, pero nunca la he olvidado. Era una mujer increíble. Tenía un rostro hermoso y pícaro; como tú, Barbara. Conservaba su abundante cabellera, que no se le puso totalmente gris al ir envejeciendo. Tengo ese camafeo por algún lado, pero no lo encuentro —comentó Isabella mientras se volvía a quitar las gafas—. No pararé hasta que recuerde dónde lo he puesto.

—Qué cosa más rara, *nonna* —dijo de repente Barbara, fijándose en una postal que se encontraba junto al resto de los objetos—. ¿Qué es esto?

—Es la última postal que le envió su madre, Maria Pia, en Italia, antes de morir. Es una foto bastante extraña, ¿verdad?

Barbara se la quitó a su abuela y analizó la imagen, ignorando el mensaje escrito en italiano.

—¿Qué es, Bee?

Barbara observó la foto en sepia, hecha con una cámara realmente antigua. En ella se veía una estatua de bronce. Aunque no le sonaba de nada, hizo que se entusiasmara.

—Parece moderna, ¿verdad? —dijo—. Pero apostaría la cabeza a que es etrusca y tiene más de dos mil años. —Se la pasó a Isabella para que leyera lo que decía en italiano, ya que Barbara no lo dominaba bien.

—Sí, tienes razón. —Isabella volvió a ponerse las gafas—. Su madre le explica a la *nonna* Mimi que un granjero la desenterró arando en sus tierras cerca de Volterra justo antes de que escribiera esta postal, y que la usaba de atizador. Y sí, al parecer es etrusca. La apodaron *Ombra della sera*, «sombra del atardecer», como dirían ustedes. —Isabella se quitó las gafas—. Qué extraño, tengo la sensación de haber oído hablar de ella hace poco —dijo, casi para sus adentros.

—Desde luego es curioso que les acabe de contar que me he pasado el día rebuscando en los listados de las próximas subastas y consultando a los marchantes para intentar encontrar un objeto etrusco para un cliente que tenía una idea muy concreta. Tenía que ser una pieza etrusca y no romana y tenía que conseguirla lo antes posible; mañana mismo, de ser necesario. —Barbara miró a Maddie y arqueó las cejas, como si su hermana compartiera el secreto—. Nunca me habían pedido nada así antes, y no es que crezcan en los árboles, precisamente.

—No, pero si buscas en el terreno adecuado, puedes recoger una buena cosecha —bromeó Maddie.

—Quiero darte una cosa antes de cenar, *nipotina* —le dijo Isabella a Maddie. Respiró hondo, como si le fuera a entregar las joyas de la corona, y sacó la carta del bolsillo—. Tú también necesitas cosechar algo.

—¿*Nonna*?

Maddie rompió con cuidado el sobre para abrirlo. Le llevó un rato encontrar sentido a las palabras que la anciana había escrito en la tarjeta.

Un padre debería darle dos cosas a su hijo: raíces para crecer y alas para volar. Tus raíces aquí son fuertes, Madeline, pero has olvidado cómo volar. Si eso te puede ayudar a encontrar otras raíces más antiguas, tal vez deberías recordar que también tienes alas.

Maddie extrajo con cuidado del sobre un pasaje de avión y unos cuantos billetes de una moneda extranjera. No le sonaban mucho, pero pronto se dio cuenta de que eran euros. Al leer los detalles del pasaje, descubrió que le había regalado un vuelo a Pisa con vuelta abierta, vía Roma. Sus dedos liberaron un brillante disco de plata acurrucado en la juntura del sobre y sujeto a una cadena que no necesitó analizar para saber que se trataba de una medalla de San Cristóbal.

Se le hizo un nudo en la garganta y le llevó un rato poder articular cualquier sonido.

—¡*Nonna bella*! —exclamó, realmente emocionada—. Es un gesto realmente generoso y una idea maravillosa, la verdad. Pero ¿y mi trabajo?

—Irás cuando estés preparada, Madeline —dijo con confianza—. Y puedes estar segura de que en la Toscana te estarán esperando.

Isabella alzó la mano lentamente para indicar que, de momento, no había más que hablar.

—¿Pasamos al comedor para la cena de cumpleaños? —sugirió sonriente.

14

San Galgano (la Toscana), 28 de febrero de 1347

Mientras recorría el último tramo del camino que conducía a la abadía de sus vecinos cistercienses, Jacquetta se percató de que la nieve, efectivamente, empezaba a arremolinarse de nuevo y a dejar parches de color blanco sobre el suelo. Pero su caballo era robusto, y bestia y jinete rodearon con rapidez el recodo del río para llegar por fin a campo abierto. En verano aquella zona estaría llena de pastos para criar a los corderos y caballos de la abadía, con merecida fama, y los campos colindantes que se extendían hasta donde alcanzaba la vista se mecerían al compás de la cálida brisa con el grano con ligero sabor a nueces que alimentaba a los hermanos.

Aquel día, sin embargo, eso parecía aún muy lejano. Todo era gris y el suelo estaba helado y duro. El humo se elevaba de la forja en la que unos monjes ponían en práctica su alquimia secreta para convertir la piedra en hierro y las ruedas de agua giraban para machacar el grano, hacer cerveza y calentar los aposentos domésticos con agua caliente. Pero durante aquella cruda estación, la actividad entre aquellas cuatro paredes estaba al mínimo. Jacquetta empezó a pensar que, en unas semanas, los monjes y sus hermanos laicos, igualmente dados al trabajo duro, ararían de nuevo los campos trabajando de sol a sol para volver a empezar con el ciclo de plantación de los productos que tan generosamente abastecían a los numerosos residentes de la abadía, generando incluso un excedente para vender en los mercados. En cuanto los días fueran más largos, todo volvería a ser un hervidero de actividad.

Jacquetta aminoró el paso del caballo mientras se dirigía hacia la puerta coronada por un arco que señalaba la entrada principal de la fraternidad. Era casi mediodía, hora a la que los monjes comían, pero sabía que el privilegio de ser tanto amiga como vecina le aseguraba un buen recibimiento incluso a aquellas horas. Como esperaba, el portero acudió con presteza para dejarla entrar. Le hizo un gesto para que se pusiera a cubierto de aquel tiempo que empeoraba por momentos y siguiera a un hermano laico vestido con un hábito marrón, que le abrió la puerta de la hospedería y se llevó la montura.

La hermosura del conjunto de la abadía cisterciense siempre cogía a Jacquetta por sorpresa, fuera cuando fuera. Se trataba de una belleza de elegante mesura. El estilo contundente y sencillo y la limpieza de las construcciones de piedra blanca dispuestas unas al lado de las otras parecían la encarnación de la doctrina original de los hermanos en Citeaux, en Francia, de gusto más próximo a la sencilla pureza del trabajo y la meditación que a las comodidades y a los excesos de que disfrutaban algunos de sus homólogos eclesiásticos más mundanos.

Aunque en la hospedería había un fuego encendido, Jacquetta se acercó a una de las ventanas con el fin de observar más allá del resto de edificios la elegante forma de la iglesia de la abadía. Se rumoreaba que habían sido los masones cistercienses los que habían construido la totalidad del monasterio, principalmente la iglesia, siguiendo los planos de una geometría sagrada y mágica. Solo quienes conocían la historia podían oír la música que emergía de sus piedras, leer el mensaje que transmitían y aprender sus secretos espirituales. Pero Jacquetta se sentía bajo el influjo de su hechizo de armonía y serenidad aunque no sabía nada de la historia que encerraban aquellos muros.

—¡*Madonna* Jacquetta! Sea bienvenida.

La mirada de la visitante fue de la ventana a la puerta principal. Esperaba ser recibida en audiencia por el prior, que normalmente accedía a verla sin previo aviso, aunque la presencia de mujeres supuestamente escandalizaba considerablemente a algunos de los monjes. Aquel día, sin embargo, fue el propio abad Angelo el que se presentó gentilmente ante ella.

—¿Los he importunado? —le preguntó. En la abadía, guardar silencio era una especie de norma, o al menos se recomendaba no hablar innecesariamente. Los huéspedes siempre eran recibidos con amabilidad, pero sabían perfectamente que no debían derrochar palabras ni tiempo con el abad y su orden.

Un amable movimiento de cabeza la tranquilizó, sin embargo.

—¿Qué te trae por aquí, con este tiempo? —le preguntó mientras le hacía un hospitalario gesto para que tomara asiento al lado del agradable hogar. Él se sentó en una silla, enfrente de ella.

—Una perturbadora visita de Volterra —respondió esta en voz queda.

El abad asintió y esperó. Conocía la triste historia de la casa de sus vecinos, sabía de sus enredos con los obispos, antiguos y nuevos, ordenados y sin ordenar, tenía conocimiento de la violencia y las injusticias a las que habían sido sometidas Jacquetta y su hermana. Él mismo no era ajeno a la espinosa política de Volterra, dado que tanto su abadía como las propiedades eclesiásticas de sus vecinos pertenecían a su diócesis.

—¿Hay noticias del obispo Ranuccio?

—No lo he visto —dijo Jacquetta, sacudiendo la cabeza—. Pero las visitas de Volterra son un mal presagio para mí y los míos mientras él permanece en el exilio.

—El resto de su familia ha regresado —le dijo el abad Angelo, consciente de que era probable que ya lo supiera—. Su excelencia, sin embargo, vendrá con nosotros a la *abbazia*. Ha rechazado volver a Volterra, aunque los Belforti finalmente han dejado de acosarlo. Quiere que permanezcamos a su lado para rezar por su alma, cuando llegue el momento.

El obispo Ranuccio Allegretti era como un padre para Jacquetta y no soportaba hablar de su fin, aunque fuera inevitable. Pero sabía lo que el anciano había luchado durante los últimos años, enviado al exilio por la malicia de los Belforti. Debían ajustar cuentas con Ranuccio, que había sido elegido obispo cuando el titular del beneficio eclesiástico de los Belforti, Ranieri, había infringido las normas del papa y del pueblo y había sido apartado del cargo. Eso había sido veinte años antes de que su hermano, Ottaviano Belforte, consiguiera apuntarse un tanto contra Ranuccio. La venganza de los Belforti fue despiadada y Ranuccio se vio obligado a huir con su familia bajo amenaza de muerte. Durante las primeras semanas de su ausencia, el clan de los Belforti confiscó todas las propiedades personales y familiares de los Allegretti en Volterra. A continuación, hicieron lo propio con las tierras cedidas al ministerio episcopal. Aunque ungido, el obispo Ranuccio vivía en el exilio. Pero aquello lo había hecho envejecer y ya no era el hombre que un día había sido.

—Eso es algo de lo que pronto tendré que hablar con Maria Maddalena —le dijo al abad—. Pero hoy no es eso lo que me trae aquí.

—¿Va todo bien con la niña? —preguntó el abad—. Espero que así sea. Sentimos un gran afecto por ella, pero no la veo venir a clases de música ni de dibujo con los novicios desde hace varias semanas, según creo recordar.

—La culpa la tiene el tiempo —lo tranquilizó Jacquetta, sonriendo—. Por eso es por lo que ha venido.

Contempló el fuego mientras ordenaba sus pensamientos. Era consciente del privilegio que suponía ser vecina y amiga de algunas de las mentes más brillantes del país. Los monjes de San Galgano eran famosos por su intelecto, su justicia y su sabiduría. Su abadía no difería mucho de una universidad y, además de teólogos, allí se podían encontrar abogados, arquitectos, ingenieros, doctores y músicos. Habían resuelto disputas entre las grandes ciudades toscanas, no hacía mucho entre Siena y Volterra, habían proporcionado tesoreros a Siena durante casi un siglo, habían ayudado a sus vecinos a preparar documentos de propiedad, sus ingenieros habían mejorado las reservas de agua en la ciudad de Siena y en los pueblos de la región y sus arquitectos habían diseñado los planos para la construcción del magnífico Duomo de Siena. Ahora, Jacquetta acudía a sus amigos en busca de consejo.

—¿Cree que Dios puede controlar el tiempo y que así lo hace? —Levantó la vista y sonrió al abad, no muy convencida.

—¡Extraña pregunta esa, *donna* Jacquetta! —respondió él con una mezcla de humor y seriedad—. Con un interrogante aún más profundo oculto tras ella, me atrevería a pensar. Pero ¿debo ponerme el manto de Tomás de Aquino para responderte? ¿O tal vez el punto de vista de Guillermo de Ockham podría resultarnos más útil?

—Con que respondas simplemente como el abad Angelo de San Galgano —contestó la mujer, sonriendo con amabilidad—, me daré por satisfecha.

—Las cosas nunca son tan sencillas —afirmó el abad sacando las manos de las mangas del hábito blanco para entrelazarlas—. El prior general de nuestra orden, hace muchos años, exhortó a aquellos que quisieron escucharlo a seguir su llamada a las armas en Tierra Santa. Bernardo era un magnífico orador y desafió a hombres normales y corrientes a que blandieran la cruz contra aquellos de otras tierras que tenían otras creencias. Pueblos enteros se vaciaron, dejando a jóvenes esposas viudas de maridos aún vivos y, cuando la campaña fracasó, Bernardo lo achacó a la naturaleza pecaminosa de los combatientes.

»Sin embargo —continuó pausadamente—, ¿el pecado era solo suyo? Tal vez no había tenido en cuenta el punto de vista de fray Bacon. Ese franciscano sabía algo de cultura y ciencia mahometanas y creía que era posible que a Dios le desagradara que tomáramos tales medidas contra ellos por cuenta propia. Sugería, y seguramente con cierta sabiduría, que solo se conseguiría que aquellos que sobrevivieran a la terrible matanza estuvieran más en contra aún de los cristianos.

—¿Y qué opina el abad Angelo? —inquirió Jacquetta.

—Coincido con mi hermano el abad cisterciense Isaac de Poitiers. No puedo estar de acuerdo en que los cristianos se conviertan en mártires por morir atacando a los no cristianos, ni me parece que convertir a miembros del islam a la fuerza sea en absoluto lo correcto para un verdadero creyente.

—Pero ¿tenemos libre albedrío para oponernos a la orden que se nos encomienda? —preguntó Jacquetta—. Si el papa nos llama a luchar, ¿tenemos derecho, como pueblo llano, a discutirlo?

—Si los líderes que nos llaman a filas están comprometidos con un rígido conjunto de creencias incluso antes de que se pueda llevar a cabo un debate, entonces nuestra pregunta no es imparcial y pierde el significado. —El abad Angelo sonrió, a sabiendas de que muchos hombres de la iglesia desaprobarían aquel complejo argumento. Sin embargo, sabía que a Jacquetta le complacería el debate filosófico—. Yo creo —continuó— que se nos pide que sometamos dichas creencias al más riguroso examen, lo cual resulta vital para nuestra conciencia y para nuestra relación individual con Dios, y yo debo estar preparado para vivir y para morir de acuerdo con mis propias convicciones.

—Puede que el obispo en funciones de Volterra, el joven Filippo Belforte, no esté de acuerdo con usted. Creo que primero es político y luego hombre de Dios —señaló Jacquetta.

—Por supuesto que no estaría de acuerdo —afirmó el abad Angelo, riendo—. ¿Y qué tiene que ver todo esto con el tiempo?, te preguntarás.

—¿Tal vez lo que quiere decir, según creo, es que Dios es responsable del tiempo si nos conviene que lo sea? —La pregunta de Jacquetta era más una afirmación que otra cosa.

—La Biblia nos habla de muchas ocasiones en las que la voluntad de Dios ha sido expresada a través del tiempo —replicó el abad—. Inundaciones y hambrunas, las nubes que se oscurecieron en el momento de la muerte de Nuestro Señor, los castigos francamente atroces infringidos sobre la familia de Job, el azote de Dios a los egipcios por medio del viento del este. Aun así, creo que sería una práctica peligrosa atribuir cada borrasca y cada ventisca a la acción del Divino.

La expresión del abad se volvió inquisitiva al ver que Jacquetta fruncía ligeramente el ceño. Ella se dio cuenta de que este sentía curiosidad por la razón que la había llevado a preguntar aquello.

—Una joven —dijo con suavidad— acudió a mi casa para hospedarse con nosotros. Ahora me he enterado por los hombres de Belforte de que se ha negado a entrar en un convento, como sus padres deseaban, y en lugar de ello se ha casado, y cuando su familia y las autoridades la capturaron, dispuestos a ejecutarla, sucedió una especie de milagro, al parecer. El viento echó abajo la casa de sus padres y mató a todos sus habitantes, incluidos los guardias que la custodiaban, pero la muchacha salió ilesa y logró escapar.

El abad apoyó los codos sobre los brazos de la silla y se llevó las manos a la barbilla, casi como si estuviera rezando. Reflexionó unos instantes.

—Me recuerda a la tormenta que salvó a la virgen santa Inés de ser prostituida en un burdel de Roma —dijo finalmente—. Puede que no fuera necesario que demostrara su piedad confinándose de por vida en un convento y que el Señor haya hablado por medio de ese acto.

—Si se tratara de una cristiana devota —preguntó Jacquetta—, ¿podríamos afirmar sin temor a equivocarnos que Dios la salvó por alguna razón?

El abad frunció el ceño y esbozó media sonrisa.

—Has dicho «si», *donna* Jacquetta. ¿Acaso no es devota?

—No sabría decirle —respondió con honestidad—. No se lo he preguntado y toda la información procede de peligrosas habladurías. Dicen que es una «hereje», pero ¿quién soy yo para juzgarla?

—No menos que yo, pero creo que el Derecho Civil no debería impedir su matrimonio y que el Derecho Canónico debería tener valor para insistir en que lo importante en una pareja es que la unión haya sido contraída de forma honrada. Hay en esos hechos algo que roza lo divino. Es el tipo de historia que nos hace pensar en los milagros del Señor y de sus santos.

Mientras terminaba de hablar, se oyeron unas campanadas monocordes procedentes del campanil levantado en los terrenos de la abadía. Simplemente marcaban el ritmo del día monástico y anunciaban que se acercaba la hora del almuerzo, pero, dado el punto de la conversación en que se encontraban, a Jacquetta la hicieron aterrizar.

—¿Y si de verdad fuera pagana? —inquirió Jacquetta.

—Eusebio es muy claro —respondió Angelo—. Los milagros que no provienen de la reverencia hacia Dios Padre o Jesús hijo son obra de los demonios. Eusebio tampoco se siente demasiado cómodo con los milagros cristianos y los considera peligrosamente cercanos a actos de «magia».

»Aun así, hay un curioso milagro relacionado con la lluvia acaecido a orillas del Danubio en el siglo II después del nacimiento de Nuestro Señor. Al ejército romano, que estaba luchando contra los bárbaros en un sofocante día de verano, le impedían llevar a sus heridos al río para beber agua fresca. Estaban convencidos de que morirían, a menos que un milagro los salvara. Cuando llevaban un rato elevando diferentes plegarias a una serie de divinidades, incluidas las de los soldados cristianos, el cielo se cubrió de nubes y cayó un fuerte chaparrón que les permitió calmar la sed. Precisamente en aquel momento, las tropas de los cuados decidieron atacar y entonces empezaron a caer terribles rayos, truenos y granizo en su lado del río, matando a algunos de los bárbaros. Está escrito que de un lado del cielo caía fuego y del otro una vivificante lluvia. No hay ninguna crónica de la época que aclare si el que obró el milagro fue el Dios cristiano, Júpiter o un mago persa llamado Julián.

—No sabía que existieran los milagros paganos —admitió Jacquetta, sorprendida.

—Para nosotros es prácticamente imposible entender la voluntad de Dios, *donna* Jacquetta —le explicó el abad Angelo—. Si asegurara que algún tipo de poder ha intervenido a favor de esa joven, no serían más que suposiciones. Además, yo mismo debería ser cauto y no posicionarme en contra de dicho poder, sin tener conocimiento de lo que Dios piensa. Lo cual sólo es revelado a los hombres —añadió—, al parecer, tras un febril periodo de ayuno.

—Que es algo que no pretendo imponerle, abad Angelo —dijo la mujer, poniéndose en pie con presteza—. El refectorio debe de estar ya casi lleno. Por favor, vaya a almorzar. Agradezco profundamente que me haya prestado su tiempo y sabiduría.

Mientras seguía el ritmo del caballo a medio galope, la cabeza de Jacquetta estaba inundada de las ideas que el abad había compartido con ella. Respetaba a aquel hombre. Era una persona con gusto, generosidad, un fuerte sentido de la responsabilidad y consciente de sus limitaciones. Durante todos los años que hacía que lo conocía, siempre había tenido una opinión propia que no se doblegaba ante ninguna imposición que viniera de arriba. Aun así, seguía reflexionando sobre su propensión a ver alguna intervención divina en los hechos relacionados con su huésped, que le habían sido revelados aquella misma mañana por los hombres de Volterra. Sentía la imperiosa necesidad de hablar con la *signora* Toscano para oír su versión de los hechos.

Guardó ella misma el caballo en el establo con rapidez para no hacer que el hijo de Loredana saliera de casa con tan mal tiempo y luego colgó el abrigo en el vestíbulo, pero cuando dio media vuelta y entró en el aposento de la entrada que hacía las veces de sala de recepción de visitas, lo que vio la cogió totalmente por sorpresa.

Reunido ante el fuego había un trío compuesto por el *signor* Porphyrius, que tenía una mano sobre la espalda de su esposa, quien, a su vez, sentada sobre el lateral bajo del sillón, rodeaba de forma protectora con un brazo a Mia. La niña lloraba suavemente, pero ¡en voz alta! Esta levantó la vista hacia su tía. Muy lentamente y de forma muy consciente y precisa, las palabras salieron de ella:

—El *nano*... ¡el hombre bajo...! Él lo vio y yo lo vi. Su hermano mató a mi madre.

Jacquetta avanzó con rapidez hacia su sobrina, se arrodilló a sus pies y le cogió las manos. Pero no dijo nada, y dejó que la niña continuara a su propio ritmo. Su voz era suave, apenas audible, pero clara:

—Vinieron a nuestra casa aquella mañana de mayo. La luz del sol era densa, extraña. Me quedé detrás de una puerta medio abierta. Llamó a su hermano Maurizio y se reía mientras aquel hombre forzaba a mi madre.

»Ella gritaba —continuó Mia en voz baja—, y cuando todo acabó, él la hizo callar. Le cortó su hermoso cuello, tía Jacquetta. Luego le sacó la lengua por el agujero. Oí un borboteo como de agua y una especie de chisporroteo. Y luego acabó. Todo acabó.

LA CASA DEL VIENTO

PARTE

15

Alrededores de Siena (la Toscana),
lunes, 11 de junio de 2007

Tras unos extenuantes veinte minutos por una carretera de montaña que culebreaba a través de un espeso bosque, Maddie finalmente emergió con cierto alivio a un paisaje pintado con acuarelas. La calzada rodeó un pueblo situado en una colina dorada que brillaba bajo el calor de un perfecto día de junio. Se esforzó por salir del trance del largo viaje y contemplar esa villa, que guardaba el camino de debajo. Los tejados rojos y las curiosas chimeneas semejantes a pequeños palomares creaban una silueta suave, aunque el pueblo en sí era antiguo e imponente.

—*Non è lontano adesso!*

El que hablaba era el encantador chofer, Gori, que la había recogido sonriendo en el aeropuerto de Pisa. A Maddie le sorprendió que aquella sonrisa prácticamente nunca desapareciera de su cara, ni siquiera en medio del atroz tráfico de junio de la autopista de famoso nombre y aún más famosos atascos: la Via Aurelia. Sin embargo, el cansancio tras hora y media en el coche estaba empezando a hacer mella en ella y comenzaba a arrepentirse de haber tomado aquel último desayuno en el avión antes de tantos kilómetros de traqueteo y conducción serpenteante, así que se alegró de oír que ya no faltaba mucho.

Había partido sin preparar apenas el viaje y había dejado a Samantha, a Neva y a Stormtree solos tres semanas. Pensándolo racionalmente, ahora se preguntaba cómo era posible que su jefa hubiera aceptado su marcha de tan buen grado. Aún faltaban muchas pruebas escritas de Stormtree y todavía había que hacer mucho trabajo de lo más minucioso, pero Samantha le había dicho claramente que le vendría bien tomarse un respiro, que le aclararía la mente y le daría fuerzas para la lucha. Así que allí estaba, con una bolsa grande y otra pequeña detrás de ella, con los ojos y los pensamientos ocultos tras unos enormes lentes para sol y sin tener ni idea de lo que se iba a encontrar. Su abuela tenía una amiga en el sur de la Toscana que la iba a hospedar y, aunque Maddie no conocía a su anfitriona, estaba deseando tomar distancia, cambiar un poco de aires y de caras. Aunque los acertijos de la *nonna* Isabella sobre lo de «encontrarse a sí misma» eran demasiado confusos como para comprometerse con ellos.

Gori abandonó la carretera para seguir por un polvoriento camino nada atractivo, orlado por un lado de adelfas y por el otro de unos cuantos álamos altos, que parecía no conducir a ninguna parte. Entonces, de pronto, el coche dobló a la derecha hacia lo que en su día había sido un espléndido portal de hierro forjado, ahora adornado con un poco de herrumbre. Maddie vislumbró una mampostería ocre y el típico perfil de un gran tejado toscano de tejas romanas dobles. Luego, de repente, sin tener ni idea de lo que se iba a encontrar, vio la casa entera. Se quedó sin aliento. ¡Era un palacio renacentista! Sintió un escalofrío de placer, como si fuera de nuevo una niña. Estaba realmente turbada por aquella aparición.

Gori se estacionó y ya estaba sacando las bolsas del maletero cuando Maddie salió del coche. Un perro zalamero con una cara muy humana llena de arrugas acudió a saludarla, intentando en vano captar toda su atención. Pero Maddie no era capaz de quitarle los ojos de encima a la construcción que tenía delante. Dos pisos con grandes y elegantes ventanas subrayadas por una hilera de pulcros balcones de hierro transmitían su silenciosa nobleza y se preguntó cómo era posible que aquel fuera su hospedaje.

—Eleanore —la informó Gori, señalando al can.

Maddie asintió y se agachó para acariciarlo antes de seguirlos a ambos más allá de un bajo seto de boj y otro más alto de laurel. Entró en un patio en cuyo centro había un olivo que parecía haber nacido allí mismo hacía mil años. Sus pies hicieron crujir los blancos guijarros que estaba pisando, y siguió a Gori y al animal más allá de unas antiguas jardineras de flores hacia un par de puertas de madera plegables, tal vez del siglo XVIII. Las hojas se abrieron antes de que los dedos de Gori alcanzaran la manilla y una elegante mujer de unos treinta y nueve o cuarenta años le dedicó una amplia sonrisa y extendió los brazos hacia ella.

—¡Madeline! No sabes cuánto me alegro de que hayas venido —le dijo afectuosamente—. Soy Jeanette y estoy encantada de tenerte aquí.

Hablaba un inglés perfecto, con un dulce acento que a Maddie le pareció del norte de Europa, algo que no se esperaba en absoluto.

—Muchas gracias por haberme invitado —respondió Maddie—. Estoy un poco aturdida por la belleza de tu casa.

—Bueno —dijo Jeanette, riéndose—, cuando la encontramos hace unos años no se parecía en nada a esto. Pero me alegro de que te guste, considérala tuya durante este tiempo. Espero que te sientas totalmente como en casa.

—Eres muy amable —replicó Maddie. Realmente le dio la sensación de que sus palabras eran sinceras y que no lo decía solo por educación.

—Si estás cansada puedo enseñarte ya tu cuarto —se ofreció Jeanette—. Aunque si prefieres estirar las piernas, tal vez te apetezca pasear un poco conmigo por los jardines. Haremos que Gori te suba el equipaje para que luego lo tengas ya arriba.

—Definitivamente, prefiero estirar las piernas —declaró Maddie, asintiendo—. Llevo un buen rato sentada.

—Perfecto. *Gori, porta il bagaglio in Pellegrino, per favore* —dijo—. Madeline, vamos a buscar algo de beber antes de dar un paseo juntas.

La anfitriona de Maddie la condujo a través de un gran vestíbulo en el que había un sofá Chesterfield y dos sillones de piel colocados junto a una mesa baja situada delante de una chimenea de piedra. Un tenue perfume a madera y humo revelaba que hacía poco posiblemente no había hecho tan buen tiempo. Enfrente de la puerta había unas escaleras ascendentes, como la curiosidad de Maddie. Era por esas escaleras por las que Gori estaba desapareciendo con su equipaje cuando las dos mujeres recorrían un corto pasillo que daba paso a una enorme cocina.

La recién llegada experimentó una sensación de tranquilidad personal extraordinaria, a pesar del silencioso trajín de actividad que la rodeaba. Un electricista estaba haciendo la instalación para colgar una lámpara, un carpintero estaba acabando un armario y, a través de las puertas de cristal, Maddie pudo distinguir a un hombre con un cigarro en los labios que pintaba concentrado la pared con delicados brochazos. Pudo escuchar la música de Jimi Hendrix que le hacía compañía.

—Estamos constantemente de obras —le explicó Jeanette mientras se acercaba a una cafetera de tamaño industrial—. Llevo con esto tanto tiempo que no sé cómo me sentiré cuando esté todo acabado.

—¿Cuándo la compraste? —preguntó Maddie mientras asentía para que le echara leche en el café.

—Hace ya seis años —respondió su anfitriona—. Y estaba convencida de que en siete estaría perfecta, que es cuando pretendo inaugurarla como hotel. Pero ahora me pregunto si me dará tiempo.

—A mí ya me parece increíble —contestó Maddie. Hundió la mirada en el alto techo y en el acogedor ambiente francés o incluso gustaviano de la cocina, con su armario del siglo XIX con la parte delantera de cristal que ocupaba toda una pared y la modesta mesa para comer con las sillas antiguas—. ¿Aún quieres hacer muchas cosas más?

Jeanette sonrió y sus ojos sugirieron que había mucho que hablar sobre el tema.

—Llevémonos el café al jardín —propuso.

Condujo a su invitada a través de otro par de puertas dobles de cristal con salida a una amplia terraza de piedra que ocupaba todo lo largo del edificio. Maddie se quedó sin habla. La primera impresión de los sillones bajos blancos situados al lado de una chimenea al aire libre y de los tiestos de limoneros llenos de frutos que había en el césped de enfrente fue suficiente para embelesarla, aunque todo ello casi caía en el olvido al lado de la vista que la llamaba a gritos más allá del linde del jardín.

Jeanette se dio cuenta de la reacción de Maddie y se sintió complacida.

—Tiene dos nombres —le comentó—. En los documentos más antiguos la llaman Val di Cellole y desde finales de la época medieval, más o menos, lo llaman valle Serena.

Maddie cruzó el césped con Jeanette. «El valle de la serenidad». Asintió sin necesitar explicación alguna de por qué merecía aquel nombre. Las colinas de color azul, casi como montañas, daban paso a unos ondulados campos verdes en los que no había ninguna carretera, poste eléctrico o telegráfico a la vista. Seguramente se había conservado con el aspecto que siempre había tenido.

—Puede que sea porque teníamos como vecinos a los monjes de la abadía que había a un kilómetro río abajo, más o menos.

Me han dicho que tenían voto de silencio, prácticamente. Pero hoy en día sigue siendo igual de tranquilo.

—Lo es —coincidió Maddie—. Y me imagino que lo primero que te llevó a comprar la propiedad fueron las vistas.

—Lo curioso —dijo Jeanette mientras sacudía negativamente la cabeza con una sonrisa— es que ni siquiera sabíamos que el valle Serena estaba aquí. Nadie lo sabía.

Maddie la miró, inclinando la cabeza inquisitiva.

—Cuando llegamos, en aquel extremo del jardín había unas porquerizas y no se veía más allá. Hasta que las echamos abajo no descubrimos el valle. Ni siquiera la gente de aquí sabía que estaba ahí —dijo riéndose—. Aquellos cerdos tenían las mejores vistas del mundo.

Maddie se sintió transportada a otra época. Las dos caminaron juntas por los jardines. De los limonares pasaron a un jardín de rosas de estilo inglés y caminaron entre fuentes y acequias mientras Jeanette le hablaba del proyecto a largo plazo comenzado hacía muchos años, cuando ella y su marido, Claus, se habían topado con la casa durante la luna de miel. Maddie no podía imaginar cuánto dinero habrían invertido en ella, pero sí podía ver todo el amor y los sueños que había implicados. Era como un jardín secreto, un lugar donde el tiempo había campado a sus anchas durante años sin la presencia de ninguna persona, hasta que Jeanette había cortado los espinos para besar la casa y hacerla volver de nuevo a la vida.

—Incluso encontramos algunos cuerpos enterrados justo ahí, cerca de donde hemos puesto el muro del jardín de rosas —reveló Jeanette—. No sabíamos si llamar a la policía o a un arqueólogo. Pero esa es una historia para contar más tarde, acompañada de una copa de vino y una buena cena.

El asombro se reflejó en la cara de Maddie.

Jeanette volvió a reírse, emitiendo un sonido maravillosamente campechano.

—Creo que es el momento de enseñarte tu cuarto, ¿vas a querer descansar un poco antes de almorzar?

—Sí, por favor —asintió Maddie.

Volvió a seguir a Jeanette a la casa, donde esta cogió una llave de una pequeña oficina que había al lado de la cocina. Cuando volvieron sobre sus pasos, en la entrada del pasillo Jimi Hendrix había sido sustituido por los suaves acordes de una ópera. Maddie saludó a una chica que estaba cogiendo el dobladillo de una cortina en la enorme ventana que iluminaba las escaleras que había enfrente de la puerta principal y a un hombre que trabajaba a su lado, en los escalones más bajos, con un pincel. Vio que estaba pintando un trampantojo que emulaba una barandilla de cuerda y sonrió.

—Este es Peter —dijo Jeanette—. Lleva aquí meses pintando los frescos que verás en algunas de las habitaciones. Hay uno particularmente especial en la tuya.

Maddie le dijo hola, sonriendo.

—Me gustan sus preferencias musicales —le dijo, y él asintió enfáticamente a modo de respuesta.

Pronto llegaron a la cima de las escaleras y Jeanette extrajo del bolsillo una llave con una borla. Maddie esperó mientras abría la puerta y sus ojos leyeron las palabras que había pintadas sobre el dintel: Via del Pellegrino.

—Hay algunas historias maravillosas sobre esta habitación, Madeline —le aseguró Jeanette mientras giraba el pomo de la puerta—, pero se llama El Camino del Peregrino porque desde ella se ve el antiguo sendero que serpenteaba hasta la ermita de San Galgano.

La puerta se abrió y Maddie se quedó plantada en el sitio. Su boca dibujó un «oh» sin que ella se diera cuenta. Recorrió primero con la mirada el espacio hasta un baño donde una gloriosa bañera victoriana independiente con patas de garra y hojas de oro bajo el borde se erguía orgullosa tras unas puertas de vidrio que brillaban como el cristal. Luego vio la hermosa cama antigua de un femenino azul claro y el fresco situado enfrente que Jeanette había mencionado. En él se veía a un hombre que guiaba a un caballo cargado de cosas por un sendero bordeado de cipreses hacia una glorieta que había en lo alto de una colina. Estaba pintado en tonos pastel y la puesta de sol o el amanecer era de color rosado. Entraron juntas en la habitación y resultó evidente que el fresco, en su conjunto, había impactado a Maddie.

—Es sencillamente exquisito —dijo, y se mordió el labio inferior.

—La villa prestó sus servicios a la ruta de los peregrinos durante cientos de años —explicó Jeanette— y este cuarto que da directamente al antiguo camino me pareció especial. Me di cuenta al instante porque parecía realmente limpio, vacío de cosas y preocupaciones. Es un lugar para renovar el espíritu. Por eso se ve el baño nada más abrir la puerta y la pintura que te transporta a tu propio lugar de peregrinación.

—No sé qué decir. Simplemente, gracias por acogerme. —Le dio un abrazo a Jeanette.

—Te dejaré aquí para que descanses, deshagas las maletas y te des una ducha, si te apetece. —Le devolvió la sonrisa a Maddie—. Baja cuando estés lista y buscaremos algo de comer.

Maddie volvió a echar otro vistazo a la habitación y vio un gran sobre con su nombre sobre el pequeño escritorio.

—Ah, sí, me olvidaba —dijo Jeanette—. Llegó hace un par de días, venía certificado. ¡Hasta tuve que firmar para que me lo entregaran! Me pregunto qué habrá dentro. —Sus ojos brillaron al mirar a Maddie—. En fin, ahora nos vemos. Isabella dice que hablas bien italiano, así que *ci vediamo presto*.

—*Grazie mille*, Jeanette —dijo Maddie en un tono cargado de significado. Luego, cuando la puerta se cerró, cogió el sobre y se sentó sobre la cama.

El paquete era un envío urgente de Estados Unidos. Lo abrió con cuidado y vio que el contenido estaba protegido por plástico de burbujas y papel de seda. Luego, en el interior, una nota y más papel de seda alrededor de una cajita. Retiró la última capa de papel y abrió la caja. En ella había una vieja moneda de plata de perfil irregular con dos caras mirando en direcciones opuestas. La acompañaba un certificado de origen escrito a máquina que rezaba: «Moneda de Jano, siglo II a. C., probablemente etrusca o etruscorromana procedente de Volterra».

A continuación, Maddie desdobló la nota y se quedó de piedra.

Este hombrecillo es el guardián de las entradas y las salidas. Espero que tu estancia abra algo que te resulte interesante. Feliz cumpleaños atrasado y saludos cordiales,

P. G.

16

Santo Pietro in Cellole (la Toscana),
20 de abril de 1347

La noche anterior, bajo una bóveda de estrellas, Mia se había quedado observando a la *signora* Toscano, de pie en su lugar preferido en el extremo del huerto, midiendo algo con el pulgar y el índice estirados contra el cielo que luego anotaba con extraños símbolos en el plano del jardín. Obviamente, estaba haciendo alineaciones para hacer la plantación según los ciclos de la luna y de las estrellas. Como fray Silvestro le había enseñado en la abadía a la propia Mia a respetar las fases lunares para plantar, no encontraba nada peculiar en ello, aunque le fascinaba ver cómo su amiga hacía algo que ella veía por primera vez. Abrió mucho los brazos y levantó el dedo pulgar hacia cada esquina del cielo para buscar el viento, o eso supuso Mia. Una vez más, tomó nota sobre el dibujo que habían hecho, antes de cogerla de la mano para desandar lo andado y volver a la casa.

Durante los siete años que llevaba ejerciendo junto a su tía de anfitriona de posición desahogada para peregrinos de todos los rincones de la cristiandad, Mia había tenido el privilegio de abrir sus puertas y su propia mente al mundo de los ricos y los pobres por igual. Condes, cortesanos y hasta un rey y dos reinas habían pasado por la villa en su momento, pero también monjas, monjes, mendigos, caballeros con sus damas, mercaderes, comerciantes y gente corriente. Había aprendido cosas sobre sus sencillas vidas y sus conflictos, sobre la búsqueda que, por medio de la peregrinación, hacían de una vida de redención espiritual e iluminación, sobre sus esperanzas de limpiar el alma y mitigar las penas por medio del trabajo honrado y la fe pura. A menudo, a pesar de sus manifiestas intenciones, algunos de ellos estaban llenos de celosas pasiones, de prejuicios y de odio y a Mia le parecía que tenían creencias irracionales y miedo a cualquier persona diferente de ellos, además de estar inexorablemente convencidos de su propia superioridad. Otros, tanto de alta como de baja cuna, eran conscientes de que la finalidad de su viaje era buscar lo casi inalcanzable y descargaban sus almas por medio de la compasión y la amabilidad hacia sus semejantes. Todo aquello la había instruido y había hecho nacer en ella la poderosa convicción de que muchas veces la vida no era justa y estaba llena de una perturbadora inestabilidad.

Durante todos aquellos años ayudando a su tía a ofrecer refugio a los peregrinos, nunca había conocido a nadie como la *signora* Toscano. Todavía la llamaba *la raggia* («la dama de luz») y Mia sabía que los sirvientes se referían a ella como *la bella pellegrina* («la bella peregrina»), como Mia la había bautizado al principio. Cesaré, que estaba igualmente encandilado por su luz y su dulzura, la llamaba la *Toscana*, lo que no respondía solo a la feminización del apellido que había adquirido en virtud del matrimonio, sino que transmitía la idea de que ella era la personificación de todo lo bello y natural que había en aquella región. La había bautizado así como si se tratara del espíritu de las colinas toscanas, del sol, la luna y el campo. No como si fuera de Florencia, Pisa, Siena o Volterra, sino parte de la propia tierra. Sin embargo, para Mia *la raggia* era aún menos terrenal que todo eso y tenía estrellas en el alma. Pero a pesar de todos los nombres que le adjudicaron, la tía Jacquetta nunca le preguntó su nombre real. Y dado que la *signora* había perdido a su familia en tan complejas circunstancias, a su tía no le había parecido adecuado tampoco preguntarle su apellido. No era un dato relevante para su vida allí, en villa Santo Pietro.

Mia sabía que, al igual que ella misma, la tía Jacquetta le había cogido mucho cariño a su huésped, a aquella joven mujer que, aunque nadie había pronunciado más de dos palabras sobre el tema, sabía que se había quedado huérfana en extrañas circunstancias, como Mia. Lejos de alarmarse por lo que le habían contado, la tía Jacquetta parecía haberse vuelto más protectora con la pareja. Mia se dio cuenta de ello cuando esta admitió ante su sobrina una noche que no podía ni imaginarse por lo que la chica tenía que haber pasado y, acto seguido, invitó a la pareja a quedarse todo el tiempo que quisiera. Luego los trasladó a la mejor habitación del primer piso de la villa, que tenía vistas al camino, para que pudieran verlo todo y a todos aquellos que iban y venían. También daba al pequeño jardín que había estado delante de la vieja iglesia, donde pronto brotarían las flores y dos preciosos arbustos de lilas de Damasco traídos por los peregrinos. Aquel era el cuarto favorito de Mia, aunque no era el mayor.

La razón de la hospitalidad de la tía Jacquetta estaba clara. Gracias a la paciencia y los cuidados de la *signora* hacia Mia, la niña había abierto una parte de sí misma que había estado cerrada bajo llave durante casi siete años. Dejar de hablar había sido un intento de encerrar el dolor. Había sido cariñosa y afectuosa con su tía, pero se daba cuenta de que una nueva fuerza estaba empezando a emerger en ella. Se había enfrentado al pasado revelando el horror de una muerte de la que ni siquiera la tía Jacquetta conocía los detalles. La imagen de su madre la había empezado a perseguir de nuevo, semanas después de haber contado su pesadilla. Aun así, Mia tenía la sensación de haberse librado de un demonio; suponía que por haberle contado a alguien aquello que había presenciado. Ahora sabía lo que había sucedido y había empezado a entenderlo como adulta. Le faltaban algunos detalles, además de saber por qué su madre había sido víctima de tal acto de violencia, pero Mia estaba preparada para oír su propia historia cuando la tía Jacquetta estuviera dispuesta a hablarle sobre ella.

Aquel día, sin embargo, el 20 de abril por la mañana temprano, cuando se cumplían exactamente tres meses de la aparición de su amiga, había llegado la primavera y todo el mundo estaba ya despierto, jubiloso y entregado a sus tareas. La última gran nevada había tenido lugar el día en que habían aparecido los hombres de Volterra, cuando aquel rostro lascivo del pasado había atrapado a Mia por el cuello, como si de un ave de presa se tratara. Los nuevos y los antiguos miembros de la familia de villa Santo Pietro habían forjado de repente un poderoso vínculo y, mientras compartían sus penas y curaban las heridas recientemente reveladas, los cielos habían expulsado un incesante torrente de hielo. La nevada de aquel día había hecho que se acumulara más de una pierna de nieve, algo que no se recordaba al menos durante una generación. La anciana de la granja que había cerca de la villa les había dicho que nunca había visto caer tanta nieve solo en una tarde y una noche, y tenía más de setenta años. Pero aquello había evitado que los guardias de Volterra volvieran a aparecer, para alivio de todos, y Mia atribuyó la responsabilidad del tiempo a *la raggia*.

En las siete semanas transcurridas desde entonces se había derretido casi toda la nieve. Los campos estaban de nuevo exuberantes, los pájaros alborotaban y los melocotoneros y los almendros se apresuraban a florecer. Era una celebración de la vida y los peregrinos y los juglares iban y venían de nuevo de la villa con noticias e historias de otras tierras. Lo más importante para Mia fue el momento en que materializaron el diseño del jardín del paraíso, un lugar donde todo podía suceder, como decía la *signora* Toscano.

Habían pasado semanas planeando y dibujando, pintando con minucioso detalle un jardín de diseño sencillo y colores suaves, donde no podría entrar la sombra del dolor y de la angustia. Citando las palabras de la *signora* Toscano, allí podrían dedicarse en cuerpo y alma a un propósito mejor.

—Para crear un mundo mejor tenemos que imaginarlo antes —le había dicho a Mia mientras pintaban rosales y lirios entre hierbas aromáticas de todo tipo—. Debe ser un lugar bello y puro, pero también con un delicado encanto. Un emplazamiento tranquilo que pueda albergar por igual a una virgen, a una santa o a una diosa, un sitio en el que tu unicornio se aventuraría a entrar.

Así que iba a ser un jardín donde nacería un mundo mejor, a la vez «sagrado y encantado». Sería planetario y terrenal, astrológico y religioso, bello y útil. Y su corazón sería un secreto.

Las dos mujeres no habían acabado del todo el intrincado diseño dividido en tres partes hasta la noche anterior, una hora antes del paseo que dieron hasta el fondo de los extensos campos exteriores no cultivados. Se trataba de una compleja obra de arte decorada con pan de oro que tenía una deslumbrante cúpula azul que se extendía a través del baldaquino del dibujo. Desde los cielos color azur el señor Sol y la señora Luna iluminaban el mundo de allá abajo y estaban representados por Porphyrius y su esposa, con sus rostros bellamente pintados mirando desde dentro de las orbes dorada y plateada. Mia le había puesto su propia cara al viento, que se dedicaba a observar mientras hacía volar con el cabello las semillas fértiles y levantaba una brisa que refrescaba el paisaje. En aquel paraíso, un jardín amurallado que lindaba con una acequia y en el que había exactamente cuarenta y dos variedades de hierbas aromáticas y flores que llenaban la zona de plantación, predominarían los tonos rojos, amarillos y cremas. El borde exterior iba a quedar delimitado por plantas de color verde muy oscuro y por otras con flores azules, y en el centro habría un lugar especial que la *signora* Toscano había elegido para una antigua piedra que deseaba poner allí. Sobre ella, en el centro, habría una morera —la elección era importante— y alrededor de la misma se distribuirían las plantas y senderos, que también deberían ser blancos. Habría exactamente dieciséis jardines correspondientes a las divisiones de los cielos que sus ancestros habían consultado para oír las palabras de los dioses. A ojos de la *signora* Toscano, se trataba de algo sagrado y poderoso.

Mia permanecía sentada, radiante, orgullosa y deslumbrada por lo que habían conseguido hacer y, mientras esperaban a que se secara la última capa de color, compartieron una inusual charla.

—Mi profesora fue mi aya, *monna* Calogera —le dijo la *signora* Toscano a Mia—. Era una mujer instruida en la sabiduría de sus antepasados. Su madre procedía de una familia noble que vivía en Volterra, según me dijo, incluso antes de la época de los romanos. Mi padre y mi madre querían que me educara con modales tradicionales, que me convirtiera en una criatura pía y obediente, pero no tenían ni idea de a quién pertenecía su corazón. Había aprendido otras filosofías.

—¿Es la mujer que te enseñó a usar las hierbas? —le preguntó Mia a su amiga con una voz aún suave pero cada vez más segura.

—Su padre era cirujano y judío —respondió sonriendo—. Era un hombre excepcional que trabajaba en el *ospedale* de los franciscanos de Volterra y, como adivinó tu tía, sabía mucho más que de componer huesos. Había viajado y aprendido de profesores en Alejandría y Granada y era diestro en las más secretas tradiciones de su pueblo. Le enseñó a su hija a pensar y a sanar, y su madre le enseñó otros saberes antiguos. *Monna* Calogera compartió conmigo parte de todo aquello.

Aquel escueto retrato bastó para que Mia se percatara de que el aya había sido más una madre para su amiga que su propia progenitora. No se imaginaba el dolor que podían causar unos padres capaces de permitir que su única hija sufriera y tal vez hasta muriera por cumplir su plan. Dejar de darle dinero o desheredarla, aunque hubiera sido algo horrible, no habría sido nada insólito y sería castigo suficiente. El hecho de que la persiguieran y amenazaran su vida a Mia le parecía inadmisible y se alegraba de que su amiga tuviera una confidente más cercana y amable a quien admirar.

—Entonces, los pensamientos de *donna* Calogera crecerán con nosotros en el jardín. ¿Crees que sabía algo sobre los unicornios?

Su compañera rodeó dulcemente a Mia con un brazo y asintió.

—Creo que sí.

Y aquel día de amanecer inmaculado, el primero bajo el signo de Tauro, según señaló la *signora* Toscano, ambas mujeres sacaron el plano que habían pintado a los jardines de la villa, al lugar elegido. Pasaron por delante del *forno* donde se horneaba el pan, dejaron atrás la pequeña granja que se erguía al amparo del edificio principal y fueron más allá del corral, los establos y las cuadras bordeando el huerto hasta llegar a la entrada de una gran pradera que había en los lindes de la propiedad. Allí, a aquella hora en que el sol no estaba todavía alto, el rocío aún humedecía la hierba.

Las campanas llamaron a los monjes al rezo en la abadía mientras marcaban la primera parte del plano en el suelo. En una hora, aproximadamente, habían cubierto el lugar de cuerdas y piedras, marcando senderos redondeados y espacios circulares de dimensiones precisas. Aquella primera zona iba a ser una preparación para la meditación y la reflexión que alimentaría el alma de la tercera parte del jardín, situada más abajo. Lo más importante era que aquella zona estaba dedicada al unicornio de Mia. El sendero giraba y serpenteaba como las espirales del cuerno sagrado de los unicornios. Alrededor del sendero estarían los árboles sagrados, incluidos olivos y granados, de los que se decía que habían nacido, respectivamente, en el jardín del Edén y en los Campos Elíseos, y que *la raggia* consideraba a la vez mágicos y sagrados para todas las ideas del cielo, es decir, fuera cual fuera tu religión. Todo ello iba a estar incluido dentro de un campo florido rebosante de plantas que les gustaban a los unicornios, cuyos colores habían sido cuidadosamente seleccionados. Según le explicó la *signora* Toscano, aquello era un laberinto, como el que había en la parte delantera del Duomo de Lucca pero mucho más simple. Con sus aromáticos narcisos y aquilegias, sus dulces violetas, su rúcula y su perifollo y, lo más importante, sus lirios toscanos, sería un bosque encantado con un pozo de la verdad en el centro. El huerto de granados estaba dedicado a la Virgen y a la Diosa, y Mia asociaba aquellos árboles principalmente con su amiga. Por muchas otras cosas que plantaran, aquella arboleda era su rincón favorito.

Cuando las sombras se dibujaron en el agreste campo, el sol ya estaba casi sobre ellas y las muchachas se sentaron. Porphyrius les llevó agua fresca y Mia observó tímidamente cómo la pareja se abrazaba y se besaba. Intentó apartar la mirada fijándose en un lagarto de verde reluciente que estaba sobre unas piedras disfrutando del calor, pero la *signora* Toscano se dio cuenta y, cuando su joven marido se fue, le sonrió a Mia.

—Empecemos por aquí, Mia, por este primer jardín de preparación. Ya está listo para plantar mañana. Porphyrius nos ayudará, ha traído esquejes de plantas de muchos jardines, entre ellos uno de Francia y otro de Lazio. Pero dejemos esto por un momento y también el segundo pequeño jardín: el mundo intermedio, el lugar de descanso. Me gustaría llevarte ya al tercer jardín, mientras el sol esté alto, para medir el espacio más importante, nuestro jardín de más puro hechizo y de profunda religión. Estará entramado a base de secretos que muchos hombres han olvidado y que pocos podrían identificar, aunque quizá sí alguna mujer. El Sol será el padre y la Luna la madre. El Viento tendrá al hijo y la Tierra será la nodriza. Cualquiera que dormite en él se encontrará dormido en el regazo de viejas leyendas. Y aquí, puedes creerme, cantaremos suavemente la canción del pasado más profundo, el que llama al futuro.

»Construiremos el jardín de los misterios perdidos. Será un jardín del paraíso y del oráculo y en él la alquimia exudará un poder sorprendente. Lo que estamos haciendo hoy aquí descansará mientras cada nueva generación juega a la sombra de los árboles. Pero nadie debe deshacer el encantamiento ni descantar la canción. Este momento, en el que pasamos del Carnero a la custodia del Toro, en el que el sol está en el punto de máximo poder en primavera y la luna en la casa más exaltada, con las siete doncellas como testigos, es el momento correcto.

17

Borgo Santo Pietro (la Toscana),
miércoles, 13 de junio de 2007

Los ventanales estaban abiertos y la cortina de seda de color gris verdoso se agitaba con la brisa. Los dedos menudos de Maddie se extendieron para buscar el reloj sobre la mesilla de noche y descubrió que eran casi las nueve de la mañana. Durante los últimos cinco meses había sido incapaz de dormir como era debido, aunque la noche pasada era como si fuera la primera en Borgo Santo Pietro. Gracias a una combinación de agotamiento y predisposición a renunciar a un nivel de control que se había autoimpuesto durante tanto tiempo, su cabeza y su cuerpo liviano se habían sumido en una nube de plumas de ganso y en una tranquilidad con olor a rosas. No se enteró de nada más hasta que las mismas rosas le robaron de nuevo el aliento subiendo desde el jardín de abajo. Percibió la tranquilidad que había en aquella habitación y, cuando abrió los ojos y vio el fresco del peregrino que avanzaba lentamente hacia el santuario de la colina, no tuvo la menor duda de dónde estaba, a pesar de que cabía la posibilidad de que el torbellino de acontecimientos y los largos kilómetros de viaje la hubieran dejado desorientada. Era el segundo día y ya se había permitido a sí misma sentirse realmente como en casa.

El aroma de un buen café la tentó a salir de la cama y a ponerse unas suaves zapatillas de fibra de bambú que Jeanette había dejado allí para ella. Se puso una bata y se dirigió hacia el origen del olor. Una luz rosada henchía la cocina mientras ella se deslizaba con despreocupación en una silla que había enfrente de dos nubes de cabello rubio. La sombra más clara pertenecía a Jeanette y la más oscura, de color dorado, adornaba la cabeza de su hijo de dos años, Vincent, con el que la dueña de la casa estaba ocupada disfrutando del desayuno.

—Buenos días —saludó Maddie a los dos mientras agarraba dulcemente la mano del pequeño y la agitaba.

—Esta mañana tienes la piel fantástica —le dijo Jeanette—, debes de haber dormido bien.

—Lo cierto es que sí. Llevo meses arrastrando cansancio y, como lo de venirme a Italia lo decidí a última hora, tuve que dejar cerradas muchas cosas antes de partir. Lo único que he hecho ha sido permitirme relajarme —respondió Maddie.

—El dolor consume muchas cosas, ¿no es cierto? —Jeanette miró a Maddie con naturalidad—. El sueño no es lo primero de lo que nos damos cuenta. Pero esta casa te rodeará con sus brazos y te apetecerá abandonarte a ella. Ya lo verás.

Jeanette pronunció aquellas palabras con un tono liviano, acorde con la dulzura con que trataba a su hijo. Maddie pensó que era la primera referencia de refilón a la pérdida de Chris —la razón tácita de que hubiera viajado hasta allí— y sintió que no se le pedía ninguna confesión secreta, que no tenía por qué explicar ningún sentimiento. Y eso fue un enorme alivio.

—¿Puedes coger tú la cuchara? —le preguntó Jeanette invitándola a acercarse al otro lado de la mesa para ponerse al lado de Vincent—. Así te prepararé un *cappuccino* para desayunar.

Maddie rodeó el otro lado de la larga mesa para sentarse al lado del niño. Nunca le habían pedido nada semejante, ya que era la hermana menor y aún no tenía sobrinos. Se preguntó qué idioma usar.

—*Ciao, Vincent.* —Aquello le pareció un buen comienzo—. ¿Le hablo en italiano, Jeanette? —Sonrió al ver al bebé hacer lo mismo y conectaron al instante.

—Muchas veces le hablo en danés —respondió Jeanette mientras el chorro de espuma caía sobre la leche—. Pero el inglés debería ser su primera lengua. Acabará aprendiendo italiano, también. Ya lo entiende bastante bien. ¿Crees que está bien tener una lengua materna clara?

Maddie negó con la cabeza, admirada.

—A mí me hubiera gustado que mi abuela hubiera empezado conmigo antes. —Vincent se tomó la primera cucharada sin rechistar por el cambio de mano—. Cuando hice un viaje a Florencia, de adolescente, me di cuenta de cuánto deseaba aprender italiano. Los padres creen que hacen bien y que evitan que el niño se confunda. Pero es una ventaja hablar más de un idioma. Creo que estás haciendo lo correcto.

—Tendrá que ser al menos bilingüe —le dijo a Maddie riendo con aquella voz suavemente acentuada—. Su padre y yo le hablamos en inglés, como la niñera. Pero tiene que aprender también algo de danés, o se perderá parte de su identidad.

Jeanette le puso la taza de café delante, con una capa perfecta de espuma flotando.

—No sé por qué —dijo Maddie mientras seguía dándole cucharadas al niño—, pero no me había enterado de que eras danesa. ¿Cómo es que conoces a la *nonna* Isabella?

—Tu abuela es una de esas almas que deciden convertirse en amigas tuyas, si les caes bien —replicó Jeanette sonriendo con energía—. Yo he tenido la suerte de que fuera así y nos adoptamos mutuamente, en cierto modo. Se convirtió en una gran amiga mía a la muerte de mi madre. Claus y yo la conocimos en Londres por medio de una amiga italiana, luego nos volvimos a encontrar en Como y después en Florencia, donde viven sus amigos, los Ferragamo. No hacíamos más que coincidir.

A Maddie le sonaba lo que le estaba contando. A su abuela, más de dos encuentros casuales le parecían una señal más que suficiente de que dos personas debían hacerse amigas. Tres habría sido intervención divina.

—Me alegro mucho —le aseguró asintiendo, mientras le pasaba a Jeanette la cuchara.

La conversación fue interrumpida por la llegada de Justina, la niñera de Vincent, que acababa de ducharse y tenía un largo día por delante. Mientras sacaban al precioso niño de la silla, Jeanette se rio.

—¿A que parece un angelito? Pero hay que estar más en forma que un marine para seguirle el ritmo.

Maddie se quedó mirando cómo aquel rubito que era todo sonrisas desaparecía de la habitación antes de centrar su atención en el café, la fruta y el queso que Jeanette estaba poniendo sobre la mesa. Cogieron los platos entre las dos y se los llevaron afuera, a la mesa con los dos sofás de suave lino puestos uno enfrente del otro en la terraza, donde habían desayunado el día anterior. Maddie se quedó sin habla ante la belleza de aquella mañana de junio del valle Serena. Ya empezaba a hacer calor y tuvo que pellizcarse para confirmar que no tendría que ir a trabajar ni pelearse con la multitud en el transporte público de San Francisco.

Jeanette se acomodó en el sofá que había enfrente de Maddie.

—Ahora que has tenido un día para recobrar el aliento y deshacer el equipaje como es debido, tenía pensado llevarte esta mañana a Chiusdino, el pueblo que está en lo alto de la colina. Pensé que te gustaría echar un vistazo a un verdadero pueblo medieval, mucho más auténtico que Siena: este no se acicala para los turistas —declaró, sonriendo—. Aquí el pueblo es como es, te guste o no te guste, lo cual me encanta. Pero tengo muchas cosas que hacer antes de que Claus vuelva de Londres mañana por la noche. Esta semana llega antes.

Maddie entendió, por lo que habían hablado el día anterior, que el marido de Jeanette todavía trabajaba en Londres durante la semana y volaba hasta allí la mayoría de los fines de semana, lo que le dejaba a Jeanette mucho trabajo de carácter muy físico, además de organizativo, que hacer sola.

Miró a Jeanette por encima del borde de la taza de café.

—Debes echarlo de menos.

—Me encanta enseñarle lo que hemos acabado durante la semana —dijo entusiasmada—. Pero esta vez me va a traer algo. Viene con él un arquitecto que podría construir nuestro jardín medieval, si yo doy el visto bueno. —Jeanette arrugó la nariz como una chiquilla.

—¿Tienes pensado hacer otro jardín? —preguntó Maddie, sorprendida—. A mí ya me parece perfecto.

—¡Claro, nos falta aún el más importante!

Maddie ladeó la cabeza con curiosidad y Jeanette se inclinó sobre la mesita de centro de bambú para explicárselo.

—Lo primero que diseñamos fueron los jardines, antes de que la casa fuera siquiera habitable, y nos ha llevado seis años hacer que estuvieran como están ahora. Curioso, ¿verdad? La piscina infinita estaba dentro de ellos, así que podíamos nadar y las fuentes y los huertos estaban listos, pero no teníamos ningún lugar apropiado para dormir hasta hace un año. Vincent y yo estábamos acampados en la antigua tahona y dormíamos sobre el enorme horno del que los peregrinos obtenían el pan. Pero cuando volví sola una noche de Milán y me encontré un escorpión en la cama, pensé que tal vez era hora de poner a punto la casa.

—¡Puaj! —La cara de Maddie se deformó nada más oír hablar del escorpión—. ¿En la cama contigo?

Jeanette dejó escapar una carcajada.

—No es lo peor que he visto. Créeme, no te haría ninguna gracia estar paseando al niño en el carrito y toparte con una mamá jabalí y su prole. Eso es peor que un escorpión. Y no digo en el bosque, hay una época del año en la que no es raro encontrárselos en el pueblo. De cualquier manera —asintió y mordisqueó una pera cortada en rodajas—, tomé rápidamente la decisión de restaurar la casa y dejar los jardines a un lado durante un tiempo. Lo que hace que todavía quede algo interesante que hacer, según las historias que me han contado los ancianos del lugar.

Maddie, que había estado rumiando el frugal desayuno, miró de repente a Jeanette.

—Debe de haber sido una obra enorme. Qué valiente eres. ¿Hubo algún momento en el que pensaras que no podrías con esto?

—Me sentí invencible cuando arrancamos el granado que había echado raíces dentro de la casa. ¡Las ramas llegaban hasta el interior de tu habitación! —Su cara brilló de alegría—. Y fue todo un triunfo conseguir cambiar las tablas del suelo que estaban suspendidas sobre un espacio vacío en el piso de arriba. ¿Te imaginas? Casi cuarenta personas dormían en aquel piso durante la guerra viviendo de los cerdos, de unas cuantas gallinas y de lo que podían cultivar en esta extensión de tierra.

Maddie sacudió la cabeza. Lo cierto era que no se lo podía imaginar. Ahora la casa era preciosa, muy grande y cómoda, y, obviamente, hubo un tiempo en el que había sido grandiosa, pero el hecho de imaginarse a tanta gente atrapada por una existencia rural en aquella época de pobreza y angustia en unas ruinas de origen noble era algo que iba más allá del entendimiento de Maddie.

—Eres una mujer fuerte, Jeanette —respondió—. Es increíble que nunca hayas perdido la perspectiva de lo que querías hacer aquí.

—¡Ja! —exclamó en un tono que indicaba más bien todo lo contrario—. Maddie, hace un año más o menos puse un cartel ahí fuera —confesó riendo—: «Se vende: un euro».

Maddie se echó a reír a carcajadas.

—¡No te creo! —dijo—. ¿Y hasta dónde llegaba la cola para comprarla?

—No hubo ni una sola persona interesada —respondió Jeanette, sonriendo abiertamente—. Todo el mundo sabe el tiempo que lleva conseguir permisos y esperar a que te den el visto bueno hasta para quitar un retrete del jardín. Todavía no habíamos encontrado una buena corriente de agua para abastecernos, para lo que tuvimos que contratar a un zahorí y cruzar los dedos para que fuera de los buenos. Verdi decía: «Puedes tener el universo, mientras yo tenga a Italia». Y tenía toda la razón del mundo. Pero nada es sencillo y puede hacer que acabes agotado.

—¡Ah! ¿Y lo de los huesos que desenterraste? —recordó Maddie de repente—. Me ibas a hablar de ellos pero caí desmayada las dos últimas noches, afectada por un ligero exceso de ese delicioso Chianti que me ofreciste.

—Sí, lo de parar la obra por los huesos —dijo Jeanette asintiendo y sonriendo con picardía—. Dejémoslo para la cena de mañana, cuando hayan llegado los chicos. Me acabo de enterar de algún detalle más sobre el tema que a Claus le sorprenderá.

—Está bien, puedo esperar —accedió Maddie—. A la anécdota y a eso tan misteriosamente atractivo que la gente del lugar te ha contado. Pero ¿hay algo en lo que te pueda echar una mano hoy para que todo esté listo cuando lleguen?

Jeanette se alegró como una niña.

—¡Por supuesto! En media hora Peter y Milo vendrán para intentar acabar de pintar los frescos de los limoneros en el comedor antes de que Claus llegue —respondió Jeanette—.

Pero quiero teñir algunas telas fuera, en la terraza, para aprovechar el buen tiempo. ¿Te apetece?

Maddie asintió.

—Suena a labor medieval, qué apropiado. Me daré prisa. ¡Me voy a duchar ahora mismo, antes de que lleguen tus encantadores bohemios!

—Y mientras se secan, por la tarde, te llevaré arriba al pueblo a tomar un café. —Jeanette se levantó y añadió—: Siena tendrá que esperar hasta el fin de semana, si no te importa.

—Todavía me quedan casi tres semanas de verano toscano, gracias a tu espléndida hospitalidad y a la generosidad de mi jefa. Y cada día hay algo nuevo con lo que entretenerme aquí mismo, Jeanette.

Maddie pronunció aquellas palabras con voz cálida y enérgica, consciente de que últimamente este se había convertido en un tono por desgracia poco habitual. Estaba empezando a reconocer poco a poco a su antiguo yo. Mientras se levantaba para irse de la terraza y entrar en la casa por las puertas de cristales, oyó la voz de Jeanette, rebosante de felicidad:

—Borgo está lanzando su hechizo sobre ti. Te dije que sucedería.

18

Santo Pietro in Cellole (la Toscana),
21 de mayo de 1347

El sendero que descendía por la colina desde la majestuosa villa Santo Pietro in Cellole pasaba por delante de pequeñas granjas y establos y atravesaba el antiguo camino de los peregrinos, utilizado desde la época de los romanos, para serpentear generosamente hacia los salvajes campos verdes que marcaban los lindes de la propiedad con la villa adyacente de Palazzetto. El paisaje de uno y otro lado impresionaría a cualquier persona, a cualquier hora y en cualquier estación, ya que el camino pasaba al lado de huertos que se extendían a orillas del río y se unían a los de la abadía, floreciendo profusamente en primavera y dando abundante fruta en otoño.

A las seis de la tarde, cuando la luz era todavía suave y rosada, y bajo la mirada de la primera estrella, dos muchachas se entregaban a la consecución de su jardín del paraíso. La mayor se dirigía a la joven con una voz dulce y musical, como el sonido del agua que corre:

—El nuestro era un pueblo de marinos, de expertos en embarcaciones y mareas. Los romanos lo bautizaron con el nombre de Tusci y así es como lo llamamos aún hoy en día —explicaba la *signora* Toscano—. Lo llamaron así porque había muchas ciudades llenas de torres en las colinas toscanas, como las de Troya, de donde se decía que habían venido hacía largo tiempo, pero yo sé que construían las casas en los emplazamientos más elevados porque ahí estaban los puntos de conexión sagrada entre los reinos superiores y los inferiores, un lugar de comunicación entre lo de arriba y lo de abajo. Y nuestros ancestros de Volterra y el resto de ciudades de estas gentes se hacían llamar los rasenna.

»Cuenta la leyenda que incluso en la época de César había algunos de ellos aún capaces de oír y recordar el último acorde. Y es que se dice que, al comienzo de los tiempos, había un huevo diminuto que se mecía en el caos de los cielos. Pequeño como era, la mitad de él era de un perfecto tono dorado que brillaba como una gema en la oscuridad, mientras que la otra mitad era de color azul oscurísimo. En un momento profundo, entre ese caos de vapores negros y agua helada, surgió una gran tormenta eléctrica. El sonido de los truenos era descomunal e inconmensurable, aunque no llegaba a ser ensordecedor ni aterrador. Simplemente era un ruido grave, como si la voz del hombre más anciano y sabio estuviera realizando una atronadora llamada. Aquella voz atronadora hizo que el huevo se rompiera y se produjo un violento nacimiento, pero la voz dio vida al contenido. Tú, Mia, dirías que era la voz de Dios, pero nuestros ancestros lo llamaban Ani y los romanos Ianos. Fue el primero de los dioses, señor de los cielos y de las constelaciones.

»Cuando el huevo empezó a quebrarse, se oyó otra voz procedente del interior. Era una voz de mujer que cantaba una dulce nana con unas notas tan hermosas y agudas que la voz humana no podía hacer otra cosa que maravillarse con los sonidos y difícilmente albergar la esperanza de repetirlos. Las primeras voces se combinaban de forma armónica, la aguda y la grave. De su canción surgieron el sol y la luna, los vientos y las nubes. La tormenta arreció y otro gran crujido producido por un rayo despertó a las sensibles plantas, a los animales y a todas las formas de vida que hay aquí y en los cielos que nos rodean.

»Cuando el huevo se quebró por completo, una de las mitades subió a lo más alto de los cielos y la otra se sumió en las profundidades del mundo, haciendo que el mar y el cielo se separaran. Me han dicho que el huevo aún continúa rompiéndose, dando lugar a nuevas estrellas que nacen cada hora en los reinos que nuestra vista no alcanza a ver. Pero el reluciente dorado y el azul marino, las mitades opuestas del huevo, nos dejaron sus colores para pintar el día y la noche.

»Al principio, todo el mundo conocía la música de la creación. No había nadie incapaz de entender la melodía, nadie era excluido porque no se trataba de una lengua, sino de una canción que estimulaba el alma además de la mente. Y el recuerdo tanto del huevo como de la canción viajaron hacia el este y hacia el sur, hacia el norte y hacia el oeste, aunque ahora muy pocos son los que pueden recordar la melodía. Se dice que hay algunas personas bendecidas hasta tal punto que están todavía en contacto con ese último acorde y que pueden recordar, al menos, algún fragmento del ritmo. Esos eran los denominados augures, los que leían los mensajes del universo único por medio del movimiento de los pájaros, mensajeros de los cielos, a través de los dieciséis segmentos del cielo divino.

»A pesar de que los sonidos primigenios fueron olvidados por todos menos por unos cuantos individuos, la verdad del símbolo del huevo trascendió y nos acompaña a todas partes, Mia. Todavía cuelga en la grandiosa iglesia de Santa Sofía, en Constantinopla, en los templos egipcios y griegos, al igual que en las tumbas de los héroes y los mártires en Roma. Además, Virgilio rememoró su poder y lo ubicó en Castel dell'Ovo, en la bahía de Nápoles. Y cuando celebran la época que ustedes llaman Pascua, en las iglesias se ofrecen hermosos huevos decorados hechos de mármol, de plata o de alabrastro.

»Eso es algo que también nos une a nuestros antepasados, a aquellos que vivían en Volterra antes que nosotros. Recordando el hechizo de la canción primigenia entendieron que Ani era también Ana, en versión masculina y femenina, con dos caras, y conservaron el equilibrio entre el hombre y la mujer en su cultura. Por eso las mujeres nunca perdieron la voz y siempre eran escuchadas. Y en sus tumbas y templos, en sus casas y jardines, ponían y veneraban al huevo como el símbolo del principio de toda vida y del regreso a una de ellas.

La *signora* Toscano y Maria Maddalena habían llegado ya a los jardines que habían diseñado como un reflejo del paraíso. Uno era el del laberinto, reino de la meditación en movimiento, que poco a poco desembocaba en el segundo: una cámara abierta en la que llegar en paz a la fase de comprensión. Era el lugar de descanso, el espacio donde detenerse y guiar la mente hacia un objetivo, en el que concentrar la voluntad. El tercer jardín era sagrado y estaba rodeado de setos, aún en sus primeros años de vida. Era el lugar de la acción, el ombligo de su mundo. Tal era también la estructura del jardín al que llamaban paraíso, cuyo centro era el árbol divino y donde los cuatro ríos señalaban los puntos cardinales.

Allí, en aquel momento, bajo la luz del primer puñado de estrellas en un cielo aún teñido de los múltiples colores de la noche temprana, colocaron juntas, con gran esfuerzo, una piedra antigua traída por Porphyrius de las ruinas de la casa de los padres de su esposa en Volterra. Era un óvalo enorme, un huevo, según la *signora* Toscano, y en él aún se apreciaban las cenefas decorativas talladas, que se entrecruzaban como si fueran nudos tejidos a intervalos en una enorme red.

Colocaron el huevo a los pies del árbol fundamental de su jardín: la morera tan cuidadosamente elegida. Precisamente allí entonaron una nana con sonidos que ambas recordaban de sus memorias más tempranas, cuando ambas tenían madre y vivían una época de seguridad. Aunque la canción tenía poca letra, un suave viento sopló entre las hojas para unirse a ellas.

19

Borgo Santo Pietro (la Toscana),
jueves, 14 de junio de 2007

L a prematura entrada del sol por la ventana había despertado a Maddie. El astro rey había sonreído sobre ella,
aunque el aire matinal era inesperadamente fresco. Se tumbó
de lado y se puso el edredón nórdico sobre la cabeza para intentar dormitar un minuto más. Oyó el característico arrullo
de las palomas en el tejado que había sobre ella, lo que le recordó al hogar y a la *nonna* Isabella.

La irrealidad de ensueño de Borgo y los extraños efectos
de aquella atmósfera le estaban subiendo la moral. Estaban ale-
jando algunos de los sentimientos vacíos que la acompañaban
desde la muerte de Chris, a la vez que le hacían unirse de nuevo al presente, poco a poco.

No había ningún motivo por el cual pudiera haber sucedido nada importante en California mientras ella dormía al otro
lado del planeta. Sabía que todo en el mundo se movía a un ritmo lento y chirriante. Aun así, Maddie tuvo la sensación de que
había alguna noticia que trataba de llegar hasta ella. Fue la curiosidad lo que finalmente la empujó a salir del calor de su lecho
de plumas.

Se levantó rápidamente, cogió la laptop de la repisa de la
ventana donde se estaba cargando, se estremeció mientras pul-

saba el botón de encendido y se volvió a hundir en la cama al tiempo que se subía el nórdico. Observó la pantalla desde esa cómoda postura. Al cabo de unos segundos, el Vaio cobró vida y Maddie hizo clic sobre el icono del navegador Safari para hacer aparecer el buscador del correo electrónico.

Había dos mensajes que le llamaron la atención. Uno de ellos era de Harriet Taylor, la madre de Christopher, de la que hacía semanas que no sabía nada. Presintió de lo que se podía tratar y, mientras el estómago le daba un vuelco, pensó que aquello podría esperar algún tiempo. Sería mejor que estuviera bien despierta y preparada para recibir un impacto emocional antes de enfrentarse a él. El otro hizo que se sintiera a la vez reacia a abrirlo e impaciente por hacerlo: YamChoud@hhc.com.

Vio al instante el icono de video adjunto que había al lado de la dirección. En cierto modo, aquello era algo fuera de lo común, ya que, en realidad, Yamuna no solía escribirle. Las noticias importantes procedían de Tyler y los comunicados de Samantha los enviaba ella misma, o a través de Jacinta.

Maddie se preguntó si serían malas noticias e hizo clic para abrir el envío de Yamuna.

Una enorme cara sonriente saludó a Maddie y ella sonrió a su vez y se relajó. Captó al primer golpe de vista la abundancia de signos de exclamación y se rio, antes de empezar a leer el contenido con excesiva rapidez. La cara de intriga dio paso gradualmente a una expresión de confusión e incredulidad. Antes de llegar al final, decidió volver atrás y saborear de nuevo todo el correo, esta vez leyendo más despacio.

Querida Maddie:

¡¡¡Lo que te adjunto es solo para ti!!! ¡Qué día tan emocionante!

Lo verás todo en el video, estos son solo los detalles básicos para ponerte en situación.

Esta mañana llegué antes de tiempo a la oficina. Poco después llegó Samantha aceleradísima, vestida con el traje de lino color salvia y los zapatos con una tira en el talón de piel de serpiente. Pensé que estaba claro que algo iba a suceder. Me preguntó si conducía y me dijo que tenía que «hacer de ti» durante el día. Stormtree había presionado a alguien de un tribunal para tener una vista extraordinaria a las 9.30 en Santa Clara, prácticamente sin previo aviso. Tenía menos de una hora para llegar allí, ¡y ya sabes cómo está el tráfico!

Me convertí en Cagney (¿o era Lacey la que conducía siempre?) y la escuché mientras hablaba a toda velocidad. Para tratarse de una mujer que suele ser la discreción personificada, estaba realmente enfadada con Stormtree, con sus evasivas y con sus artimañas legales, nunca la había visto así. Tenía la mente a pleno rendimiento y pensaba a toda velocidad, ¡solo faltaba que le saliera humo por las orejas, como cuando Olivia ve a Popeye!

Llegamos al tribunal por los pelos. Literalmente frené derrapando y Samantha salió corriendo mientras yo me estacionaba. Solo Dios sabe cómo consiguió trepar por los escalones tan rápido con aquellos taconazos. Menos mal que no había coches patrulla en nuestra dirección en la autopista o me habrían encasquetado un buen puñado de multas de tránsito.

Pues bien, cuando finalmente llegué a la sala del tribunal, Samantha se estaba disculpando ante el juez por haber llegado tarde y explicándole la razón. A continuación vino media hora de paparruchas por parte del equipo de Stormtree, liderado por tu amigo Gordon Hugo, del que te seguiré hablando después, XD.

¡Y luego adivina qué! ¡¡¡El juez *se enojó muchísimo!!!* Levantó la cabeza y dijo: «Es la centésima vez que acuden a esta sala diciendo que lo que se les ha solicitado es irrelevante y carece de importancia. He escuchado con paciencia sus argumentos y no les encuentro ningún sentido. Ya les había advertido sobre su comportamiento, así que hoy voy a poner punto final a sus obstaculizaciones con fines evasivos. Están haciendo perder el tiempo a este tribunal».

¡En serio, Maddie! Y después casi hace picadillo a ese cabr…: «Como no entreguen los archivos solicitados por estas personas ante el tribunal en las próximas dos horas, le ordenaré a la oficina del sheriff de Santa Clara que los meta en la cárcel hasta que tenga la oportunidad de leer y revisar personalmente todos y cada uno de los documentos. Soy un hombre ocupado, así que podría llevarme varios meses. ¿Queda claro? Se levanta la sesión».

¡Qué fuerte, Maddie, creí que Samantha le iba a dar un beso! Pero ahí no acaba la cosa. Cuando volvimos a la ciudad pasamos por la zona del San Francisco Ferry Building a picar algo, aunque ya era tarde para comer, porque Samantha estaba de muy buen humor y dijo que nos lo merecíamos. Pues *adivina* quién estaba ya allí en el restaurante Slanted Door. Ya verás, ¡vas a alucinar! Esto es lo que habrías visto si hubieras estado allí, pero, como yo estaba haciendo de ti, te lo adjunto para que te pongas al día. ¡Mi teléfono son tus ojos! Disfrútalo y mejor no lo analices demasiado…

Besos. ¡Seguro que la Toscana es para morirse!

Mata Hari (también conocida como Yamuna).

P. D. ¿Lo puedo colgar en Facebook?

A aquellas alturas, Maddie estaba ya tan intrigada que sus dedos trastabillaron sobre la tecla de descarga y le dio dos veces a la que no era. Cuando finalmente el video empezó a bajarse, la vejiga interrumpió el proceso y la obligó a pasar por el baño mientras se cargaba. Cogió un vaso de agua a toda velocidad y volvió a meterse en la cama de un salto, bajo las mantas, como si fuera una chiquilla con un secreto inconfesable.

Maddie tenía curiosidad por ver lo que le había enviado.

Forzó la vista para centrarse en la primera imagen, que estaba un poco borrosa. Se trataba de una oreja femenina que lucía un elegantísimo pendiente con un diamante. A continuación, casi furtivamente, la cámara giró en redondo. Era como si Yamuna estuviera al teléfono y empezara a grabar sin que se dieran cuenta.

La cámara se movió para mostrar el interior de un moderno restaurante de gran tamaño con mesas simples, sillas de acero y madera y el suelo de parqué pulido, limpio y nuevo. Maddie lo reconoció: era el sitio al que iban a almorzar muchos de los abogados de los alrededores a la hora del descanso, entre las doce y la una. La comida era buena y no demasiado cara para su ubicación, en el puerto al lado del Ferry Building. Lo primero que se veía al entrar era la moderna y enorme fachada de vidrio, que daba también a un comedor exterior.

Aquella vez no había nadie fuera. La cámara mostraba un típico día de San Francisco, con una bonita vista del puente de Oakland envuelto en una nube gris. El peatón que pasaba por la acera de fuera iba demasiado abrigado para estar a mediados de junio. Allí también debía de hacer fresco, imaginó Maddie mientras se sumergía más en la cama, acurrucada bajo el edredón, al tiempo que observaba con curiosidad.

Al fondo se apreciaba que la aglomeración de la hora del almuerzo se iba disipando poco a poco y empezaban a verse unas cuantas mesas vacías aquí y allá. Los camareros se movían con destreza entre los clientes que quedaban, planeando por doquier como buitres blancos y negros con sus uniformes, las máquinas electrónicas de las tarjetas a punto, la sonrisa en los labios y la sempiterna esperanza de recibir una cuantiosa propina. «Un pastiche de la buena vida», reflexionó Maddie.

Mientras la cámara se estabilizaba, algo que parecía la cabeza de Samantha ocupó prácticamente todo el primer plano.

Luego, para sorpresa de Maddie, identificó la parte de atrás de otra cabeza familiar. Se dio cuenta de que eran los inconfundibles mechones rubios de Jacinta Collins. Maddie se preguntó si aquella era una estrategia más de Yamuna para aumentar el suspense, hasta que se reveló de repente la auténtica trascendencia de los hechos cuando la cámara encontró el verdadero objetivo. De pronto, en medio del plano apareció el inconfundible cuerpo y la forma de la cara de Gordon Hugo. Maddie ahogó un grito.

—Dios mío —dijo en voz alta—. Esto se pone interesante.

Vio que estaba sentado frente a Jacinta. Hugo sujetaba una servilleta en una mano y se disponía a servir el vino tinto que había en un decantador con la otra. A Maddie le pareció que tenía los ojos clavados de una forma bastante lasciva en el escote de Jacinta. Se percató de que aún no había advertido la presencia de Samantha y Yamuna, y dejó escapar una carcajada antes de morderse el labio inferior. No podía ni imaginar lo que se le pasaría por la cabeza al percibir la presencia de las recién llegadas, pero la cámara captó la mirada en la cara de Hugo, que hablaba por sí sola.

Maddie pensó que parecía el típico hombre al que habían descubierto con los pantalones abajo con la mujer o la novia de otro.

En las imágenes se veía cómo el abogado de Stormtree se volvía para mirar de frente el rostro duro y serio de la jefa de Maddie. Una fugaz reacción ante la cámara por parte de Hugo dejó claro que se había dado perfectamente cuenta de que lo habían descubierto *in fraganti* seduciendo a la gerente de personal del despacho de abogados de sus adversarios. Maddie deseaba con todas sus fuerzas que estuviera también grabado el susto que se habría llevado Jacinta.

Casi pudo ver cómo maquinaba el cerebro de Hugo mientras su lenguaje corporal se aceleraba y le hacía levantar la copa de vino y posarla de inmediato. Desde luego, aquella situación podía resultar un poco embarazosa, pero de lo que estaba segura era de que tanto él como Samantha sabían lo que implicaba la mirada de esta última. Estaba a punto de expresar sus sentimientos sobre lo que había sucedido hacía un momento en el juzgado de Santa Clara.

Maddie se distrajo de repente al oír a Vincent y a su niñera pasar por delante de la puerta de camino a la cocina. Se dio cuenta de que, probablemente, serían ya más de las siete y había un montón de cosas en las que tenía que ayudar a Jeanette antes de que su marido y el jardinero arquitecto llegaran esa noche. Pero estaba fascinada con el correo de Yamuna y no era capaz de separar los ojos de la pantalla ni los pensamientos del drama que estaba teniendo lugar.

Vio que el hombre del video jugueteaba nervioso con la servilleta y la bebida y se dio cuenta de que lo que este había hecho para conseguir una vista tan repentina sin avisar, como era de rigor, a la otra parte involucrada iba totalmente en contra de la ley, como el propio Hugo sabía perfectamente. Pero Maddie se centró de nuevo en sus rápidos cambios de expresión, que revelaban tal vez rabia, frustración, culpabilidad y un poco de su habitual arrogancia. De ninguna manera admitiría sus verdaderas intenciones de descubrir a contrapié a Samantha con una vista precipitada para la que no estaba preparada. Aunque de todos modos, pensó Maddie sonriendo, Samantha siempre estaba preparada.

—Parece que alguien de su empresa, de quien por supuesto no diremos el nombre, ha hecho una llamada para pedir un favor. Hoy le ha salido el tiro por la culata, pero ya veo que eso no le ha quitado el apetito.

Aquella era la voz en *off* de Samantha. Maddie se quedó embobada mientras el rottweiler que Hugo llevaba dentro retrocedía para atacar. Pero antes de que pudiera decir nada, Samantha volvió a la carga con una voz fría y tranquila. Ni siquiera se molestó en hacer referencia a la presencia de Jacinta.

—Qué feliz casualidad encontrarle aquí, porque hay algo que quiero decirle.

Hugo dejó de nuevo la copa sobre la mesa con cuidado y dejó caer la servilleta. Se levantó con demasiada rapidez y abrió la boca pero, una vez más, Samantha fue más rápida.

—Son solo cuatro palabras: informes de enfermedades críticas. ¿Le suena bien? No sé a qué juego pensaba que su gente estaba jugando esta mañana, pero se lo agradezco porque, al final, ha hecho que el juez tuviera la oportunidad de acelerar las cosas. No era exactamente lo que usted esperaba, pero tendremos un informe completo antes de acabar el mes y le enviaré una copia.

Maddie observó cómo se le ponía a Hugo la cara de color granate.

—No hay nada en ellos que pueda usar.

—¿Está seguro de que no hay nada? —ironizó la voz en *off*—. ¿Por eso sus jefes se empeñaban en que no los viéramos? —La voz de Samantha era tranquila, pero firme—. Señor Hugo, uno de los comentarios más señalados de Norman Mailer sobre conciencia empresarial era que la empresa, por naturaleza propia, es tan ciega como poderosa. Espiritualmente ciega, moralmente ciega. Como entidad colectiva, es peor que cualquiera de los individuos que la componen.

—¿Qué se supone que quiere decir eso? —replicó el hombre que estaba en pantalla.

Samantha sopesó la respuesta durante unos instantes, antes de contestar.

—No creo que ningún directivo haya querido tratar nunca en profundidad ese problema. Pero Stormtree está al tanto de que hay cada vez más bajas entre los empleados de determinados departamentos de la empresa y de que sus hijos están empezando a verse afectados. Eso no es una buena publicidad para ninguna compañía.

Yamuna acercó la imagen con la cámara del teléfono y Maddie vio de inmediato la mirada de Gordon Hugo. «Dios mío —pensó impresionada—, lo ha cazado».

Hugo frunció el ceño, pero se recuperó para contraatacar.

—Eso no se puede demostrar. Y, de todos modos, ¿qué le importa eso a un puñado de sensibleros seguidores de ambulancias como Hardens? —Se inclinó hacia Samantha y llenó el objetivo de la cámara con su cara. Por alguna razón no se había dado cuenta de que estaban grabando el encuentro casual—. Pretende hacerse famosa representando a un puñado de marginados sociales, a unos auténticos perdedores peseteros que son la escoria del espíritu empresarial de este país.

Samantha debió de quedarse un poco sorprendida por aquellas declaraciones, ya que permaneció en silencio el tiempo suficiente para que Hugo hablara de nuevo, casi gritando:

—Todo el entorno del derecho de sociedades sabe que solo se ha metido en esto para sacarle la mayor cantidad posible de dinero a Stormtree Components, pero ¿qué haríamos sin estas grandes compañías que emplean a medio país, que ganan millones gracias al comercio mundial y financian las escuelas y las carreteras de la nación con los impuestos corporativos?

La respuesta de Samantha fue digna de tal pregunta y enunciada sin levantar la voz.

—Los costos en los que incurrirá su empresa por la pequeña metedura de pata de esta mañana serían más que suficientes para pagarles la comida a todos los clientes de este restaurante durante una semana —dijo señalando el espacio que la rodeaba—. No intente hacerse la víctima.

Maddie veía en la pantalla que la discusión estaba empezando a llamar la atención de otros clientes. Los camareros se habían parado en seco y permanecían de pie formando una fila perfecta, mientras se sonreían unos a otros. Todas las cabezas que había en el comedor se habían vuelto hacia las voces de aquellas dos personas.

—¡Menudo dramón, es digno de Hollywood! —dijo alguien detrás de la cámara del celular.

Por el lenguaje corporal de Jacinta, Maddie se dio cuenta de que estaba deseando que se la tragara la tierra. Y Gordon Hugo parecía ponerse más rojo a cada minuto que pasaba. Se preguntó con placer si le daría una apoplejía o si lo vería alguien que conociera a su mujer.

—Nos merecemos cada centavo de nuestros honorarios —respondió Hugo con voz ahogada.

—¿No querrá decir que cuanto más alargue esto más gana, pierda quien pierda? —Maddie observó que Samantha le había hecho aquella pregunta en un tono de voz inusitadamente alto, como si quisiera que la oyera todo el mundo—. Pactaríamos encantados, pero usted debe de pretender que su empresa siga llenándose los bolsillos —añadió sarcásticamente.

—Nos hemos ofrecido a negociar —gruñó Hugo— y no parecen tener ni el más mínimo interés en llegar a un acuerdo. Su equipo ni siquiera ha sido lo suficientemente educado como para darnos una respuesta. Podría denunciarla…

—A la Asociación de Bares de California —soltó Samantha, acabando la frase por él—. Ya me lo conozco —se burló—. ¡Atrévase! Yo analizo minuciosamente mi conciencia moral y mi relación individual con el mundo, así que, señor Hugo, haga lo que le venga en gana.

—Su gente es increíble —respondió él—. No tienen ningún caso e intentan usar el chantaje emocional para hacernos responsables de lo que no lo somos.

Esa vez Yamuna enfocó el objetivo hacia Samantha y Maddie vio claramente que estaba luchando por controlar la rabia.

—Muy bien —dijo inexpresivamente—. La consecuencia de su error será la continuación del deterioro de la salud no solo de la presente generación, sino de los niños de la siguiente. No hay dinero que pueda compensar a un niño con defectos cerebrales o minusvalías físicas que podrían haberse evitado. Están jugando a ser Dios con esa gente. Un Dios malvado.

—Nada de eso está demostrado, lo sabe muy bien —replicó Hugo enfáticamente—. Y si no lo está, no es problema de Stormtree.

Samantha clavó la mirada en Hugo, que miraba nervioso a todas partes.

—Espere a que demostremos que sus clientes están matando a gente a sabiendas, ya verá cómo es su problema. ¡Y menudo problema!

La cámara se volvió de nuevo hacia Hugo, que esbozaba una sonrisa que no venía a cuento.

—Usted y yo sabemos que ningún directivo de ninguna empresa ha sido jamás procesado con éxito por homicidio corporativo en este estado, así que me pregunto por quién apostaría su dinero un jugador.

—En tal caso, ¿la empresa del señor Gray saldría beneficiada si se convirtiera en la protagonista de un caso que sentara precedente e hiciera historia? No sé por qué, pero no lo creo. Aunque sería mejor que se asegurase bien de lo que está defendiendo —aconsejó Samantha—. Ninguna empresa hará amigos jugando con la salud de los niños.

Aunque Maddie ya llevaba varios minutos presenciando el debate y apenas podía creérselo, lo que desde luego no se esperaba fue lo que sucedió a continuación.

—Nunca demostrarán esa acusación —aseguró Hugo tranquilamente.

Vio cómo una sonrisa altanera le cruzaba la cara, como si supiera que, de uno u otro modo, algo inclinaría la balanza a favor de Stormtree. Maddie se preguntó qué sabría y por qué estaba tan confiado.

Entonces vio en pantalla cómo Jacinta se levantaba.

—Disculpen. Tengo que volver, es tarde —dijo.

Al pasar empujó la cámara de Yamuna, haciéndola temblar. Su voz la siguió fuera de plano:

—No pienso quedarme para el postre. Que pague él la cuenta.

La imagen mostró la reacción de sorpresa de la gente del restaurante, que, a aquellas alturas, se había quedado prácticamente muda. De fondo se oyó el sonido entrecortado de los tacones de aguja de Jacinta, cada vez más lejanos.

Samantha se volvió y, al encontrarse con la cámara enfocándola en primer plano, sonrió.

—¿Lo has grabado todo?

La cámara asintió levemente y luego hizo un *zoom* por detrás de Samantha para enfocar a Gordon Hugo, pasando de largo por los camareros. Este cogió la servilleta y volvió a sentarse como si nada hubiera sucedido. Los empleados se acercaron para retirar el servicio del lugar de la mesa que se había quedado vacío.

—Muy bien —dijo Samantha—. Esto me ha abierto el apetito. Comamos algo.

La cámara se giró noventa grados para enfocar hacia la entrada, donde los empleados de recepción estaban buscando el abrigo de Jacinta Collins, que se había dado a la fuga.

Se oyó la voz en *off* de Samantha, riéndose.

—Ya me ocuparé de eso más tarde —comentó. Luego la imagen desapareció y la pantalla se puso en negro.

—¡Vaya! —Maddie se desplomó sobre las almohadas, apenas sin respirar. Una parte de ella se sentía orgullosa de su jefa, cuyo tranquilo comportamiento y firmeza al enfocar los puntos clave había estado mucho mejor que los resoplidos de su adversario. Sabía que un jurado opinaría lo mismo. Pero otra parte de ella sentía un frío vacío, una reavivada conciencia de su recientísima pérdida de confianza en la humanidad. Pedirle empatía hacia otros era demasiado pedir y dicha conciencia la llevó de nuevo a la abrumadora tristeza que había sentido cuando Christopher había sido asesinado sin razón ni remordimiento alguno por parte del conductor adolescente borracho que lo había matado. Sabía que aquello era algo con lo que tendría que volver a lidiar cuando abriera el correo de Harriet.

Entonces Maddie se centró en Gordon Hugo. Se preguntó si sería un reflejo de lo que Pierce Gray ocultaba tras su amabilidad y su lustre adinerado.

Se quedó mirando al peregrino pintado durante unos instantes, que luchaba por llegar a su lugar sagrado. ¿Cómo se sobrevivía a la tristeza y a las frecuentes injusticias de la vida? Qué ingenua le parecía la fe medieval y qué imposible creer en ningún dios.

Salió de la cama, se puso la bata y fue hacia la ventana del hermoso baño. Pasó por delante de la bañera victoriana y deslizó la mano por la parte trasera de la misma. Luego abrió la ventana con vistas al sendero bañado por el sol que había abajo. Se asomó más allá del marco y miró hacia la derecha, donde pudo ver el tejado del horno medieval y el antiguo camino de los peregrinos, que se estrechaba cada vez más en la lejanía, exactamente igual que en el fresco. Se distinguía a la perfección la ancestral senda que vagaba por los campos más lejanos, antes de desaparecer en el bosque adyacente para seguir su camino hasta la abadía en ruinas de San Galgano, allá a lo lejos.

Se preguntó en qué depositaría su fe la gente que había vivido en aquella casa para mantener viva la esperanza. ¿Realmente sus moradores habrían vivido alguna vez en sus propias carnes un milagro?

20

Santo Pietro in Cellole (la Toscana),
octubre de 1347

Las temperaturas habían sido muy elevadas, razón por la cual tanto la granja como las dos casitas de campo habían permanecido vacías durante el día a lo largo de todo el mes de septiembre. Todos los jornaleros disponibles habían trabajado codo con codo con los residentes de la casa grande de sol a sol. Los hombres habían salido con el enorme y blanco ganado del valle de Chiana a arar los campos y las mujeres habían pisado la uva de la vendimia en grandes barreños de roble con los pies descalzos y habían dejado el vino preparado para pasarlo a las barricas. Luego, en rápida sucesión, con la llegada de los primeros días de octubre y el tímido enfriamiento del tiempo, la atención se había centrado en las aceitunas. Habían extendido grandes redes bajo la elegante silueta de los árboles durante varios días. Gran cantidad de delgadas manos, incluidas las de la tía Jacquetta y las de la *signora* Toscano, habían arrancado los frutos de las ramas más bajas para meterlos en cestos que llevaban sujetos a la cintura mientras quienes estaban más arriba, sobre las escaleras, como Porphyrius y Mia, habían hecho caer las aceitunas a las redes que estaban a la espera.

Medio mes había pasado ya y, aunque todavía no se habían concedido una tregua para descansar del duro trabajo físico de las semanas anteriores, las ordenadas hileras de castaños que oscurecían los caminos y los senderos les ofrecían su propia cosecha madura. Mia unió feliz su liviana figura a las numerosas mujeres que las recogían, ansiosa por oler el aroma de las castañas asadas en los días venideros. Ella y Loredana tenían los dedos doloridos, pero los de Alba estaban llenos de grietas y ampollas de todas las semanas que llevaban ya recolectando. Sin embargo, había que aprovechar la luz del día para hacer el trabajo, ya que la harina de castaña era un bien muy preciado en la Toscana y una especialidad de la región. Su tía tenía árboles de dos clases: de las fragantes *marroni* y de las voluminosas *rossalina*, y a Mia le encantaban ambas por igual. Su comida favorita desde aquella época hasta los oscuros días de invierno era el pastel dulce de castañas hecho con los frutos pelados que se introducían en cremosa leche y se trituraban con miel, huevos y almendras. Dentro de unos días, ella misma prepararía gustosa el primero y lo llevaría con gran ceremonia al horno.

Antes de cocinarlas, había que secarlas en unos cobertizos situados en el lindero de la propiedad y, como el sol ya no estaba alto en el cielo, allí era adonde Mia y el resto se estaban dirigiendo para encontrarse con su tía y con su amiga, para descansar a la sombra y comer algo. Al final del largo camino entre el campo y la carretera, se cubrió los ojos para protegerse del fuerte sol y vio a la tía Jacquetta yendo hacia ellos delante de Cesaré y Chiara. Los tres llevaban pan y aceitunas, higos y queso, jarras de agua y vino y aromáticos platos de champiñones, espinacas y alubias cocidos y aliñados con aceite de oliva y limón. Mia se puso al lado de su tía para recorrer los últimos metros hasta los cobertizos.

—Pero qué colorada estás, Mia —se escandalizó la tía Jacquetta—. Deberías ponerte el sombrero para el sol.

—Estoy bien bajo el dosel de las ramas de los castaños —replicó Mia con su ya familiarmente suave pero segura voz—. Solo me da cuando caminamos por los senderos.

—Mmm —la reprendió Jacquetta con expresión escéptica—. Si hasta a mí me ha dado el sol esta mañana mientras recogía la miel y eso que llevaba el sombrero con la muselina puesto y los brazos bien cubiertos para protegerme de las abejas. Hace mucho calor y parecerás una pagana como te quemes la nariz y las mejillas.

Mia le devolvió la sonrisa a su tía e imitó su expresión. Aquello era un territorio que ya habían rondado con anterioridad y el verdadero tema era la testarudez de Mia, que se negaba a empezar a comportarse como una señorita y dejar de ser una niña. Desde que había cumplido años hacía unos meses, en mayo, todos eran conscientes de forma tácita de que iba siendo hora de buscarle un marido a Mia, si es que alguna vez pensaban hacerlo. Pero la interesada no estaba en absoluto dispuesta a cambiar de vida y, en cierto modo, tenía claro que prefería seguir siendo la sobrina de su tía en villa Santo Pietro, como siempre había sido. Sabía que la tía Jacquetta estaba soltera por elección propia y, aunque las razones más profundas de su elección todavía eran un misterio sobre el que nunca hablaban, Mia estaba segura de que tenía algo que ver con el hecho de seguir siendo dueña de su propiedad y de sus libertades personales. Dudaba que su tía forzara el tema del matrimonio o que la obligara a hacer algo en contra de su voluntad.

Cuando se iban acercando a los cobertizos de las castañas, vieron a la *signora* Toscano sentada a la sombra y respirando profundamente. Su figura se había alterado con rapidez en las últimas semanas y el hecho de que estaba esperando un bebé era más obvio que cuando se lo había contado hacía un mes. Mia se apresuró para llegar hasta ella.

—Deberías estar haciendo tareas más livianas en casa. Aquí fuera hace demasiado calor.

—Solo necesitaba sentarme —le explicó a Mia—. Estoy lo suficientemente bien como para participar en el trabajo de fuera.

Jacquetta dejó la comida sobre la mayor mesa de secado y se acercó a la *signora* Toscano con pausada calma para ponerle una mano en la frente.

—Tienes un poco de fiebre —señaló—. Te vendrá bien comer y beber algo. Aunque —añadió con una gran sonrisa— puede que esto sea la mejor medicina.

Jacquetta sacó algo del bolsillo y se lo entregó a la *signora* Toscano, cuyo rostro se iluminó al instante. Porphyrius llevaba fuera casi dos semanas. Había ido al sur tras la cosecha de la aceituna, al puerto de Messina, para recibir un cargamento de especias procedentes de Oriente. Su misión también implicaba recoger las sedas que habían viajado desde Samarcanda para su esposa y el futuro bebé y algunos rosales y árboles frutales del Líbano y de otros lugares aún más lejanos para el nuevo jardín. Hacía días que no tenían noticias de él y su esposa estaba lo bastante preocupada como para que Mia y Jacquetta se dieran cuenta.

—Ha llegado esta mañana de Chiusdino, mientras me ocupaba del colmenar —la informó Jacquetta mientras le pasaba una taza de agua que Mia le había servido—. Y el mensajero le dijo a Cesaré que su patrón, el legista, la había traído de Volterra a última hora de la tarde de ayer.

—Ah —dijo mientras sus dedos intentaban romper con torpeza el lacre de cera—. Entonces se la habrá entregado su madre.

Mia estaba ayudando a colocar la comida, pero no pudo evitar fijarse en la hermosa caligrafía de la carta y en el nombre de la destinataria. Sus dulces ojos castaños se abrieron de par en par mientras leía: «*Signora* Agnesca Toscano, villa Santo Pietro in Cellole, Chiusdino».

«Agnesca», pensó Mia. Pero el nombre cobró vida en sus labios y se dio cuenta de que lo había pronunciado en voz baja.

—Sí, así es como él me llama —explicó la *signora* Toscano—. Me gusta más que «Agnese»,* que es mi verdadero nombre. —Dijo aquello en voz muy baja y luego volvió a centrar su atención en las primeras líneas de la carta.

Mia miró a su tía con asombro, pero la expresión de esta le recomendó que se ocupara de sus propios asuntos.

El equipo de recolectores de castañas empezó a comer y Mia les acercó un plato a su amiga y a su tía antes de sentarse y tratar de hacer apetito a pesar del torbellino de emociones que sentía por la revelación relativamente casual del nombre de pila de la *signora* Toscano. ¡Después de tantos meses ignorándolo! Apenas se daba cuenta de si paladeaba verduras o queso, aceitunas o alubias. Recordó de pronto que había sido una extraña coincidencia que la mujer hubiera llegado la noche en que ella estaba haciendo la vigilia de la dulce santa Inés, una recompensa mucho mejor que la aparición de cualquier amante, solía pensar Mia. Y ahora lo del nombre: un diminutivo de Inés, ni más ni menos. Se percató de que el hecho de que la hubieran llamado así significaba que los padres de la *signora* Toscano estaban realmente comprometidos con la iglesia. Inés era la santa de las vírgenes, de la castidad y de la pureza, de la vocación al rechazo del matrimonio para entregar la propia vida al Señor. Se dio cuenta de que el destino de su amiga había sido elegido por ella al nacer, no importaba adónde la llevara el curso de los acontecimientos.

Mia reflexionó con seriedad sobre el tema. Era una extraña ironía que su amiga poseyera cualidades realmente religiosas e imbuidas de una poderosa espiritualidad, aunque no se tratara de una religiosidad convencional. Era diferente al resto y tenía una luz en ella que afectaba a todas las personas que la rodeaban. Sus palabras eran siempre sabias y carecían de malicia, y se mostraba amable con todo el mundo. Mia tenía la sen-

---

* «Inés» en italiano. *[N. de la T.]*

sación de que, aunque era posible que la *signora* Toscano no hubiera elegido a «Dios», Dios la había elegido a ella.

—Habla de una terrible enfermedad que ha llegado al puerto de Messina —dijo de pronto la *signora* Toscano en voz alta, palideciendo.

—Pero ¿él está bien? —preguntó Jacquetta.

—Eso creo —dijo asintiendo con lentitud—. Eso ha retrasado su vuelta porque hay mucha confusión en la ciudad y nadie del continente ni de otros pueblos de Sicilia quiere viajar allí. Escribe que hay rumores de gente que ha enfermado de repente con unas fiebres terribles y ha caído desplomada en la calle, tosiendo sangre sin que sus amigos y vecinos hicieran nada por ellos. Muchos habitantes de la ciudad se han atemorizado y han huido al campo.

—Entonces, ¿ha llegado a Messina, o no ha podido cruzar desde el continente hasta el puerto? —inquirió Jacquetta.

La *signora* Toscano leyó con rapidez y volvió la página antes de responder a la docena de miradas curiosas que ahora estaban clavadas en ella.

—Ha estado en Messina y ya había emprendido el regreso cuando le llegaron esas noticias. Tuvo problemas para conseguir un barco para regresar, por el que tuvo que pagar en exceso, y me escribe para explicarme el retraso. Dice que todos los hombres parecen haber perdido el sentido común, pero cuando escribió esto —explicó, dándole la vuelta a la segunda página— tenía la esperanza de conseguir pasaje en un par de días. Le entregó la carta a un noble relacionado con el grupo de la corte para que la llevara a Nápoles y la enviara desde allí. Tal vez…

La *signora* Toscano se interrumpió, sin saber qué conjeturas hacer. Podría quedarse atrapado en cualquier sitio y no ser capaz de regresar durante días. Pero Jacquetta terminó la frase por ella:

—Tal vez la gente le dé a la lengua con ignorancia y los rumores hayan sido exagerados considerablemente. Seguro que a estas alturas ya estará a medio camino de casa, así que debemos esperar su llegada en cualquier momento.

—Sí —dijo Mia en voz baja. A continuación se levantó para poner ambas manos sobre los hombros de la *signora* Toscano—. Él estuvo en el puerto antes de que el problema comenzara. Pronto volverá a nosotros.

21

Borgo Santo Pietro (la Toscana),
jueves y viernes, 14 y 15 de junio de 2007

E ran casi las cuatro de la tarde cuando el viento se levantó para cumplir la promesa del frío que había incomodado al sol matinal y empezó a hacer volar las páginas que Maddie había llenado de anotaciones. Las fuertes ráfagas de aire transportaban el dulce aroma desde el jardín de los peregrinos hasta el pórtico, donde ella estaba sentada con la laptop abierta. Suspiró y le dio un trago al fuerte café que estaba tomando. Hasta entonces, había sido un día extraordinario.

Hacía unas horas había ayudado a su anfitriona a preparar la cena de aquella noche, para cuando Claus y su amigo llegaran de Londres. Habían cocinado una tarta de aceitunas y piñones, una de sus recetas originales. Luego había hecho rápidamente un plato de pasta para el almuerzo, por el que se había ganado especiales cumplidos por parte de Milo, el pintor. Había dejado que Jeanette lidiara con la cantidad excesiva de cosas que había por hacer, había lavado los platos y había dejado la cocina perfecta, para permitir que los artesanos continuaran con su trabajo incesante antes de que Claus apareciera para ver el progreso y, con un poco de suerte, les diera el visto bueno. Jeanette le había dicho que su ayuda había sido «inestimable» y le había dado las gracias efusivamente. Sin embargo, Maddie sabía que en realidad había estado buscando tareas que le permitieran postergar la lectura del correo electrónico de Harriet Taylor que la estaba esperando. Lo había tenido en la cabeza desde primera hora de la mañana, pero sabía que, como un genio en una botella, una vez liberado haría que la mente, que tanto esfuerzo le había costado apaciguar, se convirtiera en un revoltijo de sentimientos estresantes. Sin embargo, después de lavar la última copa de vino y guardarla de nuevo en el antiguo aparador, se quedó sin tácticas que pudieran justificar el retraso, así que se retiró a la habitación del Peregrino para enfrentarse a ello.

Encontró demasiado rápido la caprichosa señal de banda ancha de Borgo y se volvió a conectar, como Jeanette la había invitado a hacer, con la correspondiente contraseña. La línea tardó un rato en estar activa, como si estuviera comprobando lo decidida que estaba a enfrentarse a la situación. Luego encontró otra excusa, pues tenía la bandeja del correo llena hasta los topes. Borró varias circulares que le habían entrado por la noche, en la hora de la costa oeste, incluidas algunas invitaciones para varios actos en la Galería Crocker y para dos de Bloomingdale's y pasó por alto el extracto de la tarjeta de crédito. Luego vio el tentador título de un correo de Barbara, que decía: «El hipócrita hace trampas con regalos», enviado alrededor de las doce de la noche, hora de San Francisco. Tenía la sensación de que se trataba de Pierce Gray, pero decidió dejarlo para más tarde. En lugar de ese, abrió estoicamente el de la madre de Christopher.

Era, tal y como esperaba, una petición para que preparase una declaración en calidad de víctima afectada por la muerte de Chris para el informe previo a la sentencia y a la vista preliminar, que tendría lugar la semana siguiente. Le pedía que escribiera en un papel, si le era posible, lo que había significado ser una víctima inocente del accidente de enero. Su madre creía que cuanto más conmovedora fuera la expresión de su pérdida, más peso tendría a la hora de fijar la condena del conductor borracho.

«No le darán ni la milésima parte de lo que se merece, Maddie —había escrito—, pero intenta exteriorizar lo que tu corazón roto siente, si es posible. Yo haré lo mismo».

«¿Exteriorizarlo? ¿Cómo?», se preguntó Maddie. ¡Si no había sido capaz de confiarle aquel dolor tan increíblemente profundo a nadie! Pero apretó en la mano la medalla de San Cristóbal de la *nonna* y cerró los ojos. Y por primera vez en muchos meses, pudo oír de verdad la voz de Chris. La encantadora introducción de su propuesta de matrimonio le vino de pronto a la cabeza: aquel extraordinario final del día en la terraza de Danieli en Venecia. No se había arrodillado ni había ningún diamante en una copa de cóctel. Simplemente había buscado el lugar perfecto, un día soleado, y le había hecho una pregunta que la había cogido totalmente por sorpresa. De hecho, él se había disculpado por la ausencia de violines.

«Las palabras sencillas son las que mejor se explican», le había dicho. Luego había sonreído y, simplemente, le había pedido que fuera su esposa.

Maddie respiró hondo. «Las palabras sencillas», se dijo en voz baja. Así que se sentó para ponerlas por escrito.

Había hecho un primer borrador a mano y ahora estaba tecleando la breve carta que había surgido directa del corazón. Por el camino, iba desechando todo aquello que le parecía innecesario. Hablaba del final de la amistad más importante de su vida, de la pérdida de un ser humano cuyo único deseo era ayudar a los demás a todas horas, de la soledad que sentía al saber que ya no volvería a recibir ninguna carta, ningún mensaje ni ninguna llamada suyos, que su voz ya no le susurraría al oído. Expuso con parquedad el horror de ayudar a su madre a elegir las flores para el funeral y un traje para enterrarlo, en lugar de dar el visto bueno a la ropa que Christopher habría elegido para casarse con ella. Con palabras de pesadas sílabas manifestó el dolor de enviar a su amor a lo desconocido sin ella, su sentimiento irracional de culpabilidad por no haber estado presente físicamente para abrazarlo mientras su vida se apagaba. Escribió que aquello la había cambiado irrevocablemente, que todavía no era capaz de imaginarse un futuro.

Cuando acabó, el resultado eran unas veinte líneas de tristeza. Ahora el viento amenazaba con esparcir las notas y recogió todo para volver al santuario de su cuarto. Creyó que sería capaz de llorar, pero, en lugar de eso, la oscuridad se cernió sobre ella y la hizo tiritar un poco. Después de haber expresado su dolor a alguien que no conocía, se le hacía difícil respirar. Se tumbó un rato.

Habían pasado casi dos horas cuando se levantó, sin darse cuenta de que incluso había dormido. Debían de ser más de las seis y el cielo se había oscurecido. Le pareció oír truenos retumbando en la lejanía y, un poco turbada, se levantó, se alisó las ropas y abrió la puerta para ir a buscar a Jeanette.

Cuando la encontró, se enteró de que el vuelo de Londres se había retrasado. El avión llevaba unas dos horas de retraso y no saldrían hasta casi las ocho. Con el cambio de horario entre Londres e Italia, serían alrededor de las diez y media cuando do aterrizaran en Pisa y casi medianoche cuando llegaran a Borgo. Pero Maddie se sentía débil y culpable por el bajón sufrido aquella tarde, así que le dijo a Jeanette que le gustaría esperar con ella hasta que llegaran de madrugada.

La casa estaba tan silenciosa como un pueblo fantasma. Peter y su novia habían acabado hacía un par de horas y se habían ido a disfrutar de tres días de descanso para proporcionarles a Claus y Jeanette un poco de paz durante el fin de semana. Milo había regresado a Florencia, Justina había salido con unos amigos. Solo Flora y Antoneta andaban por allí cerca para limpiar y ayudar en la casa. Cuando Vincent estuvo acostado, el silencio se instaló en Borgo. Tan solo se oía el distante redoble de los truenos, que continuaban con su llamada intermitente sobre el valle Serena.

Jeanette entendía que Maddie tuviera la cabeza en otra parte aquella noche, sabía que su compañera no tenía ganas de hablar. No necesitó hacer demasiadas preguntas para entender por qué. Pero esperaron sentadas una al lado de la otra mientras las horas pasaban, comiendo un poco, bebiendo una copa de vino y más tarde cortando y cosiendo una cortina de un tejido antiguo maravilloso que Jeanette había adquirido para la ventana grande del rellano de la escalera. En aquel silencio relativo, eran la compañía perfecta la una para la otra.

—El tiempo está empeorando. —Aquellas fueron las únicas palabras pronunciadas por Jeanette en una hora, más o menos. Estaba pensando en el vuelo a Pisa en el que iba su marido y en la carretera de montaña entre dicha ciudad y la casa, bajo lo que pronto sería una lluvia torrencial.

Maddie levantó la mano de las puntadas que estaba dando en el dobladillo y asintió. Pero aquel tiempo encajaba con su estado de ánimo y se sintió extrañamente tranquilizada.

Jeanette recibió un mensaje de texto que rompió el silencio; en él se explicaba que el avión acababa de aterrizar y que en Pisa llovía a cántaros. Claus le decía que el diseñador de jardines estaba recogiendo un coche de alquiler para ir hasta casa y que llegarían en cuanto se lo permitieran la compañía de alquiler de coches y las serpenteantes carreteras. En principio aquella solución para el viaje parecía buena, ya que le ahorraba a Gori conducir de noche hasta el aeropuerto para recogerlos. Sin embargo, ahora Jeanette estaba preocupada porque ambos estaban cansados y el jardinero no conocía la carretera. ¿Conduciría Claus? Maddie se quedó esperando a su lado, sin decir apenas nada, pero ofreciéndole apoyo con su presencia. Ya muy pasada la medianoche, con la cortina completamente acabada, a Jeanette le entraron ganas de fumar un cigarrillo. Maddie sabía que aquello era algo que intentaba no permitirse demasiado a menudo.

—Estás derrengada, Maddie. Vete a la cama, así podré quedarme aquí sentada sin sentirme culpable por fumar.

Maddie se rio y le dijo que fumaría uno con ella, si aquello le hacía sentirse más a gusto. Insistió en que se quedaría esperando con ella. Pero Jeanette señaló que eso la obligaría a ser sociable y comunicativa cuando llegaran los hombres, seguramente no antes de la una, y que ellos estarían muy cansados y querrían irse a dormir. Aquello la convenció. Maddie recogió los hilos que estaban por allí esparcidos, las tijeras y las copas de vino, y abrazó a Jeanette en silencio. Un cuarto de hora más tarde estaba subiendo hacia su habitación por las escaleras iluminadas por los destellos esporádicos de los rayos. Ya había llegado arriba del todo cuando oyó el sonido de pasos en el patio; se detuvo en el rellano y se asomó por encima del pasamanos al escuchar el ruido de la puerta al abrirse. Vio la parte trasera de la cabeza dorada de Jeanette abrazando a su marido y otra figura detrás de él y se planteó volver abajo un momento, solo para saludar. Pero, en lugar de ello, decidió deslizarse en silencio dentro de la habitación. En unos instantes tenía ya la cabeza sobre las almohadas, con la mente deambulando aún por un día que la había llevado de un restaurante de San Francisco a la terraza de un hotel en Venecia, y, con los truenos casi bajo la ventana y la lluvia cayendo torrencialmente, se sumió en un profundo sueño.

Tras una noche de tormenta en la que Maddie tuvo la sensación de haber estado oyendo los aullidos del viento mientras dormía, llegó un dorado amanecer. El calor ya había hecho acto de presencia cuando se despertó, pasadas las ocho, y tuvo la sensación de que la lluvia se había llevado la indecisión del clima toscano de junio.

Después de ducharse y ponerse ropa fresca, emergió de su cuarto a una silenciosa casa. Todo el mundo estaba durmiendo, lo cual no era de extrañar, y Maddie sintió la necesidad de pasar un rato más encerrada en sí misma antes de que Borgo se deslizara en el acostumbrado modo de bienvenida para Claus y su invitado. Con esta idea, Maddie cogió unas botas de montaña en la despensa de Jeanette y se dispuso a caminar hasta el santuario alzado en la colina del peregrino. Era viernes por la mañana y, aunque había llegado el lunes, aún no había visitado la famosa capilla que atraía a visitantes de toda Italia y que estaba apenas a un par de kilómetros de la puerta de Borgo. Media hora después tenía las botas enlodadas hasta arriba por el fango del camino, pero había logrado llegar hasta la familiar forma redondeada de la antiquísima capilla.

Se quitó las botas y se aventuró a entrar con cierta timidez, ya que, al parecer, era la única que había llegado tan pronto. Se fijó al instante en una protuberancia del suelo y supuso que aquel sería el objeto que todavía seguía atrayendo a peregrinos y visitantes de todas partes: la famosa «espada en la roca» que, según había leído en la guía de Jeanette, muchos consideraban como inspiradora de la leyenda de la espada del rey Arturo. Pero a pesar de lo fascinante que era esto, le llamó menos la atención que el impresionante interior de la cúpula propiamente dicha. Se trataba de una bóveda románica desprovista de nervios y los ojos de Maddie se empaparon de las franjas alternas de círculos de ladrillo y piedra —contó 24 de cada— que rodeaban el espacio curvo desde el suelo al punto de encuentro del techo. Múltiplos de 12: los 12 apóstoles, las 12 tribus de Israel. Estaba segura de que aquello tenía connotaciones sagradas y halló el conjunto de la estructura y el ambiente que se respiraba en el interior sorprendentemente conmovedores. ¿Realmente aquello había sido una cueva en algún momento? ¿De verdad había vivido allí un hombre con la única compañía de los lobos, como se decía?

A Maddie le afectó inesperadamente la atmósfera de la pequeña ermita e hizo que se sintiera inusitadamente cercana a aquellos peregrinos del pasado que atribuían fuerza y energía a las propias piedras. *Hic locus est*, efectivamente, pensó sonriendo para sí misma. Como la *rocca della spada* era considerada la atracción principal, se dirigió resueltamente hacia ella; esta se hallaba encerrada dentro de una carcasa protectora de metacrilato, supuestamente para mantenerla a salvo de los cazadores de recuerdos y de los expoliadores. Efectivamente, era extraordinaria: una primitiva hoja de hierro del siglo XII magníficamente incrustada en el suelo de piedra de lo que había sido la cueva de Galgano. Aunque no le extrañaría que la iglesia hubiera tenido algo que ver y la hubiera fijado allí más tarde —con la ayuda de cualquier sustancia adecuada a ese fin— con el propósito de atraer a los peregrinos a lo largo de los siglos y de los kilómetros. Era aquel milagro supuestamente perpetuado, que transmitía la supremacía de la oración sobre la guerra y de lo espiritual sobre lo físico, lo que a Maddie le parecía que ofrecía ciertos mensajes poco usuales y contradictorios. ¿Qué demonios habrían sacado en claro los cruzados de todo aquello a su regreso?

Habría transcurrido una media hora cuando finalmente salió a la luz del sol, sorprendida al cruzarse con un hombre que había entrado detrás de ella sin que se diera cuenta, tan absorta estaba en la espada y la sepultura. Observó desde lo alto de la colina la romántica silueta de las ruinas de la abadía allá abajo, flotando sobre un campo de flores silvestres. Era preciosa, sin duda, y vio que habían empezado a llegar algunos coches al estacionamiento que había más abajo. Tras el raro clima del día anterior, el caluroso junio había regresado a la Toscana y las aguas pronto volverían a su cauce.

Se sentó en el escalón y examinó las botas. Estaba a punto de ponérselas, cuando alguien con una clara voz inglesa se dirigió a ella.

—Parece que hubieras hecho toda la ruta de los peregrinos para llegar hasta aquí —le dijo con bastante gracia.

Maddie se dio la vuelta y el sol le hizo entornar los ojos. Le sonrió a un hombre que vestía unos jeans y una camisa blanca inmaculada, aunque no podía verle bien la cara desde aquel ángulo porque le iluminaba de frente el sol naciente.

—Las botas no han estado a la altura. Mis pies compartirán el camino de vuelta con una capa de barro dentro.

Sonrió y bajó los escalones hacia ella. Maddie vio a un hombre joven que debía de tener casi treinta años, con el cabello oscuro, ojos castaños y un rostro que le pareció bastante delicado.

—¿Eres inglés? —le preguntó, poniéndose en pie.

—Me llamo Søren —respondió él tendiéndole la mano para estrechar la de ella.

Maddie no percibió el más mínimo acento, aunque le habían dicho que el arquitecto-jardinero era un danés afincado en Londres, como Jeanette y Claus.

—¿Vienes de la casa de Jeanette? —inquirió, agitando la mano un poco confusa.

Él asintió.

—En el momento justo para ahorrarte el paseo de vuelta, creo.

La sujetó mientras volvía a calzarse las botas y su expresión de incomodidad lo hizo reír. La llevó hasta una zona del estacionamiento oculta justo al lado del santuario, donde había un solitario Mini blanco detenido bajo la luz matinal con la capota bajada.

Maddie se rio.

—Eso demuestra tu optimismo, teniendo en cuenta el tiempo que hacía cuando llegaste —dijo ella—. Soy Madeline —añadió, y esperó a que le abriera la puerta delantera.

Søren asintió dándole la razón.

—Bueno, Madeline, ¿vamos a desayunar con los demás? —dijo. Acto seguido, se subió al Mini y condujo de vuelta colina abajo, alejándose de la pequeña ermita.

22

Santo Pietro in Cellole, Chiusdino (la Toscana),
finales de octubre de 1347

El clima era aún cálido, perfecto para secar las castañas y volver a segar una última vez la hierba que serviría de forraje para el invierno. Sin embargo, los bosques adyacentes a la villa se habían teñido de nuevas tonalidades de rojos y ámbares, gracias a las mañanas más frías, y la profunda belleza del campo en aquella época estimulaba a Mia, como siempre lo había hecho. Sabía que aquello estaba relacionado con la seguridad que sentía con la tía Jacquetta. Los colores del *contado* rural habían pasado a personificar la tranquila vida que había encontrado allí siendo niña y que contrastaba radicalmente con su vida en el pueblo, que había empezado a recordar hacía poco. Se acordaba de una espléndida casa con una torre y demasiadas escaleras, de la ventana de su habitación que tenía un pálido pergamino que permitía que se filtrara la luz en lugar de cristales y de las habitaciones decoradas con coloridos tapices de lana. Pero también recordaba que nunca se había sentido cómoda por el calor viciado, el ruido y el olor de la multitud que se reunía en la *piazza* cercana, cuando vivía en Volterra. Entonces había algo que la hacía estar alerta y estaba intentando descubrir de dónde procedía aquella sensación de peligro.

Sin embargo ahora, allí, en el *borgo*, había un agradable zumbido de actividad en todos y cada uno de los campos que se extendían más allá de la villa. Y con un tiempo tan maravilloso, los visitantes vestidos de peregrinos iban y venían con su familiar ritmo. La propia Mia había adquirido más obligaciones esa temporada y se había hecho más independiente a la hora de llevarlas a cabo, supervisando la fabricación del jabón sin la ayuda de su tía. Había recogido los lirios en las laderas de las colinas y en los senderos con la *signora* durante el verano y ahora los rizomas secos estaban siendo triturados y preparados para añadirles la leche grasa de otoño, que estaba en el mejor momento para el proceso de fabricación del jabón. Mia había recogido las cenizas de las hogueras de la primera estación para fabricar lejía y durante los últimos días había dirigido la destilación, la mezcla de la leche con el aceite de oliva recién prensado, el batido sin fin y, finalmente, el vertido en suaves moldes de madera hechos especialmente para tal fin por el *signor* Porphyrius.

Los moldes les recordaban a diario que aún no había regresado.

Aquello dejaba un terrible vacío y les generaba una ansiedad que no era posible ignorar. Su amiga se mantenía ocupada e invertía horas en seleccionar plantas para el jardín en ciernes y en secar y pulverizar otras para elaborar simples,[*] ungüentos y tinturas para la estación fría que se avecinaba. Cosía ropa de bebé de delicados linos y suaves algodones de damasco y se pasaba horas en el jardín bajo la luna y las estrellas rezando a su manera, como ahora Mia sabía. Aunque también sabía que, a pesar de la estudiada actitud de tranquilidad, su corazón era presa de un terrible miedo por Porphyrius. Había pasado una semana desde que la carta había llegado y no había recibido más noticias.

---

[*] Material orgánico o inorgánico usado para elaborar un medicamento. [*N. de la T.*]

—Si está enfermo, ¿quién sabrá que estoy aquí para mandarme noticias? —les había preguntado a Mia y a Jacquetta.

—Se lo comunicarían a su madre, Agnesca. Y ella sabrá cómo encontrarte. Te envió su carta de buena fe. No puede ser una mala mujer —respondió Jacquetta.

—Siempre se ha portado bien conmigo —afirmó mientras asentía con la cabeza—. Pero, Jacquetta, ¿sabrán cómo localizarla a ella?

—Él mismo enviaría cualquier mensaje para informarnos a ambas si estuviera enfermo y recuperándose en algún lugar de la Via Romea. —Jacquetta rodeó a la *signora* Toscano con el brazo—. Además, tenemos relación con mucha de la gente que ofrece posada como nosotros a lo largo de la mayor parte de la ruta hasta la propia Roma. Juntos formamos una red de ayuda y cuidados, y nos orientamos los unos a los otros. Bastaría con que mencionara mi nombre para que nos llegara el mensaje.

—Si es que está lo suficientemente bien como para hacerlo —fue la respuesta.

—No está enfermo, *la raggia*. Pronto estará en casa.

Mia habló con convicción y llamó a su amiga por el nombre especial que le había otorgado hacía tantos meses, el nombre que la ponía a la altura de los rayos de luz dorada. Reflejaba su confianza y su convicción de que todo se solucionaría como era debido.

La *signora* Toscano le dio un beso en la mejilla a Mia, consciente de lo que quería decir. La animaba a ser fuerte y a tener fe en que su propia fuerza de voluntad traería de regreso a casa a su marido sano y salvo. Les dedicó una sonrisa a ambas mujeres y asintió.

—Sí, tienen razón —convino, intentando parecer más animada—. Aun así, le está llevando mucho tiempo volver a mis brazos.

—Esta vez ha tenido dificultades en el camino —opinó Mia—. Eso es todo.

Pero, al día siguiente, llegó un peregrino del norte y les habló de lo difícil que era encontrar alojamiento por allí, debido a los rumores de una misteriosa enfermedad de la que hablaban los marineros del puerto de Génova.

—Hay una gran cantidad de hombres muertos o moribundos, *monna* —le aseguró a la tía Jacquetta—. Dicen que la enfermedad atacó a los marineros del puerto comercial genovés de Caffa, en el este. Los horribles y supurantes bubones infecciosos de los que sale una putrefacta sangre negra desprenden un terrible hedor insoportable para cuantos están cerca. La enfermedad acaba con quienes la contraen en cuestión de horas o, como mucho, de unos cuantos días. Es un castigo de Dios y resulta imposible escapar de él.

Justo un día más tarde, dos caminantes, padre e hijo, que viajaban en dirección contraria, ya de vuelta de Tierra Santa, les hablaron a las mujeres de una enfermedad desconocida que había llegado al puerto de Alejandría. El que hablaba era el hombre mayor, sensato y con un discurso mesurado, según le pareció a Mia. No le pareció dado a hacerse eco de rumores ni a exagerarlos, como el peregrino que había llegado el día anterior contando historias de terror del norte que desafiaban al sentido común.

—He oído que Chipre también podía estar sufriendo el mal, *signora* —dijo respondiendo a las prudentes preguntas de Jacquetta—. Nadie sabe de qué enfermedad se trata. Algunas personas han dicho que los signos astrológicos indican enfermedad por la conjunción de los planetas.

—Aunque otros —añadió su hijo— creen que la causa es la erupción del volcán de Sicilia, que envenena el aire.

Agnesca Toscano lo escuchó todo y se encerró en sí misma. No compartía la opinión de Mia ni de Jacquetta, no quería burlarse de las noticias ni pedir más detalles escabrosos. Pero cuando llevaba más de una hora reflexionando en el jardín que había construido con Mia, las vio a ambas fuera de la casa. Le costó un poco separarlas de Loredana, Chiara y Alba, y de los peregrinos que estaban allí alojados, pero finalmente consiguió llevarlas a solas a la sala de música. Cerró la puerta tras ellas para que no las oyeran.

—Sea cual sea la verdad sobre Porphyrius, la noticia de la enfermedad ha de ser tomada en serio —les dijo—. Hay caminantes entrando y saliendo de la villa, Jacquetta, y no tenemos ni idea de qué enfermedad es ni de cómo podría contagiarse. Lo más inteligente sería separar a los caminantes de nosotros hasta que sepamos que no están enfermos.

Jacquetta la escuchó con atención. Había llegado a respetar a la *signora* Toscano por su habilidad en curar heridas y tratar males, quizá incluso más que a los monjes de la vecina abadía. Pero mantener alejados a los peregrinos de la casa principal y, en última instancia, de la abadía durante los cuarenta días establecidos por la iglesia era algo que no se había aplicado rígidamente al menos durante un periodo de tiempo considerable: desde que ella recordaba. Y tampoco conocían aún el alcance de aquello. Se hablaba de un par de puertos, pero estaban muy lejos de allí y Jacquetta pensaba que los hombres lo exageraban considerablemente, encantados de tener una excusa para proferir su apocalíptica retórica sobre los tormentos y los pecados del mundo de Dios. Por otra parte, era cierto que las primeras noticias les habían llegado por medio de Porphyrius, que era un hombre sensato. Algún tipo de enfermedad sin nombre estaba llegando a los puertos.

—Si es como el padre y el hijo nos han dicho, algo causado por el aire viciado o por los vapores, ¿serviría de algo alejarnos de los caminantes, Agnesca? —preguntó.

—No lo sé —respondió esta con franqueza—. Nunca he oído hablar de ninguna enfermedad como la que describen, pero mi aya prestaría atención a los hábitos si oyera hablar de una enfermedad que afectara cada vez a más gente. Aprendió de su padre y me enseñó a mí a tener todo lo más limpio posible para evitar contagios. Estaba convencida de que los fieles evitaron las pestes de Israel gracias al uso del hisopo en las entradas de las casas y en el interior de las mismas. De forma similar me ahorró una docena de enfermedades infantiles. Creo que, al menos, deberíamos asegurarnos de que aquellos que llegan hasta nosotras desde otros lugares no tengan indicios de infección.

—¿Insinúas que deberíamos rechazar a los peregrinos? —preguntó Mia.

—Al contrario, Mia —respondió ella—. Debemos continuar ofreciéndoles el mismo consuelo que tu tía siempre les brinda. Pero también tenemos el deber de cuidar a los que viven aquí en la villa, en el *borgo* y en el pueblo de Palazzetto, para evitar en la medida de lo posible que caigan enfermos.

—Tú tienes la obligación de cuidar a tu hijo, *la raggia* —respondió Mia con firmeza—. Debes evitar el contacto con cualquier caminante afectado.

—Estoy de acuerdo con Mia, Agnesca —dijo Jacquetta—. Pero también deberíamos ser sensatas y estar agradecidas porque nadie esté aún enfermo. Cuando recuerdo las historias que hemos escuchado, no puedo evitar pensar que nos han transmitido muchas tonterías llenas de superstición. Como lo del «castigo de Dios». Sin embargo, me parece que tiene sentido tomar precauciones adicionales para mantener la villa limpia e insistir en que los clientes se aseen.

—Pues entonces —sugirió la *signora* Toscano—, pongamos en las habitaciones todas las hierbas que conozco que evitan las enfermedades y preparemos los cuartos del jardín para los huéspedes que llegan de los lugares que hemos oído que están siendo testigos del mal: Génova, Sicilia y los países del sur del Mediterráneo, al igual que Constantinopla. Una cuarentena sería excesiva, si es verdad que provoca una muerte rápida. Pero tal vez podríamos mantenerlos alejados de la villa, de las casas de los empleados y de los monjes de la abadía y su comunidad tan cerrada sin que renuncien a la comodidad.

Una vez llegadas a un acuerdo, Jacquetta dedicó los siguientes dos días a supervisar la minuciosa preparación de las habitaciones separadas enfrente de los establos del jardín. Aquellos cuartos tenían chimenea y una pequeña cocina y en su día habían sido creados, precisamente, para situaciones de cuarentena, aunque habían acabado destinándose a un uso ocasional para las épocas en que había demasiados huéspedes durante los meses de verano, cuando los caminos estaban más secos y eran más seguros para viajar. La *signora* Toscano seleccionó concienzudamente las hierbas que esparcirían sobre las esteras limpias, tanto allí como en la casa principal. Le pidió a Mia que hiciera una última remesa de jabón, pero, esta vez, le recomendó usar una mezcla de tomillo y lavanda para aromatizarlo y hacerlo más fuerte en lugar de los delicados lirios, que todos preferían para el cuidado de la piel, y le mandó añadirle un poco de alumbre.

Lavaron todas las cortinas, sacudieron las alfombras, airearon las camas y las mudaron y lavaban los suelos dos veces al día. Mia pensaba que su amiga iba a desmayarse por el arduo trabajo a temperaturas tan elevadas: el día siguiente sería el último del mes, pero el calor seguía siendo considerable. El embarazo de la *signora* Toscano era ya más que evidente y Mia estaba preocupada. Pero ella estaba decidida a supervisar los preparativos en persona y, además, les había confesado a sus queridas amigas que aquello hacía que su mente se distrajera un poco del hecho de que su marido no había aparecido aún.

Al día siguiente, la víspera de Todos los Santos, Mia vio cómo el caballo de la tía Jacquetta desaparecía por el sendero hacia la abadía, a primera hora de la tarde. Había decidido visitar al abad Angelo para consultar con él y con fray Silvestro los comentarios sobre aquella extraña dolencia y saber qué habían oído ellos. Pero al cabo de unos instantes Mia volvió a oír el sonido del caballo, o tal vez de varios. ¿Se habría encontrado su tía con el abad Angelo dirigiéndose hacia la casa? Miró por la ventana, turbada, para ver si la tía Jacquetta había olvidado algo o si había dado la vuelta.

Lo que vio, sin embargo, no fue ni la yegua roja ni la magra figura de su tía.

Bajó presurosa las escaleras para avisar a la *signora* Toscano, que estaba descansando en la habitación que había justo debajo de la suya. En cuestión de segundos, las dos muchachas llegaron a la puerta delantera y echaron a correr por el patio, en dirección a los establos.

Una figura fuerte y erguida se bajó del caballo y fue hacia ellas.

—Estoy perfectamente —aseguró Porphyrius con tranquilidad.

Vio a su mujer en el punto donde la profunda sombra y la cegadora luz se encontraban, justo a la entrada del establo, que estaba coronada por un arco de piedra, y la rodeó con los brazos con una mezcla de pasión y dulzura. Miró por encima de su hombro y vio a Mia, que se aproximaba detrás de ella. Rápidamente extendió un brazo y lo dobló también sobre esta, complacido al ver el afecto que sentía por él. El evidente alivio por su regreso había superado a su reticencia habitual.

—Estoy bien, de verdad —las tranquilizó—. Pero, Agnesca —dijo mirando el radiante rostro de su esposa—, mi amigo necesita tu ayuda.

Se zafó de ella con cariño y retrocedió hacia la penumbra, donde Mia pudo confirmar la silueta del segundo caballo que le había parecido oír. Se cubrió los ojos para que se acostumbraran a la oscuridad después de venir de la luz y vio que Porphyrius se acercaba a un joven que estaba allí cerca. Mia lo vio sentado, casi inmóvil sobre el caballo, en un establo que estaba vacío.

Ella entró también por la puerta en forma de arco con curiosidad y vio a Porphyrius cruzar el espacio que los separaba. No le había dado tiempo a llegar al caballo, cuando la figura se desplomó hacia delante repentinamente y se cayó de la silla, pero Porphyrius consiguió poner los brazos debajo de él para amortiguar la caída.

Mia salió corriendo instintivamente para ayudarlo, pero no estaba en absoluto preparada para lo que vio: un joven, quizá de unos veinte años, con una nube de suave cabello rizado de color castaño y húmedo a la altura de las cejas y la frente empapada en sudor. Pero lo que la hizo retroceder involuntariamente fue el horrible bubón que tenía en el cuello, que hacía que aquella persona casi angelical se convirtiera en alguien a quien debían temer. Entonces lo supo: tenía la enfermedad.

23

Borgo Santo Pietro, viernes, 15 de junio de 2007

Claus captó el interés de Maddie de inmediato. Aun en el caso de que su personalidad no hubiera sido suficiente para ganarse su aprobación, sus acciones desde luego sí lo eran. Tenía una energía y un entusiasmo fantásticos, como Jeanette, pero también una expresión cautivadora que más tarde le parecería una especie de brillo de Papá Noel nórdico. Aunque hablaba con todos, se había presentado explícitamente a Maddie cuando ella llevaba observándolo con Vincent diez minutos.

Con lo cansado que debía de estar, renunció al desayuno y se fue corriendo con su hijo, que no paraba de reírse, a una esquina del jardín donde habían puesto una cama elástica que habían colocado a poca altura del césped y luego la habían rodeado con un seto para que fuera a la vez segura y agradable a la vista. Maddie y Eleanore, que había salido corriendo tras ellos, se habían unido al juego, siguiéndolos para ver cómo el padre subía con ternura a su hijo a la superficie para hacerlo rodar adelante y atrás por el círculo de lona negra bajo el sol, haciéndole cosquillas y abrazándolo para luego saltar suavemente a su lado, con cuidado de no pasarse y aplastar al bebé. Aquello era un asunto delicado, dado que Claus era alto y atlético y la cama elástica, aunque suficientemente resistente, estaba hecha para niños. Aun así, saltaron perfectamente compenetrados, y Claus demostraba tener la fuerza de un tigre con la delicadeza de un corderito.

Al cabo de media hora, que no bastó ni de lejos para cansar a Vincent, los tres volvieron andando a la casa y se reunieron con Jeanette y Søren, que estaban enfrascados en una animada discusión sobre las obras de arte que Milo y Peter habían hecho en el comedor. Las cristaleras que daban al jardín de rosas estaban abiertas. Claus se subió a Vincent a los hombros y se concentró en el efecto de las paredes pintadas. Al cabo de un instante, su mirada transmitió aprobación.

—Me gusta mucho —dijo con un acento agradable y ligeramente musical—. Creo que hace que esta parte del comedor parezca mayor. Y ha captado a la perfección los colores de los limoneros.

A Jeanette le gustó oír aquello, pero sus ojos —de un azul más parecido al de la porcelana que los de Claus— reflejaron un leve desacuerdo.

—Sí, es verdad. Pero Søren y yo estábamos pensando que estaría bien que los árboles representaran una estación en cada pared. Tal vez que en una estuvieran con fruta, pero no igual en todas. Así parecen murales prefabricados, y están hechos a mano, así que deberíamos ver las diferencias.

Claus le sonrió a su esposa y Maddie intuyó que aquella era una expresión que había tenido muchas oportunidades de practicar a lo largo de los años. Era a la vez de admiración y resignación. Dirigió su respuesta a Søren, que estaba sonriendo.

—Eso significa que mi querida esposa querrá que pinten encima de al menos tres de los frescos y que vuelvan a empezar —dijo Claus—. ¿Qué sería de mí si estuviera contenta a la primera? —añadió, abrazando a Jeanette—. Pero, Madeline —le preguntó volviéndose hacia ella—, ¿qué te parece el trabajo que ha hecho con la casa?

—Pienso que a tu querida esposa se le dan bastante bien estas cosas —respondió devolviéndole la sonrisa—, así que creo que un hombre inteligente debería darle carta blanca.

—Justo lo que pienso yo —respondió con su cara de Papá Noel, de modo que Maddie pudo confirmar de nuevo que le caía bien.

Jeanette estaba encantada de haber conseguido lo que quería tan rápidamente.

—Venga, nos hemos levantado tarde y nos hemos perdido por completo el desayuno: ya son más de las doce. Maddie y yo preparamos un festín anoche para la cena y hoy tenemos toda la casa para nosotros, así que sólo tienen que decidir si hacemos un picnic con la cena que se perdieron al lado de la piscina, al sol en el jardín de rosas o a la sombra en el pórtico.

Claus les hizo un gesto a Søren y a Maddie para que eligieran.

Al cabo de un instante, Søren hizo su propuesta:

—¿En el pórtico les parece bien? Si la veo lo suficiente tal vez pueda llevarme la vista conmigo cuando me vaya.

—*Kan du lide hvad du ser?* —le preguntó Jeanette al invitado con una interesante sonrisa.

—*Alt er smukt* —respondió él, riendo.

Maddie entendió, por la expresión de ella y por la reacción de Søren, que obviamente estaba encantada de que le gustara tanto su hermoso valle Serena. Mientras Jeanette se llevaba a Maddie a la cocina para organizar la comida, Claus aprovechó la oportunidad para dar un paseo con Søren y Vincent por los jardines que había cerca de la casa, como Jeanette había hecho con Maddie en cuanto había llegado.

—Tiene muy buen ojo —le dijo Jeanette a Maddie mientras sacaba la comida del refrigerador.

—¿Porque coincide con el tuyo? —bromeó Maddie.

Jeanette sonrió con la mirada.

—No es solo eso. Se da cuenta de todo. Le he estado enseñando la casa durante una hora, más o menos. En cuanto descubrió las vistas, volvió a mirar la casa y me dijo que estaba seguro de que llevaba aquí desde la época de los romanos y que probablemente sería una casa-granja. Puede que tenga razón.

—¿Y qué le ha hecho pensar eso? —preguntó Maddie mientras aliñaba una ensalada.

—Señaló la ubicación defensiva, el control del valle, la forma del terreno. Vio algunas piedras de travertino reutilizadas y dice que son muy antiguas. Pero también me ha preguntado algo fascinante.

Jeanette hizo una pausa, pensando en las consecuencias, y Maddie la miró impaciente.

—Le dije que habíamos tenido que buscar agua, que no habíamos encontrado ningún pozo antiguo que nos guiara ni nada. Dijo que si la casa era romana, tendría que haber una cisterna debajo para mantener fresca en verano el agua de la lluvia que se recogiera en el tejado durante los meses húmedos con el fin de tener un suministro constante de agua. ¿Sabes, Maddie? Ahora que lo pienso sí la hay, o la había, más bien. Cuando excavamos para apuntalar los cimientos, encontramos algo que nos pareció una bodega y nuestra intención es montar una cocina industrial ahí abajo algún día, al fresco, si Borgo se convierte en un hotel con un restaurante con muchos clientes. Pero creo que Søren tiene razón en lo de que era una cisterna. Nunca me había dado cuenta antes.

—Esta casa parece estar llena de historia, Jeanette —convino Maddie—, y eso se nota. Hace que te sientas parte de su supervivencia. Incluso la sensación de comodidad ha perdurado en el tiempo, después de haber acogido a tantas personas, tanto a los peregrinos como a la gente de la propia casa. Eran personas con sentimientos y problemas y, durante cientos de años, vinieron aquí con el corazón y la mente rebosantes de esperanza en busca de algo. Se trata de algo muy especial y nos da una lección de humildad. Además, en mi caso, me hace ver mi propio sufrimiento con cierta perspectiva.

Jeanette miró a Maddie y asintió lentamente. Era la primera confidencia que Maddie compartía con ella y tuvo la sensación de que podría estar acercándose de nuevo a su verdadero yo, reuniendo las fuerzas suficientes para reflexionar y analizar lo que había vivido. Recorrió la pequeña distancia que las separaba y la abrazó con cariño.

—Tu sufrimiento es real como la vida misma, Maddie —le dijo—. Es algo personal que causa dolor y que tiene todo el significado del mundo para quien lo sufre. Tienes derecho a sentirlo. Debes sentirlo. Lo importante es si te hace sentir compasión por los demás o indiferencia ante la propia vida. Y creo que sé cuál de las dos reacciones es más natural en tu carácter.

Maddie, con un nudo en la garganta, aceptó el abrazo y se lo devolvió. Y, por alguna razón, pensó en Neva.

—Sí —respondió—. Y ahora voy a poner la mesa antes de que mis sentimientos me atrapen.

Jeanette pensó que se curaría en cuanto les permitiera que la atraparan, pero no se lo dijo a Maddie, que, de momento, ya había tenido suficiente dosis de realidad. Así que se limitó a sonreírle como solía hacer y le pasó unos cubiertos y unas servilletas.

Søren había dejado a Claus y a Vincent mirando las carpas en el gran estanque que había al lado de la piscina infinita y subió dando saltos los escalones para reunirse con Maddie y Jeanette en la cocina.

—¿Qué puedo hacer? —le preguntó a Jeanette.

Ella sonrió y señaló el aparador.

—Cinco platos y el cuenco que hay ahí dentro para Vincent. Él y Justina comerán al menos un poco de pasta con nosotros. Y tú decides si quieres poner las copas grandes para tomar un poco de Chianti. También hay un delicioso Vernaccia de San Gimignano bien frío, si un blanco te apetece más.

Al cabo de veinte minutos estaban bebiendo a sorbos el Vernaccia al fresco de la terraza porticada. Pasaron los platos de un extremo al otro de la mesa y volvieron a empezar y, en un arcoíris de acentos y con considerable energía, trataron una docena de temas en rápida sucesión. Claus habló brevemente del comienzo de su historia de amor con Italia, como instructor de esquí en los Dolomitas, hacía años. A Maddie no le costó reconocer a aquel hombre en el atlético Claus que estaba sentado enfrente de ella. Luego Jeanette explicó cómo se habían conocido en Londres, por medio de unos amigos que sabían que ambos adoraban Italia.

—Claus estaba saliendo de una difícil ruptura matrimonial —dijo. Maddie la miró y pensó que no le había preguntado nada de aquello desde que había llegado. Justina también habló de su amor por Italia y explicó que había aprendido italiano en la universidad, en Lituania, porque adoraba el arte. Se declaró encantada de haber conseguido allí un trabajo que le permitía practicar el italiano. Y Søren estaba fascinado con Borgo: por su situación, por el ambiente, por el aroma de los limones y, sobre todo, por la elección de Jeanette de los interiores de estilo gustaviano, que, según su opinión, encajaban perfectamente con una casa italiana tan clásica. Añadió que este estilo funcionaba de forma excepcional con la luz que había allí, que revelaba la miríada de matices de los cremas, los blancos, los plata, los grises y los azules tiza, además de los de los detalles dorados de los muebles y las lámparas.

—Me recuerda a la casa de mi abuela en Copenhague. Como el busto de esa mujer tan danesa de ahí —dijo, señalando una pequeña escultura de mármol que había sobre la mesa, en un extremo del pórtico—. ¿Podrías hablarme de ella?

Jeanette bebió un poco de vino y sonrió. La mujer no era ninguna belleza. De hecho, tenía una mirada bastante severa, incluso un poco como de reproche por algo. Pero llevaba años con Jeanette y le tenía muchísimo cariño. El hecho de que Søren se fijara en ella captó su interés.

—La veía a todas horas cuando vivía en Copenhague, en un viejo apartamento que había alquilado en Store Kongensgade durante un año. Estaba fuera, en el jardín, ella sola, muchas veces bajo la lluvia, y a mí no me hacía gracia. Yo tenía muchas cosas sobre las que reflexionar y, con el paso del tiempo, se convirtió en una persona muy cercana a mí. No la perdía de vista y, cuando se acercó el momento de mudarme —dijo casi avergonzada—, le hablé del tema al casero. Le dije que no era justo que estuviera allá fuera, pasando frío. «Ni hablar —me dijo—. No pienso regalársela, olvídelo». Así que lo dejé pasar. Pero unas cuantas semanas después, cuando ya había metido todas mis cosas en cajas y el camión de la mudanza estaba fuera, vino a hablar conmigo. «Creo que olvida algo», me dijo. Y me la puso en las manos.

Aunque la expresión de Jeanette era vivaz y alegre, se quedó mirando a Søren preguntándose qué pensaría de aquella historia tan sentimental, de su curiosa identificación con una mujer inanimada, pero la cara de este denotaba un vivo interés. Analizó entonces minuciosamente su nariz y su delicada mandíbula, su brillante cabello oscuro, peinado hacia atrás desde la frente, y sus ojos de un color castaño claro que no se solía asociar a los hombres escandinavos. Desde luego, no era ningún estereotipo. Era un pensador de naturaleza afable y tenía unos soñadores ojos de poeta. Lo había entendido a la perfección.

Søren observó el busto, que dominaba su sombreada esquina de la terraza. Luego le devolvió la sonrisa a Jeanette.

—Y ahora está a salvo del viento y de las inclemencias del tiempo en la tierra donde los limoneros florecen.

El calor se convirtió en calima sobre el valle y la tarde fue pasando al fresco de la terraza con un par de botellas de vino helado. Vincent y Justina los dejaron para ir a jugar, pero la sobremesa no había hecho más que empezar. Claus le preguntó a Maddie por el trabajo y por las leyes de San Francisco. A ella le chocó lo lejano que le parecía todo desde el lugar donde estaba sentada en aquel momento, pero los tres oyentes escucharon la historia de la gente a la que representaba, del daño que les habían hecho y de la función de Maddie de reunir pruebas de negligencia por parte de la empresa para abrir el caso. Nadie dijo ni una palabra durante un buen rato hasta que, finalmente, Jeanette formuló una pregunta muy sensata:

—¿Por qué no admiten sencillamente que hay un problema y a partir de ahora hacen que el trabajo sea seguro?

—No pueden verlo —respondió Søren—. No están mirando de verdad.

Maddie lo miró y asintió.

—Sí, creo que esa es la respuesta, simple y llanamente.

Pensó en lo maravilloso y liberador que era estar allí sentada con amigos nuevos y hablando así. Allá en casa no había confiado en nadie y la presión sobre su vida personal muchas veces le hacía sentirse exhausta. Aquí había tres personas empáticas e inteligentes que entendían perfectamente cuál era el problema. Ojalá pudiera trasladarle aquello a Pierce.

—Ya está bien de hablar de mí —dijo a continuación, mientras apuraba lo que le quedaba del vino—. Una pregunta para Søren y una promesa firme por parte de Jeanette, si no le importa.

—Pide lo que quieras —respondió ella.

—Obviamente eres danés, como Jeanette y Claus, y estoy muy agradecida porque, afortunadamente para mí, llevan horas hablando en inglés —dijo bajando los ojos para mirar hacia la mesa mientras sacudía la cabeza—, pero ¿podrías explicarme el misterio de cómo es posible que hables pronunciando las vocales como un niño de colegio particular?

Søren se echó a reír.

—¿De colegio particular? No creo que sea así, pero, de todos modos, no es en absoluto interesante. ¿Por qué no pasamos directamente a la promesa de Jeanette? Suena mucho más intrigante.

—No, venga —intervino Jeanette—. Yo también tengo curiosidad.

Søren accedió.

—Está bien, seré breve. Mi padre es profesor universitario en Copenhague. Estaba muy informado culturalmente, así que tuve una infancia con muchos viajes a las ciudades y a las galerías del norte de Europa: Praga, Berlín, París, Viena. Supongo que estaba muy familiarizado con las bellas artes y que tenía una opinión sobre todos los grandes pintores y maestros musicales. Nada de vacaciones en la playa, por desgracia.

Maddie apoyó la barbilla en la mano y asintió. Aunque en cierto modo ella también podía sentirse identificada con aquello, la versión de Søren de una infancia no muy diferente a la suya le sonaba realmente glamurosa, con aquella retahíla de ciudades europeas famosas.

—Mi madre trabaja en el sector salud, pero en sus ratos libres pinta. Su padre, mi abuelo Frederik, era un artista en toda regla; pero también era medio bohemio, por lo que no era muy responsable con su familia. Los abandonó y se fue a vivir a Australia cuando mi madre era una niña. Le enviaba cartas maravillosas, pero nunca dinero. Mi madre lo pasó muy mal por eso. Tal vez esa sea la razón por la que, para ella, pintar es solo una afición y no quiere involucrarse más en ello.

—Entonces siempre tuvo la esperanza de que siguieras los pasos de tu padre y te inclinaras por la seguridad de la vida académica —dijo Jeanette, sonriendo con lástima.

—Exacto —respondió—. Pero cuando acabé el instituto, el gen bohemio debió de llamar a mi puerta. Decidí estudiar arquitectura en Londres porque creía que, si estudiaba lejos de casa, podría tomar mis propias decisiones. Anhelaba hacer algo que me permitiera expresarme, en lugar de depender de lo que pensaran los demás. Cuando llegué a Londres sin la seguridad de mi familia y me encontré con gente de tantas culturas, empecé a conocerme mejor a mí mismo. Confié en mis impulsos creativos y dejé de preocuparme por el hecho de que mi madre no los aprobara. Estudié en Bartlett, lo cual fue una experiencia increíble; luego hice un máster y nunca he pensado en volver.

—Pero aún tienes un barquito en Dinamarca, según me has dicho, algo que me encanta —añadió Claus con entusiasmo. Luego le guiñó un ojo a Maddie—. Puedes confiar en los navegantes, Madeline. Siempre vienen bien en medio de una tormenta.

Maddie esbozó una sonrisa y miró a Claus pensando que aquel era un comentario muy extraño, aunque también muy perspicaz.

Se volvió de nuevo hacia Søren.

—Pero ahora diseñas jardines en lugar de edificios, ¿no?

—Me gusta ensuciarme las manos, pero vamos, ¿qué pasa con lo de la promesa de Jeanette?

Jeanette se cambió de sitio para sentarse en la silla de mimbre que había cerca del extremo de la terraza y encendió un cigarro.

—Maddie, ¿te importaría si les digo rápidamente unas cosas a estos chicos en danés?

Maddie asintió y Jeanette le habló a Søren rápidamente de la construcción del jardín de rosas, de la excavación para el muro y del hecho de que habían encontrado varios cadáveres mientras cavaban. Le explicó que habían llamado a las autoridades y que no sabían si avisar a un equipo de homicidios o a un arqueólogo.

—A un arqueólogo, por supuesto —respondió Søren en inglés—. No solo por la antigüedad de la villa, sino también porque has dicho que antes aquí había una iglesia.

—Bueno, sí y no —respondió ella—, porque al final resultó que se convirtió en un trabajo para arqueólogos y antropólogos, y no para la policía. Pero no creo que tenga nada que ver con la antigua iglesia. Ni siquiera conocemos su ubicación a ciencia cierta.

Claus la interrumpió:

—¿No habías dicho que pronto nos devolverían los huesos?

—Están acabando las pruebas —respondió, y asintió mirándolo—. De hecho, tengo algo excepcional que contarte. ¿Te acuerdas, Claus, de que encontramos dos de los cuerpos con los brazos extendidos el uno hacia el otro, como si fueran dos amantes dándose la mano?

—Ambos tenían cadenas alrededor del cuello y nos preguntamos si se trataría de un pacto de suicidio —añadió él con una sonrisa que no encajaba demasiado con la seriedad de la frase—. ¿Estábamos en lo cierto?

Maddie había estado jugueteando con el pelo mientras hablaban en danés, retorciendo los consistentes rizos para recogerse el pelo en un moño y estar más fresca, pero se detuvo y se inclinó hacia Jeanette.

—Han examinado tres cadáveres diferentes y dicen que pertenecen a la época medieval —continuó Jeanette—. Dicen que, según la prueba del carbono 14, serían de entre 1250 y 1420. Y si son de mil cuatrocientos y algo, Søren, no pueden tener nada que ver con la iglesia, porque se derrumbó en 1250 o 1260.

—¿Peregrinos, tal vez? —preguntó Søren—. ¿Murieron aquí, a kilómetros de distancia de su hogar?

Jeanette negó con la cabeza.

—Han analizado los dientes y todos llevaban una dieta toscana. Probablemente eran de clase media porque han encontrado restos de pescado y de proteínas de carne, y las clases bajas se alimentaban más a base de verduras. El estroncio del agua también demuestra que eran de la zona.

Todos inclinaron la cabeza hacia ella, pero fue Maddie quien formuló la pregunta:

—Jeanette, ¿quiénes eran?

—El objeto de metal que desenterraron cerca de uno de los cuerpos resultó ser el dardo de una ballesta que probablemente les causó la muerte. ¡Y eran todas mujeres! —añadió, abriendo aquellos hermosos ojos azules.

24

Santo Pietro in Cellole (la Toscana),
víspera de Todos los Santos de 1347

Se encontraba bien. Tenía la moral alta y estaba de buen humor cuando llegamos a Roma hace cinco días.

Porphyrius levantó el cuerpo de su amigo y lo dejó sobre una cama que había en las habitaciones de invitados de los establos. Mia pensó que, por la forma en que lo había cogido como si fuera un niño, parecía no pesar nada, aunque aquel joven era muy alto y era ancho de hombros.

—Habíamos oído hablar de esos bubones —le dijo a Porphyrius—, pero nunca me habría imaginado que fueran tan monstruosos.

—Se ha levantado hoy con él —respondió.

Agnesca Toscano, después de colocar con cuidado unas almohadas bajo la cabeza del hombre enfermo, miraba de cerca su rostro. Le tocó la frente y luego examinó el bulto. Le aflojó la ropa alrededor de la garganta y descubrió que había tres de aquellas horribles protuberancias, la peor de ellas del tamaño de un huevo pequeño.

—Es alarmante lo caliente que está al tacto —les comentó a ambos.

Mia asintió y desapareció por la puerta de la habitación del jardín.

Porphyrius miró a su mujer con ansiedad.

—La fiebre empezó hace dos o tres días; desde luego estaba enfermo cuando llegamos a San Quirico, aunque ya estaba aturdido y no era el mismo cuando dejamos Bolsena. Eso hizo que, desde allí, tuviéramos que ralentizar la marcha. Hoy temblaba con tal violencia que creí que no iba a aguantar en la silla. Y durante estos dos días de fiebre ha expulsado todo lo que tenía en el estómago. Ha perdido el apetito, pero hoy ni siquiera es capaz de retener el agua.

—¿Quién es, Porphyrius? —le preguntó ella.

—Es Gennaro, Agnesca —respondió este en voz baja—. Te he hablado de él muchas veces. Éramos amigos de la infancia y fue él el que me animó a superar todos los problemas cuando le confié mis sentimientos por ti. Bien sabe Dios que ya tenía suficiente con los suyos, pero aun así tuvo palabras sabias que ofrecerme y me alentó para no abandonarte aunque tu familia estuviera radicalmente en contra de nuestra relación.

—Sí, lo recuerdo —respondió ella—. Su familia se vio obligada a dejar Volterra hace algunos años. —Estaba dividida entre la admiración por la lealtad de su marido hacia un amigo y la preocupación por que hubiera compartido alojamiento con alguien tan enfermo como aquel pobre hombre durante varios días—. ¿Cómo es que viajabas con él?

—Casualidades de la vida, Agnesca. Yo estaba esperando sin demasiada esperanza un barco de Messina, después de que cundiera el pánico en el puerto y todos fueran desviados. No te puedes imaginar el caos que reinaba allí. Finalmente logré volver al continente porque les llevaba un día de ventaja a las peores noticias sobre la enfermedad, pero, después de aquello, todo movimiento se detuvo. Fue la fortuna la que hizo que Gennaro viajara uno o dos días por detrás de mí. Él ya tenía un pasaje en un pequeño barco para Salerno. Por suerte para mí, ese barco procedía de Sicilia e iba al puerto calabrés a dejar pasajeros que se habían quedado varados y que habían pagado grandes sumas de dinero por el privilegio de ser transportados por mar. Me encontró en el puerto de Reggio, donde yo buscaba un velero para ir a Nápoles o a Ostia. El hecho de que consiguiera persuadir a la tripulación para llevarme con ellos fue la respuesta a mis plegarias. Si él no hubiera aparecido, me habría quedado allí atrapado y me hubiera visto obligado a tomar la peligrosa ruta terrestre.

La cara de su mujer se relajó, dibujando su sonrisa habitual.

—Entonces agradezco que te encontrara, la verdad. Aunque no sé qué nos puede haber traído.

—Tengo fe en ti como sanadora —le dijo acariciándole el cabello de modo tranquilizador.

—Esto podría estar fuera de mi alcance, Porphyrius.

Mia reapareció en la puerta portando un pequeño balde de madera, un cazo y unos jirones de sábanas viejas.

—Está fría, *la raggia* —advirtió—. He cogido el agua directamente de la cisterna. Y he traído hierba santa del jardín del unicornio.

—Bien pensado, Mia, y muy propio de ti —respondió su amiga—. Hay que machacar la planta y hacer una infusión. Luego intentaremos que beba un poco. Tal vez eso haga remitir la fiebre.

—Le he pedido a Chiara que traiga agua caliente precisamente para eso —comentó Mia—, ahora mismo viene.

Porphyrius se apresuró a coger el balde que llevaba y lo puso sobre un taburete al lado de su amigo.

—Hemos de enfriarle el cuerpo, Mia —dijo la *signora* Toscano—. Es lo que más me preocupa. No sé qué hacer con esas enormes ampollas, pero empecemos por reducir la sudoración, si podemos.

Porphyrius ayudó a su esposa a deshacer los nudos del jubón de su amigo y a desatar la elegante camisa y, con cuidado, ella y Mia le pasaron los paños húmedos por el pecho y la cara. Mia se dio cuenta al instante del fuego que tenía en la piel y pensó que cualquier hombre con una fiebre tan alta a duras penas sobreviviría una hora más. Recordó que su tía había cuidado una vez a un joven que tenía un calor ardiente semejante que le devastaba el cuerpo. Rápidamente había empezado a delirar y nunca más había despertado. El amigo de Porphyrius, sin embargo, parecía sentir alivio con los paños fríos. Los temblores disminuyeron. Pronto los dientes dejaron de castañetearle tanto y empezó a respirar mejor, pero hizo un gesto de dolor y se retorció cuando Mia le pasó el trapo por la axila. Esta creyó que había aplicado sin querer demasiada presión, le levantó el brazo con cuidado y descubrió otro bulto, mayor que los del cuello.

—¿Puedes sajarlos, Agnesca? —preguntó Porphyrius—. Hoy se quejaba mucho del dolor que sentía en el cuello y también en las extremidades. No se creía capaz de resistir el viaje y me insistió para que regresara a tu lado sin él.

—No sé qué hay dentro de los bubones —respondió ella—, pero dudo que sea pus. No soy médico e ignoro el arte de restablecer los humores. Tal vez el hecho de intervenirlos lo debilite, y la fiebre que sufre es demasiado peligrosa. Creo que, por ahora, es mejor dejarlos y observarlos, pero me gustaría introducirle hierba santa en el estómago. Tal vez haga disminuir la fiebre y los dolores de los que hablas.

Porphyrius sujetó el cuerpo de su amigo mientras las dos mujeres continuaban aplicando compresas frías sobre el rostro de Gennaro, evitando ahora con cuidado las zonas delicadas alrededor del cuello y bajo los brazos. La *signora* Toscano le pidió a Mia que abriera las cubiertas de cuero de las dos ventanas de la habitación que hacían las veces de cristales, para permitir que el aire circulara sobre su cuerpo humedecido. Al cabo de un instante, Chiara llegó con una jarra de agua humeante e, inmediatamente, Mia dobló y aplastó la planta antes de introducirla en ella. Pasado un rato metió el cazo dentro y se lo acercó a los labios, animándolo para que bebiera. Él escupió, pero tragó parte del líquido.

A continuación, Agnesca envió a su marido a buscar corteza de los sauces que bordeaban el río más abajo de la villa y, cuando este regresó con ella un cuarto de hora más tarde, la añadió al agua caliente para hacer más fuerte el té. Los tres se sentaron mientras las mujeres le ponían compresas frescas sobre la piel para luego administrarle la tisana hecha de corteza y pequeñas flores de hierba santa. Al cabo de media hora sus dientes habían dejado de castañetear y, después de una hora más, la fiebre había disminuido de forma considerable. Pasada otra hora, abrió los amoratados párpados, lo justo para quejarse de que la luz de las ventanas le estaba molestando. Mia dejó de nuevo la habitación a oscuras y el joven se durmió, víctima del agotamiento, justo en el momento en que Jacquetta fue a buscarlas a la habitación del jardín.

—Me alegro mucho de verte, Porphyrius —le dijo de todo corazón—. Aunque nunca dudé que regresarías a casa con nosotras sano y salvo.

El pequeño grupo se había trasladado a la zona de cocinar para proporcionar un poco de tranquilidad al enfermo. Jacquetta escuchó el testimonio de Porphyrius, que le pareció muy juicioso y mesurado, a diferencia de las habladurías que había escuchado de los caminantes. Aun así, también le preocupó. Fuera lo que fuera, aquel mal al que nadie podía dar nombre estaba ahora con ellos allí, en Santo Pietro in Cellole.

—Los hombres que nos han informado sobre ello mencionaron su manifestación aguda y repentina, Porphyrius —señaló—. Sin embargo, tú nos has remontado varios días atrás para contarnos la historia de tu amigo. ¿La fiebre empezó hace dos o tres días?

—Vinimos directamente desde el sur, Jacquetta —respondió él—. Sabía que Agnesca estaría preocupada y estaba ansioso por llegar a casa. El barco tenía el viento a favor y no tuvimos ningún problema para encontrar caballos en Salerno, donde nadie habla de la enfermedad. Insistí en que fuéramos más rápido. Creía que, simplemente, lo había presionado demasiado y que estaba fatigado, hasta que le subió la fiebre y empezó a vomitar la comida. Y hoy le han salido esos bultos de los que todos los hombres hablaban en Messina: hinchados bubones que revientan expulsando sangre rancia.

Su mujer estaba intentando hacerse una idea del desarrollo en el tiempo de la enfermedad.

—¿Estás diciendo que Gennaro ha estado en Messina hace poco más de una semana?

—No. Debe de haber sido hace diez o doce días —le respondió Porphyrius—. Yo estuve dos en Reggio y llegué a Messina dos o tres días antes que él.

Jacquetta contó con los dedos y pareció turbada.

—¿No hubo señal alguna de la enfermedad hasta que se presentó la fiebre?

—Digamos que al cabo de una semana de salir de Sicilia estaba en estado febril —respondió después de meditarlo—. La fiebre se agravó al cabo de uno o dos días. Al mismo tiempo empezó a quejarse de malestar estomacal, perdió el apetito y dejó de retener alimentos en el estómago. Puede que fuera anteayer cuando noté que empezaba a ignorarme. Yo le hablaba, pero él no respondía. Parecía débil y me preocupaba que se cayera del caballo. Era totalmente ajeno al viaje de vuelta a casa, así que tomé sus riendas y lo guié como a un niño, lo que nos hizo reducir la marcha estos últimos días, en comparación con los anteriores.

—Los peregrinos del norte comentaban que en Génova la gente caía enferma al momento —apuntó Mia.

—Entonces puede que tu amigo tenga una enfermedad diferente, Porphyrius —dijo Jacquetta con premeditada calma.

—Aun así —rebatió Agnesca—, los caminantes insistían en la cuestión de los bubones, y él los tiene.

Decidir qué hacer a continuación poseía extrema importancia. Todos eran conscientes de que el factor tiempo era importante y de que, si se apresuraban, tendrían más posibilidades de vencer a aquella enfermedad, fuera cual fuera. Agnesca Toscano, además, estaba intentando decidir si podían considerar a Porphyrius totalmente fuera de peligro.

—¿Qué nos puedes contar de él? —le preguntó a su marido—. ¿Ha sido siempre un muchacho robusto y con buena salud? La fiebre le ha atacado durante dos o tres días, lo cual tiene un efecto nefasto sobre el corazón. Pero está tratando de aguantar.

Él cogió la mano a su esposa y la apretó con ternura.

—Es fuerte de cuerpo y mente —respondió—. Cada minuto de vida ha gozado de buena salud, que yo sepa. Lo entrenaron desde niño para empuñar una espada y es igualmente competente con una ballesta o leyendo latín, dado que es hijo de un noble de Volterra, Agnesca.

Porphyrius miró a Jacquetta.

—Creo que tiene algún parentesco contigo, Jacquetta, o al menos con Mia —concluyó en voz baja.

Las tres mujeres respondieron a tal afirmación con unas caras que hicieron que sobraran las palabras. Todas querían saber de quién era hijo Gennaro.

—Me ha parecido entenderlo de forma implícita, Jacquetta, te pido disculpas si he supuesto demasiado. ¿Mia es hija natural del obispo Ranuccio? —preguntó Porphyrius en un tono lo más discreto posible.

Jacquetta y Mia respondieron a la pregunta con expresiones dispares: la primera con aire enigmático y la segunda con una profunda fascinación.

—Si fuera así, entonces Gennaro sería su primo —dijo Porphyrius sonriendo con dulzura—. Él también es un Allegretti: el sobrino del obispo exiliado.

25

El turno de Søren en la cocina el martes por la mañana había dado como resultado unas tortitas de estilo americano acompañadas con tocino y una cucharada de sirope de arce, que había encontrado en abundancia en la cocina de Jeanette. Las hizo en honor a Maddie, a quien, a decir verdad, le parecían un poco pesadas. Pero había sido todo un detalle y le había hecho sonreír. Ya había reconocido en la cena de la noche anterior que el delicioso Chianti de la zona le había robado el corazón, a pesar de su lealtad hacia el vino de Napa, y estaba adquiriendo rápidamente un paladar toscano tras poco más de una semana en Borgo. Así que el hecho de que Søren sacara a relucir los placeres del desayuno de su parte del mundo le hizo muchísima gracia.

—Cuando era niño, desayunaba un huevo hervido y carnes frías —dijo—. En Estados Unidos hacen los mejores desayunos del mundo.

Mientras exprimían las últimas gotas de café en la terraza, le había preguntado si le apetecía ir a dar un paseo a Siena. Él tenía pensado pasar la mañana en la biblioteca de la universidad y visitar el Orto Botanico dell'Università di Siena. Se trataba del jardín botánico histórico de la ciudad, el lugar perfecto para investigar las plantas que crecían allí en el periodo medieval y buscar inspiración para diseñar el jardín. Después tal vez podrían comer por allí. Ella accedió al instante y se dirigió rápidamente a su habitación para ponerse un sombrero para protegerse del sol y unos mocasines para caminar cómodamente sobre los adoquines. Pero a las nueve y media Maddie tomó la decisión de obviar el sombrero y, en lugar de ello, se embutió la melena en una vieja gorra de paño de Claus mientras pasaban volando por delante de la abadía de San Galgano con Søren al volante.

—¡Vas en sentido contrario! —le gritó a este, riéndose con el viento en la cara, mientras cogían la carretera secundaria.

Por suerte no había tráfico y él le respondió con toda tranquilidad, también riéndose:

—¡No te preocupes, no tardaré en cogerle el truco!

El Mini descapotable era perfecto para las sinuosas carreteras toscanas que separaban Palazzetto de Siena. Maddie le miró de soslayo y vio cómo sus gafas de sol captaban la luz cambiante entre los árboles. Ahora que su cerebro se había pasado al modo seguro de conducir por la derecha, ella se sentía cómoda sentada a su lado mientras él hacía girar el pequeño automóvil por las curvas. Además, el viento y la superficie de la carretera hacían el ruido suficiente como para que ella pudiera observarlo todo sin pensar en nada y sin sentirse obligada a hablar.

Maddie sabía que habían invitado a Søren a Borgo el fin de semana para que Jeanette le diera su aprobación como arquitecto para el nuevo jardín. Era una oportunidad para «conocerse mejor» sin compromiso, pero al cabo de los tres días habría que tomar una decisión en firme. Jeanette parecía encantada y segurísima de que era la persona correcta. Claus le había preguntado a Søren si podría quedarse unos días más para investigar sobre las plantas de la zona, plantear un diseño auténtico, discutir las ideas que podían surgir y darles un presupuesto aproximado del proyecto.

El domingo después de comer, Maddie se había disculpado ante el grupo y se había levantado de la mesa con la excusa de enviar unos correos electrónicos, pero observó cómo los otros tres se alejaban de la casa, enfrascados en una conversación en danés, hacia la agreste zona sin explotar de la propiedad. Vio que Søren iba pertrechado con metros, una cámara y un zurrón de cuero al que trataba con mucho cariño y que lucía una delicada pátina adquirida con el tiempo. Se preguntó si aquella bolsa contendría pistas sobre toda su vida.

Maddie había finalizado sus obligaciones en lo relativo a los correos electrónicos y ahora, en completa soledad, disfrutaba sentada en uno de los grandes sillones de mimbre mientras le echaba un vistazo a un rotativo inglés que Søren había traído de Londres. Dejó el periódico a un lado y observó fijamente la colinas, las *crete*, como las llamaban los lugareños. Mientras miraba hacia el lejano horizonte, se fijó en las ruinas de lo que parecía haber sido un antiguo castillo, que emergían del bosque primigenio. Los colores del valle tenían tonos apagados debido a la bruma que generaban las lluvias de primavera y que suavizaban el efecto de la luz, incluso en un resplandeciente día de junio. Se sintió identificada con el paisaje, algo que, en cierto modo, no podía explicar. Era algo comparable a la influencia que tenía sobre ella la luz de su lugar de nacimiento, California. Sin embargo, allí la luz del sol era más descarnada y a menudo se colaba en sus pensamientos y en sus sentidos, aunque también la adoraba. Pero en la Toscana el paisaje alimentaba sus ideas, era como si formara parte de su mente. Era bastante diferente.

Mientras estaba inmersa en aquellas reflexiones, la expedición regresó charlando animadamente, todavía en danés, aunque cambiaron sin problema al inglés en cuanto vieron a Maddie. Jeanette dijo algo del café, y en cinco minutos salió de nuevo por las puertas de la terraza con una bandeja.

—Søren cree que antiguamente había plantaciones alrededor de la casa. Cuando llegamos, la mayoría de ellas se habían convertido en zarzales. Pero hemos estado haciendo un poco de «arqueología del paisaje».

Maddie le miró de forma inquisitiva.

—Creo que había varias zonas ajardinadas alrededor de la casa. Todas ellas tendrían un fin, no las usarían solo para plantar alimentos o con fines ornamentales. La mayoría de los jardines tenían un significado mucho más profundo. Hay restos de linderos en algunos lugares y eso está relacionado con el concepto de «paraíso», que procedía directamente de los persas. Fueron ellos los que acuñaron el término, que hacía referencia a una especie de parques de gran belleza donde había también animales. Muchos de ellos estaban amurallados. Aquellos jardines estaban de moda en las grandes propiedades en la época medieval, pero también tenían un gran componente religioso.

—Un jardín encantado —dijo Jeanette con aire soñador—. Algunas leyendas locales cuentan que este lugar siempre ha tenido algo diferente, en cierto modo hasta místico, al igual que las personas que han vivido en él. Una anciana del pueblo me contó que la peste que asoló Europa a finales de la década de 1340, que acabó con más de la mitad de la población de Volterra y Siena, no afectó a la gente de Borgo.

—Tal vez este valle sea como el Vale of Health de Londres —sugirió Søren—. La peste tampoco llegó allí. ¡No hay ni ratas ni moscas!

—No —dijo Jeanette—. Aquí fue diferente. Las historias hablan de una especie de mago que vivía aquí, que consiguió mantener a raya la peste. Aunque puede que no sean más que historias de ancianas.

Circulaban por la SS73 y Maddie acababa de ver una señal que anunciaba un pueblo que le resultaba familiar, Sovicille, cuando de pronto el sol brilló a través del parabrisas y el exceso de luz la hizo parpadear. El coche trazó una curva cerrada en la estrecha garganta por la que discurría un río con una corriente inusitadamente fuerte, si tenían en cuenta que estaban en verano, y a la derecha de la carretera apareció un puente misteriosamente aislado.

—Oh —dijo mientras posaba la mano sobre el brazo de Søren—. ¿Podemos parar un momento? ¿Puedes detenerte por aquí?

A pesar del ruido ambiental, Søren percibió un tono en la voz de Maddie que le hizo reaccionar con rapidez y salir de la carretera para detenerse en el acotamiento. El puente, compuesto por un único e impresionante arco y sin pretil alguno, cruzaba un río que, según la señal, se llamaba Torrenta Rosia.

Søren asintió.

—Jeanette dijo que pasaríamos por aquí —declaró—. Creo que se llama Ponte della Pia. Comentó que era un importante cruce de la antigua carretera que conectaba Siena y el valle del Merse con la Maremma, durante la Edad Media. Creo que dijo que databa del siglo XIII, aunque parece romano.

Maddie apenas lo oyó. Estaba profundamente impresionada por aquella simple estructura. Su forma era realmente evocadora. Aunque parecía difícil que se siguiera usando, en cierto modo continuaba siendo un delgado nexo de unión entre ambos lados de la sima, como si poseyera algún significado místico.

—¿Podemos cruzarlo a pie?

La expresión de Søren era una mezcla de duda y respeto por su carácter aventurero, pero sentía curiosidad por la forma en que Maddie había reaccionado al ver el puente. Le echó un vistazo al calzado de la americana y le siguió la corriente.

—Claro, ¿por qué no? —Extendió el brazo detrás del asiento, sacó una cámara y una guía de bolsillo de la Toscana de la bolsa y salió del coche.

Maddie había abierto y cerrado la puerta del copiloto con cuidado, casi como si no perteneciera a aquella escena. Se recostó contra el vehículo un momento y se quedó mirando el puente. Oyó la voz de Søren, que leía un extracto de la guía.

—Era romano —informó—. Pero lo reconstruyeron en la época medieval. Dejó de ser transitable para los vehículos cuando los tanques alemanes lo cruzaron en 1944 y destruyeron los pretiles. Cuenta la leyenda que, en las noches de luna llena, suele aparecerse el fantasma de una mujer. Lleva el rostro cubierto con un velo blanco y cruza el puente sin tocar el suelo con los pies. Los lugareños han sido testigos de su presencia en repetidas ocasiones a lo largo de los siglos. Dicen que es el fantasma de Pia de Tolomei.

—¿Quién era? —preguntó Maddie.

—Una noble de Siena que, al parecer, encontró la muerte en un sitio totalmente diferente —dijo mientras seguía leyendo—. Pero cruzó el puente en su camino desde Siena para contraer matrimonio en contra de su voluntad y solo su marido conoce el secreto, según Dante, de cómo murió.

Maddie sonrió con tristeza.

—Ese es el tipo de historias que le gustan a mi hermana —comentó—. Las de mujeres medievales a las que prácticamente emparedaron vivas.

Søren sonrió.

—¿No está casada?

Maddie negó con la cabeza.

—Este mundo es antiquísimo —dijo ella.

—¿Más que el tuyo, quieres decir?

Søren la observó detenidamente. Se había sumido en el placer de admirar su rostro desde la primera vez que la había visto: aquel fabuloso e imposible cabello que nunca podría pertenecer a una reina del baile, el largo cuello estilo *quattrocento* y aquellos exquisitos ojos almendrados que, posiblemente, no emocionaban a sus amigos del colegio, pero que serían capaces de embelesar a los espectadores durante medio milenio mirando desde un marco dorado.

—¿No te das cuenta de que forma parte de ti? —dijo con dulzura—. Desde luego tanto como las autopistas de doce carriles o las líneas de metro infinitas. Quizá lo hayas desterrado de tu ser, pero todos somos descendientes de un diminuto puñado de ancestros, independientemente de dónde vivamos ahora, y tú todavía tienes una estirpe tentadoramente clara de familiares que no podían vivir demasiado lejos de aquí, probablemente en la época en la que repararon el puente.

Maddie asintió. Se subió con cuidado al arco de piedra por uno de los extremos y agarró la mano que él le ofrecía para recobrar el equilibrio. El río no estaba muy lejos, pero no le daba miedo, a pesar de que el puente era relativamente estrecho y, al no tener pretil, no parecía demasiado estable. Notó una extraña sensación, como si se estuviera hundiendo: el puente literalmente se estaba viniendo abajo por el otro lado. Más que miedo, sintió pena por él. No se le iba de la cabeza la historia que Søren le había contado sobre Pia. El motivo no eran ni los fantasmas ni los matrimonios infelices de tiempos pasados, ya que aquello era más el terreno de Barbara que el suyo. Aun así, no podía evitar sentir una especie de compasión visceral, aunque no sabía por quién. No era por la mencionada Pia, pero tenía que ver con la piedad. Eso era lo que significaba la palabra italiana *pia:* «piadosa». Dio unos cuantos pasos más, pero no llegó muy lejos. Los sentimientos, más que la ansiedad, se lo impidieron y Søren, que estaba detrás de ella dispuesto a cruzar, cambió de idea y le tendió una mano. Entendió la situación y se abstuvo de hacer preguntas.

Se tomó su tiempo para hacer unas cuantas fotos mientras ella miraba y esperaba. Pero hasta que no estuvieron de nuevo en el coche con el cinturón puesto, la respuesta emocional de

Maddie ante el puente no se apaciguó. No intercambiaron palabra hasta que el coche atravesó la pequeña aldea de Rosia, donde, al ir a menor velocidad, la carretera hacía mucho menos ruido.

—El otro día, antes de hablar contigo, te había estado observando —dijo él mientras reducía la marcha—. Me dio la sensación de que estabas contando los anillos del edificio de la capilla de Montesiepi. ¿Sacaste algo en limpio? Había 24 anillos blancos y 24 rojos.

Maddie se puso las gafas de aviador y ocultó los ojos.

—¿Me estabas observando?

—Me gusta contemplar las cosas y a las personas.

Por alguna razón a Maddie le agradó aquello, aunque fácilmente podía haber tenido el efecto contrario. Se dio cuenta de que era una persona muy observadora. Las comisuras de los labios le concedieron una sonrisa.

—¿Que si saqué algo en limpio? —reflexionó—. Aún no había llegado a ninguna conclusión, pero mis cálculos coinciden con los tuyos. Jeanette me dijo que se especulaba con que los caballeros de la Orden del Temple podían haber construido la capilla para alguien de su orden. Los templarios eran los dueños del castillo de Frosini, que queda cerca de allí, y estaban relacionados con la abadía, según cuenta una leyenda local. Así que tal vez Galgano fuera suya. Usaban números sagrados y estaba pensando en el significado de los 12 apóstoles y las 12 tribus de Israel. ¿Jacob no tenía 12 hijos? Puede que la capilla tuviera su origen en eso. ¿Crees que fue intencionado?

Søren aceleró un poco, y le dio una respuesta sorprendente. Lo hizo con un tono de voz carente de énfasis, pero que invitaba al debate.

—El año tiene 12 meses y 12 son, por supuesto, los signos del zodiaco. Al parecer por eso para los babilonios el 12 era un número sagrado en los cielos durante la mayor parte de la Antigüedad. ¿Y qué me dices de las doce ciudades de la liga etrusca? Ellos les transmitieron a los romanos la idea de que el número doce estaba relacionado con el gobierno y la ley. El derecho romano estaba constituido por doce tablas. Y también estaban los siete periodos de doce años que marcaban el ciclo vital de los etruscos —dijo casi como si estuviera pensando en voz alta—. Según ellos, los ancianos solo podían llegar a los ochenta y cuatro años, ya que más allá de esa edad nadie conseguía seguir comprendiendo los consejos de los dioses. —Hizo una pausa con aire divertido—. Es una cantidad más generosa que los setenta años de la Biblia.

Maddie le miró.

—Esos etruscos están por todas partes. Nunca había pensado en ellos antes. Pero desde luego demostraban tener respeto por la edad, ¿no crees? —Luego, tras dudar unos instantes, decidió tomarle un poco el pelo—: Entonces, ¿qué más viste en Montesiepi, además de a mí?

—Me recordó a las formas etruscorromanas de los sepulcros y las tumbas, e incluso al panteón. Me pasé una semana analizándolo y dibujándolo cuando era estudiante. Me pregunto si su origen será mucho más antiguo, tal vez se trate de un emplazamiento de la era precristiana que fue reutilizado. Me pareció hermoso e impresionante.

—Sí, a mí también —respondió ella con suavidad.

Se enfrascaron en sus propios pensamientos, Maddie mirando hacia delante perdida en sus propias impresiones y Søren siguiendo las señales que prometían una Siena invisible hasta que, al cabo de unos diez minutos, sonrió de pronto cuando el coche llegó a lo alto de un cerro. Desde allí pudieron ver las dos colinas sobre las que habían construido la vieja ciudad.

—Ahora lo entiendo —dijo él—. Es como la recompensa de una búsqueda.

Maddie asintió lentamente, emergiendo de un sueño, y añadió:

—Y es impresionante.

El pequeño coche alcanzó la cima y el paisaje se extendió bajo ellos a unos cuatro kilómetros de distancia. La ciudad, con sus torres y *palazzi* de antiguos ladrillos y baldosas de color rojo, se diferenciaba claramente de la zona de expansión urbana descontrolada, que se había extendido principalmente hacia el oeste.

Maddie recordó el viaje a Venecia que había hecho con Christopher y que había sido su primer contacto independiente y adulto con Italia, aunque Venecia era una especie de cuento de hadas. Ahora, ante ella se extendía una extraña yuxtaposición del mundo antiguo y del nuevo, asentada en las colinas circundantes. Tenía unas vibraciones totalmente diferentes, lo que la emocionó y, al mismo tiempo, la puso un poco nerviosa.

Tras varios giros rápidos y algunos cambios de carril, Søren tomó la salida del sur que decía: «Porta Tufi».

—Encontrar un sitio para dejar el coche en Siena es todo un reto —comentó—. Permanece atenta a las señales azules con una «P», a ver si encontramos el estacionamiento de Il Campo.

—Está bien —repuso ella—. Creía que era la primera vez que venías.

—Y lo es, pero Claus me ha dado unas indicaciones excelentes. Ojalá logremos seguirlas.

Søren condujo el Mini por las calles hasta el extremo de la ciudad antigua y Maddie observó fascinada cómo los habitantes se ocupaban de sus quehaceres. Le encantaban las estilosas chicas en las motos que pasaban zumbando entre el tráfico. A pesar de la advertencia de que se trataba de una zona peatonal, pasaron bajo las antiguas puertas de la ciudad, como Claus les había indicado, y la escena adquirió incluso más riqueza. La incongruencia de los sacerdotes con sotana contrastaba con los hombres de negocios de traje. Las ancianas, que llevaban chal incluso en verano, armonizaban con los edificios, aunque en cierto modo eran desplazadas por la modernidad de la vida que las rodeaba. Todo el mundo parecía enfrascado en una apasionada conversación con alguien, o caminando con convicción entre la multitud o bien parados en la acera. Aquí y allá había grupos de turistas que emergían como extrañas islas en un río de gente que las bañaban.

—¡Ahí! —exclamó Maddie, riéndose—. ¡Es una «P» de Il Campo! Rápido, gira a la derecha.

Pero Søren también estaba observando a la gente y tomó el camino equivocado.

—¡Da la vuelta, da la vuelta! —gritó Maddie, divertida, mientras ponía la mano sobre el volante.

Algunos de los transeúntes de la acera se echaron a reír señalándoles la dirección correcta. Para su propia sorpresa, Maddie los saludó con la mano. Søren encontró el desvío entre un autobús articulado y una señora mayor que conducía una Vespa y se metió por la estrecha calle, también riendo. Aquello tenía un aire de caos y elegancia, pero lo que hacía que la escena fuera extraordinaria era el remolino de actividad sobre el telón de fondo de las maravillosas construcciones medievales de ladrillo. El contraste entre lo antiguo y lo moderno formaba parte de aquella vida y Maddie reflexionó sobre lo que su compañero había dicho antes. La gente vivía allí, en medio de, al menos, mil años de historia visible y todos iban hablando por el celular o escuchando un iPod sin ser conscientes de ninguna incongruencia.

—Supongo que tienes razón —le dijo de pronto a Søren—. Todos procedemos de los mismos comienzos, aunque esto está muy lejos de las calles de mi hogar.

Él asintió.

—También es muy distinto a Copenhague, pero adoro todas las diferencias. —Metió el coche en el estacionamiento y sonrió—. Hemos llegado.

Las indicaciones de Claus habían sido excelentes. Aunque en el casco antiguo de la ciudad el tráfico estaba prohibido, el estacionamiento de Il Campo estaba bien situado y la salida estaba muy cerca del corazón de la ciudad vieja. El Duomo y la Universidad de Siena, con sus diferentes departamentos, estaban cerca y se podía ir a pie, así como el Campo, el escenario más teatral de la carrera de caballos más famosa del mundo: el Palio delle Contrade.

Søren cogió el zurrón del asiento trasero y se dispusieron a abandonar el vehículo.

—Me encantaría tomarme un café antes, pero si me entretengo llegaré tarde y eso sería de muy mala educación. Me llevará unas dos horas, pero es posible que la búsqueda me conduzca a la Pinacoteca Nazionale di Siena, que también tiene una gran colección de documentos. ¿Qué te parece si nos vemos para comer en algún sitio alrededor de la una y media? A esa hora la mayoría del personal se habrá ido y todo cierra durante dos horas en verano. Puedo retomar el trabajo más tarde, si necesito aún más inspiración.

—Suena bien —respondió Maddie liberando el cabello cautivo de la gorra y guardándola en el bolso—. ¿Intento reservar en algún sitio? Puedo mandarte un mensaje para quedar. Dame tu número. Jeanette me ha dejado su guía Michelin y me ha dicho que es fiable cien por cien en cuestiones gastronómicas.

—Me encantan las mujeres que saben dónde comer —rio Søren—. Mándame un mensaje y te encontraré. —Garabateó el número en un bloc de notas que había sacado del zurrón—. ¿Y tú qué vas a hacer? —le preguntó extendiéndole la hoja, casi con pena por no poder ir con ella.

—*Vado a perdermi tra i fantasmi del passato* —respondió misteriosamente.

Él la miró, no muy seguro de cómo traducir aquello. Su italiano puramente turístico no incluía mucho vocabulario sobre *fantasmi,* pero se percató de que ella tenía conocimientos más que suficientes del idioma para sobrevivir.

—Pásatelo bien —le deseó antes de seguir su propio camino hacia la universidad. Mientras caminaba, se concentraba en la frase *fantasmi del passato* y no dejaba de repetírsela a sí mismo. Entonces cayó en la cuenta y sonrió. Claro, «los espíritus del pasado». Entre estos te sentirás casi como en casa.

Todavía era temprano pero, aun así, las colas de turistas veraniegos aumentaban minuto a minuto delante del Duomo, aunque el conjunto de edificios todavía no había abierto las puertas. Maddie decidió comprar de todos modos una entrada combinada y ponerse a la cola. Mientras esperaba, empezó a buscar restaurantes en la guía Michelin. Hizo una llamada y luego le envió un mensaje de texto a Søren mientras avanzaba para comprar las entradas:

> Osteria Le Logge, Via del Porrione, 33. ¿Probamos suerte? He pedido mesa fuera para las 13.30. A una manzana del *Campo.* Mesa a nombre de Moretti. *A presto,*
>
> M.

Cuando estaba acabando, oyó una voz a su lado que decía: *Prego, signorina.* Le mostró la entrada en la puerta de la enorme iglesia medieval y ella entró en otro mundo.

Se quedó mirando unos segundos hacia el suelo de la catedral para acostumbrarse a la tenue iluminación. El sol atravesaba el exquisito rosetón situado al final de la nave y le hizo levantar la vista inmediatamente, que era para lo que estaba diseñado, y así, los pilares de mármol blanco y negro agudizaron considerablemente el impacto. Maddie se consideraba agnóstica, no era seguidora de ninguna fe en particular, pero aquel efecto le pareció deslumbrante e inspirador. Mientras vagaba por el descomunal interior de la iglesia, hordas de turistas se arracimaban en los puntos de interés, con o sin guías. Como rebaños de ovejas pastando y alimentándose del festín visual.

Para el paseo que Maddie pensaba dar, la guía le facilitaría toda la información necesaria. Prefería seleccionar lo que más le interesaba en lugar de unirse a un grupo, aunque a veces era divertido quedarse en los alrededores de una visita guiada para escuchar las palabras del guía. Circulando de esa forma se dio cuenta de que el inmenso suelo estaba casi todo alfombrado. Aquel día solo estaba expuesta a la vista una parte, acordonada con el fin de evitar que las avalanchas de turistas la deterioraran. Se puso a escuchar a hurtadillas al lado de una visita guiada y se enteró de que cuando aquel suelo mundialmente famoso se veía en su totalidad se podían apreciar los cincuenta y seis mosaicos dibujados en él donde se representaban escenas del Antiguo Testamento. Solo lo mostraban por completo algunas semanas al año.

Maddie se dirigió hacia el trozo descubierto. Estaba custodiado por parejas de clérigos vestidos con sotanas que estaban enfrascados en sus propias conversaciones. De vez en cuando, uno de ellos mandaba callar a un invasor y lo echaba del mosaico, se llevaba un dedo a los labios para recordarles que en una iglesia había que guardar silencio o le decía algo breve en voz baja a algún turista para responder a una pregunta. Cuando se acercó a la zona expuesta, vio la figura poderosamente incrustada de un hombre con una túnica, con la mano derecha extendida señalando hacia una lápida con una inscripción. En la otra mano, el personaje llevaba un documento. Pensó en la importancia que tenía entonces la palabra escrita, igual que en la actualidad en su propia vida, y en el peso que se le daría a las cosas legalmente grabadas. Dos figuras de menor rango homenajeaban al personaje principal, mientras intentaban leer el papel que portaba.

Maddie bajó la vista hacia el panel y le pareció reconocer un mosaico protagonizado por un personaje de la Antigüedad que había sido objeto de una de las conversaciones con su padre. Le había dicho que había sido el que había formulado la idea del monoteísmo en la época de Moisés. Se dirigió a una de las parejas de clérigos que estaban al lado de las cuerdas y les hizo una pregunta en inglés:

—¿Es este el sabio Hermes Trimegisto?

Uno de los hombres asintió, indolente, antes de darse media vuelta y cruzar los brazos sobre la parte delantera de la sotana. Aquel comportamiento displicente y desdeñoso ofendió un poco a Maddie. Observó la figura del suelo en toda su grandeza. Recordó que Hermes Trimegisto había fascinado considerablemente al mundo medieval, cuando habían redescubierto sus textos de la época egipcia, de los que se decía que eran anteriores a los de Moisés. Sus escritos incluían ciertas doctrinas que eran, presumiblemente, poco convencionales para la época, al igual que su interés por la invocación de los espíritus, y había sido el referente de la práctica de la alquimia. Aun así, allí estaba aquel personaje absolutamente pagano, en medio de aquella cristianísima catedral.

Maddie se dio cuenta de que había expresado aquella última idea en voz alta, ya que rápidamente recibió una respuesta no buscada:

—No, *signorina,* fue un profeta muy temprano que predijo la llegada de Cristo, como la profetisa de Cumae. Es respetado como profesor.

Aquellas fueron las palabras del cura más joven, que luego se volvió para observar a la multitud que pululaba al lado de su compañero.

—Ah —dijo Maddie, sonriendo. Luego se armó de valor y dijo como para sus adentros, pero de una forma lo suficientemente clara para que la oyeran—: Ya. ¿Igual que los musulmanes, que consideran a Cristo un profeta porque creen que predijo la llegada de Mahoma y el nacimiento del islam?

La pareja se dio media vuelta y se quedaron mirándola mientras pensaban en una respuesta, pero Maddie se alejó lentamente dejando la pregunta suspendida en la luz de las vidrieras. No pretendía ser maleducada, pero le fastidiaba que tantos sistemas de creencias diferentes eligieran lo que les convenía de los hechos para apoyar su propia causa. El debate legítimo sobre el resto de cuestiones era siempre indeseable. Aquel pensamiento, a pesar del soberbio entorno, le hizo pensar en los valores de Pierce Gray y en su incapacidad para valorar si las víctimas de Stormtree podrían tener un causa legítima. Maddie pensó que todo el mundo llevaba sus propias anteojeras puestas. Y no le quedó más remedio que admitir que, probablemente, ella también.

Pasó horas sin fin en la biblioteca Piccolomini del museo, fascinada por todo y, aun así, perdida en sus propios pensamientos. Se sintió ligeramente incómoda por estar disfrutando de su propio tiempo y no detenerse demasiado a pensar en lo mucho que le hubiera gustado que Christopher estuviera allí. Aún sentía el espacio vacío a su lado y su mente divagaba por momentos, pero estaba empezando a recordar quién había sido antes de conocerlo. Era extraño, pero no del todo desagradable. Aquel profundo dolor era real, pero empezaba a darse cuenta de que, de alguna manera, estaba sobreviviendo a él.

Chocó contra el calor y la luz como si de un muro se tratase cuando llegó a la puerta. Salió del edificio, se puso las gafas y miró el reloj. Ya era más tarde de la una, así que se fue hacia el restaurante; al pasar por delante del espléndido Palazzo Pubblico, estiró el cuello al máximo para poder ver la elegante torre. Luego fue hasta el otro lado del Palazzo y, después de echar un breve vistazo al mapa de la guía, encontró la tímida Via del Porrione.

La *trattoria* estaba empezando a llenarse cuando Maddie llegó, pero había una mesa vacía fuera, delante del establecimiento, y se preguntó si sería la suya. Un muchacho se acercó para acomodarla, y en cuanto mencionó el apellido Moretti le señaló la mesa mientras la llamaba *signorina*. Le dedicó una sonrisa a su falda corta y sus buenas piernas y le preguntó si había ido a la ciudad a estudiar. Decidió poner fin al tratamiento que le daban de turista y respondió en su mejor italiano:

—*Sono qui in vacanza da San Francisco. Sto con un'amica che ha una casa graziosa in val di Merse.*

El camarero la miró con verdadera admiración y sonrió.

—*Lei parla molto bene l'italiano, persino con accento toscano.*

A Maddie aquello la cogió por sorpresa, no solo por el elogio hacia sus conocimientos del idioma, sino sobre todo por el comentario de que su italiano parecía de la zona.

—*Grazie davvero, questo è un grande complimento. So che a Siena si parla il miglior italiano.*

El chico le respondió que tenía razón. Era cierto que se solía decir que los sieneses y los toscanos eran los que mejor hablaban italiano y los que más correctamente usaban la gramática y los diferentes tiempos verbales. Era por causa de Dante, que había convertido la lengua vernácula en el idioma nacional. Y le había dicho que su pronunciación era totalmente toscana, por la manera en que decía *casa,* casi con una «j» delante, como *jasa.* Aquello, pensó sonriendo, era algo típico de allí. Tenía que haber nacido en Siena.

El patrón del restaurante llamó la atención al camarero arqueando las cejas. Había mucha gente y él estaba perdiendo el tiempo con una chica guapa. El chico le preguntó a Maddie precipitadamente qué quería tomar mientras esperaba a su amigo. Pidió un vino blanco seco y un agua con gas y se acomodó en la mesa para esperar a Søren. Sacó el teléfono para comprobar si le había enviado algún mensaje, porque lo había tenido apagado mientras estaba en la catedral. El teléfono timbró. De hecho había un mensaje, pero no era de Søren, sino de Tyler, que esperaba que estuviera bien y que disfrutara de la comida. La informó en una sola frase de que había ido a ver a Neva sin ella para grabarla en video y para que el tribunal viese que no podía levantarse de la cama. Neva le había pedido que le enviara el archivo que le adjuntaba.

Se despedía diciendo:

Te contaré más cosas cuando haya más cosas que contar.

T. de Tyler

Maddie se preguntó si aquella aplicación funcionaría aunque estuviera en el extranjero. Aun así, hizo clic sobre el *link* del video, puso la mano sobre la pantalla para hacer sombra e inmediatamente vio a Neva en la cama del hospital. Le resultó extraño, teniendo en cuenta que ella se encontraba bajo el sol de Siena. Neva estaba recostada sobre unas almohadas, pero Maddie sonrió al observar en ella el comportamiento habitual, más propio de una serena dama de la nobleza que de una paciente enferma de cáncer. Tenía las manos extendidas fuera de plano, e intentaba convencer a alguien para que se pusiera junto a ella en el video. Maddie vio con preocupación que parecía más delgada que antes, pero tenía los ojos brillantes y estaba sonriendo. Tras una pelea fingida, acercó a un niño con una mata de cabello negro a la cama, a su lado:

—¡Hola, Madeline! Sé que estás en Italia viendo a tus ancestros y nos acordamos mucho de ti. Esperamos que te estés curando y que te encuentres mucho mejor.

Maddie sintió un extraño escalofrío por lo raro que se le hacía oír a Neva decir eso, por el altruismo de su saludo, pero no tuvo tiempo de analizar su reacción antes de que Neva continuara hablando:

—Este es mi hijo, Aguila. Sabes italiano, así que conoces esta palabra, y él de verdad es mi águila y tiene la vista más aguda del mundo —dijo acariciándole el cabello al niño—. Él lo ve todo, hasta las cosas que nadie puede ver. Cuando le arreglen el corazón, será perfecto.

Maddie sonrió ante el orgullo de Neva. Era verdad que su hijo era precioso, con aquella delicada nariz fina y unos ojos como profundos estanques. Al verlo, recordó la inocencia de las víctimas de Stormtree y que el niño tenía un pequeño defecto en el corazón que podría estar relacionado con el trabajo de su madre en esta empresa. Por el momento pesaba más la fortaleza de la madre que la tristeza.

—Y este es... —continuó Neva desde la diminuta pantalla, acercando la otra mano.

Una voz de contrabajo se escuchó a su lado:

—¿Esto es para la mujer que conoce el secreto de las nieves?

—Sí, papá —respondió Neva. Luego dio otro enorme tirón mientras soltaba otra carcajada. Un hombre de unos cincuenta y muchos años fue arrastrado al plano, al otro lado de la cama. Maddie inclinó de nuevo el teléfono para que le diera más sombra y vio un rostro antediluviano, curiosamente igual que el joven de Neva, pero arrugado y curtido. Era una cara que parecía haber visto mil penas en otros tantos años y, aun así, conocía la alegría. En ese momento, parecía jovial.

—Este viejo indio gruñón —anunció Neva— es mi padre. Prefiere que no lo enfoquemos porque teme que la cámara le robe parte del alma. Es una vieja superstición de su pueblo que reaparece esporádicamente, y, aunque él siempre dice que no se lo cree, señorita Madeline, añade que nunca se es lo suficientemente prudente. Como es para decirte hola, ha accedido a correr el riesgo. La verdad es que eso es un honor, pero ya te has ganado su respeto y eso no es fácil de conseguir.

Maddie sonrió y percibió que Neva hacía lo mismo. Ahora los tenía fuertemente apretados contra su frágil cuerpo y Maddie volvió a pensar cuánta fuerza había en aquellos escasos kilos de humanidad.

—Esta es mi familia —dijo Neva— y todos hemos hecho alguna promesa. Sé que serás fiel a la tuya. Quiero recordarte —añadió con suavidad— que, por supuesto, yo también cumpliré la mía.

Tiró de su familia y todos agitaron las manos a modo de despedida y le dijeron adiós en voz muy alta. Luego la pantalla se quedó en negro.

Maddie cerró los ojos unos instantes. Las dos realidades se cruzaron: el maravilloso diseño del enladrillado de la *osteria*, los geranios que colgaban de la ventana de arriba, los antiguos faroles sujetos al muro por medio de aparatosas grapas de hierro, el chorro de luz del sol que se filtraba entre la sombra, delante del restaurante. El poder y la majestuosidad de los edificios que la rodeaban representaban la longevidad, la elegancia, la supervivencia. Y al otro extremo estaba Neva, al lado del ciprés, recluida en una cama a miles de kilómetros de distancia. La vida no era justa. Lo único que Maddie podía hacer era maravillarse ante la elegancia y la calma que mostraba la propia Neva a pesar de sus circunstancias. Luego Maddie abrió de nuevo los ojos y se bebió la belleza de su entorno inmediato. Una brisa fresca le rozó la frente, como un beso en medio del calor seco y un poco agobiante de aquel día, aunque las mesas de fuera estaban parcialmente a la sombra. Se estremeció; no porque hiciera frío, sino como si le hubieran tocado un nervio.

—¿Has visto un fantasma? —preguntó la musical voz de Søren a sus espaldas.

—*Certo* —respondió ella. Era una respuesta sencilla para un comentario probablemente trivial, que tenía mucho más de cierto de lo que él pensaba. Cambió la cara para darle la bienvenida—. ¿Qué tal la mañana?

Maddie se fijó en que llevaba algo enorme enrollado con pinta de ser una pintura, envuelto en papel de embalar y sujeto con una goma alrededor. Dejó caer el zurrón en una silla libre, posó el rollo sobre él y luego echó un vistazo dentro del restaurante con entusiasmo. Se sentó enfrente de ella de inmediato, haciendo gala de un humor excelente.

—Gran elección —dijo—. Parece una botica de las de hace siglos. Maravillosas vitrinas.

Pero antes de que pudiera responder a su pregunta sobre cómo le había ido la mañana, el camarero llegó con el vino de Maddie y una botella de agua y miró a Søren para que le dijera qué quería beber.

—*Signor.*

—*Lo stesso, per favore* —respondió este—. *Vino bianco, ma non troppo. Sono la guida.*

A Maddie le alegró oír aquello. Lo de que la gente bebiera y luego se pusiera al volante de un coche había adquirido para ella una enorme relevancia desde enero. Esbozó una lenta sonrisa y ladeó la cabeza, esperando a que le contara por qué, obviamente, estaba de tan buen humor. Él lo captó y tamborileó con los dedos sobre el rollo.

—¿Qué es eso? —preguntó Maddie con cierta curiosidad.

—Espera un momento, ya lo verás. ¿Pedimos antes algo de comer? Esto podría entretenernos demasiado y hacer que olvidáramos la comida.

Maddie asintió. Le pasó uno de los menús escritos a mano que tenía delante, a los que apenas había echado un vistazo.

—Centrémonos en esto un momento. Se supone que todo lo que hay es fuera de serie, sobre todo el marisco.

Cuando el camarero regresó con la bebida de Søren, se quedó unos instantes para decirles cuáles eran las especialidades. Les recomendó *branzino marinato alle pesche* para la *signorina* y róbalo con melocotones —el mismo plato, pero en inglés— para el *signore*. Aquello hizo que ambas partes sonrieran y Søren, dándose perfectamente cuenta del cumplido que aquello implicaba para Maddie, aceptó encantado la elección. Sin embargo, se aventuró a preguntar por los acompañamientos en italiano y se decidieron por un festín de entrantes compuesto por *fagioli bianchi* —Maddie adoraba las alubias blancas— y una ensalada de pera y queso pecorino.

—*Salute* —le dijo esta levantando la copa de vino cuando el camarero se marchó.

Søren respondió de la misma manera.

—Dudo que hubieras podido encontrar un sitio más bonito —añadió.

—*Dimmi* —dijo ella sonriendo y señalando el rollo.

—He pasado una mañana genial en la universidad —empezó—. Unas personas maravillosas me ofrecieron una visita guiada al jardín botánico. Cuando acabé la reunión con el hombre que se dedica a la investigación, este hizo una llamada y me envió a ver a una persona a la Pinacoteca Nazionale. Se trataba de una anciana fascinante, con un aspecto impecable. Y no era una académica, sino una archivera de las colecciones medievales.

—Acabas de describir a mi abuela —dijo Maddie—. ¿Y fue ella la que te dio eso?

Søren levantó ambas manos amablemente.

—Empecemos la casa por los cimientos —dijo, sonriendo antes de resumir la historia a su manera—. Le interesó mucho lo que le pregunté. Hablamos sobre Borgo Santo Pietro y la abadía de San Galgano. Se pasó todo el tiempo asintiendo como si no fuera necesario que le contara nada más. Me llevó hasta un sótano lleno de cajas de material archivado de la abadía, un montón de tesoros inexplorados. Me dio unos guantes y un café y me dejó allí. Al cabo de un cuarto de hora, encontré algo curioso.

—Un momento —interrumpió Maddie—. ¿Esos son los papeles de la abadía?

Søren asintió.

—Los de la sección del obispado de Siena, aunque, originariamente, la abadía pertenecía a la diócesis de Volterra. Hay cientos de documentos pendientes de catalogar dentro de la colección principal. El problema es la falta de dinero y de recursos humanos, lo cual resulta emocionante para los estudiantes de doctorado de la zona.

»Pero mi amable *signora* me contó una historia fascinante sobre cuadrillas de bandoleros armados que, durante años, se habían dedicado a saquear las zonas rurales de los alrededores de Siena en la última mitad del Trecento —continuó tras rellenar los vasos de agua—. Por culpa de ellos, los archivos eclesiásticos y algunos otros documentos de valor habían sido puestos a buen recaudo en las ciudades. Creía que la abadía y las granjas y casas que la rodeaban habían sido saqueadas alrededor de esa época y, según su versión, la abadía nunca se recuperó de lo que le hicieron.

—¿Por eso actualmente no tiene tejado? —preguntó Maddie.

Søren le dedicó una sonrisa.

—Eso cree ella. Y, por supuesto, como la villa de Jeanette y Claus estaba en los alrededores, también debió de sufrir las consecuencias. Sea como fuere, ¡mira lo que he encontrado! —dijo, cogiendo el rollo y retirando la goma.

Søren invitó a Maddie a sujetar uno de los extremos del documento, mientras él lo desenrollaba. De pronto, se encontró ante ella un facsímil de lo que parecía una página de un manuscrito ilustrado, solo que se trataba de una única hoja de sorprendente tamaño.

—¡Vaya! —exclamó con acento casi inglés. Tenía entre sus manos el extremo de una exquisita representación medieval de un jardín, al estilo de las ilustraciones monásticas.

Había una cúpula de oro que lo cubría todo y que llamaba la atención al instante. El cielo que se encontraba debajo de ella estaba lleno de estrellas de color oro y azul cobalto. A un lado del dibujo había una ilustración de un sol dorado con detalles que originalmente debían de ser de pan de oro y, en el lado opuesto, había una luna de pan de plata. El primero tenía la cara de un hombre joven y la segunda la de una muchacha, ambos enmarcados dentro de las brillantes siluetas.

Maddie exhaló, incapaz de articular palabra. Era precioso y parecía tremendamente personal. Recorrió lentamente con la mirada los detalles de dieciséis apartados clasificados con números romanos en los que se detallaba minuciosamente las plantas que había en el jardín. En una zona había árboles y acequias, en otra, las secciones se distribuían de forma radial alrededor de lo que parecía una morera en flor en cuyas ramas había un par de palomas, o puede que fueran tórtolas. Al lado, en una especie de huerto vecino, Maddie se fijó en los bosquecillos de árboles dibujados con diferentes frutas y formas que crecían a ambos lados de un serpenteante sendero de travertino y, a los pies de uno de ellos, de un árbol con pequeños frutos rojos que parecían manzanas, vio un unicornio recostado.

—¿Crees que era un jardín dedicado a la Virgen? —le preguntó a Søren sin levantar la vista de la hoja.

—Eso creía —respondió él—. Pero al analizarlo más detenidamente he visto otros detalles que me han hecho dudar. Hay signos astrológicos sobre el plano, aunque, como los monjes usaban el calendario lunar para plantar los jardines, eso no debería sorprendernos.

Maddie observó de cerca la parte que Søren señalaba. Le impresionó el hecho de pensar que estaba observando miniaturas de las caras de gente que debían de haber vivido hacía quinientos o seiscientos años. El cielo alrededor del sol estaba pintado en un degradado que iba desde el blanco brillante a un azul noche que rodeaba la luna, pasando por el azul cielo, lo que daba un efecto de paso del día a la noche. Entre los cielos nocturnos y diurnos, en la zona crepuscular, había siete estrellas con símbolos planetarios inscritos bajo ellas.

—Deben de ser las Pléyades —le dijo Maddie a Søren pensativamente.

Él sonrió con lentitud y asintió.

—La Gallina y sus Polluelos —dijo—. Así es como las llamamos en Escandinavia. Pero mi favorito es ese retrato de la cara del viento con las mejillas hinchadas, rodeada de cabellos rizados. —Su dedo dio otro salto—. Esta no es la representación habitual del viento, que suele ser un ente masculino. Tiene la frescura del rostro de una muchacha con el cabello ondeando. Se trata más de una especie de brisa fresca en un jardín tranquilo, la justa para que se pueda llevar a cabo la polinización.

Maddie lo estudió con detenimiento y entendió por qué le cautivaba de tal forma. De hecho, era algo totalmente diferente y tuvo la sensación de que aquel viento parecía presidir alegremente el jardín sustituyendo a los puntos cardinales o incluso al rostro de Dios.

—Es impresionante —comentó en voz baja—. ¿Es el jardín de la abadía?

—Nuestra *signora* cree que puede ser una ilustración de una serie perdida de jardines de San Galgano. Dice que los colores son típicos de las obras del siglo XIII o de principios del XIV y que pueden haber llegado hasta aquí en la época en la que la abadía estaba en peligro, alrededor de 1360 o 1370. Pero yo creo —dijo, sacudiendo ligeramente la cabeza— que, aunque se trata de un trabajo muy bueno, es un poco inmaduro. Puede que lo hiciera un novicio, tal vez como ejercicio antes de que le permitieran participar en uno de los libros sagrados. Además —añadió como si se tratara de un secreto—, no puedo evitar tener la sensación de que hay algo pagano en él. ¡Puede que se tratara de un novicio con dudas!

Maddie se rio.

—¿Por qué no? Desde luego, no todos los que se unían a órdenes santas eran cien por cien creyentes. Y estoy de acuerdo contigo, el sol y la luna tienen un aura alrededor.

—Un punto de partida perfecto para el jardín de Jeanette con un poquito de alquimia —apuntó Søren.

Los entrantes llegaron y Søren enrolló con cuidado la ilustración. Maddie cogió el tenedor y la brisa hizo ondear su cabello. Él la miró fijamente.

—En este momento pareces la imagen del viento.

Maddie se echó hacia atrás; sobre los hombros, la negra melena rizada.

—¿Por esto? —preguntó—. Cuando era niña lo odiaba. No te imaginas los problemas que me daba en un mundo de rubias que parecían salidas de *Baywatch*. ¿Y cómo podía ser yo lo suficientemente fuerte como para ser diferente? Mi hermana tiene el pelo liso y bellamente recortado alrededor de una carita perfecta. ¿Por qué tenía que ser yo la oveja negra? Claro que, cuando vine a Europa, algunas personas empezaron a verme de otra manera, y la verdad es que ahora me gusta bastante mi pelo. Aunque sigo pensando que la mayoría de las veces es un engorro y nunca podré ir impoluta como mi abuela o como tu *signora* de esta mañana.

Søren extendió la mano, vacilante, y le tocó el cabello.

—Tienes un pelo maravilloso. ¿Por qué ibas a querer parecer una abuela?

Ella sonrió tímidamente. Recordaba haber tenido una conversación similar con Christopher una vez.

—Está bien —bromeó ella—, mi pelo es genial. ¡Pero el resto son todo defectos!

Søren soltó una carcajada.

—¿Estás intentando obtener mi valoración? —La miró como si estuviera evaluando un cuadro.

—No estoy segura —respondió ella—. La pera con pecorino está muy buena. Será mejor que no nos metamos en berenjenales y hablemos de la comida.

—De eso nada. ¿Ahora que me has invitado a disfrutar del placer de observarte con detenimiento?

Se guardó para sí mismo el hecho de que le habría dado la nota más alta a su figura encantado, a su piel ligeramente olivácea y a sus tonificadas piernas. Pero su cabeza y sus hombros eran cautivadores e hizo una pequeña pausa, pensando qué decir. Se dio cuenta de que se sentía incómoda con los halagos.

—Creo que le gustarías a cualquiera, Maddie. El resto de tu persona no tiene absolutamente nada de malo. Tus ojos…, bueno, no tienen nada que ver con los de ninguna mujer que haya visto. Al menos no de nuestra era. Y tienes razón con lo de la pera y el pecorino —añadió.

Maddie le miró y vio que, aunque estaba serio, sonreía con la mirada.

—¿Qué quieres decir? —preguntó, curiosa. Lo que había dicho tenía que ver con lo que ella sentía en aquel lugar. Tenía la sensación de pertenecer a él de una forma en la que nunca había pertenecido a Nueva York o a San Francisco, por mucho que adorara ambos sitios.

—Tus ojos se parecen a los espíritus entre los que te querías deslizar esta mañana —le dijo—. Tienen una forma excepcional. Son como almendras del revés, se parecen más a los de una diosa persa que a los de una belleza italiana o estadounidense. Claro que el arte de Siena estaba muy influenciado por el bizantino, mucho más que el de Florencia. Encajas perfectamente aquí —aseguró.

Puso sobre la mesa varios objetos que llevaba en la parte superior de la bolsa, entre ellos un teléfono y una cámara digital envuelta en piel de gamuza. Sacó un librillo gastado que captó la atención de Maddie. Lo cogió y vio que era un ejemplar antiguo de tapa dura de Keats, lo que la hizo sonreír por alguna razón desconocida. Sin embargo, no le preguntó nada sobre esto y esperó hasta que, finalmente, sacó un lápiz de delineante y un pequeño bloc de dibujo lleno de bocetos. Buscó con rapidez y precisión una página vacía, y Maddie vio que en la página de al lado había un detalle de la cara de Vincent y de las flores y la mampostería de la terraza de Borgo. Le gustaron aquellos bosquejos rápidos y eficientes hechos con pequeños trazos.

Søren se acabó la ensalada de pera, puso el cuchillo y el tenedor en su sitio y se limpió las manos. Situó el bloc de dibujo entre ambos y, con la mano izquierda, esbozó un par de ojos almendrados bajo unos sensuales párpados en un rostro que a Maddie le recordó de inmediato a un dibujo de Leonardo o Rafael. Le recordó al estilo de una reproducción enmarcada de una mujer similar —el boceto de una Anunciación— que tenía en su piso.

—Estos son los ojos florentinos. Son preciosos. Bueno, algo así. —Hizo un rápido bosquejo del cabello y los rasgos de un rostro femenino no demasiado distinto a los de Maddie. Ella se rio. Pero luego hizo otro boceto, revisando el primero, y esta vez puso la parte más ancha del ojo en la parte externa de la cara para que la almendra se estrechara cerca del puente de la nariz—. ¿Ves? —dijo con una sonrisa juguetona—. Esta es tu cara, rebosante de inteligencia y sensibilidad, con unos ojos que han analizado el mundo durante uno o dos milenios. El efecto es muy poco usual y la vida de la persona que los tiene nunca será ordinaria.

El camarero llegó para recoger los platos.

—*Buono?* —preguntó.

Mientras ellos asentían para demostrar que les había gustado, él se inclinó para ver el rápido bosquejo de Søren. Levantó la vista del dibujo para mirar a Maddie y volvió a bajar la vista.

—*Sì, è veramente la bella signorina* —dijo, sonriéndole—. *Bella come la Madonna* —añadió antes de llevarse los platos de los entrantes.

—*Come il vento* —añadió Søren—. Como el viento.

26

Santo Pietro in Cellole,
día de Todos los Santos de 1347

Porphyrius dormía profundamente en la segunda de las habitaciones de invitados del patio de los establos. La cama ya había sido preparada para los huéspedes eventuales y allí, en el estrecho espacio que quedaba a su lado, se acurrucaba también su mujer, pegada a él. A pesar de la cuarentena preventiva, se había negado a separarse de su esposo alegando que no tenía sentido porque, de todos modos, ya se había expuesto a la fiebre. Sin embargo, todos estuvieron de acuerdo en que su marido debía alojarse allí desde aquel momento hasta que fueran capaces de decidir si había superado el peligro de contraer la enfermedad.

Mia, consciente de que estaba igualmente en peligro, se quedó también allí. Le echó un vistazo a la pareja dormida, alimentó el fuego con más ramas y los cubrió con la colcha. Al menos había convencido a su amiga para que se separara de la cama de Gennaro. En cuanto este se había sumido en un profundo sueño, Mia había insistido en quedarse ella a su lado. Solo faltaban unas semanas para el nacimiento del hijo de Agnesca Toscano y esta necesitaba descansar bien y estar tranquila. No es que pudiera hacer ambas cosas sobradamente en la estrecha cama al lado de su marido, pero al menos sería Mia la que haría de enfermera de Gennaro. Le había dado instrucciones y sabía en qué tenía que centrarse. Además, la emoción de saber que tenía un nuevo pariente superaba al temor hacia su enfermedad. Le había horrorizado el aspecto maligno de los bubones, sobre todo teniendo en cuenta lo que había oído sobre ellos, pero logró dejar a un lado lo físico y se sintió profundamente conmovida por la amistad que Porphyrius le profesaba y por su mutua lealtad. Estaba alterada por el hecho de encontrarse de pronto tan cerca de un pariente, de alguien a quien no conocía y del que nunca había oído hablar a su tía. Aquello había abierto una puerta y Mia esperaría el momento oportuno para pedirle a la tía Jacquetta que le contara más cosas sobre sus padres, además del resto de la familia que debía de estar aún en Volterra. Por fin conocería las circunstancias de su nacimiento. Por las revelaciones de esa noche, al fin se había percatado de que, después de todo, era hija del obispo exiliado. Hacía años que se lo figuraba por los rumores de los sirvientes, pero Porphyrius había arrojado luz sobre las suposiciones de todos y pronto sabría la verdad. No se avergonzaba de ello y estaba convencida de que estaba preparada para enfrentarse al pasado y a la razón por la que le habían puesto el nombre de la más famosa penitente de la iglesia.

En aquel preciso instante, sin embargo, en las lentas horas que precedían al amanecer, quería dedicar toda su atención a cuidar de su primo. No lo había encontrado tras todos aquellos años para perderlo aquella misma noche, no estaba preparada para ello. Tanto en el antiguo calendario romano como en el de la Madre Iglesia, aquel era un día sagrado, un día mágico en que los santos y los ángeles observaban a vivos y muertos. Consagraría absolutamente toda su fe y energía al propósito de mantener a Gennaro Allegretti bien afianzado en aquel lado de la línea, con los vivos. Oyó cómo el viento azotaba el postigo de la ventana y la lluvia helada que este traía y que tamborileaba contra el tejado, poniendo a prueba aquel refugio improvisado en las habitaciones de verano del jardín. Pero se sentía tranquila allí sentada a su lado, mientras lo vigilaba. Sus pensamientos íntimos eran una excelente compañía.

El enfermo había empezado a sudar de nuevo hacía una hora, se había quitado de encima los cobertores y se había incorporado para vomitar el exiguo contenido de su estómago. Solo había expulsado bilis y Mia lo había tranquilizado y le había ayudado a recostarse de nuevo sobre la almohada. Luego le había puesto un paño empapado en agua fría sobre la cara y había llenado una cuchara de corteza de sauce para preparar una infusión. Él se había resistido un poco, pero había logrado aplacarlo. Ahora dormitaba de nuevo y ella estaba sentada al lado de la cabecera de la cama, observándole. Curiosamente, no estaba cansada. ¿Cómo iba a quedarse dormida con todos aquellos pensamientos que revoloteaban en su cabeza? Él era unos cuantos años mayor que ella, tenía el cabello de un color castaño dorado que nada tenía que ver con el suyo, a diferencia de los bucles que ambos compartían. Era apuesto, aunque estaba pálido, sudoroso y desaliñado por culpa de la enfermedad. Sin embargo, formaba parte de su familia y era un leal amigo de Porphyrius, que lo describía como una persona dulce e inteligente: «Un hombre absolutamente carente de rencor». A Mia le parecía extraordinario que estuviera allí con ella, a su cuidado. Había llamado a su puerta de improviso, como *la raggia* y Porphyrius. Estaba convencido de que pronto sería uno más en la villa, pero el primer paso era lograr que siguiera respirando y la joven era consciente de la gravedad de su enfermedad. Dedicaría cada hora a luchar por ello y si al amanecer había mejorado lo suficiente, entonces sería el momento de pensar en las horas que quedaban hasta el mediodía.

Pero al amanecer su estado no era demasiado bueno. Empezó a sufrir una especie de espasmos y su cuerpo se convulsionaba con violencia. La fiebre regresó con energías renovadas y comenzó a vomitar de nuevo. Mia se levantó de la silla despertándose del más liviano de los sueños y fue presurosa hasta el balde de agua para volver a coger los paños y empezar de nuevo la sesión de lavado con la esponja, antes de intentar introducirle en el estómago la tisana de corteza de sauce y matricaria. Echó hacia atrás los cobertores y comenzó por el pecho, pero a medida que se iba acercando al cuello, se percató de que los bubones habían mudado de aspecto. El mayor de ellos había aumentado de nuevo de tamaño y exudaba un líquido. Examinó el que tenía bajo el brazo: el bubón había crecido hasta alcanzar el tamaño de una manzana silvestre. Además, estaba más colorado y exudaba ostensiblemente. Le puso una mano en la frente y la retiró de inmediato: su piel abrasaba.

Mia pensó en el muchacho al que su tía había cuidado y que había muerto al sucumbir a la fiebre. Corrió hasta el cuarto contiguo, donde estaba durmiendo la pareja, y los despertó muy a su pesar.

—Le ha subido mucho la fiebre —susurró—. No sé cómo hacer para que remita. Incluso los bubones están sudando y creo que podríamos perderlo.

Agnesca se puso en pie con rapidez y Porphyrius se despertó con su movimiento. Ambos regresaron con Mia junto al enfermo, que se convulsionaba y retorcía con evidente dolor.

—Mia, tú serás más rápida que yo —le dijo Agnesca—. ¿Puedes ir corriendo a casa y pedirle a tu tía, o a Alba, si está despierta, la piel de animal que usa para envolver a los corderos cuando pierden a sus madres?

Mia no lograba entender en qué estaba pensando, pero salió por la puerta y corrió bajo la fría luz grisácea. Al cabo de un rato reapareció con Jacquetta y la enorme piel curtida de un toro de Chianina.

—Lo vas a usar para envolverlo en agua fría —apuntó Jacquetta con la voz ronca por falta de sueño—. Pero ¿no sería más fácil meterlo en la bañera?

—No creo que pueda levantarse para llegar hasta ella y prefiero que esté completamente tumbado —respondió Agnesca—. Se me ha ocurrido que podríamos tensar la piel sobre un marco y luego llenarla de agua fría, para sumergirlo por completo.

—Pero, Agnesca —replicó Jacquetta muy seria—, el contraste podría hacer que se le parase el corazón.

—Es posible —respondió Agnesca—. Pero si no lo intentamos, será la fiebre lo que lo mate antes.

Se cubrió los hombros con un chal y cambió la calidez de las habitaciones del establo por el frío matinal. Mia se quedó con el paciente y empezó a humedecerlo de nuevo con los trapos mojados, sin demasiado éxito. Porphyrius y Jacquetta, entretanto, tensaban la piel en un marco hecho apresuradamente con trozos de ramas y estacas de hierro que Cesaré había dejado en el umbral. Eran los que habían sobrado de la cosecha, los que habían usado para soportar la carga de las aceitunas y que ahora tendrían que aguantar el peso de un hombre en una piscina de agua fría. Sin embargo, en media hora habían construido una estructura lo bastante sólida. Desde la casa les llevaron hondos barriles de agua y los dejaron al lado de la puerta del establo.

Agnesca regresó del jardín. Llevaba el rizoma y la raíz de la planta favorita de Jacquetta, la de las campánulas de color blanco inmaculado que se mecían mientras esparcían una deliciosa fragancia que, según la leyenda, había atraído al ruiseñor de los setos a los bosques más sombríos para encontrar a su pareja. Tenía muchos nombres, entre ellos lirio común y flor del valle, pero Jacquetta prefería el de «lágrimas de Nuestra Señora», porque aquella hermosa planta era la joya de todo jardín creado en honor a la Virgen María.

Jacquetta introdujo una mano en el agua para probarla y un escalofrío la recorrió. Aun así, Porphyrius irguió a su amigo, lo desnudó por completo y lo introdujo en el baño. Pero el agua estaba realmente helada y este se convulsionó en cuanto su cuerpo rozó la superficie. Se estremeció y se sacudió mientras el agua caía en cascadas por los lados, lo que hizo que Porphyrius se empapara casi por completo. Sin embargo, se las arregló para seguir sujetando al enfermo y mantenerlo dentro del agua helada, a pesar de que este se oponía con todas sus fuerzas. El pobre Gennaro se agitaba incansablemente y, aunque tenía arcadas constantes, estas eran prácticamente improductivas. Finalmente, le debieron de fallar las fuerzas y se recostó en el baño, exhausto.

Tras veinte o treinta minutos de uno de los tratamientos más angustiosos que Mia había visto en su vida, Agnesca trajo unas gruesas sábanas para envolverlo y secarlo, antes de volver a tumbarlo en la cama. Fue entonces cuando el rostro de Jacquetta sorprendió a Mia. Estaba lívida y no podía evitar que las lágrimas le rodaran por las mejillas.

Agnesca atravesó la estancia y entró en el cuarto anexo. Regresó con un poco de pan de la cena de la noche anterior. Cortó un trozo e introdujo dentro de él una fina rodaja del pedúnculo de la planta y un poco de raíz triturada. Mientras le hablaba como si fuera un niño, sostuvo contra el pecho la cabeza del hombre y le abrió la boca, haciéndole comer un poco de pan y planta, a la vez que le masajeaba la mandíbula y la garganta para animarlo a masticar. Era realmente difícil evitar que un pajarillo muriese de inanición y él estaba prácticamente inconsciente. Pero, al cabo de un minuto, Agnesca se alegró al ver que había conseguido que comiera algo.

—«Si el rostro ves palidecer, las piernas arriba has de poner» —dijo, casi para sus adentros. Luego le colocó una almohada bajo los pies a Gennaro y consultó los ansiosos rostros de los otros—. Es muy agresivo para el corazón —reconoció—, pero creo que la fiebre remitirá y esperemos que Gennaro y las flores del valle hagan el resto.

Mia miró compungida a su amiga. Habían plantado los lirios entre la aspérula olorosa y el sello de Salomón en su jardín blanco. *La raggia* le había dicho que los tres juntos —guardados por una pareja de palomas que habían alojado en el pequeño palomar que había al lado de la morera— harían que encontrara el amor. En aquel momento, sin embargo, Mia pensó que con gusto abandonaría toda intención de encontrar un pretendiente si se salvaba su primo.

Gennaro, perdido como estaba dentro de su cabeza, nunca llegaría a saber hasta qué punto aquellas cuatro almas caritativas lo habían vigilado de cerca. Una hora más tarde aún no se había movido, pero Agnesca comprobó el pecho y vio que su corazón seguía latiendo y que el aliento continuaba brotando con suavidad a través de sus labios entreabiertos. Jacquetta, que mantenía una pequeña distancia prudencial con los internos, se fue y regresó con el desayuno para todos. Se lo comieron sin demasiado apetito y continuaron la espera. Al cabo de una hora más, Agnesca pudo afirmar que la fiebre había remitido. Luego, casi al mediodía, Gennaro despertó. Estaba lejos de encontrarse bien, pero seguía vivo.

Agnesca y Mia lo observaron a conciencia. Todavía parecía estar aturdido, aunque ya no tenía la mirada perdida y percibía lo que le resultaba incómodo, el deseo del calor del cobertor, la boca seca que le hacía buscar agua, el ruido de la boca del estómago por la falta de comida y el dolor que sentía en las articulaciones y que le daba un aspecto tan miserable. Aunque estaba débil, consiguió comunicar aquellas sensaciones y le prepararon un frugal caldo en la habitación de al lado. Se sació con unas cuantas cucharadas y, a continuación, volvió a tumbarse, exhausto.

Porphyrius se sentó a su lado mientras Mia dormía y su mujer tomaba notas sobre el desarrollo de la enfermedad y los remedios utilizados. Cuando se volvió a mover, le introdujo un poco de líquido en la garganta y de nuevo lo vio hundirse en un sueño que una enfermera despistada podría confundir con la muerte.

Mientras que su respiración durante la etapa de fiebre más alta era áspera y costosa, esta era apenas perceptible. Suponía que se debía a la medicina de la planta. Era la primera vez que se atrevía a usarla, dado que sus efectos tenían fama de ser fuertes, pero *donna* Calogera le había enseñado que las pequeñas campánulas blancas y los pedúnculos de aquella planta ralentizaban el funcionamiento acelerado del corazón de un hombre cuando estaba débil, al tiempo que lo fortalecían. Era irritante para el estómago, por eso resultaba vital tomarlo con algo de comida. Pero confiaba haber cubierto aquella necesidad y ahora esperaba para ver si le había administrado una dosis lo suficientemente elevada como para que superara el baño de la fiebre. El tiempo lo diría.

Gennaro durmió un sinfín de horas. El equipo médico permanecía a su lado, pero no se apreciaba ningún cambio. A última hora de la tarde, Porphyrius se sentó en la mesa del refectorio para escribir una carta a su familia, pero vaciló porque no sabía aún de qué informarles. A las seis, Alba llamó a la puerta y les dijo que les iba a dejar algo de comida fuera. A las ocho oyeron las campanas de la abadía vagando por las colinas para marcar el inicio de otro oficio del día de Todos los Santos y, un poco más tarde, cuando Jacquetta se reunió con ellos, hablaron sobre Gennaro y la mala suerte que había perseguido a la familia Allegretti desde que los Belforti la había enviado al exilio fuera de Volterra.

Mia escuchó en silencio mientras hablaban de la contienda que había dividido Volterra y gran parte de Toscana: las complicadas relaciones entre los güelfos y los gibelinos. Durante más de cuarenta años, el papa había estado exiliado en Aviñón y sus simpatizantes, los güelfos, que habían sido mayoría en Volterra desde los tiempos de la abuela de Mia y que le habían proporcionado a la ciudad un obispo de su partido, habían perdido el poder hacía veintitantos años, cuando el hombre nombrado por el santo padre inició un enfrentamiento abierto contra el *comune*, el gobierno del pueblo y los ancianos de la ciudad. La feroz rivalidad entre dos de las familias más poderosas había surgido con la sustitución del candidato de los Belforti por un obispo de los Allegretti, hecho que había cambiado de nuevo cuando Mia era niña y vivía con su madre. Mia se había enterado de que los Allegretti habían poseído las propiedades de mayor prestigio de la ciudad, incluido el maravilloso palacio con una torre que se erigía en la principal *piazza* pública. Pero este les había sido arrebatado por Ottaviano Belforte cuando destituyó al obispo Ranuccio del cargo y echó a los Allegretti del lugar.

—No entiendo cómo pudo hacer eso —dijo Mia, vacilante. Miró a su tía en busca de una explicación, porque tenía la secreta esperanza de que aquello también la animara a hablarle de su madre y de su relación con el obispo. Sin embargo, fue Porphyrius el que le respondió en voz queda:

—Ottaviano Belforte esperó al momento oportuno. Si alguna vez hubo un hombre deseoso de convertirse en *signoria*, en señor de la ciudad, ese era Ottaviano. Su hermana se había casado con un miembro de la familia Allegretti para intentar restablecer la paz entre ellos, pero los representantes güelfos y gibelinos no son tan fáciles de aplacar y acabó odiándolos más aún mientras su estrella se alzaba y los Belforti se debilitaban. Su hermano había sido obispo, Mia, como tal vez sepas, y ejercía el cargo con maldad. Era un hombre que intentaba hacer negocios con otras ciudades a costa de vender los recursos de

Volterra con el propósito de mantenerse en el poder. Le negaron los ingresos que le correspondían al obispo a través de los privilegios del emperador, así que intentó recuperar los castillos episcopales y otras posesiones que habían pasado a manos del *comune* en los años intermedios. Su única esperanza de éxito era contar con la ayuda de Florencia, que era güelfa, pero el pueblo estaba furioso y destituyó al hermano de Ottaviano, insultándolo aún más cuando su sobrino fue confirmado como nuevo obispo.

—¿Su sobrino? —inquirió Mia.

—La madre de Ranuccio era la propia hermana de Ottaviano —le explicó Porphyrius—. Y como tío del nuevo obispo nombrado tras la desaparición de su hermano, Ottaviano, celoso, no reconoció los vínculos. Conspiró en secreto la venganza sobre la familia de Gennaro durante veinte largos años y ansiaba vivir como un príncipe. Fue él quien finalmente puso al pueblo en contra de Ranuccio, prometiéndoles liberarlos del poder de los obispos de una vez por todas. Pero en lugar de ello les dio un tirano, porque eso es lo que él es, que ha acallado eficazmente las voces del pueblo durante estos últimos siete años.

—Y es él quien tiene el poder, Mia —añadió Agnesca, mirándola con algo similar a un dolor íntimo en los ojos—. La habilidad de su propia compañía de ballesteros era famosa en toda la Toscana por sus proezas en los torneos. Los ciudadanos de Volterra sabían que había ganado todas las competiciones de junio en los prados que hay delante de la iglesia de San Giusto. No tenía ningún problema en aprovecharse del poder que tenía en la ciudad.

—Su hijo Paolo —añadió Jacquetta sonriendo con ironía— se casó hace unos años con una mujer de la nobleza con un estatus muy superior al de los Belforti. Formaba parte de la familia Aldobrandeschi de Santa Fiora y él estaba tan encantado con su triunfo al conseguir semejante esposa para su hijo que celebró un banquete para pregonar a los cuatro vientos el acontecimiento. Dos semanas duraron los festejos en la Piazza dei Priori, donde estuvieron presentes los embajadores de Florencia, Pisa, Siena y Lucca. Pero aquello no era suficiente para Ottaviano, así que invitó también a los principales señores de Lombardía, al *visconte* de Milán y a los hijos de Mastino della Scala. Sin embargo la celebración acabó con una nota amarga debido a un enfrentamiento entre sus hijos. Actualmente uno de ellos apenas se habla con su padre y con sus hermanos.

—Pero el hijo del fastuoso matrimonio está siendo instruido por su padre para sucederlo como señor de Volterra, llegado el momento —comentó Porphyrius—. Aunque parezca imposible, el hijo tiene un temperamento aún más despiadado que el del padre y su criterio no es tan agudo. La ciudad tendrá problemas cuando Paolo tome el poder. Le llaman el Bocchino («el emisariucho») porque no es más que el transmisor de las palabras y las ambiciones de su padre.

—¿Y qué pasó con el obispo Ranuccio?

Mia le echó un poquito de valor, necesitaba una respuesta a aquella pregunta imperiosa que hacía tiempo tenía en mente. Llevaba una moneda de oro alrededor del cuello desde que tenía seis o siete años y su madre había muerto. Había sido acuñada por el gobierno de Volterra con el rostro de Ranuccio grabado. No era infrecuente que la gente llevara el dinero de aquella manera, en una cadena, tanto por utilidad como para atraer la prosperidad. Pero Mia llevaba la suya por aprecio al hombre al que ella solía llamar su «mecenas» o «tutor» y que ahora consideraba su padre, cada vez con mayor convencimiento.

—Pues si no está en Volterra, ¿dónde está ahora? —volvió a preguntar.

—En Berignone, con su familia —respondió Porphyrius—. Pero Ottaviano asedió el castillo durante semanas cuando Gennaro tenía doce o trece años y sufrieron terriblemente. Ottaviano no logró matar al obispo Ranuccio, pero le prohibió la entrada en Volterra y luego lo excomulgó utilizando a su hijo Filippo, obispo en funciones, para dictar sentencia.

Su esposa levantó la vista súbitamente.

—Fue el mismo padre que me encerró en la torre y el mismo hijo que me acusó de herejía —dijo casi en un susurro.

«Que la encerró», pensó Mia antes de mirar a su amiga. Nunca le había contado aquello antes, solo sabía que *la raggia* había estado recluida en la casa de sus padres. ¿Quería decir que también había estado en la cárcel de la torre en la ciudad? Pero al cabo de unos instantes, como no dijo nada más y nadie preguntó por el asunto, Mia lo dejó y prosiguió con otra pregunta:

—Entonces, ¿toda la familia Allegretti vivía en el castillo de Berignone?

Jacquetta la miró y sonrió con pesar, ya que sabía por qué aquello era tan importante para ella, pero aún no estaba preparada para contarle la historia completa y mucho menos allí.

—Al final, el papa hizo que Ottaviano revocase el exilio, Mia —le respondió a su sobrina antes de que Porphyrius pudiera hacerlo—. El resto, venidos a menos, regresaron a Volterra hace tres o cuatro años, creo. Pero el obispo no quiso retornar a la ciudad. Por motivos de seguridad, yo nunca le he hablado a nadie en absoluto de su paradero, aunque tengo plena confianza en todos ustedes. Por ello les diré que, por ahora, está en Montalcino.

Mia le sonrió asombrada. Montalcino no se hallaba tan lejos de Santo Pietro in Cellole. De hecho, estaba en la Via Romea-Francigena. Sus labios dibujaron una nueva pregunta, pero Jacquetta negó con la cabeza.

—Eso es todo lo que diré sobre ello esta noche. ¿Por qué no vas a comprobar si Gennaro descansa plácidamente?

Deseaba saber mucho más, pero era consciente de que, por el momento, su tía había tomado una decisión inamovible y que hacía ya algún tiempo que nadie iba a ver a su primo, porque estaban absortos en una conversación que había cautivado por completo a Mia. Asintió diligentemente y se puso en pie. Agnesca se levantó con ella y ambas entraron en la habitación anexa, donde Gennaro dormía.

El involuntario grito de Mia al ver lo que tenía ante sus ojos hizo que los dos que faltaban acudieran desde la cocina.

Gennaro tenía el rostro lívido y los ojos amoratados y con el borde negro, pero lo más espantoso era el cuello. Los pequeños bultos se habían hinchado hasta adquirir el tamaño de limones y el mayor de ellos, que antes había empezado a supurar, había reventado. El hedor era absolutamente espantoso y Mia levantó la mano para cubrirse la boca y la nariz. La enorme ampolla rezumaba una sangre oscura, de color negro, y Mia vio que estaba mezclada con una espuma verdosa con aspecto similar a la baba.

Agnesca, a punto de vomitar por aquel pútrido hedor, se contuvo y se puso también la mano sobre la boca, antes de levantarle con cuidado el brazo, donde había anidado el otro gran bulto. Estaba claro que aquel también había reventado y de él habían salido borbotones de la misma monstruosidad viscosa de sangre negra y pus verde. No tenía ni idea de cómo tratar aquello, pero tenía la sensación de que era mejor equivocarse que quedarse sentada sin hacer nada.

Jacquetta seguía manteniendo cierta distancia con Gennaro que le siguiera permitiendo ir y venir, o eso esperaba, de una forma relativamente segura entre la villa y los apartamentos de los establos. Pero el olor le afectó también a ella y miró a Agnesca con urgencia.

—No tengo ni idea de cómo hacer sangrías ni lograr el equilibrio humoral —dijo Agnesca, respondiendo a la mirada—.

Solo poseo conocimientos empíricos y me guío por lo que ha funcionado en anteriores ocasiones. Pero esto me resulta desconocido y no soy capaz de imaginar qué habría hecho mi aya por este pobre hombre.

Jacquetta asintió con lástima. Ella tampoco había visto nunca nada como aquello y estaba claro que sería inútil hacerle una sangría, dado que la enfermedad ya la estaba haciendo por sí misma, mas ¿qué podría hacer para vendar de forma tópica una herida tan terrible? Solo había visto algo tan brutal y repugnante en un corte infectado que su yegua había sufrido tras haber sido embestida por un jabalí el invierno anterior y que ella había cubierto con miel directamente sacada de la colmena.

—¡Miel! —le dijo en voz alta a Agnesca—. Es nueva, aún no la ha tocado nadie, la hemos recogido del apiario hace solo una semana, más o menos.

Agnesca la miró agradecida.

—Excelente. Sí. Se la aplicaremos en una cataplasma con la ayuda de un trapo. Pero, Jacquetta, creo que deberíamos usar guantes de cuero suave para hacerlo, ¿tú qué opinas?

La interpelada lo entendió y estuvo de acuerdo. Desapareció de la habitación para traer lo necesario de la casa y volvió en tan poco tiempo que Mia se dio cuenta de que había ido corriendo. Traía también un par de recipientes de plata llenos de popurrí que la nariz de Mia reconoció al instante: eran los favoritos de su tía, los que reservaba para su propia alcoba. Estaban llenos de granadas cosechadas en otoño y exóticos granos de pimienta, raíz de orris y virutas de incienso y madera de cedro. Aquel olor proporcionaba un alivio bien recibido del acre olor de la habitación.

Jacquetta le dio a Agnesca un par de delicados guantes de piel que había traído y empezó a ponerse el otro par ella misma. Sin embargo, Mia se lo impidió.

—Te necesitamos como intermediaria —dijo con sensatez—. No me asusta la tarea.

Jacquetta le tendió los guantes a su sobrina. La decisión de Mia era valiente, pero también desinteresada y madura, y se sintió orgullosa de ella.

En lugar de usar agua sobre las dos heridas abiertas, Agnesca aplicó una cataplasma empapada en miel directamente sobre las úlceras. La miel olía mucho a hierbas por el romero y la lavanda que había plantados al lado de las colmenas y tenía la esperanza, rezaba y confiaba en que aquello fuera suficiente para estimular la curación y detener la hemorragia. Gennaro se retorcía lastimeramente cada vez que le tocaban y apartaba la cabeza de la luz de la vela que ambas mujeres habían puesto sobre él para ver lo que estaban haciendo. Estaba claro que la luz le molestaba y tenía las extremidades tan doloridas que cada vez que se movía era como si lo estuvieran torturando. Pero al final sucumbió y en una hora habían cubierto no solo las úlceras abiertas, sino también los bultos que no habían reventado y que habían crecido de tal manera que Agnesca pensaba que pronto lo harían.

Cuando hubieron acabado, le hicieron tomar a Gennaro un poco más de tintura de hierbas en una apuesta desesperada por mantener a raya la fiebre y luego le dejaron dormir, que parecía que era lo que más le apetecía del mundo.

—Por favor, nada más —susurró Agnesca.

Luego apagó de un soplido todas las velas menos una y se sentó con los demás a velar al paciente durante las horas de la noche.

27

Borgo Santo Pietro Palazzetto (la Toscana),
viernes 22 de junio de 2007

E l sol de la mañana bañó las dos estatuas del siglo XIV que representaban a dos santos: una mujer y un hombre. Observaban la tumba recién excavada desde sus puestos, en lo alto del muro del jardín, mientras proyectaban sombras alargadas sobre el terreno. Cuatro figuras permanecían inmóviles, reflexionando en silencio, uniendo sus propias sombras a las de los santos. Al cabo de unos instantes, cada uno de ellos cogió un puñado de pétalos de rosa de un cesto que llevaba un niño, esparcieron unos cuantos sobre la tumba abierta y, una vez hubieron terminado aquel último ritual y presentado sus respetos, los cinco dieron media vuelta en silencio. Un par de empleados empezaron a echar de nuevo encima la tierra que sustituía al césped. Aquella escena debía de tener ecos de otra similar sucedida hacía varios siglos.

Después de que el Departamento Arqueológico Nacional hubiera datado los huesos y les hubieran transmitido el mensaje de que los restos encontrados en el jardín de Borgo Santo Pietro no eran de su interés, los habían enviado de vuelta a la villa sin ceremonia alguna en una caja de cartón reciclado. Jeanette se había quedado un tanto perpleja, pero le pareció adecuado volver a enterrar los huesos con cierta solemnidad.

Tras veinticuatro horas de capilla ardiente, que habían instalado en el viejo horno con velas y rosas como única compañía, los habían devuelto al lugar en el que habían descansado durante tantos años. Habían excavado las tumbas y habían colocado los esqueletos de la forma más parecida posible a como los habían encontrado. La primera pareja yacía con las manos casi tocándose en un único hueco y, cerca de ellas, habían vuelto a enterrar a la tercera mujer pero sin el virote de la ballesta. Jeanette había sugerido que, si se lo quitaban, descansaría sin tanto dolor.

Entre los cinco plañideros se encontraban Claus, que había regresado de Londres bien entrada la noche anterior y había querido estar presente, y Vincent, que parecía entender la solemnidad de la ocasión sorprendentemente bien. Cuando los cinco regresaron lentamente a la casa principal, Jeanette sirvió unas copas de vino de la zona para conmemorar el acto y brindar por los desaparecidos, y le dio a Vincent un poco de zumo, para luego dar las gracias:

—Les agradezco que hayan venido. Creo que ahora los huesos podrán volver a descansar en paz. Una de las estatuas que los vigila es San Pedro, parece muy apropiado.

Søren giró de repente la cabeza para mirar a Jeanette.

—No se me había ocurrido hasta ahora, pero el hecho de que este sitio esté dedicado a Santo Pietro podría tener algo que ver con la roca sagrada. Resulta interesante, si tenemos en cuenta que la famosa espada clavada en la piedra está solo un poco más allá, después de la curva del río.

Jeanette sonrió.

—La casa fue construida sobre roca. Quizá la piedra tenga alguna propiedad especial.

Se volvió hacia Maddie, consciente de que esta tenía aún la mente puesta en la tumba. Jeanette se había percatado de que a Maddie le había parecido un momento muy conmovedor, tal vez porque lo sentía como algo extrañamente personal. Supuso que Maddie debía de haberse pasado meses pensando en la muerte, después de lo de su prometido.

—¿Quiénes creen que eran esas tres mujeres? —preguntó Jeanette—. ¿Has descubierto algo concluyente durante tu investigación sobre la gente que vivía aquí?

Esta le había propuesto a Maddie el desafío de investigar las dos monedas encontradas junto a los huesos. Aunque a primera vista todos habían asumido que los colgantes debían de ser una especie de medallas de peregrinos, habían descubierto al analizarlas más de cerca que lo que llevaban las dos mujeres que estaban juntas colgado del cuello eran de hecho monedas acuñadas. Estaba claro que ambas las llevaban en el momento del entierro, aunque cada una de las cadenas sujetaba una pieza diferente. En una de ellas se veía una figura sentada, tenía una inscripción y estaba bastante bien conservada. La otra, que Maddie había creído en un principio que sería igual pero más gastada y de plata en lugar de oro, había resultado ser, para su sorpresa, mucho más antigua y bastante extraña para un enterramiento medieval.

Con la ayuda de una lupa procedente de la «oficina» portátil que Søren llevaba en el zurrón, analizó aquella vieja pieza de cerca. Gracias a un ligero y cuidadoso proceso de limpieza, había descubierto que en ella había un hombre con dos cabezas y que cada una de las caras miraba en dirección opuesta a la otra, lo que hizo que Maddie se quedara de una pieza. Sin duda se trataba de Jano y ¿sería posible que fuera idéntica a la que Pierce le había enviado a su llegada? Cuando las puso una al lado de la otra comprobó que, efectivamente, así era. Pronto se dio cuenta de que, le gustase o no, Pierce Gray estaba extrañamente relacionado con todos los que estaban allí, lo que le parecía tan sorprendente como turbador. Supuestamente, la moneda que Maddie tenía con la doble cabeza de Jano había sido acuñada en Volterra y, aunque no estaba muy segura, asumió que su «gemela» debía de proceder del mismo sitio. Aquella teoría pareció confirmarse cuando se puso a investigar la segunda moneda con la ayuda de internet y, al no conseguir llegar demasiado lejos por ese lado, llamó de nuevo a un museo de Siena. En cuanto a la tercera moneda de oro, la que tenía grabada la imagen de una persona sentada que vestía una toga, Maddie se pasó horas intentando descifrar una inscripción y finalmente se convenció a sí misma de que debía de poner: «Allegretti, Vescovo Volaterra». Si aquello era cierto, las tres monedas la conducían al mismo lugar.

Allí estaba aquella ciudad por la que no sentía ningún interés y con la que no tenía ninguna conexión personal. No era tan famosa como Florencia o Siena, ni estaba tan estrechamente ligada a la historia de su familia como Lucca. Pero las mujeres de la tumba se habían convertido de pronto en algo personal para ella y sentía la imperiosa necesidad de descubrir quiénes eran y qué las relacionaba con la imponente ciudad medieval amurallada. Se pasó dos días sin salir de la terraza, leyendo todas las guías de la Toscana de Jeanette, y hasta hizo que Søren interrumpiera la elaboración de los bocetos del jardín para traducirle unas cuantas páginas que había en una vieja novela de viajes de Claus. Cuando hubo agotado aquella fuente de información, indagó en todo tipo de entradas sobre Volterra que encontró en internet: había algunas de fiables académicos, unas cuantas de la oficina de turismo, más aún sobre mitos, blogs de viajeros y probablemente también algunas opiniones desinformadas.

Sin embargo, se quedó fascinada y compartió todo lo que había aprendido con Søren mientras este marcaba zonas de plantado en los terrenos del jardín. Le contó que las puertas más antiguas de la ciudad eran etruscas, algo que sabía que le interesaría. La Porta all'Arco era la más antigua y famosa de la ciudad pero, cientos de años atrás, antes del nacimiento de Cristo, había tres pesadas cabezas de piedra que observaban sobre ella a quienes pasaban por debajo. Los rasgos de las cabezas estaban erosionados y actualmente no eran identificables y había controversia sobre qué representaban: ¿serían las cabezas de los traidores, a modo de advertencia? ¿O tal vez los dioses de la ciudad? Aun gastadas como estaban, Maddie suponía que una de las cabezas sería seguramente la de Jano. Los romanos lo habían tomado del dios etrusco Ani y, con sus dos caras, era el primero de los dioses, Ianus, dios de los cielos, de los comienzos y los finales, del pasado y del futuro; Ianus incluía a Iana y era tanto masculino como femenino. Jano, el de las dos caras, era el maestro de las entradas y las salidas y daba nombre al mes de enero, puerta de entrada del año.

Continuó leyendo hasta que, finalmente, se topó con un obispo del siglo XIV llamado Allegretti, y Maddie tuvo la sensación de que había encontrado al posible dueño de la cabeza de la moneda. Las fechas encajaban perfectamente con la datación de los huesos y situaban a la gente de la tumba alrededor de mediados de dicho siglo.

Maddie les contó todo aquello a los integrantes del grupo con gran entusiasmo después de la ceremonia de enterramiento, mientras desayunaban en el jardín de rosas. Jeanette no se sorprendió demasiado y la informó de que aquella casa había estado en su momento bajo el control de los obispos de Volterra, dato que se le había olvidado comentar.

—No entró a formar parte de la diócesis de Siena hasta el siglo XV, creo —agregó alegremente mientras le cortaba una naranja a Vincent.

Maddie la miró asombrada y se sintió un poco tonta. Se preguntaba por qué no les había preguntado simplemente a sus anfitriones por los vínculos entre la casa y Volterra, en lugar de pasar tanto tiempo investigando para descubrirlo.

—Bueno —dijo prácticamente riéndose de sí misma—, esto ha conseguido que me haya obsesionado con visitar Volterra antes de dejarlos, aunque ello implique no poder subir hasta Lucca.

—Te dejaría mi coche —comentó Claus—, pero tengo una reunión en el banco en Siena a última hora y con el alcalde de Chiusdino dentro de media hora. Tal vez el domingo. O quizá Jeanette te pueda llevar a principios de la semana que viene. —Y dicho eso, le sonrió a Maddie y se alejó del grupo después de excusarse.

Søren parecía perdido en sus pensamientos y cogió el zurrón para irse en la misma dirección que Claus.

—Es una pena que no podamos ir todos, pero puedes coger el Mini, si quieres. Hoy no lo necesito. —A continuación se volvió hacia Jeanette—. Me queda una hora más de trabajo, si luego estás libre podrías pasarte por el jardín para comentar algunas cosas in situ.

Ella asintió con entusiasmo y él se alejó con la cámara y el bloc de dibujo por el antiguo camino de los peregrinos hacia la zona que habían reservado para el jardín medieval. Volvería a Londres el lunes con Claus y dejaría de nuevo solas a Jeanette y a Maddie. Echaría de menos su compañía.

Justina llegó para recoger a Vincent y las dos mujeres cambiaron el sol del jardín de rosas por la sombra del pórtico, con las tazas en la mano.

—Me parece un tipo genial —le dijo Jeanette a Maddie.

Maddie sonrió y asintió. Aquella era una expresión cariñosa que le había oído usar más de una vez a Jeanette para referirse a los artistas que le gustaban de verdad y a la gente con la que se sentía a gusto.

—Sí —admitió pensativa. Aunque en realidad consideraba que había otros adjetivos que lo definirían mucho mejor, relacionados con la temperatura, por ejemplo—. Hace que te preguntes por qué no hay una señora Søren —dijo lánguidamente.

—Bueno, según me ha dicho, su novia de toda la vida dejó de serlo hace casi un año —respondió Jeanette mientras sonreía imperceptiblemente para sus adentros—. Pero eso no es cosa mía, así que deberías preguntarle sobre ello.

La expresión de Maddie demostró que se había quedado con el dato y que, como poco, estaba mínimamente interesada.

Pero Jeanette no le dio tiempo a hacer preguntas y añadió:

—Voy a coger la última tapicería que hay que teñir para acabar las colchas y las cortinas de la *suite* Rinaldo, la habitación grande del bajo. Me encantaría que me echaras una mano, de ser posible, para que pudieras verla lista antes de irte la semana que viene. Con una hora bastará.

—Perfecto. Claro que lo haré. Dame diez minutos para pasarme por la habitación a asearme y nos vemos en el horno.

Justo cuando introducía la llave en la cerradura, bajo la inscripción «Via del Pellegrino», el teléfono empezó a sonar dentro de la habitación. Entró precipitadamente y se sentó en el alféizar de piedra de la ventana mientras cogía el celular y lo encendía. Había un mensaje que decía: «Tengo dos entradas para la ópera: Festival de Puccini en Lucca, a principios de julio. ¿Te apuntas? Creo recordar que te lo había prometido. P. G.».

Ahí estaba Pierce Gray. Maddie se preguntaba qué estaría tramando. Qué querría de ella. Y cómo era posible que le hubiera enviado una moneda etrusca cuya gemela había aparecido en una tumba medieval bajo su ventana, exhumada por casualidad setecientos años después, justamente donde ella estaba.

En realidad Maddie no se lo había planteado, pero no creía que nunca hubiera tenido la sensación de que el «destino» estuviera detrás de cualquiera de los acontecimientos que había vivido. Estaba convencida de que en la vida había tantas oportunidades como pruebas y que en tu mano estaba hacer con ellas lo que quisieras. Ninguna fuerza divina era responsable, nada estaba «escrito». Había entrado en Columbia porque había trabajado duro, había solicitado dos trimestres en Oxford no porque le abrieran el camino para encontrarse a un Christopher, sino porque estudiar en el extranjero reforzaría su currículum vítae. Sus amigos decían que había sido cuestión de «suerte», pero ella siempre había descartado tales ideas considerándolas disparates que los humanos se inventaban por la necesidad de sentir que no estamos realmente solos en este mundo. Pero ahora empezaba a preguntarse si, después de todo, habría ciertos patrones, si habría un sendero que nos precedía y si realmente controlábamos mucho menos la situación de lo que pensábamos. Ella no poseía ningún sistema de creencia esquemático: no tenía sentido de la religión, ni sensaciones sobre predestinación ni ideas supersticiosas de que ciertos rituales podrían atraer o rechazar cualquier resultado específico. Aun así, los pasos de otros que sabía que habían caminado por aquellas tierras le habían hecho sentirse mucho más conectada con el pasado, más sensible a aquellos que habían estado allí antes que ella. Y los patrones, bueno, las coincidencias, parecían permanecer dormidos en el paisaje, junto con los fantasmas, las sombras y los esqueletos de la tierra.

Maddie salió de nuevo del cuarto con la cabeza hecha un lío. Usó las escaleras de atrás para ir directamente al patio delantero, que estaba más cerca del viejo horno donde Jeanette estaría empezando a trabajar. Al abrir las puertas, notó el calor imperante en el interior y vio que los hornillos de gas que había bajo los tanques de teñido estaban empezando a hacer hervir el pigmento y a generar un poco de vapor. Había aprendido que el truco estaba en hacer que el tinte estuviera lo suficientemente caliente para teñir, pero no tanto como para echar a perder el tejido. Jeanette estaba comprobando la temperatura justo cuando Maddie se acercó.

Levantó la vista y se limpió una ceja con el dorso de un guante de goma manchado de tinte. Se percató al instante de que el color que Maddie había adquirido en su corta estancia en Borgo parecía haberse esfumado: estaba pálida y demacrada.

—Parece que hubieras visto un fantasma. ¿Ha ocurrido algo? —le preguntó Jeanette, solícita.

Maddie le sonrió a su amiga. Siempre le sorprendía hasta qué punto los pensamientos de Jeanette se acercaban tanto a los suyos, aunque raras veces le contaba a nadie lo que pensaba.

—No estás tan equivocada con lo del fantasma. Cuando llegué tenía un mensaje de texto del hombre que me envió la moneda. Es un poco complicado y no tengo muy claro cómo actuar.

Jeanette sumergió el retal de tela de la cortina en uno de los recipientes y Maddie se puso unos guantes con rapidez y se acercó más para echarle una mano.

—Es el dueño de la empresa con la que tenemos el juicio y me acaba de invitar al Festival de Puccini que se celebra en Lucca a principios del mes que viene.

—Suena un poco raro, ¿no? ¿El hombre contra el que te estás enfrentando en los juzgados? Aunque, por otra parte, sería maravilloso —añadió Jeanette con pragmatismo—. Eres más que bien bienvenida a quedarte más tiempo aquí, si quieres. Me dará mucha pena que te vayas.

Maddie asintió, consciente de que su anfitriona lo decía de corazón. Y estar allí con ella —con todos ellos— en aquel auténtico paraíso que con tanta riqueza reflejaba el sol y la generosidad del carácter de Jeanette había sido una maravillosa evasión.

—Gracias —respondió Maddie, rodeándole la cintura con una mano enguantada—. La opción de quedarse resulta muy tentadora, aunque no creo que a mi jefa le parezca tan buena idea como a ti. Pero no sé qué hacer con ese hombre, Jeanette, cómo actuar con él —dijo intentando expresar sus sentimientos encontrados—. Tal vez siga sintiendo algo por mí, porque lo rechacé una vez, cuando era más joven. Poco después, el mismo día, sobrevivimos a un accidente de barco juntos provocado por el cambio radical en media hora del agradable clima de California. El viento empezó a soplar de repente con muchísima fuerza y el yate estuvo a punto de volcar. No recuerdo los detalles, pero casi nos ahogamos. —Maddie miró los ojos azul cobalto de Jeanette y respiró hondo—. Fue una cosa extraña que vivimos juntos: por una parte nos separó, pero también nos unió. Nunca se lo he contado a mis padres, ni a ninguna otra persona. —Jeanette se limitó a asentir y a escuchar—. También soy consciente de que, dada la situación actual con lo del juicio, es posible que simplemente esté intentando utilizarme —le confesó Maddie—. Tal vez pretenda obtener información de dentro del bufete, aunque me mantengo alerta con eso. O puede que esté allanando el terreno para que haga de intermediaria: tal vez en ese papel podría resultar útil. Pero mis sentimientos hacia el zalamero señor Gray son realmente ambivalentes. En mi cabeza se mezclan las personas de mi hogar y las víctimas de las condiciones de trabajo de su empresa con mis sentimientos hacia aquel coche lleno de borrachos en Oxford que mató a Christopher. En ninguno de los dos casos había razón alguna para lo que sucedió. Unos cometieron un error por el que se niegan a hacerse responsables y los otros ni siquiera son capaces de decir que lo sienten.

Jeanette asintió con compasión. Era consciente de la importancia que tenía aquella expresión tan íntima de la pena y la ansiedad de Maddie.

—Sí —respondió con cariño—. Y después de lo de Christopher, te has dado cuenta del dolor que tienen que soportar también la familia y los amigos. La demanda afecta a muchas familias. El sufrimiento es largo e incierto, y están en juego mucho dinero y principios morales.

Jeanette se volvió, dándole la espalda al recipiente, se quitó los guantes y abrazó a Maddie. Luego observó su pálido rostro.

—Se necesitan fuerzas para involucrarse y energía para luchar por lo que es justo. Y tú tienes ambas cosas.

—¿Tú crees? —replicó Maddie casi susurrando—. Yo ya no lo tengo tan claro. Antes de venir aquí, creía que nunca más volvería a sentir nada. Creía que seguiría con mi vida poniendo un pie delante del otro, haciendo lo que me pidiesen y dejando pasar los días. Pero este lugar, los siglos de peregrinaciones, las esperanzas de tantas personas y todos los que están ahora aquí me han hecho recordar quién soy. Sin embargo, aún no sé si tendré el valor de involucrarme tanto emocionalmente y de hablar claro. No quiero implicarme demasiado para que luego me hiera un mal resultado.

—Estoy convencida de que sabes lo que tienes que hacer. Aunque ¿cómo conseguir hacer ver a un ciego? Casi podría hacer falta un milagro. —Jeanette apagó de un soplido las llamas que ardían bajo los recipientes para dejarlos enfriar y reposar un rato y cogió a su amiga de la mano—. Venga, vamos a buscar a Søren.

Ambas mujeres se alejaron del *forno* medieval. Cruzaron el patio, dejaron atrás el viejo olivo y recorrieron el antiguo sendero que, en su día, había sido el camino de los peregrinos.

—¿Sabías que la palabra *pellegrino* en italiano no significa solo «peregrino»? —Jeanette llevaba a Maddie de la mano mientras bajaban por el sendero. Esta negó con la cabeza sin entender a qué se refería y Jeanette se explicó—: Significaba también «extranjero» y «viajero». La peregrinación te llevaba a las fuentes de inspiración de la fe y los milagros, pero también te permitía liberarte de los límites de tu mundo personal —aseguró, sonriendo—. Aquí somos todos peregrinos, ya ves.

—*Hic locus est* —respondió Maddie con un tono levemente soñador—. La magia del lugar.

Maddie y Jeanette vieron a Søren sentado sobre una lona, con la espalda apoyada contra una roca ovalada, en una zona llena de flores silvestres. Tenía el dibujo del jardín medieval desenrollado delante de él y lo había sujetado cuidadosamente con cuatro piedras redondas, una en cada esquina. Cuando había vuelto de Siena con aquella fuente de inspiración, Jeanette y Claus se habían quedado extasiados con lo que había encontrado. El dibujo contenía todos los elementos que Jeanette había estado buscando y no podían creer la suerte que habían tenido de que un jardín así hubiera florecido a menos de dos kilómetros de allí, probablemente en la abadía. Encajaba en Borgo a la perfección y, desde su punto de vista, lo único que hacía falta era convertir el plano medieval en una construcción factible actualmente. Søren confiaba en poder hacerlo, aunque Claus había sugerido en broma que la construcción de un cielo de oro desafortunadamente se les iría del presupuesto. Søren estaba de acuerdo en que, en Borgo, tendrían que conformarse con un firmamento dorado pintado por el sol de la Toscana y que la luna y el viento tan bellamente moldeados tendrían que ser provistos también por Dios, «a menos que Maddie acepte el trabajo».

—¿Todos los demás elementos se pueden materializar? —le preguntó Claus.

—Creo que podremos hacer y encontrar todo el resto, menos el unicornio. Hay escasez. —Pero Claus tuvo la última palabra al advertirle al arquitecto que su mujer tenía la habilidad de hacerse con las cosas más extraordinarias en Borgo.

Maddie pensaba en la conversación que habían mantenido antes mientras se acercaba a la figura sentada a través de la agreste pradera con Jeanette a su lado. Susurró una observación: todo lo que Søren tenía a su alrededor guardaba una especie de simetría. La cámara, una larga cinta métrica enrollada y, al lado, el ajado ejemplar de los poemas de Keats y el bloc de dibujo:

todo parecía haber sido colocado de forma intencionadamente casual, como para una foto de una revista. Aquel «caos» era deliciosamente estético. Al parecer estaba con los ojos cerrados y tenía el lápiz de dibujo tras la oreja. A la sombra de las piedras, había una botella de agua apoyada. Jeanette sonrió y disfrutó de la vista con ella unos instantes.

Se levantó un ligero viento que le anunció a Søren su llegada, y, al sentir la brisa en la mejilla, se volvió hacia ellas.

—Las he estado esperando —aseguró con aire despreocupado al tiempo que abría del todo un ojo.

—¿Interrumpimos tu inspiración? —canturreó Jeanette mientras se acercaban—. Pareces estar realmente a gusto.

Las páginas del bloc de dibujo volaron como si fuera un calendario, como si las hojas al girar indicaran el paso del tiempo en una película. Extendió una mano para cerrarlo, y dijo:

—Siempre traes la brisa contigo, Maddie. ¿Crees que podrías controlar el viento?

Maddie le miró fijamente y respondió casi con violencia.

—Nadie puede —replicó enojada. No sabía por qué, pero aquella idea no le hacía ninguna gracia.

Søren sonrió sin sentirse ofendido y señaló la lona.

—Siéntense, por favor. —Movió algunas cosas para hacer sitio—. Estaba empapándome del aroma e intentando imaginar cómo habría sido el jardín en su momento y cómo volvería a ser, antes de intentar dibujarlo.

Jeanette lo observó con atención.

—Tienes toda la razón. ¿Cómo vamos a construir un mundo mejor si no lo imaginamos antes?

—Eso es lo que tú has hecho aquí —le dijo Maddie—. Primero te lo imaginaste y luego lo llevaste a cabo.

A Jeanette le conmovieron mucho aquellas palabras, pues sabía el valor que tenían viniendo de Maddie. Estaba muy dolida cuando llegó. Pero decidió cambiar de tema con rapidez para no echar a perder la belleza del momento.

—Hablando del viento, Søren, si al final vas a Volterra, tienes que aprovechar para hacer una pequeña excursión. Un amigo mío, que es escritor, me contó una historia sobre un lugar llamado Casa al Vento que está en las afueras de la ciudad. Es una granja junto a una casa de campo construida sobre unas ruinas medievales. Cuenta la leyenda que allí vivía una mujer que, efectivamente, podía controlar el viento.

Søren se rio y Maddie se quedó mirando a Jeanette, pero esta se limitó a sonreír enigmáticamente y empezó a hablar con él en danés sobre la distribución del jardín. Señalaron varias zonas y se pusieron de pie un momento para comprobar la perspectiva y medir con pasos una parte del terreno. Maddie los escuchaba disfrutando del ritmo lírico de aquel idioma, hasta que sus pensamientos fueron interrumpidos por el repentino batir de alas de una paloma justo sobre su cabeza. Se posó a un par de metros de ella, en la roca que había servido de respaldo a Søren. Aquel repentino movimiento sobresaltó a Maddie.

Jeanette percibió su reacción y regresó hablando en inglés de nuevo:

—No pasa nada. Está comprobando si hemos traído comida. Las palomas ya vivían aquí cuando nosotros llegamos, hasta la casa estaba llena de ellas. La gente del lugar me dijo que atraían la suerte en el amor, la vida y los negocios. Sea cierto o no, me alegro de que se hayan quedado.

—Seguro que los italianos sienten tanta simpatía por los pájaros debido a una creencia etrusca mucho más antigua —terció Søren—. Para ellos y para los romanos después de ellos, el movimiento de los pájaros predecía el futuro. Lo llamaban augurio y, aunque dicha palabra se usa como sinónimo de cualquier tipo de profecía hoy en día, originariamente se refería solo a los pájaros.

—Ya había oído hablar de eso —dijo Maddie—. A mi padre, creo. «De ninguna manera, desafío a los augurios»; ¿no era eso lo que decía Hamlet? Y luego hablaba de un gorrión, o algo así —añadió sonriendo con picardía mientras fruncía la nariz mirándola.

—Era danés —rio Jeanette.

Søren volvió a sentarse de nuevo, enfrente de Maddie. Aquello le había tomado desprevenido.

—Sí, Maddie. Se trata de tener fe en el destino. Lo que tenga que ser será, antes o después. «Hasta en la caída de un gorrión interviene una providencia especial», le dice Hamlet a Horacio —afirmó con una sonrisa—. Como dice San Mateo: «Y no teman a los que matan el cuerpo, mas al alma no pueden matar». —Søren se puso serio unos instantes y añadió—: Sea cual sea tu punto de vista espiritual es una filosofía fuerte, ¿no te parece?

Maddie no tenía ni idea de cómo responder a aquello: durante meses había estado luchando por tener fe en las ideas más básicas, hasta en la bondad de la gente. Pensó que a su padre le gustaría Søren: plantas y poesía, se dijo para sus adentros.

Los pensamientos de Jeanette se dispararon en otra dirección.

—Eso me recuerda a las tumbas etruscas de Volterra. Maddie, a ti te apetece ir, así que ¿por qué no se toman la tarde libre? Podrían ir los dos y luego comprar algo para cenar a la vuelta, así me ahorraré ir a Siena esta tarde con Claus.

—Perfecto —dijo Søren—. Esta noche cocino yo, y te llevaré en el Mini, Maddie.

—De eso nada —bromeó Maddie—. Ya que me has ofrecido tu coche, puedes acompañarme, pero conduciré yo. Danés o no, estás acostumbrado a conducir por el lado contrario de la carretera.

Jeanette se levantó con ellos, riéndose.

—Nada de *frikadeller* para cenar, Søren. ¡Sigamos siendo italianos!

Volterra se erguía en lo alto de la colina, coronada por la luz del sol. Las murallas de la ciudad vieja se alzaban imponentes sobre la carretera serpenteante, y una serie de inertes nubes blancas, enormes y esponjosas, pendían sobre la cálida calima, encima de ellos. Era primera hora de la tarde y la quietud hacía gala de una austera belleza.

El pequeño Mini de Søren, descapotado y con Maddie al volante, trazó con destreza las peligrosas curvas cerradas que llevaban al acceso a la ciudad. La conductora entrecerró los ojos para leer las señales y condujo con la suerte de un principiante hasta un estacionamiento subterráneo con abundante espacio situado justo debajo de las magníficas murallas etruscas. Tras dudar si debían coger las gafas de sol o el paraguas, la pareja decidió llevarse ambas cosas y salieron por la entrada principal en lugar de subir por las escaleras de dentro hasta la plaza del pueblo que había arriba. El camino seguido los llevó por la carretera moderna hasta el pueblo y tuvieron que subir una rampa hacia las enormes paredes defensivas.

Tras caminar menos de cien metros, llegaron hasta las impresionantes piedras que habían atraído a Maddie desde las guías y las páginas de internet: la sugerente Porta all'Arco. La susodicha puerta en forma de arco estaba encajada en las murallas de la ciudad en ángulo con la carretera, claramente diseñada para que la muralla que sobresalía ofreciera una defensa eficaz al adarve de arriba. La estructura irradiaba un aura que no pasó desapercibida para Maddie. Le daba la sensación de que la puerta era consciente de las gentes y los hechos que habían pasado por ella a lo largo del tiempo. Llevaba allí desde el siglo IV antes de Cristo y había cambiado poco con las restauraciones. Además, la extravagante personificación que ella le confería parecía justificada por las cabezas de piedra que la adornaban, erosionadas por el viento y el paso del tiempo.

Maddie, por segunda vez ese día, sintió que el pasado estaba presente en la periferia de su existencia.

—Tú también lo sientes, ¿verdad? —La suave voz de Søren se unió a su estado de ánimo.

Se quedaron a poca distancia el uno del otro, contemplando la puerta y la calle que estaba al otro lado, que ascendía por la colina hasta el centro del pueblo.

Maddie se había quedado prácticamente sin habla, abrumada por un sinfín de nuevas sensaciones.

—No creo que sea capaz de cruzarla —anunció con un hilillo de voz—. No... No sé cómo explicarlo. Nunca me había pasado antes. —Maddie casi podía sentir que el vello se le erizaba de miedo, o de emoción. Se pasó la mano por la cabeza.

Søren le puso la mano en el hombro con delicadeza.

—Tal vez solo sientas compasión por la gente que ha entrado y salido por ella durante tantos siglos. Desde luego es una estructura potente y evocadora. De todos modos, a mí me parece bonita. Has reaccionado ante algo.

En cuanto a Maddie, las sensaciones que sentía desaparecieron tal y como se habían presentado, como si «el fantasma que hubiera visto» se hubiera desvanecido de nuevo bajo la brillante luz del sol.

—Ya se me ha pasado —aseguró mientras retorcía su densa cabellera y la sujetaba haciéndole un nudo para separarla del cuello. Continuó andando, pero al pasar del calor a la penumbra de la vieja puerta, la temperatura bajó ostensiblemente. Maddie sintió que el ánimo también le bajaba un poco, y se enfadó consigo misma. Pero volvió a animarse una vez hubieron emergido de las sombras.

Søren observó en silencio aquellos cambios de humor y sonrió para sus adentros. Suponía que Maddie se estaba acercando a sentimientos, que, según creía, había mantenido a raya para sobrevivir al dolor de los últimos seis meses. Había algo que le permitía volver a entrar en contacto con el mundo que la rodeaba.

La carretera se dividía en la parte superior de la pendiente y tras girar a la derecha para meterse por una estrecha callejuela y luego a la izquierda para seguir por otra, llegaron a la Piazza dei Priori, la espléndida plaza medieval de la villa. A la izquierda estaba el Palazzo Priori, sobre el que Maddie había leído que era el ayuntamiento más antiguo de Italia, si no de Europa. Parapetado aún más allá, en la zona sur de la impresionante plaza con sus edificios añejos, dentados y coronados por torrecillas, se encontraba el letrero de la oficina de turismo.

—¿Primero información o café? —preguntó Søren mientras atravesaban la plaza.

Maddie sonrió, sintiéndose de repente como una colegiala que disfrutaba de un inesperado día libre.

—Primero información y luego el museo con un café entre medias, si no puedes esperar más.

Empujaron las puertas de cristal de la oficina de turismo y Maddie le sonrió a la chica que estaba detrás del mostrador. Inició el discurso en su mejor italiano.

—*Buon giorno*. Estamos buscando un sitio llamado Casa al Vento, ¿la conoce? Se supone que está en el campo, cerca de aquí.

—No es una pregunta muy habitual —respondió la muchacha—. A mí no me suena, pero puede que a mis compañeros sí.

Se volvió hacia sus dos colegas varones y les repitió la pregunta. A continuación comenzó una conversación a tres bandas que Søren interpretó como: «Puedes llamar a fulano, conoce las colinas como la palma de la mano, él sabrá si existe». Consultaron un número y acto seguido hicieron una llamada telefónica, que derivó en la búsqueda de un mapa en el sancta-sanctórum de una segunda oficina que no tenía nada que ver con los que solían tener disponibles para los turistas y que estaban en media docena de idiomas. Todos permanecieron de pie hablando hasta que una impresora que había al otro lado de la sala escupió una copia del preciado mapa del Servicio Oficial de Cartografía. Luego la chica, que dijo llamarse Eva, les sonrió y cogió un rotulador fluorescente amarillo.

—*Allora* —dijo con energía mientras dibujaba un anillo en la hoja. Eva miró a Maddie y luego observó a Søren—. No hablo ninguna lengua escandinava, así que se lo contaré en inglés. Hace muchos años, en *mille ottocento e settanta* (puede que sobre 1870), un estadounidense llamado Leland escribió un libro titulado *Aradia*. Trataba sobre la brujería en Italia, o algo así, y una de las historias se titulaba «La casa del viento». Supuestamente, la información se la había dado una *strega* italiana, una bruja, llamada Maddalena. Como pueden ver, ya teníamos brujas en Volterra mucho antes de que llegaran los vampiros —dijo entre risas.

Uno de los compañeros de Eva le dijo algo en italiano y esta parafraseó lo principal.

—*Ah, sì*. La historia de Leland trata sobre una joven que fue condenada a muerte por su familia por desobedecerles. Ella quería casarse y ellos querían que se hiciera monja.

—¿Las leyes permitían que la condenaran a muerte por eso? —preguntó Maddie, asombrada.

—Sí, en aquellos tiempos las mujeres no tenían derechos mientras vivían con su familia. El padre, la iglesia y los gobernantes de la ciudad decidían el destino de las mujeres, por aquel entonces. —Eva asintió—. Qué bien que vivimos ahora, ¿no? Pero ¿conocen ese libro?

—Creo que hemos oído hablar de él indirectamente —respondió Maddie.

—Bueno —continuó Eva—, pues según Leland, la noche anterior a su muerte la dejaron entrar en el jardín para rezarle a su diosa, Diana, a quien ella prefería antes que a la iglesia. En el otro extremo de la ciudad todavía existe la Porta Diana. —Hizo otro inciso y dibujó un nuevo círculo en uno de los mapas para turistas—. Es una de nuestras puertas más antiguas de la época etrusca y romana, y daba al templo. En fin, la historia dice que Diana le respondió con un remolino de viento que salió de las *balze* y destruyó por completo toda la casa y a todos los que estaban dentro menos a ella. Y nadie sabe qué fue de ella después de aquello, solo que se escapó con su amado.

—¿No se cree la historia? —preguntó Søren.

Eva rio y el gesto que hizo con las manos no necesitó traducción: «¿Quién sabe?».

—No hay pruebas escritas de que esa mujer haya existido, ni de que eso hubiera sucedido. Un inglés llamado Hutton investigó mucho y no descubrió nada. Aquí, en Volterra, también hemos buscado un poco, pero no hay constancia de ningún juicio, bautizo ni papeles de matrimonio. Solo a principios del siglo XV había la historia de una mujer acusada de brujería y uno de sus encantamientos para descubrir si alguien era inocente de un crimen era meterlo en la cárcel y ver si un remolino acudía para liberarlo. Eso podría tener que ver con algo de una época anterior, pero, aparte de eso, es como si no hubiera existido. Y puede que así fuera.

—Pero el mito sí —replicó Maddie, pensativa.

Eva asintió con una sonrisa serena y, cuando otra pareja entró en la oficina, levantó la vista y les dirigió unas palabras.

—En un minuto estoy con ustedes —aseguró en alemán a los recién llegados.

Se volvió hacia Maddie y Søren y les tendió el mapa.

—Conozco el sitio, pero no sabía cómo se llamaba. Es un lugar precioso. La casa que hay ahí ahora no es muy vieja. Está dividida en dos partes, pero está construida con piedras talladas muy antiguas. —Giró el mapa hacia ellos y añadió—: Sigan por esta carretera, y cuando salgan de la ciudad vayan despacio o se la pasarán. Hay una casa moderna justo antes y está sobre un promontorio que da a ambos lados del valle, de espaldas al pueblo. ¡Buena suerte!

—Muchas gracias —dijo Maddie—. Ah, y antes nos gustaría visitar el Museo Guarnacci. ¿Podría marcarnos en el mapa dónde queda?

—*Sì, certo* —respondió Eva. Volvió a dibujar otro círculo sobre el plano de la ciudad y les marcó una ruta para ir a pie—. Si van a detenerse un momento a comer algo, aunque sea un poco tarde, la Osteria dei Poeti es muy bonita y sirven buen café. Está aquí, al lado del Guarnacci —les informó mientras hacía dos marcas.

—Gracias —dijo Søren.

—¡De nada! —Y dicho esto, se centró completamente en la pareja alemana.

Søren y Maddie localizaron enseguida el restaurante, donde se resguardaron del inestable clima. Pidieron un plato rápido de pasta con trufa y, una vez finalizado el ritual de pedir los alimentos, la mente de Maddie regresó a la experiencia vivida en la oficina de turismo.

—¿Cómo sabía Eva que aquellas personas eran alemanas? —le preguntó Maddie a Søren, perpleja por todo lo que había sucedido.

—¿Y cómo sabía que queríamos un café? —añadió él mientras sus ojos de color castaño parpadeaban—. Aunque yo diría que, en el caso de los germanos, los delatores fueron la guía retro Baedeker y tal vez las sandalias para caminar.

Maddie sonrió y agitó la cabeza.

—Pero se dio cuenta de que eras escandinavo, ¡y ni siquiera eres rubio!

—Tienes toda la razón —concedió, riéndose—, lo cual demuestra que es demasiado lista como para caer en los estereotipos.

Menos de una hora después, estaban delante del Guarnacci, un hermoso palacio de edad incierta convertido en hogar de una extraordinaria colección de antigüedades etruscas y romanas por un ávido coleccionista del siglo XVIII que había tenido la maravillosa fortuna de vivir allí. Se había levantado un viento frío que silbaba por la estrecha calle y el cielo se había oscurecido, como Maddie suponía que era frecuente allí, convirtiendo la precedente amenaza de lluvia en un hecho. Se alegraron de llegar a la entrada y, una vez dentro, cogieron una guía para cada uno y otra para Jeanette. Gracias a ella se enteraron de que el palacio había sido entregado a los habitantes del pueblo de Volterra por Mario Guarnacci en 1761. Añadía que el noble abad había sido lo bastante previsor como para coleccionar y donar al *comune* un gran número de objetos de arte funerario etrusco y otras piezas, además de cincuenta mil libros. Aquello había impedido que se dispersaran y fueran a parar a manos de coleccionistas sin escrúpulos, y ahora representaban gran parte de la herencia cultural de Volterra.

Conocedora de que había una escultura de especial relevancia en algún lugar del edificio, Maddie hizo una pregunta en italiano y recibió una respuesta que acompañaba a un dedo que les hizo dejar a un lado por el momento las impresionantes urnas funerarias de la planta baja y dirigirse directamente al siguiente piso.

Mientras subían por las amplias escaleras a la planta de arriba, bajo la mirada vigilante de una pintura de tamaño desmesurado del propio abad, un miembro de la nobleza, pasaron por delante de un guarda que estaba al final de las escaleras. Maddie le preguntó y él asintió.

Sin embargo, parecía confusa y miró el letrero fijado en el suelo donde se leía «Piano I».

—Este es el segundo piso —le dijo a Søren.

—No, este es el primer piso en toda Europa —respondió él, divertido—. La primera planta es la que está después de la planta baja y al bajo le llaman *terra*. Estamos en el sitio correcto.

Maddie lo puso en entredicho diciendo que el Viejo Continente era como el mundo al revés, ya que la lógica dictaba que el «uno» debía ser el lugar por donde empezabas, así que habían subido al segundo piso. Él le respondió que los árabes les habían enseñado el cero hacía siglos. Aquel debate desenfadado en clave de humor continuó hasta que Maddie llegó a una sala oscura, donde todos los objetos estaban iluminados de forma individual. Apareció ante ella tan de sorpresa que Maddie hasta dio un respingo cuando sus ojos se posaron sobre una vitrina con una urna cineraria de terracota decorada con una extraordinaria representación realista de un marido arrugado y una esposa. Maddie se llevó la mano a la boca: había visto la foto en libros y le parecía más evocadora en carne y hueso, por así decirlo, de lo que se podría haber esperado jamás. Se trataba de una pareja de ancianos vestidos con túnicas a los que solo les faltaba respirar y que tenían aspecto de que sus vidas y sus almas habían estado unidas desde el principio hasta el fin. La inscripción decía solo: «Urna de los esposos, siglo II a. C.». Maddie vio los rostros realistas de dos personas que debían de haberse besado, comido juntas, regañado y mimado durante equis años en la tierra y después en la eternidad. Marido y mujer se miraban a los ojos como si nunca se hubieran cansado de aquella única expresión. A Maddie le entraron ganas de llorar, aunque no tenía ni idea de si era por algo personal, debido a su sentimiento de pérdida, o por algún tipo de empatía con las personas que habían vivido allí y pasado bajo aquella misma puerta cuando las piedras estaban aún recién talladas.

Se sintió como si volviera a estar en el mar y miró a Søren unos instantes para regresar al presente. Recobró la sensación de seguridad y notó de nuevo los pies en la tierra allí, junto a él, quien observaba aquella familiar forma y movía los ojos absorbiendo cada detalle de aquel objeto que, obviamente, tanto le gustaba, como si se estuviera preparando para dibujarlo más tarde y revivir la experiencia. Sonrió para sus adentros y se volvió con los sentimientos aplacados hasta que de repente localizó el objeto que había venido a buscar. El corazón le dio un vuelco.

Allí estaba, al fondo, tras las figuras de terracota, iluminado con un punto de luz individual en el extremo opuesto de la sala principal. Agarró a un Søren un tanto sorprendido y le arrastró hacia aquel objeto.

—Te presento a la «sombra del atardecer» —le dijo ceremoniosamente.

La Ombra della Sera, probablemente el atizador de fuego más celebrado de la historia, descansaba aislado en su propia hornacina. El rostro perfecto de un niño los miraba desde la caja de metacrilato, pero el suyo era un cuerpo alargado, como si tuviera su origen en el ángulo desde el que la luz se iba desvaneciendo. A Maddie le recordó las sombras que se proyectaban sobre las tumbas de Borgo aquella mañana.

Søren observó el rostro en miniatura y el esbelto cuerpo de hierro forjado del joven.

—Es exquisito —afirmó tras soltar un largo suspiro de admiración—. La ejecución de la obra refleja a la perfección la idea original. Es una figura votiva, parece como si se elevara hacia los dioses. ¿Cómo sabías que existía, Maddie?

—Hasta hace unos cuantos meses no tenía ni idea. El mes pasado, en mi cumpleaños, mi abuela empezó a obsesionarse con que debía encontrar a mi familia y me enseñó una postal que mi tatarabuela, Maria Pia, le había enviado a su hijo a San

Francisco alrededor de 1870. Seguramente había venido a Volterra y había visto esto, como nosotros ahora.

—*A la Recherche du Temps Perdu* —dijo Søren—. La búsqueda del tiempo perdido nos ayuda a aprender más cosas sobre quiénes somos.

La cogió del brazo y caminaron lentamente hacia la parte superior de las escaleras, dejando de nuevo atrás al guarda. De pronto, el edificio tembló bajo sus pies mientras un trueno rugía debajo de ellos. Parecía proceder de lo más hondo de la tierra, de la mismísima roca donde la ciudad estaba posada, y casi al momento hubo un segundo trueno ensordecedor y un relámpago que les hizo sobresaltarse.

—¡Dios mío! —exclamó Maddie—. Es como si el edificio fuera a derrumbarse.

—No pasa nada, *signorina* —la tranquilizó en italiano el vigilante apostado en las escaleras, al tiempo que le tocaba el brazo—. No es el fin del mundo. Suele pasar los días de mucho calor, cuando un poco de lluvia moja las calles. A los etruscos les encantaba. En el mundo antiguo se decía que eran capaces de lanzar rayos. Julio César les tenía mucho respeto.

Søren entendió lo que decía y se rio.

—No me extraña.

El rugido continuó pianoforte durante la otra hora que pasaron viendo la colección. Maddie no podía quitarse de la cabeza la cara del niño y Søren encontró un objeto que impulsó sus pensamientos a un universo de especulación. Le mostró a Maddie una gran piedra ovalada. La guía la definía como un cipo, una estela funeraria. Había varias, algunas de ellas eran esféricas y se erguían sobre un pedestal; otras tenían forma más cónica. Le llamó la atención una tallada en forma de piña, lo que en Inglaterra llamarían bellota o ananás y que era muy frecuente en las puertas de las casas del siglo XVIII. Pero para

Søren a lo que más se parecía era a la erosionada piedra oval que había en el jardín de Jeanette, en la que se había apoyado aquella misma mañana. Se preguntaba cuál sería su historia.

Ya eran más de las cuatro, hora de irse si pretendían parar en el sitio que Eva y Jeanette les habían recomendado y comprar provisiones para la cena.

—¿Qué te parece si vamos a la Casa del Viento? —le preguntó Søren a su acompañante.

—Me encantaría.

Maddie condujo el Mini hacia el oeste en dirección hacia un extraordinario cielo de luz rosada con una hilera de nubes de color violeta oscuro, anidadas a un lado del sol poniente: una espectacular colisión entre el día y la noche en un rincón del cielo. Søren la guió por una sierra desde la que se disfrutaba de una extensa panorámica tanto hacia el norte como hacia el sur: a un lado se veían grandes tierras de labranza aradas y al otro, un paisaje lunar al que los lugareños llamaban las *balze*, o los peñascos. Primero creyeron que se habían pasado y luego que aún no habían llegado, cuando de repente, en una curva del camino, apareció ante ellos la silueta de una casa que se erguía sobre un promontorio, recortada contra el apocalíptico cielo. Søren la señaló y Maddie rápidamente se salió de la carretera para detenerse en un espacio abierto que había en el lado opuesto al de la vivienda.

—El lugar encaja —apuntó Søren mientras corría hasta el otro lado del coche para abrirle la puerta del conductor a Maddie—, pero esta construcción necesitaría mucha investigación arquitectónica para revelar sus secretos. Podría tener origen medieval. La han remodelado mucho y no ha quedado demasiado bonita, la verdad.

—Pues no —dijo Maddie con cierta timidez—. Sin embargo, la energía de este lugar es increíble.

Cruzaron la carretera y vieron la casa de campo: una especie de ruinas situadas al lado de una modernísima granja con la que compartían una pared. Maddie quería asegurarse, así que, cuando vio a una mujer en el jardín de la casa de al lado, intercambió con ella unas simples palabras en italiano que le dejaron claro que aquella era, en efecto, la Casa al Vento.

Había varias puertas en la planta baja y Maddie tuvo la sensación de que llevaban mucho tiempo tapiadas. Una ventana con una antigua reja de hierro forjado, una ampliación muy nueva y unas escaleras exteriores llevaban al primer piso, probablemente la parte más antigua de una construcción hecha, según Søren, con piedra sin tallar. En un rincón del patio estaba apilado un montón de leña sin cortar y el lugar tenía pinta de estar abandonado.

Maddie volvió a sentir la sensación de miedo que había experimentado antes y avanzó para sentarse en silencio en las escaleras. Como Eva había prometido, la vista de Volterra era exactamente como debía de haber sido en la época de los etruscos y con certeza desde la Edad Media. La historia la conmovía: una chica atrapada por su familia, por la religión y la sociedad. No había lugar para las formas diferentes de pensar en un mundo de conformismo forzado, pero ¿estar dispuesto a morir por no ser capaz de vivir de la manera que otros querían imponer...? Era justamente algo que nunca trascendería en la historia cristiana: una mártir pagana. Maddie se estremeció.

—¿Y qué sería de la muchacha y su amante? ¿Realmente escaparían con el viento y tendrían un final feliz? ¿O serían aplastados por la maquinaria social y borrados de la historia? —Por alguna razón, Maddie pensó en Neva, en Marilú e incluso en Christopher.

Søren se acercó y se sentó a su lado en las escaleras, mientras le ponía una cálida mano sobre la espalda. Ella se giró para mirarlo y lo encontró asintiendo mientras sonreía con dulzura.

Y desaparecieron hace muchísimo tiempo,
los amantes se fueron con el viento.

Maddie alzó la cabeza hacia él y las lágrimas brotaron sin previo aviso de aquellos maravillosos ojos almendrados para rodar por su rostro sin saber por qué.

Søren abrió los brazos y la estrechó entre ellos. Y en aquella sierra, entre tersos campos y desnudas colinas, bajo un cielo de oscuridad y luz, en un día que parecía estar a horcajadas entre dos mundos, lloró como no había sido capaz de hacerlo hasta entonces.

28

Santo Pietro in Cellole (la Toscana),
20 de enero de 1348

E l día anterior se había producido una sucesión de suaves
y frecuentes nevadas que habían mitigado gradualmente
el rigor del crudo paisaje invernal. Los chaparrones continuaron
de forma intermitente durante ese día. Alrededor de las cuatro,
sin embargo, cuando la luz vespertina se había extinguido y era
el momento de encender las velas, el tiempo había mejorado. La
noche fría y clara había sido coronada con una brillante luna casi llena de color dorado siena que bañaba el campo con su luz y
hacía que fuera una ocasión perfecta para la caza. Mia pensó que
era por eso por lo que podía oír al búho volando en círculos allá
fuera, con su extraño reclamo de tres notas que casi parecía humano. Aquellos repetitivos sonidos se superpusieron a los últimos tañidos de las campanas de la abadía, que llamaban a
completas, lo que creó un efecto sobrecogedor. Los lamentos de
aquella ave solían ponerla nerviosa y siempre le infundían respeto. Levantó la vista hacia Porphyrius. Este, consciente del desasosiego que aquello le producía, le sonrió mientras extendía el
brazo para alimentar el fuego con un nuevo tronco. Aquel era
un estudiado gesto de calma, un intento de alejar la mente del
estado de espera y comunicar una normalidad que no sentía. Aun
así, respondió a la mirada crispada de Mia con voz suave:

—No es un grito de alarma. El búho solo utiliza ese reclamo para hacer que su presa salga a campo abierto —le explicó—. Pretende asustar a un conejo o a algún pequeño roedor para que se deje ver a la luz de la luna. Ayer debió de irse a la cama hambriento por culpa de la nieve.

Mia asintió, aunque aquella explicación no le sirvió en absoluto de consuelo. Todo el mundo sabía que los búhos estaban relacionados con el tiempo, pero también con las brujas, con los nacimientos, con la muerte y con la enfermedad. Y a Mia le parecía que lo cierto era que, dadas las circunstancias, al menos tres de aquellas cosas encajaban a la perfección. Deseó que la criatura se callara o que se fuera a cazar más cerca de la abadía.

—Los búhos también son amigos de la sabiduría —dijo una dulce voz a su izquierda—. Es un buen augurio. El resto de las aves rapaces son machos, pero el búho es un mensajero de la más sabia de las diosas que envía saludos de Diana, la cazadora, según Virgilio.

Mia sonrió y asintió. Lo cierto era que aquella idea parecía más reconfortante y también encajaba. *Ave Maria, stella Diana*, solían cantar juntas ella y Agnesca. Diana era para su amiga lo que la Virgen era para Mia.

—Tienes razón, Gennaro —repuso la muchacha—. Y *la raggia* es digna de tal mensajero.

Sin embargo, mientras aquella idea se asentaba en su mente, otro estridente grito procedente de las escaleras de la habitación de arriba alteró el ánimo de las tres personas reunidas delante del fuego en la habitación de la entrada. Porphyrius entrelazó las manos con fuerza y se puso de nuevo en pie, mientras se preguntaba si podría hacer algo para ayudar. Mia no tenía ni idea de cómo tranquilizarlo. Nunca había estado presente en un parto y no tenía ninguna experiencia que ofrecerle, más allá de los comentarios de los sirvientes, sobre lo que probablemente estaría sucediendo en aquel momento ni sobre lo que estaba aún por llegar. Hacía horas que los dolores habían comenzado, eso era todo cuanto sabía. El día se había oscurecido, el tiempo había mejorado, la casa se había quedado en silencio y los sirvientes se dedicaban a sus tareas. A Mia solo le habían pedido que barriera la habitación, que pusiera esteras y sábanas limpias y una colcha recién lavada en la cama de Agnesca. Desde aquel momento, solo la tía Jacquetta y Alba habían subido y Cesaré había aparecido una única vez en la puerta con agua caliente. A Porphyrius también lo habían exiliado sin contemplaciones y lo habían enviado al cuarto de abajo a esperar con Mia y Gennaro, a rezar, a albergar esperanzas, a pensar en lo que fuera hasta que la mujer y la Madre Naturaleza hubieran hecho su trabajo y naciera su hijo.

Loredana fue junto a ellos y les dejó un poco de pan, aceitunas y una pequeña jarra de vino sobre la mesita auxiliar. Luego lo acercó a donde estaban los tres sentados.

—Sin duda tendrá poco apetito para cenar como es debido, maestro Porphyrius. Sin embargo, debería comer algo; puede que aún queden varias horas por delante —dijo al tiempo que miraba hacia el lugar de donde procedía el grito.

—Gracias, Loredana —respondió Mia.

Sabía que aquel era un buen consejo y también que debido a su propia preocupación por el parto de Agnesca se había olvidado de preparar la cena para Gennaro, que todavía estaba recuperando fuerzas y necesitaba comer. Su aspecto había mejorado enormemente en las dos últimas semanas, pero aún estaba delgado y débil por la batalla que había librado contra la enfermedad y ni la tía Jacquetta ni Porphyrius querían oírle hablar todavía de intentar subirse al caballo para recorrer los kilómetros que le separaban de Volterra.

—¿Traigo unas lonchas de carne fría, Maria, al menos para ti y para el *signor* Allegretti, antes de irme a la cama, ya que nadie necesita nada más de mí esta noche? —añadió.

—Sí, por favor —dijo Mia—. Y tal vez también una cuña de queso, Loredana. Puede que nos entre el hambre cuando las cosas vayan más rápido arriba.

Loredana asintió, aunque no parecía demasiado convencida. No era partera, pero sabía que aún quedaba mucho camino por andar, dado que los gritos no eran aún lo suficientemente seguidos como para sugerir que el final se aproximaba. Y como había supuesto, cuando regresó más tarde con la carne adobada y una pequeña rueda de queso de la despensa, no se había oído nada más escaleras arriba.

—Debería ir a abrir el arcón que hay en su alcoba, maestro Porphyrius, si desea ser de alguna ayuda —le dijo sonriendo—. Y tú, Maria Maddalena, lo mejor que podrías hacer por tus amigos es ir corriendo a tu jardín y desatar el cordón que ataste bajo el palomar. Nada funciona mejor para abrir el útero y acelerar un parto.

Mia se ruborizó. No sabía que nadie supiera nada de aquel nudo, atado con fuerza en una cuerda de lino hecha a mano por *la raggia* y la propia Mia con el fin de dotar al jardín de una poderosa magia. Agnesca le había contado que sus ancestros habían creado ese nudo para controlar el viento y que solo había que desatarlo cuando quisieran que corriera la brisa. Aunque también le confió a Mia que era mucho más eficaz para la magia relacionada con el amor. Si lo dejaban allí, custodiado por las tórtolas, haría que encontrase marido.

Mia miró a Loredana e intentó aparentar buen humor, pero también displicencia.

—¡No creerás en serio que puede afectar a estas cosas!

—Sí, suele hacerse siempre que un parto se prolonga mucho, Maria —respondió antes de salir de la habitación al tiempo que les deseaba buenas noches a todos.

Mia y Gennaro comieron algo, pero no consiguieron tentar a Porphyrius. Este bebió un trago de vino y solo se levantó alguna vez para cambiarse de sitio, atizar el fuego o abrir la puerta principal que daba al patio para que entrara aire. Tras una hora más en aquellas circunstancias, sin embargo, empezó a impacientarse y a ponerse nervioso, un estado en el que Mia nunca lo había visto antes, pues solía ser la calma personificada en toda situación difícil.

—No temas por ella, Porphyrius —le tranquilizó—. La tía Jacquetta tiene experiencia como partera. Doy fe de que ha traído a cuatro bebés al mundo ella sola en la villa, dos de ellos prematuros y aun así sobrevivieron. Y también ha ayudado en otros partos en el pueblo.

—Es su feliz privilegio preocuparse, Maria Maddalena —terció Gennaro. La sonrisa que le ofreció expresaba infinidad de complejos sentimientos, algunos de los cuales no fue capaz de interpretar—. Es el más afortunado de los hombres —añadió, guardándose los otros pensamientos para sí mismo y dejando que Mia se preguntara por su significado.

Al cabo de un rato, Mia oyó otro grito desgarrador seguido de su nombre procedente de la parte de arriba del descansillo. Se había quedado dormida arrullada por el sonido del búho, con la cabeza apoyada incómodamente contra la mano y la esquina del banco de madera. Aunque estaba entumecida, se dirigió con presteza escaleras arriba para ir junto a su tía mientras dejaba a los dos hombres atrás, consciente de la preocupación grabada en sus rostros.

—Nos estamos demorando tanto porque el niño está al revés en el útero para salir —le explicó Jacquetta.

Entró por la puerta de la bonita habitación que Cesaré había bautizado como *bella pellegrina* y sus ojos se acostumbraron a la oscuridad relativa. Solo estaban encendidos una vela y el pequeño fuego. Aun así vio que la luna entraba por la ventana e iluminaba la habitación dándole un aspecto maravilloso. Vio a Agnesca sentada a los pies de la cama. Parecía un fantasma pero, a pesar de ello, mantenía controlados tanto la mente como los sentidos físicos.

—Necesito que le sujetes la mano, Mia, mientras Alba y yo intentamos girar al bebé —le dijo Jacquetta.

Mia tragó saliva: no había oído más que truculentas historias que contaban los caminantes sobre bebés mal colocados en el útero materno. Algunas de ellas procedían de tristes mujeres que peregrinaban con la esperanza de ser bendecidas con otros hijos sanos. Aquello era lo que más temían las parturientas y las parteras, y había casos extremos en los que había que llamar a un cirujano para que extrajera el feto a trozos del interior de la madre para intentar salvarla, si no se podía hacer nada más. Se estremeció involuntariamente y pensó en el temido búho.

Agnesca se echó hacia atrás y se recostó contra la cabecera de la cama, donde Mia le ahuecó una almohada de plumas. Aquella dijo:

—No te pongas así, Mia. El alba ha de llegar brillante, con buenas noticias para todos.

Mia intentó sonreírle a su amiga, pero cuando la tía Jacquetta asintió y Agnesca se preparó, la primera necesitaba más que le sujetaran la mano a ella que al revés. Mientras su tía le apretaba la barriga, Agnesca jadeó y dejó escapar un desesperado grito ahogado que hizo que a Mia se le partiera el corazón.

—No te preocupes por mí —le dijo a Jacquetta a modo de disculpa—. Sé que solo estás haciendo lo que debes y puedo soportarlo. El sonido no es por voluntad propia.

—Una vez más, Agnesca —respondió Jacquetta—. El bebé se ha movido un poco y tengo que continuar haciendo presión para facilitar el movimiento.

Pero Mia vio la mirada en los ojos de su tía y percibió en ellos una mezcla de pena por el dolor que aquello le estaba causando a Agnesca y nerviosismo por el considerable peligro intrínseco de aquella práctica. Cuando empezó de nuevo a presionar y sintió que su amiga le apretaba la mano con todas sus fuerzas, casi hasta el punto de amoratarle la piel, Mia sintió la tentación de salir corriendo. Podía haber soportado ella misma el dolor, pero odiaba ver a otra persona aguantando tal agonía. Aquel pensamiento se agudizó cuando el tercer intento de hacer que el bebé se colocara en la posición adecuada mediante presión, con el consiguiente dolor causado a Agnesca, no obtuvo los resultados esperados.

Mia observó el rostro de la pobre mujer, que brillaba empapado en sudor y del que habían desaparecido el color y la luz habituales en él. Sabía que Agnesca aún no tenía diecinueve años en este mundo, pero parecía atormentada y podría tener cualquier edad. Miró a Alba, que le devolvió una mirada vacía. Hasta la cara de Jacquetta carecía de su característica seguridad. Se mordía el labio sin darse cuenta de que lo estaba haciendo. Mia no podía soportarlo más y se sentía inútil y estúpida. Pensó en Loredana y luego en *la raggia*. ¿De verdad podría ayudar desatar el nudo? Tal vez lo hiciera, si Agnesca así lo creía. Le susurró algo al oído a su amiga y luego se excusó para irse de la habitación, no sin antes prometerle a su tía que volvería en un segundo.

Los pies de Mia bajaron las escaleras más rápido que nunca y pasó por delante de las miradas inquisitivas de Gennaro y Porphyrius, que estaban en el pasillo, sin detenerse a responderles. Abrió la puerta de un tirón y salió a la fría noche sin ponerse siquiera un chal. Atravesó el suave y crepitante manto de nieve sin zuecos que protegieran sus zapatillas, corrió bajo los árboles que señalaban el camino de los peregrinos y que hacían las veces de anfitriones para el búho, cuyo reclamo le resonaba ahora en los oídos, pero tener miedo sería un lujo.

Cuando llegó al jardín se sintió más fuerte por estar al aire libre, bajo la hermosa luna. No necesitó ningún candil para buscar la antigua piedra en forma de huevo que estaba bajo la morera y hacerla a un lado. Sacó la cuerda de lino que había tejido para crear un grueso cordón durante los meses de verano con *la raggia*. Su amiga sufría, necesitaba un poco de brisa o un milagro, así que deshizo el nudo. Le daba igual quedarse sin marido o sin amado: daría cualquier cosa por su amiga y por sus seres queridos. Puso de nuevo con reverencia la cuerda desatada delante de la piedra como creía que lo hubiera hecho Agnesca y a continuación susurró unas cuantas palabras de su propia cosecha al arcángel Miguel, que una vez había estado tan cerca de su hogar, a poco más de un kilómetro, donde habían construido el santuario de Galgano. Lo hizo en su propio nombre, por su propia creencia y con la convicción de todo corazón de que los unicornios existían y que un día los encontraría en su jardín. Mia, con un estado de ánimo bastante diferente, regresó a la casa con pasos tan ligeros como los de un cervatillo.

Levantó un dedo hacia Porphyrius al pasar por delante de él para impedirle que hiciera preguntas todavía y en un instante estaba de nuevo al lado de la cama de su amiga con un poco de rubor en las mejillas debido al ejercicio.

—Aprieta de nuevo, tía Jacquetta —instó con voz firme—. Ahora ya no hay nada que impida el nacimiento del bebé.

Agnesca sonrió sin fuerzas y se mostró de acuerdo en que deberían intentar poner al bebé en posición de parto una vez más. Apretó los dientes inexpresivamente y asintió mirando hacia ambas mujeres.

En el piso de abajo, el fuego continuaba encendido y los dos hombres tenían cara de estar aturdidos, confusos y exhaustos. Pero al cabo de media hora de la aparición de Mia, su desaparición y reaparición, oyeron unos gritos que a Porphyrius le hicieron pensar que su mujer debía de estar en grave peligro, seguidos de otros que le confirmaron no solo que seguía viva, sino que debían de estar aferrándose a la esperanza y probando otro sistema hasta que, finalmente, se hizo el silencio de nuevo.

Cuando Maria Maddalena abrió la puerta de la habitación que Porphyrius compartía con su mujer, vio que este se había desplomado y que tenía el rostro vuelto hacia el fuego. Gennaro se volvió y miró hacia arriba, hacia donde ella estaba, con la cara lívida. Más, si era posible, que el rostro de la mujer a la que acababa de dejar. Bajó las escaleras mucho más despacio que antes.

Gennaro siguió sus movimientos. Vio que llevaba un fardo inerte y silencioso. Dudó antes de posar una mano sobre el hombro de su amigo para avisarlo y luego miró a los ojos a la muchacha. Reconoció una mirada de fatiga y aflicción, porque había visto aquel rostro cuidando de él mientras luchaba por su vida hacía solo unas semanas, cuando habían viajado al cielo y a los infiernos juntos y a todos los lugares que había entre medias, había pensado en aquel momento. Esta noche, como ya lo habían hecho antes, sus hermosas facciones reflejaban el triunfo final y Gennaro le tocó el brazo a Porphyrius con energía.

En aquel momento Mia ya había llegado al final de la escalera y consiguió esbozar una sonrisa cansada. Aún no había amanecido, pero no debía de faltar mucho, y se dirigió a Porphyrius con su dulce voz.

—Es la madrugada de la festividad de Santa Inés, como cuando vinieron por primera vez a nosotros hace un año —le dijo—. Sé que también es el cumpleaños de tu amigo y que se llama así en honor a este mes. —Mia observó a Gennaro. Sabía que su ayuda había sido fundamental para lograr que llegara al día de su cumpleaños tras una enfermedad que fácilmente se lo podía haber llevado con Dios. Luego fue hacia Porphyrius y le puso al diminuto bebé envuelto en sábanas en los brazos—. En las primeras horas de ese mismo día, el destino ha querido que tu mujer te haya obsequiado con un hijo, Porphyrius. Me ha pedido que te invite a ser su padrino, Gennaro; dice que o tú o nadie. En cuanto a ti —continuó volviéndose hacia el atemorizado padre—, te pide que lo lleves hasta su cama y le presentes a su hijo con el nombre que le darás a tu primer varón.

El búho, sin embargo, ni se había ido ni había saciado su apetito y, al cabo de unas horas, Mia acabaría relacionando para siempre aquella fecha con el ave rapaz y todos los sucesos que decían que presagiaba.

LA CASA DEL VIENTO

PARTE

29

De Pisa a San Francisco, 23 de junio de 2007

Desde un estado semiinconsciente de sueños abúlicos, Maddie notó que el estómago le daba un vuelco. Sintió movimiento a su alrededor, un trasiego generalizado, seguido por un sonido áspero y metálico. Intentó orientarse abriéndose paso a través de la neblina de la fatiga, en un mundo extrañamente oscuro.

—Acabamos de entrar en una zona de turbulencias. El piloto ha activado la señal luminosa de los cinturones de seguridad y los baños estarán temporalmente fuera de servicio. Por favor, regresen a sus asientos y abróchense el cinturón de seguridad. Gracias.

Se le despejó la mente y se acordó. En el sueño estaba sentada delante del piano de cola de la sala de música casi terminada de Borgo Santo Pietro, mientras repasaba con los dedos un fragmento olvidado de Beethoven.

Al abarrotado vuelo de United Airways que había salido de Londres con rumbo al Aeropuerto Internacional de San Francisco aún le faltaban otras siete horas antes de liberarla del individuo perfumado en exceso que dormía en el asiento de al lado. Ya llevaba despierta doce horas y casi no había dormido nada la noche anterior. Todo lo que había sucedido después de la ducha que se había dado al amanecer era una secuencia surrealista de acciones y rostros desconocidos. Se había visto obligada a abandonar Borgo con Gori para alcanzar el único vuelo de Pisa a Heathrow que le permitiría hacer la ajustada conexión en curso. Entre el sueño y la realidad, dejó a un lado la sensación premonitoria de lo que le esperaba. No había puntos cardinales por los que guiarse allí, y en aquel momento estaba a la deriva.

Se movió con los ojos cerrados y juntó varios fragmentos de la vuelta de Volterra a través de aquel extraño paisaje lunar y luego de las ricas e impresionantes colinas del Colle Val d'Elsa. Vio la hilera de pinos haciendo de centinelas a lo largo del camino de entrada a la casa de Jeanette y recordó que se había bañado en la hermosa bañera con patas de garras y luego se había puesto un bonito vestido. Había cogido una *pashmina* de color azul pavo real y había elegido un bolso de los cajones que había en el antiguo armario de color gris paloma. Luego había cogido las llaves del Mini, para devolvérselas a Søren… Sí. Había sido entonces cuando había cometido el error. Había guardado el celular en el bolso en lugar de dejarlo en el cuarto para que se cargara. ¿Por qué había hecho aquello? Podía haberlo dejado más tiempo y haber bajado las escaleras sin él.

Repasó mentalmente sus pasos mientras descendía por las retorcidas escaleras en silencio, sonriendo, con curiosidad por saber quién estaba allí abajo. Miró por el pasillo hacia la cocina y luego se dio la vuelta y vio la puerta de la sala de música abierta e incitante. Vio que Jeanette había dejado una botella de champán en una cubitera y copas para cuatro al lado de ella. Claus se estaba dando una ducha después de un bochornoso día en Siena, Jeanette se estaba vistiendo, Søren estaba cocinando y ella se adelantó para tomar algo.

Su imagen borrosa de color blanco y azul pavo real se reflejó al pasar en el enorme espejo y sus oscuros rizos entraron en un dominio de tonos ambarinos y dorados mientras dejaba atrás la mesa con las bebidas y ponía el bolso y la *pashmina* sobre una de las cómodas sillas. Sonrió para sus adentros mientras dudaba si atreverse y, sentándose ante el piano de cola, posó las manos sobre la caja. Desprendía un aroma tremendamente evocador y le recordó al instrumento de su bisabuela Mimi, que ahora estaba en la casa de su padre. Levantó la tapa y observó las teclas.

Con una sensación inexplicable, sus dedos brincaron por el teclado para tocar una escala, antes de continuar con un *arpeggio* más seguro. La mano derecha se dejó llevar en un familiar fragmento de cuatro notas que terminaba en un *staccato*, una melodía que sus manos parecían estar buscando. Estaba falta de práctica y soltó de nuevo los dedos para repetir el fragmento antes de comenzar vacilante con una sonata de Beethoven. Se sabía varias de memoria, pero aquella era difícil y le había exigido quedarse después de clase para practicar metódicamente y perderse los fines de semana de playa hasta que se le había quedado grabada en la memoria y en las manos. De hecho, aunque había superado las exigencias técnicas, recordaba cuánto le había costado lograr llevar a cabo una interpretación convincente.

¿Formaba aquello parte de sus sueños o había sucedido de verdad?

Maddie cambió de posición la cabeza sobre la almohada sintética de la aerolínea y vio cómo sus dedos empezaban más confiados con las primeras notas. *Allegretto*, re menor. ¿Había pasado un día o un año? Aquello la había transportado atrás en el tiempo, al recuerdo de la presión de su profesora para que estudiara música y se olvidara del derecho. ¿Cuántos meses había estado sin levantar siquiera la tapa de su piano de pared? Pero allí, ese día, una profunda necesidad se había apoderado de ella y había sentido que tenía el corazón en otro lugar. Con la mirada perdida, los dedos exploraban las teclas para liberar las notas como si volviera a tener diecisiete años. Se sentía exultante y ávida por recuperar aquella parte olvidada de sí misma que vería en todo lo que la rodeaba, si quisiera hacerlo. Y como en otros momentos intensos del pasado, la música barrió el mundo con raudos fragmentos que pasaban de la serena belleza al desasosiego.

Cuando estaba en pleno vuelo, Søren apareció en la sala como un niño atraído por el olor de los pasteles recién salidos del horno. Ella percibió su expresión y su semblante, aunque tenía el cerebro en los dedos. Recordó el aspecto relajado que tenía con aquellos pantalones recién lavados y la camisa blanca planchada. Se había alegrado cuando se había sentado sin molestarla. Søren había vivido aquel momento con reverencia.

Se quitó el antifaz para dormir de los ojos.

Una azafata se dio cuenta de que Maddie estaba despierta y le ofreció un vaso de agua mientras rondaba por la cabina comprobando los cinturones de seguridad. Maddie lo cogió de la bandeja con una sonrisa cansada y le dio un trago, intentando concentrarse con todas sus fuerzas.

Der Sturm, le había dicho Søren suavemente cuando había ejecutado la fabulosa escala cromática que caía al final del movimiento de la sonata. Él sacudía la cabeza, sorprendido. Junto con los últimos acordes parecían resonar en la sala palabras silenciosas.

Ella asintió.

—¿*La tempestad*? Sí. Mi padre dice que está inspirada en esa obra de teatro. Es su sonata favorita, así que supongo que la aprendí por él.

—Eres muy buena —señaló él—. ¿Puedo sobornarte con champán para que toques más?

Se levantó del sofá, pero, en el silencio posterior a la música, un pitido procedente del bolso de Maddie se hizo audible. Søren vaciló y luego se lo pasó.

—¿Es importante? —preguntó él. Sonrió con cierto pesar, con la sensación de que había roto el encantamiento—. ¿Puedes dejarlo para más tarde?

Maddie vio el mensaje y negó con la cabeza.

—No, será mejor que responda. Tengo que hacer una llamada personal —explicó mientras se levantaba—. ¿Me guardarás una copa fría? —Él asintió y ella cogió el teléfono y salió de la sala. Una oleada de incertidumbre la invadió—. Si tardo un poco, ¿podrías decirles que empiecen a cenar sin mí? —le pidió, dándose la vuelta. Aquello podría llevarle cinco minutos o prolongarse bastante más.

Maddie se imaginó cualquier posible desastre que podría haber llevado a Samantha a enviarle un mensaje como aquel, ya que no era una mujer dada a la exageración. Respiró hondo mientras alejaba a Søren —que se había quedado solo, sentado en la sala de música— de sus pensamientos para dirigirlos hacia su hogar y se detuvo en el vestíbulo principal. Por alguna razón, no giró directamente a la derecha para subir las escaleras hacia su habitación. En lugar de ello, sus pasos la llevaron hacia la izquierda de la sala de música. Allí abrió la enorme puerta de la villa y salió bajo la cálida noche de junio en el día más largo del año. Atravesó el patio y empezó a recorrer el camino hacia un montículo recubierto de hierba sobre el que había un banco. Lo había visto una docena de veces, pero nunca se había detenido a observar el mundo desde él. En aquel momento, sin embargo, saltó el pequeño seto de boj que dividía aquella zona del jardín de los senderos empedrados y empezó a subir el montículo. De pronto, una oscura silueta surgió de la negrura de enfrente.

—¡Eh! —gritó en un momento pasajero de alarma, pero al cabo de un segundo se dio cuenta de que solo era Eleanore, la Shar Pei, cuyos ancestros de negro hocico habían guardado la Ciudad Prohibida para impedir el paso a los intrusos y a los espíritus demoniacos. El perro de rostro arrugado resopló al reconocer a Maddie y dio unos cuantos pasos hacia ella.

Maddie se agachó y lo abrazó. Unos días antes, Jeanette le había contado la triste historia de por qué Eleanore pasaba tanto tiempo sobre aquel montículo, sentada sola al mediodía o a primera hora de la tarde.

—Tenía una pareja, Balthasar, que era mayor que ella y a quien yo casi consideraba como mi hijo, antes de tener a Vincent. Intentó rescatarla de una pelea con un jabalí, hace más o menos un año, pero murió más tarde por culpa de las heridas.

»Lo enterramos sobre la colina, porque se sentaba a mi lado bajo la lluvia y el viento mientras íbamos haciendo cada uno de los jardines y reparando cada una de las paredes. Eleanore sufrió tanto que creí que se le iba a romper el corazón. Durante meses se negó a moverse del lugar donde él estaba, pero al final mejoró y regresó con nosotros. Pensé que si se sobreponía a aquello, podría enfrentarse a cualquier cosa. Aun así —había añadido Jeanette con melancolía—, incluso ahora, cuando algo le preocupa, regresa a ese sitio y se pasa horas allí sola. Supongo que sabemos muy poco sobre los sentimientos de los animales.

Eleanor subió la colina con Maddie y se sentó sobre las patas traseras al lado del banco, mientras Maddie se dejaba caer sobre el asiento con la mano sobre la cabeza de color arena del can.

—¿Te preocupa algo o estás aquí por mí?

La Shar Pei giró la cabeza para mirar a Maddie y ambas se quedaron allí sentadas un rato, escuchando a un búho que estaba escondido entre los árboles y observando las luces de Chiusdino que brillaban a media distancia.

Tenemos un problema que podría ser muy serio. Creemos que eres la más preparada para solucionarlo, si es que es posible. El tiempo es fundamental. ¿Cuándo vuelves? Llámame a casa en cuanto leas esto, da igual la hora. Tenemos que hablar urgentemente. Gracias,

Samantha

Al mensaje le seguía el número privado de Samantha, ya que en verano solía trabajar desde casa los viernes por la tarde. Maddie marcó los números y esperó a que se estableciera la conexión. Solo le dio tiempo a oír uno o dos tonos de Estados Unidos antes de escuchar la voz de Samantha. El saludo fue lo suficientemente seco como para que Maddie se diera cuenta de que estaba esperando su llamada y de que estaba nerviosa.

—Nuestros demandantes se están echando atrás sin ningún tipo de explicación. Hemos recibido más de veinte llamadas esta semana, una de ellas de tu chica de San José, y todos quieren dejar el caso. La pregunta es por qué, exactamente. Ninguno nos lo ha querido contar, Maddie. Todos tienen miedo de algo. ¿Crees que podrás romper este pacto de silencio?

En el cerebro de Maddie se arremolinaban una docena de ideas; de buenas a primeras: sobornos, ofertas extrajudiciales, o tal vez estuviera pasando algo más siniestro.

—Iré para allí —respondió simplemente.

—Sabía que lo harías —contestó Samantha.

A continuación le explicó sucintamente que Jacinta iba a encargarse de organizar el vuelo, las conexiones y calcular los gastos extra, si eran necesarios. Maddie tendría que estar pendiente del teléfono y del correo electrónico, ya que iban a enviarle un itinerario detallado en las próximas horas.

—Llamará a todas las compañías aéreas, si es preciso —dijo Samantha con sarcasmo—. Es parte de su penitencia por haber sido descubierta con el señor Hugo; creo que ya te has enterado, ¿no? En estos momentos no hay hora extra que no esté dispuesta a hacer —dijo entre risas—, así que si no tienes claro cómo va la cosa a la hora de acostarte, prepárate para comprobar el correo o el celular durante la noche. Intentará sacarte de ahí mañana por la mañana temprano, hora italiana.

Maddie cerró el celular para finalizar la llamada y Eleanore volvió la cabeza con curiosidad para mirarla.

—Señoras y señores, la señal luminosa del cinturón de seguridad ha sido desconectada. Pueden moverse de nuevo por la cabina y pronto pasaremos con bebidas antes de servir la comida.

Irritada, Maddie volvió a ponerse el antifaz sobre los ojos para intentar volver a su sueño. Debían de ser cerca de las ocho de la tarde, según el horario británico, aunque habían salido del aeropuerto hacía ya algunas horas y ahora le importaban bastante poco tanto el lugar donde estaban en ese momento como la zona horaria que estaban sobrevolando. No quería comida. No quería abandonar Borgo, al menos no en el momento en el que había llegado el mensaje de Samantha. Aún no estaba preparada, pero no se había quejado. Se sentía emocionalmente dividida entre dos mundos.

Recordó que se había quedado sentada un buen rato sobre el montículo, viendo cómo la luna creciente se alzaba en un cielo que aún no estaba oscuro. La luna tenía forma de hamaca, como solía decirle su padre cuando era niña y ella se imaginaba al hombre que vivía en ella dormitando allá arriba, con los brazos cruzados detrás de la cabeza, con una pierna colgando y observando la Tierra desde su privilegiada posición estratégica. Luego, mientras aquellos pensamientos hacían que las comisuras de sus labios se curvaran hacia arriba, Eleanore se había levantado y bajo el crepúsculo había llegado la figura de Søren, con su *pashmina* y dos copas. Se acercó sin mediar palabra, la cubrió con el chal y se deslizó en el sitio vacío que había a su lado en el banco.

—Llevas mucho tiempo aquí —comentó al cabo de un rato mirando hacia Chiusdino, como Maddie y el perro. Notó que el aire fresco la hacía estremecerse y le puso un brazo alrededor de los hombros con naturalidad—. Creí que te apetecería —sugirió al tiempo que le ofrecía el champán.

Maddie tomó la copa e inclinó lentamente la cabeza hacia la derecha, hasta que encontró su hombro. La posó sobre él y esperó uno o dos minutos antes de responderle:

—Tengo que regresar. Mi gente me necesita.

—Nos imaginábamos que iba a ser algo así, pero te echaremos de menos —repuso él con dulzura.

—Hay una crisis en el caso y mi jefa cree que yo podría solucionarlo. Aún no estoy preparada para volver, Søren, pero le he dicho que lo haría.

—No tienes por qué darme explicaciones, Maddie —le aseguró él.

—Samantha cree que las personas a las que representamos no se negarán a hablar conmigo y me contarán por qué de pronto se han puesto nerviosas por el juicio —añadió, como si no hubiera oído a Søren o como si necesitase hablar de ello.

Søren bajó la mirada hacia ella y apoyó la cabeza contra la suya. E incluso en un ángulo tan complicado y en medio de la penumbra, pudo verlo sonreír. Le pareció entender lo que aquello significaba: alguien, en algún sitio, estaba trabajando muy duro para socavar su confianza en la solidez del caso, y ese alguien se había puesto en contacto con ellos.

Eleanore posó la cabeza sobre el regazo de Maddie y Søren extendió el brazo y le rascó las orejas.

—Quieres creer que ese hombre, su jefe, en el fondo posee cierta bondad, cierta integridad. Pero tal vez no sea así, Maddie —insinuó.

—Ha aprovechado una puerta abierta en mi ausencia —respondió casi con amargura— y creo que ha estado poniendo a nuestros clientes en nuestra contra. Estoy de acuerdo en que no es el hombre de moral intrínseca que intenta hacerme creer que es. Soy una ingenua. Creía que podía ser honrado —dijo rotundamente.

—Nosotros elegimos qué pensar, Maddie, y hacemos oídos sordos a las contradicciones. —Ella esperó, casi oyendo cómo su mente maquinaba algo más. Al cabo de un rato, efectivamente, continuó hablando—: ¿Sabes? —Su tono se alteró sutilmente—. Una vez viví con una persona que creía que era de una forma pero resultó ser de otra. Era cariñosa, inteligente y muy guapa, pero al final solo le interesaban las cosas bonitas que el dinero podía comprar. Se enamoró de un hombre creyendo que llegaría a ser arquitecto en una empresa, que tendría trabajos por los que le pagarían grandes sumas de dinero y que le proporcionaría una moderna casa en lo que antes eran las antiguas caballerizas de Londres, en la zona SW3. Pero la defraudé y me compré un almacén de aspecto desolador en Southwark. Quería lanzarme al vacío sin red y embarcarme en una aventura. Nos dimos cuenta de que éramos muy diferentes y que nunca podríamos hacernos felices el uno al otro.

Maddie levantó la cabeza y lo miró con la sensación de que aquel rápido boceto debía de ser el rastro de una historia sentimental más profunda.

—¿Y qué ha sido de ella? —preguntó en voz queda.

—Bueno —dijo él sonriendo—, trabaja en la City. Es licenciada en arquitectura, pero ahora compra futuros en lugar de diseñarlos. Acabará consiguiendo lo que quiere y le envío mis mejores deseos para que así sea.

—¿La echas de menos?

—No. Ya no. —Miró a Maddie a los ojos y le sonrió—. ¿Por qué no vienes a comer algo? He hecho una cena muy rica y te hemos esperado.

—Es verdad, las albóndigas danesas. —Maddie se rio, consciente de que había hecho algo mucho más elaborado que aquello—. Era broma, estoy segura de que sí y les agradezco a todos la cortesía, pero de repente tengo un montón de cosas que hacer para poder irme mañana por la mañana. ¿Puedes pedirle disculpas de mi parte al cocinero?

—No —contestó bromeando—. ¿Quieres que te acerque a Pisa?

Eso era lo que menos le apetecía a Maddie en aquel momento.

—No se me dan bien las despedidas en los aeropuertos —respondió. Nunca se le habían dado bien. Había vivido demasiadas con Christopher y le daba pavor pensar en más.

Se levantó para estirar las piernas y miró el camino.

—Si nuestros clientes quieren retirar la demanda y continuar por su cuenta, probablemente para luego no hacer nada, ¿qué podría decirles para hacerlos cambiar de opinión? —Prácticamente estaba pensando en voz alta—. Me he estado engañando a mí misma pensando que podría encontrar las palabras para hacer que Pierce fuera consciente de su sufrimiento. Pero ahora me doy cuenta de que ni siquiera me escucharía.

Søren se puso de pie y dio un paso adelante para situarse a su lado. Le cogió la mano, que estaba fría al tacto, y la cubrió con la suya, más cálida.

—Recuerda lo que dice Boccaccio, Maddie —le dijo con tranquila seguridad—: «El lenguaje tiene más poder que cualquier otra cosa para alterar el resultado de los actos».

Lo miró bajo el cielo índigo. Extendió el brazo con suavidad, acercó la cara a la suya y lo besó. Tenía un sabor dulce y especiado —como a pimienta y frambuesas, como si las hubiera usado para cocinar— y se recreó en el beso, disfrutando de su dulzura; este había rozado la pasión absoluta y se dio cuenta de que aquel momento se cernía sobre ellos. Podría tomar cualquier rumbo con solo un empujoncito por parte de uno o de otro. Søren estaba a punto de decir algo, pero ella le respondió antes de que sus palabras encontraran voz.

—Volverás a verme —le aseguró—. Mientras tanto, tienes una amiga en San Francisco.

Aunque aún no había oscurecido por completo, era tarde, y la joven se desembarazó de la mano de él. Bajaron corriendo la colina para ir hacia la villa, seguidos al trote por Eleanor.

30

San Francisco y San José, 23 y 24 de junio de 2007

Maddie consultó el reloj de muñeca que acababa de poner en hora y vio que eran las cinco de la tarde pasadas, hora local, mientras recorría arrastrando los pies la desordenada cola del control de pasaportes.

Vio a Barbara o, mejor dicho, no pudo evitar verla, agitando la mano como la hoja de una palmera en un huracán, con un globo de helio atado alrededor de la muñeca y un ramo de flores en los brazos.

—Solo he estado fuera un par de semanas —dijo Maddie un poco avergonzada mientras se abrazaban.

Barbara se hizo cargo del carrito y le dio el globo para que lo sujetara.

—Ya, pero te he echado de menos —le dijo de corazón. Le echó un rápido vistazo a su hermana y vio que había ganado un poco de peso y que estaba ligeramente bronceada—. ¡Tienes un aspecto fantástico! Creía que te aburrirías por no estar en una ciudad. ¿Se debe a la comida toscana o a alguna otra razón?

Maddie sonrió y suspiró de tal forma que podría expresar cansancio o algo más enigmático; Bárbara no supo por cuál interpretación decantarse.

—No, no me he aburrido en absoluto. Hacía sol, había una piscina infinita y un telón de fondo pintado por los dioses. Ha sido extraordinario —respondió con sinceridad—. La casa de Jeanette es un paraíso. Pero ahora estoy tan cansada que no puedo ni pensar. Te lo contaré cuando me recupere. Mañana tengo que trabajar, así que ¿podrías acercarme a casa?

—¿Tienes que trabajar un domingo? —preguntó Barbara. Maddie asintió.

—En parte esa ha sido la razón por la que he vuelto antes de tiempo, para poder ir a San José el fin de semana.

—Vaya. Mamá se va a enfadar. Ya había empezado a cocinar para ti. —Barbara miró a su hermana y sonrió con ironía, sabiendo que, en el fondo, se sentiría aliviada por no tener que asistir a la comida del domingo—. De todas formas, será mejor que aguantes despierta todo lo que puedas y que no duermas hasta más tarde.

Salieron de la terminal hacia el Nissan de Barbara y cargaron las maletas de Maddie. Barbara se movía como una bala entre el tráfico del aeropuerto rumbo a la ciudad.

—¿Cómo está todo el mundo? —Maddie tenía la sensación de haber estado fuera mucho más tiempo y de estar desconectada de sus vidas.

—Como siempre —contestó Barbara con una sonrisa—. Seguimos con la misma rutina, de lo cual me alegro. Pero creo que tú sí has cambiado un poco. Se te ve diferente, en el buen sentido de la palabra. ¡Qué pena que hayas tenido que volver antes de tiempo!

Maddie asintió de una forma un poco exagerada, nada habitual en ella. Se sentía como si debiera estar disfrutando del final de una cena tardía en el pórtico con vistas al valle Serena.

—Es verdad. Hay un problema con algunos clientes que están abandonando el barco de aquella importante demanda sin razón aparente. Samantha cree que yo puedo descubrir el porqué.

Barbara se rio en un tono ligeramente perverso.

—¿Seguro que el señor Gray no tiene nada que ver con eso?

—Tengo tanta idea como tú —respondió Maddie—. Aunque la verdad es que no lo sabré hasta que hable con algunas de esas personas. Seguramente Stormtree esté detrás de todo.

Maddie miró a su hermana y recordó súbitamente una pregunta que le había estado rondando la cabeza durante días.

—El objeto etrusco que te pidieron que consiguieras, Bee, ¿era para él, para Pierce?

Barbara asintió, un poco nerviosa. Se suponía que no debía revelar ese tipo de detalles, ni siquiera a su hermana, pero tenía curiosidad por saber cómo se había enterado, y le preguntó por qué.

—¿Podrías decirme cuál fue el objeto que encontraste? Porque he visto durante las vacaciones unas piezas de arte etrusco maravillosas y me ha picado la curiosidad. —Maddie no tenía ni idea de por qué no le contaba a Barbara lo del regalo.

—Pues no debería hacerlo —dijo Barbara alzando las cejas—, pero te encantará la anécdota. Encontré una moneda con una cabeza de Jano, de unos doscientos años antes de Cristo y en un estado maravilloso. No pude evitar elegir un objeto con un simbolismo tan apropiado.

Maddie inclinó la cabeza, inquisitiva.

—¿Por ser el dios de los principios y los finales?

—No —respondió Barbara—, eso no lo sabía. Me hizo gracia por lo de las dos caras.

Maddie se limitó a asentir.

—Iba a irse a Italia la semana próxima a visitar unas bodegas en Chianti —continuó Barbara—. De pronto, no hacía más que hablar de Brunello en todas las reuniones, pero luego me enteré de que había cambiado de opinión y había cancelado

todo. No es que tenga dos caras, es que está claro que es esqui-
zofrénico.

—¿Ya no va a ir? —inquirió, pero se vio atrapada en sus
propias revelaciones; no quería explicarle por qué conocía sus planes sobre Lucca y la ópera, ni nada de eso. Quería mantener en
secreto lo de Pierce, aunque no sabía muy bien por qué—. Samantha también me dijo que se iba a ir —añadió Maddie para
disimular.

—Bueno —comentó Barbara en el tono que solía usar
cuando hablaba de Pierce Gray—, puede que se estuviera haciendo con una coartada, por si alguien lo acusaba de jugar sucio
con tus clientes. Quizá pensó que lo mejor sería estar fuera de
la ciudad y alegar que no tenía ni idea.

—Quizá tengas toda la razón —respondió Maddie mientras pensaba que su hermana tenía mejor ojo que nunca para
juzgar a la gente. Pero quería dejar de hablar sobre Pierce. En
su íntimo espacio mental era por la noche en Borgo, bajo una
perfecta noche estrellada con una vista suspendida enfrente de
la villa de las luces del pueblo medieval de Chiusdino. Y la conversación de aquella noche, probablemente, sería en danés, pensó con nostalgia. Su mente pasó de aquello a algo que a
Barbara debió de parecerle un cambio de tema bastante brusco.

—¿Sabías que la amiga de la *nonna* no es italiana? —preguntó con cansancio.

Su hermana la miró sin estar muy segura de lo que estaba
diciendo y negó con la cabeza.

—Es danesa —dijo Maddie—. Son todos daneses. Son
encantadores.

Aunque siguieron hablando durante el resto del camino,
a Maddie aquella idea continuó rondándole la cabeza hasta un
par de horas después, cuando metía la ropa sucia en la lavadora y apretaba el botón, antes de disponerse a tomar un café en
el balcón y sentarse un rato. Todas las plantas estaban en per-

fecto estado. «La *nonna* Isabella», pensó para sus adentros. Y bendijo a aquella mujer de todo corazón.

—Pues sí, creo que es posible que me hayas salvado al invitarme a convertirme en peregrina —susurró mientras observaba la ciudad que estaba allá abajo, a plena luz del día—. Nunca me lo habría imaginado.

El domingo el sol salió a las siete menos cuarto de la mañana y Maddie, todavía dentro de una extraña dimensión temporal, se levantó poco después. Barbara había abarrotado el refrigerador de su hermana con algunos tesoros poco habituales, así que Maddie cogió un *smoothie* de fruta fresca y se lo llevó al balcón. Bajó la vista hacia el mar. El aire olía a salitre y vio que iba a ser un bonito día. Caluroso, tal vez.

En el cielo matutino reconoció un par de zopilotes que planeaban hacia el oeste. Debían de haber salido de excursión desde el presidio a buscar el desayuno. Pensó lo hermosas que eran aquellas grandes aves en pleno vuelo. En el suelo resultaban bastante siniestras con aquel plumaje marrón oscuro, casi negro. Los pájaros eran calvos y sus caras, rojas y con papada, estaban acentuadas por un corto pico ganchudo y desgarrador de un limpio color marfil. El efecto, el conjunto, resultaba aterrador. Siempre estaban buscando carroña en tierra firme. Sonrió para sus adentros y se preguntó qué tipo de augurio sería aquel. Observó cómo volaban en círculos, planeando sin esfuerzo, casi sin mover las alas. Deseó que de verdad fuera posible leer el futuro en los dibujos que trazaban en el cielo.

Aprovechando que estaba completamente despierta a aquellas horas, empezó a deshacer en serio las maletas y de paso hizo algunas tareas domésticas, como meter en la secadora la ropa lavada la noche anterior para volver a empezar. Puso el Vaio en su emplazamiento habitual y le envió un correo electrónico a Jeanette para informarle de que había llegado bien y para disculparse de nuevo por haberse ido sin cumplir la promesa de invitarlos a cenar a todos en La Suvera, el restaurante de un lujoso hotel que en su momento había sido residencia del papa, situado a escasos kilómetros de Borgo. «Volveré aunque solo sea para eso», escribió. Los echaba de menos a todos, y anotó mentalmente que tenía que acordarse de enviarles flores en cuanto Jimena abriese al día siguiente.

Descargó las fotos del viaje, la mayoría de Borgo y, sobre todo, del hermoso cuarto de los peregrinos, motivo que eligió como fondo de pantalla. Quería recordar no solo la tranquilidad que le proporcionaba, sino también la sensación de proporción con que la había obsequiado. Había estado allí sentada bajo muchas luces diferentes, silenciosos amaneceres, alegres mediodías y tristes puestas de sol, perdida en la reflexión sobre su pérdida y en una profunda tristeza. A lo largo de los siglos, innumerables visitantes habían llevado sus problemas a la villa. También habían llevado sus esperanzas y su fe en los posibles milagros. Los envidiaba, aunque también tenía la sensación de haber aprendido algo de ellos.

Leyó el último correo de Jacinta para ver cuál era el plan del día y en qué medida afectaría a la semana siguiente. Por supuesto, había una larga lista adjunta con todos los demandantes indecisos del litigio, tanto aquellos que se habían retirado del juicio como los que les daban largas, junto con sus direcciones. Jacinta añadía que había llamado a Marilú y a Neva, porque así se lo habían pedido, y que esperaban que Maddie las visitara entre las diez y las doce de la mañana. Maddie sonrió al pensar en la cantidad de horas extra de trabajo que aquello le habría supuesto a Jacinta, lo cual casi la redimía, pensó, del lapsus que había tenido a la hora de tomar una decisión para elegir su compañero de almuerzo.

Marilú y Neva serían, de hecho, un magnífico punto de partida para saber qué era lo que había espantado a tantos clientes. Le resultaba casi imposible imaginarse a Marilú abandonando la lucha contra Stormtree por cualquier razón. El rencor que les guardaba era lo que la sostenía y Maddie estaba segura de que permanecería firme. Sin embargo, sí le preocupaba Neva. ¿De verdad se estaba planteando renunciar al caso? Su tenacidad no se debía tanto al rencor hacia Stormtree como al sentido de la justicia y a lo que aseguraría la supervivencia de su hijo si iba a necesitar tratamiento médico continuado. Le había prometido a Maddie vivir lo suficiente como para ver el caso en los tribunales. ¿Quién podría persuadirla de lo contrario?

Se llevó aquellos pensamientos a la ducha, y a eso de las nueve estaba abriendo la puerta de su Cougar, cubierto de salitre y excrementos de gaviota, pero en esta ocasión no buscó conscientemente ningún mensaje. Sin embargo, se sintió aliviada cuando el motor arrancó a la primera. Decidió acercarse a las máquinas expendedoras con el coche antes de poner rumbo al sur, hacia San José, por la autovía y rebuscó en el bolso para coger las gafas de sol. Al abrir la cremallera de la funda, apareció el número de móvil de Søren, que este había garabateado aquel día en Siena, y Maddie sonrió mientras lo volvía a guardar con cuidado y lo dejaba allí dentro, a buen recaudo. Podía imaginárselo en aquel momento en el jardín de Jeanette, con el bloc de dibujo y las cintas métricas, antes de que él y Claus tuvieran que regresar a Londres al día siguiente. Echaba de menos estar allí con ellos. Se abrochó el cinturón de seguridad y despegó el coche de la acera, que estaba en una cuesta verdaderamente pronunciada.

—Bueno, fin de las vacaciones —le dijo en voz alta al espejo retrovisor—. Y ahora, tienes una importante misión que cumplir.

La radio del vehículo le reportó las suficientes noticias locales como para tener la sensación de haberse puesto al día y pronto llegó a la carretera del aeropuerto, que discurría serpenteante a su izquierda. El recuerdo del día pasado en Seattle con Pierce se coló entre otras evocaciones más agradables y consiguió que se sintiera irritada y bastante molesta. De pronto tenía pavor a lo que podría descubrir en San José, pero llegó demasiado pronto como para que aquellos pensamientos empañaran su buen humor general y, en un abrir y cerrar de ojos, estaba entrando en el camino de la casa de Marilú, después de que esta le abriera las puertas. Cerró la puerta del coche con cuidado, como si todavía fuera demasiado temprano para un domingo, y se percató de que Marilú la estaba esperando en el porche. Maddie pensó que parecía tener el pelo un poco más fino que antes, signo revelador de un nuevo tratamiento de quimioterapia.

Por su parte, a la señora de la casa le sorprendió la muchacha que caminaba hacia ella y que llevaba puestos unos modernos jeans blancos y una camiseta de color amarillo limón que resaltaba su bronceado. Aquella era la Madeline Moretti que recordaba haber conocido en un primer momento, no la que había estado la última vez en su casa. Se alegró de ello y así se lo hizo saber.

—*Hola, Madeline. ¿Qué tal?*[*] —la saludó Marilú.

—*Mejor que antes* —respondió ella.

—Sí, ya lo veo. —Marilú le besó las mejillas y extendió un brazo invitándola a entrar en la casa—. Me alegro mucho de que estés mejor y más fuerte, porque vamos a necesitar tu energía.

—¿Sigue estando preparada para la batalla que se avecina? —le preguntó Maddie, en parte para animarla a hablar y, al mismo tiempo, consciente de que era posible que se sintiera de nuevo cansada y no demasiado bien.

Pero la luchadora anciana asintió mientras cerraba la puerta de rejilla metálica tras su invitada.

---

[*] En español en el original. *[N. de la T.]*

—Bueno, eso espero, sí, pero las líneas de la batalla han cambiado.

Marilú hizo un gesto con la mano para señalar una hermosa orquídea *cymbidium* de color champán que había sobre la mesa. Le dio las gracias a Maddie por enviársela y esta recordó que Jimena debía de haberla elegido a cambio del ramo que Pierce le había regalado a ella en junio. Obviamente, a Marilú le habían encantado aquellos largos y hermosos tallos y Maddie pensó que era un buen augurio en cierto modo, un mejor uso de los fondos de Pierce, si bien era cierto que él no era consciente del generoso acto.

Aquel día, Marilú le ofreció a Maddie una bebida fría en lugar de café, antes de rememorar el suceso acaecido hacía cuatro días.

—Estaba acabando de arreglarme el pelo, Madeline, cuando oí cómo un coche se detenía delante de la puerta. Yo iba a salir hacia el hospital porque tenía consulta, pero eché un vistazo por la ventana delantera. Al no reconocer el vehículo, me preocupé de inmediato.

»Vi a un hombre no demasiado alto con el cabello y la tez rojizos. Vestía un traje de verano, pero se notaba que no llevaba bien el calor, me di cuenta al instante. Se bajó de un salto de un elegante Porsche negro y empezó a abrir la verja. Recuerdo que pensé que aquel coche valía más que esta casa. Sacó unas de esas gafas de sol de gánster y se las puso en lo alto de la cabeza, con aire de pose, mientras alzaba la mirada hacia la casa. —A Maddie aquello la tomó por sorpresa. Estaba claro que no era Pierce, pero lo del color del pelo le dio una pista—. Sacó un pañuelo del bolsillo del pecho y se secó la frente —continuó Marilú—. Lo cierto, señorita Madeline, es que la temperatura exterior ya rondaba los treinta grados, aunque no eran ni las nueve y media de la mañana. Pensé para mis adentros que aquella persona no estaba habituada a California, que acababa de llegar de algún sitio más frío.

Maddie asintió, divertida.

—Le vi echar hacia delante el asiento del conductor para coger un maletín de piel muy fino. Cerró la puerta y los seguros se cerraron haciendo muchísimo ruido y las luces de la alarma se encendieron y se apagaron con rapidez. Entonces se dirigió de nuevo hacia el portal. Llevaba un reloj grande y caro con pulsera de oro y el anillo de una fraternidad en el dedo. Estaba intentando abrir el viejo cierre del portal y, aunque era evidente que tenía mucho dinero, no tenía ni idea de cómo funcionaba una cancilla como la mía. Pero llevaba el dinero puesto, señorita Madeline.

A Maddie le encantó lo de que el hombre fuera incapaz de abrir el portal. Ya creía saber de quién se trataba y le hizo gracia que Jano no estuviera de su parte aquel día.

—Me vino a la mente la palabra «yanqui». Alguien de una zona diferente del país, pero aun así orgulloso ciudadano de Estados Unidos. Yo tengo amigos de todas partes, Madeline, de todos los colores y religiones, y procuro llevarme bien con todo el mundo. Pero también se me da bien juzgar el carácter de las personas, y tenía claro que aquel individuo no me caía bien. Así que cambié aquella palabra por «gringo». Para nosotros es una palabra con un significado no demasiado agradable: un arrogante blanco anglosajón que quiere algo, más o menos.

»Madeline, salí al porche y cerré la puerta de seguridad detrás de mí. El hombre se puso de nuevo las gafas, así que no pude verle los ojos. "María Luisa", dijo. Aquello no fue una pregunta, señorita Maddie. "Señora Moreno —lo corregí mientras me dirigía hacia el portal de hierro con la llave del candado, aunque no lo abrí para dejarlo entrar—. Una amiga va a venir a recogerme para llevarme al hospital —le dije muy educadamente—. ¿Puedo ayudarle en algo?".

»Luego empezó a soltarme un discurso, señorita Madeline: "Represento a Stormtree Components y nos gustaría hablar con usted. Tenemos problemas financieros, por eso nos estamos planteando retirar el apoyo financiero actual a los empleados que estén involucrados en litigios en nuestra contra".

—¡Dios mío! —susurró Maddie.

—Me dejó de una pieza, Madeline. Mientras abría el portal y salía al camino, miré aquellas gafas. Podía sentir los ojos que estaban detrás de las lentes oscuras, prácticamente sonriendo con superioridad. Presentí al hombre que había detrás de ellas, un hombre débil, sudoroso. *«No tiene corazón»*, pensé. Pero le sonreí. Sabía que lo único que lo separaba de mí era el coche y el traje, pero este *hombre* quería olvidarlo. Tal vez una o dos generaciones antes, su familia había tenido que pelearse con las ratas en una vivienda de renta baja de algún país extranjero.

»Pero según la estricta ley de la supervivencia, señorita Maddie, si su familia había conseguido reunir el suficiente valor y el suficiente dinero para subirse a un barco y venir a América, hay que respetarlo. Y su familia debía de haber encontrado la manera de proporcionarle una educación. Yo, sin embargo, me quedé atrás para ayudar a sobrevivir a mi familia y tenía la sensación de que aquel hombre no lo habría hecho nunca. Les costara lo que les costara a los otros, aquella persona no tenía intención de ceder ni un centímetro de lo que había ganado y casi sentí pena por él en aquel momento. Para mí lo peor que hay en la vida es no tener alma.

—Tiene toda la razón, Marilú —asintió Maddie. Ella le sonrió—. ¿Le dijo algo más sobre retirarle el pago de los servicios médicos?

—*Sí*, Maddie. Fue muy claro: «Si retira la demanda, la compañía no se verá obligada a hacerlo —me dijo—. Podríamos continuar sufragando la franquicia de su seguro y el resto de gastos».

—He de investigar cuáles son sus obligaciones, Marilú —repuso Maddie, sintiendo tanta rabia como lástima por la mujer—. Me sorprendería mucho que esa amenaza fuera viable, que de verdad pudieran retirarle el apoyo que ahora le prestan para cubrir sus gastos médicos.

—Ya, Madeline —respondió esta—. Pero me da mucho miedo, a mí y seguramente a todo el mundo. Sé que esto es como una partida de póquer y que nadie regala nada a sus adversarios, pero se me ha caído el alma a los pies. La sonrisa se me quedó petrificada en la cara. Por suerte, mi amiga llegó en su Buick por la carretera principal y se echó a la cuneta antes de pitar para avisarme, así que le dije: «Vienen a buscarme. —Luego pensé con rapidez y añadí—: ¿Tiene tarjetas de visita, *señor*?». «Claro, señora», me respondió y sacó con rapidez una de la cartera para dármela. Me dijo que lo llamara lo antes posible. Yo asentí, Madeline, pero salí corriendo hacia el coche de mi amiga y, cuando abrí la puerta, dije: *«Hijo de la chingada madre»*. Entré en el coche y me santigüé. Le expliqué a mi amiga: «Acabo de conocer al demonio». Luego tomé el celular y la llamé, señorita Maddie.

»Pero ¿qué voy a hacer? —continuó Marilú—. Se puso en pie y atravesó la sala—. Eso fue hace tres días y aún no le he contestado. Quiero decirle que se vaya al infierno, pero estoy segura de que allí podría permitirse todo tipo de lujos, mientras que yo no puedo permitirme pagar las facturas de los médicos.

Marilú tomó una tarjeta de visita que estaba en la esquina del espejo y se la tendió a Maddie. Lo que decía la tarjeta no le sorprendió en absoluto: «Gordon J. Hugo, abogado».

—La descripción que ha hecho de él no me había dejado lugar a dudas —dijo Maddie con una sonrisa forzada—. De todos modos, ahora lo sabemos a ciencia cierta. ¿Puedo quedármela? La llamaré mañana desde la oficina, cuando haya comprobado si lo que pretenden hacer es legal. —Maddie se despidió de Marilú en el porche con un abrazo—. No se preocupe todavía —la tranquilizó—. Está claro que no pueden actuar con tanta rapidez y, si quiere saber mi opinión, estoy convencida de que solo es una táctica para asustarlos. Creo que están preocupados.

—Seré fuerte, señorita Maddie —contestó Marilú, intentando sonreír—, pero llámeme cuando esté segura de cuál es nuestra situación.

Tres días antes, en los pasillos del Hospital Mater Misericordiae, habían resonado los pasos de Gordon Hugo. Había conocido el lugar mucho antes de que su despacho hubiera sido contratado en exclusiva por Stormtree. Cuando era un joven abogado, Hugo acudía a aquel lugar con la intención de localizar a familiares de fallecidos por accidentes y a otras posibles víctimas de lesiones para ofrecerles sus servicios, pero aquello no le reportaba auténticos beneficios. Él lo que quería era ganar grandes cantidades de dinero y tener un nivel de vida más alto, pero solo con su título de licenciado en derecho por una pequeña universidad del medio oeste no era el candidato más destacado para conseguir trabajo en ninguno de los despachos de renombre de la costa este. Por eso se había ido a la costa oeste directamente tras acabar la carrera y había montado un negocio con un colega de la fraternidad de estudiantes cuyo padre era juez. Los influyentes amigos de la familia de Dwight les habían ayudado a conseguir clientes y los dos habían trabajado duro. Tras años de limitarse a seguir en la brecha, una sonada victoria a favor de una pequeña empresa de seguros contra una demanda de daños y perjuicios había sido el detonante de un meteórico aumento de la fortuna del despacho, que había culminado con un multimillonario contrato para trabajar en exclusiva para Stormtree.

A Gordon Hugo le caía bien Pierce Gray. Admiraba su osadía y copiaba su estilo. Le parecía una persona franca y de espíritu pionero, y sabía que siempre quería ganar. Hugo consideraba que admitirlo era muy honrado por su parte, pues en realidad todo el mundo quería ganar y quien lo negara se engañaba a sí mismo. Tanto en Washington D. C. como en Maine y Massachusetts, Stormtree usaba, por supuesto, los servicios de los despachos de abolengo con sus propias redes de miembros de grupos de presión blancos, anglosajones y protestantes. Pero allí, en California, donde las cosas podían hacerse de forma diferente, el estilo de Hugo satisfacía sin problemas las necesidades de Stormtree.

Sabía que la empresa creada por el padre de Pierce en los años ochenta había sobrevivido a duras penas al derrumbe de las empresas punto-com y que el joven Gray había tomado el relevo de su progenitor a principios de los noventa. Pierce, sin embargo, le había dado un gran impulso. Anticipó con éxito futuras tendencias del mercado y la empresa había crecido de forma notable y a gran velocidad. Tanto Gray como Hugo habían disfrutado de las políticas del periodo desde el cambio de milenio y el éxito de la empresa le había proporcionado a Pierce más fondos para invertir en las bodegas, ahora que había heredado la propiedad de Napa de su abuelo. Le había dicho a Hugo que para qué iba a preocuparse él mismo de ladrar si ya tenía un perro, así que el despacho de Hugo ladraba todo lo que hacía falta y permitía que Pierce tuviera más tiempo para dedicarle a las uvas.

La estrategia que Dwight y Gordon aplicaban para Stormtree era de una simplicidad tan cínica como sorprendentemente eficaz. Retrasar, retrasar y retrasar. Así llegaba un momento en que la mayoría de los problemas desaparecían o los coléricos adversarios perdían las ganas de enfrentarse a ellos o el dinero para hacerlo. Sin embargo, Hugo no había contado con la tenacidad de Harden Hammond Cohen. Como cada vez resultaba más claro que los casos iban a llegar a juicio, el plan B consistía en presionar al máximo a los adversarios para reducir el número de demandantes. De esa manera, si alguna prueba ponía las cosas realmente difíciles a Stormtree, probablemente podrían permitirse llegar a un acuerdo en la antesala del tribunal. Quizá ganar fuera genial, pero no había nada más importante que lograr el mejor acuerdo posible.

Hugo pensaba que lo de la señora Moreno había sido coser y cantar y estaba seguro de que lo llamaría en cuestión de días. No querría perder su casa por unas cuantas facturas médicas y era lo suficientemente lista como para entrar en razón. Con ese hacían cinco los casos que pintaban bien a su favor, pero ahora había centrado su atención en la señorita Walker. Tenía la sensación de que con ella podría ser más difícil. Después de todo, no iba a necesitar hospitalización durante mucho tiempo más y sabía que tenía un hijo que formaba parte del caso para el futuro. Quizá quisiera llegar hasta el final.

A eso de las once y media de la mañana del domingo, la cara de Neva se iluminó cuando vio entrar a Maddie en la habitación del hospital. Aguila y Wyman Walker estaban sentados cada uno a un lado de la cama y Maddie les sonrió a todos fingiendo no darse cuenta del cardenal que Neva tenía en el brazo y que había empeorado tras tantos meses de suero.

—Bienvenida, Maddie —la saludó Neva con una sonrisa—. Tienes buen aspecto. Solo pareces un poco cansada. Has hecho un largo viaje para estar hoy aquí con nosotros. —Neva le cogió la mano a la recién llegada y se la acarició, antes de quedarse pensativa unos instantes—. Siento que te hayamos alejado de la gente con la que estabas tan feliz, pero, egoístamente, me alegro de verte.

—Solo he adelantado mi regreso un par de días, Neva —repuso Maddie un poco turbada—. Esto es mucho más importante que unas vacaciones.

—Al contrario, Maddie —dijo ella—. Tu viaje era para devolverte el alma, y eso es lo único importante.

Luego cambió el tono para emplear otro más alegre y despreocupado:

—Este es mi padre, Wyman, y mi hijo, Aguila. Claro, que ya los has conocido allá donde estabas.

Maddie saludó al hijo de Neva y luego sonrió al padre de Neva y le estrechó la mano. Era un hombre de constitución fuerte; vestía una camisa vaquera, unos jeans y un delicado cinturón con la hebilla de plata y turquesas incrustadas. Maddie se fijó en que calzaba unas botas de *cowboy* y notó que su presencia en la habitación era muy poderosa. En cierto modo, se trataba exactamente del tipo de apoyo que la propia Maddie estaba buscando.

—Hola —respondió él—. Tú eres la mujer que sabe de la nieve —continuó—. Es un honor conocerte.

—Mi padre tiene una historia que contarte sobre el señor Hugo —le dijo Neva a Maddie—. No tiene sombra y nosotros creemos que eso implica que tampoco tiene espíritu.

Maddie se acomodó en una silla y esperó a que el padre de Neva le contara. Él no se apresuró, se tomó su tiempo para centrarse y luego empezó a contarle una historia que acompañaría a Maddie durante los largos kilómetros de vuelta a San Francisco y las prolongadas horas de la posterior noche en vela.

—Escuchamos los zapatos de aquel hombre en el pasillo del hospital durante mucho tiempo antes de que entrara en esta habitación. «Necesito hablar con Neva Walker», dijo. Parecía sorprendido, tal vez por lo que veía. Me miró de arriba abajo y yo me puse de pie. «Hola, soy el padre de Neva. ¿Puedo ayudarle?», le pregunté. A él no le hizo gracia, pero señalé hacia la cama donde estaba mi hija. «Está dormida. Por favor, no la despierte», le pedí. Fuimos hacia la puerta. Tuve que emplearme a fondo para hacerle ver que debía salir. «Podemos hablar fuera», le dije. Hugo era un hombre que nunca había estado cerca de un indio. No sabía cómo reaccionar. Los pobres mexicanos y la población negra forman parte de su mundo. Incluso son bastante intercambiables, creo yo, en lo que a él respecta. Pero aquí estaba con un hombre no demasiado alto. No se sentía a gusto y se comportaba respetuosamente solo porque mi pueblo no le resultaba familiar. Empezó a soltarme el discurso, pero estaba nervioso. «Soy Gordon J. Hugo —dijo—. Represento a Stormtree Components. Tengo que hablar con Neva sobre los crecientes costos de sus cuidados». Me quedé mirándole sin expresión alguna que delatara lo que pensaba. «La empresa no puede permitirse seguir pagando los costos cada vez mayores de las facturas médicas, dado el inminente juicio», soltó.

»Yo me quedé muy quieto y lo miré durante un buen rato. "Señor Hugo, yo soy transportista de madera. Conduzco un camión. No gano mucho dinero —le dije—. Pero leo muchos periódicos. ¿Me equivoco o he leído que Stormtree Components aumentó un once por ciento sus beneficios este trimestre? El total ascendía a varios cientos de millones de dólares." Tenía la cara muy rosada y, como no dijo nada, seguí hablando: "¿Podría explicarle a un simple camionero por qué una empresa como esa no puede permitirse pagar las medicinas de mi hija y mi nieto?", le pregunté. Pero siguió sin decir nada, Madeline. Yo le dije: "Señor Hugo, ¿sabe lo que es un 'dador indio'?". El señor Hugo pareció sentirse más a gusto. Estaba seguro de que sabía exactamente lo que significaba. "Es alguien que te da un regalo y luego pide que se lo devuelvas", me respondió. "Eso creo yo —le contesté—, pero usted no lo entiende. Si un indio da un regalo lo hace de todo corazón y tiene una obligación implícita. El regalo de un indio no es una propiedad. No es una cosa ni un beneficio. Es algo más profundo, un símbolo de respeto y de paz para que lo disfrute todo el mundo. Una vez que ha sido disfrutado, hay que devolvérselo al dador o pasárselo a otra persona para que lo disfrute. No es para poner en una estantería, como si fuese un trofeo. No es para atesorarlo, como si fuera un beneficio. Eso es un regalo indio". El señor Hugo se quedó sin palabras. Agitaba el maletín, como un colegial. Cambió el peso de una pierna a otra y miró hacia el fondo del pasillo. Acababa de llegar, pero creo que ya quería irse. "Mi hija le ha regalado a su empresa su ser —le dije—. Les ha regalado su lealtad. Ha trabajado en la empresa del señor Gray durante muchos años y, a cambio, la han herido y desgastado y han envenenado a mi nieto". Entonces, el hombre rosa habló: "Eso no lo pueden demostrar". "No, pero ambos sabemos que es verdad", le contesté. El señor Hugo no encontró nada más que decirme, Madeline. Lo único que añadió fue: "Volveré otro día, cuando esté despierta".

»Luego cogió su cara húmeda y se alejó por el pasillo. Me quedé mirando cómo se iba y me fijé en que no tenía sombra cuando le daba la luz. Había malgastado mis palabras. No es un hombre que entienda de regalos y obligaciones.

—No —respondió Maddie en voz muy baja—. Para Gordon Hugo, la gente vive y muere, y punto. Es hijo de escoceses protestantes que inmigraron a este país y creo que entiende el éxito como una señal de que Dios te sonríe, pero tengo un amigo que me ha recordado hace poco que el lenguaje tiene el poder de influir en el resultado de los acontecimientos, señor Walker. No creo que haya malgastado sus palabras.

31

Santo Pietro in Cellole (la Toscana),
enero-febrero de 1348

A primera hora de la mañana del día de Santa Inés, un pequeño grupo de hombres con aperos de peregrino y sombrero recorría el camino que iba hacia el santuario de Galgano mientras los residentes de la villa Santo Pietro se acostaban para dormir unas cuantas horas. Durante un tiempo, el árbol del silencio floreció bajo el tejado de Jacquetta y en él crecieron los frutos de la paz. Porphyrius, su esposa y su hijo dormían felices y exhaustos en su cuarto con vistas al norte y al oeste del camino de los peregrinos, blanco a causa de la helada. Hasta Jacquetta se había retirado a sus aposentos con vistas al valle Serena, dejando al mando de la casa a Loredana y a Chiara, que habían disfrutado cada una de unas horas de sueño. Cuando Mia subió por la estrecha escalera a su habitación bajo el alero del tejado, una luz grisácea empezaba a asomar para anunciar el nuevo día y una nueva y esperada nevada y la campana de los monjes tocaba a laudes. Pero mientras cerraba los párpados, todavía podía oír al búho en algún lugar entre los árboles, bajo su ventana.

Antes de mediodía se despertó con unos suaves golpes en la puerta y dejó con desgana la calidez de la cama para ir a abrir. Era Chiara con agua caliente e instrucciones de su tía de que se aseara y se preparara para asistir al servicio de sextas a mediodía en la abadía. Se habían perdido el anterior servicio de día santo en el pueblo, pero les dejarían quedarse de pie en la parte de atrás de la iglesia de los monjes y unirse en silencio al culto de los hermanos laicos antes de comer y de que se retiraran al dormitorio para echar la siesta. Debía arreglarse el cabello sin más dilación, insistió Loredana.

Debían de ser poco más de las tres de la tarde del día de Santa Inés. Ya habían comido algo y se habían retirado al calor del fuego de la sala de música, cuando tía Jacquetta se fue y reapareció con una *scarsella*, una escarcela que usaban los mensajeros para llevar cartas y paquetes. Lo puso en manos de Gennaro.

—Lo siento —se disculpó Jacquetta—. Me lo entregó ayer un mensajero procedente de Pisa. El parto de Agnesca hizo que me olvidara de él hasta ahora.

Él sonrió a modo de agradecimiento y abrió la bolsa, que contenía una lona impermeable atada con una cuerda. Mientras retiraba el envoltorio, Mia y su tía suspiraron con admiración. Gennaro sujetaba un objeto plano de madera delicadamente tallado, más o menos cuadrangular y del largo de un antebrazo. Tenía ornamentos de plata y estaba esmaltado en el centro y en las esquinas con cifras y símbolos. Mia se sentó en el banco de madera, al lado de Gennaro, para verlo más de cerca y se fijó en que tenía grabados unos motivos simétricos que representaban arroyos y remansos. En el centro había pintado un molino de agua y en cada esquina estaban los puntos cardinales, los elementos y el rostro de cada uno de los cuatro vientos. Era deslumbradoramente hermoso, pero no tenía ni idea de cuál era su finalidad.

—Es un tablero para jugar a *Il Mulino* —le explicó Gennaro—. Nunca había visto uno tan hermoso.

—No conozco ese juego —dijo Mia mirándolos alternativamente a él y a su tía. Se sentía avergonzada, como si aquella falta de conocimiento significara que era una ignorante campesina.

—Pues entonces ha llegado el momento de que aprendas —dijo Gennaro, al tiempo que se volvía hacia Jacquetta para solicitar su bendición.

—Claro, ¿por qué no? —fue la respuesta de Jacquetta, que llegó acompañada de una expresión que combinaba una sonrisa con un sentimiento más secreto—. Mi abuela francesa llamaba a ese juego *Merrelles* y siempre decía que todas las muchachas deberían aprender a jugarlo.

Gennaro le sonrió y Mia tuvo la sensación de que se estaban riendo de alguna broma privada. Pero no le permitirían compartirla con ellos, así que se volvió sin más explicación y centró de nuevo su atención en el contenido de la *scarsella* y un pergamino que había dentro de ella. Se trataba de una carta compuesta por varias hojas de papel dobladas en tres, cerrada con un pequeño cordón que atravesaba unos agujeros de los extremos y lacradas en la parte inferior. Tras romper el lacre, las desdobló y comenzó a leer una página escrita con una hermosa caligrafía que, como transmitió a ambas damas, contenía felicitaciones por el aniversario de su nacimiento en esa fecha, veintiún años antes.

Regresó entonces al cuerpo del texto y Mia consideró que debían concederle un poco de intimidad. Se puso en pie y, dado que el día anterior había cocinado para él un pastel de castañas, se preguntó si ese sería el momento apropiado para cortarlo. Le habría gustado esperar a Porphyrius y *la raggia* para hacer hincapié en el hecho de que de pronto se había convertido en un día de doble celebración por ambos nacimientos. Sin embargo, aún seguían descansando arriba con el bebé y, obviamente, no iba a molestarlos. Le susurró a su tía que no deberían postergar la celebración del día especial de Gennaro mucho más y sugirió que la recepción de aquel regalo era una buena ocasión. Jacquetta asintió para darle su aprobación, pero cuando Mia se disponía ya a ir a la despensa para traer el pastel, Gennaro le puso una mano sobre el brazo.

—Dentro de mi carta hay otra, Maria Maddalena —informó mientras sostenía una hoja doblada, lacrada por separado—. Y es para ti.

—Pero ¿de quién puede ser? —le preguntó.

Desde luego que sabía de quién podría ser, de quién quería que fuera. Lo había tenido en mente día y noche desde que la llegada de Gennaro había abierto el camino a una conversación medio velada sobre su familia. Deseaba conocer la verdad de su existencia e identidad, la razón de la pérdida de su madre y de que viviera allí con su tía. Tenía un torrente de preguntas que no podían ser comprimidas en claros pensamientos en aquel momento, pero la imperiosa necesidad de información sonrojaba sus mejillas y las hacía arder. Para Mia era como si Gennaro y su tía conocieran ya aquellos secretos y pudieran concederle o rechazar su deseo para siempre con la entrega de aquella carta.

Pero el gesto amable que vio reflejado en los ojos de Gennaro le dio coraje.

—Sí, Maria —dijo él. Miró a la bella muchacha, que estaba vestida con simple elegancia en honor al día santo. Llevaba el cabello recogido en una trenza atada con lazos y la túnica de color verde claro ceñida a la cintura revelaba su femenina figura. Parecía joven, llena de esperanza y núbil, pero también infinitamente vulnerable. Fueran cuales fueran las noticias que recibiera una vez abierta la carta, sabía que aquello era lo que ella estaba esperando. No habría prudencia que mantuviese a raya su ansiedad—. Es de mi tío.

Mia tomó la carta con cuidado, como si se fuera a calcinar con el calor de sus dedos si la cogía como no debía. Miró a su tía, aunque no sabía si para buscar su aprobación, para compartir su placer o incluso para pedir una explicación de por qué tal noticia le había sido enviada a través de Gennaro.

—La guardaré para más tarde, entonces —anunció—. Debo ocuparme del pastel de castañas.

—¡Mia! —exclamó Jacquetta—. Llevas innumerables semanas esperando esa carta. Ábrela, por el amor de Nuestra Señora, yo traeré el pastel.

Jacquetta abandonó la habitación y Gennaro asintió mirando a Mia, que se sentó con el papel lacrado en una silla cerca del fuego. Le dio la vuelta y leyó el nombre: su nombre. Se daba cuenta de lo irónico que resultaba el hecho de haber deseado precisamente eso durante tanto tiempo para ahora no ser capaz de romper el lacre. Pero dentro había un veredicto y, de pronto, no se sentía segura en absoluto de ser capaz de reunir el valor para enfrentarse a la marea de emociones que, con certeza, desataría.

Llevaba sentada con ella un buen rato, cuando Gennaro sonrió y le habló:

—Maria, no puede decir nada que altere los sentimientos que tus amigos te profesan. No puede decir nada por lo que debas pedir disculpas. Sin embargo, tal vez podría proporcionarle descanso a tu mente y aclarar tus incertidumbres.

Mia examinó la expresión de Gennaro. No tenía la certeza de por qué aquellas palabras significaban tanto para ella, pero le ayudaron a dejar a un lado sus miedos. Rompió entonces el lacre con el pulgar y desenrolló el cordón. Sus ojos se bebieron la tinta negra del escrito y de inmediato le llamó la atención la brevedad de las relativamente escasas líneas y la parquedad de palabras. Se sentía confusa y leyó lentamente.

Distinguida Maria Maddalena:

Te saludo en la víspera de este día santo, esperando que te encuentres bien de salud. Jacquetta ha hecho regresar de nuevo a mi memoria el deber familiar que tengo para contigo, ahora que has alcanzado la edad del discernimiento. Soy consciente de ello y de la honestidad que te adeudo. Sin embargo, pretendo por este medio ser lo más breve posible, con ánimo de evitar escribirte toda una salmodia.

Acudiré a la villa Santo Pietro in Cellole para conversar contigo. Aprovechando tal ocasión, te obsequiaré con un regalo de Epifanía. Te ruego que comprendas que los negocios que me retienen últimamente en Pisa me impiden visitarte en estos momentos y que esperes mi visita cualquier día, tal vez esta misma semana, al término de los asuntos que me han traído a esta ciudad.

En estas escasas líneas me gustaría expresar, asimismo, mi gratitud por el papel que desempeñaste en la recuperación de mi sobrino, el cual tengo entendido que llegó ti con la muerte pendiendo sobre sí. Él mismo me ha comunicado la importancia de tu persona para la recuperación de su salud.

Te dejo en las manos de Dios y acudiré a verte en cuanto mi viaje me lo permita,

Ranuccio, Vescovo, Volterra.

Mia permaneció sentada, meditando en silencio. Cuando levantó la vista, se percató de que su tía había regresado a la habitación con el pastel de Gennaro y una sutil curiosidad dirigida hacia la propia Mia, pero ella no sabía qué responder, así que decidió poner la carta en sus manos.

Jacquetta la leyó dos veces antes de ofrecerle su opinión.

—Son demasiadas cosas para contarlas en una carta, Mia. Venir a verte es el acto más inteligente y considerado. Le prepararemos la alcoba.

Una semana después, la tranquilidad presidía el clima de la casa, dado que solo un puñado de peregrinos osaban recorrer los caminos con aquel tiempo invernal. Mia hacía todo lo posible por no demostrar su impaciencia por la visita que esperaba. Se entretuvo haciendo vinagre, estudiando la lección y felizmente sentada con Luccio, el hermoso hijo de Agnesca, a quien su padre lo había bautizado con ese nombre por haber nacido en una noche de brillante luna y con las primeras luces del alba. Cumplía con sus tareas invernales, que consistían en mantener las habitaciones limpias y esparcir en ellas nuevas hierbas cada mañana y se sentaba durante largas noches a la luz de una vela con Gennaro, que le estaba enseñando a jugar a *Il Mulino*. Pronto aprendió la estrategia de poner en fila tres de los guijarros, de color claro u oscuro, haciendo un movimiento cada vez, solo en línea recta y de un espacio. Luego podía capturar cualquier pieza de Gennaro en el tablero hasta que le quedaran menos de tres y no pudiera formar ninguna hilera. Después de perder más de una docena de veces a principios de la semana, había conseguido ganar en una ocasión a finales, pero sonrió cuando Porphyrius ocupó su silla y el juego entre los dos empezó a desarrollarse a tal ritmo que no conseguía seguir todos los movimientos. Se dio cuenta de que su primo debía de haberla dejado ganar.

Había llegado a conocerlo mejor, a reírse de la seriedad de sus competiciones, a admirar el juicio con el que hablaba de tantas cosas y a compartir su gusto por la buena compañía y los amigos. Era de naturaleza muy dulce, sus opiniones siempre eran de carácter moderado y benevolente y era paciente con los demás. Ella sabía que aquella forma de ser se trataba de algo aprendido debido a las severas adversidades que había vivido su familia. Habían disfrutado de todo tipo de privilegios y luego los habían perdido prácticamente todos. Aun así, siempre la hacía reír, dado que era menos serio que Porphyrius. No podía negar que las jornadas pasaban con dicha, pero nadie acudía a visitarla.

Los días de enero dieron paso a los de febrero, celebraron la fiesta de la virgen de la Candelaria y Gennaro empezó a ofrecerle diversas razones para justificar la incomparecencia de su tío.

—Las carreteras procedentes de Pisa estarán difíciles de transitar, Maria, debido al clima invernal y puede que sus negocios lo hayan retenido.

Ella asintió. Sin duda cabía la posibilidad de que los «asuntos urgentes» que le habían llevado a Pisa aún no hubieran sido solucionados, pero desde luego el clima no era el problema. La nieve era escasa, por no decir inexistente, y cualquiera que realmente deseara recorrer los caminos y los conociera bien podría hacerlo sin duda.

A finales de la primera semana de febrero, tuvieron que presenciar la marcha de Gennaro. Se declaró apto para viajar y ya no transigía en continuar siendo un estorbo para ellos. Jacquetta intentó retenerlo un poco más: su compañía era un placer y había notado cómo había aumentado la estima de Mia hacia él, aunque su sobrina no se hubiera percatado. Pero el joven sentía la obligación de volver al trabajo y quería reunir fondos para retribuirles su amabilidad como era debido; además deseaba tener noticias de su familia, dado que llevaba semanas alejado de ella. Jacquetta lo entendió.

—Volverán a verme —les aseguró—. Entre otros quehaceres, me gustaría traerle un regalo a mi ahijado. Y, mientras tanto, tienen un amigo en Volterra para cuando lo necesiten.

Sin embargo, se demostró que Jacquetta no estaba equivocada. Su marcha significó una terrible pérdida para Mia, que suponía que echaba de menos su presencia porque era la primera persona a la que había considerado de la familia, fuera de su parentesco con la tía Jacquetta. O tal vez fuera simplemente que *la raggia* y Porphyrius estaban totalmente entregados a su nuevo hijo y que en aquella estación había menos cosas para entretener a Mia dentro de casa. El jardín dormía bajo salpicaduras de nieve, el camino de la abadía estaba demasiado helado como para proponer que la dejaran acercarse hasta allí sin ninguna razón importante y el número de peregrinos había disminuido. Con todas aquellas medias razones para la apatía, lo peor era su deseo de ver al obispo Ranuccio. Pero menos de una semana después, recibió noticias.

El golpe de los cascos era causado por el palafrén de algún amigo. Agnesca acababa de dejar a su hijo en la cuna cuando vio acercarse a un caballero por el familiar sendero a primera hora de la tarde. Llamó a Porphyrius, que se dirigía hacia el granero de trillar, y al cabo de unos minutos Jacquetta calentaba cerveza ante el fuego de la cocina para el joven que los había dejado hacía tan solo unos días.

—¿No conseguiste llegar a Volterra? —le preguntó Jacquetta, preocupada por su salud.

Gennaro negó con la cabeza.

—Nunca tuve intención de ir allí. Mi camino siempre me llevó hacia el noroeste, hacia Pisa.

El rostro de Jacquetta se cubrió de asombro por lo que aquella revelación implicaba.

—Para descubrir qué le había sucedido al obispo Ranuccio. ¿Cómo no me di cuenta de que ese era tu propósito al dejarnos? Aun así, no me sorprende en absoluto, Gennaro.

—Por supuesto —respondió—. Él no podía saber la importancia que había cobrado para Maria Maddalena, pero nosotros lo sabemos y necesitaba transmitírselo. Sin embargo —suspiró—, no llegué hasta Pisa.

Jacquetta puso las bebidas calientes en una bandeja y condujo a Gennaro y a Porphyrius hacia el secadero, donde estaba encendido el fuego, para tener más intimidad. Mia estaba en el horno con Alba, y su tía quería tener tiempo para escuchar al recién llegado antes de llamarla para que acudiera a la casa, pero una vez hubo acomodado el bebé, Agnesca llegó y se sentaron todos juntos.

—Me alegro de verte, aunque hay algo que no va bien —le dijo a Gennaro, besándolo en ambas mejillas—. ¿Vuelves a sentirte indispuesto?

—¡No! —respondió este con vehemencia—. Eres una buena doctora y me encuentro bien de salud. Pero hay problemas relacionados con otras personas.

—¿Se trata de la enfermedad? —preguntó Agnesca.

Su bello rostro había ganado brillo desde el nacimiento de su hijo hacía tres semanas y Gennaro estaba pensando lo hermosa que estaba de nuevo cuando de pronto palideció al escuchar la pregunta. Él asintió con solemnidad y comenzó a contar la historia.

Su viaje como embajador de Mia lo había llevado desde la villa hacia el oeste por la antigua carretera Massetana con el objeto de evitar el paso por el Val d'Elsa, mucho más helado. A continuación había ido hacia el norte, donde se había alojado con unos amigos de Pomerance que aún eran leales a su tío y a la familia Allegretti, aunque Ottaviano había reclamado para su hijo el castillo que tenía allí el obispo. Una segunda larga jornada sobre el caballo le había llevado a Montecatini, en el valle Cecina, donde creyó que había dejado atrás los problemas después de haber logrado alojarse sin incidentes en una plaza de tanta reputación como el baluarte de los Belforti, mas al día siguiente la marcha se ralentizó debido a una nueva nevada y solo fue capaz de llegar hasta Ponsacco, aunque esperaba haber llegado hasta Pisa. En una posada, se había enterado por medio de un mercader florentino de que una enfermedad estaba asolando la ciudad costera. El mercader había sido incapaz de entrar en Pisa para recoger las mercancías en el puerto y había regresado a Ponsacco con el carro vacío para obsequiar a una multitud atemorizada con historias de una peste tan virulenta que cualquiera que tuviese la mala fortuna de, simplemente, hablar con alguno de los aquejados no lograría escapar a la muerte.

—Dicen que la enfermedad llegó a Pisa desde Cerdeña o Elba, probablemente a bordo de galeras —les comentó Gennaro—, como en la que Porphyrius y yo llegamos a Salerno. Parece que los marineros han descargado la catástrofe junto con las especias y el género. Desde mediados de enero, ha estado recorriendo su camino homicida por la pequeña ciudad. Comentaba que algunos tosían sangre de las entrañas, pero por lo que dijo de la fiebre, los bubones ennegrecidos y la gente que se desmayaba en la calle, demasiado cansada para ponerse de nuevo en pie, creo sin duda que se trata del terrible mal que yo padecí. Cada vez me siento más maravillado por el milagro de mi salvación.

Debido a la prolongada costumbre de no hablar, Mia era un sigiloso ser humano y llegó a la puerta del secadero sin que nadie se diera cuenta de que se aproximaba. Había oído aquella última frase salida de los propios labios de Gennaro y le arrebató la alegría de verlo allí, haciéndolo estremecerse. Fue como volver a vivir de nuevo los horrores de su enfermedad y fue hacia él vacilante, y sin darle tiempo a ponerse en pie para saludarla, se arrodilló en el suelo junto a él, que estaba sentado en una silla, y le estrechó las manos antes de posar la mejilla sobre ellas.

—¿Está mi padre...? —empezó a preguntarle.

—Maria —le respondió él—, no sé si se encuentra bien o si ha caído enfermo, pero actualmente viajar a la ciudad o desde ella resulta prácticamente imposible. Ni siquiera pude escribirle, porque nadie quería aceptar el encargo de hacer de mensajero en Pisa.

Jacquetta estaba realmente preocupada por Ranuccio, al que apreciaba profundamente, y por el resto de implicaciones que tenían las nuevas sobre Pisa.

—Debemos mantener la esperanza de que no le haya afectado, informarnos lo mejor que podamos y volver más estricta nuestra vigilancia aquí, como Agnesca nos instó a hacer cuando la enfermedad surgió procedente del sur y Porphyrius y Gennaro se vieron enredados en ella. Los peregrinos vienen y van y el Carnevale acaba de comenzar. La casa se llenará si el tiempo es benigno, así que debemos adoptar las mismas medidas de seguridad que Agnesca nos recomendó hace semanas.

—Me pregunto si Gennaro estará libre de volverse a infectar, ahora que ha sobrevivido —sugirió Agnesca con cautela—. Los datos que dicen que la gente se enferma al instante no se corresponden con la experiencia que nosotros hemos tenido aquí con Gennaro. De hecho, por alguna razón, Porphyrius no se contagió.

—No podemos dar nada por hecho, Agnesca —respondió Jacquetta—. Tenemos noticia de esa peste en los puertos del sur del Mediterráneo, en Génova y Pisa. Sea lo que sea lo que lo ha desencadenado, campa por ahí a sus anchas.

—Y se extenderá por los puertos —aseguró Porphyrius.

Agnesca estaba de acuerdo. Tras debatirlo, decidieron que Jacquetta volviera a implantar la cuarentena en las habitaciones del jardín para los huéspedes, algo de lo que habían prescindido en gran medida en el periodo posterior a Navidad, porque los establos no eran demasiado cálidos y no se había vuelto a hablar de la enfermedad. Además, Agnesca consideraba que el aseo personal y el control de la cantidad de gente que iba y venía era una prioridad y que debían mantener a los perros de la granja alejados de la villa a pesar del afecto que Mia sentía hacia ellos. Aquello les permitiría reducir la suciedad y el polvo invernal y evitar aquello, fuera lo que fuera.

Gennaro esbozó una sonrisa forzada.

—¿Creen que he olvidado el horror de los baños a los que me sometieron o la desdicha de Maria lavándome el pelo con aquella cosa fétida cuando no soportaba que me tocaran y estaba muerto de frío?

Agnesca lo miró, excusándose.

—Tenías la cabeza llena de piojos, Gennaro, y puede que los baños te hayan salvado la vida —replicó.

—Cuando viajas por los puertos marítimos, Agnesca —dijo irónicamente—, los piojos, las pulgas y a veces hasta las ratas son tus compañeros de cama. Pocas posadas se friegan tan a conciencia o están tan limpias como villa Santo Pietro.

Porphyrius miró furtivamente a su esposa y luego dijo algo que Mia nunca olvidaría:

—Desde los días de su confinamiento en la torre de los priores en Volterra tiene pavor a los bichos. Las ratas y las pulgas eran sus compañeras en aquella época y se ha esforzado en excluirlos meticulosamente de todas las habitaciones y de nuestras ropas de todas las formas posibles desde entonces. Por eso siempre huele a pimienta molida y a lavanda.

—¡La cárcel de la torre, Agnesca! —gritó Mia llamándola por el ahora familiar nombre que Porphyrius le daba a su esposa, aunque no solía hacerlo.

—No es una historia que desee contar hoy, Mia —respondió su amiga con firmeza—. Me la guardaré para una noche en la que tal vez seamos tan dichosos que podamos permitirnos un poco de aflicción, pero, por ahora, preparemos las habitaciones de los establos de nuevo y tal vez Gennaro quiera intentar por otros medios obtener noticias del obispo.

Gennaro tenía una mano sobre la cabeza de Mia, pero levantó la vista al oír aquella petición que la esposa de su amigo le hacía.

—Pensaré en alguna forma alternativa para comunicarme con Pisa.

A mediados de la semana siguiente, sin embargo, después de que Gennaro hubiera escrito gran cantidad de cartas desde la comodidad de la villa, un mensaje llegó de la dirección opuesta. Aquella vez iba dirigido a Jacquetta y se trataba de una breve nota lacrada de solo unas cuantas líneas.

He llegado a Montalcino hace dos semanas, pero la enfermedad ha golpeado mi hogar desde entonces. Muchos de nosotros hemos caído presas de una extraña dolencia. Sin embargo, Dios mediante, acudiré ahí de inmediato.

R. Allegretti

La pequeña comitiva llegó sin ceremonias ni un séquito nutrido de sirvientes dos días más tarde, antes de que el Carnavale hubiera dado paso a la Cuaresma. El inseguro aunque apuesto obispo se balanceaba suavemente al frente de su comitiva, engalanada con trajes elegantes y rutilantes. Se encontraba subido a una litera arrastrada por un caballo y escoltada por dos jinetes a lomos de sendos jamelgos. Jacquetta nunca había visto al obispo viajar de aquella manera en ninguna cabalgata ceremonial ni mostrarse así en público. Era un jinete orgulloso y un ágil cazador. Le bastó un vistazo para saber que lo peor no solo era una posibilidad, sino que se trataba de una certeza.

Los sirvientes del obispo exiliado fueron alojados en las habitaciones de los establos como dictaba el protocolo, pero Jacquetta no fue capaz de comportarse de forma tan estricta con su tan querido Ranuccio. Era obvio que estaba enfermo y sufría. En un momento de frialdad pensó que no pertenecería durante mucho más tiempo a este mundo, y le prohibió a Agnesca cuidarlo a sabiendas de que aquello pondría en peligro tanto a la joven madre como a su hijo. Insistió en atenderlo ella misma, fuera cual fuera el costo, y lo instaló en su cómoda habitación situada en la planta baja de la villa, con vistas al jardín. Mia recordó que aquel cuarto había permanecido vacío durante mucho tiempo, preparado exclusivamente para él y para ningún otro huésped, a menos que apareciera un rey. Jacquetta impuso una especie de cordón sanitario para separar esa estancia de la actividad del resto de la casa, limitando el movimiento entre la misma y cualquier otra. Pero fuera de aquella habitación, Mia permanecía en estado de vigilia, a la espera de ver a su ocupante o hablar con él, mientras consagraba fervientes oraciones al ángel de la misericordia por su recuperación y su salud.

Jacquetta, entretanto, consultaba a Agnesca. El obispo había llegado con mucha fiebre y durante días había vomitado todo cuanto había ingerido. Tenía ampollas en diferentes partes del cuerpo: en el cuello y bajo los brazos, como Gennaro, pero también en la ingle, que había visto y tratado, desacatando las normas del pudor. Sabía que era probable que los bultos reventaran, pero, a diferencia de su sobrino menor, que había demostrado poseer una notable capacidad de recuperación, dudaba que él, ya bastante mayor, lograra sobrevivir al tratamiento de un baño helado para bajarle la fiebre. Mantenía todo a raya con cataplasmas de miel e infusiones de tomillo y matricaria, pero ni siquiera así levantaba cabeza.

—Empeora a pasos agigantados —le confió a Agnesca a través de la puerta, casi cerrada—. Los bultos son de color oscuro, ya tienen el tamaño de manzanas y le están saliendo por toda la piel puntos lívidos agranatados. Durante dos días he intentado todo lo que te vi hacer a ti y no tengo ni idea de qué más puedo hacer por él.

—Puede que se trate de un caso más virulento que el de Gennaro —respondió ella—. Jacquetta, si lo deseas entraré a verlo.

Pero sabía que su anfitriona nunca le permitiría a la joven madre acercarse a la cama del enfermo y aquella fue exactamente la respuesta de Jacquetta.

—Entonces creo que lo único que podemos hacer —le aconsejó Agnesca— es dejar entrar a Gennaro para que se siente a su lado y le ofrezca compañía. Espero que ya no pueda contagiarse. Por lo que estás describiendo, creo que debemos hacer que el obispo se sienta cómodo, si es posible, pero lo más sensato sería enviar a buscar al abad Angelo si desea recibir la extremaunción.

Jacquetta estaba habituada a ser fuerte y mantener la entereza en toda circunstancia, pero se desplomó contra la puerta de Agnesca al oír aquello. La joven la abrió y dejó a un lado toda consideración para reconfortar a su amiga y, durante tanto tiempo, protectora. Rodeó con los brazos a Jacquetta.

—¿Por qué crees, Agnesca, que he sido incapaz de hacer que remita la enfermedad?

—Se trata de un hombre mayor, Jacquetta, y tal vez hemos llegado demasiado tarde para tratarlo.

Jacquetta suspiró y aceptó agradecida el abrazo de su amiga. Al cabo de unos instantes, añadió:

—¿Y Mia?

—Si se encuentra tan ido del mundo como lo estaba Gennaro, entonces recaerá en ti la responsabilidad de contarle a ella su historia.

Bien entrada la noche, Jacquetta siguió el consejo de Agnesca y dio orden de llamar al abad Angelo. Los ojos de Mia estaban anegados en lágrimas cuando, cerca de medianoche, entró en los inmaculados aposentos del obispo, que estaban impregnados por el hedor inconfundible de la muerte a pesar de las hierbas que habían esparcido con esfuerzo y de los recipientes con popurrí. Allí permaneció sentada con Gennaro y Jacquetta durante horas. A diferencia de la noche del nacimiento de Luccio, cuando el búho había alertado de las complicaciones en el alumbramiento y señalado un infeliz destino en relación con la carta de Ranuccio, en el exterior no se oía el menor ruido. Mia permanecía en su puesto en una silla al lado de la puerta. Con los ojos irritados de tanto llorar, vio al abad irse de nuevo en las silenciosas horas de la noche. Poco después, Agnesca, que se había levantado un momento a ver a su hijo, bajó las escaleras para reunirse con ella. Puso una segunda silla a su lado y se sentó, al tiempo que le agarraba la mano.

Al amanecer, Gennaro abrió la puerta y salió al pasillo.

—Si estás dispuesta a arriesgarte a entrar —le dijo con voz ronca a Mia—, está consciente y le gustaría hablar contigo.

Mia tenía suerte de que su repulsión por el terrible aspecto y hedor de los bubones se hubiera atenuado ya tras haber cuidado a Gennaro durante tantos días. Ahora lo que más deseaba ver era el rostro de aquel hombre. Tenía los ojos amarillentos y la mirada fija, las úlceras reventadas desprendían un olor asfixiante y tenía la cara tan deformada, enrojecida e hinchada que resultaba imposible imaginarse su aspecto antes de la dolencia. En las raras ocasiones en las que Jacquetta había hablado del obispo, cuando le había llegado algún regalo a Mia o habían recibido noticias de él, le había descrito siempre como un hombre apuesto, inteligente y de mirada gentil. Era aquella semejanza la que Mia había reconocido en Gennaro tras su recuperación.

En aquellos momentos, sin embargo, el hombre que intentaba con todas sus fuerzas fijar la vista en los rasgos de Mia distaba mucho de la imagen que la niña se había formado de él. Nunca había visto a la muerte cara a cara de forma consciente, pero sabía que en aquellos momentos lo estaba haciendo.

Él le hizo una seña para que se acercara y habló con una voz hecha solo de aliento. Le sobrevino un escalofrío porque le recordó, curiosamente, a los sonidos que su madre había hecho al morir, como el borboteo de la sangre sobre el frío acero.

—Lo he dejado para demasiado tarde, Maria.

Sus palabras entrecortadas eran pronunciadas con el volumen suficiente como para que ella pudiera oírlas.

—Confío en que las medidas que he dispuesto para ti sean de tu agrado. De no ser así —continuó con dificultad—, no te mantengas fiel a ellas. Se te ha conferido la libertad de hacer lo que desees, con el consejo de tu tía.

Gennaro se acercó a él y lo incorporó sobre la almohada para ayudarle a pronunciar aquellas palabras. Luego se alejó de la cama para proporcionarle a Mia unos instantes finales de intimidad con el hombre, como en una confesión profana.

—Tu tía y el abad Angelo pueden contarte todo cuanto precises saber, pero de mis labios solo has de conocer un hecho. —Le agarró la mano y, aunque le hubiera gustado que la proximidad a un hombre en tan deplorable condición humana, de repugnante olor y terrible aspecto, hubiera recaído en otra persona, Mia le sujetó la mano con fuerza y le devolvió la presión—. Tu madre era la más dulce alma de mi universo —dijo en un esfuerzo final para comunicarse con ella—. Sin embargo, yo nunca fui su amante, Maria. Yo soy tu tutor y siempre lo he sido, pero no soy tu padre.

Mia abrió los ojos como platos y notó los latidos del corazón en los oídos. Miró a aquel pobre hombre y pensó que debía de estar hablando desde el delirio. Seguro que aquello no era verdad.

—Yo soy tu padre de corazón —consiguió articular—. Tu padre de carne, sin embargo, es el hombre que le robó la virtud a tu madre, y le impidió contraer matrimonio con nadie.

—¿De quién hablas, ilustrísima? —le preguntó con voz queda.

Aunque la respuesta llegó carente de sonido, Mia no tuvo duda alguna de la palabra que sus labios dibujaron:

—Ottaviano.

32

San Francisco, 25 de junio de 2007

A Maddie no le sorprendió ver en verano un manto de bruma baja desde la ventana del dormitorio a las siete de la mañana. Lo extraño era que solo cubriera los edificios que tenía a la vista hasta la altura del tercer piso. La calígine permitía que a ella le diera el sol, mientras que los pisos por debajo de ella estaban envueltos en niebla. Los bloques más altos que sobresalían de la capa de nubes daban un efecto surrealista al paisaje de abajo. Aquello era un recordatorio de que en San Francisco nunca sabías lo que te esperaba en lo que a cuestiones climatológicas se refería.

Aquella mañana, a Maddie le apetecía acudir a pie al trabajo. Necesitaba reflexionar acerca de las repercusiones de lo descubierto en sus visitas del domingo antes de enfrentarse al resto de la oficina. Estaba realmente enfadada por lo que ella consideraba una falta absoluta de moralidad por parte de Gordon Hugo, aunque no le sorprendía. Antes de ir a trabajar, necesitaba dejar a un lado el componente emotivo de su actitud hacia aquellas acciones y organizar sus pensamientos en relación con muchas otras cosas a las que seguía dándoles vueltas. Suponía que, en cierto modo, aquello se debía al *jet lag* y que un buen paseo le ayudaría a quitárselo de la cabeza.

Puso rumbo a la oficina bajo el cálido sol, pero la bruma empezó a rodearla cuando descendió hacia el Embarcadero. Se sintió como en otra época mientras la bruma se espesaba cada vez más a medida que bajaba la colina. El perfil de los coches y los peatones estaba borroso y el sonido del tráfico llegaba amortiguado. Dobló la esquina al lado de la oficina y vio que en la bahía la niebla era realmente densa a lo largo de la costa. A través de la penumbra atisbó la camioneta de una floristería al pasar por delante de la acera de su edificio, lo que le recordó que al volver a casa debía ir a la tienda de Jimena y elegir unas flores para Jeanette.

Aquel clima le recordó su estado de ánimo de hacía cinco meses, cuando había vuelto a trabajar tras la muerte de Chris. Entonces habría tenido la sensación de que el efecto depresor de la bruma la seguía hasta la puerta de la oficina envolviéndola en una mortaja y aislándola del mundo. Ese día, sin embargo, la niebla no le parecía ni depresiva ni algo personal y la abandonó en la puerta de la calle. Se sonrió y llegó a la conclusión de que sus pensamientos iban en sentido oblicuo. Se preguntó si se trataría de un efecto combinado de las bromas que hacía Søren diciéndole que ella «era» el viento y de la afirmación del padre de Neva, que le había dicho que ella conocía la nieve. Reflexionó sobre el hecho de que cuando somos felices nos afecta más el sol y que cuando estamos con la moral baja la lluvia tiene más impacto sobre nuestra consciencia. Le damos el significado que queremos, eso es todo.

Empujó las puertas de cristal de la oficina y se dirigió hacia una sonriente Teresa, que tenía aspecto de haber pasado un fin de semana en la playa.

—Eh, Maddie, estás estupenda —le dijo Teresa con toda sinceridad—. No has engordado ni un kilo a pesar de la comida italiana. ¿Cómo es posible?

—Claro que sí, y más de uno —repuso Maddie con una sonrisa—. Pero no es lo peor que me podía haber pasado. ¿Ya ha llegado todo el mundo?

Teresa asintió.

—Samantha quiere a las «piezas clave», como ella dice, en el ruedo lo antes posible. Esta mañana no está de muy buen humor —añadió—, así que será mejor que vayas allí directamente. —Teresa le dedicó una enorme sonrisa para demostrarle que se alegraba de que hubiera vuelto, antes de responder con entusiasmo a una llamada con un «Harden Hammond Cohen».

Lo cierto era que Samantha no estaba en absoluto de buen humor cuando Maddie la había llamado para contarle el resultado de sus pesquisas durante las visitas del fin de semana. No solo había hablado con Neva y Marilú, sino con otros tres clientes de primera fila que le habían respondido con evasivas en lo que a la demanda se refería y con cinco más que de repente habían abandonado la lucha sin explicación alguna. La comprensible indignación de Samantha había calado en todo el equipo cuando Maddie se unió a ellos en el ruedo.

Al entrar, vio a Charles y a Tyler rebuscando entre un montón de libros de derecho que tenían abiertos sobre la mesa, delante de ellos. Charles señaló uno con el dedo.

—He consultado el de la Escuela de Derecho de la Universidad de Cornell, la sección «Reglas de conducta profesional en California» del tomo titulado *Libro de ética legal estadounidense,* y yo diría que los abogados de Stormtree caminan por la cuerda floja. Sin embargo, aún no se han precipitado al vacío de la falta de ética profesional total y absoluta.

—Hola, Maddie —saludó Tyler, levantando la vista—. ¡Bonito bronceado!

Charles le sonrió.

—Supongo que no nos habrás traído unas botellitas de Chianti.

Maddie negó con la cabeza.

—No se puede llevar alcohol en el equipaje de mano si tienes que hacer transbordo —explicó—. Pero me acordé mucho de ti, Charles. Te habría encantado el vino. ¡Y las trufas blancas! —Puso rápidamente el cerebro en modo trabajo y se sentó—. ¿Qué estaban diciendo sobre la legalidad de las estrategias de presión de Gordon Hugo?

—Bueno, tal vez tú puedas decirnos exactamente lo que esas personas te han contado que les dijo. Nos ayudaría a determinar las medidas que podemos tomar —respondió.

Maddie observó las atentas caras de Charlotte, Yamuna y Daisy, del joven y apuesto David Cohen, que ese día se había unido a ellos, de Marni, que estaba en la esquina, y finalmente de Samantha, que estaba haciendo todo lo posible para no decir lo que obviamente pensaba sobre los abogados del bando rival.

—Eso, Maddie —suspiró—. Haznos un resumen, si eres tan amable.

Maddie respiró hondo y, durante la siguiente media hora, les contó con todo lujo de detalles lo que cada una de las personas con las que había hablado le había dicho, consultando sus notas para citar literalmente cuando era necesario. Tenía las cosas claras y les transmitió la información con fuerza y emoción, especialmente en lo que al informe de los Walker se refería. Cuando terminó, Samantha y el resto del equipo le dedicaron un pequeño aplauso.

—Gracias y bienvenida de nuevo —le dijo Samantha. Su tono sugería que Maddie no había «vuelto» solo de la Toscana—. Sospechaba que sería un alivio para ellos soltar su carga sobre alguien que supiera escuchar.

Charles había prestado atención a las explicaciones de Maddie sin dejar de leer el libro que tenía delante, pero dijo:

—Entre las palabras que me vienen a la mente están «intimidación de testigos», «extralimitación», «acoso» y diversas variantes de «conducta vejatoria», aunque podría ser difícil demostrar la intención —añadió mientras se quitaba las gafas—. Obviamente, negarán que exista tal propósito tras sus acciones.

Charlotte había estado escuchando el informe de Maddie sacudiendo la cabeza de vez en cuando, sin dar crédito a lo que oía. Enfadada, añadió:

—Así que la posición de Hugo de cara al público será que cumplía órdenes de Stormtree en beneficio de todos. Alegará que se trataba de una aproximación para intentar hablar con ellos de buena fe y, con un poco de suerte, llegar a una conclusión para solucionar con más diligencia los problemas de los afectados.

—Por supuesto —señaló David Cohen con una sonrisa irónica—, eso no ha sido una oferta formal de acuerdo. Por eso ha alegado que no era necesario informarnos de lo que estaba haciendo, que si Stormtree pretendiera proponer tal oferta, obviamente lo haría por escrito y a su debido tiempo y que sentía mucho si teníamos la sensación de que había estado tratando de llegar a un acuerdo a nuestras espaldas.

A Tyler le hervía la sangre de impotencia.

—Entretanto aquí, en Gotham City, el Joker está aterrorizando a toda la población. Las estrategias han sido muy eficaces y varias personas han abandonado el caso tras ser amenazadas con la retirada del seguro médico.

—En efecto —replicó Samantha—, tenemos que parar esto. Por suerte, gracias a Maddie sabemos cómo los ha abordado, pero ha minado con éxito su confianza y los ha asustado considerablemente. —Miró con franqueza a Charles—. Tú y yo deberíamos redactar una carta de «cese y desistimiento» sin tapujos en la que diga que, si continúan por ese camino, tendremos que presentar una queja formal ante la Asociación Norteamericana de Colegios de Abogados para solicitar la suspensión de

Gordon Hugo hasta que se celebre una vista formal por falta de ética profesional.

—Con vistas a su inhabilitación a largo plazo —añadió Charles—. Eso debería darle que pensar.

—Yo no lo entiendo —suspiró Daisy—. Si ustedes son los que tienen la sartén por el mango, ¿por qué herirlo cuando pueden matarlo?

—No me tientes. Me encantaría ir por él —admitió Samantha—, pero si Charles está en lo cierto y no conseguimos demostrar su intención, podríamos perder el tiempo para nada. Creo que una advertencia será suficiente para que retroceda, porque no querrá arriesgarse a ser inhabilitado por persistir en su actitud. Debemos perseguir otra presa. Maddie, creo que tienes unas cuantas horas de diplomacia por delante para acicalar las plumas de nuestros despeinados demandantes y animar a los que han abandonado a reconsiderar su postura.

Tyler levantó la cabeza de una página que había estado consultando.

—¿Cuál es la implicación legal de retirarles el seguro médico? ¿Pueden hacerlo?

David Cohen era especialista en esas lides y lo negó sacudiendo la cabeza con vehemencia.

—Estoy prácticamente seguro de que no pueden renunciar a su responsabilidad de pagar las facturas —señaló—. Lo que diga exactamente el paquete de compensación de los trabajadores en el contrato de trabajo lo aclarará, pero si está dentro de la media, Stormtree no puede desentenderse. Sin embargo, lo que sabe el despacho de Gordon es que posiblemente podrían retirarles la cobertura en un futuro inmediato y hacer que las víctimas tuvieran que recurrir para que volvieran a otorgársela.

—Eso es una pérdida de tiempo para las personas enfermas —añadió Charles— y los deja abandonados a su suerte mientras tanto, sin saber cómo pagar los cuidados médicos. Es una cuestión de estrategia.

Empezaron a parlotear, pero Samantha levantó la mano.

—Tengo buenas noticias, al menos un soplo de aire fresco —dijo sonriendo—. El viernes hablé con el toxicólogo y ya casi ha terminado el informe preliminar de los partes de enfermedades graves. Está preparado para la siguiente fase, pero ya ha determinado dos puntos clave. El primero es que, en su opinión y en relación con los partes médicos de la base de datos, no cabe prácticamente la menor duda de que hay algo en las salas estancas que hace enfermar a la gente o que la va matando lentamente a lo largo de los años.

Samantha consultó sus notas mientras sonaba una ovación por parte de Tyler, Charlotte y Yamuna.

—¿Saben que en este momento estamos consiguiendo esa información? —le preguntó Maddie a Samantha en voz baja—. ¿Por eso Stormtree está intentando defender su territorio de otra forma?

Samantha miró a Maddie y arqueó las cejas.

—Deberíamos planteárnoslo, ¿te refieres a si puede haber fugas de información? ¿Por nuestra parte o por la suya? Es interesante y quizá valga la pena averiguarlo. Pero es igual de probable que sepan lo que podremos deducir de sus partes, simplemente porque saben que ahora tenemos acceso a ellos.

Varias personas pusieron cara de ligero desconcierto y hasta a Maddie se le pasó por la cabeza la idea de que Jacinta tuviera algo que ver en aquel asunto. Pero llegó a la conclusión de que, probablemente, estaba siendo injusta y de que era muy posible que Samantha tuviera razón al opinar que la gente de Stormtree solo estaba nerviosa por lo que Harden Hammond Cohen pudiera encontrar en la base de datos.

—Pero la segunda conclusión a la que ha llegado —continuó Samantha— me hace pensar que Stormtree es más que culpable. Si no se equivoca, cree poder demostrar que el efecto acumulativo de la inhalación de pequeñas cantidades de sustancias cancerígenas durante largos periodos de tiempo tiene el mismo efecto que una ingestión masiva en un periodo de tiempo mucho menor. Simplemente el individuo se envenena más lentamente y los síntomas pueden no resultar tan obvios.

—¿Por eso en los partes médicos que examinamos anteriormente no dice nada de síntomas de envenenamiento? —inquirió Charlotte.

—Sí —respondió Samantha—. Enfermas, pero tarda más en notarse. La hipótesis de nuestro experto es que, aunque las toxinas del aire en las salas blancas rondan los niveles legales permitidos en la industria, no dejan de ser niveles considerablemente más altos que los permitidos por las normas de salud y seguridad habituales.

—¿Quiere decir que cree que nadie ha tenido en cuenta el efecto acumulativo? —preguntó David.

Samantha asintió.

Todos se quedaron con los ojos como platos. Si aquello se podía demostrar, sería el gran avance que habían estado esperando.

Charles volvió sobre la idea anterior de Maddie:

—Por supuesto, Stormtree dispone de la misma información que nosotros, así que sería normal pensar que es por eso por lo que intentan influir en los clientes. Están viendo que se avecina un problema en potencia y pretenden evitarlo.

—Aun así —replicó Maddie—, creo que podría formar parte de su estrategia general. Pierce Gray es lo suficientemente inteligente como para intentar llegar a un acuerdo barato si cree que su empresa podría ser descubierta haciendo algo indebido. Esa táctica ya ha conseguido reducir el número de denunciantes, pero también ha de responder ante sus accionistas y no les gustaría nada la mala reputación que implicaría el hecho de que se demostrara que la empresa en la que invierten está matando a niños. Ese es un argumento que sin duda saldrá a colación en los tribunales y, por mucho que adoren sus dividendos, no querrán arriesgar su reputación.

—Cierto —opinó Charles.

—Aún hay más —dijo Samantha, sonriendo con ironía—. Los que tengan escrúpulos, que se tapen los oídos. El toxicólogo advierte que es posible que tuviera que matar a un montón de ratas de laboratorio para demostrar su teoría, pero que, como mucho, le llevaría seis o siete meses completar los estudios controlados que se presentarían en los tribunales. Hemos ejercido presión para que adelantaran la fecha del juicio, así que ahora no podemos dar marcha atrás. Eso significa que vamos a tener que apoyar financieramente dichas pruebas.

—Así que nada de pastel estas navidades —le dijo Charles, aunque sus palabras eran más de apoyo que de queja.

—Si ganamos —respondió Samantha—, prometo que todos se beneficiarán. Charles, tenemos que escribir una carta. Gracias a todos.

Se produjo un revuelo generalizado alrededor de la mesa mientras Charles y Samantha abandonaban la sala y Tyler demostró al instante su entusiasmo con gran efusividad.

—¡Los tenemos! —dijo casi a gritos.

Pero aunque todos eran bastante optimistas, Yamuna preguntó:

—¿Y si perdemos? El bufete podría quebrar.

Marni van Roon estaba sentada en silencio en la mesa a la izquierda de David Cohen, sin manifestarse de forma audible y sin involucrarse. Sin embargo, en ese momento comentó:

—Sí. Igualmente tendrías que pagar a doce personas.

Aquello les agúo un poco la fiesta y todos se dispersaron para ocupar sus puestos de trabajo, conscientes de que aún les quedaba un largo camino para llegar a la meta en primera posición.

Maddie estaba absorta en sus pensamientos sobre si era posible que Stormtree tuviera conocimiento de los descubrimientos iniciales del toxicólogo, pero cuando abrió la puerta de la oficina el corazón le dio un vuelco. Sobre la mesa, envuelta en un sencillo papel de celofán y en el mismo tiesto inconfundible de cerámica en el que la había visto por primera vez, estaba la orquídea blanca de Christopher. Había recuperado por completo el vigor y medía al menos un metro de alto. Tenía abiertas varias de sus delicadas flores, pero había una docena más en cada una de las ramas que aún tenían forma de orondos capullos. Había una pequeña tarjeta que Maddie encontró dentro del envoltorio, que rezaba:

Paloma. Te prometí que lograría que se recuperase y ahí la tienes para darte la bienvenida a casa.
Besos,

Jimena

Maddie se desplomó sobre la silla y se quedó mirando las exquisitas flores de color crema que tenía delante sin saber si llorar o cantar. La orquídea había aparecido de la misma forma su primer día de trabajo y tenía casi el mismo buen aspecto que cuando había cerrado la puerta para dejarla allí dentro durante la semana que se había cogido libre en enero, para atender a Chris durante las vacaciones. Entre la niebla y la orquídea, aquella mañana le recordó a *El día de la marmota*. Era como si hubiera estado viviendo una vida inconsciente y algo la hubiera hecho emerger a la superficie con un aliento de esperanza, pero de pronto alguien o algo parecía haber hecho retroceder el reloj al momento en que todo era perfecto, prometedor y carente de dolor. Ella era la jovencita que se preparaba en silencio para la tan ansiada visión del hombre que amaba. Durante meses, el reloj se había detenido mientras su vida se quedaba en suspenso y ahora se había vuelto a poner en marcha y, aunque no podía olvidarse de las dramáticas situaciones vividas, parecía que, poco a poco, empezaba a avanzar de nuevo.

Había salido por aquella puerta para coger un vuelo a Borgo Santo Pietro y a su regreso se había topado con la orquídea de Christopher recuperada. Maddie se pellizcó porque, aunque era la criatura más racional del mundo, como ella misma afirmaba, había sucedido algo inesperado. Pensó en Jano, el dios de las entradas y las salidas, del pasado y del futuro, y se preguntó cómo era posible que aquello hubiera aparecido en su mesa justo en aquel momento si Jimena seguramente no conocía la fecha de su regreso.

Se quedó observando la orquídea durante largo rato hasta perder la noción del tiempo. Era como si intentara grabar en la memoria su belleza con toda claridad. Luego tomó una decisión. Cogió a Paloma con cariño y la llevó a recepción, donde la puso con cuidado al lado de Teresa.

Esta observó la orquídea con los ojos castaños como platos y le sonrió, sin tener muy claro qué estaba haciendo.

—Es la más bonita que he visto jamás, Maddie. Debe de haber treinta capullos a punto de abrirse.

Maddie sabía que a Teresa se le había roto el corazón por la responsabilidad que había tenido en el hecho de «matar» a la orquídea hacía unos meses. Lo había considerado algo casi supersticioso y apenas había sido capaz de mirar a Maddie a los ojos durante una temporada.

—Es la misma orquídea que creímos haber perdido, Teresa —le dijo—. Alguien le ha vuelto a insuflar amor en mi lugar y por ahora creo que quiere quedarse a tu lado, en un sitio donde todo el mundo pueda disfrutar de ella —dijo Maddie.

A Teresa se le llenaron los ojos de lágrimas y salió de detrás del mostrador para abrazar a Maddie.

—Gracias —fue todo lo que pudo decir durante unos instantes—. Quedará preciosa aquí hasta que quieras llevártela a casa —añadió a continuación—. Mientras tanto, prometo cuidarla como es debido.

Maddie sonrió y la abrazó.

—Por curiosidad —inquirió—, ¿cuándo la han traído?

—Ha llegado de Las Floritas esta mañana, justo diez minutos después de que entraras a la reunión. El hombre que la trajo dijo que se llamaba Enrique y que te diera saludos de su parte. Me contó en español que su hermana sabía que habías vuelto y que había insistido en que te trajera la orquídea a primera hora de la mañana, antes de hacer cualquier otra entrega. No le quedaba de camino, así que le ofrecí una propina de cinco dólares, pero no quiso aceptarla.

Maddie asintió y dio media vuelta para volver a su despacho, pero entonces se giró para añadir unas palabras más:

—Se llama Paloma, por cierto, porque tiene un color parecido al de las tórtolas.

—Y la paloma es el pájaro de Maria Maddalena —le explicó Teresa.

—No lo sabía —respondió Maddie con voz queda.

Habían llegado muy temprano a la oficina, así que Maddie consideró que podía irse a pesar de que la jornada laboral aún no había acabado oficialmente. Había llamado a Marilú, a Neva y al resto de denunciantes que había visitado para decirles que no tuvieran miedo por lo del seguro médico y Samantha y Charles habían terminado la carta para el despacho de Gordon Hugo. Samantha necesitaba un poco de aire fresco y se había ido a visitar a su hermana, no sin antes decirle a Maddie que podía irse a casa a acabar de deshacer las maletas, si quería.

Como sumida en un extraño sueño, sus pasos la condujeron hasta Market Street, con más sol que niebla en la cabeza. Sabía exactamente adónde se dirigía. Cuando dejó atrás Montgomery para ir hacia Third Street, le entró el ansia por llegar a aquel pequeño santuario de la ciudad que siempre le subía la moral, hasta cuando se sentía realmente agobiada. Ese día se encontraba de un humor poco habitual y quería respirar el aroma de las lilas y los lirios de Jimena.

Al ver a la propietaria delante de la puerta principal de su jardín de las delicias, la saludó con la mano y le sonrió. Esta le correspondió de inmediato, pero cuando Maddie estaba a un metro del umbral de la puerta Jimena le dio la vuelta al cartel de «abierto», que pasó a poner «cerrado», y bajó la persiana. Maddie se quedó de una pieza hasta que la puerta se abrió de repente de golpe y Jimena la agarró de la mano para meterla dentro de la tienda y cerrar la puerta con firmeza de nuevo tras ella. Entonces, le dio un enorme abrazo a Maddie.

—Cierro ahora para aprovechar que estás aquí. Puedes contarme todas las noticias. —Sujetando a su clienta a un brazo de distancia, Jimena le sonrió—. Pareces toda nueva. Algo ha pasado en Italia.

Maddie no estaba preparada para una conversación sobre las contradicciones que estaba experimentando en cuanto a los finales y los posibles comienzos. Todavía sentía con muchísima fuerza la pérdida de Christopher, aunque admitía para sus adentros que no ignoraba en absoluto su atracción creciente hacia Søren. Pero era como si a Jimena la hubieran bendecido con los poderes de la observación y la empatía.

Maddie le sonrió.

—Sí, tenía un gran peso encima e Italia, la gente que conocí allí y el propio sitio han empezado a hacerme remontar de nuevo. Dicen que el arcángel Miguel se apareció hace cientos de años en el valle donde me alojaba y que llevan siglos produciéndose milagros. No sé si creo en eso, Jimena, pero lo de Paloma sí que es un milagro. ¿Cómo sabías que había vuelto? No puedes imaginar lo que supuso para mí llegar hoy y encontrarme con esa hermosa orquídea. Muchísimas gracias por haberla salvado.

—¡Milagros no! Bueno, puede que uno pequeñito —respondió—. Necesitas creer. Recuerdas que conté que la había puesto con plantas simpáticas que ayudar a recuperarse. No sé por qué, pero he comprobado que si junto plantas adecuadas y digo una oración, parece que ellas se ponen contentas y crecen mucho mejor.

A Maddie le vino a la cabeza un lejano recuerdo de su padre hablando de la «alelopatía». ¿Sería magia o ciencia? Echó un vistazo a la tienda y se preguntó si eso existiría también para las personas. Pensó que Jeanette lo llamaría «efecto Borgo»: allí todo era tan maravilloso y rebosaba tanta vida como si hubieran hecho algún trabajo de alquimia entre las personas y el lugar.

—Jimena, quiero enviarle unas flores a los amigos con los que me he quedado en Italia. Sé que no pueden ser de tu tienda, pero ¿sabes cómo encontrar al distribuidor adecuado en el lugar de destino?

—No sé cuál es mejor o qué hay disponible, señorita Maddie, pero haré unas llamadas y podría contactar con algunos amigos por internet para ver qué puedo descubrir. ¿Cuánto quieres gastar?

—Eso no me preocupa, Jimena. ¡En cierto modo, me han salvado la vida! Invierte lo que sea necesario para encontrar algo especial para ellos —dijo Maddie—. Jeanette adora las flores. Me pregunto si podrías encontrar algo característico del jardín de un unicornio —dijo Maddie con cierta timidez y casi como si se le hubiera ocurrido en el último momento.

—*Seguro**, claro —respondió Jimena—. Quieres decir flores muy naturales. No sé si encontraré flores de granado en esta época del año, que sería tradicional, pero tal vez unos lirios,

---

* En español en el original. *[N. de la T.]*

que representan a la Virgen y a la ciudad de Florencia, creo. Encontraré algo mágico para tu gente —aseguró Jimena con entusiasmo.

Maddie se quedó estupefacta por la sugerencia de Jimena. La palabra «tradicional» asociada a las flores de un unicornio no era en absoluto lo que esperaba oír. Sonriendo, sin embargo, abrió la cartera para sacar las tarjetas de crédito.

Jimena extendió la mano para detenerla.

—No te preocupes, ya te diré cuánto es la próxima vez que vuelvas. Lo haré esta noche desde casa, las flores deberían estar allí el miércoles.

—¿Y lo de la orquídea? —preguntó Maddie—. Tienes que dejar que te pague algo, le has dedicado mucho tiempo.

—*Nada* —dijo Jimena sacudiendo la cabeza negativamente—. Fue para ayudarte a curar el corazón. Ha sido un *regalo*, un presente mío y de tu Chris, al que sé que nunca olvidarás, ni siquiera cuando llegue el momento de pensar en otras cosas. Coge lo mejor de todo lo que has tenido la suerte de tener, pero has de estar dispuesta para olvidar el dolor de una vez y dejarlo marchar.

Maddie asintió, pensativa, y luego le hizo una pregunta.

—¿Cómo sabías que volvía hoy?

—Maddie —respondió Jimena—, tienes un miedo de que pase algo malo si lo deseas mucho. *Querida,* has de tener fe y fuerza para intentar conseguir lo que querer. La esperanza es lo más importante de todo cuando te han roto el corazón. Y tú no fuiste rechazada, Maddie, te amaban de verdad. Chris estaría aquí si el amor por sí mismo fuera suficiente. Pero no puedes esperar a que algo ocurra a ti en la vida. Tienes que ser capaz de salir ahí fuera y hacer que algo pasar.

Aquello era demasiado para Maddie aquel día y desvió de nuevo el tema hacia su propia pregunta.

—Venga, Jimena, dímelo, por favor. Estoy empezando a creer que eres una mujer con un sexto sentido —dijo, intentando reírse mientras Jimena la empujaba suavemente fuera de la tienda.

—Soy una mujer con un sexto sentido, señorita Maddie —contestó entre risas—. Por supuesto que lo soy. Pero en este caso no hay demasiado misterio: me lo dijo el señor Gray.

33

San Galgano (la Toscana), 24 de febrero de 1348

Dos elegantes caballos españoles, casi negros, eligieron seguir su camino por la helada ruta de la carretera de los peregrinos que serpenteaba hacia la abadía de San Galgano. Enjaezado detrás de ellos iba el pequeño carruaje que transportaba el cuerpo de Ranuccio Allegretti, obispo de Volterra.

Aunque la suave nevada caída durante la noche había dificultado el tránsito a pie por la zona, un entregado cortejo de dolientes caminaba tras el carro fúnebre mientras el sol descendía. Jacquetta y Gennaro abrían la marcha, Porphyrius acompañaba a Agnesca y a Mia tan solo unos pasos por detrás y Cesaré y dos de los miembros del servicio del obispo completaban el grupo que iba a pie tras ellos. El resto de los criados estaban en cuarentena en las habitaciones de los establos y el pequeño Luccio también se había quedado en la villa, al cuidado de Alba.

La reducida compañía avanzaba en silencio absoluto. Mia apenas había pronunciado una palabra en los tres días que hacía que había fallecido el obispo. Se sentía incapaz de levantar la cabeza del suelo. Podría haber puesto como disculpa que tenía que fijarse en dónde ponía los zuecos con lo que resbalaba el camino, pero, a decir verdad, era más un signo de desesperación. Había estado a punto de encontrar su verdadero yo, como si desvelar el pasado pudiera transformar el futuro. Ahora, sentía el horror de saber, pánico de conocer más sobre cómo era posible que fuera la hija del hombre que era el enemigo de su familia, «el tirano de Volterra», como le llamaban muchos. A Mia se le ponía la piel de gallina solo de pensar que estaba físicamente relacionada con tal hombre y el hecho de que así fuera había desencadenado una serie de terribles posibilidades, como por qué su madre había sido asesinada por un miembro de la guardia de la ciudad. Todo cuanto parecía esperanzador había sido borrado y era probable que se negaran a darle explicaciones completas. Había esperado años para entrevistarse con el hombre que era su tutor, un padre para ella en todos los sentidos, salvo en el físico. Ahora la oportunidad había llegado demasiado tarde y nunca llegaría a conocerle.

Mientras seguían el trazado en curva de la carretera, Mia pensaba con tristeza que había perdido sus unicornios. Ahora ya no llegaría a verlos entre los bosques de su casa y la abadía. Sabía que los unicornios solo se aparecían a las personas dignas, a las virtuosas, o tal vez a alguien elegido. Pero ahora ella nunca podría ser esa persona y la sensación de ser capaz de soportar lo que se le viniera encima se había empañado, su fuerza había disminuido. Estaba claro por qué le habían puesto el nombre de Magdalena, como la pecadora. Su objetivo tendría que ser toda una vida de obediencia y piedad, un sentido del deber hacia los demás debería dominar sus pensamientos durante el resto de sus días. Su estado de ánimo acabaría mejorando, no le cabía duda, y tendría momentos de regocijo personal, pero la verdad de quién y qué era ya nunca podría deshacerse. Por muy buen corazón que pudieran tener los demás, ella debería luchar por vivir con esa parte ajena a sí misma y con el conocimiento de que era hija ilegítima de Ottaviano Belforte.

Aquellos pensamientos la agobiaban hasta tal punto que no se dio cuenta de que todos habían dejado de caminar. Los caballos que iban delante habían reducido la marcha y de pronto se dio cuenta de que la gente cuchicheaba. Se preguntó si uno de los caballos habría perdido una herradura o si una rueda se habría quedado atascada en un montículo de nieve.

—¡Mira, Mia!

Era la voz de *la raggia*. Se había acercado a ella y la agarraba del brazo mientras señalaba hacia arriba para que Mia mirase en aquella dirección.

Esta levantó lentamente la cabeza. Al principio, solo vio la luz. Eran las tres y poco de la tarde y en un día de invierno como aquel pronto empezaría a oscurecer. Aun así, Mia se percató de que a su alrededor el mundo parecía muy brillante y de que una luz rosada se reflejaba en la nieve mientras observaba entre los árboles la abadía que se alzaba ante ella. Miró la cara de Agnesca, que parecía como si estuviera ruborizada, y siguió el dedo con el que señalaba hacia atrás sobre el hombro, hacia la villa, de donde venían. Mia se dio media vuelta y vio que el sol se había transformado en una brillante esfera de color naranja blanquecino, mientras descendía hacia el horizonte. Pero la imagen que acaparaba todas las miradas era lo que había a ambos lados de este. A derecha y a izquierda, a la misma altura que el sol, había otros dos soles, ambos más intensos, radiantes y maravillosos que dicho astro. Los tres aparecieron detrás de la delgada nube malva suspendida entre la tierra y el cielo y un gran halo visible por todos con absoluta claridad dibujó un arco desde una de las esferas naranjas situada a un lado hasta la otra, creando un hermoso anillo alrededor de la brillante órbita central. Mia se preguntaba, maravillada, cuál sería el verdadero sol.

—Aristóteles habla de dos soles simulados que salen con el verdadero astro rey y que lo acompañan durante todo el día hasta que este se pone —comentó Gennaro con un tono de voz que se hacía eco de la incredulidad de Mia. Al igual que los demás, se había quedado petrificado donde estaba, incapaz de desviar la vista de la aparición.

—Aseguran que se trata de un mal presagio, pero también indica que el tiempo va a cambiar, que se avecina una tormenta —dijo uno de los hombres del obispo con un tono de voz que delataba su preocupación.

—Pues yo creo —dijo Agnesca en voz más baja, dirigiéndose a Mia— que es una señal de que la Santísima Trinidad protege al obispo y de que el pasado, el presente y el futuro son uno solo. —Apretó el brazo de su amiga—. Es una buena señal, Mia. Una etapa finaliza, pero a la vez allana el camino para que comience otra radiante.

Mia le sonrió a Agnesca. No le había comentado nada sobre sus dudas, su autotortura y su dolor y, aun así, Agnesca siempre demostraba una extraordinaria empatía hacia Mia y sabía lo que le preocupaba. Le apretó el brazo y se volvió de nuevo para mirar los tres brillantes soles, mientras se cubría los ojos con la mano para protegerse del resplandor. Se veían realmente hermosos, allí, custodiando la entrada de valle Serena, y se sintió afortunada por poder verlos. Pero para Mia, lo más extraño era que, de todos los días que había en el año, aquello hubiera sucedido precisamente aquel. Era el 24 de febrero del año 1348, un día que iban a vivir dos veces. El día siguiente era bisiesto, es decir, que la fecha sería la misma, y allí estaban aquellos tres soles observando la última presencia sobre la tierra de aquel hombre de iglesia. Mia tenía la sensación de que se encontraban en un momento atemporal, en un lugar que no dependía ni del calendario ni de las medidas físicas del mundo, y aunque no entendía demasiado la señal, tenía fe absoluta en que se trataba de algo muy importante.

—Para ti es Jano, *la raggia* —susurró—. Esta aparición es el señor de los cielos que mira hacia abajo y hacia el frente, el guardián de los principios y los finales.

Agnesca asintió y añadió:

—Me pregunto si su esposa aparecerá en el cielo nocturno.

Luego el grupo lentamente se puso de nuevo en marcha, siguiendo a los caballos, en dirección a la abadía.

El cuerpo de Ranuccio de Volterra fue sepultado con gran solemnidad a las tres y media del 24 de febrero en la abadía de San Galgano. Allí, al final de una vida marcada por el exilio y el tumulto político, estaba el núcleo de la paz, donde había deseado estar. La sencilla elegancia del edificio hizo de elocuente telón de fondo a los sobrios asistentes al funeral. Aunque ninguno de los residentes de villa Santo Pietro la habían visto jamás en la iglesia, Agnese Toscano se unió a sus amigos por respeto hacia un hombre al que apenas conocía, pero que significaba tanto para aquellos a los que sí. Estaban todos reunidos con los *conversi* barbados en el coro de los hermanos laicos, en la nave. Segregados en su propia sillería, los monjes del coro cantaron un réquiem completo y el *Nunc dimittis* para liberar a Ranuccio de los lazos que lo habían atado a este mundo. Durante los ritos funerarios, la inquietante luz de los tres soles ponientes iluminaba el rosetón del extremo oeste de la iglesia y proyectaba largas sombras en la nave. A Mia, aunque tenía el corazón roto, la conmovieron la melódica belleza del cántico y la etérea luz. Tenía la certeza de que el arcángel San Miguel les había anunciado su presencia y estaba observando, preparado para llevarse el alma del obispo a los cielos.

Una hora después, el trío de soles se fue apagando en un horizonte de color rojo sangre.

Jacquetta, junto con Mia y Gennaro, se sentó delante del hogar de la hospedería para esperar a que el abad Angelo se reuniera con ellos, como había prometido. Este había estado presente en parte de los oficios funerarios, pero se había marchado durante el *Pie Jesu Domine*, algo que a Jacquetta le había parecido insólito. Ranuccio era benefactor de la abadía y amigo del abad y le preocupaba el hecho de que se hubiera ausentado durante el servicio de duelo.

Agnesca y Porphyrius llevaban sentados un buen rato al lado de la ventana. Deseaban presentar sus respetos al abad, pero estaban igualmente ansiosos por regresar al lado de Luccio. Finalmente, acabaron excusándose antes sus amigos. Porphyrius ayudó a su mujer a ponerse la capa mientras se alejaban de la hospedería para recorrer el camino de vuelta a casa antes de que ya no hubiera luz, pero al llegar a la puerta donde estaba el portero, oyeron que una sola campana repicaba con premura en el *campanile*. Aquel sonido precedió al de unos pasos apresurados procedentes del lugar del que acababan de salir. Ambos se miraron para consultarse y, sin mediar palabra, dieron media vuelta y corrieron de nuevo hacia la hospedería, que separaba a todos los visitantes de los que estaban consagrados a la vida en la abadía.

Agnesca retiró el cerrojo con delicadeza y empujó la puerta a tiempo para oír al prior hablando con Jacquetta. Un testigo foráneo tal vez no encontrase aquellas noticias demasiado alarmantes: el abad no se encontraba bien, se sentía indispuesto con fiebre, se había mareado y había tenido que meterse en la cama. Había pedido respetuosamente que sus invitados lo dejaran descansar uno o dos días sin ofenderse. En invierno tales achaques eran comunes, pero les pedía disculpas por la descortés inoportunidad.

Los integrantes del grupo de villa Santo Pietro, sin embargo, se miraron los unos a los otros con mayor preocupación que el prior.

—Sé que va más allá de todas las normas de vuestra abadía, prior Lodovico —contestó Jacquetta cortésmente—, que las mujeres entren en vuestros claustros o dormitorios, o que se queden a pasar la noche salvo que corran verdadero peligro, pero el abad Angelo podría padecer la enfermedad que ha matado al obispo Ranuccio y si vos tuvieseis a bien comportaros de forma inteligente y flexible, creo que sería de interés para todos los hermanos que a la *signora* Toscano o a mí se nos permitiera ver al abad para evaluar su estado.

El prior estaba escandalizado. Tenían sus propios cirujanos. Había reglas estrictas que prohibían el movimiento de mujeres dentro del monasterio y todavía recordaba los tiempos en los que a las mujeres no se les permitía entrar en la iglesia de la abadía ni siquiera para la oración y mucho menos para comulgar. El abad Angelo había aceptado el cambio y había hecho una excepción con Jacquetta y otras mujeres nobles que vivían cerca de las propiedades de la abadía y solía permitir que estas accedieran a la iglesia. Existía una línea, sin embargo, que no debía ser cruzada. El prior Lodovico expresó dichas opiniones a Jacquetta dirigiéndose también a Gennaro, como si el hecho de apelar a su sentido común pudiera proporcionarle la victoria. A Jacquetta, sin embargo, no consiguió disuadirla. Alegó educadamente que sería lo mejor para el abad, que aseguraría, de hecho, la salud de todos y cada uno de los monjes y hermanos laicos si ella estaba en lo cierto y el abad había contraído la peste de los puertos. Le recordó al prior la reunión que habían tenido hacía unos meses para conversar sobre dicha enfermedad, en la que habían concordado que era necesario tomar medidas excepcionales para luchar contra dicho mal. Al final la opinión de la dama prevaleció y, mientras el resto de los dolientes regresaban a villa Santo Pietro, a ella y Agnesca las guiaron hasta la casa del abad.

Así fue como, en la víspera del día bisiesto y el mismo día de los tres soles de sangre, la abadía fue testigo de la visita de dos mujeres que sobrepasaron los límites establecidos para acudir a los aposentos privados del abad.

Nadie tenía la certeza de cómo o por qué el abad había contraído la enfermedad. Agnesca tenía la teoría de que debía de haberse contagiado al visitar al obispo moribundo o a alguno de los criados enfermos, tal vez por medio del pan, pero, de ser así, se preguntaba por qué no les había afectado a todos de la misma forma.

El testimonio de uno de los monjes galenos, fray Melani, le pareció muy interesante. Les relató la singularidad de que justo el día anterior le había dado al abad un ungüento para una picadura de insecto particularmente inflamada de cuyo picor se había quejado mucho. Como no era pleno verano, época en que los terrenos pantanosos que había debajo de la abadía les daban problemas con los mosquitos, el abad creía que le había picado algo al abrir un paquete de preciosos ropajes que el obispo Ranuccio había dejado a su cuidado la noche de su muerte. Se trataba de sedas obtenidas en Pisa y destinadas a formar parte de la dote de Maria Maddalena y de su traje nupcial, así como de las de tres muchachas más elegidas entre las más pobres de Chiusdino y Monticiano. Los nobles y el clero solían actuar como benefactores, con el fin de que las jóvenes sin dinero pudieran casarse. Ranuccio, demasiado enfermo para cumplir su papel, le había dejado al abad la responsabilidad de encontrar unas beneficiarias dignas. Lo que le sorprendía a fray Melani era que había aplicado el ungüento cerca de la zona en la que le acababan de salir unas pústulas al abad, en el codo.

Eran pocos los consejos que Jacquetta y Agnesca podían darles a los hermanos sobre la limpieza en el monasterio: sus habitaciones estaban casi tan rigurosamente limpias como las de villa Santo Pietro; pero las dos mujeres hicieron todo lo posible para tratar la fiebre del abad, fortalecer su corazón con el tónico y cubrir los bubones como habían hecho con éxito con Gennaro y sin él con el obispo Ranuccio. Contra todo pronóstico, también consiguieron convencer al prior y a fray Melani para que pusieran en cuarentena la casa del abad.

Durante el transcurso de una semana, compartieron la tarea de cuidarlo con los dos monjes galenos, que no se movían de allí, mientras ellas iban y venían a la posada a dormir —para satisfacer el decoro— y para permitir que Agnesca alimentase a Luccio por la mañana y por la noche. Finalmente, el abad empezó a mostrar signos de una lenta recuperación. Sus fuerzas estaban completamente mermadas, así que durante la segunda semana Agnesca dejó atónitos a los hermanos exigiéndoles que pasaran por alto el cumplimiento de la Cuaresma, en la que acababan de entrar, para que el abad Angelo se repusiera. Insistió en que necesitaría algo más que caldo de verduras para recuperarse del agotamiento que había observado igualmente en Gennaro y, aunque el prior y el bodeguero se escandalizaron, finalmente accedieron.

Dos semanas después del día de los tres soles, consideraron que el abad estaba fuera de peligro. Las cuatro campanas repicaron agradecidas desde el *campanile* y Agnesca dejó la abadía para regresar con su marido y su hijo a la villa.

San Galgano (la Toscana), abril de 1348

La última semana de marzo había sido templada y se había cumplido el antiguo dicho popular de que si la primera parte del mes era dulce como un cordero, el final sería como un león, y viceversa.

Gennaro los había privado de su alegría innata y había partido hacia Volterra a principios de mes, dado que tenía asuntos familiares que atender tras la muerte de su tío. Sin embargo, no tenían tiempo para echarlo de menos, pues los peregrinos llegaban en gran número para alojarse en la villa en vísperas de Semana Santa. Los caminantes se lanzaban a los caminos a pesar de la aterradora enfermedad que, según decían, estaba asolando las ciudades costeras del norte al sur de Italia y que ya había llegado a Marsella. Comerciantes y ciudadanos de a pie caían víctimas de una espantosa dolencia: una enfermedad que había tomado por asalto las puertas de las orgullosas ciudades de Lucca y Bolonia y que los mercaderes habían llevado en sus carros a Módena y Pistoia. En los caminos se rumoreaba que en Venecia había irrumpido una peste tan morbosa que las madres abandonaban a sus hijos y las mujeres a sus maridos, que los muertos se apilaban en las cunetas y que la enfermedad se contagiaba por el aliento y la vista. Pero ¿qué podían hacer los viajeros si ya estaban en la carretera?

Jacquetta y su familia extremaron las precauciones. Ponían en cuarentena a los huéspedes en las habitaciones de los establos y pusieron en funcionamiento dos nuevos cuartos que normalmente usaban los sirvientes, ya que estos habían sido trasladados al ático de la villa, al lado de Mia. Preparaban el baño para cada nuevo huésped e insistían en que usaran para lavarse los jabones con base de sosa, que eran los más fuertes. Cambiaban las sábanas y añadían hisopo a las virutas de cedro del suelo, como si estuvieran esperando que todos los nobles de Europa llamaran a su puerta.

El día anterior al Jueves Santo, que aquel año tenía lugar tarde, la mañana llegó como si se hallaran en plena primavera. Todos los árboles estaban rebosantes de capullos y, en un gesto sin precedentes, el abad Angelo envió a uno de los hermanos laicos a casa de Jacquetta para solicitar la compañía de la dama, de Maria Maddalena, de Porphyrius Toscano y de la señora Agnese, su esposa, acusada de hereje, en la hospedería de la abadía al día siguiente para comer con él y celebrar el fin de la Cuaresma. Puede que solo Jacquetta comprendiera lo que aquella invitación implicaba: se trataba de un gesto de tolerancia absoluta y de amabilidad por parte de un hombre que sabía que en parte le debía la vida a la muchacha que habían acusado en Volterra.

Llegaron el Jueves Santo, justo después de mediodía. Las campanas de la abadía tañían por todo el valle Serena para anunciar el final del oficio de sextas y llamar a los hermanos al refectorio. Los arcos de la entrada y la puerta de la casa de visitas estaban coronados de capullos blancos procedentes de los perales y los albaricoqueros.

—La espléndida tumba del emperador Adriano a orillas del Tíber —les dijo el abad Angelo mientras les daba la bienvenida a través de dicha puerta— fue objeto de un milagro hace 800 años. Con una multitud como testigo en Roma, el arcángel Miguel se apareció danzando en ruedas de luz y llamas sobre el tejado del mausoleo. Vieron cómo enfundaba la espada y bendecía Roma, acabando con la terrible peste de Justiniano, que había matado casi a la mitad de la población. Ese día le cambiaron el nombre al edificio, que pasó a llamarse Castel Sant' Angelo.

El abad detuvo al hermano laico que esperaba en un extremo de la estancia y llevó el vino él mismo a la mesa del refectorio. Les hizo un gesto a los invitados para que se sentaran delante del enorme fuego, que daba demasiado calor para el día que hacía, y mientras Mia tomaba el cáliz levantó los ojos para mirar al abad Angelo, de pie ante ella. Pensó que tenía aspecto cansado pero que, indudablemente, estaba vivo y que su sonrisa delataba sentido del humor.

—Parece que yo he sido igualmente honrado —continuó en un tono que intrigó a Mia— con la visita de tres soles y la aparición de dos santos locales para asegurar mi recuperación. —Levantó un sencillo cáliz de vino de la bandeja y se lo pasó con sus propias manos a Agnesca—. Bienvenida y gracias —dijo a continuación.

Lo que aquello implicaba no pasó desapercibido para Agnesca.

Mia se sonrió mientras llevaban el primer plato a la mesa. Lo que los *conversi* habían llamado «un plato de fiesta» era una

445

simple gallina hervida sin especias ni salsa, con jalea de nísperos
como único aderezo y acompañada simplemente por unos cuantos tubérculos. Aquello le recordó mucho lo que le contaba
su tía de que en el refectorio cisterciense se servían los platos
sin ningún tipo de aderezo. Mia pensó maravillada en la gran
cantidad de tierras que poseían, en la viña del abad, que producía el vino que estaban bebiendo en aquellos momentos, en los
campos que cultivaban y en los molinos de hierro y agua que
les proporcionaban prosperidad procedente del mundo exterior.
Los caballos de los monjes eran muy apreciados y se los vendían a nobles y señores de todo el país, y su ganado, los hermosos bueyes de Chianina que se criaban allí, en las colinas de
los alrededores de Siena, era famoso más allá de la península
itálica. Aun así, parecía que los hermanos preferían vivir con
austeridad. Mucho después, Mia recordaría el relativo esplendor de la mesa de su tía, la comida preparada por Loredana y
Alba, deliciosa en comparación con la de un terrateniente como
era el abad de San Galgano. Pero esas eran las costumbres de
los cistercienses y demostraban que no estaban carentes de generosidad.

Mientras los hermanos laicos empezaban a retirar los platos de la gallina de la mesa de caballetes, la puerta se abrió de
nuevo y Mia sonrió involuntariamente al ver aparecer un rostro
enormemente apreciado.

—Le pido disculpas, ilustrísima. Hace tan buen tiempo
que creí que el viaje desde Volterra sería fácil.

Vestido con las ropas más refinadas que Mia le había visto puestas jamás, Gennaro se acercó al abad e inclinó la cabeza;
luego se volvió hacia Jacquetta para excusarse por haberles
interrumpido cuando ya había empezado la comida. Besó a
Agnesca y a Mia discretamente y le llevaron agua para asearse.
Ocupó un lugar enfrente del abad, en el otro extremo de la mesa de caballetes.

—Salí al despuntar el día y avancé con rapidez hasta llegar a Casole —les informó mientras aceptaba una pequeña porción de gallina que le ofrecieron antes de retirarla de la mesa—. Pero allí me enteré de que la epidemia había llegado a Florencia, donde ha sido devastadora. Están siendo cautelosos con todos los viajeros del Val d'Elsa por esa razón, pero mi amigo me contó que la enfermedad podría haber alcanzado también San Gimignano.

—Entonces no puede estar muy lejos de Volterra, ni de Siena, de hecho —observó Jacquetta con suavidad—. ¿Qué puede hacerse para detenerla?

—¿Y qué es este horror sin nombre? —preguntó Gennaro—. Es como si nos encontráramos al borde de un enorme abismo.

Un pescado entero envuelto en masa había llegado a la mesa y todos esperaron mientras los hermanos laicos lo cortaban y lo servían.

—Es difícil de comprender —comentó el abad Angelo cuando estos hubieron abandonado la sala—. Si se trata de la ira de Dios, que es lo que asegura el abad Claudio de Pisa, con quien el prior se muestra de acuerdo, ¿estamos sufriendo por nuestros pecados individuales o por la pecaminosidad colectiva? ¿Por qué Ranuccio, un buen hombre, iba a pagar con su vida la impiedad de todo un pueblo, si esa es verdaderamente la causa, cuando yo sigo vivo?

A Agnesca le fascinaba la idea de que Dios estuviera enfadado con su gente y la castigara. Aquello apenaba profundamente a su corazón pagano. Nunca había sentido simpatía hacia un dios al que no podía ver y del que no veía ninguna prueba para creer en él; un dios al que se negaba a adorar si verdaderamente hacía lo que le venía en gana y que trataba a las mujeres con indiferencia. Si todas las personas eran hijas suyas y era él quien las había creado, le costaba entender por qué se comportaba de forma negligente con tantas de ellas. Nadie alabaría a ningún padre que se comportase con tal favoritismo.

Aunque solía hacerse caso omiso de las mujeres que daban su opinión en una mesa a la que habían sido invitadas, se sintió envalentonada para discutir aquello con el abad y, con suma educación, preguntó:

—¿Es el falso culto, ilustrísima, o la falta de fe, como recuerda la Biblia que sucedió cuando los filisteos fueron atacados por plagas de ratones y tumores, la causa de que tantas ciudades estén sufriendo en la actualidad? ¿O se trata de alguna falta aún no identificada del corazón de la cristiandad? Porque por lo que a mí respecta, no creo que la enfermedad sea una prueba enviada por Dios para probar la fe humana ni un castigo por un comportamiento desviado. Fui educada por una sanadora que intentaba observar a los pacientes y que rechazaba cualquier causa sobrenatural de enfermedad.

El abad Angelo observó a su hermosa adversaria. La señora Toscano tenía un interés considerable por él, al igual que él estaba al tanto de la mística que la rodeaba y recordó vívidamente su conversación con Jacquetta hacía un año, que sabía que la concernía. Nunca había recibido a sabiendas a nadie cuya teología fuera tan diferente de la suya propia —ni cuya noción de Dios se encontrara tan absolutamente ausente, al parecer—, pero se sentía atraído por su hermosura, su honestidad y su inteligencia, además de por la amabilidad y considerable fuerza de voluntad. Carecía de simpatía hacia un sistema social que permitía a los padres imponer a sus hijos una devoción espiritual que eran demasiado débiles para imponerse a sí mismos. En las casas cistercienses nunca admitían a niños. Y hacía tiempo que se preguntaba por qué los dictados de las leyes canónicas que decían que dos personas se podían elegir libremente la una a la otra como marido y mujer podían ser anulados de forma tan flagrante por la costumbre civil y las rivalidades partidistas entre familias. En relación con aquel tema, pensaba que ella había sufrido de forma innecesaria.

En cuanto a la elección de la religión, si Dios la había señalado como su sanadora, ¿cómo iba él, Angelo, a cuestionarse la voluntad divina? Se planteó el hecho de que, si hubiera implorado en nombre de Nuestro Señor ser rescatada del encarcelamiento y de la tortura, la ensalzarían y la declararían una nueva Inés u otra Bárbara.

—Puede que no tengamos tanta razón como creemos —le respondió al final— y que nuestra visión del mundo no sea más perfecta ni menos herética que la del este, a la que condenamos incondicionalmente. Cerramos nuestras mentes cuando los hombres partieron a las cruzadas y necesitamos que nos recuerden qué es la humildad. ¿Quién puede conocer el pensamiento divino? Porque si el nuestro representa el último bastión de la verdadera fe, ¿cómo se explicaría que la ira de Dios se lanzara de forma tan directa contra nosotros?

Agnesca se quedó en silencio, acallada por las honestas dudas del abad y por su voluntad de cuestionarse lo que otros daban por hecho. Había vivido apesadumbrada durante tiempo porque la habían amenazado y atormentado aquellos que trataban de imponerle la doctrina cristiana: sus padres, los sacerdotes y el gobierno de Volterra, cuyo mensaje sobre el amor de Cristo se filtraba entre promesas de dolor y muerte en caso de no obedecer. No había habido más lenguaje que el odio y Agnesca consideraba abrumadora la certidumbre de su postura. Pero el abad, al igual que Mia y Jacquetta, podía ser un ejemplo de aquellos a quienes su religión les inspiraba actos de bondad más que de división.

Después del salmón sirvieron la fruta y, cuando el entrechocar de los platos al ser retirados hubo enmudecido, Agnesca se dispuso a ofrecer una respuesta al abad; sin embargo, fue él el que habló.

—Como muestra de respeto hacia vos, *monna* Agnese —empezó a decir, vacilante—, ¿me permitiríais celebrar una ceremonia de matrimonio entre vos y el señor Toscano? —Todas las caras de la mesa se giraron hacia él. Mia posó la compota de pera y miró primero a Agnesca, luego a Porphyrius y después a la primera de nuevo. Aquella era una pregunta que cada uno de ellos se había planteado en privado, pero que ninguno había formulado en voz alta—. Porque estoy seguro —añadió el abad con tacto— de que ningún sacerdote ni notario de Volterra habrá osado hacer caso omiso del gobierno de la ciudad y de los deseos de vuestros padres formalizando vuestros votos.

Una lágrima empezó a formarse en el rabillo del ojo de la *signora* Toscano. Le estaban ofreciendo legalizar sus promesas con Porphyrius y le encantaría hacerlo por él. De forma apenas imperceptible, asintió mirando a Porphyrius. Sí, por supuesto que se lo permitiría.

Bajo el lánguido sol de la tarde del Jueves Santo, Agnesca, con una brazada de lirios azules recogidos en los rebosantes jardines de la abadía, subió con Porphyrius y sus amigos hasta la diminuta capilla de San Galgano, situada en la cima de la colina. Si bien aquello parecía una concesión al decoro, se dio cuenta para sus adentros de que la pequeña ermita lo tenía todo en común con un templo etrusco, algo que encajaba perfectamente con su religión. El abad bendijo la unión en un breve servicio matrimonial donde Jacquetta y Mia oficiaron como testigos y Gennaro como padrino. Este se había preparado en secreto para tal posibilidad y sacó un anillo que había traído de Volterra. Luego Porphyrius besó a su bella esposa. Cuando la sencilla ceremonia llegó a su fin, la pareja salió al bancal cubierto de hierba y recibió una lluvia de flores del huerto del abad que les lanzaron Jacquetta y Mia.

Agnesca le dedicó una sonrisa radiante a Mia, lo más cercano que tenía en el mundo a una hermana, y le entregó con reverencia los lirios.

—Te aseguro que serás la siguiente.

La clara certeza de su amiga hizo que Mia se ruborizara, pero ninguna de aquellas mujeres sabía que lo que iba a suceder en la abadía durante la siguiente hora las embarcaría en un viaje destinado a cambiar sus vidas y su relación durante años.

34

Oxford, Inglaterra, 6 y 7 de septiembre de 2007

Desde el tren, se veían retales de niebla suspendidos en jirones entre las franjas de robles y hayas, que estaban empezando a adquirir tonalidades doradas y rojizas. A Maddie le pareció muy hermoso, aunque no tan espectacular como el primer aliento del otoño en Nueva Inglaterra. El final de la tarde estaba aún bañado por la luz del sol cuando pisó el andén de la estación de tren de Oxford.

Samantha le había concedido un par de días para que pudiera volver a Inglaterra al juicio que tendría lugar en el Crown Court* de Oxford para fijar la sentencia del conductor que había matado a Christopher. Le había dado a Maddie aquellos días de muy buen grado con la esperanza de que la ayudaran a acercarse un poco más al cierre del episodio de la muerte de Chris. Aunque también era una forma de devolverle los días que se había perdido de sus vacaciones en Italia. La información recabada por Maddie había permitido al bufete impedir que los abogados de Stormtree siguieran intimidando a los testigos y Gordon Hugo se había escabullido sin decir ni pío. A Maddie también había que reconocerle el mérito de haber logrado ase-

_____

* Tribunal de la corona. Juzgado que conoce de causas de derecho penal. *[N. de la T.]*

452

gurarse, junto con Tyler, a casi todos los clientes a los que Hugo había atemorizado y haberlos hecho volver a subir al barco de la demanda. Había sido un trabajo bien hecho.

Harriet Taylor le había enviado un correo electrónico a Maddie para comunicarle que la vista en Inglaterra estaba prevista para el 7 de septiembre en Oxford. Desde enero hasta septiembre era un tiempo de espera mayor que el habitual, pero uno de los pasajeros del coche del conductor borracho, que había resultado herido de gravedad en el accidente, estaba ya suficientemente recuperado y podría personarse en el tribunal. En aquella vista, el juez determinaría la sentencia que le aplicarían al conductor ebrio y el hecho de que hubiera una segunda víctima presente era positivo. El mensaje finalizaba diciendo que los Taylor esperaban que el acusado pasara entre rejas buena parte de su juventud, aunque nada podría devolverles a su hijo.

Maddie sabía que estaba haciendo aquel viaje en parte para apoyar a los padres de Chris, que le habían preguntado si podía estar allí. Sin embargo, mientras el taxi la llevaba por aquellas calles tan familiares, se dio cuenta de que ella también tenía fantasmas de los que desembarazarse. Al ver pasar los edificios de los *colleges* y las casas de un tenue color dorado de la antigua ciudad por la ventanilla, recordó los placeres del tiempo pasado allí. Se sonrió al recordar la nevada que había provocado su primer encuentro con Chris. Maddie estaba segura de que si Neva conociera la historia le diría que había invocado a la nieve a propósito. Pero al pensar en ello tuvo la sensación de que todo el encanto de su maravillosa «burbuja» de Oxford se había limitado a un periodo de tiempo real relativamente corto.

Había sido una época muy intensa, de alegría y risas. Una combinación de mucho trabajo y mucha diversión, y todo lo inglés le había parecido encantador. Había llegado a Oxford en enero para un curso de intercambio y en febrero su vida pareció completarse al conocer a Chris. Fue un periodo muy breve: un verdadero cuento de hadas, pero con final infeliz. Aún no tenía ni idea de cómo acabaría la heroína, pero lo que sí tenía claro era que, sin negar la autenticidad de sus sentimientos por Chris, había perdido completamente la cabeza debido a una serie de románticos acontecimientos. Se había ido de allí hacía justo un año, pero tenía la sensación de que se había hecho mucho mayor durante el tiempo que había estado fuera. Por una parte parecía algo bueno y por otra muy triste, pero era cierto que el dolor la había cambiado, le había hecho preguntarse si todas las jóvenes simplemente «se merecían» vivir un cuento de hadas en su vida. Pensó en lo que Jimena le había dicho sobre que no había que esperar a que las cosas fueran a ti, sino que había que salir ahí fuera y hacer que pasaran. Mientras aparecía a la izquierda la fachada del Worcester College de aspecto georgiano y luego surgía a la derecha el edificio eduardiano del Randolph, volvió a plantearse el hecho, extrañamente atractivo, de que había llegado el momento de tomar las riendas de su propio destino. Tenía la sensación de que, probablemente, en el pasado no lo había hecho lo suficiente.

Recordó la emoción, literalmente hablando, que había sentido al anticipar su reunión con Chris en San Francisco, que tristemente nunca había llegado a tener lugar. Pero aquella ciudad surrealista había sido su sitio y pensó que tal vez sus fantasmas estaban aún allí, en algún lugar, junto con los de numerosas personas cuyas vidas se habían visto marcadas o modeladas por Oxford. Sintió profundamente la ausencia de Chris al ver pasar por la ventanilla del taxi primero Brasenose y luego Queen's. ¡Qué breve lapso de tiempo había sido y qué poca importancia le había dado! Deseó poder dar marcha atrás en el tiempo, lo que casi hizo que se le rompiera el corazón, pero sabía perfectamente que no era posible y que lo que definiría su vida era lo que eligiera hacer en aquel momento, lo que vendría después.

El taxi salió de High Street para tomar otra calle, ahorrándole la posibilidad de vislumbrar el *college* de Chris junto al puente. En lugar de eso, el traqueteo de los neumáticos sobre la superficie adoquinada de la calle la devolvió de repente al aquí y ahora y la depositó en la puerta trasera del Old Bank, donde estaba la recepción. Le pagó la carrera y subió las escaleras de la terraza exterior, con sus bancos y sus estufas, para dirigirse al mostrador.

A través de las puertas de cristal que daban al patio pudo ver, mientras subía, el Quod, el restaurante del hotel. Lo recordaba perfectamente. Con un presupuesto de estudiante era difícil comer allí, pero la comida era consistente y buena y el ambiente tranquilo y agradable. Ella y Chris habían inaugurado en ese lugar la velada en innumerables ocasiones, antes de ir a bailar una vez entrada la noche. También recordaba con meridiana claridad haber estado allí sentada una mañana de junio, vestida de fiesta, para desayunar, hacía solo un año, cuando se acercaba el final de su etapa en Oxford. Ella y Chris habían sido de los pocos «supervivientes» del baile de su universidad que se habían quedado hasta el amanecer.

Ahora el restaurante estaba casi vacío, y eso que era la hora del té. En otro mes estaría rebosante de estudiantes a punto de graduarse acompañados por sus padres, pero aquella era la época de tregua entre los turistas y los residentes universitarios. Maddie le sonrió a alguien con aspecto de solitario académico, que tal vez estaba allí para una conferencia o para asistir a algunas jornadas pedagógicas en las postrimerías del verano y tomaba notas con los restos del té de la tarde en la amplitud del comedor vacío.

Maddie se registró y subió con la maleta por las viejas escaleras hasta su habitación, que estaba en la primera planta.

Colgó el traje que llevaría al juzgado al día siguiente por la mañana y a continuación abrió la ventana con vistas a la parte delantera del edificio. Miró más allá del High y sus ojos se posaron sobre la iglesia de la Universidad de Saint Mary antes de observar más a lo lejos las agujas y los tejados de Radcliffe Camera y del Bodleian. Qué extraño era estar allí sola, en aquellas circunstancias extraordinarias, para asistir a una vista que de nuevo le recordaría la pérdida de su amor a las diez de la mañana. No habría estado mal tener a alguien con quien tomarse una copa, pero ya no quedaba nadie allí. Había intercambiado correos electrónicos con una amiga del New College que estaba haciendo un curso de posgrado, pero aún no había llegado. Le había enviado un mensaje de texto a Jeannette antes de irse a Inglaterra. Si estaban en Londres podían quedar un momento para saludarse o para comer durante su breve visita, pero ella y Claus seguían en Italia. Había hecho una fugaz llamada a Søren, pero él también seguía fuera manchándose las manos, como le gustaba decir. Regresaría pronto a Londres, pero sus fechas no encajaban. Triste por la ausencia de sus amigos, había organizado el viaje de manera que fuera lo más funcional posible, en lugar de prolongarlo el fin de semana. Al menos así podría pasar un día en casa para recuperarse antes de ir a trabajar el lunes. Había quedado con los padres de Christopher delante del Tribunal de Competencia Mixta de Oxford a las nueve y media del día siguiente, ya que ellos llegarían en coche por la mañana.

Maddie suspiró y decidió tomar el toro por los cuernos. Llegó a la conclusión de que, tras más de dieciséis horas de viaje, necesitaba urgentemente una ducha, pero un poco más tarde, cuando volvió a entrar en la habitación enroscada únicamente en una toalla, cometió el error de tumbarse un minuto. Lo siguiente que notó fue que tenía frío y que la habitación estaba casi a oscuras. Tras una breve pausa para poner en orden sus pensamientos, encendió la luz de la mesilla de noche. Tenía el reloj aún con la hora de San Francisco, algo que había decidido hacer para minimizar el impacto del *jet lag* hasta su regreso. Calculó que allí serían alrededor de las ocho de la tarde. Volvió a enroscarse en la toalla y abrió la maleta. Sacó unos tenis de piel lo suficientemente resistentes como para desafiar a los adoquines de Oxford, un ligero jersey de cachemir, unos jeans y un chaleco de Abercrombie.

Observó la belleza del color de la luz de las farolas inundando las calles bajo el cielo nocturno de otoño mientras salía del hotel por la puerta que daba a High Street para cruzar la calle y dirigirse directamente hacia el callejón que había al lado de la iglesia. Consideró la idea de que Madeline Moretti se había embarcado en un breve pero importante viaje de vuelta al pasado. Mientras cruzaba Radcliffe Square y entraba en Catte Street, notaba que el fantasma de Chris la acompañaba muy de cerca. Maddie deseaba esa compañía. Le parecía necesaria para aceptar la dolorosa realidad de que siempre estaría con ella y de que nunca más volvería a estar con ella. Ansiaba vivir de una vez la crudeza de aquel trauma emocional, tal vez para poder perfilar algún final para el mismo.

Un pequeño giro la llevó a New College Lane, bajo el Puente de los Suspiros, que había sido su hogar durante meses, y recordó la belleza del seto de lilas en primavera. Pero ahora, en otoño, no había flores. Continuó un poco más por el callejón y desapareció en un estrecho pasillo que la llevó hasta la Turf Tavern, donde tantas veces había comido con Chris. Caminó por un familiar sendero mientras recordaba que aquella cervecería del siglo XIII solía ser el punto de encuentro de Chris y sus amigos médicos. Le parecía divertido que se quedaran allí, tomándose como mucho una cerveza, hasta que terminara algún partido de rugby y tuvieran que salir todos corriendo hacia el hospital para darle puntos a quien los necesitara. Trabajaban mucho, siempre estaban ansiosos por ver tratamientos y lesiones, eran competitivos entre ellos y los que más bebían y salían de fiesta de la universidad.

Al entrar allí aquella noche, Maddie pensó que, aunque no era una chica aficionada a los bares de por sí, aquel pintoresco y viejo local tenía un encanto innegable. Solían ir allí a tomar algo porque una jarra de margarita costaba solo catorce libras, menos que en otros sitios, así que, por los viejos tiempos, pidió un margarita y algo para picar. Con lo independiente que era en su ciudad, allí se sentía curiosamente abrumada por la aprensión, y no solo por el hecho de estar de viaje y sentirse fuera de lugar. Aquella noche era como una especie de prueba. No había nada en sus primeros años de vida ni en su educación que la hubiera preparado para enfrentarse a la sensación de encontrarse realmente a la deriva. Ahora veía que estaba volviendo a recuperar las fuerzas y empezando de nuevo a desear cosas: un resultado justo para los demandantes de Stormtree, hacer su trabajo de forma que se sintiera orgullosa, correr aventuras en sitios nuevos y sí, la compañía de un amante llegado el momento. El regalo de Isabella del viaje a casa de Jeanette y Claus le había aportado la objetividad que necesitaba y la había sacado del abismo, aunque todavía era una principiante con muchos kilómetros de camino por delante.

Había perdido el apetito cuando la cena llegó. Obsequió con una propina a la camarera y le dio las gracias antes de irse sin tocar la comida ni acabar la copa. Salió del Turf Tavern bajo la noche sin luna de Oxford, con un hermoso cielo plagado de estrellas sobre ella. A Maddie siempre le había encantado pasear por esa ciudad. Bien entrada la noche, después de cierta hora, se convertía en una urbe fantasma con pocos coches y aún menos gente. En aquel momento, y con aquel estado de ánimo, empezó a revisitar sus viejas guaridas. Pasó por delante de las puertas con postigos de los grandes *colleges,* las librerías y los museos que albergaban siglos de conocimiento y luego pasó por el edificio de la sociedad de debates, Oxford Union, donde había conocido a Chris. Continuó por la parte trasera del mismo, junto al río. Oyó cómo una docena de campanas daban la hora y los recuerdos fluyeron a su alrededor. El paseo parecía aplacar su estado de ánimo. Necesitaba visitar todos los sitios que había conocido y amado para grabar de forma indeleble las imágenes en su mente y recordar cada detalle. Se dio cuenta, sin reconocerlo, de que estaba intentando guardar aquellos recuerdos para llevárselos con ella al futuro.

Obviamente, se regía por la hora de California cuando finalmente recostó la cabeza sobre la almohada, alrededor de las tres y media de la mañana. La llamada de la recepción para despertarla se produjo demasiado temprano, a las siete y media. Maddie tuvo que esforzarse para salir de un complejo sueño relacionado con el agua en el que estaba involucrado Pierce Gray. Aquella ensoñación la había puesto nerviosa y se sentó en la cama a punto de llorar. Desesperada, intentó relacionarlo con algún incidente real. Era algo que había intentado olvidar, unos detalles que casi había borrado de la mente. Aún adormecida, bebió un poco de agua del vaso puesto sobre la mesilla y luego la realidad la inundó de nuevo. Empezó a reunir los detalles de un hecho sobre el que había soñado en el pueblo de Chris, aunque se remontaba a una época muy anterior.

Había tenido lugar cuando tenía diecinueve años. Ella y Pierce Gray acababan de hacerse a la mar a bordo de su barco, un Santana. Habían salido del club de yates de San Francisco, en Belvedere Cove. No sabía por qué estaba allí y se exprimió el cerebro intentando recordarlo. El día era idílico, agradable, y corría una brisilla poco habitual en la bahía. Había estado tomando algo en el campus de Berkeley y se había enterado de que había una pequeña fiesta en el barco de Pierce. Había aceptado la invitación para demostrarse a sí misma su independencia. Su madre decía que era demasiado joven para irse a estudiar fuera de casa, demasiado pequeña para saber lo que quería. Pierce la había invitado a una fiesta de chicos *nice* y había decidido ser sofisticada y asistir, simplemente para demostrar que podía codearse con la *beautiful people*. Pero resultó que Pierce era su única compañía.

El sueño de Maddie había desgranado sus recuerdos de los hechos con pelos y señales, hechos a los que había intentado cerrarles la puerta durante seis años. Recordaba lo que había sucedido a grandes rasgos, pero ahora era consciente de la sucesión exacta de los acontecimientos que habían tenido lugar aquel día.

Se habían puesto en camino con intención de hacer un pequeño crucero por la bahía y, mientras soltaban amarras y salían del puerto, Pierce le había puesto la gorra de marino en la cabeza y le había cedido el timón. Había sacado champán del frigobar instalado en la cabina y había cogido dos copas. Le había dicho que debían divertirse y se había disculpado porque al final no hubiera podido ir nadie. Se había sentado a su lado, había abierto la botella y había servido la bebida. Maddie era lo suficientemente lista como para saber que había sido víctima de una encerrona. Se sentía atrapada por las circunstancias, pero no estaba segura de cómo reaccionar.

Al cabo de un cuarto de hora, Pierce se le había acercado un poco más con la excusa de llenarle la copa, aunque no recordaba exactamente qué le había dicho. Lo que sí recordaba era la clara insinuación, su rabia y vergüenza, y que se había apartado de Pierce y le había devuelto el timón. Se había levantado y se había dirigido a la puerta de la cabina, donde se había vuelto para mirarlo desde popa, intentando pensar qué palabras usar para transmitirle su desdén y para avergonzarlo por no actuar como un caballero. Creyó que iba a estallar en una diatriba contra él, pero cuando las palabras empezaron a llegar observó un espectacular torbellino de agua en la bahía (si bien el mar parecía tranquilo) justo detrás de la cabeza de Pierce. El viento lo guiaba y lo hacía danzar sobre la superficie de la bahía en dirección hacia ellos, salido como por arte de magia de la mano de un ilusionista.

Era sobrecogedor y, a pesar de estar cada vez más enfadada, su expresión cambió hasta tal punto que a Pierce le picó la curiosidad. Miró hacia atrás y siguió la dirección de la mirada de su invitada. La columna de agua de mar se dirigía cada vez más rápido hacia ellos y, aunque al principio Pierce exclamó maravillado, de repente su expresión mostró preocupación y luego únicamente miedo.

—¡Agárrate fuerte, Maddie! —le gritó por encima del ruido cada vez mayor del viento—. ¡Nos va a alcanzar!

Solo unos segundos después se vieron envueltos en una pared giratoria de agua, cuya altura llegaba casi a la mitad del mástil. Era como si un puño gigante hubiera cogido la embarcación para volver a lanzarla violentamente e incluso ahora, tras el paso de los años, recordaba la sensación de estar gritando enmudecida, sin emitir ningún sonido. Tuvieron la sensación de que los habían sacado del mar y, un segundo después, la fuerza del viento había cambiado radicalmente y había empezado a empujar el barco hacia abajo, casi sumergiéndolo bajo las olas. Una pared de agua marina de color verde oscuro cayó en cascada sobre la popa. Pierce gritó y se aferró con desesperación a un pasamanos situado junto a la cabina para no caerse por la borda. El timón se rompió y se desprendió del sitio donde estaba sujeto y la caña del mismo se quebró como un cerillo. Maddie se oyó gritar de nuevo —un sonido ahogado en sus oídos— mientras se asía a la barandilla del techo de la cabina. Estaba segura de que se iban a hundir y de que no podrían nadar en las revueltas aguas, que habían pasado de preciosas a salvajes en cinco minutos. Luego, en otro momento saturado de adrenalina, el viento y el agua vaporizada desaparecieron.

En total, el episodio había durado apenas unos minutos. Maddie tenía la certeza de que si hubiera durado uno más, habría visto al barco desintegrarse alrededor de ellos y se habrían hundido sin dejar ni rastro. El puente de mando y la cabina estaban inundados. El timón colgaba del tablero y las velas estaban hechas trizas. Los principales aparatos eléctricos habían sufrido un cortocircuito, la radio y el equipo de navegación estaban aplastados y el motor de apoyo estaba inutilizado.

Recordaba que Pierce había reaccionado con rapidez, una vez recuperado del susto. Había sacado una bengala y unos chalecos salvavidas de uno de los armarios inundados y le había ayudado con destreza a ponerse uno de ellos antes de encender la bengala. A continuación se había lanzado de cabeza a la cabina y Maddie lo había oído chapotear durante varios minutos hasta que había vuelto a salir con el teléfono celular y una sonrisa nerviosa en la cara. Estaba a salvo con sus llaves en una pequeña red sobre el nivel del agua y, sorprendentemente, había logrado sobrevivir al diluvio. Había estado un minuto al teléfono, y luego la había tranquilizado rodeándola amablemente con el brazo y asegurándole que la ayuda estaba en camino. El barco parecía estable, aunque el agua les llegaba por encima de las rodillas, pero las velas que pendían sobre sus cabezas eran un amasijo de jirones y la botavara de aluminio estaba doblada como una pinza para el pelo.

—¡Tenemos que arriar las velas, rápido! —había gritado de repente Pierce—, la próxima ráfaga de viento podría hundir el barco.

—No va a haber más ráfagas —le había respondido ella, como por instinto.

Maddie volvió a taparse con las sábanas en la habitación del hotel mientras recordaba con claridad lo duro que habían tenido que pelear para arriar las velas raídas. Después de lo que le había parecido una eternidad, un helicóptero de la Guardia Costera había descendido justo sobre ellos. Instantes después, habían visto dos lanchas rápidas de rescate en el horizonte y, mientras los barcos se acercaban, el helicóptero había dado media vuelta.

Recordó el cuidadoso traslado a una de las embarcaciones, las mantas que les pusieron por encima y el recorrido a toda velocidad por el agua hasta el club de yates. Podía saborear la sal marina mientras revivía mentalmente la llegada al club y el atraque. Un desconocido se había hecho cargo de ella casi en cuanto había puesto un pie en tierra y se la había llevado a que se diera una ducha. Había hecho que le facilitaran toallas y ropa seca de la tienda del club. Solo después de haberse cambiado, haber entrado en calor y haberse bebido un poco de café, le había preguntado si se encontraba en condiciones de conducir. Tras haberle asegurado que sí, la había acompañado al coche, se había cerciorado de que estaba tranquila y le había dicho que fuera a casa a descansar. Le había sugerido, para evitar la publicidad no deseada y el pánico, que no le contara a nadie lo sucedido. Había sido entonces cuando lo había mirado a los ojos, pues se acababa de dar cuenta de que era su reputación lo que Pierce estaba salvaguardando, y no el impacto que ella había sufrido ni su bienestar. Nunca debería haberla dejado conducir hasta casa en el conmocionado estado en que se encontraba, pero era probable que el hecho de que Pierce estuviera en un barco con una chica de diecinueve años no le viniera demasiado bien a la imagen que de él proyectaban fuera adonde fuera.

—¡Dios mío! —exclamó Maddie de repente en voz alta, al tiempo que salía de debajo del edredón. Agitó el cabello y se quedó mirando fijamente sin ver las antiguas molduras del techo de su habitación de Oxford—. Era él. ¡Era Gordon Hugo! Tenía razón, ya nos habíamos visto antes.

Maddie se levantó y se puso un albornoz mientras temblaba involuntariamente por el descubrimiento. Recordaba perfectamente el periódico de la mañana del día siguiente, que decía: «El famoso empresario Pierce Gray, acompañado por un miembro de su tripulación, fue rescatado ileso de su Santana 22 después de que este estuviera a punto de volcar tras ser golpeado por una manga marina». El periódico contaba que no se sabía por qué se originaban aquellos fenómenos. Los científicos decían que surgían debido a la combinación de unas circunstancias extraordinarias con algún factor externo inesperado que desencadenaba todo. Aquello significaba que el señor Gray y el «miembro de su tripulación» habían tenido muchísima suerte.

Maddie se volvió a sentar en la cama. Ahora veía toda la historia con absoluta claridad, pero no entendía por qué la había borrado durante tanto tiempo de la memoria. Tal vez fuera porque, en aquel momento, se había sentido en cierto modo responsable, o avergonzada por haberse puesto en tal situación con Pierce.

Aliviada, oyó unos golpes en la puerta que le anunciaron la llegada del desayuno.

«Señor Hugo —pensó Maddie mientras se acercaba a la puerta para abrir—, ya era usted un coyote de poca monta entonces y es un cabrón aún más asqueroso y amoral hoy en día. Si puedo evitarlo, no saldrá impune de esta situación en la que está haciendo daño a la gente.»

Poco antes de las diez, Maddie volvió a mirar el reloj y se dio cuenta de que llevaba esperando casi media hora delante del tribunal de Saint Aldates. Desde la posición estratégica en la que se encontraba, en la esquina de la calle, vio a los padres de Christopher dirigirse lentamente hacia ella. No comentó nada de la hora mientras los abrazaba consciente de que, al igual que ella, preferirían estar en cualquier otro lugar del planeta en aquel momento en vez de donde el destino los había llevado. Maddie pensó que la pareja parecía triste y mucho mayor cuando los besó a ambos en silencio; unos minutos más tarde, los tres se sentaban en la primera fila de los asientos destinados al público del juzgado número cuatro.

Vieron que un funcionario del juzgado empujaba a un joven en una silla de ruedas hasta la zona del público. Iba acompañado por su familia y por una bonita muchacha hecha un mar de lágrimas. Colocaron la silla de ruedas en un pasillo entre los asientos, enfrente del banquillo de los acusados, y Edward Taylor comentó, observando el estado de aquel cuerpo retorcido, que creía que aquel joven no podría volver a caminar nunca más. Harriet añadió que parecía un ser humano roto y la propia Maddie estuvo a punto de echarse a llorar.

El chico los miró a los tres y les dedicó una sonrisa nerviosa que, para Maddie, indicaba que él también estaba sufriendo. «Ya, pero no le impediste conducir a tu colega, ¿verdad?», pensó ella. Aun así, se daba cuenta de que tenía derecho a ser escuchado y seguramente había querido estar en el tribunal en aquel momento. Dos familias más fueron conducidas adentro, las familias, como más tarde sabría, de otros chicos que iban en el coche. Estaba pensando que toda aquella gente quería estar allí, en aquella vista, cuando oyó la voz del secretario.

—¡En pie! —gritó—. Se abre la sesión en el Crown Court de su majestad.

Permanecieron de pie mientras el juez con peluca y toga se acomodaba en la silla, y luego todos volvieron a sentarse. El secretario se volvió hacia el juez para comunicarle el número del caso.

—Señoría, se acusa al imputado de dos cargos: el primero de ellos homicidio por conducción temeraria y el segundo conducción bajo los efectos del alcohol. —A continuación, el secretario dejó un archivo delante del juez.

Maddie escuchó, aturdida, mientras hablaba de un informe preliminar al fallo y añadía que el acusado se había declarado culpable.

—¿Dónde está el acusado? —inquirió el juez.

Estaba en el calabozo.

—Tráiganlo —ordenó.

Se produjo un paréntesis infinito, durante el cual Maddie observó a los Taylor y luego al resto de la sala del tribunal. El juez había abierto el archivo ante él y había empezado a analizar los contenidos. Se hizo el silencio en la sala cuando los alguaciles del juzgado llegaron con un joven pulcramente vestido, con pantalones grises y una limpia camisa blanca, y lo acompañaron al banquillo de los acusados. Los asistentes se volvieron todos a una para examinarlo. El joven se puso en pie y mantuvo la inexpresiva mirada clavada al frente. Maddie pensó que no había ni rastro de emoción en sus ojos azules mientras le pedían que continuara de pie.

Maddie no tardó ni un segundo en acusar el golpe del impacto que aquel momento suponía. Sintió un golpe en el estómago, una sensación física de náusea y violencia como si la víctima hubiera sido ella. La reacción llegó sin previo aviso. Allí, delante de ella, estaba el hombre que había matado a Christopher, un asesino, en realidad. Aunque parecía una persona tan normal que, si se le cruzaba por la calle, ni lo miraría. Alguien en la fila tosió nerviosamente y sintió que Harriet Taylor se derrumbaba levemente a su lado. La puerta de acceso a la platea se abrió y se cerró en silencio detrás de ella, pero Maddie siguió centrada en el huraño chico del banquillo de los acusados. ¿Estaría asustado, simplemente? Quería que la mirara para saber qué sentía, qué tenía en la cabeza acerca de la noche del accidente.

«¿Por qué lo hiciste?», proyectó en silencio a través de la sala del tribunal hacia él, pero el chico del banquillo de los acusados rehusó siquiera establecer contacto visual con ella.

—Diga su nombre —pidió el juez.

—Jonathan Gilbert —fue la respuesta del chico, aún de pie.

El juez miró los papeles mientras el secretario del juzgado leía en voz alta los detalles del caso. Cuando este hubo terminado, su señoría empezó a hablar:

—Señor Gilbert, se ha declarado culpable del cargo de causar la muerte por conducción temeraria. Adicionalmente, había duplicado el límite legal de consumo de alcohol cuando se puso al volante de su coche, con el que asesinó a una persona completamente inocente e hirió de gravedad a su propio amigo. ¿Tiene la más mínima idea de la incuestionable repercusión de sus actos sobre las vidas de otras personas, muchas de las cuales están aquí hoy, en esta sala?

Maddie lo observó con atención, pero su rostro no reflejó ningún tipo de sentimiento o expresión. «Vamos, di algo», pensó, e intentó que hablara. Pero no sirvió de nada.

—Veo por el informe preliminar al fallo que era buen estudiante —prosiguió el juez—. Lleva trabajando en una empresa minorista, aquí, en la ciudad, desde que dejó los estudios. También parece que procede de un buen ambiente familiar. Sin embargo, la persona que ha llevado a cabo esta valoración también pone de manifiesto que su pasatiempo favorito es, y cito literalmente, «emborracharse los sábados por la noche con sus colegas». Dice que admite que eso se ha convertido en una costumbre. El autor del informe también comenta que cuando le comunicaron la muerte de su víctima, dijo... —Y ahí el juez hizo una pausa para consultar los papeles—. Dijo, textualmente: «Era un chico imbécil, un universitario que ha nacido en cuna de ricos, y creen que su vida vale más que la mía».

Maddie abrió los ojos sorprendida y miró al juez en busca de alguna pista de cómo encajaba aquello. Sin embargo, pensó que ya lo habría visto y oído todo, así que pocas cosas podrían sorprenderlo.

—¿Fue eso lo que dijo? —preguntó el juez—. ¿Es eso lo que piensa?

Del banquillo no salió ninguna respuesta verbal, pero el muchacho asintió con un gesto ligeramente desafiante.

Maddie sintió la incomodidad de la pobre Harriet Taylor a su lado y le agarró la mano, que estaba helada. La mujer estaba al borde del colapso y se preguntó si no sería mejor que se la llevara afuera. Harriet, agradecida, le devolvió la presión de la mano a Maddie y esta miró de nuevo al bocón Jonathan Gilbert, que permanecía de pie en el banquillo de los acusados. Cayó en la cuenta de que o bien estaba demasiado afectado por los hechos de los que era responsable y, por lo tanto, estaba en estado de *shock*, o simplemente se negaba a ver al doctor Christopher Taylor como a una persona. Maddie se centró en aquel rostro inescrutable que miraba al juez y se quedó atónita por la intuitiva conclusión a la que acababa de llegar. Era cierto. No creía que tuviera nada que decir ni nada por lo que pedir disculpas. ¿Sería ese también el problema de Pierce? Para la gente como ellos, ¿no sería todo aquello nada más que un desafortunado accidente?

Edward Taylor se removió en el asiento como si fuera a levantarse y Maddie pensó que iba a decir algo en voz alta, pero cuando lo miró a los ojos vio que estaba anonadado, físicamente abatido y sin palabras.

El juez miró al niño situado frente a él, ya que eso era lo que parecía, un niño.

—No veo señal alguna de remordimiento en usted por el dolor y el sufrimiento que le ha causado a la familia del doctor Taylor ni a las familias de sus otras víctimas. Aunque su docto abogado me ha recordado, como corresponde, su buena conducta previa y su declaración de culpabilidad, no hallo atenuante alguno para sus acciones. En los informes familiares veo a gente cuyo único hijo les ha sido arrebatado sin razón alguna, dejándolos con un futuro sombrío y vacío sin más hijos ni nietos a los que cuidar. Tampoco podrán disfrutar del lazo que se había forjado con la muchacha que se iba a convertir en su nuera. Esa joven —dijo con solemnidad—, cuya declaración de pérdida me conmovió hasta la desesperación, ha visto su vida destrozada. Espero que no sea imposible reconstruirla.

Maddie tragó saliva desde las sillas del público.

—Señor Gilbert, ¿tiene algo que decir antes de que dicte sentencia?

Maddie deseó ser capaz de vilipendiar al chico, pero era tan poca cosa y tan insignificante que su vida parecía no tener peso. Ninguna sentencia que le impusieran estaría a la altura de Chris y ninguna palabra que pudiera decir haría menguar la desdicha de los Taylor ni la suya propia. Por primera vez le pareció que en su rostro se reflejaba fugazmente la conciencia de la barbaridad que había cometido, pero un segundo después vio con claridad cómo le guiñaba un ojo a su amigo, el de la silla de ruedas, como diciendo: «Esto pasará pronto y algún día nos reiremos de ello».

Maddie vio que el chico de la silla de ruedas bajaba la cabeza y evitaba su mirada. Él sabía que no todo iba a salir bien y que nunca iba a verle la gracia. Aquella respuesta física pareció tener más impacto sobre Jonathan Gilbert que cualquier cosa de las que habían sucedido aquel día y dibujó con los labios la palabra «perdón». Iba dirigida exclusivamente a su amigo, no a las otras personas de la sala del tribunal.

—A la hora de dictar el fallo —entonó el juez—, me veo limitado por el periodo máximo de catorce años de reclusión. Sin embargo, he de tener en cuenta que no tiene antecedentes y debo reducir la sentencia por su declaración de culpabilidad. Este tribunal, por lo tanto, lo condena a cinco años de cárcel con una sentencia concurrente de cinco meses por el segundo cargo. Se le retirará la licencia de conducir durante dicho periodo. Dado que ya ha cumplido cierto tiempo de prisión preventiva y teniendo en cuenta su buen comportamiento mientras ha estado en la cárcel, podría reunir los requisitos necesarios para obtener la libertad condicional en menos de dos años. Dada la actitud que ha demostrado hoy aquí, recomendaré que no le concedan la libertad condicional antes de un periodo de, al menos, esos dos años. Espero que durante el tiempo que pase en prisión reflexione sobre la gente que sufrirá a diario como resultado de su falta de juicio y aprenda a tener en cuenta las consecuencias permanentes de sus actos.

Maddie oyó terminar al juez y el secretario del tribunal le pidió a todo el mundo que se pusiera en pie. El tribunal haría un receso antes del siguiente caso. El juez abandonó la sala. El proceso había durado en total menos de cuarenta y cinco minutos.

Harriet Taylor se puso en pie casi sin fuerzas y se apoyó en el brazo de Maddie. Esta se dio cuenta de que estaba pálida y se preguntó si iría a desmayarse.

—Madeline, muchas gracias por haber viajado hasta aquí para algo tan horrible. Sabes que nos encantaría invitarte a comer, pero debo pedirte que me disculpes. No puedo evitarlo. Edward —dijo, volviéndose hacia su marido—, ¿podrías llevarme a casa, por favor?

Maddie casi lo estaba pasando peor por los Taylor de lo que lo había pasado por Chris. Él se había ido, el sufrimiento había acabado y no estaba en una silla de ruedas. Había pasado sus últimas horas haciendo un trabajo que le apasionaba. Sus padres, sin embargo, tendrían que vivir sin él hasta el fin de sus días y a Maddie le parecían tan perdidos que no le quedó más remedio que asentir comprensiva. Dio media vuelta y salió detrás de ellos, dejando atrás las hileras de asientos, hasta un pasillo que llevaba a la salida. Fue consciente de algo más: el paseo nocturno, junto con la sentencia que se acababa de producir, le había proporcionado un punto final desde el que podría empezar a pensar en sí misma de nuevo como individuo con un futuro por delante. Pero aquello no les sucedería a los Taylor, y a Aguila y Wyman podría llevarles años, al igual que al círculo de gente que rodeaba a Marilú. Se animó al pensar que una cosa positiva que podía hacer era proporcionar una dolorosa voz a aquellos que sufrían injusticias innecesarias para, como había dicho Søren, ayudar a cambiar el resultado de sus acciones.

Fue entonces cuando el estado de ánimo de Maddie cambió repentinamente, al ver una cara conocida que observaba en silencio el desarrollo de los acontecimientos desde el fondo de la sala. En la silla de al lado, había un viejo zurrón. Maddie sonrió, incrédula.

Se excusó para dejar solos a los Taylor un minuto.

—Acabo de ver a un amigo con el que necesito hablar. ¿Les importa que los vea fuera para acompañarlos hasta el coche?

Luego cruzó entre los bancos y él empezó a hablar antes de que a ella le diera tiempo.

—Pensé que te gustaría tener un amigo en Inglaterra a tu lado —dijo con una seriedad sorprendente—. Aunque puede que lo que te apetezca en estos momentos sea estar sola.

Maddie negó con la cabeza.

—Me alegro de verte. Y no —añadió con dulzura—, ya he tenido suficiente soledad. Dame media hora. ¿Puedes buscar el Quod in the High y conseguir una mesa fuera, al sol? Me reuniré contigo allí en cuanto pueda.

—Claro. *Vado a perdermi tra i fantasmi del passato* —añadió—. Te veré cuando llegues.

Maddie le dedicó una sonrisa, a pesar de la tristeza.

—Aquí los fantasmas deben de ser una compañía interesante —dijo ella antes de dar media vuelta y dirigirse hacia la salida; alcanzó a los Taylor justo cuando salían por la puerta principal del tribunal.

Søren estaba sentado en el patio del Quod de espaldas al edificio, con el semblante inclinado para aprovechar un rayo de sol. Tenía las gafas oscuras sobre la cabeza y los ojos cerrados, cuando Maddie lo sorprendió desde la retaguardia. Él se puso en pie y la saludó a la europea, con un beso en cada mejilla. Luego le estrechó las manos un segundo y separó una silla de la mesa para que se sentara.

—He pedido café para los dos, aunque no será tan bueno como el de Jeanette.

—Eres como un pequeño milagro —exclamó Maddie, incrédula—. No esperaba ver a nadie en Inglaterra. Creía que estabas en la Toscana.

—Y así era —repuso Søren con su naturalidad característica—, pero vine ayer. No me habría importado demasiado que no me hubieras visto, pero quería estar hoy aquí contigo. Cogí un avión anoche y esta mañana conduje hasta aquí.

—Pues a mí sí me habría importado —respondió ella—. Estoy encantada de que hayas venido. Siento no poder cambiar el pasaje, tengo el vuelo de vuelta a casa hoy a primera hora de la noche desde Londres. He de salir de Oxford a eso de las tres.

Søren observó la cara de Maddie y pensó que había atravesado el mundo, literal y metafóricamente. Tenía la certeza de que el juicio había sido una dura prueba.

—Bueno, tenemos unas cuantas horas y hace sol. ¿Hay algo que quieras hacer? Te invito a comer, ¿te apetece?

Ella asintió lentamente.

—De hecho, me encantaría. Creo que solo he comido medio cruasán desde que salí de casa.

Trajeron los cafés y Søren le propuso comer en el Old Parsonage, en Banbury Road.

—Podríamos sentarnos afuera, delante de la hiedra.

—Vaya, parece que conoces un poco este lugar —respondió Maddie. Søren nunca dejaría de sorprenderla—. Sí, ese sitio es maravilloso, pero ya que hace este clima me gustaría ir a otro. Está a diez minutos; tú tienes coche, ¿no?

Él asintió.

—De acuerdo, suena bien. Y aunque no te gusten las despedidas en los aeropuertos, deja que te lleve a Heathrow después. Te ahorrarás tiempo y estás cansada. Me queda de camino, de vuelta a Londres.

—De acuerdo —accedió.

—No quiero inmiscuirme en tu dolor —dijo él con suavidad—, pero si quieres hablar de ello...

—No —susurró Maddie—. Ahora no. Mejor háblame de nuestro jardín.

Søren pensó que le vendría bien hablar sobre el tema, aunque fuera un poco, pero respetó su decisión y no la presionó. Le consoló el hecho de que hubiera dicho «nuestro jardín», significaba que una parte de ella se había quedado en la casa de Jeanette.

—Ya queda poco trabajo duro de construcción por hacer. En el jardín principal ya están plantadas todas las hierbas aromáticas. Tenemos que ver si pasan sin problemas el invierno y cómo van creciendo. Jeanette está un poco preocupada por la hilera de granados que planté, porque el viento acabó con los que ella había plantado antes, pero los he sujetado bien a las estacas y estamos cruzando los dedos. Volveré a principios de primavera, antes de que abra el hotel, para darle los últimos retoques.

Maddie se bebió el café y miró a Søren. Se alegraba de ver la luz del sol que este irradiaba en un día tan nublado, emocionalmente hablando. Sus conversaciones siempre eran naturales y su presencia era un alivio de la melancolía que rodeaba a los

Taylor. Entendía perfectamente la difícil situación en que se encontraban, pero se alegraba de alejarse de su mundo devastado.

Søren empezó a hacer comentarios sobre el «jardín del unicornio» en clave de humor.

—Jeanette pensó, tras mucho reflexionar, que los unicornios estarían más felices en el campo, si es que venían. Así que decidimos dejar el espacio más grande como una pradera. Diseñé una especie de laberinto entre la alta hierba, a modo de pasillos para el unicornio.

Maddie dejó escapar una pequeña carcajada.

—Ya.

Søren se alegró de oír su risa.

—La cosa se nos fue un poco de las manos cuando Jeanette dijo que quería dejar la puerta lateral abierta por las noches, para que los unicornios pudieran entrar desde el bosque. Claus se acaloró un poco de más por el tema de la seguridad y le dijo que un jabalí salvaje era un visitante mucho más probable, así que desestimaron la idea. En cualquier caso, ningún unicornio se ha instalado en el jardín hasta ahora, aunque Jeanette y Vincent no dejan de mirar al horizonte.

—¿Y las posibilidades son elevadas? —preguntó Maddie, todavía riendo.

Los ojos de color castaño de Søren le sonrieron y le dedicó una mirada cómplice.

—*Mezzo, mezzo* —respondió—. Jeanette le dijo a Claus que la esperanza era lo último que se perdía. Le recordó que habían transformado aquellas ruinas y las habían convertido en un modesto palacio a base de esperanza y que había sido la confianza de Claus lo que la había hecho comprometerse con el trabajo.

—Si alguien fuera capaz de atraer a un unicornio, esa sería Jeanette —respondió Maddie.

Ambos se rieron y Søren llamó al camarero para pagar la cuenta. Recogieron la maleta de Maddie y, al cabo de unos instantes, Søren la llevaba hasta el estacionamiento, que estaba en la parte trasera del hotel y del restaurante. A Maddie no le sorprendió en absoluto, de hecho le hizo gracia ver que caminaban hacia un volkswagen convertible de color azul hielo, que tenía la capota bajada. Había una rosa en un jarrón del salpicadero.

—En Italia un coche inglés y aquí uno alemán —bromeó—. ¿No es un poco fresco para este clima?

Søren metió la maleta en el maletero.

—En absoluto —respondió él—. Me gusta el viento.

Un cuarto de hora después entraron en el estacionamiento del Trout Inn, situado en la parte de arriba del Támesis, en Lower Wolvercote. Maddie habló con la camarera que estaba en la puerta, que los condujo sobre un suelo de madera hasta la terraza, situada entre el *pub* del siglo XVII y la orilla del río. El sol brillaba lo suficiente como para abrir la sombrilla y el entorno era idílico, con el río fluyendo a escasos metros de la mesa.

Maddie estaba atrapada en un laberinto de emociones. Al cambio de sentimientos provocados por el recuerdo de Chris había que añadir el *jet lag* y la falta de sueño. Dios, cómo lo amaba. Pero él no estaba allí. Por otro lado, su trabajo le estaba demostrando también lo bajo que podía llegar a caer la gente para proteger sus propios intereses, fueran lícitos o no, y el mohíno señor Gilbert había certificado desde el banquillo aquella mañana que el mundo podía mostrarse completamente indiferente ante el sufrimiento de un individuo. Fuera como fuese, había que sobrevivir encontrando un lugar donde poder rodearse de la gente que te importa y crear tu propia realidad.

Se puso las gafas de sol y levantó la cabeza hacia el calor. Allí estaba con Søren, que el día anterior se hallaba en la Toscana, al igual que ella en California. En aquel momento estaban a punto de comer al lado del Támesis, a escasos kilómetros de Oxford. Realmente, la vida era a veces inesperada y extraordinaria.

Oyó que Søren se levantaba para ir a pedir algo de beber al bar. Le preguntó qué le apetecía.

Ella se volvió a quitar las gafas mientras se volvía para responderle y él vio un rostro rebosante de misterio y emoción que le hizo sentarse de nuevo.

—¿Podrías decirme qué te está pasando por la cabeza?

Maddie se apoyó sobre el brazo e intentó contárselo, pero no logró expresar la complejidad de lo que estaba pensando.

Søren le dio un momento y luego empezó a hablar:

—Acabo de presenciar un juicio que no podría ni empezar a compensar la muerte de la persona que amabas. Te he visto consolando a los padres de ese ser querido. En tu último correo electrónico decías que cada vez estaba más claro que un hombre al que tu familia respeta dirige una empresa involucrada en lo que en ocasiones se ha llamado «asesinato silencioso» de sus empleados. Hoy hemos compartido el horror de ver a la persona responsable de que hayas perdido al hombre con el que querías casarte distanciarse de sus actos. Son demasiadas cosas para una sola persona.

Maddie le estrechó la mano a Søren y se sintió sorprendentemente fuerte. Aquel día no iba a llorar, ahora lo sabía, y esbozó una pequeña sonrisa.

—Tengo intención de mirar hacia delante —aseguró—, algo que me resultaba imposible hace unos cuantos meses, cuando lo único que era capaz de hacer era ir sobreviviendo día a día. Ahora estoy deseando que Jeanette abra el hotel de Borgo la primavera próxima y ver tu materialización del jardín de alquimista. Quiero caminar por un laberinto de unicornios en un lugar donde se ha imaginado un mundo mejor. —Søren asintió—. Y creo —añadió sonriendo con más naturalidad— que me gustaría que me llevaras a navegar a Dinamarca. Nunca he estado en Escandinavia y hace años que he dejado de navegar. Pero ahora me gustaría empezar de nuevo, en algún momento.

Søren se rio.

—¡Te acuerdas de lo del barco! —exclamó—. Bueno, también hace bastante tiempo que no navego. Pero, por supuesto, me encantaría llevarte. En cuanto las Pléyades aparezcan en el cielo.

—¿La Gallina y sus Polluelos? —preguntó Maddie alegre y sorprendida.

Él se levantó para ir a por las bebidas, pero se detuvo a responderle:

—Sí, las Siete Hermanas. Son las que marcan el ciclo de las cosechas y guían a los marineros. Cuando reaparezcan en primavera, podremos ir.

35

Volterra, finales de mayo de 1348

Al pie de la colina, Agnesca echó el peso hacia atrás en la silla y tiró suavemente de las riendas para que el pequeño caballo español se detuviera. La mole de Volterra se erguía ante ella y contempló su enormidad con la cabeza gacha, sin atreverse a levantarla por completo.

—No creo que pueda hacerlo —dijo con una voz apenas perceptible.

El peso de la ciudad parecía echársele encima y se sentía incapaz de moverse. De niña le parecía realmente hermosa: se sentía orgullosa de sus piedras de color dorado pálido y de su independencia, de su dominio sobre una tierra de colinas onduladas e hileras de cipreses, trigales y pastos que mantenían a su gente. Los metales y la sal extraídos del territorio circundante hacían de ella una ciudad rica y los volterranos se habían alzado contra la tiranía del obispo-conde y de los nobles excesivamente opresores para crear un gobierno basado principalmente en el pueblo y el primer ayuntamiento del país. Cuando Agnesca era niña aquellas cualidades le entusiasmaban y hacían que se sintiera privilegiada por ser uno de sus hijos. Ahora solo se sentía desposeída, era una «proscrita».

¿Qué estaba haciendo allí, a sus puertas? Ajustó el peso de Luccio en el chal atado contra el cuerpo y lo acercó más a ella. Luego se volvió hacia su marido.

—Si entro, me ahogaré.

Porphyrius puso el caballo al lado del suyo. Las pequeñas manos enguantadas de ella agarraban fuertemente las riendas y él las cubrió con una de las suyas, mucho mayor.

—Tienes una vehemente carta de recomendación del abad, Agnesca, y el obispo Filippo necesita ayuda ya de la poderosa abadía de San Galgano. Además, no estás sola.

Mia estaba sentada al otro lado de su amiga e hizo también que su yegua diera un paso adelante hasta que se situó a su lado.

—Es cierto, *la raggia*. Confía en la diplomacia del abad Angelo. Él cree que debes hacer que retiren los cargos contra ti y su convincente testimonio sobre tu carácter tendrá un enorme peso sobre los hombres de ley.

Agnesca alzó la vista hacia la ciudad amurallada de imponentes almenas que había mantenido a raya al grandioso ejército romano durante meses en los tiempos de Cristo. Les respondió a sus compañeros con la mirada clavada en ellas, en lugar de mirarlos a la cara.

—Desde la última vez que estuve aquí, los cargos por simple herejía contra mí, más que suficientes para que nadie se pueda defender de ellos, han sido eclipsados por otro mucho peor. Ahora se me acusa de parricidio, y asesinar a tus propios padres implica una ineludible sentencia.

—Agnese —dijo Gennaro intentando que su voz sonara reconfortante—, no se te acusa de comerciar con pociones o venenos y los cargos de herejía fueron impuestos por tu propia madre ofendida. Como yo lo veo, todavía no se ha llevado a cabo ninguna investigación formal. El consejo del *podestà* se preciará de ser capaz de distinguir entre lo que es posible que hayas hecho y lo que es falso. No creo que nadie pueda convencerlos de que provocaste una tormenta para matar a tu padre y a tu madre. La carta del abad defiende tu causa con gran elocuencia ante el obispo Filippo y, como bien dice Porphyrius, tras la muerte de mi tío el nuevo obispo depende de la lealtad de los poderosos cistercienses.

—Yo pienso todo lo contrario, Gennaro. —Agnesca sacudió lentamente la cabeza—. Filippo Belforte campa a sus anchas ahora que ya no hay ningún obispo vivo, exiliado pero ordenado, que se oponga a él. Puede hacer lo que le venga en gana y, en su momento, me declaró culpable de herejía antes de llevar a cabo investigación alguna. Es más —añadió mientras se concentraba en las inexpugnables paredes que se alzaban sobre ella—, no será el obispo Filippo quien decida mi destino. Ottaviano es el que tiene el poder y él decidirá qué ha de ser de mí. Le encantará poner de ejemplo a una hija obstinada que se niega a someterse al adoctrinamiento religioso del estado. Para él es lo mismo que un ciudadano subversivo.

—Pero si se alza en armas contra ti —dijo Mia mirando a Agnesca a los desconcertados ojos—, yo lo acusaré en público. Tengo una demanda justa y su obligación es escucharme.

Agnesca miró a su marido y amigos a la cara, intentando encontrar consuelo. Si se hubiera fiado de su corazonada, habría hecho retroceder al caballo y se habría puesto a salvo con su hijo. Pero tenía una mínima posibilidad de recuperar la libertad legal, de dejar de vivir en la semiclandestinidad y de proporcionarle a su hijo una vida honrada. Estaba más asustada de lo que todos se imaginaban, pero respiró hondo hasta que el aire le llegó al estómago y accedió a ascender la imponente colina.

Sin embargo, a unos treinta pasos de la gran puerta del sur, que había visto ir y venir a caminantes, mercaderes y ciudadanos desde los tiempos de sus ancestros más lejanos, Agnesca se detuvo de nuevo. Observó las tres cabezas de piedra de los antiguos dioses de la ciudad que se alzaban amenazantes ante ella.

—Se preguntan qué estoy haciendo —dijo con voz extraña—. La última vez que me vieron, huía con Porphyrius.

Los jinetes hicieron una pausa bajo el sol de finales de mayo, que era fuerte a pesar de que las nubes evolucionaban con rapidez allá arriba y velaban el sol a intervalos regulares, y se acercaron a ella de nuevo. Escucharon su discurso, unas palabras que Mia nunca olvidaría:

—Me hicieron pasar por esta puerta para ir al *podestà* acusada de desobediencia filial, supuestamente por haber desobedecido a mi padre como hija suya, aunque fue mi madre la que me acusó. Dijo que había sido concebida en la piedad y que a la piedad debía consagrarme. Lo único que la haría feliz era que su hija se convirtiera en esposa de Cristo y entonara fríos himnos a un Dios invisible. Pero mi corazón no pertenecía a Dios. No tengo ni idea de qué será de nosotros cuando hayamos muerto, no tengo ninguna certeza de adónde iremos, pero creo que en esta vida deberíamos tener el derecho a ser felices, en la medida de lo posible, tratar a los demás con respeto y gentileza, vivir y tomar buena cuenta de nosotros mismos. Si existe un Dios, también debe de existir una diosa, una madre, espero, más afectuosa que la mía, y es a ella a quien yo dirijo mis plegarias. Para mí no se trata de María, Reina de los Cielos, sino de la más ancestral Ana o Diana, consorte de los cielos y señora de la caza.

»Mi peor pecado, sin embargo, no era la herejía, a la cual mi madre por entonces aún no había hecho mención. Era haber entregado mi corazón a un hombre, renunciando a la castidad. Era un hombre bueno de una familia noble, mucho mejor que yo misma, que ningún padre que llevara en el corazón la felicidad de su hija podría rechazar como hijo. Este acudió debidamente a la casa de mi padre para pedirle mi mano cuando cumplí quince años e iba a ser enviada al convento. Mi padre podría haber sido persuadido, ya que su orgullo veía una unión socialmente deseable y la inmortalidad a través de sus nietos, pero mi madre perseveró en su obstinación.

»No contenta con encerrarme en mi habitación, me arrastró hasta aquí, hasta la ciudad. Me trajo ante los sacerdotes y el *podestà*, los cuales, según ella, me harían entrar en razón y me enseñarían a someterme a la voluntad de mis padres y de Dios. Me recordó que aquel era el deber de una hija sin valor alguno en el mundo. Me llevaron a la prisión del Palazzo Pretorio, símbolo de la prosperidad, la confianza, el coraje y la bravura de nuestra ciudad, donde me arrojaron como a una mendiga al interior de la mismísima torre sobre la cual reina la figura de piedra del jabalí. Creí que era para asustarme, para que dejara de comportarme con testarudez y para amilanarme y hacer que dejara a mi amor. Pero solo Porphyrius puede dar fe del despiadado sistema que usaron para hacerme sucumbir.

»Al principio, durante una o dos noches, dormí sobre un suelo de piedra en una habitación situada allá arriba, en la torre. No era una gran penalidad para alguien con fuerza de voluntad, aunque tenía hambre. Pero a la tercera noche me llevaron a una cámara sofocante situada más abajo, donde compartí la paja y la compañía de las ratas con otras prisioneras. Una de ellas era una sirvienta, una antigua esclava a la que habían llevado ante los *anziani* acusada de intentar embrujar a su patrón. No solo por ser mujer, sino por haber nacido en una familia humilde y extranjera, hablaron con fiereza contra ella y la acusaron en falso de haber invocado al diablo para que su magia recayera sobre ella. Le ataron velas a los dedos y las encendieron para que se quemara con la cera. Tras tres días así, confesó y pasó una noche de indescriptible sufrimiento a mi lado en la prisión de la torre. Sus encantamientos habían consistido únicamente en disuadir a su patrón de violarla y pegarle de forma constante. Pero nuestro sistema de justicia es una barbarie y por la mañana se la llevaron de la cámara a un cuarto que había más abajo, que hacía las veces de capilla. Más tarde, ese mismo día, abrieron una trampilla que había en el suelo y oímos tañer la campana de la torre, que anunciaba su ejecución. Me enteré de que habían arrojado su cadáver a las sucias aguas subterráneas que había bajo ella.

»Porphyrius necesitó casi una semana para encontrarme. Solo después de buscarme sin tregua, usar su ingenio como un malhechor y despedirse de muchos florines a cambio de información, llegó hasta mí con un poco de pan y agua limpia y me dijo que mirara a Jano aquella noche para pedirle ayuda. Me volvieron a llevar a la primera habitación y aquella noche, bajo una brillante y fría luna, me encontré efectivamente la puerta abierta. Unas monedas pagadas a mi carcelero fueron mi llave, pero más tarde este aseguraría que yo había embrujado la cerradura.

»Huimos a caballo a través de esta misma puerta mientras el portero contaba la recompensa y los dioses de nuestros ancestros nos observaban. Juré que nunca más volvería a hallarme ante ellos.

Agnesca se quedó en silencio durante unos instantes, mientras levantaba la vista hacia la puerta, con su reja levadiza y sus porteros, los dioses de piedra que, a su vez, la observaban a ella.

—No creo que pueda atravesarla.

Mia permaneció sentada sobre la yegua en silencio, sin percibir apenas la rigidez del trasero y la parte baja de la espalda. Hacía meses que quería que le contara aquella historia, saber lo que Agnesca había sufrido y sufrirlo así con ella. En aquel momento deseaba no haberla escuchado, ya que hizo que ella también se asustara. Sus propios recuerdos de Volterra eran igual de torturadores y se preguntaba si su viaje allí sería, después de todo, desaconsejable.

—Yo creía —dijo con voz queda— que habías llegado hasta nosotros huyendo de la prisión de la casa de tus padres, de donde te habías escapado la noche de la tormenta.

—Mi madre envió al capitán de las tropas tras nuestras huellas y, al cabo de varios meses, volvió a capturarme. Fue entonces cuando me impusieron el arresto domiciliario y la mañana en que te conocí en villa Santo Pietro, Mia, iba a volver a ser entregada a los sacerdotes para torturarme y conseguir una confesión total de mi herejía. En lugar de amanecer con los latigazos y las formas de tortura demasiado horribles para respirar, amanecí contigo y con Jacquetta, con su cordialidad y bondad, con una nueva vida y una nueva familia.

Se habían detenido y se quedaron varios minutos al sol, mientras Agnesca hacía sombra sobre la cara de su hijo. Nadie había entrado ni salido, ningún caminante había pasado a su lado ni les había preguntado nada. La posibilidad de lo que podría esperarles dentro de los muros, sin embargo, estaba clara para todos y Gennaro había llegado al punto de ofrecerle escolta a Agnesca si quería regresar a Santo Pietro.

Pero esta los sorprendió a todos. Se sentó erguida en la silla y dijo:

—Veamos entonces si el apoyo del mejor de los clérigos es suficiente para pesar más que la enemistad del peor de ellos.

Gennaro y Porphyrius eran todavía ciudadanos legítimos y notorios de Volterra y, en el caso del primero, fácilmente identificable. Mientras pasaban bajo el enorme arco de la antigua puerta, los guardas le hicieron señas al grupo para que pasaran, pero no sin que antes uno de los porteros los alertara.

—Una gran fiebre ha caído sobre los habitantes de la ciudad y nadie sale de viaje, *signor* Gennaro. Durante innumerables días, muchos han enfermado con el mismo mal que ha devastado Pistoia y Florencia, donde han muerto cientos de personas a manos de este mal, que parece atacar donde le place. Nadie sabe si se transmite por el agua del pozo o al tocar a los aquejados, pero ahora está aquí, entre nosotros. La dolencia hace que te salgan forúnculos en la parte de arriba de los brazos y que vomites sangre. Por temor a que suceda aquí lo mismo que en Florencia, ningún sacerdote quiere dar la extremaunción a los moribundos y algunos de ellos mueren sin recibir el último sacramento.

»Pronto los ciudadanos tendrán que llevar a sus propios muertos para enterrarlos, como ha sucedido en otras partes de la Toscana, en las fosas excavadas cerca de las iglesias y que llegan hasta el nivel de las aguas subterráneas: a los pobres que mueren por la noche los envuelven y los arrojan a ellas. Luego los enterradores les echan un poco de tierra encima para preparar el lugar para los cadáveres de la mañana siguiente, haciendo capas unas encima de otras como si fuera una lasaña de pasta y queso. Nosotros acabaremos así también, porque dicen que muy pocos escapan al horror de esta epidemia.

El hombre se detuvo y observó los cuatro rostros sin prestar especial atención a Mia ni a Agnesca, sino preguntándose simplemente por qué iba a querer alguien entrar allí por voluntad propia.

Aunque la penumbra y el frío de la densa mampostería ya la había perturbado, aquellas palabras hicieron que Mia se quedara helada hasta los huesos. Todos los miembros del grupo sabían lo que aquellas noticias implicaban; ahora su viaje a Volterra parecía verdaderamente aciago.

—Deberían regresar a San Galgano —les dijo Gennaro a los demás—. Pero yo debo entrar y ver a mi familia.

—Iremos todos —replicó Agnesca con firmeza. A Mia le pareció que rebosaba coraje y determinación y que no tenía ningún miedo. Siguiendo a su líder y para incredulidad de los guardias de la puerta, todos los caballos pasaron bajo el arco y atravesaron la puerta de entrada a la ciudad.

A Mia le sorprendieron de inmediato los sonidos de Volterra. No le parecía extraño no oír el canto de los pájaros, que acompañaban todo lo que hacía durante el día en villa Santo Pietro: guardaba un claro recuerdo del estrépito de la ciudad cuando era niña, en marcado contraste con la relativa paz de los bosques y los campos del *contado*. Lo que la sorprendió, por el contrario, fue el silencio sepulcral imperante a su alrededor. La cacofonía que recordaba de cuando era niña de los vendedores y de los carros sobre los adoquines, de las conversaciones a gritos entre amigos en las calles, del sonsonete de los toneleros al fabricar barriles y de los herreros al forjar herraduras, y que parecía que aún era capaz de oír, había sido sofocada como un atizador sumergido en agua. Lo único que se oía, como mucho, era el silbido del vapor en forma de un tenue rastro de alguna voz en una calle más lejana, de un carro solitario retumbando por un callejón o del ladrido de un perro. Era desconcertante y absolutamente antinatural.

El inconfundible hedor de la enfermedad, que se desplegaba mientras guiaba al caballo al paso por las estrechas calles, la cogió igualmente por sorpresa. Hacía calor y las ventanas estaban abiertas, y aquel olor familiar procedía del interior de las casas. Allí, sin embargo, era más fuerte y más intenso dado que el número de gente superaba con creces a la que ella hubiera visto jamás reunida en la villa. Le dieron arcadas y el vómito a punto estuvo de salirle por la boca, pero se lo impidió a base de fuerza de voluntad. Seguramente el guardia de la entrada tenía razón: allí la muerte se llevaría a muchas personas.

Se percató de que Gennaro y Porphyrius iban a lomos de los caballos sin prestarles atención. En lugar de eso, miraban de un lado a otro lo que debía de ser una imagen enormemente cambiada de su ciudad. Las calles estaban desiertas, a excepción de una sirvienta que se apresuró a entrar en una lavandería y un hombre que transportaba pan. Además de aquellas figuras aisladas, solo se veían los cadáveres de unos cuantos animales tendidos en la cuneta o a la sombra de una casa, hasta donde debían de haberse arrastrado para morir. Había pocas tiendas abiertas y puestos instalados. La ciudad estaba irreconocible.

Cabalgaron en silencio hasta la plaza del pueblo, donde tuvieron que ponerse de acuerdo para tomar una decisión. Los dos hombres deseaban ver a sus familias cuanto antes para saber cómo estaban las cosas y si lo peor ya había pasado. Agnesca, sin embargo, estaba preocupada por primera vez por meter a Luccio en un espacio cerrado donde la enfermedad podía haber sido ya sembrada. Prefería ir lo más directamente posible con Mia a ver a su padre, para que esta solucionara los temas que tenía que tratar con él. A continuación, esperaba que la carta del abad Angelo le facilitara el acceso al obispo Filippo para tratar sus propios asuntos. Pero Porphyrius se negó a dejarles hacer ninguna de aquellas visitas sin él.

Gennaro se había carteado muy recientemente con su familia y no le habían hablado de la enfermedad, así que acordaron que hiciera una breve visita a su casa, que estaba cerca de la *piazza*, antes de reunirse con el resto en casa de la familia de Porphyrius, al lado de la iglesia de San Michele, donde Agnesca siempre había sido bienvenida. Si todos estaban bien, regresaría con sus amigos en una hora.

Sin embargo, se juntó de nuevo con ellos en la calle que bajaba hacia la iglesia al cabo de unos instantes. Solo había un sirviente a cargo de la casa que los Allegretti tenían en la ciudad y la familia había huido de la pandemia hacía varios días, retirándose a la granja que tenían en el camino de Pomarance. Gennaro iría hasta allí cuando hubieran solventado los asuntos que los habían llevado a la ciudad, pero, por el momento, no había nada más que se pudiera hacer.

El hogar de la infancia del padre de Porphyrius había sido la majestuosa casa torre Toscano y la rodearon por la derecha, trotando al amparo de la sombra que esta proyectaba. Después de que su padre contrariase la voluntad de la familia Belforte cuando Ranieri, el hermano de Ottaviano, era obispo, fue excluido de la lista de los que podían ocupar cargos públicos en la ciudad. Les pareció entonces apropiado abandonar la espléndida y ostentosa casa torre familiar, que vendieron a la familia Rapucci, a la que seguía perteneciendo, y la familia de Porphyrius se mudó a una vivienda mucho más modesta calle abajo, al otro lado de la iglesia, que era donde este había nacido. Fue allí donde ataron a los caballos y llamaron a la puerta.

La respuesta se demoró un buen rato pero, tras volver a llamar de forma más insistente con el llamador en forma de lirio, el familiar rostro de Ugolino, el mayordomo, apareció en la puerta y en él se dibujó una expresión de asombro por la llegada del hijo pródigo. Los cuatro viajeros se sentaron en la gran sala de la planta baja que Fortino, el padre de Porphyrius, usaba para los negocios. La madre saludó a su hijo en cuestión de minutos.

Mia le sonrió a la pequeña mujer, que llevaba los oscuros cabellos cuidadosamente ondulados y recogidos bajo una sencilla capota. Intentó apartar la vista como si le fascinaran los enormes sacos de especias y de mercancías procedentes de Oriente para proporcionarles a la feliz progenitora y a su hijo un poco de intimidad. Pero pronto ella también se vio atraída por un abrazo de bienvenida después de Gennaro, claramente muy amigo de la familia, y antes de ser rápidamente desplazada por un entusiasta saludo a la mujer de su hijo y al hermoso niño que era su rubio nieto y que había dormido hasta aquel momento. La abuela lo cogió en brazos y lo arrulló ruidosamente. Tras la fantasmagórica visión de las calles de la ciudad, los nervios y la emoción de la casa de los Toscano le parecieron tranquilizadoramente humanos y Mia se relajó.

Los condujeron a una habitación de considerable tamaño del segundo piso, adornada con cortinas, y Ugolino les llevó un refrigerio. Luego *monna* Elisabetta, la madre de Porphyrius, les contó todo sobre la llegada de la «gran epidemia», como la llamaban en Volterra, y el impacto que había tenido sobre la ciudad y sobre su familia.

—No encontrarás a tus padres ni a tus hermanas en la ciudad, Gennaro —le explicó a este—, porque la mayoría de las familias con casas en el campo han huido del mal. Y tu padre y tu hermano —le comunicó a Porphyrius— también se han visto retenidos en Lucca, de camino a Marsella. La epidemia también ha llegado allí, pero por ahora están bien y se alojan a las afueras de la ciudad, en la villa de unos amigos. ¿Por qué, queridos hijos, por qué han elegido estos tiempos nefastos para regresar a casa? —preguntó un poco asustada—. Habría ido por mis propios medios a conocer a mi nieto y les habría ahorrado el peligro de visitar la ciudad.

—¿Cuántas familias están afectadas por la enfermedad, *monna* Elisabetta? —le preguntó Agnesca.

—Tal vez una de cada tres —respondió. Sus palabras apenas fueron audibles, como si pensara que el hecho de hablar en voz tan baja haría disminuir la posibilidad de que se alcanzara una cifra mayor—. Y por lo que dicen los médicos y los sacerdotes, muchos morirán. Hemos sido afortunados de no enfermar, pero no hemos salido de casa. Ugolino y yo estamos aquí solos, con la única compañía de Pascuala, el ama de tus sobrinos, y los cinco vivimos de lo que hay en la despensa. Solo nos hemos aventurado a salir a una tienda a comprar carne y no hemos visitado a ningún amigo.

Porphyrius le explicó entonces a su madre con más detalle una historia a la que había restado importancia en sus cartas: la de la larga y terrible lucha de Gennaro con la enfermedad, su recuperación final gracias a los cuidados de Agnesca y Mia y su propia huida del espeluznante horror del puerto de Messina, meses atrás. El rostro de la pobre mujer hizo una docena de muecas mientras el relato pasaba por las diferentes etapas e iba cambiando de personajes, hasta que Mia pensó que se le iba a parar el corazón cuando supo que su hijo podría haber contraído la enfermedad en Sicilia. En el contexto del informe sobre Florencia, y sobre lo que estaba pasando a un ritmo temiblemente acelerado allí en Volterra, se dieron cuenta del milagro de que ninguno de ellos hubiera sido tocado por la muerte, a excepción del obispo Ranuccio. Pero al final de la historia, la *signora* Toscano le volvió a preguntar por qué se arriesgaban a ir allí en aquellos momentos en que aquella implacable enfermedad estaba asolando Volterra con intensidad bíblica.

—Maria Maddalena —respondió Porphyrius— es hija de la *signora* Barbarina y sobrina de la *signorina* Jacquetta, de las cuales te acordarás, *mia madre*. Viene con intención de hablar con Ottaviano. Y Agnesca trae una carta del abad de la abadía de San Galgano, cuya vida rescató también de las garras de la epidemia. Le ruega al obispo Filippo que la perdone y que anule las acusaciones de su madre. Además, nos ha casado.

¡Aquello era más de lo que *monna* Elisabetta Toscano podía asimilar de una sola vez! Reflexionó unos instantes para valorar cada punto por separado, empezando por el último detalle mencionado. Saltó del asiento como si tuviera la mitad de la edad que tenía y abrazó de nuevo a su hijo y luego a su hija aún con más fuerza que antes, de manera que el pobre Luccio quedó aplastado entre ambas y, por primera vez, se echó a llorar.

—Tienen mi bendición, aunque sé que eso sólo afecta a la felicidad de una madre —reconoció—. Pero la aprobación más importante será la de tu padre, y él no se portará mal ni será poco generoso con ustedes.

A Agnesca le conmovió profundamente aquella emotiva reacción. Aunque los padres de Porphyrius habían sido corteses con ella siempre que los había visto, eso no quitaba que siguiera siendo una mujer con una situación legal dudosa y sin dote alguna. Podría haber sido repudiada por menos, ya que muchos matrimonios se anulaban inmediatamente si no se pagaba la dote.

—Ahora bien, en lo que respecta a lo otro, que la suerte te acompañe, Agnese. —*Monna* Elisabetta continuó con los otros asuntos—: Como llevo días confinada en casa, es posible que no tenga las noticias más actualizadas, pero a Pascuala le contó ayer el carnicero que el obispo aún sigue en el Palazzo Vescovile, ya que hay asuntos de la iglesia que lo retienen allí. Sin embargo tú, Maria —dijo al tiempo que se volvía hacia Mia con tono de disculpa—, no tendrás tu oportunidad. Me consta que Ottaviano, el resto de sus hijos y su esposa se han ido a Montecatini. A la primera señal de peligro se marcharon y no tengo ni idea de cuándo regresarán. Excepto cuando está rodeado de sus ballesteros, el señor de nuestra ciudad no es en absoluto valiente.

El cuerpo de Mia languideció mientras se cubría el rostro con sus delgados dedos. Se sentía avergonzada por el hecho de que sus sentimientos vencieran a su dignidad ante la *signora* Toscano, pero llevaba semanas esperando para obtener información sobre su madre y para saber cómo Ottaviano le podía explicar aquel acto a ella, hija natural suya. Tenía preguntas que hacerle y se había convencido, en su temeridad, de que él las respondería. Ahora sabía que, para ella, el viaje había sido en vano. Se recuperaría por su amiga y la acompañaría a ver al obispo, pero en aquel momento no conseguía comportarse de forma tan desinteresada. Había perdido la oportunidad de ver cara a cara a su padre y de decirle lo que pretendía.

Gennaro se acercó y se arrodilló ante ella.

—Maria, Ottaviano no es tu familia —le dijo mientras le separaba con suavidad las manos de la cara—. Ese título les corresponde a aquellos que cumplen el papel, que son tu tía y tus amigos, y son los que te quieren. Las explicaciones que necesitas puede dártelas, al menos en parte, Jacquetta. No conoce todos los detalles de la historia, pero sí lo suficiente. Regresaré contigo a Chiusdino y la escucharemos juntos.

Agnesca, a pesar de lo triste que estaba por Mia, no pudo evitar esbozar una leve sonrisa al pensar que, sin duda, solo Mia podía no ser consciente de los sentimientos de Gennaro hacia ella. Pero en lugar de dejar caer cualquier insinuación, dijo algo que no dejaba de rondarle el pensamiento:

—Excúsenme, pero, entonces, no debería perder más tiempo. Voy a pedir ahora mismo audiencia con el obispo Filippo. Mi corazón no lo desea y albergo muchos miedos en relación con esto, pero esa es la razón que me ha traído aquí y debo ponerle fin, de una manera o de otra. Quizá se incline la balanza un poco más hacia mí ahora que su padre no está aquí para orientarlo —añadió para intentar reunir un poco más de esperanza.

Su visita a casa Toscano concluyó con algunos consejos de Agnesca a su nueva madre sobre medicinas para la epidemia, en caso de que las necesitaran, y algunas recomendaciones sobre la limpieza de la casa.

—Porque no tenemos certeza de dónde viene la enfermedad, *monna* Elisabetta, pero es posible que las picaduras de los piojos o de los mosquitos la transmitan o empeoren, o incluso las garrapatas de los animales y las moscas, a las que parece haber afectado mucho. Dejen a los perros en los pisos inferiores y sean generosos al esparcir las hierbas.

El antiguo palacio obispal se hallaba en la catedral de la ciudad, contiguo a la Piazza dei Priori, pero, a medida que el *comune* del pueblo había ido aumentando gradualmente su poder y ganando preponderancia en aquel centro de gobierno, los obispos lo habían trasladado y habían construido un nuevo *castello,* hacía cien años, en la zona de la antigua acrópolis etrusca y romana.

Mia alzó la vista hacia el imponente edificio y se sintió muy pequeña. Su enhiesta torre era de gran fuerza y cierta belleza y un pórtico recorría la fachada del palacio. Incluso vista desde fuera, la capilla parecía muy lujosa. Sintió el esplendor y la pompa del poder episcopal que allí se ratificaba y aquello la asustó. Ella era una chica de campo de baja cuna y sin poder, y su arrogancia de esperar ejercer alguna influencia sobre aquella gente se evaporó de repente.

Fue Gennaro quien los llevó hasta el secretario de la casa y solicitó que los recibieran. A pesar de una enemistad de más de una generación con los Belforti, portaba el anillo de obispo de su tío y unas palabras exclusivamente para los oídos de Filippo. Y, de hecho, fue por ello por lo que se llevaron los caballos para darles de beber y cuidarlos mientras los admitían en la sala de espera del obispo de Volterra. La cabeza de Mia describió medio círculo mientras analizaba la vasta extensión de piedra que llevó a un par de sirvientes a los pisos superiores del palacio. Inspiró el olor del incienso que flotaba en el aire y observó el silencioso desfile de clérigos y otros dueños de la casa que iban y venían por el edificio. El arcón de plata dorada más elaborado que había visto en su vida dominaba la zona de asientos y el enorme cortinón de Arrás de la pared de enfrente flotaba suavemente hacia fuera y regresaba a la posición original cada vez que abrían la puerta principal. Si bien allá fuera todo era un caos, el interior del reino de su hermano seguía pareciendo tan sobrecogedor e impenetrable como siempre.

Transcurrieron varios minutos antes de que acudiera un secretario, casi para decepción de Mia, vestido con una túnica como cualquier otro clérigo. Tenía instrucciones de hacer entrar únicamente al *signor* Allegretti y este, con un gesto tranquilizador de la mano, las dejó y subió por las escaleras de piedra hacia un mundo que estaba más allá de la vista.

Pasó alrededor de un cuarto de hora y solo un hombre vestido con un traje blanco y negro de médico apareció procedente de una habitación de fuera para atravesar aquella en la que ellos se encontraban, antes de desaparecer por otro pasillo. En la torre del reloj sonó una única campanada para señalar las medias, aunque Mia no sabía de qué hora, dado que había perdido la noción del tiempo. La hora del almuerzo había llegado y se había ido hacía mucho tiempo, así que pensó que debían de ser las dos y media, pero la brillante luz y el bochorno del largo día no ofrecían ninguna pista. Agnesca se revolvió nerviosa a su lado unos instantes, mientras el bebé, inquieto, se resistía a ser calmado. Esta le dijo que se lo llevaría a algún sitio para alimentarlo y estaba a punto de preguntarle a un mayordomo dónde le permitirían hacerlo cuando Gennaro reapareció en lo alto de la escalera y bajó hasta donde estaban ellos, acompañado por un sirviente.

—Las recibirá a ustedes dos —dijo en un tono autoritario que Mia nunca le había oído usar antes—, Maria Maddalena y Agnese. El sirviente les enseñará el camino y nosotros, Porphyrius, esperaremos.

Agnesca abrió los ojos como platos, pero Mia la agarró de la mano y asintió mirándola. Le pasó a Luccio a su padre y las dos mujeres siguieron juntas al hombre que acababa de bajar con Gennaro, para volver a subir las escaleras.

Mia se quedó boquiabierta cuando se abrió la puerta tallada. Los aposentos del obispo estaban llenos de hermosos tapetes y sedas, tan amontonados que no había espacio entre ellos. Una ventana con bisagras, alta y con una triple arcada de fino cristal, proyectaba motas de luz roja sobre sus semblantes y sobre el suelo, y tallas de frutas y flores decoraban cada una de las columnas. Estaba a un mundo de distancia de la sencilla elegancia de la iglesia de la abadía de sus vecinos, y eso que aquello era solo su *studio*.

El obispo Filippo se puso en pie y les ofreció el dedo con el anillo para que lo besaran y, haciendo memoria, Mia se arrodilló delante de él y rozó la piedra con los labios. Agnesca se inclinó desde su posición detrás de Mia y dejó hablar al obispo.

—Así que eres la hija de la mujer Capobianchi —dijo con exagerado interés mirando a Mia, como si fuera un caballo en un mercado.

Envuelta en un velo de confusión, Mia no fue capaz de contestar. ¿Sería aquel el apellido de la familia de su madre? Su tía siempre se había hecho llamar «Jacquetta di Benedetto», que era el nombre de pila de su abuelo. Nunca había escuchado el apellido que acababa de usar e inclinó la cabeza, sin saber qué responder.

—La mujer —continuó este tomándose su tiempo— que primero destruyó la moral y la reputación de mi predecesor y luego le echó el lazo a mi padre.

El juego de palabras con el apellido irritó a Mia. Cierto era que ella no conocía la infeliz historia de su madre al completo, pero sabía que aquello era, con toda seguridad, falso. Recordó las últimas palabras que el obispo Ranuccio le había dicho y se sonrojó por la acusación implícita de Filippo Belforte. De pronto, dejó de parecerle un elegante prelado y un noble superior a ella en todos los aspectos para convertirse en el mentiroso hijo de un padre infame al que tenía todas las razones del mundo para menospreciar. Se irguió cuan larga era.

—Aunque no es mi deseo que así sea, su padre y el mío son exactamente la misma persona —dijo con el tono de voz suave pero claro que la caracterizaba. Era una voz que, a pesar de su dulzura, exigía ser escuchada: como si hiciera que el interlocutor tuviera que ajustarse a aquel tono y prestar toda su atención al hablante.

Con aquellas escasas palabras, Mia experimentó un arranque de confianza y un agudo sentimiento de injusticia, y a estas les siguió un verdadero torrente de ellas.

—El obispo Ranuccio, que Dios lo tenga en su gloria —continuó—, me dio una completa explicación en su lecho de muerte, cuando su alma estaba en peligro, y, como sabrás o admitirás, fue tu padre el que arruinó la única posibilidad de mi madre de ser feliz al engendrarme. Al hacerlo, echó por tierra también las oportunidades de mi tía. Sé que sus hombres fueron los culpables de su muerte porque yo estaba allí, Filippo, y lo vi.

Mia estaba nerviosa y respiraba agitadamente mientras hablaba, pero para aquellos que la escuchaban su discurso sonaba únicamente a rabia justificada y a sentimientos, y pudo seguir hablando sin que nadie se lo impidiera.

—La mujer que me acompaña cuenta con el beneplácito del obispo Ranuccio, que actuó fielmente como mi tutor durante todos los años de fechorías de tu padre y, como consecuencia, de la ausencia de cualquier tipo de restitución por su parte. Porta, asimismo, una carta del abad Angelo de San Galgano, vecino y amigo de mi tía. Atiéndela con auténtica dignidad, como se merece, trátala con la cortesía que tu cargo exige y me ahorrás la necesidad de hacer pública mi demanda. Incluso aunque tu comisión de ancianos sea elegida arbitrariamente por ti y te parezca que mi reclamación carece de solidez, aun así, la acusación de asesinato será divulgada y las lenguas hablarán y juzgarán a tu padre como crean conveniente.

Aunque Filippo Belforte había sido silenciado y Agnesca no tenía nada más que añadir, nadie estaba más asombrado por su coraje que la propia Mia. Nadie se sentó ni se movió. Mia casi podía ver los engranajes de la mente de su hermano en movimiento y sabía que lo había impactado. Al cabo de un instante, extendió la mano.

—Entrégueme la carta, *signora* Toscano —dijo inexpresivamente.

Filippo Belforte se sentó en el escritorio y, sin convidar a sus invitadas a que tomaran asiento enfrente de él, leyó el dilatado escrito del abad de San Galgano. Se quedó un buen rato sentado, con las manos entrelazadas, mientras hacía crujir los huesos de los nudillos, para disgusto de Mia. Estaba a punto de preguntarle si se podían sentar, cuando de pronto este levantó la vista hacia Agnesca.

—El abad asegura que eres una santa de una guisa que somos demasiado imperfectos para reconocer. Cree que no siempre podemos entender la voluntad de Dios y que Él te ha evitado la muerte con su propia mano.

Sus ojos carecían de expresión mientras hablaba y Agnesca no respondió nada en absoluto, ya que nada le había sido preguntado. Se observaron el uno al otro con miradas de sutil desafío durante medio minuto, más o menos, hasta que el obispo le pidió a un sirviente que acudiera y le susurró algo para evitar que Mia y Agnesca lo escucharan. El sirviente abandonó la sala y el obispo Filippo barrió a ambas mujeres con la mirada.

—¡Siéntese! —le oyó decir finalmente Mia, como si le estuviera dando una orden a un perro.

El tiempo que esperaron en absoluto silencio le pareció interminable. Mia sería capaz de dibujar la escena de caza de uno de los tapices de memoria, de tanto tiempo que estuvo mirándolo. Finalmente, el sirviente reapareció con una bolsa de piel de ciervo que el obispo abrió. Extrajo de ella unos documentos y los leyó por encima mientras respiraba con fuerza. Volvió a centrarse en uno y analizó con detalle la nota inserta en el margen de otro de ellos.

—Al parecer fue la *signora* Lucini, su madre, la que interpuso todas las denuncias contra usted. Veo que no lograron encontrar ningún testigo entre sus vecinos que hablara en tu contra y que tu padre rehusó posicionarse. Sin embargo —dijo con una fría mirada—, te escapaste de tu celda, lo cual es una ofensa contra el estado.

—El estado olvidó alimentarme —replicó Agnesca con rotundidad— y comer es un instinto humano al igual que vivir en libertad, de ser posible. No hice más que obedecer las leyes de la naturaleza.

Los labios del obispo Filippo se curvaron en una sonrisa absolutamente carente de cordialidad, pero ligeramente divertida. Consultó una vez más la carta del abad Angelo, a continuación ordenó los papeles y los dejó sobre el escritorio, delante de él.

—Veo que la iglesia todavía no te había preguntado sobre tu conciencia religiosa —dijo— y que se trataba de una acusación presentada exclusivamente por tu madre, lo que me obligó a declararte en peligro de herejía y a considerarte una posible amenaza para el estado. Además —añadió con enjundia—, hay una nota en un margen que me hace saber que fuiste confinada en la prisión de la ciudad a petición de tus padres, para ayudarte a entender tu deber de obediencia hacia ellos. Eso no se trata propiamente de una ofensa a la iglesia ni al estado. Sin embargo, no podría ayudarte si fueras acusada e investigada por parricidio o por conjurar a los demonios.

Entonces miró a Mia, cuyo rostro estaba profundamente concentrado en el suyo. Luego, al recordar su expresión, pensó que no sería extraño que hubiera dicho: «Esta muchacha puede acarrearme problemas. Esta muchacha, con todo lo insignificante que es, invocará a la compasión y deberíamos amordazarla». Y Mia no apartó la vista, como si se tratase de una prueba para medir su fuerza de voluntad.

Agnesca y Mia observaron cómo Filippo Belforte, obispo de Volterra, apretaba los papeles en la mano mientras caminaba hacia una pared que estaba en el exterior de la habitación, al lado de una ventana, donde un incensario despedía un humo perfumado para aromatizar el cuarto. Cogió un cirio de la estantería que estaba sobre él y lo encendió con una fina vela de sebo de uno de los apliques de la pared. A continuación, lentamente y en actitud pensativa atravesó la estancia hacia una chimenea en la que ese caluroso día de mayo no había ningún fuego encendido. En silencio, un tanto sorprendidas e incluso con cierto temor, vieron cómo quemaba todos los papeles y cada una de las notas, incluida la misiva del abad que iba dirigida a él.

Agnese Lucini, cuyo nombre completo no había conocido hasta aquel día y que solo escucharía en aquella ocasión, observó cómo su historia se desvanecía entre las llamas chisporroteantes mientras el papel se curvaba sobre la chimenea de piedra. Ambas mujeres vieron cómo esta era eliminada de la historia.

A continuación, Filippo se acercó a Agnesca, que estaba sentada, y su figura se quedó suspendida sobre ella. Le pasó el bolso vacío, que ella recogió, pero aunque el asunto que esta había ido a solucionar se había resuelto de forma bastante espectacular a su favor, la curiosidad de Filippo no estaba saciada. Le dirigió una mirada lasciva y se inclinó hacia ella.

—¿Invocaste a tus dioses para dar lugar a la tormenta que te liberó? —le susurró al oído.

Agnesca reconoció un efímero instante de poder por su parte. Los documentos habían desaparecido, pero él seguía creyendo que era una bruja y le temía. Una mezcla de regocijo y placer hizo que esbozara media sonrisa y se puso en pie antes de responderle.

—La ciudad fue fundada sobre los antiguos dioses, que todavía observan desde su puesto sagrado sobre la puerta. Vivimos en casas construidas sobre las de nuestros ancestros y la estructura de tu palacio está hecha con las piedras que formaban sus templos, teatros y salas de gobierno. Quizá dichos ancestros, dormidos en sus tumbas debajo de nuestras murallas y rodeándonos en sus colinas, nos oigan todavía. Y cuando nuestros sentimientos se desatan y clamamos desesperados contra las injusticias, ¿será posible que nos permitan invocar, como ellos tenían fama de hacer, al trueno, a la lluvia y al viento?

»Durante generaciones, las ideas de sus padres han sido declaradas culpables, cada nueva era muestra desdén por las creencias precedentes. Pero llegará un momento en que esta era será menospreciada por los que vendrán detrás y la de ellos, a su vez, será suplantada por otra era sin especificar en el futuro. Nos encanta tener la razón, pero ¿quién tiene la certeza de que lo que se ha olvidado no tiene valía? Yo creo que mis ancestros conocían la canción de la lluvia. Tal vez me escucharan o tal vez se trató solo de una noche de tormenta, dado que vivimos en un sitio donde el viento sopla con fuerza.

Los ojos del obispo Filippo analizaron los de ella, mientras pensaba en una respuesta. Su pregunta sorprendió a Mia:

—¿Superaré la epidemia? ¿Sobreviviré a esto?

—Las profecías van en contra de la ley en nuestra ciudad, así que solo me arriesgaré con una suposición: mantén tu palacio libre de bichos y haz que la casa y los criados permanezcan limpios y vivirás.

Él la escuchó y Mia vio el alivio y la rabia reflejados en su cara antes de levantar el brazo derecho y señalar la puerta.

—Fuera de aquí —le dijo con una voz claramente amenazadora—. Márchate a cualquier sitio fuera de la diócesis de Volterra y de las tierras de nuestros aliados, Pisa y Florencia. Vete a Siena, con los que tenemos disputas, si quieres, o a Lucca, pero no vuelvas por aquí nunca más. Si me entero de que estás en la Toscana, yo mismo presentaré cargos en tu contra y haré que toda la fuerza de la casa de mi padre y de mis hermanos recaiga sobre ti.

Agnesca hizo una reverencia y tomó a Mia de la mano, pero cuando estaba en la puerta, se detuvo y añadió:

—Puede que sobrevivas, Filippo Belforte, pero tu padre podría ser menos afortunado. Y tu hermano debería tener cuidado con los aires de cambio cuando estos soplen en su contra en esta ciudad.

Hizo una nueva reverencia y ambas abandonaron la habitación.

36

San Francisco, jueves, 22 de noviembre de 2007

E nzo siempre decía que era una tradición de la casa. Al
final de la fiesta de Acción de Gracias, el anfitrión y los
invitados debían «levantar la copa en memoria de los amigos
ausentes».

Su familia, junto con Tyler y Charlotte, a los que Maddie
había invitado con la condición de que no hablaran de trabajo
bajo ningún concepto, formaba parte de los allí reunidos, entre
los que se encontraban Barbara y su mejor amiga, Drew, así
como la *nonna* Isabella. Todos ellos llenaron las copas con uno
de los vinos de menor calidad de Pierce Gray, no con el pro-
mocionado a bombo y platillo Gray Lady que el profesor Moretti les había recomendado, y todos se pusieron en pie. Las
palabras de Enzo fueron igualmente conmovedoras, aunque ya
las hubiera repetido antes en tantas celebraciones de Acción de
Gracias: «Por los amigos ausentes», y el grupo repitió el brindis
al tiempo que levantaba las copas y bebía.

Cada uno de ellos reflexionó un instante.

Los primeros pensamientos de Maddie fueron dedicados
a Christopher y luego a su familia y, aunque los Taylor no ce-
lebraran el día de Acción de Gracias, sabía que se aproximaba
para ellos una triste época festiva, la primera sin su hijo. Pro-

nunció lo más cercano a una oración que se le ocurrió, una especie de bendición o deseo de esperanza para ellos, y luego pensó en Borgo. Invocó mentalmente con gran claridad cada uno de los rostros: el de Jeanette, el de Claus, el del precioso y pequeño Vincent y, finalmente, el de Søren, mientras escuchaba su característica voz musical, casi con un ligero acento, pronunciando aquellas últimas palabras antes de separarse en Inglaterra. Ella esperaba que la primavera llegase antes ese año y que las Pléyades se vieran claramente en los cielos del norte una vez más. Por supuesto, sabía que las estrellas aparecerían cuando debían, deseara lo que deseara ella, pero la esperanza le hacía más fácil enfrentarse al mundo y al estrés del trabajo.

Aquellos pensamientos hicieron que le viniera a la mente una pregunta, que le planteó a su padre.

—*Papa*, ¿tú crees que la esperanza y la confianza forman parte de nuestro ADN?

—Es un tema bastante filosófico para el día de Acción de Gracias —respondió, no demasiado sorprendido—. No creo que la esperanza ni la confianza, ni siquiera fe, se parezcan en absoluto. La esperanza es una especie de lista de deseos que podríamos querer; yo creo que la esperanza proporciona al animal humano la capacidad de enfrentarse a la adversidad y de superarla.

»Las enfermedades y la opresión a las que la gente se enfrenta hoy en día son terribles —añadió tras un momento de reflexión—, pero en la Edad Media la esperanza era vital para sobrevivir. Sí, Maddie, yo diría que ha sido la esperanza lo que ha llevado a la humanidad adonde está hoy en día. Por lo tanto, aun sin ninguna prueba científica, es posible que tengas razón y que la esperanza sea un componente esencial del genoma humano.

Barbara refunfuñó, principalmente por diversión, aunque tampoco exclusivamente para hacer la gracia.

—Papá, no permitas que Maddie haga que eches a volar la imaginación. Los demás nos aburriríamos como ostras.

El resto se rio, pero Enzo continuó cavilando a pesar del reproche de Barbara. Maddie había sacado un tema que le parecía interesante.

—La confianza y la fe son un poco diferentes, creo yo. La confianza hace referencia a un cálculo de posibilidades desde la superstición, pasando desde la confianza en uno mismo hasta la confianza en Dios. Los niños creen en las hadas y en Papá Noel, y mucha gente cree en Dios y en la persona de un afectuoso Jesucristo que se preocupa por ellos de manera individual. Muchos científicos creen en un universo indiferente.

Tyler, Drew y Charlotte estaban ya completamente absortos con lo que Enzo estaba diciendo y Tyler asintió mientras lo observaba.

—Yo creo firmemente en el pensamiento positivo. A mí me ha levantado; podría decir que me ha sostenido arriba —admitió con sinceridad.

Enzo asintió con gran consideración y luego se dirigió de nuevo a su hija menor:

—Estoy segurísimo de que la gente del mundo premoderno creía firmemente en el poder de la oración, en la posibilidad de una vida mejor después de la muerte e incluso en que a veces en la vida podían producirse milagros que mejoraran su situación si formulaban bien las peticiones. Y opino que creer en dicha creencia a veces realmente provoca que se haga realidad. Es la extraña realidad que se encuentra detrás de lo que los médicos llaman «efecto placebo».

Le sonrió a Barbara, cuya expresión de leve exasperación le resultaba ya familiar. Sin duda, estaba pensando que estaba a punto de desbocarse.

Ella bromeó con aquel estilo inimitable:

—Ahora se entusiasmará y empezará a hablar de las dificultades metafísicas de los científicos para abarcar las realidades de Dios, la creación y la providencia y hacerlas encajar con lo que ellos saben que es verdad.

Todos se rieron de nuevo, pero Barbara se limitó a pensar que conocía a su padre. Para su sorpresa, sin embargo, Enzo continuó con aquel tono liviano y, de hecho, los invitados que estaban en la mesa no mostraban inclinación alguna por que terminara cuando siguió hablando.

—Vivimos en una era posmetafísica —dijo con naturalidad— y la ciencia ha demostrado que el mundo que habitamos no depende ni deriva de cualquier otro reino. Lo que sabemos o hemos aprendido ha alterado nuestra visión de la realidad y no podemos desaprenderlo, pero somos muy afortunados por estar todos sentados alrededor de esta mesa. No es obligatorio creer y somos libres de pensar y creer lo que queramos. Aunque hay algunos, tanto en Estados Unidos como en el resto del mundo, a los que les gustaría que eso cambiara. Una excelente razón para que demos las gracias, ¿no les parece?

Y las copas se elevaron de nuevo.

Martes, 25 de diciembre de 2007

Carol Moretti, con un mandil y unos guantes de goma, estaba delante del fregadero de la cocina de Wildcat Canyon lavando los últimos restos de la cena de Navidad. Las dos hermanas, con sendos trapos de cocina de Williams-Sonoma que habían formado parte del regalo de temática azul que Maddie le había hecho a su madre por las fiestas, secaban las mejores copas y la cubertería de plata, porque Carol decía que no se podían lavar en el lavavajillas. Se las iba pasando a las chicas desde el fregadero mientras se oía de fondo el rugido de las tripas del lavavajillas abarrotado realizando el programa de lavado.

—Este lavavajillas suena como si estuviera en las últimas —comentó Barbara mientras cogía otra copa—. Ese sonido refleja cómo me siento yo: atiborrada. Pero ¡qué maravillosa celebración de Navidad! —añadió mientras todas disfrutaban en silencio de la compañía de las demás. Barbara abrazó a su hermana pequeña en particular, que parecía encontrarse mucho mejor que hacía unos meses, pero todavía tenía que enfrentarse al aniversario de la muerte de Chris.

Ese mismo día le había contado a Maddie en privado que ese año había celebrado el solsticio con algunos amigos paganos de Drew y había acabado en la cama con un druida; nombre que no había que confundir con Drew, había bromeado. Estaba algo más que un poco perjudicada, pero de excelente humor.

—¿Sabes qué te recomiendo? —dijo Carol mientras le pasaba a Maddie la pala de plata para que la secara—. Que deberías haber venido ayer a la misa de medianoche que celebraron en Santa María de la Asunción, en la que actuó un coro. Fue maravillosa. Te empapaba el alma y hacía que te olvidaras de las banalidades. Creo que esta vez hasta tu padre se emocionó. Aunque la catedral es muy moderna, causa un efecto imponente cuando está llena de música y de esos maravillosos vapores de incienso.

—¿Papá te llevó anoche hasta la ciudad para ir a la iglesia? —preguntó Barbara—. Nadie lo comentó a la hora de comer.

—Bueno, hay muchas cosas que no saben sobre su padre —respondió Carol con un ligero tono de victoria—. Y también llevamos a Isabella. Hasta un par de viejos escépticos como su padre y su abuela a veces encuentran el ambiente y la música casi insoportablemente conmovedores. La noche pasada fue una de esas ocasiones. Nos afectó a todos profundamente. Puede que esté en nuestro ADN, como tú decías, Maddie.

Martes, 1 de enero de 2008

31 de diciembre de 2007
Stormtree Components Inc.
invita a la señorita Madeline Moretti
a la celebración de Fin de Año
en el Club de Yates de San Francisco
S. R. C.

La invitación se cayó del refrigerador al abrirla para tomar el jugo de naranja. Se sentía fatal.

Hacía unos días le había enviado un correo electrónico a Søren para desearle felices fiestas y él le había respondido felicitándole el año y le había adjuntado unas fotos del mercado de navidad de Copenhague, que era como de cuento de hadas. El entorno sin parangón del Tivoli resplandecía por las bombillas que colgaban de los árboles, lleno de aldeas en miniatura con tiendas rebosantes de regalos y un lago encantado para patinar. Una fina capa de nieve ponía la guinda a la escena, que representaba todas las connotaciones que tenía para ella la Navidad desde la infancia hasta el presente. A Maddie le pareció precioso.

También le había enviado una caja de jabones de lirios hermosamente envueltos de la farmacia de Santa Maria Novella, en Florencia. Jeanette le había contado que Maddie tenía muchas ganas de comprar unos, pero que no había podido visitar la tienda al tener que acortar el viaje. El paquete no había llegado hasta el viernes y la nota de la caja rezaba:

Puede que no sea lo que yo hubiera elegido para ti, pero el aroma parecido al de las violetas es agradable y si es lo que tú querías, a mí también me parece perfecto.
Besos,

Søren

«¡Ah! Los quería para la *nonna*», se había dicho en voz alta mientras levantaba la tapa y aspiraba el perfume. Aunque lo cierto era que le había sorprendido muchísimo que se hubiera tomado la molestia.

En el correo electrónico decía que había vuelto a Dinamarca por primera vez en años para pasar las Navidades con sus padres, su hermano y su hermana. Insinuó que quería solucionar algún asunto que tenía que ver con la relación que tenía con su madre. Llevaba tiempo evitándolo y por eso hacía tanto que no había vuelto por allí, pero ahora que lo había hecho se sentía bien. Le agradeció a Maddie que hubiera sido su cómplice sin saberlo, ya que tenía la sensación de que había sido ella quien le había hecho darse cuenta de que debía ir.

Maddie pensó que podía imaginarse a qué se refería. Estaba relacionado con su deseo de independencia, algo que este había mencionado de pasada aquel día en el pórtico de Borgo. Pero tanto los mercados como Søren estaban muy pero que muy lejos.

Pierce Gray la había telefoneado hacía unos días para preguntarle por qué no lo había llamado desde que había vuelto de Italia ni había respondido a la invitación de la fiesta de Fin de Año. Había sido bastante cortante con él y, para empezar, le había dicho que había estado demasiado ocupada reparando los daños que Gordon Hugo había ocasionado a los corazones y a las mentes de sus clientes. Añadió que su babuino se había asilvestrado. Pierce se había quedado inusualmente callado al teléfono durante un rato, pero finalmente le había pedido que lo llamara cuando tuviera tiempo porque le gustaría volver a verla y tenía un regalito para ella. Pero los regalos de Pierce resultaban inquietantes y no eran en absoluto bien recibidos.

Así que había decidido no responder a la invitación, lo cual ahora admitía que había sido un poco grosero por su parte. En lugar de ello, como muchos otros en San Francisco, había salido a bailar y había acabado absurdamente borracha en una fiesta *gay* en el Castro con Barbara y Drew. Se había divertido mucho, algo que no se esperaba, pero la fiesta había continuado hasta las primeras luces del alba y se había arrastrado hasta la cama hacía solo unas horas.

Recogió la invitación y la observó mientras se tomaba el zumo. Tenía la sensación de que la cabeza no pertenecía a su cuerpo, pero se sentó un minuto para intentar pensar. Recordó que aquel día entraba en un nuevo año, así que dejó el zumo y la invitación, cogió uno de los jabones de la caja y fue a darse una ducha.

Sábado, 5 de enero de 2008

Isabella había invitado a Maddie a su casa para celebrar la fiesta de Epifanía el sábado por la noche. Maddie estaba un poco saturada de fiestas tras el último mes, pero aquella celebración le traía recuerdos de la infancia, entre los que se encontraba el cuento de una bruja conocida como la Befana, un personaje que le encantaba.

La leyenda italiana decía que la Befana era una vieja hechicera que se había perdido el momento en que los tres Reyes Magos se dirigían a entregarle los regalos a Cristo, que acababa de nacer. Los Reyes Magos habían pasado una noche con ella por el camino, pero esta no había querido continuar el viaje con ellos al día siguiente. La historia decía que luego había cambiado de opinión, pero ya era demasiado tarde y se había perdido la fiesta y nunca había llegado a conocer a Jesús. Para enmendar su comportamiento, la Befana vuela alrededor del mundo en su escoba durante la noche del 5 de enero para llenar los calcetines de los niños buenos de juguetes y caramelos y los de los niños malos con carbón.

A Maddie nunca le habían traído carbón y de niña no tenía ningún problema en hacer encajar a ese personaje en la historia de la Navidad. La Befana le parecía un personaje más interesante que Papá Noel y, además, significaba doble ración de regalos en los calcetines. Su familia había dejado de celebrar la Epifanía cuando Maddie había cumplido nueve años, así que se preguntó qué juego le tendría preparado Isabella.

A Maddie le parecía que ir a la casa de Isabella era entretenido y no quedaba demasiado lejos para volver andando, aunque estaba ya muy oscuro cuando abrió la puerta del jardín delantero de Isabella a eso de las siete de la tarde. Esta chirrió y la *nonna* Isabella abrió la puerta principal antes de que Maddie tocara el timbre, como siempre.

Cuando Maddie entró en la sala de estar, vio que la estatua de mármol blanco de Diana llevaba puesto un sombrero negro puntiagudo, como de bruja de Halloween. Colgado del cuello tenía un calcetín. Estaba exactamente como cuando Maddie era niña, lo que le hizo sentir una pizca de nostalgia.

Isabella le hizo un gesto para que lo cogiera. Era curioso, pero parecía estar más emocionada de lo normal. Observaba a Maddie como un halcón, como si estuviera anticipando alguna reacción especial.

Esta descolgó el calcetín y agitó una caja de joyas, atada con un viejo lazo blanco. La abrió con cuidado, retiró el algodón que cubría el contenido y una sonrisa le dulcificó la expresión.

Llegados a aquel punto, Isabella no se pudo contener más y dijo:

—Desde tu cumpleaños he puesto la casa patas arriba para buscar eso. Finalmente, lo encontré en el fondo de un cajón la semana pasada. ¿Te gusta?

Maddie bajó la vista hacia el gran broche de camafeo en el que había representadas un par de palomas con una guirnalda de flores que dibujaba un nudo de amor entre ellas. Todavía estaba prendido en el lazo negro de seda que había en la fotografía de su tatarabuela. Notó que una lágrima le humedecía el ojo y asintió. Sí. Era precioso.

—Es para ti —dijo Isabella—. Lo supe en cuanto te vi la cara al mirar por primera vez las fotos el día de tu cumpleaños.

Maddie miró a la *nonna* Isabella como si fuera a hacerle una pregunta, pero no le salieron las palabras.

—¿Si no creo que debería ser para Barbara? —respondió Isabella a aquella mirada—. De eso nada. Ella nunca se lo pondría, pero creo que tú sí. Barbara es más como su tocaya, santa Bárbara. Si te metes demasiado con ella, acabas alcanzada por un rayo.

Maddie pensó que aquella era una de las cosas más raras que la *nonna* había dicho nunca, y la miró de nuevo con gesto inquisitivo.

—¿No conoces la historia de santa Bárbara, la santa que no se murió a pesar de que la cortaban en pedazos una y otra vez? Al parecer volvía a juntarse de nuevo. Finalmente, su padre se hartó y decidió cortarle la cabeza, pero mientras levantaba el hacha le cayó un rayo encima. No —repitió—, esto es para ti. Tú eres la que está unida a los recuerdos del pasado. Tú lo sientes, como yo, aunque no entiendas nada.

Maddie abrazó a su abuela. Tuvo que admitir que, al mirar el camafeo, experimentó una fuerte sensación de haber visto aquella imagen antes en algún sitio, y no era en la foto de la abuela Mimi.

Domingo, 20 de enero de 2008

El día había comenzado con una suave lluvia.

No había forma de evitar el calendario, escapar del aniversario de la tragedia ni de ser catapultada sin previo aviso a la etapa del corazón roto y luego a la de insensibilidad. Ahora se daba cuenta de que era como si la hubieran lanzado a unas aguas profundas, oscuras e impenetrables, que la helaban hasta el tuétano, haciendo que dejase de respirar, y la arrullaban en una sensación de falta de vida y de esperanza de tal forma que luchar por su propia supervivencia parecía irrelevante. No había querido morir, pero tampoco había querido nadar. Ahora veía que había vivido durante meses en una especie de suspensión animada. Pero el año había pasado y allí estaba ella.

De un modo muy personal, había querido honrar la vida de Christopher en lugar de concentrarse en su muerte. No quería ser morbosa, pero necesitaba tiempo para sí misma. Barbara la había llamado el día anterior, preocupada por que Maddie no se quedara sola, pero esta insistió en que estaba bien y que lo único que deseaba era soledad. Encendería unas velas y se permitiría tener ciertos pensamientos, pensamientos a los que les había cerrado la puerta durante la mayor parte del año anterior. Le había dicho a Barbara que preferiría una vigilia silenciosa.

Con aquello en mente, había pasado la mañana inmersa entre las páginas de su álbum de fotos de Oxford, reviviendo los momentos de cada fotografía con los amigos en el río, en una obra en el césped del Merton College, una mañana de mayo con Chris en Magdalen Bridge. Todos los recuerdos eran dulces y aun así menos inmediatos que los sentimientos a los que había invitado a entrar aquella noche de septiembre, antes del juicio. Chris no estaba en las fotos, pero estaba con ella y siempre lo estaría en las calles y los edificios de su ciudad, y también en Venecia. Todavía sentía la pérdida, pero era un poco menos aguda que unos meses antes, incluso.

Aunque había sido brutal, la muerte de Chris la había obligado a emprender un viaje hacia una esencia del ser íntegra y solitaria. Aún faltaba mucho para que el viaje terminara —de hecho, acababa de empezar—, pero cada vez se veía más como una peregrina que, como Jeanette había descrito, intentaba liberarse de las limitaciones de su propio mundo y purificarse durante el proceso.

Pero alrededor de las tres de la tarde, el recuerdo de la llamada telefónica irrumpió en sus pensamientos. Se quedó mirando el auricular que estaba en la cocina y oyó la voz de Harriet Taylor resonando en su oído una y otra vez. El estómago le dio un vuelco y sintió un leve ataque de pánico.

De la forma más lenta y tranquila que fue capaz, Maddie se sentó sobre una alfombra en el suelo del piso, con la laptop abierta sobre la mesa de centro que tenía delante. Empezó a repasar la colección de fotos de Borgo, buscando consuelo en las imágenes. En una de ellas, Vincent y su madre se estaban riendo en el jardín de rosas y desde otra la saludó la habitación de los peregrinos con la cama sin hacer, como si se acabara de levantar. Se detuvo en una de Søren que le había hecho en formato tres cuartos. El lado derecho de su cara siempre parecía tan bien dibujado y hermoso que casi resultaba irritante. Recordaba que el izquierdo, sin embargo, no había sido ejecutado de forma tan perfecta por la naturaleza y desde aquel ángulo parecía agradablemente mortal. «Jano», pensó mientras sonreía para sí. Luego pasó a otra foto, esta vez de la vista del valle Serena desde el pórtico, con las enormes vasijas de los limoneros de fondo. Casi podían olerse las flores.

Las fotografías surtieron el efecto requerido y le ayudaron a encontrar consuelo en la idea de que alguien se había molestado y había intentado imaginar un mundo mejor.

Ya eran las cinco y la lluvia, que había cesado hacía un rato, empezó a caer de nuevo e hizo que oscureciera de forma prematura. Maddie comprobó la hora y se levantó. Tenía las articulaciones entumecidas. Se desperezó y decidió que una ducha le vendría bien y la ayudaría a pasar el rato. Cambió las velas por otras nuevas y puso a Puccini en el equipo de música, manteniendo un volumen respetuoso, pero satisfecha con los sentimientos que la ayudaba inmediatamente a liberar. Alrededor de una hora más tarde era ya completamente de noche y, aunque todavía no hacía frío de verdad, se dio cuenta de que estaba temblando un poco. Tal vez necesitaba comer, aunque no tenía hambre.

Mimi seguía cantando y Maddie fue hacia la ventana desde donde se veía la bahía. Se rodeó el tronco con los brazos y se estremeció mientras veía caer la lluvia. Se sentía mucho menos valiente que durante las primeras horas del día.

Entonces lo oyó. Detrás de ella, alguien estaba llamando con suavidad a la puerta. No había oído el timbre de la calle, así que tenía que ser un vecino. ¿Estaría la música demasiado alta? O puede que fueran la *nonna* o Barbara, ya que ambas tenían llave. Pensó que si eran la *nonna* o su hermana se sorprenderían de lo bien recibidas que serían y ella no lo consideraría en absoluto una intrusión, como se había imaginado. Abrió la puerta.

—No digas nada —dijo él mientras le ponía los dedos muy suavemente sobre los labios en lugar de besarla—. No pretendía interrumpirte pero pensé que, por muy suave que fuera el clima, para ti debía de estar siendo uno de los días más fríos del año.

Los ojos de Maddie se deshicieron en lágrimas. No fue capaz de preguntarle cómo ni por qué estaba allí. Sabía que ella lo había invocado.

—Es la ópera, que me hace llorar —consiguió decirle.

—Lo sé —dijo él. Y sus brazos la rodearon.

37

Volterra (la Toscana), finales de mayo de 1348

Como solía suceder a finales de un día de calor sofocante de verano, las nubes de tormenta empezaron a reunirse sobre las torres y los tejados de la ciudad y se levantó una fuerte brisa que barrió las calles prácticamente vacías. El único consuelo de Mia era que se llevaba el terrible olor de la enfermedad a otra parte.

Estaban casi debajo de la puerta etrusca, cuando ella se detuvo.

—¡Tienen que venir a casa, al menos para recoger sus pertenencias! —le gritó a Agnesca, que iba en el caballo que avanzaba delante de ella.

Las lágrimas le dificultaban el habla. Se había guarecido dentro del porche, bajo los dioses de la antigua ciudad, pero el viento que rodeaba la parte delantera de la montaña de repente levantó la capucha de su capa y le tiró del largo cabello, liberándolo al cabo de unos instantes del lazo flojo que sujetaba con poca fortuna su espesa melena. Mechones de largos rizos oscuros volaron sobre su rostro y la corriente de aire frío abrasó la sal de sus mejillas. Deseaba poder hacer retroceder el tiempo hasta aquella perezosa mañana, hacía tanto tiempo, en que habían partido de Santo Pietro. Era imposible que hubiera sido solo el día anterior.

—Llegamos con menos que nada —consiguió responder Agnesca, también con la emoción en la garganta—, así que nuestras posesiones poco me importan. Lo cierto es que debemos partir desde aquí, porque él mantendrá vigilado Santo Pietro —casi gritó al viento— y haría que la calamidad se cerniera sobre todos ustedes. —Su voz sonó más segura de lo que se sentía, pero estaba decidida a ser fuerte por Mia.

Ella lloraba. Era como si estuviera liberando las lágrimas que había mantenido prisioneras desde que había abandonado aquellas puertas de niña. Entonces su voz se había congelado y no podía contarle a nadie su misterio. Aquel día ya era capaz de emitir los sonidos necesarios, pero estos solo surgían en forma de lamentos entre unas cuantas palabras un poco más claras.

Gennaro acercó su caballo y le sujetó la capa, que estaba enrollada a un lado, sobre su cuerpo. Le ayudó a envolverse de nuevo en ella para que pudiera protegerse un poco del viento.

—Podríamos esperar a que mejore el tiempo —les dijo a todos—, no cabe duda de que se avecina una tormenta. Pero tienes razón, es más seguro que nuestros caminos se separen aquí.

Agnesca asintió y, de repente, se produjo un momento de extraña calma. Volvió el caballo contra los elementos y se puso de frente a Mia. Le apretó con fuerza el brazo y se obligó a esbozar una sonrisa. Mia pensaría más tarde que aquello estaba totalmente en armonía con la fuerza y el resplandor de su carácter.

—Hoy nuestros caminos nos separan —aceptó—, pero si vuelves a atar el nudo que está en nuestro jardín bajo las palomas, Mia, te prometo que un día me llevará de vuelta a ti.

Agnesca también tenía el rostro húmedo por las lágrimas cuando abrazó a su amiga con tal fuerza que los caballos se asustaron el uno al otro y Mia vaciló. Gennaro extendió el brazo para sujetar las bridas y tranquilizarlo, mientras intercambiaba con Porphyrius unas cuantas palabras que, para Mia, se perdieron en el viento.

Mia se apartó el cabello suelto de la cara y vio sonreír a Agnesca, antes de que esta hiciera girar de nuevo a la yegua. Pero el momento se había ido y, con Luccio enroscado dentro del manto de su padre como un gusano de seda en su capullo, partieron al paso colina abajo con las herraduras de los caballos echando chispas y retumbando contra las piedras que dejaban atrás.

—¿Adónde irás, *la raggia?* —gritó Mia con todo el dolor de su corazón. Pero la pregunta fue formulada demasiado tarde para obtener respuesta.

—Porphyrius tiene propiedades, Maria, al igual que yo —le dijo Gennaro mientras observaba cómo los jinetes se perdían de vista. Todavía seguía sujetándole las riendas con firmeza—. Y tal vez debería llevarte con mi familia a Pomarance, dado lo amenazador que se presenta el cielo. Aunque creo que la tormenta es solo aquí —dijo tratando de tranquilizarla— y si consigues mantenerte sobre el caballo y permaneces cerca de mí podríamos estar en casa, con Jacquetta, al caer la noche, dadas las horas de luz que aún nos quedan.

Las lágrimas de Mia rodaban sin control, pero cuando oyó la palabra «casa» apretó ambas manos y asintió.

Jacquetta se había sentado a bordar al lado de un par de velas hasta bien entrada la noche. Aquello era algo poco usual en ella, pues no era una mujer a la que le gustara dedicar horas a las labores de aguja. Siempre decía que era cosa de damas sin propiedades que administrar, cosechas que supervisar, cuentas que cuadrar al final de la semana ni huéspedes a los que sustentar. Aquel día, sin embargo, dichas tareas estaban bajo control y no fue capaz de encontrar ninguna otra excusa para aplazarlo más. Por esa razón había entrado en la sala de música y había colocado el bastidor hacía unas horas y había bordado casi dos centímetros cuadrados del diseño que Mia había dibujado debajo para ella, en el que se veía a un unicornio recostado en un huerto de granados. Se le estaba cansando la vista por la falta de luz y estaba deseando irse a la cama, pero estaba nerviosa por Mia y Agnesca y sabía que seguiría dándoles vueltas a las posibilidades que había, se fuera a la cama o no.

Alba le llevó una taza de vino y la miró con los ojos de quien ha estado sirviendo a una persona desde que ambas eran jóvenes. A los veinticuatro, Alba era dos años menor que su señora, pero a pesar de las diferencias de dinero y de cuna entre ellas, Alba había estado más cerca de Jacquetta de lo que decretaban las costumbres debido a la adversidad que habían compartido, y no era inusual que ambas hablaran con cierta confianza sobre sus sentimientos íntimos.

Le entregó el vaso. Como no había nadie más despierto, Jacquetta se había quitado la cofia, dejando a la vista el mechón de cabello de color dorado rojizo que se había retirado de la frente para acentuar la aristocrática forma de esta. Alba pensó que todavía seguía siendo muy hermosa, con aquella fina figura y los ojos de color azul marino heredados de la abuela francesa en honor a la cual le habían puesto aquel nombre. Aquella noche, sin embargo, parecía cansada y solitaria y, aunque Alba sabía lo que le preocupaba, solo podía ofrecerle el modesto consuelo de palabras tranquilizadoras que, en realidad, no creía.

—Los estás esperando —dijo con compasión—, pero puede que se queden otra noche en la ciudad. La familia del *signor* Gennaro tiene una casa en la ciudad de Volterra y está muy lejos de aquí.

Jacquetta arqueó las cejas y sus mejillas se hundieron. Sin desviar la atención del bordado, respondió:

—Si lo dices para levantarme el ánimo, Alba, te esfuerzas en vano. Ambas sabemos que el camino de Volterra se encuentra en un estado aceptable en esta época del año y la noche es muy clara. No tiene nada que ver ni con el viaje ni con el alojamiento.

—La *signora* Toscano es la mujer más dueña de sí misma que conozco —repuso Alba sonriendo con optimismo—. Estoy convencida de que no puede sufrir ningún mal. Tiene dos hombres que la protegen y ambos estarían dispuestos a dar la vida por ella.

Alba dijo aquello para convencerse de que los peligros de la ciudad eran menos alarmantes que en los tiempos de la madre de Mia. Entonces había habido una oleada de anarquía en el pueblo mientras los Belforti se establecían en la casa de la familia de Gennaro, pero tres años después de que Mia llegase a Santo Pietro, Walter de Brienne, duque de Atenas, asumió un breve reinado como señor de la ciudad a instancias de Florencia y el pontífice intervino para insistir en el hecho de que los Belforti cumplieran las leyes y permitieran a sus enemigos vivir en paz en Volterra, aunque fuera sin esplendor. Ottaviano lo aceptó a regañadientes cuando volvió al poder y Alba prefería pensar que el joven obispo electo se comportaría de una forma noble o, al menos, no agresiva.

—El abad Angelo es un sutil contendiente —le dijo Jacquetta a Alba—, pero la costumbre hace que sea cautelosa con mis expectativas. Incluso cuando la justicia es bien merecida, en muchas ocasiones no es administrada.

Pasaba la medianoche cuando Jacquetta dejó el bordado, tomó la vela que usaba por las noches y empezó a subir las escaleras hacia sus aposentos. Pero cuando llegó al final, al rellano que estaba delante de la habitación de Agnesca y Porphyrius, oyó a unos caballos allá abajo, en el camino. Aunque no le pareció que fueran cuatro. Se sujetó el vestido y dio media vuelta, sintiéndose a un tiempo aliviada y desasosegada. Tenía la sensación de que se trataba de Mia, aunque el hecho de que llegara a aquella hora podría ser, en cierto modo, un mal presagio. ¿Habrían cabalgado directamente hasta casa? Al parecer, no habían prolongado el placer gracias al éxito. O tal vez la epidemia hacía que a muchos posaderos del camino de Volterra les pusieran nerviosos los extraños.

Bajó hasta la maciza puerta, abrió los cerrojos y le ofreció la vela a la oscuridad. La luna estaba aún creciente y brillante, aunque no llena, y a aquella hora no había ninguna antorcha encendida en los establos. Sin embargo, Cesaré, que tenía un oído muy fino, se había vestido apresuradamente para llevarle una lámpara y en aquel momento estaba siendo espoleado por Jacquetta para que corriera a ayudar a los tardíos visitantes. Pocos minutos después Jacquetta, que había usado la vela para volver a encender los apliques que había al lado de la chimenea, oyó unas pisadas que cruzaban el patio. Volvió a la puerta, vio que unas sombras se movían bajo el olivo y, de repente, su sobrina le llenó los brazos, deshecha en lágrimas, seguida de un consternado Gennaro.

—Ha obtenido la libertad, Mia —le dijo Jacquetta a su sobrina después de calentar vino en la cocina y escuchar una vívida explicación de los hechos acaecidos ese día—. Tendrá que elegir con cuidado dónde vivir, pero está casada y no pesa sobre ella ninguna sentencia formal.

—No hay esperanza de que le restituyan sus propiedades —añadió Gennaro con ironía—. El destierro implica que las tierras de la familia y la casa, o lo que queda de ella, le corresponden a los Belforti. Pero al menos tienen un futuro.

—El destierro no es lo peor que podría haber pasado —dijo Jacquetta con buen juicio.

—Pero no volveré a verla —se lamentó Mia, sin apetito para comerse el pan que tenía delante—. Y no hemos podido despedirnos como es debido.

Miró a su tía lastimeramente y tomó una decisión. El día no podía haber sido peor: había sido abandonada por la persona a la que más quería en el mundo después de Jacquetta, había revisitado el escenario de su terror infantil, la epidemia había caído como un paño mortuorio sobre la ciudad y Mia tenía la sensación que se había desatado un apocalipsis en el mundo que afectaba a mayor cantidad de gente que la enfermedad que había descendido sobre ellos. Por segunda vez en la vida, no tenía ninguna certeza: a su mundo le faltaba toda la seguridad que había reconstruido allí desde que había sido abandonada de niña.

Así se lo hizo saber a Jacquetta, antes de añadir:

—Mi hermanastro mancilló la memoria de mi madre con insinuaciones que yo no podía refutar con seguridad, aunque fingí hacerlo. La llamó «la mujer Capobianchi», un nombre que nunca te había oído utilizar a ti. Es hora de que lo sepa todo, por muy horrible que pueda ser.

—Es tarde —advirtió Jacquetta— y se trata de una historia triste para antes de dormir.

Mia, sin embargo, estaba decidida a que se la contara en aquel momento, en uno de los peores días que recordaba. Así que, animada por un gesto de asentimiento del joven que había devuelto fielmente a su sobrina a casa, Jacquetta aceptó.

—Procuraré ser lo más breve posible —aseguró—. Lo cierto es que pertenecemos al linaje de la familia Allegretti —precisó, sonriendo con dulzura—, aunque fue en la generación de mi bisabuela cuando fuimos primos cercanos. Y tu madre, Barbarina Capobianco, era el orgullo de nuestra familia. Ella era, sin duda, la más bella de la ciudad, y lo digo de corazón, sin ningún tipo de resquemor. Sus ojos eran grandes almendras bajo largas pestañas y sus cabellos dibujaban profundos arroyos rizados; eran muy similares a los tuyos, aunque no tan oscuros. Pero su rostro, Mia, había sido esculpido por un ángel. Tenía los labios del color de los albaricoques y unas mejillas marcadas a la par que sensuales. Si tenía algún defecto, era el de saber el poder que ejercía sobre los demás, algo que a veces utilizaba para lograr lo que quería. Pero aquello la hacía más fascinante aún para muchos hombres y elevaba su valor.

»Nuestro padre albergaba grandes esperanzas de conseguir un espléndido partido para ella y, por medio de discretas urdimbres y maquinaciones, logró atraer a uno de los hijos de la familia Aldobrandeschi para que pidiera su mano. Ella tenía catorce años cuando cerraron el trato que la convertiría en condesa.

»Pero dichas ambiciones se elevaron demasiado cerca del sol para Ottaviano. Aquella poderosa familia de condes reforzaría al clan de los Allegretti y Ottaviano estaba inexorablemente en contra de ellos. La víspera de convertirse en *podestà* en Bolonia, encontró la oportunidad para acabar con las esperanzas y los deseos de todos sin remedio. La siguió a casa desde la iglesia adonde había ido a rezar en una tarde de tormenta, aprovechando que la lluvia y el viento habían barrido la calle de testigos, se abalanzó sobre ella y su sirvienta con tres de sus hombres, todos ellos armados, y ambas mujeres fueron atacadas, arrastradas a un granero y violadas. Tenía quince años, Mia, exactamente la edad que tú tienes ahora.

»Mi padre no lograba admitir que su hija hubiera sido mancillada y cuestionó si había yacido con el ambicioso enemigo de nuestra casa por voluntad propia. Tal era su vergüenza, y la injusticia para el poder familiar, que hizo caso omiso de su alegato. Las súplicas de mi madre fueron débiles, dado que también sus objetivos habían sido frustrados, y los esponsales fueron anulados. Ottaviano había huido a Bolonia, incapaz de enfrentarse a cualquier denuncia. Pero nuestro padre no presentó cargo alguno, Mia, porque lo último que deseaba era que el suceso adquiriera notoriedad y porque sabía que exigiría *vendetta*, para lo cual no tenía agallas. Muchos años después, Ottaviano aseguraría que mi hermana había renunciado a su virtud con demasiada facilidad.

»Repudiada por su padre y en boca de toda la ciudad, habría estado perdida de no haber sido por el obispo Ranuccio, el miembro de mayor categoría de la familia. Él amaba a tu madre, Mia, en el mejor sentido de la palabra. Sin dejarse intimidar por la opinión ni por las habladurías de terceras personas, le proporcionó una casa para ella y su sirvienta, y cuidó de ti. Por supuesto, aquello llegó a oídos de Ottaviano, quien se encargó de propagar el rumor de que se había convertido en la amante del obispo Ranuccio. Pronto todos llegaron a la conclusión de que tú debías de ser hija del obispo y que las falsedades de Ottaviano eran ciertas, y es que ¿quién iba a tener el coraje de llevarle la contraria al ahora señor de la ciudad?

»El resto fue coser y cantar. Cuando se hizo con el poder y exilió a Ranuccio, confiscó todas las propiedades de los Allegretti y se comportó de la forma más vengativa posible al echar a tu madre de la casa que aquel le había proporcionado en el pueblo. Dio carta blanca a sus hombres para que la expulsaran como fuera. De hecho, yo siempre había creído que la habían matado por accidente en medio de una discusión, mientras intentaba aferrarse a sus derechos. Solo hace un año, cuando empezaste a hablar, me fue revelada la verdad de lo que había sucedido dentro de la casa aquel día.

»Lo único que me resta decirte, Mia, es que yo estaba decidida a que te fueras con nosotros para vivir bajo la protección del techo de tu abuelo, pero no quisieron ni oír hablar del tema. Así que no te puedes imaginar el placer de mi acto de rebeldía cuando le devolví el apellido a mi familia y, desde ese día, empecé a usar el de mi abuelo. Te traje a ti, a Loredana y a su hijo conmigo a esta casa, que me fue otorgada para que cuidara de ti por el obispo Ranuccio. Y donde hemos sido felices desde entonces, ¿no te parece?

Las lágrimas rodaban por las mejillas de Mia. No era una parte concreta de la historia la que la hacía sentirse de aquella forma, sino la historia en su conjunto: el abuelo que le había dado la espalda a su madre y a ella misma, la hipocresía de Ottaviano, la razón por la cual su tía Jacquetta llevaba una vida de madre sin un marido, la falta de compasión de los demás.

—¿La desgracia de mi madre te forzó a abandonar tus esperanzas de matrimonio? Y después desafiaste a tu padre —susurró.

—Esa fue mi elección —dijo Jacquetta con valentía—, aunque estás muy equivocada. Yo tenía un amor, pero solo diré sobre él que era miembro de la familia Rapucci, la que compró la casa torre Toscano, donde vivía la familia de Porphyrius; por eso conocía gran parte de su historia. Nuestro matrimonio fue pospuesto por las complicaciones de la vida de mi hermana y el acuerdo sobre la dote, pero yo tenía diecisiete años y estaba a punto de pronunciar mis votos y trasladarme a su casa cuando asesinaron a tu madre. Sin ningún sentimiento de pérdida, Mia, te elegí a ti. Y volvería a hacerlo sin dudar.

Mia abrió la boca mientras buscaba algo que decir, pero no encontró palabras. Aquella era una revelación imposible. Su tía había sacrificado su matrimonio únicamente para convertirse en la madre de Mia. No era necesario aclarar nada: el hecho de hacerse responsable de la hija ilegítima de su hermana ponía fin a su oportunidad de casarse con su pretendiente. Y por mucho que ese prometido quisiera a su tía, la costumbre entre las familias nobles nunca lo habría aprobado.

—Me elegiste a mí —fue lo único que consiguió articular al cabo de un rato, antes de rodear a su tía con los brazos y enterrar el rostro en su canesú. Acto seguido, Mia se enderezó—. Tú me elegiste a mí —repitió— y yo te elijo a ti. Te seguiré a donde quiera que vayas, tía Jacquetta, hasta a la tumba. Cuando me llegue la hora, seré enterrada a tu lado, pase lo que pase.

Por segunda vez desde que había llegado a villa Santo Pietro, la ocasión anterior había sido la noche de la llegada de Agnesca y Porphyrius y la casa estaba llena de huéspedes, aquella noche Mia durmió al lado de su tía, en la gran habitación con vistas al valle Serena. Sus sentimientos amenazaban con desbordarla. Todavía sentía desesperadamente la pérdida de Agnesca, pero su amor por su tía también se había hecho un poco más profundo, si eso era posible. Mia se preguntaba si alguna vez ella tendría la fuerza necesaria para hacer algo tan desinteresado y acoger al hijo natural de otra mujer en lugar de casarse y crear una familia propia. Pensó que aquello era como entrar en una orden religiosa, y totalmente lo opuesto a lo que Agnesca había elegido.

Gennaro, por su parte, se había retirado al cuarto de siempre sumido en sus pensamientos. Había permanecido sentado en silencio mientras Jacquetta contaba la historia. Encajaba con la mayoría de lo que sabía del obispo Ranuccio, pero le había impresionado oírlo de sus labios por la fuerza de su carácter para oponerse a su padre y a su madre por el bien de Mia. Y estaba igualmente conmovido por la ferocidad de la lealtad de Mia hacia su tía. Aquellas dos mujeres estaban, y con razón debían estarlo, entregadas la una a la otra. Pero aquellos pensamientos también le generaban inquietud. Hacía cierto tiempo que se había empezado a considerar víctima de un dulce encantamiento y, de ser así, a él se sometería de muy buen grado. Era por ello que ahora se planteaba si sería posible —y cómo— hacer una pregunta que había tenido en mente desde el nacimiento del pequeño Luccio, la víspera de Santa Inés.

Tras pasar toda la noche en vela, caminó sobre los campos del abad con las primeras luces del alba hasta la pequeña glorieta donde yacía enterrado San Galgano. Una vez allí se sentó, meditó y rezó, y pasado un tiempo, regresó a la villa. Encontró a Jacquetta sola con Giulietta, la lavandera, y tras hacerle una breve pregunta, se la llevó de la mano hasta el fondo de la enorme propiedad, donde Agnesca y Mia habían plantado su jardín de curación, encantamientos y nudos mágicos. Allí encontró a Mia, sentada bajo la morera y la pareja de palomas.

—He agonizado durante toda la noche —les dijo a ambas— y te respeto, Maria, por los sentimientos que expresaste al fin de una larga velada.

Se sentó en el banco de piedra al lado de Mia, tirando suavemente de Jacquetta para que se acercara a él. Tenía los enormes ojos castaños tan colmados de sentimiento, que ambas mujeres desearon hacer o decir algo para apartar de él aquel dolor.

—La promesa que le has hecho a tu tía me parece más que apropiada —le dijo a Mia, asintiendo—, pero ¿os importaría dejar a un lado lo de la tumba durante unos instantes —intentó sonreír mientras miraba alternativamente a la sobrina y a la tía— para permitirme preguntarle a Mia si aceptaría llevar mi apellido?

Jacquetta había estado esperando aquella pregunta desde que habían empezado a jugar a *Il Mulino* en invierno. Se limitó a posar la mano sobre su hombro, sonriendo.

Pero Mia se percató de que le reportaba un placer inesperado oír a Gennaro llamarla por su verdadero nombre por primera vez y, al ocurrir tras dos días rebosantes de revelaciones sentimentales, le sorprendió la fuerza de los sentimientos que ella tenía ahora hacia él. Se preguntaba en qué momento este había pasado a ser parte tan importante de su felicidad.

El gesto de su tía Jacquetta fue la única bendición que consideró necesaria para tomar una decisión y le sonrió como si, de pronto, compartieran un secreto.

—Sí —dijeron ambas, y se echaron a reír.

—Sí, por favor —respondió Mia, esta vez ella sola, y entrelazó los dedos entre sus bucles de color castaño claro para besarle la frente.

38

San Francisco, *finales de invierno-principios*
de primavera de 2008

Había muy poca niebla y la mañana era casi perfecta,
pero Maddie se sentía aturdida mientras bajaba paseando por la colina hacia el agua. Todavía llevaba puestos los
jeans y llegaría tarde, pero necesitaba respirar el aire salado que,
con un poco de suerte, estaría perfumado con plumerias. Necesitaba aclarar las ideas y entender qué era lo que había sucedido la noche anterior. Toda la tarde del día anterior había sido
surrealista y, si no fuera por las flores y el característico olor de
las violetas que había en su piso y que, según él, tenían cierto
significado, juraría que nada de aquello había sucedido y que
estaba bajo los efectos de las drogas, o soñando.

Se quedó mirando unos minutos una gaviota que volaba
en círculos y a alguien que nadaba y luego inhaló el océano, no
solo su aroma, sino su inmensidad, que siempre la hacía sentirse viva y libre. Él había llegado como una aparición, casi como
un ángel, pero ¿era aquello lo que quería? Sin embargo, entendía perfectamente las sabias palabras que le había dicho.

Empezó a respirar más profundamente y sacó el celular
del bolsillo. Necesitaba hacer trampas, solo un poco. Llamó a
la oficina, donde, como aún acababan de dar las ocho, el con-
testador estaba todavía conectado, y dejó un mensaje para Te-

resa en el que le pedía que le comunicara a todo el mundo que no llegaría hasta mediodía.

—Tengo que hacer una cosa y estaré ilocalizable durante un par de horas —dijo.

Se fue a casa y se vistió para afrontar el día. Solo una toalla húmeda colgada en el toallero equivocado y el manojo de rosas y violetas atadas a mano que había en un jarrón redondo revelaban que, efectivamente, había tenido visita. Había vuelto a irse, llevándose con él los ojos de color castaño que la habían estado observando toda la noche, hasta hacía menos de una hora.

Cogió el tranvía para subir la colina, e hizo la primera parada en la tienda de Jimena. Cuando llegó, la persiana estaba todavía bajada y el cartel de «cerrado» puesto, pero dio unos golpecitos en la puerta de cristal porque veía dentro su silueta, de espaldas a la ventana. Jimena hizo un gesto con la mano sin levantar la mirada, como para indicarle que se fuera, que aún no había abierto. Pero luego se volvió y sonrió, presumiblemente al identificar la silueta del pelo de Maddie y darse cuenta de quién era la que había llamado.

La puerta permaneció abierta lo justo para dejar entrar a Maddie y se cerró de nuevo inmediatamente.

—Esta mañana pareces *curiosa*,* señorita Maddie —dijo Jimena un poco sorprendida.

—Es exactamente como me siento —respondió con una voz inusitadamente profunda—. Tengo que llevar unas flores a la catedral, Jimena. Quiero encender una vela por Christopher, algo que aún no había hecho. Durante la noche me he dado cuenta de que necesito decirle adiós. No tuve la oportunidad de hacerlo en su momento, pero debo encontrar alguna forma de intentarlo. ¿Qué flores crees que serán las adecuadas para dejar con la vela?.

---

* En español en el original. *[N. de la T.]*

Jimena se sintió profundamente conmovida. Sabía que Maddie no era religiosa, pero lo que decía era emotivo y cierto. Le había sido arrebatado sin que ninguno de los dos pudiera despedirse y debían de haber quedado muchas cosas por decir.

—Sí, Maddie, lo entiendo —dijo con dulzura—. Creo que unas rosas blancas son perfectas para simbolizar un amor profundo y duradero. Mejor que las rojas, que solo representan la pasión. También implican secreto, y es cierto, ¿no? Es un mensaje privado y lo dejas solo para él. Además, dicen que son las rosas que había en el paraíso. Son mis preferidas, antes que las de cualquier otro color.

Dicho aquello, Jimena empezó a elegir cuidadosamente una docena de capullos blancos de un ramo. Maddie observó embelesada cómo elegía los mejores del expositor, de los que olió uno o dos, para luego empezar a envolverlos en un celofán transparente y atarlos con un simple nudo de rafia.

—Jimena —le dijo de pronto Maddie mientras esperaba—, ¿sabes cuál es el significado de un ramo de violetas y rosas blancas?

Las manos de Jimena dejaron de atar la rafia unos instantes y levantó la cabeza para mirar a Maddie. Era prácticamente imposible conseguir violetas a aquella altura del año en San Francisco, pero ella había tenido algunas hacía uno o dos días. Se sonrió. «¡Vaya, señorita Maddie! Sé que tienes un admirador, porque el sábado por la tarde vino un hombre y me pidió un ramo así. Había estado buscando por la ciudad esas flores y alguien le había dicho que yo era la única que podría tener violetas un poco antes de temporada. ¡Y las compró todas!». Sin embargo, no dijo nada de aquello y prefirió disfrutar en silencio del descubrimiento.

—Las rosas blancas, como digo, representan el amor profundo además de sentimientos secretos o no expresados —dijo mientras hacía que sus manos volvieran al trabajo con una discreta sonrisa— y las violetas tradicionalmente significan compasión e incluso vigilancia. Creo que es eso. Cualquiera que elija esas flores juntas, está clarísimo que tiene algo que decir —le aseguró Jimena, sonriendo.

Le tendió a Maddie los capullos de rosa, alegrándose de que los que había vendido con las violetas fueran también perfectos, pero un poco más pequeños y estaban aún sin abrir. Casaban de forma exquisita con las violetas y lo más importante es que tuvieran un aroma fuerte, le había dicho el cliente. Aquello no siempre era posible con las flores cultivadas, pero las rosas de Jimena sí tenían perfume y a él le habían encantado.

—Veinte dólares más impuestos por ser tú, señorita Maddie —dijo negándose a aceptar más dinero, aunque en realidad valían el doble. Sujetó la puerta para que Maddie pudiera salir y añadió—: Me alegra que te regalen violetas a ti, Maddie. Pero ¿de dónde las sacarían? ¡Menudo misterio! —exclamó, muy satisfecha consigo misma.

—Gracias —respondió Maddie considerando aquel comentario un acertijo.

Enzo Moretti estaba disfrutando de aquel día soleado de febrero, el último del mes de un año bisiesto, por si fuera poco. Casi tenían encima la primavera.

Delante de la mesa de trabajo del laboratorio, en la universidad, se sorprendió canturreando fragmentos de la soberbia misa polifónica de Palestrina, de la que tanto había disfrutado en Navidad. Tenía los ojos pegados al microscopio mientras observaba la forma cambiante de la bacteria *Xylella fastidiosa* en una placa de Petri preparada por uno de sus estudiantes, como parte del estudio de la enfermedad de Pierce. Sonrió para sus adentros, consciente de que lo que estaba observando se había originado hacía varios millones de años y los comparó con los dos mil años que hacía que había nacido la religión que había inspirado la música que tanto le había conmovido. Menuda incoherencia.

Dejó volar la imaginación momentáneamente para continuar con una discusión que hacía tiempo mantenía consigo mismo. La música y la arquitectura eclesiásticas siempre le causaban un profundo e íntimo impacto. Consideraba que intentaba vivir según los estándares éticos tradicionalmente asociados a la cristiandad, que siempre le habían interesado; pero no podía obligarse a creer en la verdadera existencia de las entidades metafísicas subyacentes, por no hablar del integrismo, que hacía que tantas personas en el mundo fueran de todo menos caritativas. Se consideraba lo que se podría llamar un cristiano «poético»: peregrino de la belleza pero fugitivo de la inflexible doctrina.

Sonó un teléfono en la sala anexa e interrumpió su cadena de pensamientos. Oyó contestar a una de sus estudiantes.

—Profesor, es su hija.

—¿Cuál de ellas? —preguntó Enzo, sin mover la cabeza del microscopio.

Un instante de pausa dio paso a la respuesta.

—Madeline. Pregunta si puede venir a verlo hoy cuando tenga un rato libre —replicó la estudiante.

De pronto, Enzo se sintió preocupado. Sus hijas no solían llamarlo para verlo en la universidad a menos que se tratara de algo importante. Levantó la cabeza del visor.

—Está bien. Pregúntale si puede venir a mi despacho a las 12.30 para comer aquí. Estoy libre hasta las dos y luego tengo una conferencia. Gracias, señorita Chang —añadió, y acto seguido volvió a bajar la cabeza para centrarse en el trabajo. Sin embargo, su concentración se había esfumado.

El despacho de Enzo era considerablemente grande y olía a café del bueno, gracias a la espléndida máquina que había en una esquina. Por lo demás, era bastante funcional y con pocos toques personales. Las estanterías cubrían las paredes de arriba abajo, había una larga mesa de reuniones con una docena de sillas para dar clases y para celebrar asambleas con el cuerpo docente, además de una zona informal para sentarse en la que había una mesa baja, unos sillones y un sofá. Una base para el iPod —regalo de Maddie— daba una pequeña pista de cuál era una de sus pasiones.

La cabeza despeinada de Maddie apareció por la puerta de Enzo a las 12.30 en punto. Llevaba un gran sobre de papel Manila y entró en la estancia un poco nerviosa. Aquella era la primera vez que acudía a su padre como una igual en busca de consejo profesional, y esperaba no haber cometido un error de juicio. Sin embargo, sabía que necesitaba una segunda opinión.

Enzo se levantó del escritorio y la saludó con un abrazo. Pensó que estaba realmente guapa y con un aspecto estupendo, casi como un ángel de la Anunciación, con aquella nube de rizos hinchados y un rostro rebosante de misterio e inteligencia. Había madurado mucho en un año por todo lo que había sufrido. La observó con atención.

—«Pareces un espíritu con una misión» —le dijo sonriente, y la invitó a sentarse en el sofá.

Maddie no reconoció la cita que acababa de pronunciar su padre, pero admiró su perspicacia.

—Así es, *papa* —confesó ella—, se trata de un tema de trabajo. —Levantó el sobre que llevaba—. Esto es un informe sobre el estudio científico que mi empresa ha encargado. Incluye el análisis de una base de datos y los resultados de una serie de pruebas de laboratorio. Las pruebas se realizaron para apoyar una hipótesis de envenenamiento por productos tóxicos en la industria de los microchips. —Su padre la miró sin decir lo que estaba pensando—. Esto es importante, *papa*, y absolutamente confidencial. Pero necesito urgentemente tu consejo y opinión sobre ello. En cierto modo, es algo personal.

Enzo arqueó las cejas con fingida gravedad y a ella le dio un vuelco el corazón. Esperaba que la tomara en serio. Pero le dedicó una sonrisa y le puso el dedo sobre los labios antes de que él pudiera abrir la boca y luego dejó el sobre en sus manos.

—¡*Segreto!* —exclamó como si se tratara de una conspiración, lo que hizo que su padre le devolviera la sonrisa—. Ahora voy a buscar algo para comer a la tienda de *delicatessen* del pueblo que a mamá tanto le gusta. Hablaremos cuando vuelva, así podrás echarle un vistazo a eso.

Acto seguido, Maddie dio media vuelta y se fue. Al cabo de media hora, un maravilloso despliegue de salamis, aceitunas, *antipasti* y pan, acompañado por una botella de San Pellegrino, apareció sobre la mesa de reuniones, mientras Enzo continuaba pasando lentamente las páginas del informe.

—*Papa,* vamos a comer algo.

Pudo ver en la cara de su progenitor que su estado de ánimo había cambiado y que estaba absorto en lo que estaba leyendo. También le pareció que parecía consternado por los contenidos.

—Sí —dijo, y se levantó para separar una de las sillas de la mesa—. ¿Cuánto tiempo llevas con esto?

—Lo sé desde que empecé a trabajar en el despacho. —Le sirvió un poco de agua—. Pero creo que ellos llevaban ya seis años cuando yo llegué.

Enzo reflexionó un momento antes de hablar.

—Como científico, he de decirte que este material parece haber sido muy bien preparado y con mucha minuciosidad —comenzó—. Primero examina una serie de informes médicos de los trabajadores de una compañía anónima, elaborados en los últimos veinticinco años. Luego aísla un determinado grupo de empleados por su tipo de trabajo.

Maddie bebió un poco de agua, pero su padre ignoró su vaso y continuó hablando.

—El informe dice que hay un grupo que trabaja en un ambiente lleno de productos químicos tóxicos. En él se adjunta un riguroso listado de los productos involucrados y se expone lo que históricamente se sabe sobre ellos a partir de trabajos científicos ya existentes y demostrados: que dichos productos químicos pueden hacer que las mujeres sufran abortos involuntarios y también que han sido identificados como agentes cancerígenos capaces de provocar defectos genéticos a largo plazo en la primera y tal vez segunda generación de descendientes de los individuos sobreexpuestos a ellos.

Maddie asintió.

—En segundo lugar, hay una serie de pruebas de laboratorio llevadas a cabo con ratas durante un periodo de siete meses, concluido a principios del presente mes, en el que han intentado reproducir de forma artificial, dentro de la medida de lo posible, todas las variaciones de la atmósfera de ese entorno de trabajo. También hay un grupo de control, un grupo que vive en condiciones normales.

»Me gustaría examinar el material más detalladamente —afirmó— pero, por lo que veo aquí, los experimentos han sido bien ejecutados. El único pero que se les podría poner, tal vez, es que no se han prolongado durante el tiempo suficiente como para ser concluyentes al cien por cien. La duración de la prueba podría aportar al menos entre un setenta y un ochenta por ciento de fiabilidad, diría yo.

—Puedo dejártelos si quieres, *papa* —replicó Maddie mientras escuchaba sus comentarios—. Te estaría muy agradecida si me pudieras dar tu opinión objetiva.

—Lo que resulta fascinante es la comparación entre los estudios de las ratas y el informe médico de los humanos de esa empresa desconocida. La salud de los animales de laboratorio imita casi de forma exacta a la salud de los empleados de cada grupo, incluido el de control. Así, de buenas a primeras, yo diría que se habría podido evitar las enfermedades graves si alguien hubiera hablado y los empleados hubieran rotado para abandonar el ambiente tras un determinado periodo, de forma que se evitara la acumulación de toxinas. Me exaspera que la gente haya sufrido ese destino, probablemente de forma innecesaria.

Maddie observó a su padre al tiempo que hablaba. Este adoptó una expresión preocupada mientras reflexionaba. Luego le dijo:

—Maddie, a medida que me voy haciendo mayor, me doy cuenta de que siempre me he cuestionado mucho menos el mundo, a excepción de mi ciencia, que tú o tu hermana. Yo he sido educado con unos valores diferentes, donde los líderes de la industria eran héroes supuestamente intachables. Por supuesto, sé que eso es una estupidez. Balzac dice que detrás de una gran fortuna hay un gran crimen. Pero yo también tengo mi cartera de inversión y espero que mis dividendos me paguen la jubilación. Lo que sugieren estos documentos, sin embargo, es un absoluto y arrogante desprecio por los seres humanos, que puede afectar a las generaciones venideras. La falta de cabeza y de consideración demostradas en este informe no son mejores que el tratamiento que se les daba a los esclavos en Europa hace mil años. Se trata de una conducta moralmente abusiva en términos humanos, e injustificable económicamente hablando. Maddie —continuó, y respiró hondo—, ¿entiendes por qué está sucediendo eso?

Ella miró a su padre y se limitó a negar con la cabeza.

—Doy por hecho que este informe se refiere a Stormtree o a alguno de sus competidores. Se merecen que alguien les dé un maldito toque de atención, a juzgar por la información aquí facilitada. Podría afectar considerablemente al precio de sus acciones —opinó con gravedad.

—Gracias, *papa* —dijo Maddie con dulzura—. Ahora, ¿me harías el favor de comer conmigo?

Ambos comieron en silencio durante unos minutos y Enzo hizo el debido homenaje al variado *picnic* que su hija había traído para él, aunque la información que acababa de digerir le había afectado al apetito. Al cabo de un rato, Maddie dijo que recogería el informe en su casa más tarde, para que pudiera leerlo con detenimiento. A continuación esbozó una sonrisa un poco triste y le pidió algo totalmente diferente.

—Necesito que me des un consejo como científico poético. —Caviló unos instantes y añadió—: O como poeta científico.

—Esto parece bastante más agradable. ¿En qué puedo ayudarte?

Lo que siguió lo sorprendió y le gustó.

—Un amigo mío, alguien a quien respeto, me hizo caer en la cuenta de que no había podido despedirme de Christopher. Creo que he empezado a hacerlo en el plano emocional, pero no quiero dejarlo atrás de repente ni intentar aparentar que no formaba parte de nuestra familia —explicó con seriedad—. Me gustaría plantar un árbol en el jardín de casa y dedicárselo a su memoria. Si a ti y a mamá les parece bien, me gustaría que me recomendaras la mejor opción.

—Maddie, es como lo de Isabella y el tiesto de albahaca —dijo, y a continuación le acarició el cabello.

—No se trata de ningún sentimentalismo, *papa*. No pretendo llorar ni sufrir, pero el árbol crecerá fuerte y tranquilo al lado de todos nosotros.

—Claro, por supuesto. Tu madre también estará de acuerdo —aseguró asintiendo—, y lo entiendo perfectamente. Veamos…, algo que se salga un poco de lo normal, un símbolo de paz, tal vez. ¿Qué podría ser? —Enzo se levantó y cruzó la sala hacia los libreros para buscar un libro que abrió con satisfacción—. ¡Ah! Perfecto. Quería comprobar si crecía en la zona seis y hemos tenido suerte. ¿Qué te parece una *Davidia involucrata*?

—Claro, plantemos tres de esos —se burló Maddie mientras empezaba a recoger los restos del almuerzo.

Enzo sonrió también y luego le enseñó una fotografía en color.

—Lo llaman el árbol de las palomas por sus extraordinarias flores colgantes, que brotan en mayo: cuando la brisa las sacude parecen palomas volando. También lo llaman el árbol de los pañuelos, aunque ese nombre es más prosaico que el de las palomas, ¿no te parece? Estoy seguro de que a tu madre le gustaría, y hay que tener en cuenta que será ella la que tenga que regarlo para que arraigue.

—Es precioso, *papa* —le aseguró Maddie, casi llorando—. No sé por qué, me parece perfecto de una forma especial, pero ¿sobrevivirá? Se me rompería el corazón si se muriese.

—Debería crecer sin problemas una vez eche raíces en el subsuelo. Es capaz de hacer frente a nuestros inviernos en las montañas. La zona seis implica bajas temperaturas y, en cuanto se acostumbre a la tierra, tus nietos podrán trepar por él. Todos los vecinos vendrán a verlo cuando broten las flores de color crema, ya lo verás.

Maddie sonrió y metió los restos del almuerzo en varias bolsas. Luego se volvió para darle a su padre un fugaz beso mientras él se quedaba allí de pie. Con sus modales pasados de moda, fue hacia la puerta y la abrió para que saliera. Aunque ella era una persona muy liberal, le agradaba que su padre recordara aquellas muestras de cortesía.

Se volvió una vez más antes de irse.

—¿Podrías resolver un acertijo por mí? —le preguntó—. ¿Las rosas blancas y las violetas tienen algún significado poético?

—Hoy vienes cargada de misterios, Maddie —contestó sonriendo—. Lo primero que me viene a la cabeza son *Los poemas de Lucy,* de Wordsworth: «Una violeta al lado de una piedra musgosa...». Algo tímido y secreto, pero más especial aún por ser tan privado. Y Dorothy Parker llama a las violetas «obras maestras de los cielos», si mal no recuerdo. Pero déjame investigarlo. ¿Violetas y rosas juntas...?

Ella asintió mientras él sujetaba la puerta.

—¿Ha dicho algo Keats sobre las rosas y las violetas? —inquirió, plenamente consciente de que Keats era el poeta favorito de la persona que le había regalado el ramo.

—Por supuesto. Muy bien —dijo con una respuesta que implicaba algo más que una mera confirmación—, pensaré en ello y te veré luego. Espero que te vaya bien en el trabajo.

—Gracias, *papa*.

Maddie le dio otro beso y se fue.

A mediados de marzo ya se notaba claramente la llegada de la primavera, aunque la niebla continuaba ascendiendo entre los pinos por la sierra detrás de Wild Cat Canyon. Estaba iluminada a contraluz por el sol, que desplegaba rayos de largos dedos entre los bosques.

Maddie estaba de pie en un extremo del jardín de la casa de sus padres, bajo la ligera sombra de la mañana, sujetando el árbol de las palomas que Jimena le había conseguido en un vivero especializado. Acababa de sacarlo del largo tubo y lo introdujo con cuidado en el agujero que su padre le había cavado. Enzo, de rodillas, llenó el espacio que había alrededor de las raíces con composta que había en una carretilla y luego se puso de pie y cogió una regadera. Vertió el contenido sobre el retoño y rodeó con un brazo a su hija pequeña. Se produjo un momento de silencio y contemplación y luego se echaron hacia atrás para admirar su trabajo.

No había nadie en casa, ya que Barbara se había llevado a Carol a Berkeley para ir de compras. Aquello le proporcionó a Maddie un momento de tranquilidad, sin los comentarios y la verborrea de su madre e incluso de Barbara, que era posible que no acabara de entenderlo.

—Espero que te traiga buenos recuerdos a lo largo de los años —dijo Enzo atrayendo a Maddie hacia sí—. Siento que no lo hayamos conocido.

—Yo también, *papa* —respondió con cierta fuerza—. Era un hombre realmente bueno, amable e inteligente, y siempre será una pequeña parte de mí.

—Las palomas se usaban para enviar mensajes entre los antiguos emplazamientos oraculares, Maddie —le dijo Enzo con dulzura—; confiemos en que Christopher pueda recibir los tuyos.

Ella asintió y abrazó a su padre, perdida en un torbellino de pensamientos. Aunque estaba mucho menos afligida de lo que imaginaba que iba a estar.

Empezaron a andar de vuelta a casa y Enzo le dio un enorme abrazo. Luego le vino algo a la cabeza y se volvió hacia su hija con una cálida sonrisa. Tal vez aquel no fuera el momento de decirlo, pero era entonces cuando lo había recordado, así que siguió su instinto.

—Antes de que tu madre y tu hermana vuelvan a casa, tengo que decirte que no cabe duda de que el que hablaba de las rosas y las violetas era Keats, como sugeriste —le aseguró.

—¿Has encontrado algo? —preguntó con tacto.

—Algo que encaja muy bien —respondió asintiendo—. Me acordé el otro día y comprobé las palabras exactas. He puesto una copia del poema con el informe toxicológico, así que no te olvides de coger las dos cosas cuando te vayas.

—Gracias —respondió Maddie.

39

La Toscana, octubre de 1365

En el soberbio Palazzo Pubblico de Siena, el maestro Simone había pintado a la Virgen María entronizada en toda su gloria como patrona celestial de la ciudad y del *contado*. El campo y los pueblos más pequeños que se encontraban bajo su benévola mirada disfrutarían de la protección especial y del favor de la Reina de los Cielos y esta inspiraría un gobierno sensato por parte de las autoridades.

Pero la verdad les había parecido muy diferente a Mia y Gennaro durante los diecisiete veranos que habían pasado desde su matrimonio.

La gran epidemia había sido un golpe tan duro que ningún testigo vivo era capaz de expresar en toda su magnitud el sufrimiento vivido. Habían muerto miles de personas a lo largo y ancho de la idílica campiña. Hermanos y esposas habían dejado a hermanas y maridos morir en sus lechos, prometiéndoles que regresarían con comida y agua y, en lugar de ello, encerrándolos para nunca más volver. Los niños morían de hambre cuando sus padres fallecían y los cadáveres de los animales se amontonaban a su lado. Cerca de ochenta mil personas habían muerto en Siena y las cicatrices eran igualmente visibles en el *contado*. Había casas desiertas en las verdes colinas inclinadas, las ordenadas hileras de árboles y los viñedos crecían sin nadie que los podara y los valles, antes con los pastos en flor y los prados escrupulosamente cuidados, estaban desaliñados y tenían la hierba demasiado alta.

En villa Santo Pietro habían perdido a cinco peregrinos, hasta que estos casi dejaron de venir; después a tres de los moradores de la granja, y luego la muerte había entrado en la casa para llevarse a Giulietta, la lavandera. Todo esfuerzo de curación fue inútil. A diferencia de Gennaro, todos ellos llevaban la enfermedad en los pulmones y tosían sangre antes de que apareciese el diabólico bocio. La hermosa Giulietta había estado cenando el viernes por la noche y el domingo por la mañana estaba muerta.

Pero los residentes de Santo Pietro habían sido afortunados al perder a tan pocos de los suyos. Volterra enterró casi a la mitad de sus ciudadanos, entre ellos a la hermana de Gennaro y a su sobrina, y a Ottaviano Belforte, exactamente como Agnesca había pronosticado. La epidemia afectó aún más a sus vecinos. En la abadía de San Galgano, la enfermedad se llevó a más de la mitad de los monjes y hermanos laicos. La forja del abad se volvió indolente y la fábrica de vidrio haragana; los campos del monasterio se quedaron sin arar, y muchos fueron los que se acordaron de los tres soles de sangre que se habían visto el día que el abad había enfermado.

Durante los primeros años de matrimonio, para Mia y Gennaro no existía más certeza que la del trabajo. A él se entregaban de sol a sol y, como cada vez había menos gente para ayudar en los campos, los de Santo Pietro hacían la mayoría de las tareas. Además de la escasez de mano de obra, durante varias estaciones el clima se volvió inclemente y los cultivos se vieron afectados. Durante muchos veranos hubo más bien menos que más y Mia perdió a dos bebés en el útero, pero la pequeña familia sobrevivió. Jacquetta decía que muchas eran las formas de morir, pero que debían encontrar formas de vivir.

En el verano en que llevaban diecisiete años casados, la cosecha había sido mejor. Un equilibrio de sol y lluvia primaveral ayudó a los oscilantes campos de cereales. El maíz y la espelta con sabor a nuez mecidos por el viento le traían a Mia recuerdos de la infancia. Las uvas también se habían dado bien y la cosecha de aceitunas prometía ser la mejor de las últimas dos o tres temporadas.

Pero a finales de verano llegó un edicto procedente de Siena dirigido a las gentes de las zonas rurales del interior. De nuevo había bandas de mercenarios en el *contado* y, para intentar hacer su estancia menos confortable, los oficiales del gobierno debían quemar todo el heno y la paja. Además, todas las provisiones de cereales, vino, carne, aves de corral y hasta madera deberían ser llevadas a la ciudad para ser puestas a buen recaudo. De lo contrario sería un aliciente para aquellos hombres sin ley que, varias veces en unos cuantos años, habían logrado poner el campo a sus pies. Dos años antes, la temidísima Compañía del Sombrero había asolado el territorio, que apenas comenzaba a recuperarse, quemando cosechas y casas y secuestrando ganado y ciudadanos por los que pedían unos cuantos florines, si es que sus dueños y familias querían recuperarlos. Los rescates no pagados hacían que los prisioneros, a los que no alimentaban, murieran en cuestión de meses. El territorio estaba plagado de compañías mercenarias en treinta kilómetros a la redonda alrededor de Siena.

En la antigua cocina de villa Santo Pietro, Gennaro bajó a su joven hijo del regazo y releyó el edicto. La mayoría de las cosechas estaban teniendo lugar en aquel momento y era necesario tomar una decisión, pero sacudió la cabeza, contrariado.

—¡Imaginen el rastro que dejaríamos al ir de aquí a la ciudad! —dijo con incredulidad a Mia y Jacquetta—. El traslado de largas caravanas de productos será como invitar a bombo y platillo al *condottiere*. Le proporcionaremos la oportunidad perfecta para que él y sus soldados caigan sobre nosotros en campo abierto como chacales para robarnos la carne y las provisiones para sus miles de reclutas.

Jacquetta tenía una expresión crispada.

—Y si los hombres que envíen de Siena ahora nos queman además el forraje, ¿cómo vamos a alimentar al ganado en invierno, por el amor de Dios?

—No podemos desobedecer —dijo Mia mientras agarraba la mano de su hijo y le daba un poco de manzana cortada—. Además, en el edicto dice que no exigirán el pago de las tasas de los productos en la puerta. Puede que el viaje merezca la pena por los beneficios que podamos obtener.

—¿Quiénes son los *condottieri*, papá? —preguntó una voz vacilante procedente del cuarto donde secaban la hierba, al lado de la despensa.

Gennaro se volvió para responder a Isabella, su hija menor. Fue a sentarse con su familia en la mesa de caballetes de la cocina y se puso a su hermano pequeño sobre el regazo. Su padre observó aquellos inteligentes ojos almendrados. Aunque le habían puesto aquel nombre por su madre, tenía los ojos de su esposa. Recordó a la dulce Mia, a quien había conocido cuando tenía catorce años, solo un año más que Isabella ahora.

—Son soldados sin trabajo en busca de guerra —le explicó con dulzura—. Cuando el rey inglés Eduardo hizo que sus hombres regresaran a casa tras las batallas de Crécy y Poitiers con todos los botines que habían venido a buscar, hordas de caballeros con sus tropas se quedaron en Francia haciendo fechorías para conseguir dinero. La paz no es rentable para los soldados, Isabella —añadió.

—¡Pero si no estamos en guerra con Inglaterra! —exclamó, confusa.

—Esos hombres hacen la guerra con nosotros porque pueden. Han aumentado en número con los buscadores de fortuna de la familia Visconti en Milán y también en Alemania, pero los peores son la compañía de los ingleses. Cuando me dirigía a Aviñón, hace algún tiempo, con seda y especias, oí hablar de los brutales asaltos de los hombres que luchaban bajo el nombre de Compañía Blanca, aunque en la actualidad cabalgan bajo el estandarte de San Jorge a las órdenes de un caballero llamado John Hawkwood, al que nosotros llamamos Giovanni Auto. En Arpajon, en Francia, mil personas huyeron de ellos aterrorizados y se refugiaron en el priorato de los benedictinos. Cuando fueron cercados allí, los aldeanos ofrecieron su rendición al ejército, pero los caballerosos hombres prefirieron prender fuego a la iglesia y a cuantos estaban dentro. Todos murieron calcinados, salvo más o menos cien almas afortunadas que lograron escapar al fuego. Se descolgaron por las paredes de la iglesia con cuerdas, pero no pudieron burlar a los ingleses, que esperaron abajo y los masacraron a todos a medida que iban tocando el suelo.

—¡Por favor, Gennaro! —le advirtió Mia. De tan sinceras que eran, aquel tipo de historias podrían asustar a los niños.

—Pero, papá —insistió Isabella—, ¿por qué vienen a la Toscana?

—Los estados italianos son un preciado trofeo —respondió su padre—, porque aún somos relativamente ricos gracias al comercio. Cuando aún todo tipo de productos de lujo llegaban a Europa a bordo de nuestros mercantes y nuestros graneros y almacenes de vino rebosaban las bendiciones de la lluvia y el sol, no tuvimos la sensatez de crear un ejército para defender adecuadamente a nuestros ciudadanos. En lugar de ello, durante décadas hemos luchado entre nosotros: los partidarios del papa contra los del emperador, Florencia contra Siena, Pisa contra Génova. Nos hemos puesto los unos a los otros en una posición de debilidad, pero parece poco probable que logremos liberarnos de nuevo.

—Lo único que quieren es dinero, Isabella —dijo Jacquetta en voz baja. Vio que a la segunda hija de Mia, más curiosa e independiente que su hermana mayor, Barbara, pero también con más imaginación, le habían afectado aquellas palabras—. No prosperaban matando a granjeros y aldeanos. Quieren robarnos, si pueden, para exigirnos que recuperemos nuestra seguridad con oro.

—¿Nos atacarán también a nosotros? —preguntó la niña.

—Siena llegará a un acuerdo con ellos, Isabella —le dijo Mia a su hija. Le acarició el cabello y trató de reconfortarla—. La ciudad necesita los cereales, el vino y el aceite que nosotros cultivamos, necesitan el hierro del abad y sus caballos, nuestros cerdos y la madera del bosque. Antes se dejarán sobornar por los soldados saqueadores que perder el pan y los impuestos.

Isabella aún seguía dándole vueltas a aquella conversación aquella noche cuando, mientras llevaba la vela a su habitación bajo el tejado, oyó que llamaban a la puerta y casi se le sale el corazón de su sitio. Volvió sobre sus pasos para intentar ver al visitante y, como Barbara estaba en el pasillo apagando las velas, fue esta quien abrió la enorme puerta delantera. Su padre y su madre acudieron desde el secadero para reunirse con ella, mientras Isabella se quedaba sentada en las escaleras, observando.

—*Monna* Maria —dijo la voz en la oscuridad, hablando más allá de Barbara—, el abad me ha enviado para advertirles.

Era un hermano laico de la abadía e Isabella vio que su madre le hacía pasar para que se sentara ante los rescoldos del fuego de la entrada. La campana de la abadía se oía a través de la puerta abierta, tañendo con insistencia en el viento.

—Ha llegado a nuestros oídos que el grueso de la Compañía de San Jorge, bajo las órdenes de Auto, se ha puesto en camino por la Via Marittima desde el castillo de Frosini, donde han dejado también a algunos hombres —les comunicó el hermano laico—. El abad cree que se dirigen hacia nuestra abadía para saquearla y conseguir caballos nuevos. Les aconseja que guarden sus animales para evitar el robo y la matanza.

—Pero nuestros vecinos se acogerán a sagrado entre vuestros muros —dijo Gennaro.

—Muchos de ellos ya lo han hecho —respondió el hermano laico—, pero el abad Angelo cree que es mejor no resistirse a los maleantes en las puertas. Con nuestras modestas defensas podemos ahuyentar a unos cuantos ladrones, pero no a todo un ejército. Nuestra triste resistencia solo conseguiría enojar a los soldados y multiplicaría por dos la fuerza de sus represalias. El abad nos pide que colaboremos, en la medida de lo posible.

—Su decisión tiene lógica —concedió Gennaro—, pero no ofrece seguridad a los aldeanos.

—¿Qué vamos a hacer, Gennaro? —preguntó Jacquetta, que había regresado a la entrada desde la habitación que ahora ocupaba, al fondo del pasillo, que en su día había sido la del obispo Ranuccio. Había escuchado por casualidad los temores del hermano laico sobre la futilidad de la resistencia.

—¿Puedes esconder a los niños y a los sirvientes, menos a Cesaré, en la antigua cisterna que hay bajo la casa? —le preguntó—. Haremos que los jornaleros abandonen sus casas para ponerse a salvo aquí. Deberíamos mantener la puerta cerrada, pero estar preparados para responder a una intrusión. Mia y yo trataremos con ellos y pagaremos lo que tengamos que pagar.

—Mia debería ocuparse de los niños y los sirvientes, y de los residentes del *borgo* —le contradijo Jacquetta—. Yo me quedaré y me enfrentaré a ellos contigo.

Mia se enzarzó en una breve discusión con su tía. Estaba embarazada de cinco meses y sabía que Gennaro accedería con presteza a que ella se pusiera a salvo con los demás.

—Hagamos lo que hagamos, ya es demasiado tarde para trasladar los productos a Siena —dijo Mia.

Pero su esposo no estaba de acuerdo.

—Sabemos que se mueven por la noche y duermen durante el día. Tal vez exista una manera de transportar los bienes sin que se den cuenta.

Mia le dirigió una mirada de censura, poco habitual dada su naturaleza dulce.

—No pretendas convertirte en héroe —le dijo—. Te cortarán el paso y te pedirán un rescate mayor de lo que nos podemos permitir tras tantos años de vacas flacas. Sé un padre para tus hijos, eso ya es suficiente heroicidad.

Gennaro entendía que a su mujer le había faltado un padre en todos los sentidos importantes: la epidemia se había llevado primero a aquel que amaba y luego al que despreciaba. No había conocido a ninguno de los dos y quería algo más para sus hijos. Aun así, Gennaro insistió en que era un riesgo que merecía la pena correr y en que su vida peligraba poco.

—Necesitamos el dinero, Mia —se obstinó—. Se llevarán o quemarán nuestra comida y el ganado de todos modos. Solo los florines harán que se vayan.

—Hasta otro año —dijo Mia.

El vecindario del pequeño *borgo* y la familia de Gennaro y Mia dormirían aquella noche, y dos más, bajo la villa, en las cisternas en desuso que los romanos habían construido. Olía a humedad, pero eran realmente seguras. Aquella primera noche, Gennaro dejó a Jacquetta vigilando en la casa mientras él y Cesaré recorrían el sendero del río hasta la abadía. Juntos estudiaron todos los movimientos, durante algunas horas, ocultos tras una hilera de árboles. En las horas posteriores a la medianoche, el numeroso ejército bajó a San Galgano, apoderándose del grupo de casas para instalar allí su cuartel general. Gennaro se compadeció del abad y se percató de que aquello les ponía en bandeja villa Santo Pietro. Se preguntó cuánto tiempo se quedarían y cuándo aparecerían los esbirros del ejército en su propia cancela.

Al día siguiente, Mia se levantó con las primeras luces del alba tras haber dormido una o dos horas, como mucho, y se llevó a sus hijas, junto con Alba y Chiara, a las cabañas donde estaban las castañas para coger todas las que pudieran. Las castañas aún se estaban secando, pero dejarlas haría que fueran vulnerables y en los años de escasez de cereales dependían de la harina de castañas para hacer el pan, alimento fundamental.

Antes de que el sol estuviera alto en el cielo, sin embargo, Gennaro fue a buscar a su hija menor para encomendarle una tarea especial.

Isabella había continuado la labor de criar a las palomas de su madre en el jardín secreto y, como llevaba años ocupándose de ellas, estas eran ya muy numerosas y seguían siendo de un blanco inmaculado e impoluto. Cada tres o cuatro años, su padre le llevaba un par de crías para añadir a las que ya tenía. Las nuevas adiciones eran tórtolas y tenían el característico collar oscuro en contraste con el plumaje blanco. A Isabella le dijeron que las mantuviera con sus parejas originales para que los machos no se enfrentaran los unos a los otros. Vivían en pequeños palomares entre los granados, mientras que las aves totalmente blancas que habían nacido allí permanecían en el centro del jardín principal, cerca de la morera. Usaban sus excrementos como fertilizante, por supuesto, pero a diferencia de las palomas de los bosques, ninguno de aquellos pájaros acabó nunca en la cazuela. La razón era que, como Isabella sabía, eran preciosas para su madre. Le habían dicho que las palomas eran el instrumento de María de Magdala, ya que el pueblo donde esta había nacido proveía los sagrados pájaros blancos para purificar los templos incluso en la era anterior a Cristo. Y eran igualmente sagradas para sus ancestros, los *tuscii*, que habían habitado aquellas colinas siglos antes de los romanos. Isabela creía que aquella era la razón por la que su madre había elegido una pareja de palomas, unidas por una guirnalda de flores, como su propio emblema. Su padre le había regalado un arcón cuando se habían casado y una bandeja de nacimiento cuando la propia Isabella había nacido, con las palomas como motivo principal. Le habían contado que aquellos pájaros eran un símbolo de su amor y de los «lazos que unen».

Isabella no sabía muy bien qué hora era, pues aquel día no había sonado ninguna campana en el campanario. La altura del sol revelaba que era temprano cuando se dirigió con su padre hacia una misión desconocida. Se sentaron en el huerto de granados y Gennaro consultó a su hija:

—¿Cuál es la pareja más fuerte y mayor?

Isabella no parecía estar muy segura. Las integrantes de la pareja mayor habían muerto con no demasiados meses de diferencia la una de la otra, tal vez hacía dos o tres inviernos. Pero había dos parejas más que llevaban con ellos desde que Isabella era pequeña y que en aquel momento tendrían al menos ocho o nueve años. Se lo comunicó a su padre.

Este asintió.

—¿Puedes elegir una de ellas?

La niña rebosaba curiosidad, pero hizo lo que le pidieron y regresó de un pequeño palomar con un pájaro acurrucado en cada brazo.

—Creo que estas dos son las mejores y las más listas, papá.

Su padre sacó dos diminutos cuadrados de pergamino doblado de la túnica y un trozo de cuerda de lino; a continuación ató cada uno de ellos con fuerza e introdujo primero uno y luego el otro dentro de sendas bolsitas. Isabella observó fascinada cómo ataba con mano diestra cada bolsita al cuello de uno de los pájaros. Les acarició las plumas con una mano mientras comprobaba la seguridad del envoltorio con la otra. Parecía que no dejaban demasiado espacio para que los pájaros subieran y bajaran la cabeza, como solían hacer.

—¿Pueden volar con eso? —preguntó.

—Esperemos que así sea —respondió su padre y, en unos segundos, los pájaros fueron liberados. Padre e hija los vieron dibujar círculos en el cielo y, en contra de lo que imaginaba Isabella, salieron volando por el fondo del huerto hacia el oeste, hasta que se perdieron de vista.

—¿Adónde van, papá?

—A su primer hogar —respondió este.

Al segundo día, todos se preguntaban por qué no habían aparecido aún los visitantes indeseados que esperaban que llamaran a su puerta. Alba sugirió que dieran gracias a Dios y continuaran poniendo a salvo fruta y ganado bajo la casa. Mia, sin embargo, estaba convencida de que aquel silencio podría presagiar algo malo, ya que quizá significaba que estaban planeando algo mucho peor. Así que, a la segunda noche, mientras los moradores del *borgo* y de la villa principal dormitaban, Gennaro se llevó consigo al hijo de Loredana, Roberto, para espiar de nuevo la abadía. Ocultos en la oscuridad tras las ramas de un roble, no vieron actividad alguna sobre el muro del abad y, como todo estaba en calma, se plantearon si los hombres habrían llegado hasta allí únicamente para refugiarse durante uno o dos días y recuperar fuerzas.

Pero la tercera noche, en el mismo sitio y a la misma hora, Gennaro, acompañado una vez más por Cesaré, fue testigo de una actividad frenética. El humo salía de las chimeneas de la forja y muchos caballos —Gennaro calculó que serían cientos, pero menos de mil— estaban siendo herrados, cepillados y preparados para lo que debía de ser una misión.

Gennaro estaba aterido por causa de la niebla cuando regresó a la villa antes del amanecer.

—Han partido a caballo, aunque no todo el grupo. Son varios cientos de jinetes y soldados a pie con lanzas. Dejan el mismo número de caballeros y hombres de armas en la abadía, donde han acampado. La banda a caballo salió en dirección este, más allá de la ermita de Galgano.

—Entonces, ¿adónde van? —preguntó Jacquetta.

Mia observó el rostro de su tía, llena de temor ante la posibilidad de que Gennaro intentara aprovechar las horas del día para cargar los carros de la granja y partiera apresuradamente hacia Siena. Pero incluso en privado, lejos de Alba y de los demás, todos parecían estar demasiado cansados o preocupados como para ponerse a especular. Al cabo de uno o dos minutos, Mia cogió un basto chal de la cocina y se lo puso sobre los hombros. A continuación se dirigió al arcón que había en el pasillo y sacó el precioso dibujo del diseño del jardín que había elaborado con Agnesca años atrás. Lo enrolló cuidadosamente y se lo guardó bajo el chal.

—Voy a ir a ver a fray Silvestro con la excusa de pedirle consejo para la temporada de plantación y así averiguar todo lo que pueda —dijo tajantemente, y salió por la puerta para echarse al camino de los peregrinos antes de que nadie pudiera detenerla.

El cansado Gennaro reaccionó tarde y se levantó de un salto para seguirla, pero Jacquetta le puso una mano en el brazo para detenerlo en la puerta.

—Si va sola podría tener éxito. A fray Silvestro siempre se le ha permitido ver a Mia sin que ello signifique contravenir sus votos, porque durante años solo hablaban por señas. Si se comunica con él de la antigua forma, es posible que le cuente muchas cosas, y en privado.

Como esperaba, su sobrina regresó sin el visionario dibujo, pero con la información que necesitaban, sana y salva, y en menos de una hora. En aquellos momentos los soldados estaban durmiendo y solo había unos cuantos hombres apostados a modo de centinelas. Se enteró de que el ejército se había apropiado de la abadía, e incluso de la casa del obispo, para utilizarla como cuartel general y que tenían intención de quedarse, como mínimo, una semana. Estaban cuidando a algún enfermo y los que habían partido durante la noche eran un grupo escindido que se dirigía a asaltar la abadía de Roccastrada, a medio día de camino hacia el sur, aunque, como llevaban carros para trasladar el botín, irían más lentos. Otro grupo de tamaño considerable estaba aún al este de Siena, en la abadía de Berengaria, suponía fray Silvestro. Las abadías ofrecían sustanciosas cosechas y constituían una base perfecta para enviar patrullas a saquear los pueblos. Pero aquello también implicaba que en San Galgano se quedaran muchos menos soldados.

—No hablan mucho de sus planes para sembrar más miedo y especulaciones sobre sus víctimas, pero es seguro que a su marcha quemarán lo que queda en los campos —les dijo Mia a su esposo y a su tía, sin que los niños la oyeran—. Fray Silvestro ha compartido conmigo su sombría consigna: la guerra sin fuego es como las salchichas sin mostaza, y los ingleses se harán con su mostaza.

—Entonces debo irme de una vez a la ciudad con nuestros productos —dijo Gennaro en un tono lacónico que no invitaba a contradecirlo.

Mia le dio un abrazo, pidiendo consuelo, y él la estrechó con fuerza.

—Mientras duermen —dijo con sosegada seguridad—, llenaré solo dos carros, para que no me retrasen tanto por el camino, y les pediré al granjero y a sus hijos que cabalguen conmigo. Roberto y Cesaré se quedarán aquí con ustedes. Debo empezar ya para rebasar Frosini bastante antes de que el sol empiece a descender, y si dejo los carros en la ciudad para acelerar la vuelta, estaré de regreso en dos días tras haber puesto a salvo lo producido dentro de los muros de la ciudad y la mayor parte de nuestro dinero en el banco de Siena. El resto lo traeré como seguro para nosotros y el *borgo*.

Mia quería quejarse y rogarle que se quedara, pero sabía que él tenía razón y que no tenía ningún sentido discutir. Su cabeza estaba convencida de que un hombre que había sido capaz de vencer a la muerte conseguiría de algún modo evitar también a los *condottieri*, pero su corazón tenía objeciones muy humanas.

Sin embargo, se afanó junto con los demás para llenar los carros más ligeros, que Gennaro solía usar para comerciar con especias, con los bienes más preciados de la propiedad y, a mediodía, estaba listo para partir.

En pleno revuelo por la salida y el ajuste de la carga, solo Isabella vio, en aquel momento, a seis hombres a caballo entrando por el portón, que Roberto debía de haber abierto para ellos. Iban al paso y ella aguantó la respiración. Le tocó el brazo a su padre, señalando a los jinetes que se acercaban. Mientras se hacía sombra en los ojos para ver y se erguía con valentía, los demás empezaron a temblar bajo el sol.

—Hemos estado tan cerca… —dijo Gennaro al tiempo que se adelantaba un paso por delante de su familia. Luego inclinó un poco la cabeza. Cuando los jinetes empezaron a trotar suavemente hacia ellos, su rostro se fue relajando gradualmente.

—Acuérdate de cubrir las ruedas con trapos para amortiguar el ruido en los caminos —dijo un hombre bien vestido que lideraba el grupo, antes de detener la cabalgadura.

—Uno de tus viejos trucos que había olvidado —dijo Gennaro sonriendo y, en un segundo, había ayudado a uno de los jinetes a bajarse del caballo.

Isabella se quedó boquiabierta al ver a una hermosa mujer echando hacia atrás la pesada capucha de la capa. Tenía el cabello del color de la plata dorada sujeto sin apretar con un cordón, como si fuera una muchacha. Abrazó al padre de Isabella y a continuación, con el rostro radiante, pasó de largo por delante de ella para ir hacia su madre. Isabella vio que la expresión de Mia transmitía incredulidad.

—Debes de haber vuelto a atar nuestro nudo —dijo la mujer, con una voz que sonaba cantarina como el agua de un río—, porque hemos regresado a casa.

Isabella nunca había visto llorar a su madre como lo estaba haciendo en aquel momento. Su cuerpo y sus brazos se fundieron con los de la mujer, de modo que formaron una misma figura.

—¿Para quedarse? —preguntó.

La dama asintió.

Agnesca había recibido las palomas que había criado con sus propias manos en la granja donde habían vivido en el campo, en la zona de Lucchese, durante muchos años. Habían dejado a su segundo hijo, Fortino, a cargo de esta con su joven esposa y habían cabalgado raudos hacia Chiusdino con el hijo mayor, el menor y dos sirvientes en cuanto recibieron el mensaje de Gennaro. Habían avanzado con rapidez durante la larga noche y habían abandonado la Via Romea en San Gimignano para tomar los mismos serpenteantes caminos secundarios que rodeaban las montañas de Volterra que habían usado para llegar allí por primera vez, hacía más de dieciocho años.

Isabella se había quedado inusitadamente callada, incapaz de apartar los ojos de la mujer a la que su madre llamaba *la raggia*. Primero le pareció una cosa y luego la contraria. Su aura de serenidad armonizaba con una productiva diligencia, hablaba poco y con voz musical, pero cuando lo hacía todos le prestaban atención por su sensatez e, indudablemente, la luna había coloreado sus cabellos, mientras que los de su hijo mayor recordaban más a la luz del sol. Incluso la tía Jacquetta parecía reverenciarla.

—Tendremos muchas noches para hablar después de esta, ahora deben irse —les dijo Agnesca a Gennaro y a su propio marido—. Y yo reduciría el número de viajeros al mínimo necesario para manejar los carros. De esa manera serán menos visibles y harán muy poco ruido.

—Eleva tus especiales plegarias por nosotros —dijo su marido mientras la abrazaba como si se acabaran de enamorar.

Agnesca se aferró a la mano de Mia y le respondió.

—Si lo hiciera, rogaría para que las escasas nubes blancas que se ciernen sobre nosotros se oscurecieran y se volvieran pesadas durante las próximas horas, para quebrarse cerca del anochecer. A esa hora es probable que casi hayan llegado a la ciudad, pero los caminos mojados disuadirían a los grandes grupos de hombres y caballos que intenten viajar con rapidez por ellos.

Porphyrius se rio y se despidió con la mano, antes de desaparecer con sorprendente rapidez por la entrada principal, que Roberto cerró tras ellos una vez más.

Aquella noche, Isabella se fue a la cama bajo la casa sin expectativas de dormir. Una de las razones era que su padre estaba en el camino en algún lugar entre la villa y Siena y no tenía ni idea de si estaría a salvo y otra era que su madre estaba triste porque estaba oyendo el reclamo de un pájaro en la noche que a menudo la inquietaba. Además, la cabeza de Isabella bullía con pensamientos sobre los recién llegados: la belleza y el carácter de la amiga de su madre y el hermoso rostro de su hijo mayor, Luccio, que resultó ser también ahijado de su padre. Isabella se había fijado en su fina nariz y en sus ojos de color aceituna de inmediato. Sin embargo, Barbara también, así que Isabella hizo la promesa de no decir nada sobre su propio interés por él.

Pero el peor de los impedimentos para dormir, con diferencia, era el sonido del agua goteando dentro de la cisterna.

Aunque su padre había desviado los desagües que recogían el agua de la lluvia del vasto tejado de la villa para dejarla caer en la cisterna hacía muchos años con el fin de reducir la humedad de la casa, siempre había un goteo continuo en una zona cuando llovía realmente fuerte. Y aquella noche, con ave rapaz o sin ella, la lluvia caía con más fuerza de la que Isabella recordaba en mucho tiempo.

Al cabo de una hora, la *signora* Toscano se sentó y se dirigió primero a Mia y luego a todos los demás.

—El clima impedirá que realicen asaltos esta noche —dijo—. El fuego no prenderá en los campos sin cosechar y las carreteras se llenarán de barro y harán que viajar resulte peligroso. Durmamos arriba.

Así que, aquella noche, los trabajadores de la granja y los aldeanos regresaron a sus camas mientras que Isabella, Barbara y el pequeño Ranuccio dormían en la de su madre para ceder su pequeño espacio compartido bajo el tejado a los hijos de la *signora* Toscano. Agnesca, por su parte, abrió la puerta de su antigua habitación, donde Luccio había nacido. Mia la había mantenido sin huéspedes durante todos aquellos años de matrimonio y se había preocupado de barrerla, limpiarla y esparcir hierbas frescas cada día, sin mover ni un objeto ni un mueble. Y por primera vez en varias noches, todos durmieron. Cuando se despertaron, lo hicieron en una mañana de lluvia pertinaz.

—Tienes buen olfato para el tiempo, Agnesca —bromeó Jacquetta al encontrarlos a todos desayunando en el comedor.

—Resulta propicio —dijo, riéndose—, pero si continúa durante demasiado tiempo se volverá en nuestra contra y llevará a los soldados a acometer acciones por frustración.

Isabella deseaba con todas sus fuerzas preguntarle a la *signora* Toscano qué plegarias había usado para conseguir tal efecto, pero a nadie más parecía interesarle y perdió su oportunidad cuando su madre habló:

—Fray Silvestro me dijo que los hombres habían bebido tanto vino del abad que estarían incapacitados para luchar, al menos, una semana.

—Incapacitados para luchar, Mia, pero atacarán con fiereza —puntualizó Agnesca.

Mucho más tarde, a comienzos de la tarde, Isabella salió al jardín a buscar a su madre. La encontró con la *signora* Toscano, sentada en un banco de piedra que había en la pequeña colina situada entre los terrenos, no muy lejos de la villa. Este ofrecía una buena vista sobre la hilera de casitas de trabajo, el huerto y los viñedos que había a partir de la puerta principal; además, en un ángulo ligeramente alterado, también proporcionaba una clara visión del pueblo de Chiusdino, allá arriba, sobre la colina. Mientras Isabella se acercaba a ellas, vio que estaban observando algo en el cielo crepuscular.

Su madre abrió un brazo hacia ella a modo de invitación e Isabella aceptó. Al cabo de un instante, cuando sus ojos se hubieron adaptado a la luz, pudo ver lo que estaban observando. Algo resplandecía en el horizonte, y el viento traía un débil olor a humo. Se percató de que se trataba de un incendio distante. Pero cuando volvió la cabeza a derecha e izquierda, entendió que no era solo uno, sino probablemente casi una docena.

—Son las aldeas de Luriano y Ciciano —dijo su madre—. Los asaltos han comenzado.

40

San José y San Francisco, marzo-mayo de 2008

Maddie estaba casi asfixiada por la nube de gases de los tubos de escape de los coches. Se hallaba de pie en el estacionamiento del principal edificio del tribunal en la esquina de Market Street con Saint James, en San José, y los ojos le escocían.

A las once de la mañana empezó a sospechar que aquella sensación que había experimentado de estar viviendo nuevos comienzos, y que hacía poco que la habían animado a sonreír, debía de estar escabulléndose. Todo parecía maravilloso hasta hacía una hora. Se había sentido un espíritu de optimismo en la oficina después de que les hubiera comunicado los comentarios de su padre sobre las pruebas toxicológicas y el informe, una verdadera sensación de que, después de todo, el caso podría inclinarse a su favor y conseguir un resultado favorable para las víctimas. Pero, de pronto, parecía que el destino les había dado la vuelta a los acontecimientos, sin que nadie pudiera evitarlo.

A Maddie le puso enferma oír hablar a Samantha con Charles por el celular. Era realmente difícil comprender qué había sucedido y Samantha estaba casi gritando al teléfono, algo nada habitual en ella.

—¡Así es, Charles! El juez ha anulado las pruebas y el informe toxicológico y nos ha prohibido presentarles a los jurados nuestra prueba más convincente. —Un segundo después, empezó a acompañar las palabras de extravagantes gestos con la mano que Charles nunca llegaría a ver—. Podemos usar los archivos de mortalidad de la empresa, pero opina que el estudio comparativo no es relevante. Según la ley de California, los trabajadores solo pueden demandar a los patrones en circunstancias especiales, como «encubrimiento fraudulento». Debemos demostrarlo en cada caso individual y las pruebas solo revelan que el medio en el que trabajan puede facilitar que los empleados contraigan cáncer. En realidad, no demuestran que todos los individuos uno a uno, con nombre y apellidos, hayan contraído cáncer efectivamente por culpa de las salas blancas. Es el argumento más ilógico que he oído en mi vida.

Maddie miró a Samantha con enorme compasión. Ella misma llevaba meses trabajando, fines de semana incluidos, en la recopilación del material. Pero el tiempo invertido por Samantha —y el dinero— ya no era fácil de calcular.

—Lo sé —respondió Samantha a alguna pregunta de Charles—, es una interpretación muy rígida de la ley, pero no cederemos, Charles. Es lo que él piensa… y no podemos hacer nada salvo continuar. Evita que usemos lo general para establecer lo específico.

»Sí, tendremos que participar en el caso con las manos atadas a la espalda. Ha fijado la fecha del juicio para dentro de dos semanas y no hay marcha atrás.

Y dicho esto, colgó.

A la tensión del trabajo mientras marzo se escabullía, había que añadir que, personalmente, Maddie se sentía un poco traumatizada. ¿Qué era lo que le esperaba? Había avanzado un poco y había logrado dar finalmente a su vida personal una mejor perspectiva, sobre todo en lo que a Christopher se refería. Entendía que cualquier oportunidad para hacer algo más que sobrevivir —la posible felicidad de construir un futuro— dependía de su habilidad para superar el dolor. Chris era la alegría de la huerta, su relación no debía acabar con la palabra «dolor». No era necesario que fingiera que la tristeza que había sentido era menor de lo que había sido en realidad, ni reducir la enorme presencia de Chris en su vida, pero no podría permitir que su muerte proyectara una sombra sobre todo lo que había venido después. Debía transmutar el sufrimiento en fuerza y en una comprensión más profunda de sí misma y del mundo en el que habitaba. Se dio cuenta de que aquello funcionaba así para todos los individuos que sufrían una pérdida y un dolor abrumadores.

Sus apetitos emocionales y físicos estaban regresando. Estaba empezando a sentirse esperanzada sobre lo que podría llegar a suceder con un hombre de carne y hueso, con alguien que era más que un «ángel de la guarda». Todavía no estaba segura de cómo explicarse que Søren hubiera atravesado todo el hemisferio norte para abrazarla durante una noche, púdicamente, mientras ella vivía su vigilia por Chris. Era extraordinario, casi desconcertante. La expresión de una empatía inusual por otra persona, pero ¿qué quería ella que significase? ¿Quién sería capaz de abrazar a alguien durante toda la noche, a una persona sensible, de carne y hueso, en un estado emocional realmente tenso, sin que una mano se perdiera en algún sitio más íntimo, sin cruzar la línea?

Pues sí, él. Quizá, por suerte, la presión del trabajo en aquel momento le dejaba poco tiempo para pensar demasiado o para llevar a cabo un análisis significativo.

Mientras el mes se escapaba, el equipo de Harden Hammond Cohen hacía horas extras para comprobar que los documentos y las pruebas estaban debidamente registrados en la compleja base de datos del caso del tribunal. Aquella colección representaba siete años de información y papeles acumulados, algunos de ellos con fecha de diez años atrás. El departamento del Tribunal Supremo que se ocupaba exclusivamente de la organización de casos «complejos» pasó a tener suma importancia, ya que el proceso iría para largo. Para Maddie, aquella era la primera vez que se veía envuelta estrechamente en un proceso completo. Sentía la leve carga de adrenalina que le producía la competitividad, pero, tras escuchar la conversación telefónica de Samantha, todo aquello se mezcló con el miedo a perder.

La enormidad de la empresa en que se habían embarcado hipnotizaba a Maddie. La lista de abogados y partes interesadas que ahora estaban entrando en la arena ocupaba quince páginas, y se preguntó quiénes serían todas aquellas personas o qué querrían. Echó un vistazo a las hojas y vio que había gente que representaba a terceras personas, otros que podrían verse involucrados posteriormente, el equipo de los demandados, los contrademandados, los demandantes, los contrademandantes y sus representantes. En la lista se incluían empresas químicas, fabricantes de componentes y productores de ropa de protección. Todos ellos esperaban envueltos en la marea de los hechos, protegiendo sus propios intereses, preparados para pelear, para subirse o bajarse del tiovivo del litigio, si fuera necesario. Todos estaban en la nómina de alguien y al frente de todas aquellas bandas de mercenarios se encontraba su capitán más conocido, Gordon J. Hugo, que cada vez estaba más seguro de que Stormtree iba a ganar.

La víspera del juicio estaba más preocupada que nunca por las consecuencias que tendría si ella cometiese un error. Aquel miedo aumentó cuando un funcionario del tribunal le contestó a una pregunta sobre procedimientos que le había hecho diciendo:

—Debería conocer la respuesta. Se espera que el consejo esté familiarizado con las reglas californianas aplicables al tribunal, con las reglas locales del Tribunal Supremo de California, con las del Condado de Santa Clara y que posea un conocimiento total y absoluto de cómo funciona la gestión de litigios civiles complejos. —Maddie había deseado que se la tragara la tierra. El funcionario había percibido su vergüenza y le había dicho—: Lleva su tiempo. No se preocupe.

Luego le había explicado lo que necesitaba saber, pero, desde aquel momento, había intentado pasar todas las noches de las que disponía leyendo.

Y entonces, a finales de marzo, empezó todo. Había un ambiente de relativo santuario dentro del tribunal, comparado con el tumulto del exterior. Maddie vio cómo comenzaba la batalla. Hubo objeciones por ambas partes desde el principio con cada uno de los miembros del jurado. Cada uno de los bandos competía para asegurarse de que elegían a las personas que era más probable que se pusieran a favor de sus argumentos. Atenta a cada oportunidad, Maddie pensó que no era un asunto solo de un lado. El abogado litigante de Hugo atacó con ferocidad y Charles respondió con elocuencia. Ambos asestaron una buena cantidad de golpes en nombre de sus clientes a medida que las pruebas y los testigos iban apareciendo y los días pasaban. En ocasiones resultaba apasionante, a menudo tedioso y siempre agotador.

El martes por la noche, unas tres semanas después de que hubiera empezado el juicio, Maddie llegó a casa y se encontró una serie de mensajes desesperados de Isabella. Había tenido el móvil desconectado la mayor parte del día mientras estaba en la sala del tribunal y no se había molestado en encenderlo de nuevo durante el camino de vuelta a casa. Volvió a escuchar los mensajes y se quedó un poco perpleja por el contenido. La *nonna* quería que conociera a la *signora* Angela, la mujer que le había hecho el horóscopo a Maddie al nacer, y la llamaba con urgencia para decirle que, si no lo había abierto todavía, esa noche sería el momento ideal. La luna, aseguraba, estaría muy cerca de las Siete Hermanas, las Pléyades. La gente de Norteamérica, sobre todo la que estaba en el océano, estaría en la mejor posición para verlas.

¡Menudo despropósito! En aquellos momentos no tenía ni fuerzas ni curiosidad para ver las predicciones astrológicas que le habían hecho cuando era un bebé. Pero la mención de las Pléyades sí la hizo pensar. ¿Quién sabía qué promesa guardaban? ¿Cuál sería su objetivo como guardianas del tiempo?

A finales de abril, la quinta semana de juicio, Maddie comenzó a notar que empezaba a desaparecer la emoción. El trabajo era duro y, si algo estaba claro, era que no había ningún momento de esos a lo Ally McBeal que todo el mundo veía en la televisión y que secretamente tenía la esperanza de presenciar. Unos cuantos días después, se oyó a sí misma pronunciar las palabras «por fin es viernes» delante de la puerta de casa, completamente exhausta, mientras metía la llave en la cerradura. Apoyó la cabeza en la parte de atrás de la puerta de puro alivio mientras encerraba al mundo al otro lado de ella. Por un momento, deseó poder ponerse al día con su propia vida durante las siguientes cuarenta y ocho horas.

Eran casi las nueve de la noche, pero al menos no tenía que levantarse a las seis y media de la mañana. Abrió la puerta del balcón para dejar salir el aire viciado del apartamento e invitar a entrar al olor del mar. Luego levantó el teléfono para encargar comida china y oprimió el botón de encendido del Vaio. Diez minutos después de haber entrado por la puerta estaba en la ducha y media hora después recibió el pedido y lo dejó sobre la mesa de centro. Estaba lista para entrar en contacto con el otro mundo, donde estaba su corazón.

Arriba del todo en la bandeja de entrada estaba el correo de Jeanette, adornado con una cara sonriente con gafas de sol, en el que le contaba que el tiempo allí ya era maravilloso y que le había enviado una invitación personal por correo ordinario desde Borgo para la inauguración oficial del hotel y el descubrimiento del jardín medieval de alquimista. Isabella, añadió, también recibiría una. A menos que sucediera alguna catástrofe, Borgo abriría sus puertas cuando habían planeado y a ella y a Claus les encantaría que ambas fueran a visitarlos en junio, si tenían tiempo. Maddie suspiró mientras respondía que, aunque le encantaría ir, dependería de cuándo terminase el proceso judicial. No sabía si Isabella querría hacer un viaje tan largo, pero le preguntaría.

Tras llenarse la boca de fideos, el siguiente correo en el que centró su atención fue el de Barbara, que le preguntaba cómo iban las cosas. Le contaba que había ido a una barbacoa de cerdo al estilo ranchero, pero que no había sido capaz de comer porque la cena parecía una obra de arte de Damien Hirst antes de haber sido introducida en formaldehído y vendida por un millón de dólares. Añadía que el druida seguía haciendo magia y acababa diciendo que lord Gray había desaparecido del mapa, pero que el mundo del arte luchaba para seguir adelante sin él.

Maddie le respondió que se alegraba de lo del druida, pero no hizo ningún comentario en relación con Pierce.

Había dejado los dos correos electrónicos de Søren para el final. Se alegró de leer en uno de ellos que las Pléyades ya se veían en el firmamento nocturno. Había estado trabajando a tope con un socio en un jardín para el Chelsea Flower Show de Londres, pero había volado a Borgo el fin de semana anterior. Su «paraíso» había soportado bien el invierno, pero aún quedaban algunas cosas que hacer, sobre todo en relación con la antigua acequia. Debía estar en Londres durante casi todo el mes de mayo hasta la inauguración de Chelsea, pero, después de eso, si encontraba unas zapatillas de lona y todavía quería ir a navegar, subiría a Dinamarca para preparar el Folkboat para junio o julio. ¿Cuándo eran sus vacaciones de verano? Tendría que arreglarlo un poco antes de recibir invitados.

El segundo correo, enviado un día después, contenía un archivo adjunto de uno de sus dibujillos hechos a mano que hizo sonreír a Maddie. Era la respuesta a una pregunta pendiente que le había hecho sobre el camafeo que Isabella le había regalado por Epifanía. Había recordado la memoria fotográfica que tenía y le había enviado una imagen al móvil preguntándole si recordaba haber visto aquel dibujo en alguna parte, tal vez en Borgo, o aquel día en Siena. Antes de dejarla e irse al aeropuerto aquella mañana de enero había observado el objeto en directo con atención, asintiendo pero sin hacer apenas comentarios. Pero allí estaba aquella talla de dos palomas con una guirnalda anudada, en el armario de madera de la habitación del Peregrino de Borgo. Le había parecido casi igual al broche de la bisabuela de Maddie y a esta se le puso la piel de gallina.

La nota de Søren transmitía la historia de Jeanette: habían encontrado el armario en un estado deplorable en el fondo del antiguo horno al comprar Borgo. Lo habían restaurado, aunque era relativamente moderno, tal vez de hacía cien años. Jeanette había dicho que ni siquiera se había fijado nunca en las palomas. Aunque ahora que hablaba de aquello, recordaba un inventario de los contenidos de la casa del siglo XVII que incluía un «viejo arcón con palomas unidas por una guirnalda de flores». Søren opinaba que, o bien se trataba de un símbolo popular en el Renacimiento, tal vez para simbolizar la fidelidad entre una pareja, o que había una conexión más profunda entre la familia de Maddie y villa Santo Pietro.

Fue como si de pronto hubiera notado una mano humana en la cabeza, casi se muere del susto. Las mujeres de Borgo eran, sin duda, las antepasadas de alguien y tanto Maddie como

Jeanette se sentían sutilmente identificadas con ellas en el plano espiritual y con las almas que habían buscado cobijo entre aquellas paredes, pero ¿y si realmente había algo más? Aquello le añadiría más emoción y tal vez implicara unas raíces más profundas. Aun así, Maddie tenía la sensación de que la conexión que sentía con ellas era bastante general, más que singular. Aquellos esqueletos le habían dejado claro que muchas veces la vida era cruel e impredecible, pero que el cariño por los demás era lo que daba sentido a la vida de los humanos.

Llegada a aquel punto, Maddie estaba tan cansada que no fue capaz de seguir enfrentándose al resto de datos que le enviaba Søren, ni a sus suposiciones. Se llevó la comida, que apenas había probado, a la cocina para tirarla, regresó para cerrar la computadora y casi dormida se volvió a sentar en el sofá. Cuando se volvió a levantar media hora más tarde, lo hizo con las fuerzas justas para acostarse. Y así pasó el fin de semana, tras unas cuantas cargas de ropa sucia a la lavadora y algunas anotaciones para el juicio.

Mientras la obra de teatro del juicio se representaba en la sala del tribunal, Maddie había visitado a Neva y a otras personas más en el hospital, para mantenerlas informadas. Pero aquel día recogió a Marilú en su casa para llevarla al tribunal para su primera comparecencia como principal testigo, en lugar de como espectadora para observar a otros demandantes. Estaba nerviosa y ni siquiera el magnífico tiempo del mes de mayo fue capaz de animar los corazones de los que habían visto cómo las cosas se desarrollaban poco a poco hasta llegar a aquel punto, en la séptima semana. Al hijo de Marilú le habían pedido aquella semana que regresara al trabajo y no podía estar allí aquel día, pero Maddie estaría encantada de hacerse cargo de ella durante el tiempo que la requiriesen en el estrado.

Era una bonita mañana cuando tomaron asiento. A modo de introducción del testimonio de Marilú, Charles había intentado de nuevo sacar a relucir los detalles generales de las condiciones de trabajo sin recurrir a los datos toxicológicos desestimados. Sin embargo, se irritaba cada vez que protestaba el abogado de Stormtree. Dichas interrupciones rompían el hilo de la narración de Charles y ponían nerviosa a Maddie, pero entonces estalló la bomba. Charles estaba consultando los informes de enfermedades críticas para preguntarle a Marilú si recordaba a uno de los médicos, cuando Maddie vio que Gordon Hugo le susurraba algo con desesperación al abogado litigante de Stormtree, antes de pronunciar un estridente «protesto». ¡Al parecer, el equipo ahora se oponía al uso de sus propios informes!

Charles acababa de empezar a sugerir al jurado que el hecho de que existieran demostraba que la empresa había estado tomando nota del empeoramiento de las enfermedades de sus empleados de las salas blancas.

—No puede demostrar que nadie percibiera algo inusual en la salud de los trabajadores basándose únicamente en la existencia de esos informes, que son de uso común en todas las empresas que cubren el seguro médico de sus empleados —dijo Hugo con firmeza—. Debe demostrarse que el patrón ocultó a sabiendas algo perjudicial y dicha certeza no se puede extraer meramente de los informes.

Aunque Charles era un avezado abogado litigante con una reputación bien merecida por su estilo, se quedó helado. Marilú parecía presa del pánico.

—¿Cómo es posible que cualquier persona a la que se le pague para llevar a cabo ese trabajo de forma responsable no se haya percatado del aumento de las enfermedades relacionadas con el cáncer?

Pero Hugo y su equipo insistían en que no se podía inferir nada de la mera existencia de los informes y, finalmente, el juez les dio la razón y se dirigió al jurado para recordarles que:

—La cuestión de si el lugar de trabajo proporcionado por el patrón es peligroso o si este mantiene en la ignorancia a sus empleados no tiene que ver con el caso que aquí nos ocupa y la defensa sostiene, con razón, que debe demostrarse que el empleador permitía a sabiendas que los trabajadores corrieran peligro. Los informes de enfermedades deben dejarse a un lado.

Charles se había quedado sin habla; Maddie estaba horrorizada y vio que el jurado estaba confuso y acusaba la fatiga de la batalla. Parecían estar perdiendo el hilo de lo que se suponía que debían tener en cuenta y lo que no. Durante un receso, intentó explicarle a Marilú que, por lo que ella sabía, las leyes de California eran muy estrictas con las reclamaciones de compensaciones por parte de los empleados. El abogado del demandante tenía no solo que demostrar que las instalaciones de Stormtree habían sido la causa del cáncer de cada uno de ellos de forma individual, sino que además la empresa lo sabía y no se lo hizo saber. Admitió que el juez solo estaba haciendo su trabajo, pero Marilú estaba enfadada, como cualquiera lo estaría. Se daba cuenta, al igual que el resto de demandantes, de lo que habían excluido del juicio. Marilú comprendía lo que Maddie le había explicado e incluso las razones que había tras la aplicación de la ley. Sin embargo, no era capaz de entender la disparidad entre lo que a ella le parecía «justo» y «la ley»: no parecían ser lo mismo en absoluto.

Aquella noche, Maddie se fue a casa con el ánimo por los suelos. No podía sentirse peor. Sin la base de datos de enfermedades graves, dudaba que consiguieran demostrar jamás que Stormtree Components Inc. sabía exactamente a lo que se exponían sus empleados y que realizaba un seguimiento continuo del asunto. Pensó que la vida no siempre era justa.

Pero cuando llegó a la puerta de su casa, se encontró con un paquete de tamaño medio que el portero había dejado apoyado contra ella que le levantó un poco el ánimo. Se lo enviaba

Søren desde Londres. Entró, se quitó los tacones y se sirvió media copa de vino. A continuación cortó la cinta de la bolsa de correos y sacó un ejemplar de un libro envuelto en papel de burbujas. Le acompañaba una tarjeta blanca doblada en la que Søren había dibujado un boceto con tinta negra de Eleanore en su sitio de siempre, sentada en la cima del montículo de Borgo.

«Buena suerte en tu cumpleaños. Todos esperamos tu regreso», ponía dentro.

Maddie sonrió: aquello la había tomado completamente por sorpresa. Iba a cumplir años en un par de días y ni siquiera se había dado cuenta de la fecha.

La postal iba acompañada por una nota aparte, escrita en papel fino: había encontrado el libro en un anticuario de Cecil Court, una calle cerca de Saint Martin-in-the-Fields. Se trataba de un ejemplar numerado de una edición de *Aradia,* de Leland, el libro del que habían hablado Jeanette y Eva, la chica de Volterra. El cuento de aquella muchacha, *La pellegrina della Casa al Vento,* estaba en el capítulo once. Maddie solo tardaría unos minutos en leerlo. Lo que le chocaba a Søren era la gran cantidad de citas de Keats con las que Leland había salpicado el libro.

¡No puedo evitar preguntarme si algunos detalles del poema de Madeline han sido recogidos en esta pequeña historia! Aunque puede que eso sea parte del misterio.
Besos,

S.

El poema de Madeline. Así que, al final, su padre tenía razón.

Una semana después de su veintiséis cumpleaños Maddie acudió al Hospital Mater Misericordiae, al que solía prestar tan poca atención que no se dio cuenta de que habían puesto una zona exterior para comer, con sombrillas con publicidad, al lado de los hermosos pinos mediterráneos. Sin embargo, estaba absorta en algo que la había cogido por sorpresa. Tenía que ver con las aseveraciones de Gordon Hugo en el video del restaurante. De pronto, parecían estar relacionadas con el hecho de que tanto los informes de enfermedad de la empresa como las pruebas toxicológicas encargadas por Harden hubieran sido desestimadas.

Su arrogancia hizo que a Maddie le viniera algo a la cabeza. Tal vez sonara un poco mezquino, pero se preguntaba si se avecinarían algunas elecciones a cuya financiación Pierce Gray estuviera contribuyendo. Aunque seguramente aquello era imposible y serían solo paranoias suyas. Incluso llegados a aquel punto, tras tantas semanas de juicio, era difícil entender por qué las pruebas y los archivos de enfermedades no habían sido admitidos. Pero debía desechar su cinismo y recuperar la fe en la justicia. De todas formas, tenía cosas más urgentes que hacer.

Entró en la habitación de Neva y Wyman Walker la miró a los ojos. Este le mostró una expresión de compasiva tristeza, totalmente carente de rabia. Por la irritación y la tensión que el rostro de Maddie reflejaba, percibió el tipo de noticias que les llevaba.

—Hemos perdido el caso —dijo el padre de Neva en voz baja, y su reacción se lo confirmó—. Puedo verlo en tus ojos y lo siento por todos ustedes. Han trabajado muy duro.

—Sí —dijo Maddie asintiendo con la cabeza gacha—. Lo siento. No hemos conseguido convencer al jurado. Tras casi tres meses en el tribunal, lo único que nos han dado es un «no hay veredicto».

Maddie y el resto del equipo estaban destrozados, indignados y exhaustos, pero Wyman la admiró por haber ido directamente al hospital en cuanto el portavoz del jurado le había dado la respuesta al juez.

Aquel día, Neva Walker tenía una belleza etérea, con el oscuro cabello negro recogido en una cola lacia para retirarlo de una piel demasiado ceñida a sus hermosos pómulos y de unos luminosos ojos que parecían albergar oscuros estanques de dolor. Aun así, en cierto modo, tenía el aspecto de siempre, como un fantasma inteligente y bello ofreciéndole su bendición a Maddie desde las almohadas. Maddie no tenía ni idea de lo que supondrían aquellas noticias para Neva, ya que sabía perfectamente que esta había estado desafiando al tiempo para oír el fallo del jurado.

Wyman estaba de pie al lado de la cama detrás de Aguila, rodeando con los brazos a su nieto. Aguila sujetaba la mano de su madre entre las suyas y Maddie se aproximó a los pies de la cama. Los tres la observaron durante un rato. Como Wyman habría dicho, sintieron la enorme tristeza que la embargaba.

Aun así, Neva consiguió sacar fuerzas de flaqueza para esbozar una sonrisa, lo que hizo que Maddie sintiera ganas de gritar un reproche al destino, a los dioses o a quien fuera que estuviera escuchando.

—La sombra del tiempo ha caído sobre mí, Maddie —se limitó a decir ella—. Los espíritus de mis ancestros me guiarán y, créeme, no tengo miedo. —Hizo una pequeña pausa para humedecerse los labios y continuó hablando—: En unos días los hombres llevarán mis cenizas a Nevada y los Walker verán crecer a mi hijo hasta convertirse en un buen hombre.

Apretó las manos de Aguila y, sorprendentemente —Maddie se preguntó cómo lo conseguía—, el niño encontró fuerzas para no llorar. La voz de su madre continuó siendo clara y firme durante un minuto:

—No se ha acabado. Mantendrás tu promesa y a mi niño le arreglarán el corazón. Todavía no han oído hablar a Madeline, pero cuando lo hagan, soplarán vientos de cambio. El tiempo lo es todo, Maddie. Hay algunas cosas que no podemos precipitar, pero tampoco dejar otras hasta que sea demasiado tarde. Aprovecha tu oportunidad y sé feliz.

Wyman miró a su hija y apartó los brazos de su nieto. Fue hacia los pies de la cama y cogió suavemente a Maddie por un brazo, con la certeza de que necesitaría su apoyo. La acompañó hacia la puerta, pero entonces esta se volvió y vio la cara de Neva iluminada por la última sonrisa que vería en ella. Maddie no pudo evitarlo y le devolvió la sonrisa, a pesar del nudo que tenía en la garganta. El extraordinario coraje de Neva le rompía el corazón.

Entonces deseó estar al otro lado de la puerta. No quería entrometerse en la intimidad de aquellos minutos que pertenecían al padre y al hijo, así que empujó hacia abajo la manilla, pero Wyman le dijo unas palabras mientras se acercaba a ella y luego la acompañó afuera en silencio.

—«Mujer que conoce la nieve», nos alegramos de que hayas venido en persona a hablar con nosotros —le dijo.

Por alguna razón, Wyman empezó a recorrer con Maddie el pasillo del hospital, dejando atrás el olor de las cuñas y del desinfectante, hacia la entrada principal.

—Para muchas personas, este es un viernes cualquiera, mientras que para nosotros es aquel que mi nieto recordará durante el resto de su vida. El señor Gray estará a punto de salir de la ciudad para irse de fin de semana.

Maddie no sabía qué responder, aunque entendía demasiado bien aquella conexión entre el dolor privado y el mundo indiferente. Asintió con empatía.

Llegaron a la puerta principal del hospital y vieron que allá fuera había empezado a caer una suave lluvia. Esta había dibujado surcos en el polvillo rojo de la fachada de cristal del edificio, como si de largas lágrimas se tratase.

—Ya lo ves —señaló Wyman con la cabeza—, los ancestros le han pedido al cielo que llore por mi hija.

La puerta principal se abrió automáticamente y permitió que una ráfaga de viento entrara en el vestíbulo del hospital, portando en su aliento una mezcla de hojas secas, arena fina y lluvia.

—No importa lo que nos separe a unos de otros, ni las diferentes creencias que tenga la gente —dijo Wyman—, todos sentimos el viento.

Y dicho esto, se fue.

Maddie se quedó allí de pie, expuesta a los elementos mientras la puerta se deslizaba en silencio para cerrarse tras ella. El aire se llevó una de las sombrillas de la zona de comer y la dejó caer en el estacionamiento. Luego se enredó en su pelo y lo hizo ondear a sus espaldas. Se apoyó en la columna de piedra junto a la puerta y se estremeció cuando el viento la azotó y convirtió su tristeza en algo físico.

A continuación, abandonó corriendo el porche para ir hacia el coche.

41

La Toscana, invierno de 1365-1366

M ia se despertó en la fría y amplia repisa donde ella y los residentes de Santo Pietro in Cellole se habían puesto a cubierto bajo la casa. No tenía ni idea de la hora que era: iluminada únicamente por la luz que se filtraba a través de dos respiraderos, la cisterna estaba oscura y no fue capaz de discernir cuántas horas podría haber dormido.

Retiró el brazo que su hijo pequeño le había posado sobre el pecho y lo puso alrededor de su hija mayor sin molestar a nadie. Comprobó cómo estaba Isabella, que dormía también plácidamente, y se percató de que aún había una docena de campesinos tumbados sobre improvisados camastros, diseminados alrededor de la cisterna. Se puso en pie sin hacer ruido y buscó a *la raggia*, pero no estaba con ellos. Su hijo menor, Federico, estaba a unos cuantos pasos de Barbara, pero ni el angelical Luccio ni su madre parecían hallarse allí. Mia se envolvió en un chal y subió por las empinadas escaleras que ascendían desde el escondite hasta la planta baja de la villa. En cuanto emergió a la luz, vio que el sol se encontraba en la línea del horizonte y calculó que serían entre las seis y las siete de la mañana. Fue hacia el patio y buscó señales de vida, pero antes de que pudiera encontrar a nadie percibió un olor acre en el ambiente que la suave brisa matinal llevaba hacia el norte. Olía como si estuviera mucho más cerca que Luriano.

Rodeó el edificio y vio una figura sentada que coincidía toscamente con la forma de su tía, pero algo no iba bien. Se acercó más y vio el cuerpo normalmente erguido de Jacquetta combado en el lugar donde estaba sentada, el último peldaño de la casa. Tenía la mirada vacía clavada más allá del jardín de la cocina, hacia el camino de los peregrinos, en la dirección de donde procedía aquel fuerte olor. Al darse cuenta de que su vestido estaba manchado de hollín, Mia le puso una mano sobre la espalda para asegurarse de que no tenía frío. Jacquetta parecía haberse quedado allí petrificada y apenas se movió, ni siquiera cuando la mano de Mia la tocó. Esta giró la cabeza para seguir la mirada de su tía y cuando vio con sus propios ojos lo que Jacquetta estaba observando, se desplomó también a su lado y se cubrió la boca, desesperada.

Su jardín del paraíso, de rosas y lilas, de mejorana y romero y de iris en tiestos, en su día inmaculado, era ahora una carnicería. Las gallinas que no habían sido puestas a salvo en cestos bajo la casa yacían esparcidas sin cabeza entre el azafrán de otoño y las equináceas. Una cerda preñada había sido atravesada por la espada de un hombre y la habían dejado morir desangrada en el lugar donde estaba tendida. Ramas llenas de peras y albaricoques habían sido cercenadas de los árboles, cabezas de rosas cortadas de los arbustos, tiestos aplastados y su contenido sembrado por el suelo. En los confines de los terrenos de la villa, todavía ardían los rescoldos de los cobertizos de las castañas y de las balas de paja y, al otro lado del camino, un extremo del establo estaba en llamas.

Mia no fue capaz de articular palabra. Solo consiguió seguir allí sentada, al lado de Jacquetta, y ponerle la otra mano en el hombro que, al igual que la anterior, estaba temblando.

—Treparon por los muros —dijo Jacquetta con una voz débil y sin energía— y salí a hablar con ellos. No eran más de media docena de hombres. Solo querían advertirme.

Mia trató de encontrar una pregunta que hiciera que el dispendio y la destrucción que tenía ante ella tuviera algún sentido, pero no se le ocurrió nada. Solo era capaz de observar aquel desastre y preguntarse quién sería capaz de hacer aquello, de dejar allí tirados a los animales, asesinados pero inservibles como alimento para los residentes ni para los soldados. Todo aquel tumulto no tenía propósito alguno, salvo por el hecho de que estaba pensado para avasallarlos.

—¿La casa está intacta? —fue lo único que consiguió decir.

—Los soborné —dijo Jacquetta con rotundidad.

Tenía la voz ronca por el humo, pero era el extraño sonido de la indiferencia hacia todo lo que la rodeaba lo que a Mia le parecía desconcertante. Nunca había visto a la tía Jacquetta tan destrozada.

—No les di más que cincuenta florines y dos barriles de nuestro mejor vino —explicó—. Esta vez fue suficiente: regresaban de divertirse en las colinas. Los convencí de que era viuda y de que mi hijo tenía negocios con el ayuntamiento de Siena. Decidieron abstenerse de incomodar a alguien del ayuntamiento, porque es este el que tiene que pagarles la soldada. Pero volverán.

Mia abrazó a su tía.

—¿No saben de la existencia del resto de nosotros, que dormíamos abajo?

Jacquetta negó con la cabeza.

—Tía Jacquetta, te podrían haber matado, o violado, como a mi madre.

El sonido de unos pasos apresurados se acercó por el camino de los establos e hizo que Mia se pusiera en estado de alerta, hasta que vio a Agnesca. Tenía la cara mugrienta por causa del humo y las manos coloradas y llenas de ampollas, pero caminaba decidida hacia la tía y la sobrina.

—Luccio estaba vigilando desde arriba —continuó Jacquetta, sin apartar la vista del enorme escenario de destrucción—. Tenía cargada la ballesta de su padre y habría alcanzado a uno de ellos, estoy segura, si me hubieran atacado.

—Luccio y Roberto todavía están apagando el fuego del establo —dijo Agnesca—, pero han logrado volver a capturar a los caballos asustados. Te llevaremos adentro para limpiarte, Jacquetta. Por muy horrible que sea, se trata de un mal menor y somos afortunados.

Levantó con cariño los huesos de Jacquetta y la ayudó a entrar en casa. Mia las siguió.

—Baja y despierta a los residentes del *borgo* y a los sirvientes, Mia —le pidió—. Hay mucho que limpiar.

Al cabo de cuatro o cinco horas de trabajo bajo un sol brillante y un frío viento, el caos de villa Santo Pietro parecía más moderado, pero el ánimo de Jacquetta mejoró muy poco. La destrucción innecesaria de los terrenos y el desperdicio de ganado y forraje no eran la causa de su pesar, sino la imposibilidad de encontrar la forma adecuada de luchar contra los soldados. Los residentes y los sirvientes no tenían nada que hacer, dado que ellos los superaban en número con creces y ninguna autoridad en el país tenía voluntad ni capacidad para detener y amonestar al ejército rebelde. No temían a Dios, no respetaban la vida, ni tenían un código ético propiamente dicho, ni siquiera entre ellos. Por primera vez desde que tenía uso de razón, Jacquetta no se sentía optimista ni albergaba la creencia de que encontrarían un remedio para aquella plaga de langosta. Regresarían durante quién sabía cuántas cosechas seguidas y le chuparían la sangre al *contado*. ¿Qué podría impedírselo?

El sol estaba casi en el punto más alto del cielo cuando Roberto abrió la puerta exterior al granjero, su segundo hijo y Claudio, uno de los sirvientes que habían venido con la familia Toscano. Fue Luccio, todavía enfrascado en la reparación de los establos, quien acudió junto a Mia y su madre para informarlas de su regreso mientras ellos se aseaban y comían algo.

—Traen malas noticias sobre tu padre —le dijo Agnesca a su hijo mayor. La entonación no era la de una pregunta y había cierto tono de extraña certeza en su voz.

—Puede que no sean tan malas —respondió el joven con una sonrisa esperanzada.

Jacquetta y Mia fueron a reunirse con ellos en el vestíbulo y Luccio moderó la voz para que pareciera más tranquila, por el bien de Mia.

—Mi padre y mi padrino consiguieron guiar con éxito toda la caravana hasta Siena sin tropiezo alguno —comenzó a explicar positivamente—. Habían recorrido más de la mitad del camino de vuelta, cuando fueron tomados como rehenes (junto con el otro hijo del granjero) en el convento de Santa Lucia, cerca de Rosia. Me han informado de que se encuentran sanos y salvos y solo es necesario que acuda para comprar con florines su libertad.

—Pero ¿no llevaban dinero encima? —preguntó Mia, confusa.

—Habían dividido inteligentemente lo que traían de vuelta entre todos —respondió Luccio—. Sabiendo que era probable que los secuestraran, guardaron la mayor parte del dinero bajo las sillas del granjero y de Claudio. Gennaro compró por una modesta cantidad la libertad de estos, convenciéndoles de que era todo lo que tenía. Así que están retenidos bajo la promesa de que les llevaremos más dinero desde aquí para su liberación, pero han sido Claudio y los granjeros los que nos han traído los fondos. Si me permiten hacer uso de ellos, partiré de inmediato —añadió.

—¿Podemos recaudar la cantidad exigida? —preguntó Jacquetta con la misma voz ronca de la mañana—. ¿Qué suma reclaman?

Luccio respondió, casi riendo:

—Claudio dice que estaban todos tan andrajosos tras la larga cabalgata bajo la lluvia y a través del cieno, que parecía que ya los hubieran arruinado. El precio que han fijado es de cientocincuenta florines por los tres mientras que únicamente por el embajador de Siena, que está retenido con ellos, exigen un rescate de trescientos.

—Piden catorce por cada uno de los aldeanos atrapados en San Galgano —comentó Jacquetta mientras asentía—. La cantidad es tolerable y seré yo la que la llevaré a Rosia.

—Entonces iré contigo —dijo Luccio.

Mia intentó introducirse en la ecuación para rescatar a Gennaro, pero nadie lo permitió. Agnesca la animó, por el contrario, a que aceptara el papel de negociadora en la abadía. Jacquetta le pidió que fuera a la caja fuerte de sus aposentos, que contenía las últimas ganancias que le quedaban que había obtenido de los peregrinos en los últimos dos años. Había unos cuantos florines, algunos medios nobles e incluso varios florines holandeses de caminantes procedentes del norte. Tenía la certeza de que los ladrones los aceptarían a cambio de la libertad de sus vecinos.

En una bella tarde de octubre, mientras miraba una vez más al horizonte, Mia le comentó a Agnesca la incongruencia de que el cielo azul no reflejara ninguno de los horrores que habían marcado aquel día. La puesta de sol había sido de color púrpura en lugar de rojo sangre y el olor del humo se había desvanecido.

—Sin embargo, no puedo ver a las Siete Hermanas —añadió Mia—, y siempre relaciono su desaparición con la tristeza.

¿Nos abandonarás, *la raggia,* una vez que los soldados hayan dejado la abadía y nuestro peligro haya pasado?

—No, querida. He sido franca contigo —le aseguró, mientras le apretaba la mano helada—. He regresado a mi hogar para quedarme. Tú y Jacquetta son mi familia, ¡aunque tendré que ir a Lucca a visitar a los niños de vez en cuando!

Mia estaba más que dispuesta a aceptar tal aseveración, pero le parecía demasiado optimista.

—¿No te resuena todavía en los oídos la amenaza de mi hermano? —le preguntó.

Agnesca miró a Mia. ¿Sería posible que no supiera lo que había sucedido en Volterra?

—El poder y la influencia de tu hermano ya no son lo que eran, Mia —dijo con prudencia.

—Porque Ottaviano murió a causa de la peste, como auguraste que sucedería —asintió Mia—. Pero he oído que mi hermano Paolo, al que llaman Bocchino, es un tirano peor que su padre. Ninguno de nuestros huéspedes ha tenido una sola palabra buena hacia él. Podría ser más cruel que Ottaviano y ni siquiera deseo posar mis ojos sobre él. Desearía que no compartiéramos la misma sangre.

—Mi querida Mia —repuso Agnesca con tristeza—, no puedo imaginar por qué Jacquetta y Gennaro han decidido no contártelo, aunque yo te habría descargado de tal preocupación. ¿Perdonarías a tu amiga si te cuenta, sin ser consciente de ello, algo que pueda hacerte daño?

Mia la miró, sin comprender nada.

—Bocchino se vio atrapado entre las antiguas familias oligarcas de Volterra, que habían ocupado los cargos públicos durante generaciones, y los nerviosos florentinos, deseosos de evitar que Volterra creciera demasiado —le explicó Agnesca en voz queda—. Casado con la hija de un conde, su único deseo era incrementar su poder y convertirse en un verdadero soberano, pero era presionado por ambos bandos. Era muy impopular, ya que se tomaba la justicia por su mano cuando le convenía y, al igual que su padre, no dudaba en tomar a jóvenes muchachas por placer. Para intentar mantenerse en el poder, le pidió apoyo a Pisa y les permitió que enviaran una guarnición militar a la ciudad. Desde aquel momento, los nobles se convirtieron en los principales oponentes de Bocchino.

—Entonces, ¿ya no está en el poder? —preguntó Mia con incredulidad. Durante diecisiete años había evitado regresar a Volterra, ni siquiera había ido a visitar a la familia de Gennaro que vivía allí, para no volver a ver jamás a ninguno de sus hermanos. ¿Había sido aquello innecesario?

—Bocchino cometió el error de ofrecer en venta Volterra a Pisa —le explicó Agnesca—. Cuando la noticia salió a la luz, intentó escapar de la multitud, pero lo alcanzaron en la puerta etrusca. Fue decapitado, Mia, en las escaleras del Palazzo dei Priori, hace cuatro años.

Mia se quedó helada. ¡Decapitado por la multitud! Deseó poder sentir alguna compasión por aquel hombre y de hecho, en cierto modo, lamentaba la forma en que había caído. Pero aquella gente les había arruinado la vida a ella, a su madre y a la familia de Gennaro. Habían condenado a Agnesca, se habían quedado con sus propiedades y habían vivido como reyes a expensas de muchísima gente. Lo único que sentía era alivio, y poco más.

—¡Entonces realmente estás a salvo aquí conmigo! —exclamó. Agnesca asintió.

Aquella conversación reportó a Mia una extraña satisfacción y seguridad y, al cabo de unos instantes, se sorprendió cantándole a su hijo mientras lo bañaba. Estaban en el mayor de los dormitorios con un armario para ellos solos; ella y Gennaro lo habían llevado allí al casarse. Comparado con sus antiguos cuartos, era una habitación lujosa: situada en lo más alto de las escaleras exteriores, tenía vistas al patio y sobre el valle. Isabella estaba cantando con ella cuando ambas oyeron ladrar a los perros de la granja camino abajo y se preguntaron si aquello significaba que Gennaro y Porphyrius estaban en casa. Efectivamente, a los ruidosos canes pronto los acompañó el sonido de cascos —más lentos de lo que cabía esperar—, pero desde luego eran más o menos el número correcto. Le pidió a su hija que llamara a la puerta de la *signora* Toscano para que los recibiera mientras ella secaba a su hijo.

—Ve tú también, Isabella —dijo sonriendo con ironía—, querrás comprobar que Luccio Toscano ha regresado sano y salvo.

Isabella se ruborizó y luego asintió. Salió corriendo en busca de la *signora* Toscano, pero al cabo de un rato, cuando Mia ya había secado y vestido al niño, empezó a preocuparse al no oír a nadie cruzar el patio allá abajo. Por todos los santos, ¿no serían los soldados que venían para saquear de nuevo?

Mia se enganchó a su hijo en la cadera y bajó volando la escalera exterior a un ritmo temerario. Si habían regresado les diría que se fueran: tenía voz y la usaría para proteger a sus hijos. Pero al dejar atrás el olivo para dirigirse a los establos, se quedó paralizada. Estaban llevando unas andas hacia la casa tan lentamente que apenas hacían ruido sobre las piedras. Pensó si se trataría de Gennaro. Era impensable que fuera cualquiera de ellos.

Distinguió las siluetas de su hija y de Agnesca, luego la del alto Luccio con sus cabellos dorados sujetando la luz de las antorchas y de la figura más rolliza del viejo Cesaré. Le pareció ver que dos hombres llevaban las andas y que uno de ellos era Gennaro. Se volvió y abrió la enorme puerta delantera para que entraran los hombres con la carga. Y cuando estuvieron lo suficientemente cerca para que la luz de la antorcha confirmara sus temores, se quedó helada.

—Rápido, Mia —la incitó Agnesca—. Limpia la mesa del refectorio que está delante del fuego de la cocina y luego ayúdame a conseguir ungüentos y tinturas.

Tendido ante ella, dibujando una forma curvada, estaba el cuerpo de su tía con la parte superior del vestido empapado de sangre. Estaba cubierta con la capa de Gennaro y con un vellón que a Mia no le resultaba familiar. Salió corriendo ante ellos, como le habían pedido, para abrir la puerta y cruzar el suelo de losa para entrar en la cocina. Gennaro y Porphyrius levantaron con suavidad las andas para dejarlas sobre la mesa del refectorio.

—Ya nos habían liberado y estábamos en camino —le dijo Gennaro a su amor, que tenía el rostro más pálido que el de Jacquetta—. Estábamos cruzando el puente Pia, después de abandonar el convento, cuando Jacquetta miró hacia atrás por encima del hombro: había oído algo que el resto de nosotros ignorábamos.

Agnesca levantó los abrigos y descubrió el origen de la sangre. Se trataba de un corte más ancho que el largo de un pulgar, una herida desgarrada que dejaba al descubierto la carne y el hueso en una espeluznante maraña. Un sucio dardo metálico de ballesta sobresalía cuatro o cinco centímetros. Al ver que Mia era incapaz de reaccionar, Agnesca envió a Isabella a la bodega en busca de aceite de tomillo y unas tenazas que recordaba haber utilizado años atrás para extraer el clavo de una bota del pie de un peregrino.

—¿Qué fue lo que oyó? —logró preguntar finalmente Mia.

Gennaro miró a su mujer y levantó a su hijo, que todavía se aferraba desconcertado a su madre.

—Dos soldados a pie estaban persiguiendo a una niña por el bosque y uno de ellos acababa de atraparla. Por el aspecto de sus ropas, ya le habían dado alcance más de una vez. Era más joven que Isabella y Jacquetta hizo girar al caballo y cabalgó hacia ellos.

Porphyrius explicó el resto de la corta historia a un ritmo demasiado acelerado:

—Tu tía pensaba poner a la niña a salvo sobre su propio caballo, pero dos hombres de la compañía Hawkwood que observaban desde los muros del convento dispararon un dardo, Mia. Creo que lo hicieron para divertirse.

Mia apenas escuchó el resto. Le pareció oír que uno de los capitanes de Hawkwood, alguien llamado Beaumont, había intervenido para interrumpir el juego y les había ayudado a colocar a Jacquetta en unas andas. Luego les había ofrecido los servicios de un médico del ejército capaz de retirar el dardo. Jacquetta, medio desvanecida, les había suplicado que la llevaran a casa para que Agnesca la tratara y habían partido hacía dos horas, con cuidado de no sacudirla demasiado.

—Creo que ha estado todo el rato en una especie de duermevela —le confió Porphyrius a su mujer.

—El dardo está muy profundo —observó Agnesca con gravedad. Sus dedos exploraban la herida y tenía cara de tristeza—. Ha aplastado el hueso del hombro y retirarlo implicaría la pérdida de mucha sangre.

Dejó a Mia limpiando ineficazmente el rostro de su tía con agua de lavanda y preparó un rápido brebaje en la bodega anexa, combinando las botellas más potentes. Mia vio por el rabillo del ojo que uno de ellos era el peligroso *aconitum*, que sabía que se utilizaba solo en las situaciones graves y simplemente para aliviar el padecimiento.

Pero Agnesca le confió a Gennaro en voz baja que aquellos esfuerzos eran prácticamente inútiles.

—Podría resultar útil traer a uno de los monjes cirujanos, si tuviera a bien venir —susurró—. No puedo retirar el dardo porque tiene púas y si lo hiciera haría que la sangre saliera a raudales y no podría detenerla. La herida es demasiado grande como para coserla. Y tampoco puedo empujarlo para que salga por el otro lado, porque está incrustado en la parte más dura del hueso destrozado.

—Los monjes saben menos que tú, Agnesca —respondió él desesperado—. ¿No hay nada que se pueda hacer por ella?

—Minimizar el dolor —fue lo único que logró responder.

Mia, Alba y Agnesca permanecieron sentadas al lado de Jacquetta hora tras hora. Mia apenas se percató de que Luccio y su hija habían ido, efectivamente, a la abadía en busca de ayuda, como Agnesca había insistido que hicieran. Renunciando a sus votos, dados los acontecimientos, fray Sandro había regresado con ellos junto con uno de los cirujanos del propio Hawkwood, ya que el informe de lo que había sucedido en Ponte della Pia había vuelto con Beaumont. El suceso había sido fuente de gran vergüenza, ya que a ningún soldado se le alentaba a disparar a mujeres de noble cuna. El soldado había sido castigado con severidad.

—Lo más urgente es la extracción —le dijo el médico del ejército a Gennaro en francés—. La fiebre y el daño de los tejidos pueden solucionarse, pero no hay ruta para extraer el dardo y la entrada está demasiado cerca del cuello para amputar el brazo.

Fray Sandro había traído beleño negro y belladona, y añadieron aquellas potentes hierbas al tomillo y al acónito. Todos, excepto Mia, parecían ser conscientes de que lo único que aquellos ungüentos podían hacer era aliviar el sufrimiento físico de Jacquetta.

Sobrevivió dos días y dos noches. Agnesca creía que no tenía demasiado dolor y que no era muy consciente del mundo en el que todavía habitaba. En la tercera mañana después de haber resultado herida, los dedos de Jacquetta consiguieron acariciar los cabellos de su sobrina dormida. Mia solo estaba dormitando a su lado, pero se despertó al sentir la presión en la cabeza.

—No me lleven a la cripta donde yacen mis padres en Volterra —dijo débilmente.

Mia se sentó al darse cuenta de que su tía hablaba con fluidez. Apenas había dicho nada desde que la habían traído.

—Este ha sido nuestro santuario, nuestro paraíso —dijo lentamente al tiempo que continuaba pasando los dedos por el cabello de Mia—. Mi vida ha estado llena de alegría, Mia. Nada ha supuesto un sacrificio —dijo sonriendo—. Entiérrenme aquí, con los pies hacia el Val di Cellole, donde pueda estar cerca de ustedes. Los soldados se irán y aunque regresaran sobrevivirán —dijo con claridad—. La casa los arropa con sus brazos e incluso cuando tus hijos se vayan, algunos de ellos encontrarán el camino de regreso.

Mia sentía los ojos llenos de lágrimas, pero quería permanecer entera.

—Lo convertiré en el panteón de nuestra familia, tía Jacquetta —dijo—. Y cuando me llegue el momento, dormiré a tu lado.

—Yo también —dijo Agnesca. Había entrado al escuchar los susurros—. Son mi madre y mi hermana y seré enterrada al lado de ambas, si me aceptan.

—Agnesca. —Jacquetta la miró con claridad unos instantes. Meditó largo tiempo antes de hablar—. Nunca olvidé las palabras que me dijiste hace tiempo. Tus hijos tendrán el derecho y la fuerza para cambiar los destinos de los seres humanos.

Más o menos un cuarto de hora después, Jacquetta abrió los ojos una última vez y miró a Mia, que no se había apartado de su lado.

—Después de todo, creo que es posible que los unicornios existan —musitó.

No dijo nada más. Las drogas para matar el dolor se llevaron su mente a otro sitio y falleció unas horas después. Mia estaba tan ensimismada por la pérdida, tan destrozada por lo innecesaria que había sido, que ni se percató de que la Compañía de San Jorge había abandonado también la sumamente arruinada abadía de sus vecinos. Y como no había nadie de San Galgano para celebrar el oficio, fueron Gennaro y Porphyrius quienes cavaron su tumba donde había florecido el antiguo jardín de la iglesia de Santo Pietro in Cellole, donde las lilas traídas de nuevo por los peregrinos florecerían en primavera al lado de los lirios autóctonos que tanto Jacquetta como Mia adoraban.

Fue tres meses después, en el siempre significativo mes de enero, según le parecía a Mia, cuando nació su último hijo. Precisamente cuando Loredana ya empezaba a recomendar retirar los cerrojos de las puertas y los armarios, una ráfaga de viento helado abrió de golpe los postigos y una niñita nació. Vino al mundo tres semanas antes de la fecha esperada y fue un parto largo y difícil durante el cual fue preciso que Agnesca, que ya era una partera muy experimentada, tirara del cordón umbilical de la niña hacia abajo para quitarlo de en medio mientras esta nacía para evitar que se ahogara. En manos menos expertas, habría perdido el bebé.

—Está claro que es nuestra, Mia —rio Agnesca—. Ha nacido con el viento y con un auténtico nudo en el cordón umbilical.

La primera idea de Mia fue llamarla como su tía pero, tras un largo debate con su esposo y *la raggia*, decidieron llamar a la pequeña Maria Pia en recuerdo de la altruista acción de su tía en el puente Pia. El nombre surgiría cada una o dos generaciones a lo largo de la larga historia de la familia de Mia.

42

San José, San Francisco y la Toscana,
finales de mayo-principios de junio de 2008

L a fina lluvia mezclada con el polvo rojizo que el denso tráfico levantaba de la carretera llenaba el aire. Los limpiaparabrisas la extendían por el cristal y nublaban la visión de Maddie, que iba en dirección norte por la autopista Nimitz hacia Berkeley.

Al cabo de media hora en la carretera, salió de la autopista en Fremont para cargar gasolina y comprar una botella de agua en una estación de servicio Chevron. Hizo que el despachador se asomara por debajo del cofre para comprobar el nivel de aceite y asegurarse de que había líquido limpiaparabrisas en el depósito. Entró en el edificio para pagar, pero su estado mental era tal que olvidó el agua sobre el mostrador al marcharse.

El tiempo mejoró conforme avanzaba hacia el norte y el granizo dio paso a un cielo azul mientras cruzaba el Bay Bridge, justo antes de llegar a Berkeley. Allí el nombre de la carretera cambiaba y se convertía en la autopista Eastshore, aunque seguía siendo la misma ruta hacia el norte. Pensó que debería detenerse a hablar con su padre, pero, cuando se le ocurrió la idea, ya había pasado a toda velocidad el desvío. Se aproximaba una caseta de cobro, así que miró hacia el asiento del copiloto y apartó de un manotazo el sobre del informe toxicológico para buscar cambio en el bolso. Mientras se acercaba al pueblo de Vallejo, Maddie vio que se estaba formando en el horizonte un gran banco de nubes altas. En otra media hora estaría subiendo las montañas y parecía que el tiempo empeoraría de nuevo.

La lluvia empezó a caer justo cuando salía de la autopista Santa Helena para coger la Oakville Grade durante varios kilómetros. Allí encontró lo que estaba buscando: un camino de un solo carril de macadán que conducía a una imponente verja. Detrás había una larga avenida bordeada de árboles que finalizaba en una rotonda delante de una casa de una sola planta típica de Nueva Inglaterra, con un amplio porche. A cada uno de los lados de la avenida, se extendían pintorescas hileras de vides maravillosamente cuidadas, en las que se apreciaban las primeras señales de frutos. Las vides marchaban en perfecta formación hacia el bosque que, más allá, cubría las laderas de la montaña.

En un extremo de los viñedos se alzaba una construcción que parecía una bodega, en la que había un enorme cartel:

Viñedos Stormtree
Los mejores vinos de la denominación de origen Napa
Desde 1889

Mientras Maddie echaba un vistazo, el día se fue oscureciendo gradualmente a medida que el suave chaparrón se hacía más fuerte y se convertía en una especie de diluvio. Dudó si seguir conduciendo, ya que la lluvia fue sustituida rápidamente por el granizo, que golpeaba como un millar de martillos el techo del coche y ahogaba el sonido de los ansiosos latidos de su corazón. Un manto blanco de clima extraño delante de ella le impedía toda visibilidad.

De pronto, por encima de la ensordecedora percusión del granizo, Maddie oyó el sonido más aterrador que jamás habría imaginado. Fue como un grito, un ruido como de un tren expreso de alta velocidad que crecía en intensidad y sacudía el coche. Era como si una mano hubiera agarrado el pequeño vehículo y lo agitase con tal violencia que Maddie tuvo la certeza de que algo acabaría golpeándola. Era como si hubiera detenido el coche demasiado cerca de un tren cada vez más rápido y estuviera condenado a ser absorbido por la estela del ferrocarril.

Aterrorizada, Maddie pisó el freno con todas sus fuerzas. Se metió instintivamente bajo la consola del coche, con la esperanza de que el coche no volcara por la violencia con que se movía. Durante casi cinco minutos, el viento rugió y la lluvia y el granizo golpearon el coche. Luego, sin previo aviso, el sonido disminuyó hasta convertirse en el suave tamborileo característico de la lluvia de primavera. Maddie hasta pudo volver a oír el silencioso rumor del motor del coche. Era curioso que siguiera encendido y que ella no hubiera salido volando por los aires. Con cierto temor, levantó la cabeza para inspeccionar la escena. Lo que diez minutos antes era un ambiente tranquilo y bucólico era ahora el vivo retrato de la devastación: a la izquierda de la carretera no había quedado ni una vid intacta, desde la bodega hasta las lejanas colinas, mientras que a la derecha los prístinos arriates que adornaban el césped delantero del enorme jardín de la casa apenas habían sufrido daños.

Maddie permaneció allí sentada, mirando, hasta que una figura salió al porche por la puerta principal de la casa y contempló los restos de lo que debía de haber sido el Gray Lady Vintage de 2008. El hombre se quedó petrificado y se llevó las manos a la cara como si no entendiera nada. A continuación, bajó corriendo las escaleras del porche. Al final, sin embargo, las piernas debieron de fallarle y se desplomó bajo la suave lluvia hundiendo la cabeza entre las manos.

Desde la perspectiva de Maddie, que estaba a cubierto y seca dentro del coche, Pierce Gray parecía un niño que hubiera perdido a toda su familia en una tragedia apocalíptica.

Soltó el freno y los neumáticos del coche crujieron sobre las piedras de granizo mientras avanzaba centímetro a centímetro por el camino. Estaba resbaladizo y se vio obligada a conducir despacio por la avenida arbolada, zigzagueando entre ramas rotas y otros restos, hasta detenerse en la rotonda que había delante de la casa.

Salió del coche y, sin apenas pensar por qué había ido allí, cogió el sobre del asiento del copiloto.

Pierce levantó la cabeza y la observó durante unos instantes sin reconocerla y sin hablar con ella. Finalmente, logró articular algunas palabras:

—Mis antepasados fundaron este viñedo en el siglo XIX, en la década de los ochenta. Tuvo que cerrar durante la Ley Seca, pero entonces mi bisabuelo estaba en el negocio de la madera y teníamos dinero suficiente.

Maddie caminó lentamente hacia él, consciente de que necesitaba hablar. Asintió para que continuara.

—Cuando el abuelo vivía aquí de niño, había una secuoya gigante plantada allí —señaló hacia el linde de la bodega y Maddie siguió el dedo con la mirada—. Un día, una tormenta eléctrica salió de la nada y el pequeño corrió a refugiarse de la lluvia bajo las ramas del árbol. Nadie le había dicho nunca que aquello era lo peor que podía hacer, y fue alcanzado por un rayo que lo partió en dos. Mi abuelo estaba de pie debajo del árbol y este se murió, pero él no. Cayó a su lado sin que ni siquiera una rama le rozara el cuerpo. Por eso su hijo —mi padre— llamó a la compañía Storm Tree («árbol de la tormenta») y, cuando retomó lo de los viñedos, estaba convencido de que había sido la providencia. Que sobrevivirían a todo lo que les echaran.

Maddie se acercó a las escaleras del porche y se sentó justo detrás de él, resguardada de la lluvia.

—Siento que hayas perdido las uvas, Pierce. Lo digo de corazón, porque sé que adoras todo esto. —Ella asintió una vez con la cabeza para señalar toda la propiedad y la importancia que tenía para él. Aunque había tenido dos esposas espigadas, aún no tenía ningún hijo que heredase aquella propiedad, que era lo que daba sentido a su vida. Era su familia. De pronto, ella entendió la importancia que tenía y vio que, probablemente, el floreciente estado de los viñedos lo conectaba de alguna manera con una fuente invisible de aprobación patriarcal—. Pero eres muy rico —continuó Maddie con voz dulce—, y también estás muy protegido, tu seguro cubrirá la mayoría de las pérdidas. Tienes salud y pasión, y las uvas volverán a crecer.

—No lo entiendes, Madeline —respondió sin volver la cabeza hacia ella—. Para mí, la tormenta es como un augurio: no están satisfechos conmigo.

Pierce se inclinó hacia delante y apoyó la cabeza en el regazo de Maddie, encogiéndose como un niño pequeño. Aunque esta había ido allí furiosa con Pierce Gray, no le deseaba ningún mal. Extendió la mano y le acarició suavemente el pelo.

—Son tus uvas, no tus hijos —se limitó a contestar.

En aquel momento le daba pena, pero también sabía que tenía que decirle para qué había ido hasta allí, aquello que hacía que no pudiera pensar en nada más.

—Vengo de ver morir a una amiga. Era una chica guapísima, pocos años mayor que yo; ha muerto de un tumor cerebral y de cáncer de hígado en compañía de su hijo pequeño y su padre —dijo enérgicamente—. A ti te duele muchísimo esta pérdida y entiendo que ha requerido mucho esfuerzo y mucha pericia, pero esto no son seres humanos, Pierce. La mujer de la que hablo trabajaba para tu empresa y su muerte podía haberse evitado.

Pierce levantó lentamente la cabeza para observarla. Su rostro siempre había tenido para él un encanto inusual. En aquel momento no quería escucharla, pero tampoco podía dejar de mirarla.

Maddie se dio cuenta. Se dirigió a él con cuidado, como si quisiera elegir bien las palabras.

—Shakespeare dice que es maravilloso tener la fuerza de un gigante, pero que es de tiranos usarla como un gigante. Tu empresa es ese gigante y la gente que trabaja en tus fábricas no tienen fuerza para enfrentarse a ese poder como Stormtree requiere. Sus palabras no pueden ser oídas por encima de las de tus abogados, que gritan como generales. Están deshechos, Pierce.

»Ellos no tienen viñas para replantar. ¿No ves que para ellos tú eres el viento?

Se levantó y dejó el sobre en un peldaño seco que había más arriba.

—Entra a guarecerte de la lluvia —le dijo con ternura. Luego le puso una mano en el hombro y lo dejó atrás para ir hacia el coche.

El lunes siguiente a que Maddie se hubiera enfrentado con Pierce Gray era el primero de junio y entró por la puerta de la oficina quince minutos tarde. El autobús de Cow Hollow se había quedado atrapado en un atasco y aquella mañana tenía poca energía para ponerse a correr. No se había movido del apartamento ni había hablado con nadie en todo el fin de semana. Había pensado enviarle un mensaje de texto a Søren para contarle que habían perdido el juicio, pero él había ganado una medalla de plata por su jardín en Chelsea y no quería aguarle la fiesta. Había estado en una especie de estado de *shock* por lo de Neva y el juicio y, además, había sufrido una tensión aplazada al pensar lo cerca que había estado de ser ella misma la víctima de una desgracia cuando vio aquella noche las noticias del seudociclón que había asolado parcialmente Napa. Al ver las imágenes, se dio cuenta de que el viento había pasado con toda su furia a solo unos metros de su coche, pero la había evitado. Debía de haber algún ángel mirando.

Paloma estaba en plena floración como única centinela de la entrada de Harden Hammond Cohen. Curiosamente, Teresa no se encontraba en su puesto. Maddie cruzó el pasillo, pasó por delante de las principales oficinas y no vio ni a un alma. Caminó por los corredores vacíos para dejar el abrigo en su despacho, pero nadie apareció. Desconcertada, miró hacia el otro lado del pasillo para ver si estaban Tyler o Charlotte en la puerta de al lado. Se preguntó adónde habría ido todo el mundo. Aquello parecía un barco fantasma, en plan Mary Celeste. Finalmente, y como último recurso, empujó la puerta del ruedo y sacudió la cabeza, perpleja. No recordaba si había convocada una reunión, pero absolutamente todos estaban allí congregados. La empresa entera se había apretujado en los asientos, algunos de ellos se balanceaban sobre los brazos de las sillas y en las esquinas de la mesa de la sala de reuniones.

Samantha empezó a hablar mientras Maddie entraba. Su voz tenía aquel tono peculiar, casi imperioso, que usaba en tan contadas ocasiones y que Maddie no recordaba la última vez que había oído.

—¡Te estábamos esperando! —exclamó—. ¿Qué le dijiste a Pierce Gray en Napa el viernes?

—¿Por qué? —preguntó Maddie. ¿Había hecho algo poco ético?

—Porque nos ha hecho venir a todos antes de las ocho para una reunión sorpresa —respondió Samantha—. Ayer te estuve llamando todo el día, pero no respondiste.

A Maddie le dio un vuelco el corazón. Aquella vez había ido demasiado lejos. ¿La despedirían?

—¿He metido mucho la pata? —preguntó a la defensiva. Aquel día estaba demasiado traumatizada como para soportar aquello.

Samantha se puso de pie y continuó hablando con un tono inescrutable:

—Por favor, lee esto en voz alta. Nadie, excepto Charles, lo ha oído aún. —Le pasó a Maddie una hoja de papel.

Maddie se aclaró la garganta y empezó a leer, nerviosa:

La demanda colectiva interpuesta por Harden Hammond Cohen en representación de sus clientes contra Stormtree Components Inc. se ha resuelto hoy.

Se detuvo y miró a su alrededor, con ganas de llorar.

—¿Qué? —Vio que ahora Charles tenía una gran sonrisa en la cara y que todo el mundo le sonreía.

—Sigue —la instó Samantha.

Maddie miró el papel que sostenía y se mordió el labio. Estaba empezando a comprender que aquello podía ser un final feliz.

Los términos del acuerdo son confidenciales y no serán revelados. Ninguna de las partes emitirá ninguna declaración más sobre este asunto. Stormtree tiene la firme convicción, basada en los hechos y en las pruebas, de que no tiene responsabilidad en este caso y que el ambiente de trabajo de su empresa no fue el causante de las lesiones de los demandantes. Ninguna de las partes hará ningún comentario más allá de este comunicado.

Firmado y acordado:

P. Gray   C. Hammon
Director ejecutivo   Abogado de la acusación
de Stormtree Components Inc.

J. M. Clemente   S. Harden
Abogado de Stormtree   Abogada de la acusación
de Components Inc.

A Maddie le llevó varios segundos digerir el significado de lo que había leído. Miró de nuevo las firmas y reprimió unas lágrimas de alivio.

—¿Por qué no Gordon Hugo? —le preguntó a Samantha.

—Al parecer ya no está con ellos —respondió Charles, presionando la punta de la lengua contra la mejilla.

Todos aplaudieron.

—Charles y yo llevamos al teléfono desde el sábado por la tarde. —La expresión de Samantha se suavizó por fin—. Gray vino esta mañana con sus nuevos abogados para firmar el acuerdo provisional. Sea lo que sea lo que le haya hecho cambiar de opinión, estamos encantados. Mencionó expresamente que había hablado contigo, Maddie. ¿Le dijiste algo para hacerle cambiar de opinión?

Maddie sacudió la cabeza con decisión, negándose a soltar prenda.

Charles sonrió y pensó que entendía su silencio.

—Entonces debe de haber sido la junta directiva de Gray, que le habrá visto las orejas al lobo por culpa de este asunto.

Tyler las interrumpió:

—¡Y otros muchos se las verán pronto!

—Cierto. Hicimos público el informe toxicológico el viernes por la tarde, con intención de presentar una demanda en Massachusetts contra Stormtree bajo diferentes leyes estatales. Este será colgado en internet, lo cual hará que sea de dominio público y así no podrá volver a ser rechazado como prueba en el futuro.

Compartía los pensamientos de Maddie. El pragmatismo de Pierce nunca podía ser menospreciado, pero ella creía que había sido su lado supersticioso el que había tenido la última palabra y había apelado a su conciencia.

Les pidieron a ella y a Tyler que se pusieran en contacto con los clientes para contarles lo que había sucedido. Recibirían los fondos en el transcurso de la semana.

—No podemos decirles cuál ha sido la suma acordada —explicó Samantha—, pero la cantidad misteriosa es lo suficientemente grande como para que la paguen en varias cuotas.

—El dinero no le devolverá al pequeño Aguila Walker a su madre —dijo Maddie, emocionada.

—No —confirmó Tyler—, pero le pagará las operaciones de corazón y le ayudará a poder estudiar más años, que era lo que su madre quería.

Tras el momento de euforia, la verdad de las palabras de Tyler le hizo poner los pies en el suelo y Maddie regresó a la oficina un poco desanimada. Pero a medida que iba haciendo las llamadas, todas las personas con las que hablaba se ponían muy contentas. Por fin podrían planificar sus vidas.

Maddie sacó la moneda de Jano de la caja, colocada sobre el escritorio. La hizo girar lentamente entre los dedos para analizarla y por un momento pensó en devolvérsela a Pierce. Sin embargo, decidió que se trataba de un buen augurio, una nueva dirección, y la volvió a meter en la caja al lado de las otras dos monedas de Borgo que Jeanette le había regalado. Tal vez hubieran hecho un poco de brujería con él también.

—Tómate una semana libre, Maddie —le dijo Samantha apareciendo de repente en su puerta, lo que tomó a Maddie con la guardia totalmente bajada—. Estoy mejor informada que el resto y sé que has tenido mucho que ver con esto. Todo el mundo recibirá una pequeña bonificación, así que ¿por qué no vuelves a Italia y terminas las vacaciones? —Sonrió y volvió a cerrar la puerta.

Maddie se quedó mirando un rato hacia la entrada. Luego sacó el teléfono del bolso, marcó un número con el sistema de marcación abreviada y una voz sorprendida le contestó:

—¿Madeline?

—Gracias —dijo con énfasis—. Muchísimas gracias.

—No soy yo, ¿verdad? —preguntó con una voz sorprendentemente insegura—. Nunca seré el afortunado.

—No, Pierce, ni quieres serlo, pero hoy te has ganado definitivamente mi respeto.

Colgó y se sentó con la barbilla entre las manos, sintiéndose extrañamente desencajada.

Más tarde, mientras el resto de la oficina bullía de alegría, Maddie telefoneó a su padre y lo invitó a llevarla a cenar a finales de semana: «Los dos solos». Él respondió que estaría encantado. A continuación le envió un correo electrónico a Jeanette para decirle que, al final, estaría libre para la inauguración de Borgo Santo Pietro, si todavía había sitio para ella. El último correo de aquel extraordinario día fue para Søren. ¿Estaría él también en Borgo? Le llegó de inmediato su trasnochadora respuesta desde Londres, aunque resultó ser curiosamente imprecisa. Le encantaría verla, pero estaba diseñando los planos para el jardín de la azotea de Nueva York de un cliente inglés. Intentaría ir aunque, si no podía, las Pléyades volverían a lucir sobre el Báltico a finales de verano. Le chocó descubrir que aquella respuesta le producía una profunda desilusión.

—Se me ha pasado el arroz —se dijo en voz alta.

Aquella tarde de junio, sola en casa, se sirvió una copa de Chianti para cenar y se sentó en el diminuto balcón para abrir el otro regalo que la *nonna* le había hecho hacía un año. Abrir aquel paquete lleno de cordeles, nudos y lacre no parecía una forma muy convencional de celebrar lo que había sido un extraordinario resultado para un juicio que, hacía unos días, estaba perdido, mas ¿podría decirle algo sobre el futuro?

El horóscopo era una mezcla bizantina de símbolos y cálculos, pero logró descifrar alguna cosa. Había media docena de años marcados con lo que suponía que serían iconos planetarios, explicando dónde estarían en determinados momentos específicos de su vida. Eligió dos fechas importantes. «A los veintiún años —decía— la luna pasa desapercibida por Júpiter con los cuernos en la novena y décima casa. Deja el hogar para estudiar: ¿Derecho?». Está bien, había acertado, de acuerdo. Y aquello había cambiado su vida. La otra era aún más rara: «A los 23-24 años el progreso de la luna hace que esta entre en contacto con Venus y con su natal Marte, en las Pléyades. Gran amor, pero mal comienzo. Madeline llora».

De acuerdo, bingo. Bebió un gran sorbo de vino y se preguntó si la cosa mejoraría aún más.

«A los veinticinco años —decía la última entrada—, ¿se pone los zapatos adecuados para cruzar el puente?».

Debajo de aquello había un largo y extraño mensaje escrito a mano de la mujer que había hecho la carta. Estaba en italiano y Maddie hizo una traducción aproximada:

«Nacida con el sol y la luna en conjunción con las Pléyades, hija de "las palomas", "las hijas de la cosecha", "las damas de la navegación" y "las lluviosas". Las Pléyades son vástagos del viejo Atlas: viaje ineludible. A menudo relacionadas con problemas de visión: ¿qué es lo que no ves? Las lágrimas de dolor pueden convertirse en lágrimas de alegría. Debes decidir si, por medio de las primeras, puedes encontrar las segundas».

Para Maddie todo aquello tenía un tono bastante ocultista, pero le gustó lo de las palomas. Últimamente se habían convertido en una especie de signo totémico para ella.

Se fue a cenar con su padre al final de la semana. Él había elegido el café Tiramisú en Belden Place para la velada, uno de los únicos rincones de la ciudad donde había varios restaurantes de barrio como los que podían encontrarse en las calles secundarias de Marsella, o incluso en Siena. A pesar del moderno mundo de la burocracia, las ordenanzas municipales y las licencias, a aquel enclave todavía le permitían existir y la terraza situada en plena calle ofrecía uno de los mejores lugares para observar a la gente de San Francisco.

Enzo estaba disfrutando de aquel pasatiempo cuando Maddie se acercó a la mesa. Para su deleite, había dos copas de champán esperando y él se levantó para darle la bienvenida con un beso desde el otro lado de la mesa. El camarero le separó la silla y les dejó las cartas delante. Cuando se hubieron acomodado, Enzo levantó la copa.

—¡Por la victoria! Estos últimos días deben de haber sido como una montaña rusa. Vi los periódicos y pensé que habías perdido, pero me alegré mucho al leer lo del acuerdo el martes. Me pareció enigmático, como mínimo. ¿Un cheque de los buenos?

—Sí —dijo Maddie sonriendo con dulzura—, muy bueno, aunque en realidad ni yo misma sé exactamente de cuánto. La cantidad es secreta, pero aun así nunca será suficiente para reemplazar lo que se ha perdido. Y lo que es más, un acuerdo no proporciona una conclusión visible, por supuesto. Los responsables no se ven afectados personalmente. Simplemente siguen adelante.

Enzo le sonrió a su hija.

—Los ejércitos de la industria, después de desvalijar a los trabajadores de un país, lo abandonan para que se recupere como pueda. Luego el ejército pasa al siguiente, a uno más pobre. Me parece que le llaman *outsourcing*.

Maddie asintió.

—Sí, *papa*. Pero me gustaría hablar de algo más agradable. —Le sonrió a su padre, preguntándose qué estaría pensando realmente, ahora que sabía que, después de todo, se trataba de la empresa de Pierce Gray.

—Está bien —accedió Enzo con complicidad—. ¿Sabías que tu hermana trajo a casa a un druida de carne y hueso el fin de semana pasado? Tu madre casi sufre una apoplejía —se burló—. Tiene tantos prejuicios... Parecía que Barbara iba a invitar a casa a un adorador del diablo, pero al final resultó ser un hombre muy interesante. Se licenció en física en Standford y su trabajo está relacionado con la tecnología de las energías alternativas. Es bueno para Barbara y, por ahora, ella está disfrutando de la magia.

—Me alegro —repuso Maddie con sinceridad.

—Pero dejemos a esos dos a un lado —canturreó Enzo, con tono aparentemente desenfadado— y centrémonos en una dama que está aquí. ¿Cómo está mi Madeline?

—No estoy segura, *papa* —dijo veladamente—. Tendremos que esperar a ver.

Pidieron la comida, y cuando esta llegó, comieron y charlaron, hablaron y se rieron. Cuando iba por la mitad de las *pappardelle*, Maddie le contó a su padre que iba a volar de nuevo a Italia el domingo por la noche para quedarse unos días y que a la vuelta tal vez pasara unos cuantos más en Londres. Aquello hizo que este arqueara las cejas un poco.

—¿Tiene algo que ver con las rosas y las violetas?

—A ver, *papa,* pero ¿qué sucede al final de ese poema? —inquirió ella vacilante—. ¿Trata de una chica que es demasiado ingenua y pierde su virtud en brazos de un amante idealizado que lo único que hace es darle largas envolviéndola en un torbellino de incertidumbre?

—Esa es una de las posibles interpretaciones —admitió, sonriendo con tristeza—, es la de los críticos, pero podría tratarse perfectamente de una celebración de la vitalidad y la esperanza puras del amor adolescente. Magdalena y Porfirio se liberan del frío y de la falta de amor de un lugar de odio conjurando una tormenta de pasión que los protege y les permite escapar. Al final del poema, Keats solo nos ofrece un principio. Eres tú quien tiene que decidir si el potencial de su amor les conduce a la ruina o a una felicidad extática.

Maddie asintió, embebida en sus pensamientos. Al cabo de un rato le vino otra idea a la cabeza:

—¿Crees que la gente puede controlar el clima, *papa?*

—¿A qué te refieres, Maddie? ¿A desencadenar una tormenta, a hacer que llueva o tal vez a algo así como: «Viento, sopla y haz navegar nuestro barco»? ¡Ah, ya! ¡A hacer de Próspero, el protagonista de *La tempestad!*

—No seas bobo —replicó Maddie con una sonrisa—. Lo digo en serio. No es posible controlar el clima, ¿verdad?

Los ojos de Enzo brillaron con picardía.

—¿Te acuerdas de mis algas favoritas? Esas que se unen para formar una nube. Hacen eso para evitar que el sol las queme. Tengo mis propias ideas, pero no quiero terminar mi carrera como un científico loco acusado de seudociencia —declaró sonriendo—. Mis compañeros de generación están tan absortos en demostrar que parecen haber olvidado que toda ciencia comienza por la imaginación. Pero mi respuesta en público sería no.

—Ponte el sombrero de científico loco —bromeó Maddie.

—Hay gente que cree que puede controlar los elementos. Invocan a los santos, a los dioses o representan la danza de la lluvia —comentó mientras se sonreía—. Si funciona, lo llaman milagro. Ted Owens, más conocido como PK Man, se jactó en público de ser capaz de producir fenómenos meteorológicos y, aunque no tenía muchos adeptos, se le relaciona con hechos muy extraños. La mayor nevada de San Francisco, a mediados de los años setenta, tuvo lugar después de que él la hubiera anunciado, justo en medio de una prolongada sequía. También podía hacer caer rayos.

»Total, que un vasto conjunto de pruebas empíricas nos dicen que esos hechos podrían haber sucedido, pero, como no pueden producirse a voluntad ni por medio de experimentos repetidos, la mayoría de los científicos rechazan la idea de plano. He de ser justo y decir que los milagros, por definición, tienen lugar fuera del dominio de las leyes naturales. Eso significa que, si se pudieran repetir con fines experimentales, dejarían de llamarse milagros. Tal vez algunas de las cosas que ocurrieron sean hechos únicos e irrepetibles y no milagros propiamente dichos, pero las excepciones no explicadas son un estímulo para la imaginación.

Maddie miró a su padre.

—¿Y tus ideas?

—Me gusta la idea de equilibrio y del «individuo». Entre todas mis algas tiene que haber una, aunque haya millones de ellas nadando para crear el grupo, así que nunca será posible aislar o identificar a la culpable, que sea lo suficientemente especial como para inclinar la balanza y crear la nube, o el viento.

»Si una persona o un grupo de ellas hicieran de señora Alga, puede que el resto se encontrase en el momento apropiado de preparación. Tal vez los indígenas norteamericanos pudieran hacer llover con la danza de la lluvia, o tal vez tú puedas hacer soplar el viento. Solo es necesario creer.

Maddie volvió a pensar en Neva y en el «día de la nieve».

—¿Sabes, *papa*? Creo... —Pero se detuvo en seco—. Es un misterio —dijo sonriendo.

Haciendo de agente de viajes de Maddie, Jeanette la había enviado vía Gatwick en lugar de Roma, para que pudiera quedar con Claus en el aeropuerto de Londres y volar con él a Pisa el lunes a primera hora de la mañana. Por suerte, aquella vez el clima fue fiel al verano y Claus condujo el sólido Mercedes hasta su casa de Borgo sin que Maddie siquiera notara las curvas. Aún no era de noche cuando llegaron a la entrada, antes de las nueve.

Estaba cansada del largo trayecto, pero aquello le hacía sentirse relajada en lugar de agotada. Las puertas de hierro forjado se abrieron siguiendo una orden invisible y condujeron por la nueva avenida de cipreses que comenzaba en la entrada principal, que ahora se encontraba fuera de la carretera del Palazzetto. Sonrió con aprobación: la nueva vista era el marco perfecto para el lugar de peregrinaje.

Jeanette le dio un abrazo asfixiante y tuvo la misma sensación de paz que había encontrado allí por primera vez hacía un año. Aunque apenas acababa de empezar su segunda visita, ya era una de las hijas de Borgo.

—Estás demasiado cansada para ver todos los cambios esta noche —le dijo a Maddie—. Te llevaré directamente a tu cuarto.

Maddie detuvo a Jeanette un instante y le dedicó una sonrisa.

—Al llegar aquí, una parte de mí ha vuelto a casa —le contestó.

Jeanette asintió sin mostrar ni rastro de sorpresa.

—Hace tiempo te dije que Borgo te acogería en sus brazos.

Eleanore saludó a Maddie perezosamente, como si solo hiciera una semana que se había ido, y Jeanette la llevó de la mano escaleras arriba con una llave entre los dedos que le resultaba familiar, de la que colgaba una borla. Matteo, un guapo italiano de veintipico años, cogió la maleta y las siguió.

Al final de la escalera, Maddie se quedó rezagada, esperando a que Jeanette abriera la puerta de la habitación del Pellegrino, pero esta negó sacudiendo la cabeza.

—No, esta vez te he puesto en otro sitio.

Maddie se quedó boquiabierta. Se sentía contrariada, ya que para ella aquella era su habitación, pero no quiso parecer descortés.

—Ah —dijo.

Pero Jeanette estaba demasiado sintonizada con la mente de su invitada como para no percibir su desilusión.

—Creo que ya te has limpiado a fondo —dijo sonriendo—. Esta vez podrás dedicarte a relajarte.

Atravesaron el vestíbulo de arriba, con sus divanes antiguos, sus armarios franceses, sus frascos de perfume y sus libros encuadernados en piel, y llegaron a una puerta que daba a una alcoba que Maddie nunca había visto. Allí se detuvieron y pudo leer el nombre que había sobre el dintel: «Valle Serena».

Jeanette hizo magia con la vieja llave y la expresión de Maddie pasó de la decepción a la euforia. Entró en una sala decorada en suaves tonos azules y dorados «como el color del sol de la Toscana», según le aseguró su anfitriona. Era realmente suntuosa, comparada con la del Pellegrino, y a Maddie le dio un poco de vergüenza que le hubieran adjudicado, probablemente, la mejor habitación del hotel.

—Es una *suite* nupcial —dijo nuevamente impresionada por la vena artística de Jeanette. Había creado un espacio de lujo y luz, con lilas que rebosaban de los jarrones situados sobre sendas mesas y una bañera independiente revestida de pan de oro situada, esta vez, en pleno corazón de la habitación. Venus presidía, desde un gran lienzo, la cama de estilo rococó.

—En esta bañera puedes sumergirte y beber champán mientras miras el fuego o simplemente disfrutar de la vista favorita de Søren, sobre el valle Serena.

Matteo dejó la bolsa de Maddie sobre una silla y ya había dado media vuelta silenciosamente para marcharse, cuando Jeanette le preguntó en italiano por la botella de champán que debería estar esperándola en una cubitera a su llegada. Él asintió y se retiró.

—Eres increíblemente maravillosa —le agradeció Maddie.

—Deshaz el equipaje —respondió Jeanette sonriendo— y no bajes si no te apetece. Yo voy a buscar a mi marido, porque ha estado en Londres el fin de semana y hace bastante que no lo veo.

Maddie sonrió con cierta timidez.

—Jeanette, ¿va a venir…?

—Creo que sí —respondió ella. Y, tras tenderle la llave con la borla a Maddie, salió de la habitación.

Maddie se sentó en el asiento de la ventana con vistas al hermoso valle Serena e inspiró el cálido aire del crepúsculo. Aquel sitio, aquel lugar, tenía algo. Ella era una sanfranciscana de los pies a la cabeza, pero Borgo le hablaba en un idioma que nunca nadie había usado antes.

Matteo llamó a la puerta de Maddie.

—Servicio de habitaciones.

—*Sì, è aperto* —respondió Maddie. El joven entró con un pequeño carrito en el que había una botella de champán en una cubitera de plata y unas copas.

—¿Quiere que lo abra, *signorina*?

—No, gracias —respondió ella—. Tal vez más tarde.

—Le están preparando un poco de fruta y agua, ¿desea algo más? —inquirió.

Ella sacudió negativamente la cabeza y le dio unos euros de propina.

—*Allora, buonasera, signorina* —le deseó sonriendo, y se marchó sin cerrar del todo la puerta.

Maddie estaba colgando parte de su mejor ropa y considerando si llenar la enorme bañera, cuando llamaron a la puerta para entregarle la fruta.

—*Sì, grazie* —dijo por encima del hombro, apenas consciente de que alguien se deslizaba detrás de ella con una segunda bandeja y la posaba sobre una mesa alejada de ella.

... Jaleas aún más dulces que cremosa cuajada
y almíbares brillantes bien espolvoreados
de canela, y maná y dátiles a Argos traídos
en barco desde Fez, y exquisitas delicias
con especias venidas desde Samarcanda,
la ciudad de la seda, hasta Líbano, el país del cedro.

Se quedó paralizada con la cabeza dentro del armario, antes de dar lentamente un paso atrás.

—¡Atraviesas medio mundo para pasar conmigo una sola noche —dijo sin mirarlo apenas para no revelar su expresión, que reflejaba unos sentimientos cada vez más intensos— y te vas a la mañana siguiente sin besarme siquiera!

Su tono de voz era suave y ambiguo: tanto podría estar bromeando como enfadada. Parecía bastante vulnerable e insegura.

—Aquella no era nuestra noche —respondió él sonriendo con franqueza—, pertenecía a otro hombre, pero he trabajado duro para que esta sea solo nuestra.

Atravesó el espacio que los separaba y la rodeó con los brazos, con la desenvoltura de quien tiene el hábito de hacer aquello todas las noches. Enredó los dedos en su cabello y atrajo su cara hacia él y, entonces, la besó de verdad: fue un beso lento, muy agradable y tierno. A Maddie le pareció tan natural como la risa, pero transmitía una dulce pasión. Sabía que estaba demasiado implicada con Søren como para dar marcha atrás y su cuerpo ya se había abandonado a él. Pero oyó una vocecilla de advertencia y sintió la necesidad de quitarse una cosa de la cabeza.

—Si me desnudo contigo en esa cama no querré parar y no sé cómo llevar la situación.

Él bajó los brazos para rodearle la cintura y la apretó contra su cuerpo.

—¿Porque tú estás allá y yo aquí? —preguntó.

Ella asintió.

—No puedo pasarme la vida esperando a que llegue tu avión. Puedo volar hasta ti, pero no puedo estar contando los días que faltan para los encuentros en los aeropuertos. Sencillamente, no puedo.

Él sacudió la cabeza y le pasó el pulgar sensualmente sobre los labios.

—Quieres saber ya lo que sucederá entre medias e incluso al final. Pero esa parte aún no la conocemos —dijo sonriendo con dulzura—. Solo tenemos el principio: todo, aun lo improbable, es posible.

Al cabo de unos instantes, los ojos de Maddie brillaron a modo de respuesta para él y este la levantó para ponerla sobre las exquisitas sábanas de la cama abierta. Luego fue lentamente hacia la puerta, la abrió y colgó la borla en el pomo que indicaba que no querían ser molestados.

Si había búhos, palomas, perros o espíritus en algún lugar allá fuera en la noche, pasaron desapercibidos para la pareja de la *suite* Valle Serena, que ni los oyó ni los vio. El primer beso se había adelantado al segundo un año en el calendario y una sola noche no fue lo suficientemente larga ni para empezar a recuperar el tiempo perdido entre ambos. Con las ventanas abiertas de par en par para que entrara el aire cálido, solo los aromas del jardín de abajo se entrometían de forma informal en su intimidad.

Maddie se despertó después del amanecer, no demasiado consciente de la zona horaria en la que se encontraba. Se estiró, movió el brazo de Søren y se deslizó suavemente fuera de la cama para abrir la gruesa cortina de la enorme ventana que daba al valle. Un soplido de aire veraniego la siguió de nuevo hasta la cama mientras ella se apoyaba sobre un brazo para ver dormir a Søren. Un largo mechón de su cabello se movió con la brisa y le hizo cosquillas en la mejilla, haciendo que se despertara.

—Tienes hambre —dijo con una sonrisa, abriendo apenas un ojo. Ella asintió, pero su expresión (que él no pudo percibir) hablaba de un apetito que poco tenía que ver con los cruasanes y los huevos revueltos—. Y cuando quieres algo, el viento siempre habla por ti. —Sonrió mientras se daba la vuelta para ponerse cara a cara con ella.

Ella se puso encima de él y observó aquellos ojos de color castaño, que estaban llenos de intensidad e imaginación. De hecho, Jeanette los calificaba de «poéticos y soñadores».

—¿De verdad crees que puedo hacer eso? —preguntó divertida.

—¿El qué? ¿Invocar al viento? —dijo, sonriendo perezosamente—. Sin duda alguna. Eres etrusca, lo llevas en los genes.

Sin decir ni una palabra que pudiera romper el hechizo de la intimidad entre ambos, les sirvieron fruta, panecillos y café en una mesa puesta especialmente para ellos cerca de las fuentes del jardín de rosas. Era un día sublime de junio.

Jeanette había querido darles tiempo y espacio de sobra para estar solos, pero también estaba impaciente por enseñarles algo. Cuando finalmente Matteo le informó de que habían acabado el café y habían pedido una segunda cafetera, decidió que ya podía interrumpirlos.

—Buenos días —dijo con aquella alegre y familiar voz, antes de darles un beso a cada uno.

Søren se levantó y la besó con cariño.

—Únete a nosotros —le dijo. Ella asintió y se sentó. Tanto Maddie como Søren se percataron de que una sonrisa de oreja a oreja había sustituido a su sonrisa habitual. Finalmente, él le preguntó—: vamos, ¿de qué se trata?

Ella pareció muy orgullosa de sí misma mientras le pasaba un ejemplar de un periódico matinal italiano, que llevaba discretamente doblado bajo el brazo. Maddie inclinó la cabeza hacia un lado para ver aquello que era tan importante.

Allí, en primera plana, había un titular que anunciaba que un *unicorno* había sido hallado en Prato, cerca de Florencia. Iba acompañado de una mágica foto de una cría de corzo de enormes ojos que, en pleno centro de la cabeza, tenía un único y hermoso cuerno retorcido.

Jeanette hizo una traducción aproximada del texto: «Es la prueba de que el mítico unicornio, celebrado en la leyenda, probablemente no era una criatura fantástica, sino un animal de verdad, con una anomalía similar a la de este corzo». El extraordinario corzo «unicornio» les hizo sonreír a todos con incredulidad.

—Todo, aun lo improbable, es posible —le dijo Søren a Maddie.

—¿Lo ven? —dijo Jeanette—. Ahí fuera hay cosas realmente hermosas.

—Y si creemos en ellas —añadió Maddie mientras le tomaba la mano a Søren—, puede que se hagan realidad.

NOTA DE LA AUTORA

Hace años me regalaron un ejemplar de *Aradia, el evangelio de las brujas,* de C. G. Leland, y, desde entonces, me ha fascinado su combinación de mitología y folclore, además del maravilloso rastro de una posible tradición oral perdida que nos ofrece. Creado con la intención de recopilar costumbres tradicionales tanto de su América natal como de Europa, principalmente de la Toscana, el documento de Leland, publicado a finales del siglo XIX, atrae desde hace tiempo tanto a verdaderos intelectuales como a todas aquellas personas interesadas en la tradición pagana.

La fuente de información utilizada por Leland para escribir este libro, que es básicamente una colección de rituales reunidos en un supuesto «evangelio» de brujería italiana medieval, fue una muchacha llamada Maddalena, de la región de Emilia-Romaña. Con su ayuda, investigó los vestigios ocultos de encantamientos y hechizos, de maldiciones, de invocaciones y de rituales de sanación que los habitantes de su nativa Romaña habían perpetuado, a la vez que convivían con el cristianismo. Lo que impresionó a Leland fue la posibilidad de que aquellas prácticas populares pudieran tener su origen en la Antigüedad, especialmente en los etruscos, que eran (y siguen siendo) los padres de la Toscana. En aquel tiempo, como sucede con nosotros hoy en día, se le presentaban como un incitante acertijo, ya que, aunque se conservan muchos restos de la cultura etrusca en tumbas, a través de la masonería y en forma de objetos, aún no podemos interpretar la mayor parte de su lenguaje ni sabemos exactamente cuáles eran sus creencias.

Los rituales explicados en *Aradia*, dedicados a la diosa Diana, suponen un enigma para los estudiosos, que deben enfrentarse a la pregunta de hasta qué punto era fiable la fuente de Leland, Maddalena, cuando le hablaba de tradiciones «genuinas», además de cuestionarse los propios métodos académicos del autor, que tan predispuesto estaba a encontrar en aquel material vínculos tangibles con los etruscos. Raven Grimassi, que ha tenido la suerte de disfrutar de una tradición oral familiar propia, escribe que sus antepasados por parte de madre le contaron que Aradia era una persona de carne y hueso del siglo XIV que perpetuó una extraña y fascinante herencia de brujería italiana, que finalmente transmitió a otras personas.

Sin entrar en el debate sobre la «veracidad» histórica de la investigación de Leland, el capítulo que más me interesa de su libro es la tentadora estampa de «La hermosa peregrina de la casa del viento», una historia que aparece casi como para rellenar. Por supuesto, dicha figura, de la que hablo en el prólogo, me ha inspirado el personaje de Agnesca; además, siempre he sentido curiosidad por los elementos de la historia que tanto nos recuerdan a la pareja de amantes de Keats en *Las vísperas de Santa Inés*. Ellos también escapan del veto impuesto por la familia a su amor una noche, bajo el manto protector de una tormenta, y huyen juntos hacia no se sabe dónde, algo muy similar a lo que la *bella pellegrina* sin nombre hace en *Aradia*. Leland cita muchos versos de la poesía de Keats en su libro y fue esa particularidad lo que me proporcionó el punto de partida de *La casa del viento*.

AGRADECIMIENTOS

C uando empecé a trabajar en este libro, de pronto me di cuenta de que había subido hasta un sitio en el que hacía tiempo que quería estar. Luego cometí el error de mirar hacia abajo. Las personas tan especiales que cito a continuación me ayudaron a superar el vértigo.

Gracias a Fran Slater por compartir sus tan íntimos sentimientos en relación con una pérdida estrechamente vinculada a la de Maddie y por ayudarme a entender a mi personaje, y a su hija Maddie, que me recibió con los brazos abiertos a pesar de una intrusión prolongada de un fin de semana. Son unas mujeres valientes y maravillosas. Mis agradecimientos a Janet Opie, Fiona Donaldson y Philip Whelan por leer el manuscrito a plazos. Sus comentarios e inteligentes ideas me ayudaron enormemente, como siempre. A Jeanette y Claus Thottrup por abrirme tan generosamente su hogar y sus vidas. Llegué buscando únicamente una localización para el final de la historia toscana y encontré el corazón de esta en el verdadero paraíso que han creado a partir de unas ruinas. Su lucha constante por la perfección es una lección. A John Harmshaw, que fue tan amable de leer y corregir los procedimientos legales en el capítulo de Oxford.

A la infatigable Eva, de la oficina de turismo de Volterra, y a sus compañeros, Claudia y Lorenzo: *molte grazie*. Sin duda, no hay ninguna oficina de turismo en Italia en la que pudieran haber sido más amables que ustedes, respondiendo *email* tras *email* a mis preguntas sobre hechos históricos de la Edad Media en su inolvidable ciudad. Gracias también a Lola y a la cabeza bien amueblada de Alessandro Furiesi, por proporcionarme unas bases excelentes sobre los patrones de vida en la ciudad medieval y por enseñarme un edificio tras otro. Gracias a Sergio, a Matteo, a Max, a Ivan, a Appollonio, a Simona, a Sabrina, a Gori, a Peter, a Milo y a Justina, de Borgo Santo Pietro. Son magníficos en sus trabajos. A mi hermana Wendy Charrell, que, desde Sídney, al principio se pasó horas debatiendo conmigo varios aspectos de la historia que tenía pensada, lo que me sirvió mucho para el conjunto de la obra. Gracias también por haberme enviado hace poco el precioso libro de horticultura de Judyth McLeod *In a Unicorn's Garden,* que espiritualmente tiene tanto que ver con *La casa del viento.*

Finalmente, me gustaría señalar que estoy profundamente en deuda con los profesionales que hay en mi vida. A Flora Rees, por aguantar mis gruñidos y por su manga ancha y excelentes puntos de vista como editora: gracias, querida Flora. Los errores que se hayan producido serán, sin duda, fallos míos y a pesar de tu insistencia. Estoy asombrada por el fantástico y meticuloso trabajo de corrección de Yvonne Holland. A mi editor español de Santillana de Madrid, Gonzalo Albert: gracias por ayudarme con tu hermoso idioma y por tu constante amabilidad. Ídem a Julieta, Pablo y María. A Maria-Giulia de Piemme, Milán, que fue tan amable de llevarme en coche a visitar Borgo Santo Pietro y cayó rendida a los pies del encantador lugar y de su historia: gracias por tu entusiasmo. Un enorme abrazo y mi agradecimiento al arquitecto Chris Boehm por el dibujo del unicornio que embellece el final de la historia: ¡un digno sustituto zurdo de Søren! Por la alegría, el lenguaje, las cuentas y la investigación, mi más sincera enhorabuena a

Daniela Petracco, Giulia Mignani, Vicky Mark y Lisa Brännström de Andrew Nurnberg and Associates. Y aunque ya no está en Nurnbergs —aunque infelizmente todos la echamos mucho de menos—, todo mi cariño y mi especial gratitud a Barbara Taylor. Gracias también de todo corazón a Robin Straus, Sarah Branham y Judith Curr, de Nueva York. A mis agentes, Andrew Nurnberg y Sarah Nundy, ¿qué les puedo decir? Son extraordinarios y siempre están a mi lado cuando más los necesito. Si me lo permites, tomaré prestadas tus palabras, Andrew, para decir de corazón: «No me lo merezco». Finalmente, decir que todo agradecimiento es poco para la persona que se ha pasado meses investigando más de una docena de casos similares a la trama de este libro y que me agarró fuerte de la mano para ayudarme a saltar sobre el abismo: mi marido, Gavrik Losey. Gracias por compartir conmigo que «todo, aun lo improbable, es posible».

Este libro se terminó de imprimir en el mes de
Octubre de 2011, en Edamsa Impresiones S.A. de C.V.
Av. Hidalgo No. 111, Col. Fracc. San Nicolás Tolentino C.P. 09850,
Del. Iztapalapa, México, D.F.

Suma de Letras es un sello editorial del Grupo Santillana

www.sumadeletras.com/mx

Argentina
Avda. Leandro N. Alem, 720
C 1001 AAP Buenos Aires
Tel. (54 114) 119 50 00
Fax (54 114) 912 74 40

Bolivia
Calacoto, calle 13, 8078
La Paz
Tel. (591 2) 279 22 78
Fax (591 2) 277 10 56

Chile
Dr. Aníbal Ariztía, 1444
Providencia
Santiago de Chile
Tel. (56 2) 384 30 00
Fax (56 2) 384 30 60

Colombia
Calle 80, 10-23
Bogotá
Tel. (57 1) 635 12 00
Fax (57 1) 236 93 82

Costa Rica
La Uruca
Del Edificio de Aviación Civil 200 m al Oeste
San José de Costa Rica
Tel. (506) 22 20 42 42 y 25 20 05 05
Fax (506) 22 20 13 20

Ecuador
Avda. Eloy Alfaro, 33-3470 y Avda. 6 de
Diciembre
Quito
Tel. (593 2) 244 66 56 y 244 21 54
Fax (593 2) 244 87 91

El Salvador
Siemens, 51
Zona Industrial Santa Elena
Antiguo Cuscatlan - La Libertad
Tel. (503) 2 505 89 y 2 289 89 20
Fax (503) 2 278 60 66

España
Torrelaguna, 60
28043 Madrid
Tel. (34 91) 744 90 60
Fax (34 91) 744 92 24

Estados Unidos
2023 N.W 84th Avenue
Doral, FL 33122
Tel. (1 305) 591 95 22 y 591 22 32
Fax (1 305) 591 74 73

Guatemala
26 Avda. 2-20
Zona 14
Guatemala C.A.
Tel. (502) 24 29 43 00
Fax (502) 24 29 43 03

Honduras
Colonia Tepeyac Contigua a Banco Cuscatlan
Boulevard Juan Pablo, frente al Templo
Adventista 7° Día, Casa 1626
Tegucigalpa
Tel. (504) 239 98 84

México
Avda. Río Mixcoac, 274
Colonia Acacias
03240 Benito Juárez
México D.F.
Tel. (52 5) 554 20 75 30
Fax (52 5) 556 01 10 67

Panamá
Vía Transísmica, Urb. Industrial Orillac,
Calle Segunda, local 9
Ciudad de Panamá
Tel. (507) 261 29 95

Paraguay
Avda. Venezuela, 276,
entre Mariscal López y España
Asunción
Tel./fax (595 21) 213 294 y 214 983

Perú
Avda. Primavera, 2160
Surco
Lima 33
Tel. (51 1) 313 40 00
Fax. (51 1) 313 40 01

Puerto Rico
Avda. Roosevelt, 1506
Guaynabo 00968
Puerto Rico
Tel. (1 787) 781 98 00
Fax (1 787) 782 61 49

República Dominicana
Juan Sánchez Ramírez, 9
Gazcue
Santo Domingo R.D.
Tel. (1809) 682 13 82 y 221 08 70
Fax (1809) 689 10 22

Uruguay
Juan Manuel Blanes, 1132
11200 Montevideo
Tel. (598 2) 402 73 42 y 402 72 71
Fax (598 2) 401 51 86

Venezuela
Avda. Rómulo Gallegos
Edificio Zulia, 1° - Sector Monte Cristo
Boleita Norte
Caracas
Tel. (58 212) 235 30 33
Fax (58 212) 239 10 51